孔子曰:"知之者不如好之者,好之者不如樂之者。"誠哉斯言,請從讀書中求真怡樂事。

金庸

【新修珍藏本】

碧血剑

上

金庸

图书在版编目(CIP)数据

碧血剑/金庸著.—广州：广州出版社，2009.9（2022.9重印）
ISBN 978-7-5462-0161-0

Ⅰ.碧… Ⅱ.金… Ⅲ.侠义小说－中国－当代 Ⅳ.I247.5

中国版本图书馆CIP数据核字（2009）第127109号

广东省版权局版权合同登记图字：19-2012-015号

朗声图书

本书版权由著作权人授权广州市朗声图书有限公司在中国大陆（不包括香港、澳门、台湾地区）专有使用

版权所有·侵权必究

封面图画选自董培新先生金庸小说国画

碧血剑

出版发行	广州出版社
	（地址：广州市天河区天润路87号广建大厦九楼、十楼　邮政编码：510635
	网址：www.gzcbs.com.cn）
策　　划	欧阳群
责任编辑	何　娴　田宇星
责任校对	林春光
内文插画	姜云行
封面设计	国　雄
代理发行	广州市朗声图书有限公司（发行专线：020-34297719）
印　　刷	深圳市贤俊龙彩印有限公司
	（地址：深圳宝安区石岩镇水田村石龙大道56号　邮编：518108）
开　　本	900毫米×1280毫米　1/32
字　　数	653千
印　　张	23.625
版　　次	2018年11月第4版
印　　次	2022年9月第6次
书　　号	ISBN 978-7-5462-0161-0
总 定 价	143.00元（全二册）

金庸在香港办公室。

金庸在香港寓所书房。

武俠小說雖說是通俗作品，以大眾化、娛樂性強為重要，但對廣大讀者終究是會發生影響的，我希望傳達的主旨是：愛護尊重自己的國家民族，也尊重別人的國家民族；和平友好，互相幫助，重視正義和是非，反對忠於個人利己，注重信義，歌頌純真的愛情和友誼，歌頌奮不顧身的為了正義而奮鬥，抗禦外來的異族侵略。最重要的藝術作品，是歌頌人性，別人之所能為。輕視爭權奪利，自新可鄙的思想和行為。武俠小說並不鼓勵讀者在閱讀時做白日夢，而沉緬於幻想之中，而是生讓讀者在幻想之時，想像自己是個好人，想像自己要愛國家、要社會、對別人做各樣的好事，作出積極貢獻，幫助人得到幸福，由於做了好事、得到所愛之人的欣賞和傾心。

《「金庸作品集」新序》部分手稿。

衬页印章／梁千秋「兰生而芳」：

梁千秋，江苏扬州人，明末死于兵变战乱之中。评者谓其篆刻创意清新。此印清代大篆刻家蒋仁十分欣赏，但认为可能是梁千秋之侍姬韩约素代作。

石涛《细雨虬松图》：石涛原名朱若极，明朝宗室。明亡后为僧，名原济，字石涛，号清湘遗人、大涤子、苦瓜和尚等，与八大山人、弘仁、髡残合称「明末四僧」。本图极澹宕空灵之致，画家称为「细笔石涛」。

上图／袁崇焕像之一。

下图／崇祯十年的大统历：该年袁承志十四岁，发现金蛇郎君的遗物。

大明崇禎十年歲次丁丑大統曆

正月大辛丑

二月小辛未

三月大庚子

四月小庚午

閏四月小己亥

五月大戊辰

六月小戊戌

七月小丁卯

八月大丙申

九月小丙寅

十月大乙未

十一月大乙丑

十二月大乙未

凡三百八十四日

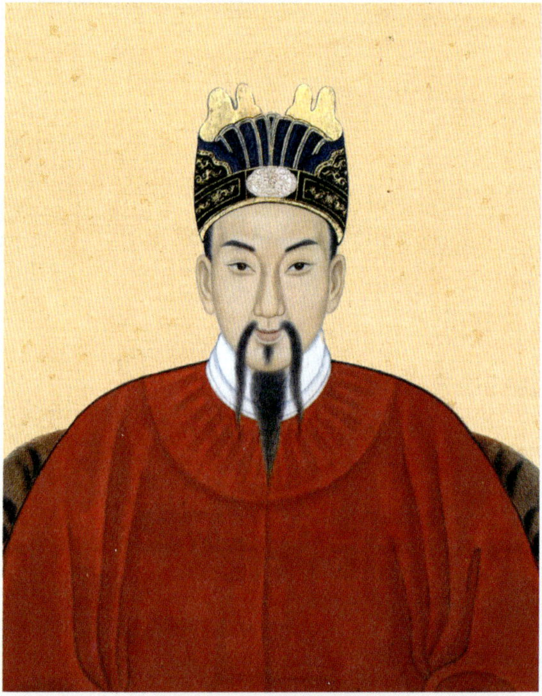

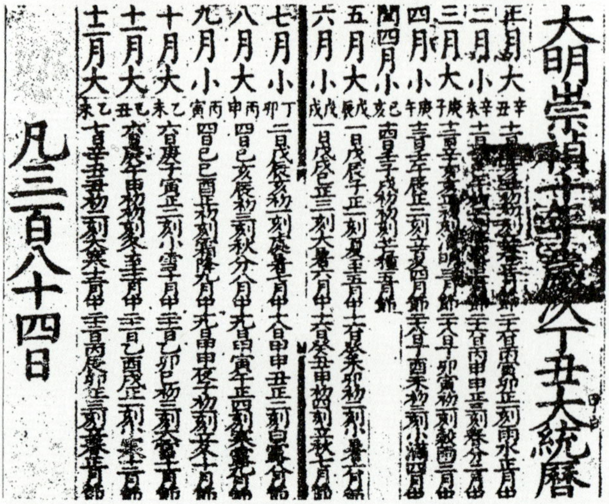

右上图／袁崇焕像之二。

右下图／袁崇焕墓：在北京广渠门内，墓碑立于清道光十一年，中华民国五年及一九五二年重修。

左图／袁督师庙：在北京左安门内龙潭，门外对联系康有为撰并书：「其身世系中夏存亡，千秋享庙，死重泰山，当时乃蒙大难。闻鼙鼓思东辽将帅，一夫当关，隐若敌国，何处更得先生。」

右图／
袁崇焕遗诗石刻：
在袁督师庙内。

左图／
袁崇焕的书法：
"心术不可得罪于天地，
言行要留好样与儿孙。"

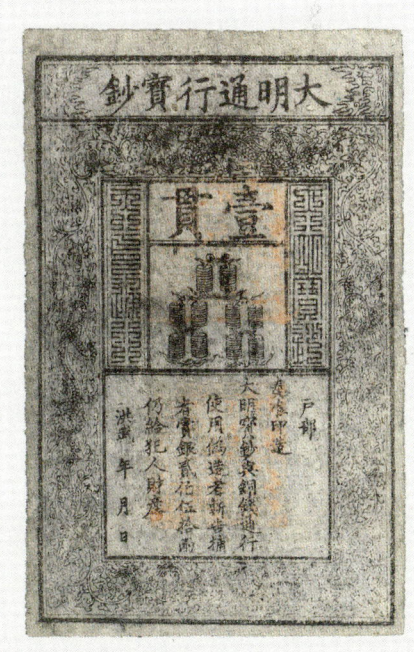

右图／
明代钞票：
桑皮纸，高一尺，阔六寸，青色。
图为一贯者，合铜钱一千文或银一两，四贯合黄金一两。钞上注明：
"户部奏准印造大明宝钞，与铜钱通行使用。伪造者斩。告捕者赏银二百五十两，仍给犯人财产。"
此钞系明末发行，明初者赏银二十五两。
各朝均用明太祖"洪武"年号。

左图／
福建邵武县崇祯十六年上缴的元宝：重五十两。
袁崇焕在邵武曾做过三年知县。

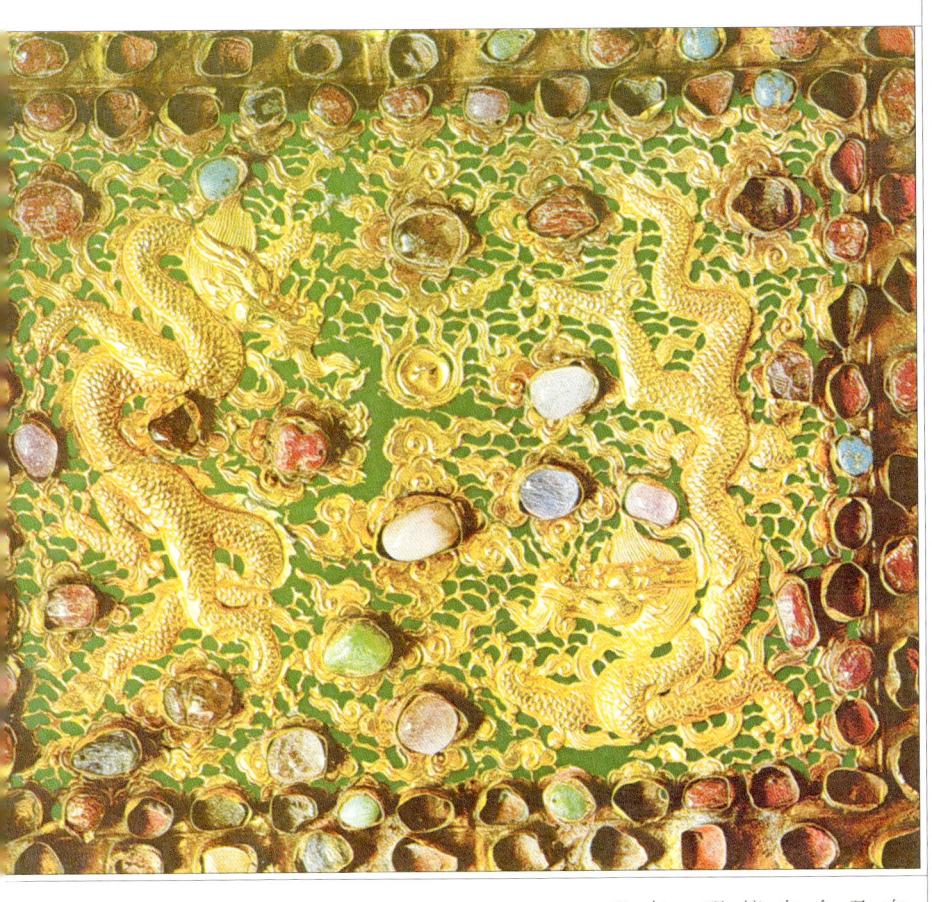

右页图／明朝皇帝龙袍前胸及后背所钉金龙板：金龙有五爪，中间一颗大珍珠及镶嵌的大部份宝石已失落。现藏伦敦大英博物馆。

左页图／明成祖坐像：原藏故宫。

明军出师图：明军出发征剿倭寇，该图为《倭寇图卷》之一部份。

明军大帐图：明军于万历年间出师朝鲜，协抗日本进犯。图示明军统帅为文官，武官旁坐。该图为长卷之一部份，原件现在美国旧金山，私人收藏。

明军海军：明军援助朝鲜抗日的海军，长卷的一部份。

上图／旧小说中之李自成绣像。

中图／话剧「李闯王」中李自成的造型。

下图／李自成所发官印「通政司右参议之记」、官印背面。

聖諭

民為國本國隆郡園還歸我大順之順民均免糧免指銀如有不順了民違法斂集必財不指之殘明逆宣一旺知民眾舉報或我軍發現均立即抄沒充公負隅之徒立即格殺

永昌元年四月廿日

李自成圣谕。

人心者許守土之官即會同本地紳士人等倣宣王法
良旨示衆庶可敵烈民附賊之膽昭良民死守之心
封疆之事其猶可爲乎等因崇禎十七年正月十一奏
聖旨奏內有司紳衿倡逆憑勾賊何姓名通著該撫按確
查具奏該部知道欽此遂抄出到部送司案呈到部
擬合就行爲此
一咨都察院轉行合允揭帖史
　通行各衙門並
客明具奏施行 合咨前去煩煩
明旨內事理即將各郡邑有倡逆遠憑紳衿有司姓名火速
　　　　　　　　　　　　　　　　　　　　　　　　　　　　　　　　　　　
崇禎十七年正月　　日　　　　　　　　　　　　　
　　　　　　　　　　　　　　　　　　　　　　　　

伏乞皇上昔賢所守乎窬頒猛強以守今則猶可守者
察其貴不守首綱不冤可守者備足堅城而逃今則

可守者不冤閉門而縮若挙玉衛烏痛哭流涕者也
天启賊旮不過搏沉耳此在徳民無是擧也至于地方
官吏心十諺歎願之事受
紀次賊皆忠臣良心未使畧冤憶道帖力堅守潰則
剛此封疆巨已身窮勢促全即萬一不濟披猫力屈
太墻之辱　列而屍不裕給仡盲府随干宛賊之前以
馬蘇生卯死守之果違得上郵每開宛
賊入城尾市倡名拒二萊奉病奏以戰偶紳衿餘剛
借爲百民除害僨猛殘紳紳納氏補叛也情護子女財物
頂欲也從燒官會書屋補故也嘑乎院遠陷後者巳
奚彼城郭陣革無憑防禦尚倡勉圖者紳衿增氏

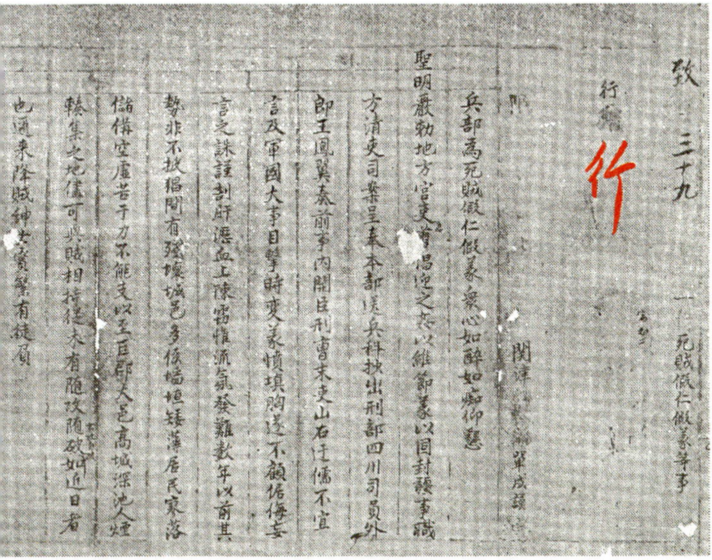

明兵部行稿：兵部的奏章，红色「行」字是皇帝批示照准（不一定是亲笔）。右上图「为死贼假仁假义，众心如醉如痴等事」中，奏报李自成军大得民心，崇祯批令奏明「倡迎逆寇的是何姓名」。其时离北京城破已只两个月，崇祯仍不思争取民心，而要查明「迎贼者的姓名」以便处刑。

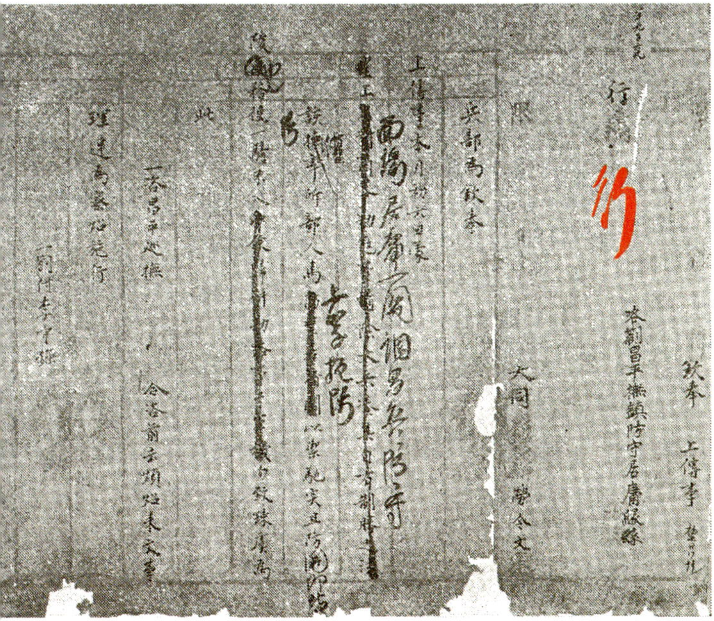

右页图／
山海关详图：图顶的「一片石」，即清兵与吴三桂联军大败李自成军处。

左页图／
山海关的关门。

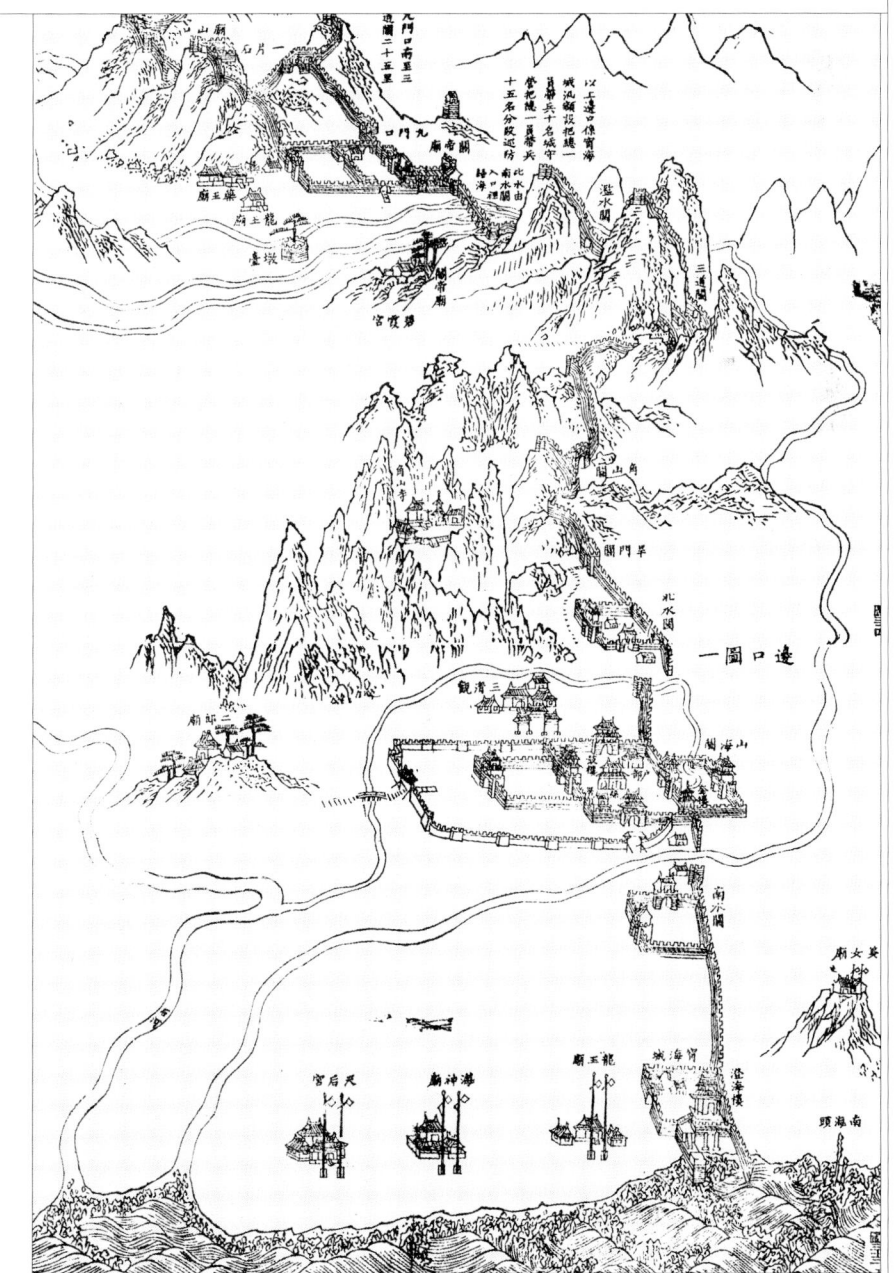

长城：明朝末年，满清军队曾五次越长城而进犯内地。

"金庸作品集"新序

小说是写给人看的。小说的内容是人。

小说写一个人、几个人、一群人,或成千成万人的性格和感情。他们的性格和感情从横面的环境中反映出来,从纵面的遭遇中反映出来,从人与人之间的交往与关系中反映出来。长篇小说中似乎只有《鲁滨逊飘流记》,才只写一个人,写他与自然之间的关系,但写到后来,终于也出现了一个仆人"星期五"。只写一个人的短篇小说多些,尤其是近代与现代的新小说,写一个人在与环境的接触中表现他外在的世界、内心的世界,尤其是内心世界。有些小说写动物、神仙、鬼怪、妖魔,但也把他们当作人来写。

西洋传统的小说理论分别从环境、人物、情节三个方面去分析一篇作品。由于小说作者不同的个性与才能,往往有不同的偏重。

基本上,武侠小说与别的小说一样,也是写人,只不过环境是古代的,主要人物是有武功的,情节偏重于激烈的斗争。任何小说都有它所特别侧重的一面。爱情小说写男女之间与性有关的感情和行动,写实小说描绘一个特定时代的环境与人物,《三国演义》与《水浒》一类小说叙述大群人物的斗争经历,现代小说的重点往往放在人物的心理过程上。

小说是艺术的一种,艺术的基本内容是人的感情和生命,主要形式是美,广义的、美学上的美。在小说,那是语言文笔之美、安排结构之美,关键在于怎样将人物的内心世界通过某种形式而表现出来。什么形式都可以,或者是作者主观的剖析,或者是客观的叙述故事,从人物的行动和言语中客观的表达。

读者阅读一部小说,是将小说的内容与自己的心理状态结合起来。同样一部小说,有的人感到强烈的震动,有的人却觉得无聊厌倦。读者的个性与感情,与小说中所表现的个性与感情相接触,产生了"化学反应"。

武侠小说只是表现人情的一种特定形式。作曲家或演奏家要表现一种情绪,用钢琴、小提琴、交响乐或歌唱的形式都可以,画家可以选择油画、水彩、水墨或版画的形式。问题不在采取什么形式,而是表现的手法好不好,能不能和读者、听者、观赏者的心灵相沟通,能不能使他的心产生共鸣。小说是艺术形式之一,有好的艺术,也有不好的艺术。

好或者不好,在艺术上是属于美的范畴,不属于真或善的范畴。判断美的标准是美,是感情,不是科学上的真或不真(武功在生理上或科学上是否可能),道德上的善或不善,也不是经济上的值钱不值钱,政治上对统治者的有利或有害。当然,任何艺术作品都会发生社会影响,自也可以用社会影响的价值去估量,不过那是另一种评价。

在中世纪的欧洲,基督教的势力及于一切,所以我们到欧美的博物院去参观,见到所有中世纪的绘画都以圣经故事为题材,表现女性的人体之美,也必须通过圣母的形象。直到文艺复兴之后,凡人的形象才大量在绘画和文学中表现出来,所谓文艺复兴,是在文艺上复兴希腊、罗马时代对"人"的描写,而不再集中于描写天使与圣人。

中国人的文艺观,长期以来是"文以载道",那和中世纪欧洲黑暗时代的文艺思想是一致的,用"善或不善"的标准来衡量文艺。《诗经》中的情歌,要牵强附会地解释为讽刺君主或歌颂后妃。对于陶渊明的《闲情赋》,司马光、欧阳修、晏殊的相思爱恋之词,或惋惜地评之为白璧之玷,或好意地解释为另有所指。他们不相信文艺所表现的是感情,认为文字的唯一功能只是为政治或社会价值服务。

我写武侠小说,只是塑造一些人物,描写他们在特定的武侠环境(中国古代的、缺乏法治的、以武力来解决争端的不合理社会)中的遭遇。当时的社会和现代社会已大不相同,人的性格和感情却没有多大变化。古代人的悲欢离合、喜怒哀乐,仍能在现代读者的心灵中引起相应的情绪。读者们当然可以觉得表现的手法拙劣,技巧不够成熟,描写殊不深刻,以美学观点来看是低级的艺术作品。无论如何,我不想载什么道。我在写武侠小说的同时,也写政治评论,也写与历史、哲学、宗教有关的文字,那与武侠小说完全不同。涉及思想的文字,是诉诸读者理智的,对这些文字,才有是非、真假的判断,读者或许同意,或许只部份同意,或许完全反对。

对于小说，我希望读者们只说喜欢或不喜欢，只说受到感动或觉得厌烦。我最高兴的是读者喜爱或憎恨我小说中的某些人物，如果有了那种感情，表示我小说中的人物已和读者的心灵发生联系了。小说作者最大的企求，莫过于创造一些人物，使得他们在读者心中变成活生生的、有血有肉的人。艺术是创造，音乐创造美的声音，绘画创造美的视觉形象，小说是想创造人物、创造故事，以及人的内心世界。假使只求如实反映外在世界，那么有了录音机、照相机，何必再要音乐、绘画？有了报纸、历史书、记录电视片、社会调查统计、医生的病历记录、党部与警察局的人事档案，何必再要小说？

武侠小说虽说是通俗作品，以大众化、娱乐性强为重点，但对广大读者终究是会发生影响的。我希望传达的主旨，是：爱护尊重自己的国家民族，也尊重别人的国家民族；和平友好，互相帮助；重视正义和是非，反对损人利己；注重信义，歌颂纯真的爱情和友谊；歌颂奋不顾身的为了正义而奋斗；轻视争权夺利、自私可鄙的思想和行为。武侠小说并不单是让读者在阅读时做"白日梦"而沉缅在伟大成功的幻想之中，而希望读者们在幻想之时，想像自己是个好人，要努力做各种各样的好事，想像自己要爱国家、爱社会、帮助别人得到幸福，由于做了好事、作出积极贡献，得到所爱之人的欣赏和倾心。

武侠小说并不是现实主义的作品。有不少批评家认定，文学上只可肯定现实主义一个流派，除此之外，全应否定。这等于是说：少林派武功好得很，除此之外，什么武当派、崆峒派、太极拳、八卦掌、弹腿、白鹤派、空手道、跆拳道、柔道、西洋拳、泰拳等等全部应当废除取消。我们主张多元主义，既尊重少林武功是武学中的泰山北斗，而觉得别的小门派也不妨并存，它们或许并不比少林派更好，但各有各的想法和创造。爱好广东菜的人，不必主张禁止京菜、川菜、鲁菜、徽菜、湘菜、维扬菜、杭州菜、法国菜、意大利菜等等派别，所谓"萝卜青菜，各有所爱"是也。不必把武侠小说提得高过其应有之份，也不必一笔抹杀。什么东西都恰如其份，也就是了。

我写这套总数三十六册的《作品集》，是从一九五五年到七二年，前后约十五六年，包括十二部长篇小说，两篇中篇小说，一篇短篇小说，一篇历史人物评传，以及若干篇历史考据文字。出版的过程很奇怪,不论在香港、台湾、海外地区,还是中国大陆,都是先出各种各样翻版盗印本,然后再出版经我校订、授权的正版本。在中国大陆,在"三联版"出版之前,只有天津百花文艺出版社一家,是经我授权而出版了《书剑恩仇录》。他们校印认真,依足合同支付版税。我依足法例缴付所得税,余数捐给了几家文化机构及支助围棋活动。这是一个愉快的经验。除此之外,完全是未经授权的,直到正式授权给北京三联书店出版。"三联版"的版权合同到二〇〇一年年底期满,以后中国内地的版本由广州出版社出版,主因是港粤邻近,业务上便于沟通合作。

翻版本不付版税,还在其次。许多版本粗制滥造,错讹百出。还有人借用"金庸"之名,撰写及出版武侠小说。写得好的,我不敢掠美;至于充满无聊打斗、色情描写之作,可不免令人不快了。也有些出版社翻印香港、台湾其他作家的作品而用我笔名出版发行。我收到过无数读者的来信揭露,大表愤慨。也有人未经我授权而自行点评,除冯其庸、严家炎、陈墨三位先生功力深厚,兼又认真其事,我深为拜嘉之外,其余的点评大都与作者原意相去甚远。好在现已停止出版,出版者道歉赔偿,纠纷已告结束。

有些翻版本中,还说我和古龙、倪匡合出了一个上联"冰比冰水冰"征对,真正是大开玩笑了。汉语的对联有一定规律,上联的末一字通常是仄声,以便下联以平声结尾,但"冰"字属蒸韵,是平声。我们不会出这样的上联征对。大陆地区有许许多多读者寄了下联给我,大家浪费时间心力。

为了使得读者易于分辨,我把我十四部长、中篇小说书名的第一个字凑成一副对联:"飞雪连天射白鹿,笑书神侠倚碧鸳"。(短篇《越女剑》不包括在内,偏偏我的围棋老师陈祖德先生说他最喜爱这篇《越女剑》。)我写第一部小说时,根本不知道会不会再写第二部;写第二部时,也完全没有想到第三部小说会用什么题材,更加不知道会用什么书名。所以这副对联当然说不上工整,"飞雪"不能对"笑书","连天"不能对"神侠","白"与"碧"都是仄声。但如出一个上联征对,用字完全自由,总会选几个比较有意思而合规律的字。

有不少读者来信提出一个同样的问题:"你所写的小说之中,你认为哪一部最好?最喜欢哪一部?"这个问题答不了。我在创作这些小说时有一个愿望:"不要重复已经写过的人物、情节、感情,甚至是细节。"限于才能,这愿望不见得能达到,然而总是朝着这方向努力,大致来说,这十五部小说是各不相同的,分别注入了我当时的感情和思想,主要是感情。我喜爱每部小说中的正面人物,为了他们的遭遇而快乐或惆怅、悲伤,有时会非常悲伤。至于写作技巧,后期比较有些进步。但技巧并非最重要,所重视的是个性和感情。

这些小说在香港、台湾、中国内地、新加坡曾拍摄为电影和电视连续集,有的还拍了三四个不同版本,此外有话剧、京剧、粤剧、音乐剧等。跟着来的是第二个问题:"你认为哪一部电影或电视剧改编演出得最成功?剧中的男女主角哪一个最符合原著中的人物?"电影和电视的表现形式和小说根本不同,很难拿来比较。电视的篇幅长,较易发挥;电影则受到更大限制。再者,阅读小说有一个作者和读者共同使人物形象化的过程,许多人读同一部小说,脑中所出现的男女主角却未必相同,因为在书中的文字之外,又加入了读者自己的经历、个性、情感和喜憎。你会在心中把书中的男女主角和自己或自己的情人融而为一,而每个读者性格不同,他的情人肯定和你的不同。电影和电视却把人物的形象固定了,观众没有自由想像的余地。我不能说哪一部最好,但可以说:把原作改得面目全非的最坏、最自以为是、最瞧不起原作者和广大读者。

武侠小说继承中国古典小说的长期传统。中国最早的武侠小说,应该是唐人传奇的《虬髯客传》、《红线》、《聂隐娘》、《昆仑奴》等精彩的文学作品。其后是《水浒传》、《三侠五义》、《儿女英雄传》等等。现代比较认真的武侠小说,更加重视正义、气节、舍己为人、锄强扶弱、民族精神、中国传统的伦理观念。读者不必过份推究其中某些夸张的武功描写,有些事实上是不可能的,只不过是中国武侠小说的传统。聂隐娘缩小身体潜入别人的肚肠,然后从他口中跃出,谁也不会相信是真事,然而聂隐娘的故事,千余年来一直为人所喜爱。

我初期所写的小说,汉人皇朝的正统观念很强。到了后期,中华民族各族一视同仁的观念成为基调,那是我的历史观比较有了些进步之故。这在《天龙八部》、《白马啸西风》、《鹿鼎记》中特别明显。韦小宝的父亲可能是汉、满、蒙、回、藏任何一族之人。即使在第一部小说《书剑恩仇录》中,主角陈家洛后来也对回教增加了认识和好感。每一个种族、每一门宗教、某一项职业中都有好人坏人。有坏的皇帝,也有好皇帝;有很坏的大官,也有真正爱护百姓的好官。书中汉人、满人、契丹人、蒙古人、西藏人……都有好人坏人。和尚、道士、喇嘛、书生、武士之中,也有各种各样的个性和品格。有些读者喜欢把人一分为二,好坏分明,同时由个体推论到整个群体,那决不是作者的本意。

历史上的事件和人物,要放在当时的历史环境中去看。宋辽之际、元明之际、明清之际,汉族和契丹、蒙古、满族等民族有激烈斗争;蒙古、满人利用宗教作为政治工具。小说所想描述的,是当时人的观念和心态,不能用后世或现代人的观念去衡量。我写小说,旨在刻画个性,抒写人性中的喜愁悲欢。小说并不影射什么,如果有所斥责,那是人性中卑污阴暗的品质。政治观点、社会上的流行理念时时变迁,不必在小说中对暂时性的观念作价值判断。人性却变动极少。

在刘再复先生与他千金刘剑梅合写的《父女两地书》(共悟人间)中,剑梅小姐提到她曾和李陀先生的一次谈话,李先生说,写小说也跟弹钢琴一样,没有任何捷径可言,是一级一级往上提高的,要经过每日的苦练和积累,读书不够多就不行。我很同意这个观点。我每日读书至少四五小时,从不间断,在报社退休后连续在中外大学中努力进修。这些年来,学问、知识、见解虽有长进,才气却长不了,因此,这些小说虽然改了三次,相信很多人看了还是要叹气。正如一个钢琴家每天练琴二十小时,如果天份不够,永远做不了萧邦、李斯特、拉赫曼尼诺夫、巴德鲁斯基,连鲁宾斯坦、霍洛维兹、阿胥肯那吉、刘诗昆、傅聪也做不成。

这次第三次修改,改正了许多错字讹字以及漏失之处,多数由于得到了读者们的指正。有几段较长的补正改写,是吸收了评论者与研讨会中讨论的结果。仍有许多明显的缺点无法补救,限于作者的才力,那是无可如何的了。读者们对书中仍然存在的失误和不足之处,希望写信告诉我。我把每一位读者都当成是朋友,朋友们的指教和关怀,自然永远是欢迎的。

二○○二年四月　于香港

目录

第一回	危邦行蜀道	乱世坏长城 …… 5
第二回	恩仇同患难	死生见交情 …… 29
第三回	经年亲剑铗	长日对楸枰 …… 55
第四回	矫矫金蛇剑	翩翩美少年 …… 85
第五回	山幽花寂寂	水秀草青青 …… 111
第六回	逾墙搂处子	结阵困郎君 …… 139
第七回	破阵缘秘笈	藏珍有遗图 …… 167
第八回	易寒强敌胆	难解女儿心 …… 193
第九回	双姝拼巨赌	一使解深怨 …… 227
第十回	不传传百变	无敌敌千招 …… 265
第十一回	慷慨同仇日	间关百战时 …… 303
第十二回	王母桃中药	头陀席上珍 …… 325

张朝唐与杨鹏举见殿中塑着一座神像,头戴金盔,身穿绯袍,左手捧着一柄宝剑,右手手执令旗。那神像脸容清癯,三绺长须,状貌威严,身子稍侧,目视远方,眉梢眼角之间,似乎带有忧思。

第一回
危邦行蜀道
乱世坏长城

　　大明成祖皇帝永乐六年八月乙未,西南海外浡泥国国王麻那惹加那乃,率同妃子、弟、妹、世子及陪臣来朝,进贡龙脑(樟脑中之精美者)、鹤顶、玳瑁、犀角、金银宝器等诸般物事。成祖皇帝大悦,嘉劳良久,赐宴奉天门。

　　那浡泥国即今婆罗洲北部的婆罗乃,又称文莱(浡泥、婆罗乃、文莱以及英语 Brunei 均系同一地名之音译),虽和中土相隔海程万里,但向来仰慕中华。宋朝太平兴国二年,其王向打(即苏丹,中国史书上译音为"向打")曾遣使来朝,进贡龙脑、象牙、檀香等物,其后朝贡不绝。

　　麻那惹加那乃国王眼见天朝上国民丰物阜,文治教化、衣冠器具,无不令他欢喜赞叹,明帝又相待甚厚,竟然留恋不去。到该年十一月,一来年老畏寒,二来水土不服,患病不治。成祖深为悼惜,为之辍朝三日,赐葬南京安德门外(今南京中华门外聚宝山麓,有王墓遗址,俗呼马回回坟),又命世子遐旺袭封浡泥国王,遣使者护送归国,并赏赐大量金银、器皿、锦绮、纱罗等物。此后洪熙、正德、嘉靖年间,该国君王均有朝贡。中国人去到浡泥国的,有些还做了大官,被封为"那督"。

　　到得万历年间,浡泥国内忽起内乱,《明史·浡泥传》载称:"其王卒,无嗣。族人争立,国中杀戮几尽,乃立其女为王。漳州人张姓者,初为其国那督,华言尊官也,因乱出奔,女王立,迎还之。其女出入王宫,得心疾,妄言父有反谋。女主惧,遣人按问其家,那督自杀。国人为讼冤。女主悔,绞杀其女,授其子官。"

这位张那督的女儿为何神经错乱,向女王诬告父亲造反,以致酿成这个悲剧,想必另有曲折内情,史书并未详载,后人不得而知。福建漳州张氏在浡泥国累世受封那督,亲民善理,颇有权势,为其国人所敬。

华人在彼邦经商务农,数亦不少,披荆斩棘,甚有功绩,和当地土人相处融洽。费信《星槎胜览》一书中记云:"浡泥国……其国之民崇佛像,好斋沐。凡见唐人至其国,甚有爱敬。有醉者,则扶归家寝宿,以礼待之若故旧。"有诗为证,诗曰:

"浡泥沧海外,立国自何年?夏冷冬生热,山盘地自偏。
积修崇佛教,扶醉待宾贤。取信通商舶,遗风事可传。"

浡泥国那督张氏数传后是为张信,膝下惟有一子。张信不忘故国,为儿子取名朝唐。到张朝唐十二岁那一年,福建有一士人屡试不第,弃儒经商,随乡人来到浡泥国。这人不善经营,本钱蚀得干干净净,无颜回乡,就此流落异邦。有人荐他去见张信,想要谋个生计。张信和他一谈之下,心下大喜,便即聘为西宾,教儿子读书。

张朝唐开蒙虽迟,但天资聪颖,十年之间,四书五经俱已熟习。那老师力劝张信遣子回中土应试,若能考得个秀才、举人,有了中华的功名,回到浡泥来大有光采。张信也盼儿子回乡去观光上国风物,于是重重酬谢了老师,打点金银行李,再派僮儿张康跟随,命张朝唐随同老师回漳州原籍应试。

其时正是崇祯六年,逆奄魏忠贤虽已伏诛,但在天启朝七年之间祸国殃民,杀害忠良,明朝元气大伤,兼之连年水旱成灾,流寇四起。张朝唐等三人从厦门上岸,雇船西上漳州。不料只行出数十里,四乡忽然大乱,一群盗贼涌上船来,不由分说,便将那教书先生杀了。张朝唐主仆幸好识得水性,跳水逃命,才免了一刀之厄。

两人在乡间躲了三日,听得四乡饥民聚众要攻漳州、厦门。这一来,只将张朝唐吓得满腔雄心,登化乌有,眼见危邦不可居,还是急速回家的为是。其时厦门已不能再去,主仆两人一商量,决定从陆路西赴广州,再乘海船出洋。两人买了两匹坐骑,胆战心惊,沿路打听,向广东而去。

幸喜一路无事,经南靖、平和,来到三河坝,已是广东省境,再过梅州、水口,向西迤逦行来。张朝唐素闻广东是富庶之地,但沿途所见,尽是饥民,心想中华地大物博,百姓人人生死系于一线,浡泥只是海外小邦,男女老幼却安居乐业,无忧无虑,不由得叹息,心想中国山川雄奇,眼见者百未得一,但如此朝不保夕,还是去浡泥椰子树下唱歌睡觉,安乐得多了。

这一日行经鸿图嶂,山道崎岖,天色向晚,两人焦急起来,催马急奔。一口气奔出十多里地,到了一个小市镇上,主仆两人大喜,想找个客店借宿,哪知市镇上静悄悄的一个人影也无。张康下马,走到一家挂着"粤东客栈"招牌的客店之外,高声叫道:"喂,店家,店家!"店房靠山,山谷响应,只听得"喂,店家,店家"的回声,店里却毫无动静。正在这时,一阵北风吹来,猎猎作响,两人都感毛骨悚然。

张朝唐拔出佩剑,闯进店去,只见院子内地下倒着两具尸首,流了一大滩黑血,苍蝇绕着尸首乱飞。腐臭扑鼻,看来两人已死去多日。张康惊恐大叫,转身逃出。

张朝唐四下瞧去,到处箱笼散乱,门窗残破,似经盗匪洗劫。张康见主人不出来,一步一顿的又回进店。张朝唐道:"到别处看看。"又去了三家店铺,家家都是如此。有的女尸身子赤裸,显是曾遭强暴而后遭害。一座市镇之中,到处阴风惨惨,尸臭阵阵。两人不敢停留,忙上马向西。

主仆两人行了十几里,天色全黑,又饿又怕,正狼狈间,张康忽道:"公子,你瞧!"张朝唐顺着他手指看去,只见远处有一点火光,喜道:"咱们借宿去。"

两人离开大道,向着火光走去,越走道路越窄。张朝唐忽道:"倘若那是贼窟,岂不是自投死路?"张康吓了一跳,道:"那么别去吧。"张朝唐眼见四下乌云欲合,颇有雨意,说道:"先悄悄过去瞧一瞧。"下了马,把马缚在路边树上,蹑足向火光处走去。行到临近,见是两间茅屋,张朝唐想到窗口往里窥探,忽然一只狗大声吠叫,扑将过来。张朝唐挥动佩剑,那狗才不敢走近,不停吠叫。

柴扉开处,一个老婆婆走了出来,手举油灯,颤巍巍的询问。张朝唐道:"我们是过路客人,想在府上借宿一晚。"老婆婆微一迟疑,道："请进来吧。"张朝唐走进茅屋，见屋里只一张土床，桌椅俱无。床上躺着一个老头，不断咳嗽。张朝唐命张康去把马牵来。张康想起刚才见到的死人惨状，畏畏缩缩的不敢出去。那老头儿挨下床来，陪着他去牵了马来系在屋边。老婆婆拿出几个玉米饼来飨客，烧了壶热水给他们喝。

张朝唐吃了一个玉米饼，问道："前面镇上杀了不少人，是什么匪帮干的？"老头儿叹了口气，道："什么匪帮？土匪有这么狠吗？那是官兵干的好事。"张朝唐大吃一惊，道："官兵？官兵怎么会如此无法无天、奸淫掳掠？他们长官不理吗？"

老头儿冷笑一声，说道："你这位小相公看来是第一次出门，什么世情也不懂的了。长官？长官带头干呀，好的东西他先拿，好看的娘们他先要。"张朝唐道："老百姓怎不向官府去告？"老头儿道："告有什么用？你一告，十之八九还得赔上自己性命。"张朝唐道："那怎样说？"老头儿道："那还不是官官相护！别说官老爷不会准你状子，还把你一顿板子收了监。你没钱孝敬，就别想出来啦。"

张朝唐不住摇头，又问："官兵到山里来干么？"老头儿道："说是来剿匪杀贼，其实山里的盗贼，十个中倒有八个是给官府逼得没生路才干的。官兵下乡来捉不到强盗，掳掠一阵，再乱杀些老百姓，提了首级上去报功，发了财，还好升官。"那老头儿说得咬牙切齿，又不停咳嗽。老婆婆不住向他打手势，叫他停口，怕张朝唐识得官家，多言惹祸。

张朝唐听得闷闷不乐，想不到世局败坏如此，心想："爹爹常说，中华是文物礼义之邦，王道教化，路不拾遗，夜不闭户，人人讲信修睦，仁义和爱。今日眼见，却大不尽然，还远不如浡泥国蛮夷之地。"感叹了一会，在一张板凳上睡了。

刚蒙眬合眼，忽听得门外犬吠之声大作，跟着有人怒喝叫骂，蓬蓬蓬的猛力打门。老婆婆下床来要去开门，老头儿摇手止住，轻声对张朝唐道："相公，你到后面躲一躲。"张朝唐和张康走到屋后，闻到一阵新鲜的稻草气息，想是堆积柴草的所在，两人缩身在稻草堆中。只听得格啦啦一阵响，屋门推倒，一人粗声喝道："干么不开门？"也不等回答，啪的一声，有人给打了记耳光。

老婆婆道："上差老爷，我……我们老夫妻年老胡涂，耳朵不好，没听见。"不料又是一记耳光,那人骂道:"没听见就该打。快杀鸡,做四个人的饭。"老头儿道:"我们人都快饿死啦,哪有什么鸡?"只听蓬的一声,似乎老头儿给推倒在地,老婆婆哭叫起来。

又听另一个声音道:"老王,算了吧,今日跑了整整一天,只收到三两七钱税银,大家心里不痛快,你拿他出气也没用。"那老王道:"这种人,你不用强还行?这几两银子,不是我打断那乡下佬的狗腿,这些土老儿们肯乖乖拿出来吗?"另一个嘶哑的声音道:"这些乡下佬也真是的,穷得米缸里数来数去也只得十几粒米,再逼实在也逼不出什么来啦,只是大老爷又得骂咱们兄弟没用……"

正说话间,忽然张朝唐的马嘶叫起来。几名公差一惊,出门查看,见到两匹马,议论起来,说乘马之人定在屋中借宿,看来倒有笔油水,当即兴兴头头的进屋来寻。

张朝唐大惊,一扯张康的手,悄悄从后门溜出。两人一脚高一脚低,在山里乱走,见无人追来,才放了心,幸喜所带的银两张康都背在背上。

两人在树丛中躲了一宵,等天色大亮,才慢慢摸上大道。主仆两人行出十多里,商量到前面市镇再买代步脚力。张康不住痛骂公差害人。正骂得痛快,忽然斜刺小路里走来四名公差,手中拿着链条铁尺,后面两人各牵一匹马,正是他们的坐骑。

张朝唐和张康面面相觑,这时要避开已然不及,只得装作若无其事,继续走路。

那四名公差不住向他们打量,一名满脸横肉的公差斜眼问道:"喂,朋友,干什么的?"张朝唐一听口音,正是昨晚打人的那个老王。张康走上一步,道:"那是我们公子爷,要上广州去读书。"

老王一把揪住,夹手夺过他背上包裹,打了开来,见累累的尽是黄金白银,不由得惊喜交集,喝道:"什么公子爷?瞧你两个不是好东西!这些金银哪里来的?定是偷来骗来的,好,现今拿到贼赃啦,跟我见大老爷去。"他见这两人年幼好欺,想把他们吓跑。哪知张康道:"我们公子爷是外国大官,知府大人见了他也必定客客气气。见你们大老爷去,那再好也没有啦!"抢过包裹,忙负在背上。

一名中年公差听了这话,眉头一皱,心想这事只怕还有后患,一不做二不休,索性杀了这两个雏儿,发笔横财再说,突然抽刀向张康劈去。张康大骇,急忙缩头,那刀从头顶掠过。他挺身挡住公差,叫道:"公子快逃。"张朝唐转身就奔。

那公差反手又是一刀,这次张康有了防备,侧身闪过,仍然没给砍中。主仆两人没命价奔逃。四名公差手持兵刃,吆喝着追来。

张朝唐平时养尊处优,加上心中一吓,哪里还跑得快,眼见就要给公差追上,忽然迎面一骑马奔驰而来。那中年公差见有人来,高声叫道:"反了,反了,大胆盗贼,竟敢拒捕?"另外几名公差也大叫:"捉强盗,捉强盗。"他们诬陷张朝唐主仆是盗匪,心想杀了人谁敢前来过问。

迎面那乘马渐渐奔近。马上乘客眼见前面两人奔逃,后面四名公差大呼追逐,只道真是捉拿强人,催马驰来,奔到张朝唐主仆之前,俯身伸臂,一手一个,拉住两人后领,提了起来。四名公差也已气喘吁吁的赶到。

马上乘者把张朝唐主仆二人往地下一掷,笑道:"强盗捉住了。"跳下马来。这人身材魁梧,声音洪亮,满脸浓须,约莫四十来岁年纪。

四名公差见他身手矫捷,气力甚大,当下含笑称谢,将张朝唐主仆拉起。

那乘马客见张朝唐一身儒服,张康青衣小帽,是个书僮,哪里像是强盗,不禁一怔。张康叫了起来:"英雄救命!他们要谋财害命。"那人喝问:"你们干什么的?"张康叫道:"这是我家公子,去广州赶考……"话未说完,已给一名公差按住了嘴。

那中年公差向乘马客道:"老兄,你走你的道吧,莫管我们衙门的公事。"乘马客道:"你放开手,让他说。"张朝唐道:"在下一介书生,手无缚鸡之力,岂是强人……"一名公差喝道:"还要多嘴?"反手一记巴掌打去。

乘马客马鞭挥出,鞭上革绳卷住公差手腕,这一掌便没打着。乘马客问道:"到底怎么回事?"张康道:"我家公子要去广州考秀才,遇上这四人。他们见到我们的银子,就想杀人。"说到这里,跪下叫道:"英雄救命!"

乘马客问公差道:"这话可真?"众公差冷笑不答。那老王站在他背后,乘他不觉,突然举刀搂头砍落。乘马客听得脑后风生,更不回头,身子向左微挫,右足"乌龙扫地",横扫而出,正中老王足胫,将他踢出数步。余下三名公差大叫:"真强盗来啦!"两个举起铁尺,一个挥动铁链,向乘马客围攻过来。

张朝唐见他手无寸铁,不禁暗暗担忧。乘马客挺然不惧,左躲右闪,三名公差的兵刃始终伤他不着。那老王站起身来,抢刀上前夹攻。乘马客大喝一声,老王吃了一惊,一刀没砍准,乘马客劈面一拳,打得他鼻血直流。老王只顾护痛,双手掩面,当啷一声,手中单刀跌落。乘马客抢过单刀,回手挥出,砍中一名手持铁尺的公差右肩。他兵刃在手,如虎添翼,刀光闪处,手持铁链的公差左腿中刀,跌倒在地。剩下一名公差不敢再战,不顾同伴死活,和老王两人撒腿就逃。乘马客哈哈大笑,将单刀往地下一掷,跃上马背。

张朝唐忙上前道谢,请问姓名。乘马客见两名公差躺在地上哼哼唧唧的叫痛,向他怒目而视,说道:"这里不是说话之所,咱们上马再谈。"张康牵过马来,三人并辔而行。张朝唐说了家世姓名。乘马客道:"原来是张公子。在下姓杨,名鹏举,江湖上人称摩云金翅,是武会镖局的镖头。"张朝唐道:"今日若非阁下相救,小弟主仆两人准没命了。"杨鹏举道:"这一带乱得着实厉害,兵匪难分,公子还是及早回去外国的为是。在下也正要去广州,公子若不嫌弃,咱们便可结伴而行。"

张朝唐大喜,一再称谢。这几日来他吓得心神不定,现今得和一位镖师同行,适才又见到他武功了得,登时大感心安。

三人行了二十几里路,寻不到打尖的店家。杨鹏举身上带着干粮,取出来分给两人吃了。张康找到个破瓦罐,捡了些干柴,想烧些热水来喝,忽听得身后有人大叫:"强盗在这里了!"张康一惊手抖,将瓦罐中的水都泼在柴上。

杨鹏举回过头来,见刚才逃走的公差老王一马当先,领了十多名军士,骑马赶来。杨鹏举叫道:"快上马。"三人急忙上马。杨鹏举让二人先走,抽出挂在马鞍旁的钢刀,在后掩护。众军士高叫:"捉强盗哪!"纵马追来。

杨鹏举等逃出一程,见追兵渐近,军士纷纷放箭。杨鹏举挥刀拨打,忽见前面有条岔路,叫道:"走小路!"张朝唐纵马向小路驰去,张康和杨鹏举跟随在后,追兵毫不放松。那公差老王大嚷:"追啊,抓到了强盗,大伙儿分他金银。"

杨鹏举索性勒转马来,大喝一声,挥刀砍去。老王吓得倒退,其余军士却挺枪攒刺。杨鹏举敌不过人多,混战中腿上中了一枪,虽只皮肉轻伤,却已不敢恋战,双腿一夹,提缰纵马向前急冲,挥刀将一名军士左臂砍断。其余军士吓得纷纷后退,杨鹏举回马顺小路疾驰。众军士见他逃跑,胆气又壮,呐喊追来。不一刻杨鹏举已追上张氏主仆,道路渐窄,众军士畏惧杨鹏举勇猛,不敢十分逼近。

三人纵马奔跑一阵,山道弯曲,追兵呼叫声虽清晰可闻,人影却已不见。急驰中前面突然出现三条小岔路,杨鹏举低喝:"下马!"三人把马牵到树丛中躲了起来,片刻间追兵也已赶到。那老王略一迟疑,领着军士向一条岔路赶了下去。

杨鹏举道:"他们追了一阵不见,必定回头。咱们快走。"撕下衣襟裹好腿伤,三人上马向另一条岔路驰去。

过不多久,后面追兵声又隐隐传来,杨鹏举甚是惶急,见前面有三间瓦屋,屋前有个农夫正在锄地,便下马走前,说道:"大哥,后面有官兵要害我们,请你找个地方给躲一躲。"那农夫只管锄地,便似没听到他说话。张朝唐也下马央告。

那农夫抬头,向他们仔细打量。这时前面树丛中传来牛蹄践土之声,一个牧童骑在牛背上转了出来。那牧童十岁上下年纪,头顶用红绳扎了个小辫子,脸色黝黑,笑嘻嘻地,一双大眼炯炯有神。那农夫对牧童道:"你把马带到山里放草,天黑了再回来吧。"小牧童望了张朝唐三人一眼,应道:"好!"牵了三匹马便走。

杨鹏举不知那农夫是什么用意,可是他言语神情之中,似有一股威势,竟不敢出言阻止牧童牵马。这时追兵声更加近了,张朝唐急的连说:"怎么办,怎么办?"

那农夫道:"跟我来。"带领三人走进屋内。厅堂上木桌板凳,墙上挂着蓑衣犁头,收拾洁净,不似寻常农家。那农夫直入后进,三人跟了进去,走过天井,来到一间卧房。那农夫撩起帐子,露出墙来。伸手在墙上一推,一块大石翻了进去,墙上现出一个洞来。那农夫道:"进去吧!"

三人依言入内,原来是个宽敞的山洞。这屋倚山而建,刚造在山洞之前,如不把房屋拆去,谁也猜不到有此藏身之所。三人躲好,那农夫关上密门,自行出去锄地。不一刻,公差老王已率领军士追到。老王向农夫大声吆喝:"喂,有三个人骑马从这边过去吗?"那农夫向小路的一边指了一指,道:"早过去啦!"

公差军士奔出了七八里地,不见张朝唐等踪迹,掉转马头,又来询问。那农夫装聋作哑,话也说不大清楚。一名军士骂道:"他妈的,多问这傻瓜有屁用?走吧!"一行人又向另一条岔路追了下去。

张朝唐和杨鹏举、张康三人躲在山洞之内,隐隐听得马匹奔驰之声,过了一会,声音听不见了,那农夫始终不来开门。杨鹏举焦躁起来,使力拉门,拉了半天,石门纹丝不动。三人只得坐在地上打盹。杨鹏举创口作痛,不住咒骂公差军士。

也不知过了几个时辰,石门忽然轧轧作响的开了,透进光来。那农夫手持烛台,说道:"请出来吃饭吧。"

杨鹏举首先跳起,走了出去,张氏主仆随后走到厅上。只见板桌上摆了热腾腾的饭菜,大盆青菜豆腐之外,居然还有两只肥鸡。杨鹏举和张氏主仆都暗暗欢喜。

厅上除了日间所见的农夫和牧童,还有三人,都作农夫打扮。张朝唐和杨鹏举拱手相谢,道了自己姓名,又请问对方姓名。

一个面目清癯、五十来岁的农夫道:"小人姓应。"指着日间指引他们躲藏的人道:"这位姓朱。"一个身材极高的瘦子自称姓倪,一个肥肥矮矮的则说姓罗。张朝唐道:"我还道各位是一家人,原来都不是同姓。"那姓应的道:"我们都是好朋友。"

张朝唐见他们说话不多,神色凛然,举止端严,绝不似寻常农夫。那姓朱和姓倪的尤具威猛之气,姓应的则气度高雅,似是位饱读诗书的士人,几人说的都是北方官话。张朝唐试探了几句,姓应的唯唯否否,并不接口。

饭罢,姓应的问起官兵追逐原因,张朝唐原原本本说了。他口才便给,描述途中所见惨况,以及公差欺压百姓、诬良为盗的种种可恶情状,说来有声有色。那姓倪的气得猛力在桌上一拍,须眉俱张,开口欲骂。姓应的使个眼色,他就不言语了。

张朝唐又说到杨鹏举如何出手相援,将他大大的恭维了一阵。杨鹏举甚是得意,说道:"这算得什么,想当年在江西我独力杀死鄱阳三凶,那才教露脸呢。"便纵谈当时情势如何危急、自己如何英勇、如何败中取胜,说得口沫横飞。他越说越得意,将十多年来在江湖上的遭遇大吹特吹,加油添酱,说得自己英雄盖世,当世无敌。他不住口谈论江湖事迹。张朝唐闻所未闻,甚感兴味,张康小孩脾气,更连连惊叹询问。

杨鹏举后来说到了武技,举手抬足,一面讲一面比划。几个农夫却似乎听得意兴索然,姓罗的胖子打了个呵欠道:"不早啦,大家睡吧!"

小牧童过去关上了门,姓朱的从暗处提出一块大石,放在门后。杨鹏举一见之下,不由得倒抽一口凉气,暗道:"这人好大力气,这块石头少说也有三百来斤,他居然毫不费力的提来提去。"姓应的见他面色有异,说道:"山里老虎多,有时半夜里撞进门来,因此要用石头堵住门户。"

当晚张朝唐和杨鹏举、张康三人同处一室。张康着枕之后立即酣睡。张朝唐想起此行风波万里,徒然担惊受怕,不知此去广州,是否尚有凶险,思潮起伏,一时难以入睡。过了一会,忽听得书声朗朗,那小牧童读起书来。

张朝唐侧耳细听,书声中说的似是兵阵战斗之事,不禁好奇心起,披衣下床,走到厅上。只见桌上烛光明亮,小牧童正自读书。姓应的坐在一旁教导,见他出来,只向他点了点头,又低下头来,指着书本讲解。

张朝唐走近前去,见桌上还放了几本书,拿起一看,书面上写着"纪效新书"四字,原来是本朝戚继光将军所著的兵法。戚继光之名,张朝唐在浡泥国也有所闻,知是击破倭寇的名将,后来镇守蓟州,强敌不敢犯边,用兵如神,威震四海。

张朝唐向姓应的道:"各位决计不是平常人,却不知何以隐居在此,可能见告么?"姓应的道:"我们是寻常老百姓,种田打猎,读书识字,那是最平常不过的。公子为何觉得奇怪?难道只有官家子弟才可读书吗?"张朝唐心想:"原来中土寻常农夫,也有如此学养,果非蛮邦之人可比。"心下佩服,说了声"打扰",又回房去睡。

蒙蒙眬眬的睡了一会,忽觉有人相推,惊醒坐起,只听杨鹏举低声道:"这里只怕是盗窟,咱们快走吧!"张朝唐大吃一惊,低问:"怎么样?"

杨鹏举点燃烛火,走到一只木箱边,掀起箱盖道:"你看。"

张朝唐一看,只见满箱尽是金银珠宝,一惊之下,做声不得。

杨鹏举把烛台交他拿着,搬开木箱,下面又有一只木箱,伸手便去扭箱上铜锁。张朝唐道:"别看旁人隐私,只怕惹出祸来。"杨鹏举道:"这里气息古怪。"张朝唐忙问:"什么气息?"杨鹏举道:"血腥气。"张朝唐便不敢言语了。

杨鹏举轻轻扭断了锁,静听房外并无动静,揭开箱盖,移近烛台一照,两人登时吓得目瞪口呆。箱中赫然是两颗首级,一颗砍下时日已久,血迹已然变黑,但未腐烂。另一颗却是新斩下的。两颗首级都用石灰、药料腌着,是以须眉俱全,面目宛然。杨鹏举饶是久历江湖,也不由得手脚发软,张朝唐哪里还说得出话来。

杨鹏举轻轻把箱子还原放好,说道:"快走!"到炕上推醒了张康,摸到厅上。三人蹑足走到门边,杨鹏举摸到大石,暗暗叫苦,竭尽全力,又怎搬它得动?刚只推开尺许,忽然火光闪亮,那姓朱的拿着烛台走了出来。

杨鹏举手按刀柄,明知不敌,身处此境,也只有硬起头皮一拼。哪知姓朱的并不理会,说道:"要走了吗?"伸手将大石提在一边,打开大门。

杨鹏举和张朝唐不敢多言,喃喃谢了几句,低头出门,上马向西疾驰。

奔了十几里地,料想已脱险境,正感宽慰,忽然后面马蹄声响,有人厉声叫道:"喂,站住、站住!"三人哪里敢停,纵马急行。

突然黑影一晃,一人从马旁掠过,抢在前面,手一举,杨鹏举坐骑受惊,长嘶一声,人立起来。杨鹏举挥刀向那人当头砍去。那人空手拆了数招,忽地高跃,伸左拳向杨鹏举右太阳穴打落。杨鹏举单刀"横架金梁",向他手臂疾砍。岂知那人这拳乃是虚招,半路上变拳为掌,身未落地,已勾住杨鹏举手腕,喝声:"下来!"将他拖下马来,顺手夺过了他手中钢刀,掷在地下。

星光熹微中看那人时,正是那姓朱农夫。

那人冷冷的道:"回去!"回过身来,骑上马当先就走,也不理会三人是否随后跟来。杨鹏举知道反抗固然无益,逃也逃不了,只得乖乖的上马,三人跟着他回去。

一进门,厅上烛火明亮,那小牧童和其余三人坐着相候,神色肃然,一语不发。

杨鹏举自忖不免一死,索性硬气一点,昂然道:"杨大爷今日落在你们手中,要杀就杀,不必多说。"

姓朱的道:"应大哥,你说怎么办?"姓应的沉吟不语。姓倪的道:"张公子主仆放走,把姓杨的宰了。"姓应的道:"这姓杨的干保镖生涯,做有钱人走狗,能是什么好人!但他昨天见义勇为,总算做了好事,就饶他一命。罗兄弟,把他招子废了。"

姓罗的站起身来,杨鹏举惨然变色。

张朝唐不懂江湖上的说话,不知"把招子废了"便是剜去眼睛之意,但见了各人神情,想来定是要伤害杨鹏举,正想开口求情,那小牧童道:"应叔叔,我瞧他怪可怜的,就饶了他吧。"姓应的与众人对望了一眼,顿了一顿,对杨鹏举道:"有人给你求情,也罢,你能不能立个誓,今晚所见之事,决不泄漏一言半语?"

杨鹏举大喜,忙道:"今晚之事,在下实非有意窥探,但既见到了,自怪杨某有眼无珠,不识各位英雄好汉。各位的事在下立誓守口如瓶,将来如违此誓,天诛地灭,死得惨不堪言。"姓应的道:"好,我们信得过你是条汉子,你去吧。"杨鹏举一拱手,转身要走。姓倪的突然站起来,厉声喝道:"就这样走么?"

杨鹏举一楞,懂了他意思,惨然苦笑,说道:"好,请借把刀给我。"姓朱的从桌下抽出一把利刃,轻轻倒掷过去。杨鹏举伸手接住,走近几步,左手平放桌上,飕的一刀,砍下两根手指,笑道:"光棍一人作事一身当,这事跟张公子全没干系……"

众人见他手上血流如注,居然还硬挺住,也佩服他的气概。姓倪的大拇指一挺,道:"好,今晚的事就这般了结。"转身入内,拿出刀伤药和白布来,给他止血,缚了伤口。杨鹏举不愿再行停留,转身对张朝唐道:"咱们走吧。"

张朝唐见他脸色惨白,自是痛极,想叫他在此休息一下,可是又说不出口。

姓应的道:"张公子来自万里之外,我们惊吓了远客,很是过意不去,别让你回到外国,说我们中土人士都是穷凶极恶之辈。这位杨朋友也很够光棍。我送你这个东西吧。"说着从袋里掏出一块东西,交给张朝唐。

张朝唐接过一看,轻飘飘的是块竹牌,上面烙了"山宗"两字,牌背烙了些花纹,看不出有什么用处。

姓应的道:"眼前天下大乱,你一个文弱书生不宜在外面乱走,我劝你赶快回家。这几天在路上要是遇上什么危难,拿出这块竹牌来,或许有点儿用处。过得几年……唉,或者是十年,二十几年,你听得中土太平了,这才再来吧!乱世功名,得之无益,反足惹祸。"

张朝唐再看竹牌,实不见有何奇特之处,不信它有何神秘法力,想是吉祥之物,随口谢了一声,交给张康收入衣囊中。三人告辞出来,骑上马缓缓而行。回到适才和那姓朱的交手所在,见钢刀兀自在地,闪闪发光,杨鹏举拾了起来,心想:"我自夸英雄了得,碰在人家手里,屁也不值!"

天明时,到了一个小市镇上,张朝唐找了客店,让杨鹏举安睡了一天一晚,次晨才再赶路。行到中午时分,打过尖,上马又行了二十多里路,忽然蹄声响处,一骑马迎面奔来,掠过身旁,向三人望了一眼,绝尘而去。行了五六里路,后面马蹄声又起,仍是那骑马追了上来。这次杨鹏举和张朝唐都看得清楚了,马上那人青巾包头,眉目之间英悍之气毕露,从三人身旁掠过,疾驰而前。

张朝唐道:"这人倒也古怪,怎么去了又回来。"杨鹏举道:"张公子,待会你自行逃命罢,不用等我。"张朝唐惊道:"怎么?又有强盗么?"杨鹏举道:"走不上五里,必有事故,不过咱们后无退路,也只有向前闯了。"

三人惴惴不安,慢慢向前挨去,只走了两里多路,只听得嘘哩哩一声,一枝响箭射上天空,三乘马自路旁林中窜出,拦在当路。

杨鹏举催马上前,抱拳说道:"在下武会镖局姓杨,路经贵地,并非保镖,没向各位当家投帖拜谒。这位张相公来自外国,他是读书人,请各位高抬贵手,让一条道。"他在江湖上本来略有名头,手上武艺也自不弱,不过刚断了手指,又想这一带道上的朋友多半与应姓朱的是一伙,是以措词谦恭,好言相求。

三乘中当中一人双手空空,笑道:"我们少了盘缠,要借一百两银子。"他说的是浙南土话，杨鹏举和张朝唐愕然相对，不知他说些什么。

刚才骑马来回相探的那人喝道："借一百两银子，懂了没有？"杨鹏举见他们如此无礼，不禁大怒，喝道："要借银子，须凭本事！"当先那人喝道："好！这本事值不值一百两银子？"从背上取下弹弓，叭叭叭，三粒弹子打上天空，等弹子势完落下，又是连珠三弹，六颗弹子在空中分成三对，互相撞得粉碎，变成碎泥纷纷下堕。

杨鹏举见到这神弹绝技，刚只一呆，突觉左腕剧痛，单刀当的一声落在地下，才知已给他弹子打中手腕。

对面第三人手持软鞭，纵马过来，一招"枯藤缠树"，向他腰间盘打而至。杨鹏举勒马避开。那人软鞭鞭头乘势在地下卷起单刀，抄在手中，长笑一声，纵马疾驰，掠过张康身边时，白光闪动，钢刀两挥，已割断他背上包裹两端布条。他毫不停留，催马向前。包裹正从张康背上滑落，打弹子那人恰好驰到，手臂探出，不待包裹落地，已俯身提起，掂了掂重量，笑道："多谢了。"转眼间三人已向来路跑得无影无踪。

杨鹏举只是叹气，无话可说。张康急道："我们的盘费银两都在包里，这……这……怎么回家呢？"杨鹏举道："留下你这条小命，已算不错的啦，走着瞧吧。"三人垂头丧气的又行。

走不到一顿饭时分，忽然身后蹄声杂沓，回头望时，只见尘头起处，那三人又追了转来。杨鹏举和张朝唐都倒抽一口凉气，心想："抢了金银也就罢了，难道还非要了性命不可？"

那三人驰到跟前，一齐滚鞍下马，当先一人抱拳说道："原来是自己人，得罪，得罪。我们不知，多有冒犯，请勿见怪。"另一人双手托住包裹，交给张康。张康却不敢接，眼望主人。张朝唐点点头，张康这才接过。

当先那人道："刚才听得这位言道，一位是杨镖头，一位是张公子，都是真姓么？"张朝唐道："正是！"说了两人的姓名来历。

三人听了，均有诧异之色，互相望了一眼。当先那人说道："在下姓黄，这两位是亲兄弟，姓刘。张公子，你早拿出竹牌来就好了，免得我们无礼。"张朝唐听了这话，才知道这块竹牌果真效力不小，心神不定之际，也不知说什么话好。

那姓黄的又道："两位一定也是去圣峰嶂了,咱们一路走吧。"

张朝唐和杨鹏举都料想他们是一帮声势浩大的盗伙,远避之惟恐不及,怎敢再去招惹？张朝唐道："我和这位朋友要赶赴广州,圣峰嶂是不去了。"

姓黄的脸带怒色道："再过三天就是八月十六,我们千里迢迢的赶来粤东,你们到了这里,怎不上山？"上山做什么,八月十六是什么日子,张朝唐和杨鹏举两人全不知情,可是又不敢直认。张朝唐硬了头皮,说道："兄弟家有急事,须得马上回去。"

姓黄的怒道："上山也耽搁不了你两天。督师的忌辰,你们过山不拜,算得什么山宗的朋友？"张朝唐更加摸不着头脑,不知"督师忌辰"和"山宗"是什么东西。

杨鹏举毕竟阅历多,情知圣峰嶂是非去不可的了,虽有凶险,也只有听天由命,而且瞧他们神色语气,也似并无恶意,便道："三位既如此美意,我和张公子同上山去便是。"说着向张朝唐使个眼色,示意不可违拗。

姓黄的霁然色喜,笑道："本来嘛,我想你们也不会这般不讲义气。"

六人结伴同行,一路打尖住店,都由那姓黄的出头,他只做几个手势,说了几句古里古怪的话,沿途饭馆客店便都不收钱,而且招待得加意的周到客气。

走了两天,前面一座高山耸立入云,姓黄的说道便是圣峰嶂。只见沿途劲装结束之人络绎不绝,都是向圣峰嶂而去,肥瘦高矮,各色各样的人都有,神色举止,显得都是武人。这些人与姓黄的以及刘氏兄弟大半熟识,见了面就执手道故。

张杨两人抱定宗旨决不再窥探别人隐私,见他们谈话,就站得远远的。杨鹏举听这些人招呼的声音南腔北调,辽东河朔、两湖川陕各地都有。瞧各人行装打扮,大都来自远地,人人风尘仆仆。张杨两人暗暗纳罕,又感栗栗危惧。

杨鹏举心想："看来这些人是各地山寨的大盗,多半要聚众造反。我是身家清白的良民,跟众反贼混在一起,走又走不脱,真是倒楣之极了。"

这天晚上,张朝唐等歇在圣峰嶂山脚下的一所店房里,待次日一早上山。众人正要吃晚饭,忽然一人奔进店来,叫道:"孙相公到啦!"此言一出,店中客人十之八九都立即站起,涌出店去。杨鹏举一扯张朝唐的衣袖,说道:"瞧瞧去。"

走出店房,只见众人夹道垂手肃立,似在等什么人。过了一阵,西面山道上传来一阵马蹄声,众人都提高了脚跟张望,只见一个四十来岁的书生骑在马上,缓缓而来。他见众人站在道旁迎接,催马快行,驰到跟前,跳下马来。

那书生一路过来,和众人逐一点头招呼。他走到张朝唐跟前,见他也是书生打扮,微微一愕,双手一拱,问道:"这位是谁?"张朝唐道:"在下姓张,请教阁下尊姓大名。"那书生道:"在下姓孙,名仲寿。"张朝唐拱手说道:"久仰,久仰。"孙仲寿微微一笑,进店房去了。

晚饭过后,杨鹏举低声对张朝唐道:"这姓孙的书生相公看来很有权势。张公子,你去跟他说说,请他放咱们走。大家是读书人,话总容易说得通。"

张朝唐心想不错,踱到孙仲寿门口,咳嗽一声,举手敲门。只听到房里有诵读诗文之声,他敲了几下,读书声就停了。房门打开,孙仲寿迎了出来,说道:"客店寂寞,张兄来谈谈,最好不过。"张朝唐一揖进去,见桌上放着一本摊开手抄书本,一瞥之下,见写着"辽东"、"宁远"、"臣"、"皇上"等等字样,似是一篇奏章。张朝唐只怕又触人所忌,不敢多看,便坐了下来。

孙仲寿先请问他家世渊源,张朝唐据实说了。孙仲寿说道:"张兄这番可来得不巧了。中华朝政糜烂,不知何日方得清明。以兄弟之见,张兄还是暂回浡泥,俟中华圣天子在位,再来应试的为是。"张朝唐称是,说道正要归去。接着把自己如何躲避官差、杨鹏举如何相救、如何得到竹牌等事说了一遍,只是夜中见到箱内人头一事略去不提。

孙仲寿道:"我们在此相遇,可算有缘。明日张兄随小弟上山,也好知道我中土的一件千古奇冤。只要不向外人泄露此行所见所闻,小弟担保张兄决无灾害。"张朝唐谢了,却不敢多问。

孙仲寿问起浡泥国人的风土人情,听张朝唐所述,皆是闻所未闻,喟然说道:"不知几时我中华百姓才得如浡泥国一般,安居乐业,不忧温饱,共享太平之福?"

两人直谈到二更天时,张朝唐才告别回房。杨鹏举已等得十分心焦,听他转告了孙仲寿之言,才放下了心。

次日正是中秋佳节,张朝唐、杨鹏举和张康随着大众一早上山。中午时分,半山里有十多人担着饭菜等候,都是素菜,众人吃了,休息一阵,继续再行。此后一路都有人把守,盘查甚严。查到张杨三人时,孙仲寿点一点头,把守的人便不问了。张朝唐暗叫:"好险!要是昨晚没跟他这一夕谈话,今日是死是活,实所难料。"

傍晚时分,已到山顶,数百名汉子排队相迎。

山上疏疏落落有数十间房屋,最大的一座似是所寺庙。这些屋宇模样也甚平常,并无碉堡望楼等守御设施,不像是盗帮山寨。

杨鹏举在山上见了众人的势派,料想山上建构必定雄伟威武,壁垒森严,哪知浑不是这么回事,暗暗称奇。他在江湖上混了十多年,见闻算得广博,这一次却半点摸不着头脑。更有一桩奇事,这些人万里来会,瞧各人神情亲密,都是知交好友,但相见时却殊无欢愉之意,并不大声谈笑,每人神色间都显悲戚愤慨。

张杨三人给引进一间小房,一会儿送进饭菜。四盘都是素菜。张朝唐和杨鹏举悄悄议论,猜不透这些人到底在干什么,对孙仲寿所说"千古奇冤"云云,更难明所指。

次日张杨二人起身后,用过早点,在山边漫步,见到处都是长大汉子。有的头上疤痕累累,有的断手折足,个个是身经百战、饱历风霜的模样。张杨两人怕生事惹祸,走了一会便即回房,不再出去。这天整日吃的仍是素菜。杨鹏举肚里暗骂:"他妈的贼强盗死了老祖宗,叫老子吃这般嘴里淡出鸟来的青菜豆腐。"

傍晚时分,忽听得钟声镗镗。不久一名汉子走进房来,说道:"孙相公请两位到殿上观礼。"张杨二人跟他出去。张康也想跟去,那人道:"小兄弟,你早些睡吧。"

张杨二人随着他绕过几间瓦屋,来到寺庙之前。张朝唐抬头看时,见一块横匾上写着"忠烈祠"三个大字,心想:"原来是座祠堂,不知供的是谁?"随着那汉子穿过前堂和院子,见两旁陈列着兵器架子,架上刀枪斧钺、叉矛戟鞭,十八般兵刃一应俱全,都擦得雪亮耀眼。

来到大殿，但见殿上黑压压的坐满了人，总有两三千之众。张杨二人暗暗心惊，不料想这荒山之上，竟聚集了这许多人。

张朝唐抬头看时，见殿中塑着一座神像，本朝文官装束，但头戴金盔，身穿绯袍，外加黄色罩甲，左手捧着一柄宝剑，右手手执令旗。那神像脸容清癯，三绺长须，状貌威严，身子稍侧，目视远方，眉梢眼角之间，似乎带有忧思。神像两侧供着两排灵位。张朝唐隔得远了，看不清楚神主上所书的名讳。大殿四壁挂满了旌旗、盔甲、兵刃、马具之类，旌旗或黄或白、或红或蓝，也有黄色镶红边的，有的是白色镶红边。

张朝唐满腹狐疑，但见满殿人众容色悲戚，肃静无声。忽然神像旁一个身材瘦长的汉子站了起来，点烛执香，高声叫道："致祭。"殿上登时黑压压的跪得满地，张朝唐和杨鹏举也只得跟着跪下。

孙仲寿越众而前，捧住祭文朗诵起来。杨鹏举不懂祭文中文绉绉的说些什么，张朝唐却愈听愈惊。

只听得祭文文意甚是愤慨激昂，既把满清鞑子骂了个狗血淋头，而对当今崇祯皇帝竟也丝毫不留情面，说他"昏庸无道，不辨忠奸"、"刚愎自用，伤我元戎"、"自坏神州万里长城，甘为炎黄苗裔罪人"。对当今皇上如此肆口痛诋，岂不是公然要造反了吗？张朝唐听得惊疑不定。哪知祭文后面愈来愈凶，竟把崇祯皇帝的列祖列宗也骂了个痛快，什么"功勋盖世则魏公遭毒，底定中土而青田受鸩"，那是说明太祖杀害徐达、刘基等功臣之事；后来又骂神宗乱征矿税，荼毒百姓；熹宗任用奄珰，朝中清流君子，不是杀头，便是入狱，如熊廷弼等守土抗敌大臣，都惨遭杀害。

这篇祭文理直气壮，一字一句都打入张朝唐心坎里去，他虽远在外国，但中土大事，也曾知闻。祭文后半段是"我督师威震宁远，歼彼巨酋"等一大段颂扬武功的文字，更后来又再痛骂崇祯杀害忠良。

张朝唐听到这里，才知道这神像原来是连破清兵、击败清太祖努尔哈赤、使清人闻名丧胆的蓟辽督师袁崇焕。他抬头再看，见那神像栩栩如生，双目远瞩，似是痛惜异族入侵，占我河山，伤我黎民，恨不能复生而督师辽东，以御外侮。

这时祭文行将读完，张朝唐却听得更加心惊，原来祭文最后一段是与祭各人的誓言,立誓:"并诛明帝清酋,以雪此千古奇冤,而慰我督师在天之灵。"祭文读毕,赞礼的人唱道:"对督师神像暨列位殉难将军神主叩首。"众人俯身叩头。

一个幼童全身缟素,站在前列,转身伏在地下向众人还礼。张朝唐和杨鹏举又吃了一惊,原来这幼童便是那天农舍中所遇的小小牧童。

众人叩拜已毕,站起身来,都是泪痕满面,悲愤难禁。孙仲寿对张朝唐道:"张兄大才,小弟这篇祭文有何不妥之处,请予删削。"张朝唐连称:"不敢。"孙仲寿命人拿过文房四宝来,说道:"小弟邀张兄上山,便是要借重海外才子大手笔,于我袁督师的勋业更增光华。也好教世人知道,袁督师蒙冤遭难,普天共愤,中外同悲,并非只是我们旧部的一番私心。"

张朝唐心想,你叫我上山,原来为此,不由得好生为难,袁崇焕为朝廷处死,是因崇祯胡涂昏庸,不明忠奸是非,听信奸臣和太监的挑拨,天下都知冤枉,自己在浡泥之时,也曾听得几个广东商人痛哭流涕的说起过。但既由皇帝下旨而明正典刑,再说冤枉,便是诽谤今上。皇帝倘若知道了,一纸诏书来到浡泥国,连父亲都不免大受牵累。可是孙仲寿既这么说,在势又不能拒绝,情急之下,灵机忽动,想起在浡泥国时所看过的两部小说,一部是《三国演义》,一部是《精忠岳传》。他读书有限,不能如孙仲寿那么骈四骊六的大做文章,当下微一沉吟,振笔直书:"黄龙未捣,武穆蒙冤。汉祚待复,诸葛星殒。呜呼痛哉,伏维尚飨。"他说的是古人,万一这篇短短的祭文落入皇帝手中,也不能据此而定罪名。

孙仲寿本想他是一个海外士人,没什么学问,也写不出什么好句子来,只盼他称赞几句袁督师的功绩,也就是了,待见他写下了这六句,十分高兴。张朝唐把袁崇焕比之于诸葛亮和岳飞,自是推崇备至,无以复加。诸葛亮名垂古今,人人崇仰。清人为金人后裔,皆为女真族,自称后金,满清初立国时,国号便仍称为"金"。岳飞与袁崇焕皆抗金有功而死于昏君奸臣之手,两人才略遭遇,颇有相同之处,倒不是胡乱瞎比的。

孙仲寿把这几句话向众人解释了,大家轰然致谢,对张杨两人神态登时便亲热得多,不再以外人相待了。孙仲寿道:"张兄文笔不凡,武穆诸葛这两句话,荣宠九泉。小弟待会叫他们刻在祠堂旁边的石上,要令后人得知,我们袁督师英名远播,连万里之外的异邦士民也尽皆仰慕。"张朝唐作揖逊谢。

各人叩拜已毕,各就原位坐下。那赞礼的人又喊了起来:"某某营某将军"、"某某镇某总兵",喊了一个武将官衔,便有一人站起来大声说话。张朝唐听了官衔和言中之意,得知这些人都是袁崇焕的旧部,他被害之后,各人愤而离军,散处四方,今日是袁督师遭难的三周年忌辰,是以在他故乡广东东莞附近的圣峰嶂相聚,祭奠旧帅。听他们话中之意,似乎尚有什么重大图谋。

当赞礼人叫到"蓟镇副总兵朱安国"时,一人站了起来,张朝唐和杨鹏举都心头一震,原来这人便是引导他们躲入密室的那个农夫。杨鹏举心想:"原来他是抗清的蓟辽大将,那么我败在他手里,也不枉了。"

只听他朗声说道:"袁公子这三年来身子壮健,武艺大有进步,书也读了不少,我和倪、罗两位兄弟的武功已尽数传给了他,请各位另推明师。"孙仲寿道:"咱们兄弟中,还有谁武功高得过你们三位的,朱将军不必太谦。"朱安国道:"袁公子学武聪明得很。我们三个已掏完了袋底身家,真的没货色啦,的确要另请名师,以免耽误他功夫。"孙仲寿道:"好吧,这事待会再议。诛奸的事怎么了?"

那个先前会过的姓倪的农夫站起身来,说道:"那姓范的奸贼是罗参将前个月赶到浙江诛灭的。姓史的奸贼,十天前给我在潮州追到。两人的首级在此。"说罢从地上提起布囊,取出两个人头来。

众人有的轰然叫好,有的切齿痛骂。孙仲寿接过人头,供在神像桌上。

张朝唐这才明白,他们半夜里在箱中发现的人头,原来是袁党的仇人,那定是与陷害袁崇焕一案有关的奸人了。这时不断有人出来呈献首级,一时间神像前的供桌上摆了十多个人头。听这些人的禀报,人头中有一个是当朝姓高的御史,他是魏忠贤的党羽,曾诬奏袁崇焕通敌卖国。另一个是参将谢尚政,本是袁崇焕的同乡死党,袁崇焕对他一向提携,但他为图升官,竟诬告恩人造反,众人对他愤恨尤深。

各人禀告完毕,孙仲寿说道:"小奸诛了不少,大仇却尚未得报,鞑子皇太极和昏君崇祯仍然在位。如何为督师公报仇雪恨,各位有什么高见?"一个矮子站了起来,说道:"孙相公!"孙仲寿道:"赵参将有什么话请说。"那矮子说道:"依我说……"

刚说了三个字,门外一名汉子匆匆进来禀道:"山西三十六营王将军派了人来求见。"众人一听,都轰叫起来。孙仲寿道:"赵参将,咱们先迎接三十六营的使者。"赵参将道:"对。"首先抢出,众人都站起身来。

大门开处,两条大汉手执火把,往旁边一站,走进三个人来。杨鹏举已久闻三十六营的名头,知道山西二十余万起义民军结成同盟,称为"三十六营",以"紫金梁"王自用为盟主,这几年来杀官造反,声势极大,三十六营之中以闯王高迎祥最为出名,他麾下外甥李自成称为闯将,英雄了得,威震晋陕。

只见当先一人四十来岁年纪,满脸麻皮,头发蓬松,身穿粗布衫裤,膝盖手肘处都已擦坏,到处打满补钉,脚下赤足穿草鞋,腿上满是泥污,纯是个庄稼汉模样。他身后跟着两人,一个三十多岁,皮肤白净;另一个廿多岁,身材魁梧,面容黝黑,也是农夫模样。这三人看上去忠厚老实,怎知他们竟是横行秦晋的"流寇"。

当先那人走进大殿,先不说话,往神像前一站。那白脸汉子从背后包袱中取出香烛,在神像前点上,三人拜倒在地,磕起头来。那小牧童在供桌前跪下磕头还礼。

三人拜毕,脸有麻子的汉子朗声说道:"我们王将军知道袁督师在关外打鞑子,立了大功,很是佩服。袁督师为昏君冤枉害死,天下老百姓都气愤得很。王将军、高闯王、李闯将派我们来代他向督师的神位磕头。现今官逼民反,我们为了要吃饭,只好抗粮杀官。求袁大元帅英魂保佑,我们打到北京,捉住昏君奸臣,一个个杀了,给大元帅和天下的老百姓报仇。"说完又拜了几拜。众人见王自用的使者尊重他们督师,都心存好感,听了他这番话,虽然语气粗陋,却是至诚之言。

孙仲寿上前作揖,说道:"多谢,多谢。请教高姓大名。"那汉子说道:"我叫田见秀。王将军得知今日是袁大元帅忌辰,因此派我前来在灵前拜祭,并和各位相见。"孙仲寿道:"多承王将军厚意盛情,在下姓孙名仲寿。"那白净面皮的人道:"啊,相公是孙祖寿将军的弟弟。孙将军和鞑子拼战阵亡,我们一向是很敬仰的。"

孙祖寿是抗清大将,在边关多立功勋,于清兵入侵时随袁崇焕捍卫京师。袁崇焕下狱后,孙祖寿愤而出战,在北京永定门外和大将满桂同时战死,名扬天下。孙仲寿文武全才,向为兄长的左右手,在此役中力战得脱,愤恨崇祯冤杀忠臣,和袁崇焕的旧部散在江湖,抚育幼主,密谋复仇。他精明多智,隐为袁党的首领。

孙祖寿慷慨重义,忠勇廉洁,《明史》上记载了两个故事:

孙祖寿镇守固关抵抗女真时,出战受伤,濒于不起。他妻子张氏割下手臂上的肉,煮了汤给他喝,同时绝食七日七夜,祈祷上天,愿以身代。后来孙祖寿痊愈而张氏却死了。孙祖寿感念妻恩,终身不近妇人。

他身为大将时,有一名部将路过他昌平故乡,送了五百两银子到他家里。在当时原甚寻常,但他儿子坚决不受。后来他儿子来到军中,他大为嘉奖,请儿子喝酒,说:"不受赠金,深得我心。倘若你受了,这一次非军法从事不可。"《明史》称赞他"其秉义执节如此。"

孙仲寿为人处事颇有兄风,是以为众所钦佩。

袁承志使开火叉,安小慧舞动长剑,与那大汉斗了起来。那大汉虽然刀沉力猛,一时之间,却也奈何不得两个小孩,不由得心下焦躁。

第二回

恩仇同患难
死生见交情

众人正要叙话,田见秀的黑脸从人忽然从后座上直纵出去,站在门口。众人出其不意,不知发生何事,都站了起来。只见那黑脸少年指着人群中两个中年汉子喝道:"你们是曹太监的手下,到这里来干什么?"

此言一出,众人都大吃一惊,均知崇祯皇帝诛灭魏忠贤和客氏之后,宫中朝中奄竖逆党虽一扫而空,然而皇帝生性多疑,又秉承自太祖、成祖以来的习气,对大臣多所猜忌,所任用的仍是他从信王府带来的太监,其中最得宠的是曹化淳。此人统率皇帝的御用探子"东厂"和锦衣卫卫士,即所谓"厂卫",刺探朝中大臣和各地将帅的隐私,文武大臣往往不明不白为皇帝下旨诛杀,或任意逮捕,不必有罪名便关入天牢,所谓"下诏狱",都是由于曹化淳的密报。曹太监的名头,当时一提起来,当真人人谈虎色变。

那两人一个满腮黄须,四十上下年纪,另一个却面白无须,矮矮胖胖。那矮胖子面色倏变,随即镇定,笑道:"你是说我吗?开什么玩笑?"黑脸少年道:"哼,开玩笑!你们两个鬼鬼祟祟在客店里商量,要混进山宗来,又说已禀告了曹太监,要派兵来一网打尽,这些话都给我听见啦!"

黄须人拔出钢刀,作势便要扑上厮拼。那白脸胖子却哈哈一笑,说道:"王自用想收并山宗的朋友,成为第三十七营,居心险恶,哪一个不知道了?你想来造谣生事,挑拨离间,那可不成。"他说话声又细又尖,俨然太监声口,可是这几句话却也生了效。袁党中便有多人侧目斜视,对王自用的使者起了疑心。

田见秀虽出身农家,但久经战阵,百炼成钢,见了袁党诸人的神色,知道此人的言语已打动众心,便即喝道:"阁下是谁?是山宗的朋友么?"这句话问中了要害,那人登时语塞,只是冷笑。

孙仲寿喝问:"朋友是袁督师旧部么?我怎地没见过?你是哪一位总兵手下?"

那白脸人知道事败,向黄须人使个眼色,两人陡地跃起,双双落在门口。黄须人挥刀向黑脸少年砍去。那白脸人看似半男半女,行动却甚迅捷,腕底翻处,已抽出判官双笔,向黑脸少年胸口点到。

黑脸少年因是前来拜祭,为示尊崇,又免对方起疑,上山来身上不带兵刃。众人见他双手空空,骤遭夹击,便有七八人要抢上救援。不料那少年武功了得,左手如风,施展擒拿手法,便抓黄须客的手腕,同时右手骈起食中两指,抢先点向白脸人的双目。这两招迟发先至,立时逼得两名敌人都退开了两步。

袁党众人见他只一招之间便反守为攻,暗暗喝采,俱各止步。那两人见冲不出门去,知道身处虎穴,情势凶险之极,刚向内退得两步,便又抢上。黑脸少年使开双掌,在单刀双笔之间穿梭来去,攻多守少。那两人几次抢到门边,都让他逼了回来。

三人在大殿中腾挪来去,斗到酣处,黄须人突然惊叫一声,单刀脱手向人丛中飞去。朱安国跃起伸手抄出,接在手中。就在此时,黑脸少年踏进一步,左腿起处,飞脚把黄须人踢倒。他左腿尚未收回,右腿乘势又起,白脸人一惊,只想逼开敌人,夺门逃走下山,奋起平生之力,双笔一先一后反点敌胸。黑脸少年右手陡出,抓住左笔笔端,使力扭转,已把判官笔抢过。这时对方右笔跟着点到,他顺手将笔梢砸去。双笔相交,当的一声,火星交迸,白脸人虎口震裂,右笔跟着脱手。

黑脸少年一声长笑,右手抓住他胸口,一把提起,左手扯住他的裤腰,双手分处,嗤的一声,白脸人一条裤子已扯将下来,裸出下身。众人愕然之下,黑脸少年笑道:"你是不是太监,大家瞧瞧!"众人目光全都集到那白脸人的下身,果见他是净了身的。哄笑声中,众人围了拢来,见这黑脸少年出手奇快,武功高明,都甚钦佩。

这时早有人拥上去将白脸人和黄须人按住。孙仲寿喝问："曹太监派你们来干什么？还有多少同党？怎么混进来的？"两人默不作声。孙仲寿使个眼色，罗参将提起单刀，呼呼两刀割下两人首级，放在神像前供桌上。

孙仲寿拱手向田见秀道："若不是三位发现奸贼，我们大祸临头还不知道。"田见秀道："那也是碰巧。我们在道上遇见这两个家伙，见他们神色古怪，身手又甚灵便，晚上便到客店去查探，侥幸查明了他们的底细。"

孙仲寿向田见秀的两位从人道："请教两位尊姓大名。"两人报了姓名，肤色白净的叫刘芳亮，黑脸少年名叫崔秋山。朱安国过去拉住崔秋山的手，说了许多赞佩的话。

田见秀和孙仲寿及袁党中几个首脑人物到后堂密谈。田见秀说道，王将军盼望大家携手造反，共同结盟，他们三人是闯将李自成的麾下，闯将是闯王高迎祥的外甥，是三十六营中声势最盛的一支。袁党的人均感踌躇。众人虽然憎恨崇祯皇帝，决意暗中行刺，杀官诛奸之事也已作了不少，但人人本来都是大明命官，要他们造反，却是不愿，只求刺死崇祯后，另立宗室明君。何况王自用总是"流寇"，虽然名头极大，但打家劫舍，流窜掳掠，干的是强盗勾当，大家心中一直也不大瞧得起。而且三十六营远在晋陕，也支援不到。袁党众人离军之后，为了生计，有时也难免做几桩没本钱买卖，却从来不公然自居盗贼。双方身分不同，议论良久难决。

最后孙仲寿道："咱们的事已给曹太监知道，如不和王将军合盟以举大事，不但刺杀崇祯为袁督师报仇之事难以成功，只怕曹太监还要派人到处截杀。咱们势孤力弱，难免遭了毒手。田兄，咱们这样说定成不成？我们山宗帮王将军打官兵，王将军大事成功之后，须得竭力去打建州鞑子。咱们话可说明在先，日后王将军要做皇帝，我们山宗朋友却不奉命，须得由太祖皇帝子孙姓朱的来做。"

田见秀道："王将军和高闯王、李闯将军都给官府逼迫不过，为了活命，这才造反，自己决计不想做皇帝，这件事兄弟拍胸担保。人家叫我们流寇，其实我们只是种田的庄稼汉子，只盼有口饭吃，头上这颗脑袋保得牢，也就是了。我们东奔西逃，那是无可奈何。凭我们这样的料子，也做不来皇帝大官。至于打建州鞑子嘛，李将军的心意跟各位一模一样,平时说起,李将军对鞑子实是恨到骨头里去。我们唯闯将李大哥之命是从。李大哥真是大大的英雄豪杰,为人仁义,那定是信得过的。"三十六营的盟主虽是王自用,但听他们言下之意,似对李自成更为信服。

孙仲寿道:"那再好也没有了。"袁党众人更无异言,于是结盟之议便成定局。

里面在商议结盟大计,殿上朱安国和倪浩拉着崔秋山的手,走到个僻静角落里。

朱安国道:"崔大哥,咱们虽是初会,可是一见如故,你别当我们是外人。"崔秋山道:"两位大哥以前打鞑子、保江山,兄弟一向是很钦佩的。今日能见到山宗这许多英雄朋友,兄弟实在高兴得很。"倪浩道:"我冒昧请问,崔大哥的师承是哪一位前辈英雄?"崔秋山道:"兄弟的受业恩师,是山西大同府一声雷白野白老爷子。他老人家已去世多年了。"朱安国和倪浩互望了一眼,均感疑惑。倪浩说道:"一声雷白老前辈的大名,我们是久仰的了。不过有一句话崔大哥请勿见怪。白老前辈武功虽高,但似乎还不及崔大哥。"崔秋山默然不语。朱安国道:"虽然青出于蓝,徒弟高过师父的事也是常见,但刚才我看崔大哥打倒两个奸细的身法手法,却似另有真传。"

崔秋山微一迟疑,道:"两位是好朋友,本来不敢相瞒。我师父逝世之后,我机缘巧合,遇着一位世外高人。他老人家点拨了我一点武艺,但要我立誓不许说他名号,因此要请两位大哥原谅。"倪朱两人见他说得诚恳,忙道:"崔大哥快别这么说,我们有一事相求,因此才大胆请问。"崔秋山道:"两位有什么事,便请直言。大家是自己人,何必客气?"朱安国道:"崔大哥请等一等,我们去找两位朋友商量几句。"

朱倪二人把那姓应和姓罗的拉在一边。朱安国道:"这个崔兄弟武艺高强,咱们这里没一个及得上。听他说话,性格也甚豪爽。"倪浩道:"就是说到师承时有点吞吞吐吐。"于是覆述了崔秋山的话。

那姓应的名叫应松,是袁崇焕帐下谋士,当年宁远筑城,曾出不少力量。姓罗的名大千,是著名炮手,宁远一战,他点燃红夷大炮,轰死清兵无数,因功升到参将。

应松道:"咱们不妨直言相求,瞧他怎么说?"朱安国道:"这事当先问过孙相公。"应松道:"不错。"

转到后殿,见孙仲寿和田见秀正谈得投契,于是把孙仲寿请出来商量。朱安国等所擅长的是行军打仗,冲锋陷阵,长枪硬弩,十荡十决,那是勇不可当,但武学中的拳脚器械功夫,却均自知不及崔秋山。

孙仲寿道:"应师爷,这件事关系幼主的终身,你先探探那姓崔的口气。"应松点头答应,与朱安国、倪浩、罗大千三人同去见崔秋山。

应松道:"我们有一件事,只有崔大哥帮得这个忙,因此上……"

崔秋山见他们欲言又止,一副好生为难的神气,便道:"兄弟是粗人,各位有什么吩咐,只要兄弟做得到的,无不从命。"

应松道:"崔兄很爽快,那么我们直说了。袁督师被害之后,留下一位公子,那时还只七岁。我们跟昏君派来逮捕督师家属的锦衣卫打了三场,死了七个兄弟,才保全袁督师这点骨血。"崔秋山嗯了一声。应松道:"这位幼主名叫袁承志,由我们四人教他识字练武。他聪明得很,一教就会,但再跟着我们,练下去进境一定不大。我们身在草莽,防身武功要紧过行军打仗的本事。"

崔秋山已明白他们意思,说:"各位要他跟我学武?"朱安国道:"刚才见崔大哥出手杀贼,武功胜过我们十倍,要是崔大哥肯收这个徒弟,栽培他成材,袁督师在天之灵,定也感激不尽。"说罢四人都作下揖去。

崔秋山还礼后,沉吟道:"承各位瞧得起,兄弟原不该推辞,不过兄弟现下是在闯将李大哥军中,来去无定,常跟官军接仗,也不知能活到哪一天。要袁公子跟我在队伍里,一则怕我没空教他,二则委实也太危险。"应松等均想这确是实情,好生失望。

应松把袁承志叫了过来,和崔秋山见面。崔秋山见他灵动活泼,面貌黝黑,全无半分富贵公子娇生惯养的情状,很是喜欢。问他所学的武艺,袁承志答了,问道:"崔叔叔,你刚才抓住那两个坏人,使的是什么功夫?"崔秋山道:"那叫做伏虎掌法。"袁承志道:"这样快,我看都看不清楚。"崔秋山笑道:"你想不想学?"袁承志忙道:"崔叔叔,请你教我。"

崔秋山向应松笑道:"我跟田将军说,在这里多耽几天,就把这路掌法传给他吧!"袁承志和应朱倪三人俱各大喜,连声称谢。

次日一早,孙仲寿和张朝唐、杨鹏举等三人告别,说道:"咱们相逢一场,总算有缘。这里的事只要泄漏半句,后果如何,也不必兄弟多说。"张杨两人喏喏连声。孙仲寿对二人各赠了五十两银子盘费,派了两位兄弟送下山去。

张朝唐和杨鹏举径赴广州,途中更无他故。杨鹏举遭此挫折,心灰意懒,知道江湖上山外有山,人上有人,自己凭这点微末功夫,居然能挨到今日,算得是侥幸之极,此番若非袁承志这小小孩童一言相救,已变成没眼睛的废人,想想暗自心惊,当即向镖局辞了工,便欲回家务农。张朝唐感他救命之恩,见他心情郁郁,便邀他同去浡泥国游览散心。杨鹏举眼见左右无事,自己又无家累,当即答允。

三人在广州雇了海舶,前往浡泥。杨鹏举住了月余,见当地太平安乐,真如世外桃源一般,竟然不兴归意,便在张朝唐之父张信的那督府中担任个小小职司。每日当差一两个时辰,余下来喝酒赌钱,甚是逍遥快乐。

田见秀和孙仲寿等说妥结盟之事,众人在袁崇焕神像前立下重誓,山宗朋友和闯将相结为友,决不相负。田见秀正要和袁党着意结纳,听说崔秋山要教袁承志武艺,甚是欢喜,当下和刘芳亮先下山去。

袁党各路好汉,有的径去投王自用;有的各归故乡,筹备举事;也有的言明不愿造反作乱,但决不泄露机密,也决不跟众兄弟作对为敌。人各有志,旁人也不勉强。

孙仲寿、朱安国、倪浩、应松等留在山上,详商袁承志日后的出处。

袁承志自崔秋山答应教他伏虎掌后,欢喜得一夜没睡好觉。翌日大家忙着结盟,没功夫理会这事。下午众人纷纷下山,临行时每人都和幼主作别,又忙碌了半天。

到得晚上,孙仲寿和应松命人点了红烛,设了交椅,请崔秋山坐在上面,要袁承志行拜师之礼。崔秋山道:"袁家小兄弟我一见就很喜欢,他爱我这套伏虎掌,我就破费几天功夫,传授个大概。但他能不能在这几天之内学会,学了之后能不能用,可得瞧他的悟性和以后的练习了。这只是朋友之间的切磋,师徒的名份是无论如何谈不上的。"应松道:"只要教得一招两式,就是终身为师。崔大哥何必太谦?"崔秋山一定不肯,大家也只得罢了。

众人知道武林中的规矩,传艺时别人不便旁观,道了劳后,便告辞出来。

崔秋山等众人出去,正色说道:"承志,这套伏虎掌法,是一位前辈高人传给我的。我不能尽数领会其中的精奥,功夫也着实还差得远,但在江湖上对付寻常敌人,也已足够。他老人家传授这套掌法之时,曾叫我立誓,学会之后,决不能用来欺压良善,伤害无辜。"袁承志一听,已明其意,当即跪下,说道:"弟子袁承志,学会了伏虎掌法之后,决不敢欺压良善,伤害无辜,否则,否则……"他不知立誓的规矩,道:"否则就给崔叔叔打死。"

崔秋山一笑,道:"很好。"忽然身子一晃,人已不见。承志急转身时,崔秋山已绕到他身后,在他肩头一拍,笑道:"你抓住我。"

袁承志经过朱安国和倪浩、罗大千三位师父的指点,武功已稍有根基,立即矮身,左手虚晃,右手圈转,竟不回身,听风辨形,便向崔秋山腿上抓去。

崔秋山喜道:"这招不错!"话声方毕,手掌轻轻在他肩头一拍,人影又已不见。承志凝神静气,一对小掌伸了开来,居然也护住身上各处要害,眼见崔秋山身法奇快,再也抓他不住,当下不再跟他兜圈子捉迷藏,一步一步退向墙壁,突然转身,靠着墙壁,笑道:"崔叔叔,我见到你啦!"

崔秋山不能再绕到他身后,停住脚步,笑道:"好,好,你很聪明,伏虎掌一定学得成。"于是一招一式的从头教他。

这路掌法共一百单八式,每式各有变化,奇正相生相克。袁承志默默记忆,学了几遍,已把招式记得大致无误。崔秋山连比带说,再把每一招每一变的用法细加传授。承志武功本有根柢,悟性又强,崔秋山一说,便能领会。一个教得起劲,一个学得用心,直至深夜。

第二天一早,崔秋山在山边散步,见袁承志正在练拳,施展伏虎掌一百单八招的变化,于那勾、撇、捺、劈、撕、打、崩、吐八大要诀,居然也能明其大旨,知其精要。崔秋山很是欢喜,当他练到入神之时突然跃前,抬腿向他背心踢去。

承志忽听背后风声响动,侧身避过,回手便拉敌人右腿,一眼瞥见是崔秋山,急忙缩手,惊叫:"崔叔叔!"崔秋山笑道:"别停手,打下去。"劈面一掌。

承志知他是和自己拆招,当下踏步避过,小拳攒击崔秋山腰胯,正是伏虎掌第八十九招"深入虎穴"。崔秋山赞道:"不错,就是这样。"口中指点,手下不停,和他对拆起来,见承志出招有误,便即纠正。两人拳来足往,把伏虎掌一百单八式翻来覆去的拆解。承志见这套掌法变化多端,崔秋山运用时愈出愈奇,欢喜无限,用心记忆。拆解良久,崔秋山见他头上出汗,知道累了,便停住手,要他坐下休息,一面比划讲解。讲了一个多时辰,又叫他站起来过招。

两人自清晨直至深夜,除了吃饭之外,不停的拆练掌法。如此练了七日,到了第八天晚上,崔秋山道:"我所会的已全部传了给你,你要好好记住。日后是否有成,全凭你自己练习了。临敌时局面千变万化,七分靠功夫,三分靠机灵,一味蛮打,决难取胜。"承志点头受教。

崔秋山道:"明天我就要回到李将军那里,今后盼你好好用功。传我掌法的那位高人教我,武学高低的关键,是在头脑而不在手脚,因此多想比多练更要紧。可惜我的脑筋实在不大灵光,难有太大进境,盼你日后练得能胜过了我。"

袁承志和崔秋山相处虽只八九天,但他把伏虎掌法倾囊以授,教诲之勤,显见眷爱之深,听说明天就要分手,不觉眼眶红了,便要掉下泪来。崔秋山见他对自己甚是依恋,也不由得感动,轻轻抚摸他头,说道:"似你这般聪明资质,武林中实在少见,可惜我们没机缘长久相聚。"袁承志道:"崔叔叔,我跟你到李将军那里。"崔秋山笑道:"你这样小,那怎么成?我们跟着李将军,时时刻刻都在拼命,饱一顿饥一顿的,今天不知明天的事。"

正说话间,忽听得屋外有野兽一声怪叫,袁承志奇道:"那是什么?不是老虎,也不是狼。"崔秋山道:"是豹子。"灵机一动,道:"咱们去把豹子捉来,我有用处。"承志大为兴奋,忙问:"什么用处?"崔秋山笑而不答，匆匆走了出去。承志忙跟出去，见他不带兵刃，又问："崔叔叔，你用什么兵器打豹子？"

崔秋山不从正门出去，走到内进孙仲寿房外，叫道："朱大哥、倪大哥都在么？"朱安国等在房内聚谈，听得叫声，开门出来。崔秋山笑道："请各位帮手，把外面那豹子逼进屋来，我有用处。"倪浩是杀虎能手，连说："好，好。"拿了猎虎叉，抢先出门。崔秋山叫道："倪大哥，别伤那畜生。"倪浩遥遥答应，不一会，呼喝声已起。崔秋山和朱安国、罗大千三人也纵出门去。袁承志拿了短铁枪想跟出去。孙仲寿道："承志，别出去，咱们在这里看。"袁承志无奈，只得和孙仲寿、应松三人凭在窗口观看。

只见三人拿了火把，分站东西北三方。倪浩使开猎虎叉，在山边和一头躯体巨大的金钱豹正自翻翻滚滚的拼斗。他一柄叉护住全身，不让豹子扑近，却也不出叉戳刺。豹子见到火光，惊恐想逃，却给朱、崔、罗三人阻住去路。豹子见崔秋山手中没兵器，大吼着向他扑来。崔秋山闪身避开利爪，右掌在豹子额头一击，豹子登时翻了个筋斗，转身向南。南面房门大开，豹子不肯进屋，东西乱窜，但给众人逼住了，无路可走。崔秋山纵身而前，在豹子后臀上猛力一脚。豹子负痛，吼叫一声，直窜进屋。

那时应松已把各处门户紧闭，仅留出西边偏殿的门户。豹子见两人手持火把追来，东爬西搔，胡胡吼叫，奔进西殿。罗大千关上殿门，一头大豹已关在殿内。

众人都很高兴，望着崔秋山，不知他要豹何用。崔秋山笑道："承志，你进去打豹！"此言一出，众人都吃了一惊。孙仲寿道："这怕不大妥当吧？"崔秋山道："我在旁边瞧着，这畜生伤不了他。"承志道："好！"挺了短枪，就去开门。崔秋山道："放下枪，空手进去！"

袁承志一怔，随即会意是要他以刚学会的伏虎掌打豹，不禁胆怯。崔秋山道："你怕了么？"承志更不迟疑，拔开殿门上木塞，推门进去，只听"胡"的一声巨吼，一团黑影迎面扑来。他右腿后挫，让开来势，反手出掌，打在豹子耳上，使的正是伏虎掌法中的"罗汉传经"。这掌虽然打中，可是手小无力，豹子不以为意，回头便咬。袁承志窜到豹子背后，拉住豹尾急扯。

这时崔秋山已在旁卫护，惟恐豹子猛恶，承志制它不住，但见他所学伏虎掌法已使得颇熟,豹子三扑三抓,始终没碰到他衣衫,反中了他一掌一脚,心下暗喜。

孙仲寿等见承志空手斗豹,虽说崔秋山在旁照料,毕竟关心,各人拿了火把,站在殿角旁观。朱安国和倪浩手扣暗器,以便紧急时射豹救人。火光中承志腾挪起伏,身法灵活,初时还东逃西窜,不敢和豹子接近,后来见所学掌法施展开来妙用甚多,闪避攻击,得心应手,不由得越打越精神。

他见手掌打上豹身并无用处,突然变招,改打为拉,每一掌击到,回手便扯下一把毛来。豹子受痛,吼叫连连,对他的小掌也有了忌惮,见他手掌伸过来时,不住吼叫退避,露齿抵抗。但承志手法甚快,豹子每每闪避不及,一时殿中豹毛四处飞扬,一头好好的金钱豹子,给他东一块西一块的扯去了不少锦毛。众人都笑了起来。

豹毛虽给他扯去,但空手终究制它不住,酣斗中他突使一招"菩萨低眉",矮身正面向豹子冲去。豹子受惊,退了两步,随即飞身前扑,一刹那间,承志已在豹子腹下。

倪浩大惊,双镖飞出。那豹伸右脚拨落双镖。这时承志却已不见。众人凝目看时,只见他躲在豹子腹底,一双腿勾住豹背,脑袋顶住豹子下颏,叫它咬不着抓不到。豹子猛跳猛窜,翻身打滚,承志始终不放。他知时刻久了,自己力气不足,只要一松手脚,不免伤于豹子爪牙,忙叫:"崔叔叔,快来!"

崔秋山道:"取它眼睛!"一言提醒,承志右臂穿出,两根手指插向豹子右眼,豹子痛得狂叫,窜跳更猛。崔秋山踏上几步,蓬蓬连环两掌,将豹子打得头昏脑胀,翻倒在地,随即一把抱起承志,笑道:"不坏,不坏,真难为你了。"

孙仲寿等人俱已惊得满头大汗,均想:"崔秋山为人虽然不错,但在李自成手下,每日里干的尽是亡命生涯,大胆妄为。他不知袁公子这条命可有多尊贵。"又想:"袁公子经他教了八天,武艺果然大有长进。"崔秋山打开殿门,在豹子后臀上踢了一脚,笑道:"放你走吧!"那豹子直窜出去,忽然外面有人惊叫起来。

众人只道豹子奔到外面伤了人,忙出去看时,这一惊非同小可。只见满山都是点点火光,火光照耀下刀枪闪闪发亮,原来官兵大集,围攻圣峰嶂来了。看这声势,要脱逃实非容易。在山下守望的党人想来均已被害,是以事前毫无警报,而敌兵突然来临。

孙仲寿等身经百战,虽然心惊,却不慌乱,均想:"可惜山上的弟兄都已散去了,否则当年在宁远大战,十几万鞑子精兵,也给我们打得落荒而逃,又怎怕你们这些广东官兵?"其时辽朔兵精,甲于天下,袁崇焕的旧部向来不把南方官兵放在眼里。

孙仲寿当即发令:"罗将军,你率领煮饭、打扫、守祠的众兄弟到东边山头放火呐喊,作为疑兵。"罗大千应令去了。孙仲寿又道:"朱将军、倪将军,你们两位到前山去,每人各射十箭,教官兵不敢过份逼近,射后立刻回来。"朱倪二人应令去了。

孙仲寿道:"崔大哥,有一件重任要交托给你。"崔秋山道:"要我保护承志?"孙仲寿道:"正是。"说着和应松两人拜了下去。崔秋山吃了一惊,连忙还礼,说道:"两位有何吩咐,自当遵从,休得如此。"

只听得喊声大作,又隐隐有金鼓之声,听声音是山上发出,原来罗大千已把祠中的大鼓大钟抬出来狂敲猛打,扰乱敌兵。孙仲寿道:"袁督师只有这点骨血,请崔大哥护送他脱险。"崔秋山道:"我必尽力。"

这时朱安国和倪浩已射完箭回来。孙仲寿道:"我和朱将军一路,会齐罗将军后,从东边冲下,应先生和倪将军一路,从西边冲下。我们先冲,把敌兵主力引住。崔大哥和承志再从后山冲下,大家日后在李闯将军那里会齐。"众人齐声答应。

承志得应松等数载教养,这时分别,心下甚是难过,跪下去拜了几拜,说道:"孙叔叔、应叔叔、朱叔叔、倪叔叔,我,我……"喉中哽住了说不下去。孙仲寿道:"你跟着崔叔叔去,要好好听他的话。"承志点头答应。

只听得山腰里官兵发喊,向山上冲来,应松道:"我们走吧。崔大哥,你稍待片刻再走。"众人各举兵刃,向下冲去。倪浩见崔秋山没带兵器,把虎叉向他掷去,说道:"崔大哥,接住。"

崔秋山道:"还是倪兄自己用吧!"接住虎叉想掷还给他。倪浩已去得远了,于是右手持叉,左手拉着袁承志向山后走去。只见后山山坡上也满是火把,密密层层的不知有多少官兵。山下箭如飞蝗,乱射上来,崔秋山退回祠中,跑到厨下,揭了两个锅盖,一大一小,自己拿了大的,把小锅盖递给承志,说道:"这是盾牌,走吧!"两人展开轻身功夫,向黑暗中窜去。

不一会,官兵已发现两人踪迹,呐喊声中追来,数十枝箭同时射到。

崔秋山挡在承志身后,挥动锅盖,一一挡开来箭,只听得登登登之声不绝,不少箭枝射上锅盖。两人直闯下山。众官兵上来拦阻,崔秋山使开猎虎叉,叉刺杆打,霎时伤了十多名官兵,承志的短铁枪虽难以伤人,却也尽可护身。官兵见是个幼童,也不怎么理会。片刻间两人已奔到山腰。

刚喘得一口气,忽听喊声大作,一股官兵斜刺里冲到,当先一名千户手持大刀,恶狠狠的砍来。崔秋山举叉架开,觉他膂力颇大,一叉"毒龙出洞",直刺过去。那千户举刀格开,叫道:"弟兄们上啊!"崔秋山不愿恋战,举锅盖向那千户一晃。那千户向右闪避,崔秋山大喝一声,手起叉落,从他胁下插了进去,待拔出叉来,转头却不见了承志,不禁大惊,只见左边一群人围着吆喝。

他大踏步赶过去,挺叉乱戳,官兵纷纷闪避,奔到近处,果见承志给围在垓心,手中短铁枪已遭打落,正展开伏虎掌法和三名官兵对敌,毕竟年幼力弱,掌法又是初学,左支右绌,情势危急。崔秋山更不打话,唰唰两叉,刺倒两名官兵,左手拉了承志便走。官兵大叫追来,崔秋山陡然回头,唰唰两叉,又刺倒了追得最近的两名官兵,再踏上一步,叉杆下抄,挑起一名官兵,直掼在山石之上。那兵登即跌死。

众官兵见他勇悍,吓得止步不追。崔秋山把承志挟在胁下,展开轻功提纵术,直向黑暗无人处窜去,不一会便和众官兵离得远了。

崔秋山放下承志,问道:"没受伤吧?"承志举手往脸上抹汗,只觉黏腻腻的,月光下一看,满手是血,看崔秋山时,脸上、手上、衣上,尽是血迹斑斑,说道:"崔叔叔,血……血……"崔秋山道:"不要紧,是敌人的血,你身上有哪里痛么?"承志道:"没有。"崔秋山道:"好,咱们再走!"

两人矮了身子,在树丛中向下趱行,走了小半个时辰,树丛将完,崔秋山探头前望,见山下火把明亮,数百名官兵守着,悄声道:"不能下去,后退。"两人回身走了数百步,见有个山洞,洞前生着一排矮树,便钻进洞去。

袁承志毕竟年幼,虽身在险地,疲累之余,躺下不久便睡着了。崔秋山把他轻轻抱起,倚在自己怀里,侧耳静听。只听呼喊声连续不断,过了一会,眼见山顶黑烟冒起,红光冲天,想是袁崇焕的祠堂给官兵烧了。又过半个多时辰,听得山上吹起号角,崔秋山跟官兵大小打过数十仗,知是收队下山的号令。不一会,大队人马之声经身旁过去,络绎不绝,原来这山洞就在官兵下山道路之旁。

再过一会,忽听外面树丛中有人坐了下来,崔秋山右手提起钢叉,左手放在承志嘴边,防他在梦中发出声响,凝神静听。只听一人喝道:"那姓袁的逆贼留下一个儿子,到哪里去了?"这句话声音很响,登时把承志吵醒。崔秋山左手轻轻按住他嘴。

听得那人喝道:"你说不说?不说我先砍断你一条腿。"一个声音骂道:"你砍就砍!我们在边庭上一刀一枪打鞑子,岂能怕你?"听口音正是应松的声音。承志悄声道:"应叔叔!"那人又骂:"你真的不说?"应松呸的一声,似乎一口唾沫吐向他的脸上,接着一声惨叫,似乎已给他一刀砍伤。

承志再也忍耐不住,用力挣脱了崔秋山拉住他的手,大叫一声:"应叔叔!"直窜出去。火光中见一人正提刀向摔跌在地的应松砍落,他和身纵上,施展伏虎掌中的左击右擒之法,一拳正中那人右眼。那人只觉眼中金星直冒,手腕一痛,手中刀已给夺去。承志顺手挥刀,砍中他肩头,虽然力弱,没把一条肩膀卸下,也已痛得他怪声大叫。众官兵出其不意,都吃了一惊,登时逃散,待得看清楚只是个幼童,当即回转身来,刀枪并举,眼见就要把他砍成碎块。

突然火光中一柄钢叉飞出,各官兵虎口剧震,兵刃纷纷离手。崔秋山一把抓住承志后心,直纵出去。众官兵放箭时,两人早已直奔下山。

崔秋山这一露形,奉太监曹化淳之命前来搜捕的东厂番子之中,便有四名好手跟踪下来。但见他胁下挟着个幼童,但仍纵跳如飞,迅捷异常,一名番子取出一枝甩手箭,使足力劲,掷了出去。

崔秋山听得脑后生风,立即矮身,那枝箭从头顶飞了过去,就这么停得一停,另一人已扣住三枝钢镖,连珠发出。崔秋山把承志往地下放落,左手回抄,接住两枝钢镖,避开了第三枝,正待发回,敌人的袖箭、飞蝗石已纷纷打来。崔秋山手接叉拨,闪避暗器,拉着承志向山下逃去。

四名番子见崔秋山武功精强,不敢再追,站定了破口大骂,纷发暗器,居高临下,势头甚劲。崔秋山黑暗中听得飕飕之声不绝,忙把承志拉在胸前,窜高伏低的闪避,毕竟手中抱了人,纵跳不便,避开了右边打来的三枚菩提子,只觉左腿一痛,已中了一枝短箭。伤处刚痛过,立即发痒,心中大惊,知道箭上有毒,不敢停留,急向山下奔逃,但这一来,毒发更快,再跑得几步,左腿麻痹,一个踉跄,跌倒在地。承志大惊,急叫:"崔叔叔。"四名番子见他跌倒,高呼大叫,随后赶来。

崔秋山道:"承志,快走,快走,我挡住他们。"袁承志双掌一错,跃到崔秋山身后,只待挡敌。崔秋山心想:"凭你这点功夫,居然想保护我。"但心中也自感动。

转眼间敌人追到,两个使刀的奔在最前。使鬼头刀的人想生擒活捉,翻转刀背,向承志足踝上击来。承志跃起避过。

崔秋山撑起右腿,半跪在地,在地下抓起一块石头向使双刀的头上掷去。那人待要避让,已然不及,石块正中他额头,登时晕倒。使鬼头刀的人一呆,崔秋山和身扑上,十指紧紧钳住他喉咙,那人挥刀向崔秋山臂上砍来,崔秋山手上加劲,那人这一刀虽然砍中,却已无力,片刻间便即气绝而死。其余两人见敌人凶悍,吓得魂飞魄散,连忙逃回。崔秋山臂上流血,幸好伤势不重,但左腿已全无知觉。

他咬紧牙关,拾起刀撑在地下,左手握住,站了起来。这时敌人虽已逃走,但不久定然召援再来,当地决计不能多留,只得左腿虚悬,向山下走去。袁承志站在他右边,让他右手搭在自己肩上,一跷一拐的向前赶路。

走了一阵,崔秋山左腿毒性向上延伸,牵动左手也渐渐无力,只得以右手支撑。袁承志只觉肩头越来越重,但他一声不哼,奋力扶持着崔秋山前行。

又走一阵,两人实已筋疲力尽。袁承志见山边有间农舍,说道:"崔叔叔,前面有人家,咱们进去躲一躲。你再熬一下吧!"崔秋山点点头,勉力拖着半边身子向前挨去,到得门边,全身脱力,摔倒在地。

袁承志大惊,俯身连叫:"崔叔叔!"农舍门呀的一声开了,出来个中年妇人。袁承志道:"大娘,我们遇到官兵。我叔叔受了伤,求求你让我们借宿一晚。"

那农妇叫出一个十六七岁的少年,命他帮着把崔秋山扶进去,拼起三条长凳,让他躺下。崔秋山中毒不浅,亏得武功精湛,心智倒没昏乱,叫承志把油灯移近左腿处察看。两人都吓了一跳,原来那左腿已肿大了几乎一半,紫中带黑,甚是怕人。

崔秋山请那农家少年裹好他臂上伤口,再用布条在自己左腿腿根处用力缠紧,以防毒气攻心,然后抓住箭羽,用力拔出,跟着流出来的都是黑血。崔秋山俯身要去吮吸毒血,但腿子肿大,嘴巴够不到。承志俯下身去,把伤口中的黑血一口口的吸了出来,吐在地下,吸了三四十口之后,血色才渐变红。崔秋山叹了口气道:"这毒药总算还不是最厉害的那种。你快漱口。"那农妇在旁瞧着,不住念佛。

次日午后,那少年报说官兵已经退尽。崔秋山腿肿渐消,但全身发烧,胡言乱语起来。承志没了主意,只急得要哭。

那农妇道:"这位小官,我瞧你叔叔的毒气还没去尽,总得到镇上请大夫瞧瞧才好。"袁承志道:"是,是,可是怎么去?"那农妇心肠甚好,借了辆牛车,命少年送了他们到镇上。那少年把他们送入客店之后,径自去了。崔袁两人出来时身上都没带钱,袁承志不知如何是好,望着床上昏迷不醒的崔秋山发愁。店伴来问吃什么东西,承志答不上来,只好推说不饿,一个人坐着想哭。

过了良久,崔秋山终于醒来,袁承志忙问他怎么办。崔秋山道:"你身上带着什么值钱的东西没有?"袁承志道:"这项圈成吗?"说着从衣内贴肉处除了下来。崔秋山一看,见项圈是金的,镶着八颗小珍珠,项圈锁片上刻着"富贵恒昌"四个大字,还有两行小字,一行是"袁公子承志周岁之庆",一行是"小将赵率教敬赠",才知是承志做周岁时,他父亲部下大将赵率教所赠。

赵率教和祖大寿、何可纲、满桂三人是袁崇焕部下的四大名将。当年宁锦大捷,赵率教率部杀伤清兵甚众,官封左都督、平辽将军。崇祯二年十月,清兵绕过山海关,由大安口入寇京师,袁崇焕率四将千里回援,反为崇祯见疑而下狱。赵率教和满桂出战,先后阵亡。祖大寿与何可纲愤而率部自行离去,后来袁崇焕在狱中写信去劝,祖何二将才再归朝抗敌,守卫京师。

赵率教是袁崇焕部下名将,天下知闻,但这时崔秋山迷迷糊糊,未能细想,便道:"叫店伴陪你到当铺去,把项圈当了吧,将来咱们再来赎回。"袁承志说:"好,我就去。"于是请店伴同去镇上的当铺。

当铺朝奉拿到项圈,一看之下,吃了一惊,问道:"小朋友,这项圈你从哪里来的?"袁承志道:"是我自己的。"那朝奉脸色登时变了,向袁承志上上下下打量良久,说道:"你等一下。"拿了项圈到里面去,半天不出来。袁承志和那店伴等得着急,又过了好一会,那朝奉才出来,说道:"当二十两。"袁承志也不懂规矩,还是那店伴代他多争了二两银子。袁承志拿了银子和当票,顺道要店伴陪去请了大夫,这才回店,哪知身后已暗暗跟了两名公差。

袁承志回到店房,见崔秋山已沉沉睡熟,额上仍然火烫,大夫还没到来。他心中焦急,走到店门外面张望,忽见七八名公差手持铁链铁尺,抢进店来。一人说道:"就是这孩子!"为首的公差喝道:"喂,孩子,你姓袁吗?"

袁承志吓了一跳,道:"我不是。"那公差哈哈一笑,从怀中掏出那个金项圈来,说道:"这项圈你哪里偷来的?"承志急道:"不是偷的,是我自己的。"那公差笑道:"袁崇焕是你什么人?"承志不敢回答,奔进店房,猛力去推崔秋山,只听得外面公差喊了起来:"圣峰嶂的奸党躲在这里,莫让逃了。"崔秋山霍地坐起,要待挣下地来,却哪里能够?脚刚着地,便即跌倒。

众公差涌到店房门口,承志不及去扶崔秋山,纵出门来,双掌一错,挡在门口,当时心中只一个念头:"决不能让他们捉了崔叔叔去。"

门外是个大院子,客店中伙计客人听说捉拿犯人,都拥到院子里来瞧热闹,见七八名公差对着一个十岁左右的孩子发威,均觉奇怪。

只见一名公差抖动铁链,往承志头上套去。承志退后一步,仍拦在门外,不让公差进门。那公差抖铁链套人,本是吃了十多年衙门饭的拿手本事,手到擒来,百不失一,岂知一个小小孩童居然身手敏捷,这一下竟没套住,老羞成怒,伸右手来揪他头上的小辫子。承志见这许多公差声势汹汹,本已吓得要哭,但见对方伸手抓到,自然而然的使出伏虎掌法中的"横拖单鞭",在他手腕上一拉。那公差脚步跟跄,险些跌倒,怒火更炽,飞腿猛踢,骂道:"小杂种,老子今日要你好看。"

承志蹲下身来,双手托住他大腿和后臀,借力乘势,向外推送,那公差肥肥一个身躯登时凌空飞出,砰的一声,结结实实的摔落。承志本来也没这么大气力,全是乘着那公差脚踢之势,斜引旁转,将他狠狠摔了一交。这一招仍是伏虎掌法。

旁观众人齐声叫好。他们本来愤恨大人欺侮小孩,何况官府公差横行霸道,素为众百姓所侧目切齿,这时见公差落败,更败得如此狼狈,不由得大声喝采。

其余的公差也都一楞,暗想这孩子倒有点邪门,互使眼色,手举单刀铁尺,齐拥而上。旁观众人见他们动了家伙,俱都害怕,纷纷退避。承志虽学了数年武艺,毕竟年幼,又敌不过对方人多,无可奈何之中,只有奋力抵挡。不久肩头便吃铁尺重重打中了一下,忍不住便哭出声来。

正在危急之际,忽然左边厢房中奔出一条大汉,飞身纵起,落在承志面前,伸出双手乱抓乱拿,也不知他使了什么手法,顷刻之间,已把众公差的兵刃全都夺下。几名公差退得稍迟,吃他几拳打得眼青口肿。这大汉啊啊大叫,声音古怪。

一名公差喝道:"我们捉拿要犯,你是什么人?快快滚开。"那大汉全不理会,身子一晃,已欺到他身前,右手抓住他胸口,往外掷出。那公差犹如断线鸢子一般,悠悠晃晃的飞出,砰蓬一声,摔得半死。其余的公差再也不敢停留,一哄出外。

那大汉走到承志跟前,双手比划,口中哑哑作声,原来是个哑巴,似在问他来历。承志不知如何告诉他才好,甚是焦急。

那大汉忽然左掌向上,右掌向地,从伏虎掌的起手式开始,练了起来,打到第十招"避扑击虚"便收了手。袁承志会意,从第十一招"横踹虎腰"起始,接下去练了四招。那哑巴一笑,点点头,伸臂将他抱起,神态甚是亲热。

袁承志指指店房,示意里面有人。那哑巴抱着他进房,见崔秋山坐在地下,脸色犹如死灰,吃了一惊,放下承志,走上前去。崔秋山却认得他,做做手势,指指自己的腿。那哑巴点头,左手牵着承志,右手抱起了崔秋山,大踏步走出客店。崔秋山是条一百几十斤重的大汉,但哑巴如抱小孩,毫不费力,步履如飞的出去。

两名公差躲在路旁,见那哑巴向西走去,远远跟随,想是要知道他落脚之所,再邀人大举拿捕。

这时崔秋山又昏了过去,人事不知。哑巴听不到身后声息,袁承志拉拉哑巴的手,嘴巴向后一努。哑巴回过头来,见到了公差,却似视而不见,续向前行。

走出两三里路,四下荒僻无人,哑巴忽把崔秋山往地下一放,纵身欺近。两公差转身想逃,哪里来得及,早给他一手一个,揪住后心,直向山谷中摔了下去,长声惨呼下,先后跌死。

哑巴摔死公差,抱起崔秋山,健步如飞的向前疾走。这一来承志可跟不上了,他勉力对付,两条小腿拼命搬动,但只跑了里许,已气喘连连。哑巴一笑,俯身把他抱在手中,他双手分抱两人,反而跑得更快,跑了一会,折而向左,朝山上奔去。

翻过两个山头,只见山腰中有三间茅屋,哑巴径向茅屋跑去。快要到时,屋前一人迎了过来,走到临近,是个二十多岁的少妇。她向哑巴点了点头,见到崔袁两人,似感讶异,和哑巴打了几个手势,领着他们进屋。

那少妇叫道:"小慧,快拿茶壶茶碗来。"一个女孩的声音在隔房应了一声,提了一把粗茶壶和几只碗过来,怔怔的望着崔袁两人,一对圆圆的眼珠骨溜溜的转动。

那少妇粗衣布裙,长身玉立,面目姣好,那女孩也甚灵秀。

那少妇向袁承志道:"这孩子,你叫什么名字?怎么遇上他的?"袁承志知她是哑巴的朋友,于是毫不隐瞒的简略说了。

那少妇听得崔秋山中毒受伤,忙拿出药箱,从瓶中倒出些白色和红色的药粉,混在一起,调了水给崔秋山喝了,又取出一把小刀,将他腿上腐肉刮去,敷上些黄色的药末,过了一阵,用清水洗去,再敷药末。这般敷洗了三次,崔秋山哼出声来。那少妇向承志一笑,说道:"不妨事了。"打手势叫哑巴把崔秋山抱入内堂休息。

那少妇收拾药箱,对承志道:"我姓安,你叫我安婶婶好啦。这是我女儿,她叫小慧,你就耽在我这里。"袁承志点点头。安大娘随即下厨做面。承志吃过后,疲累了一天一夜,再也支持不住,便伏在桌上睡着了。

次晨醒来时发觉已睡在床上。小慧带他去洗脸。承志道："我去瞧瞧崔叔叔,他伤势好些么?"小慧道："哑巴伯伯早背了他去啦!"承志惊道："当真?"小慧点点头。承志奔到内室,果然不见崔秋山和哑巴的踪影。他茫然无主,哇的一声哭了出来。小慧忙道："别哭,别哭!"承志哪里肯听?小慧叫道："妈妈,妈妈,快来!"安大娘闻声赶来。小慧道："他见崔叔叔他们走了,哭起来啦!"

安大娘柔声说道："好孩子,你崔叔叔受了伤,很厉害,是不是?"承志点点头。安大娘又道："我只能暂行救他,让他伤口的毒气不行开来。不过不能当真治好,因此哑巴伯伯背他去请另外一个人医治。等他医好之后,就会来瞧你的。"承志慢慢止了哭泣。安大娘道："他就会好的。快洗脸,洗了脸咱们吃饭。"

吃过早饭后,安大娘要他把过去的事再详详细细说一遍,听得不住叹息。就这样,承志便在安大娘家中住了下来。

安大娘叫他把所学武功练了一遍,看后点点头说："也真难为你了。"此后安大娘每日叫他自行练武,不管练得好不好,却从不加指点,在他练的时候也极少在旁观看。小慧本来常跟他在一起,在他练武之时,却总让妈妈叫了开去。

承志从小没了父母,应松、朱安国等人虽对他照顾周到,但这些叱咤风云的大将,照料孩子总不在行。现下安大娘对他如慈母般照料,亲切周到,又有小慧作伴,这时候所过的,可说是他近年来最温馨的日子了。只是每日里记挂崔叔叔何时回来。

如此过了十多天,这一日安大娘到镇上去买油盐等物,还要剪些粗布,给承志缝一套衫裤。那日他在圣峰嶂遇难,连滚带爬,衣服给山石树枝撕得甚是破烂。安大娘虽早给他缝补好了,但满身补钉,总不好看。安大娘叮嘱两个孩子在家里玩,别去山里,怕遇上狼。两个孩子答应了。

安大娘走后,两个孩子果然听话不出,在屋里讲了几个故事,又捉了半天迷藏,后来拿些小碗小筷,假装煮饭。小慧道："你在这里杀鸡,我去买肉。"所谓杀鸡,是把萝卜切成一块一块,而买肉则是在门口捡野栗子。

小慧去了一会,好久不见回来,袁承志大叫:"小慧,小慧。"不见答应,想起安大娘的话,怕真遇上了狼,忙在灶下拿了一根火叉,冲出门去。

刚出大门,一惊非小,只见小慧给一个武官挟在胁下,正要下山,小慧大声叫喊挣扎。承志大喊一声,挺叉向那武官背后刺去。那武官大汉猝不及防,总算承志人矮,没刺到背心,后臀却已重重的吃了一叉,只是火叉头钝,刺不入肉。大汉大怒,放下小慧,拔出单刀,转身砍来。承志曾跟倪浩学过枪法,将火叉照着"岳家神枪"枪法使了开来,竟有攻有守,和那大汉对打。

那大汉力大刀劲。承志仗着身法灵便,居然也对付着拆了十来招。那大汉见战不下一个小孩,心中焦躁,双腿略蹲,刀法忽变。那大汉起初出招,倒有一大半都砍空了,只因承志身矮,大汉砍向对方上身的刀招,全都砍空了,他觉察之后,便改使地堂刀法,只是觉得对付一个小小孩童,不必小题大做,是以并不躺下地来。

这一来承志登感吃力,正危急间,忽见安小慧拿了一柄长剑,挺剑向大汉身上刺去。大汉骂道:"呸!你这小妞也来找死。"单刀横砍,想震去她手中长剑。小慧身手灵活,长剑圈转,回剑刺向大汉后胯,同时承志也已挺火叉刺去。那大汉一时竟给两个小孩闹了个手忙脚乱,连声呼叱叫骂。

袁承志起初见小慧过来帮手,耽心她受伤,但三招两式之后,见她身手便捷,剑法使得也颇纯熟,他小孩好胜,不甘落后,一柄火叉使得更加紧了。

那大汉见两个小孩的枪法和剑法竟都头头是道,然而力气太小,总归无用,于是封紧门户,又笑又骂的一味游斗。耗了一阵,两个小孩果然支持不来了。

那大汉提起单刀,对准小慧长剑猛力劈去,小慧避让不及,长剑给单刀碰上,拿捏不住,登时脱手飞出。承志大骇,火叉在大汉面前作势虚晃。大汉举刀架开,飞脚踢倒小慧。袁承志不顾性命的举叉力攻,但心中慌乱,火叉已使得不成章法。

大汉哈哈大笑,上步挥刀当头砍下。承志横叉招架,大汉左手已拉住叉头,用力旁扭。承志只觉虎口剧痛,火叉脱手。那大汉不去理他,随手把火叉掷落,奔到小慧身旁,右手抄出,已抱住她腰,向前奔去。

袁承志手上虽痛，但见小慧被擒，拾起火叉随后赶来。大汉骂道："你这小鬼，不要性命了？"左手抱住小慧，右手挺刀回身便砍，拆得五六招，袁承志左肩给单刀削去一片衣服，皮肉也已受伤，鲜血直冒。大汉笑道："小鬼，你还敢来么？"

袁承志竟不畏缩，叫道："你放下小慧，我就不追你。"拿了火叉，紧追不舍。那大汉怒从心起，恶念顿生，想道："今日不结果这小鬼，看来他要纠缠不休。"大喝一声，回身挺刀狠砍，数合拆过，右脚横扫，踢倒承志，再不容情，举刀砍落。

小慧大惊，双手拉住大汉手臂，狠狠在他手腕上咬落。大汉吃痛，哇哇怒吼，承志乘机滚开。大汉反手打了小慧个耳光，又举刀向承志砍来。承志侧身急避，吃他刀尖在额上带过，左眉上登时划了道口子，鲜血直流。

大汉料想他再也不敢追来，提了小慧就走。哪知承志犹如疯了一般，紧紧抱住大汉左脚，百忙中还使出伏虎掌法，一招"倒扭金钟"，将他左腿扭转。承志秉承着父亲那股宁死不屈的倔强性子，虽情势危急，仍不让小慧给敌人擒去。

那大汉又痛又气，右腿起处，把他踢了个筋斗，举刀正要砍下，忽听背后有人喝斥，跟着后脑上咚的一声，一阵疼痛，后颈中跟着湿淋淋、黏腻腻地，不知是不是给人打得后脑杓子流血，惊惶中回过头来，只见安大娘双手扬起，站在数丈之外。

那大汉知她厉害，舍了承志，抱住小慧要走。安大娘右手连扬，三枚鸡蛋接连向他面门打去。大汉东躲西闪，避开了两枚，第三枚再也闪避不开，扑的一声，正中鼻梁，满脸子都是蛋黄蛋白。安大娘从篮中一掏，摸到最后一枚鸡蛋，又是一下打在他左目之上。她手劲不弱，虽是枚鸡蛋，却也打得他头晕眼花。

那大汉骂道："他奶奶的，你不炒鸡蛋请老子吃，却用鸡蛋打老子！"抛下小慧，左手在眼上抹了几下，举刀向安大娘杀来。安大娘手中没兵刃，只得连连闪避。

承志见她危急，挺叉又向大汉后心刺去，他见来了帮手，精神大振，一柄火叉挑刺遮拦，"岳家神枪"的枪法居然使得有三分影子。

安大娘缓出了手，灵机一动，从篮中取出买来给承志做衣衫的一匹布,迎风抖开,抛入身后小溪,跟着捡起三块石子向大汉打去。那大汉既要闪避石子,又要招架承志的火叉,连退了三步。

安大娘拿起浸湿的布匹,喝道:"胡老三,你乘我不在家,上门来欺侮小孩子,算是哪一门子的好汉?"呼喝声中,湿布已向大汉迎面打去。她的内力虽还不足以当真束湿成棍,把湿布当作棍子使,但长布浸水,挥出来却也颇有力道。胡老三皱起眉头,抬腿把袁承志踹倒,与安大娘斗了起来。袁承志爬起身来,挺火叉再斗。

安大娘的武功本就在胡老三之上,此时心中愤恨,一匹湿布挥出来更加有力。胡老三背上连给布端打中,水珠四溅,只觉背心隐隐发痛,出手稍慢,单刀突为湿布裹住。安大娘用力回扯,胡老三单刀脱手。

他纵出两步,狞笑道:"我是受你老公之托,来接他女儿回去。阴魂不散,总有一天再找上你。小泼妇,我们锦衣卫的人你也敢得罪,当真不怕王法么?"安大娘秀眉直竖,挥湿布横扫过去。胡老三早防到她这着,话刚说完,已转身跃出,远远的戟指骂道:"他妈的,今天你请我吃生鸡蛋,老子下次捉了你关入天牢,请你屁股吃笋炒肉,十根竹签插进你的指甲缝,那时你才知道滋味!今日瞧在你老公份上,且饶你一遭。"骂了几句,向山下疾奔而去。安大娘也不追赶,回头来看小慧与承志。

小慧并没受伤,只吓得怔怔的傻了一般,隔了一会,才扑在母亲怀里哭了出来。承志却满脸满身都是鲜血。安大娘忙给他洗抹干净,取出刀伤药给他裹好,幸而两处刀伤口子都不深,流血虽多,并无大碍。安大娘把他抱到床上睡了,小慧才一五一十地把他刚才舍命相救的情形说了。

安大娘望着承志,心想:"瞧不出他小小年纪,居然有此侠义心肠。咱们在这里是不能耽了,倒要好好成全他一番。"对小慧道:"你也去睡,今天晚上咱们就得走。"

小慧随着她母亲东迁西搬惯了的,也不以为奇。安大娘收拾了一下随身物件,打了两个包裹。三人吃过晚饭后,秉烛而坐。她并不闩门,似乎另有所待。

袁承志见她秀眉紧蹙,支颐出神,一会儿眼眶红了,便似要掉下泪来,心想:"那胡老三说,安婶婶的丈夫派他来接小慧回去,不知为了什么。她丈夫欺侮安婶婶,等我长大了,练好了武艺,定要打她丈夫一顿,给安婶婶出气。只是小慧见我打她爹爹,不知会不会不高兴。"又想:"那胡老三说他是锦衣卫的,哼,锦衣卫的人坏死了,我妈妈便是给他们捉去害死的。终有一天,我要大杀锦衣卫的人,给妈妈报仇。"

袁崇焕为崇祯处死后,兄弟妻子都为皇帝下旨充军三千里。锦衣卫到袁家拿人,袁崇焕的旧部先已得讯,赶去将承志救了出来,袁夫人却未能救出。当年锦衣卫抄家拿人、如虎似狼的凶狠模样,已深印在承志小小的脑海之中。

第二回

恩仇同患难
死生见交情

只见石壁上刻满了密密层层的人形,似乎都是武功的招数。石壁上露出一个剑柄,袁承志伸手去拔,稍有松动,便不敢拔了。

第三回

经年亲剑铗
长日对楸枰

二更时分,门外轻轻传来脚步声,一人飘然进来,便是那个哑巴。他身材魁梧壮实,行路却轻飘飘的,落地仅有微声。

袁承志见到哑巴,心中大喜,扑上去拉住了他,连问:"崔叔叔呢?他好么?"竟忘了他是哑的。哑巴咧开了嘴只傻笑,显然再见到袁承志也很高兴,过了一会,才向安大娘指手划脚的作了一阵手势。

安大娘向袁承志道:"崔叔叔没事,你放心。"和哑巴打了一阵手势,哑巴不住点头干笑,双手连连鼓掌,啪啪声响。袁承志却不知他对什么事如此衷心赞成。

安大娘拉着袁承志,走到内室,并排坐在床沿上,说道:"承志,我一见你就很喜欢,就当你是我的亲儿子一般。今日你不顾性命的相救小慧,我更加永远忘不了你。今晚我要到一个很远的地方去。你跟着哑伯伯去。"袁承志道:"安婶婶,我要跟你一起去。"安大娘微笑道:"我也舍不得你啊。我要哑伯伯带你到一个人那里,他曾教过你崔叔叔武功。你崔叔叔只跟他学了两个月武艺,就这般了得。这位老前辈的武功天下无双,我要你去跟他学。"袁承志听得悠然神往。

安大娘道:"他平生只收过两个真正的徒弟,那都是许多年前的事了,只怕他未必肯再收徒弟。不过你资质好,心地善良,我想他一定喜欢。哑伯伯是他仆人,我请他带你去求他。你好好去吧。要是他真的不肯收你,哑伯伯会把你送回到我这里。"承志点头答应,心想那人如不肯收我,倒也很好。

安大娘又叮嘱道:"这位老前辈脾气很古怪,你不听话,他固然不喜欢,太听话了,他又嫌你太蠢,没自己主意,只好碰你的缘法吧。"从腕上脱下一只金丝镯子,给他戴在腕上,轻轻一捏,金丝镯子便即收小,不再落下,笑道:"等你武功学好,成为大孩子时,别忘记安婶婶和小慧妹子!"

承志道:"我永远不会忘记。要是那位老前辈肯收我,安婶婶你有空时,就带小慧妹妹来瞧瞧我。"安大娘眼圈红了,说道:"好的,我会时时记着你。"

安大娘写了封信,交给哑巴转呈他主人。四人出门,分道而别。

袁承志与安大娘及小慧虽然相处并无多日,但母女二人待他极为亲切,日间一战,更是共经生死患难,分别时均感恋恋不舍。

哑巴知袁承志受了伤,流血甚多,身子衰弱,于是把他抱在手里,迈开大步,行走若飞。这般晓行夜宿,不断向北行了一个多月。承志伤处也已好了,只是左眉上留下个小小疤痕。每日傍晚,哑巴也不在客店投宿,随便找个岩洞或是破庙歇了。在客店打尖时,都是承志出口要食物。哑巴对吃什么并无主见,拿来就吃,一顿至少要吃两斤面。袁承志打手势问他到什么地方,他总是向西北而指。

又行多日,深入群山,愈走愈高,到后来已无道路可循。哑巴手足并用,攀藤附葛,尽往高山上爬去,过了一峰又一峰,山旁尽是万丈深谷。袁承志揽住他头颈,双手拼命搂紧,唯恐一失手便粉身碎骨。如此攀登了一天,上了一座高峰的绝顶,峰顶是块大平地,四周古松耸立,穿过松林,眼前出现五六间石屋。

哑巴脸露笑容,拉着袁承志的手走进石屋,屋内尘封蛛结,显是许久没人住了。他拿了一把大扫帚,里里外外打扫干净,然后烧水煮饭。在这险峰顶上,也不知粮食和用具是如何搬运上来的。

过了三天,袁承志心急起来,做手势问师父在什么地方。哑巴指指山下,袁承志示意要下去,哑巴摇头不许。袁承志无奈,只得苦挨下去,与哑巴言语不通,险峰索居,颇苦寂寥,忆及与安大娘母女相处时的温馨时日,恨不能插翅飞了回去。

一天晚上,睡梦中忽觉灯光刺眼,揉揉眼睛,坐起身来,只见一个老人手执蜡烛,站在床前。那老人须眉俱白,但红光满面,笑嘻嘻的打量自己。

袁承志爬下炕来,恭恭敬敬的向他磕了四个头,叫道:"师父,你老人家可来啦!"那老人呵呵大笑,说道:"你这娃儿,谁教你叫我师父的?你怎知我准肯收你为徒?"

袁承志听他语气,知道他是肯收了,心中大喜,说道:"是安姊姊教我的。"那老人道:"她就是给我添麻烦。好吧,瞧你故世的父亲份上,就收了你吧!"袁承志又要磕头,那老人道:"够了,够了,明天再说。"

次日早晨天还没亮,袁承志就即起身。哑巴知道老人答允收他,喜得把他抛向空中,随手接住,连抛了四五次。

那老人听得袁承志嘻笑之声,踱出房来,笑道:"好啊,你小小年纪,居然已知行侠仗义,救人妇孺。可了不起哪!你有什么本事,倒使出来给我瞧瞧。"袁承志给他说得面红过耳,忸怩不安。

那老人笑道:"不让我瞧你的功夫,怎么教你啊?"

袁承志才知师父并非开玩笑,于是把崔秋山所传的伏虎掌法从头至尾练了起来。

那老人一面看一面微笑,待他练完,笑道:"秋山不住夸你聪明,我先还不信,他只教了你几天,便学到这个地步,算挺不错了。"

袁承志听到崔秋山的名字,便想问他安危,可是老人在说话,不敢打断他话头,等他停口,忙问:"崔叔叔在哪里?他好吗?"那老人道:"他身子好了,回到李闯将军那里打仗去啦。"袁承志听了,很是欢喜。

哑巴摆了张香案。那老人取出一幅画,画上绘的是个中年书生,空手作着个持剑姿式。那老人点了香烛,对着画像恭恭敬敬的磕了头,对袁承志道:"这是咱们华山派的开山祖师风祖师爷,你过来磕头。"袁承志向画中人瞧了两眼,心道:"你可比我师父年轻得多啦,怎么反而是祖师爷?"当下过去磕头,不知该磕几个头,心想总是越多越好,直磕到那老人笑着叫他停止才罢。那老人笑吟吟的正要开口说话,袁承志又跪下磕头,算是正式拜师。

那老人微笑着受了,说道:"从今而后,你是我华山派的弟子了。我多年前收过两个徒弟,此后一直没再遇到聪颖肯学的孩子,这些年来没再传人。你是我的第三个弟子,也是我的关门徒弟。你可得好好学,别给我丢人现眼。"袁承志连连点头。

那老人道:"我姓穆,叫做穆人清,江湖上朋友叫我做神剑仙猿。你记着点,下次别让人家问住,你师父叫什么呀?啊哟,对不住,这可不知道。"

袁承志哈的一声,笑了出来,心想安大娘说他脾气古怪,心里一直有点害怕,哪知其实他和蔼可亲,谈吐颇为诙谐。

神剑仙猿穆人清武功之高,当世已可算得第一人,在江湖上行侠仗义,近二十年来从未遇过对手,只因所作所为大半在暗中行事,不留姓名,是以名气却不甚响亮。他脾气本很孤僻,这次见袁承志孤零零一个孩子很是可怜,又得崔秋山与安大娘全力推荐,加之敬他父亲袁崇焕为国杀敌,含冤而死,是位大大的忠臣,是以对他破例的青眼有加。穆人清无子无女,一剑独行江湖,临到老来,忽然见到一个聪明活泼的孩童,心中的欢喜,实不下于袁承志的得遇明师,不由得竟大反常态,跟他有说有笑起来。

穆人清又道:"你那两个师兄都比你大上二三十岁。他们的徒弟都比你大得多啦。他们说不定会怪我,到这时还给他们添个娃娃师弟。嘿嘿,要是你不用功,将来给他们的徒子徒孙比下去,他们可更有道理来怪我这老胡涂啦。"

袁承志道:"弟子一定用功。"又问:"崔叔叔也是你老人家的徒弟吗?"穆人清道:"他要跟着闯将打仗,没时候跟我好好儿学,我只传了他一套伏虎掌法,不能算是徒弟。再说,凭他资质,也不能做我徒弟。"指指哑巴道:"像他,天天瞧着瞧着,也学了不少招儿去啦,不过跟我两个徒儿相比,可就天差地远了。"袁承志见哑巴两次手掷公差,出手似电,一直对他佩服得了不得,听师父说自己两位师兄比他本领还高得多,那么只要自己用功,即使及不上师兄,至少也可赶到哑巴,心下甚喜。

穆人清道:"咱们华山派有许多规条,什么戒淫、戒仕、戒保镖,现下跟你说,你也不懂。我只嘱咐你三句话:要听师父的话,不可做坏事,不得随便杀人伤人。你可得记住了。"袁承志道:"我一定听师父的话,也不敢做坏事,更不会随便杀人伤人。"

穆人清道:"好,现下咱们便来练功夫。你崔叔叔因时候紧迫,把一套伏虎掌一古脑儿的传给了你。这套掌法太过深奥繁复,你年纪太小,学了也不能好好的用。我先教你一套长拳十段锦。"

袁承志道:"这个我会,倪叔叔以前教过的。"穆人清道:"你会?学得几路势子,就算会了吗?差得远呢!你要是真的懂了长拳十段锦的奥妙,江湖上胜得过你的人就不多了。"袁承志小脸儿胀得通红,不敢再说。

穆人清拉开架式,将十段锦使了出来,式子拳路,便和倪浩所使的一模一样。袁承志暗暗纳罕,心想这有什么不同了?穆人清道:"你当师父骗你是不是?来来来,你来抓我衣服,只要碰得到我一片衣角,算你有本事。"袁承志不敢和师父赌气,笑着不动。穆人清道:"快来,这是教你功夫啊!"

袁承志听说是教功夫,便抢上前去,伸手去摸师父长衫后襟,眼见便可摸到,衣襟忽然一缩,就只这么差了两三寸。袁承志手臂又前探数寸,正要向衣襟抓去,师父忽然不见,在他颈后轻捏一把,笑道:"我在这里。"

袁承志一个"鹞子翻身",双手反抱,哪知师父人影又已不见,急忙转身,见师父已在两丈之外。他甚觉有趣,心想:"非抓住你不可。"纵上前去扯他袖子。穆人清大袖一拂,身子荡开。

袁承志嘻嘻哈哈的追赶,一转身,忽见哑巴在打手势,要他留神,承志心中一动,暗想:"师父使的果然都是十段锦身法,但他怎能如此快法?"当下一面追捉,一面注视师父身法,十段锦他练得本熟,然见师父进退趋避,灵便异常,同样的一招一式,在他使出来,另有异常巧思。承志追赶之际,暗学诀窍,过不多时,在追赶之中竟也用上了一些师父的纵跃趋退之术,登时迅捷了许多。穆人清暗暗点头,深喜孺子可教。

这时承志赶得紧,穆人清也避得快,两人急奔疾趋,广场上只见两条人影,飞来舞去。承志早忘了嘻笑,全神贯注的模学身法,追捉师父。忽然穆人清哈哈大笑,回臂一把将他抱起,笑道:"好徒弟,乖孩子!"又道:"好啦,这些已够你练啦。"把他放落,叫他复习几遍,自行入内。

袁承志把这路拳法从头至尾练了十多遍,除了牢记师父身法之外,又自行悟出了一些巧妙。只把他喜得抓耳爬腮,一夜没好好睡,就是在梦中也是在练拳。

等到天一微亮,生怕忘了昨天所学,又到广场上照练。越打越起劲,忽听得背后一声咳嗽,忙转过身来,见师父笑吟吟的站在身后,叫了声:"师父!"垂手站立。

穆人清道:"你自己悟出这几招都还不错。但这一招快是快了,下盘露出空隙。敌人如是好手,他的脚这么一勾,你就糟糕,因此该当这样。"连说带比的教导。袁承志大是钦服,这一天又学了不少诀窍。

一晃三年,袁承志已十三岁了。这三年之中,穆人清又传了他"破玉拳"和"混元掌"。"混元掌"虽是掌法,却是修习内功之用。自来武学各派修练内功,都讲究呼吸吐纳,打坐练气,华山派的内功却别具蹊径,自外而内,于掌法中修习内劲。这门功夫虽费时甚久,见效颇慢,但修习时既无走火入魔之虞,练成后又威力奇大。因内外同修,临敌时一招一式之中,皆自然而有内劲相附,能于不着意间制胜克敌。待得"混元功"大成,那更是无往不利、无坚不摧了。

袁承志练武时日尚浅,"混元功"自未有成,但身子已出落得壮健异常,百病不侵。穆人清有时下山,一去便两三月、三四月不等,回山后查考武功,见他用功勤奋,进境迅速,每次均奖勉有加。

这一年端午节,吃过雄黄酒,穆人清又请出祖师爷的画像,自己磕了头,又命袁承志磕头,说道:"今天教你拜祖师,你知为了什么?"袁承志道:"请师父示知。"

穆人清从室内捧出一只长木匣,放在案上,木匣盖一揭开,只见精光耀眼,匣中横放着一柄明晃晃的三尺长剑。

袁承志惊喜交集,心中突突乱跳,颤声道:"师父,你教我学剑。"穆人清点点头,从匣中提起长剑,脸色一沉,说道:"你跪下,听我说话。"袁承志依言下跪。

穆人清道:"剑为百兵之祖,最是难学。本派剑法更博大精深,加之自历代祖师以降,每一代都有增益。别派武功,师父常留一手看家本领,以致一代不如一代,越传到后来精妙之着越少。本派却非如此,选弟子之时极为严格,选中之后,却倾囊相授。单以剑法而论,每一代便都能青出于蓝。你聪明勤奋,要学好剑术,不算难事,所期望于你的,是日后更要发扬光大。更须牢记:剑乃利器,以之行善,其善无穷,以之行恶,其恶亦无穷。今日我要你发个重誓,一生之中,决不可妄杀一个无辜之人。"

袁承志道:"师父教了我剑法,要是以后我剑下杀了一个好人,一定也给人杀死。"穆人清道:"好,起来吧。"袁承志站起。

穆人清道:"我知你心地仁厚,决不会故意杀害好人。不过是非之间,有时甚难分辨,世情诡险,人心难料,好人或许是坏人,坏人说不定其实是好人。但只要你常存忠恕宽容之心,就不易误伤了。"承志点头答应。穆人清又道:"崇祯皇帝杀了你爹爹,在他心中,只道你爹爹是坏人,他杀得一点儿也不错,哪知却大大的错了。崇祯皇帝这些年来杀了不少大臣大将,有的固是坏人,好人可也给他杀了不少。他不明是非,又无丝毫宽厚之心,他这么乱杀一通,这大明江山,怕要断送在他手里。"承志黯然点头,知道师父提出崇祯杀他父亲的事来,是要他将"是非难辨、不可妄杀"的教训深记在心,再也不忘。

穆人清左手捏个剑诀,右手长剑挺出,剑走龙蛇,白光如虹,一套天下无双的剑法展了开来。日光下长剑闪烁生辉,舞到后来,但见一团白光滚来滚去。承志跟着师父练了三年拳法,眼光与以前已大不相同,饶是如此,师父的剑法、身法还是瞧不清楚,只觉凝重处如山岳巍峙,轻灵处若清风无迹,变幻莫测,迅捷无伦。舞到急处,穆人清大喝一声,长剑忽地飞出,嗤的一声,插入了山峰边一株大松树中,剑刃直没至柄。

承志知道松树质地致密,适才见师父舞剑之时,剑身不住颤动,可见剑刃刚中带柔,哪知这一掷之下,一柄长剑的剑身全部没入,不觉惊奇得张大了嘴,合不拢来。

忽听身后一人大叫一声:"好!"

承志在山上三年,除了师父的声音之外,从来没听见过第二人的说话,虽然还有个哑巴,可是哑巴不会出声。他急忙回头,只见一个老道笑嘻嘻的走上峰来。

那道人身穿青色粗布道袍,一张脸黄瘦干枯,头发稀稀落落,白多黑少,挽着个小小道髻,大声说道:"老猴儿,这一招'天外飞龙',世间更没第二人使得出,老道今日大开眼界。十多年没见你用剑,想不到更精进如此！"

穆人清哈哈大笑，说道："妙极，妙极，什么风把你吹来的？一上华山，便送我一顶大大的高帽。承志，这位木桑道长，是师父的好朋友，快给道长磕头。"

承志忙过来跪下磕头。木桑道人笑道："罢了！"伸手一扶，把他扯起。

凡学武之人，遇到外力时不由自主的会运功抵御。木桑道人这么一扯，承志这时"混元功"已有小成，双臂顺乎自然的轻轻一抵。木桑道人已试出了他功夫，对穆人清笑道："老猴儿，这几年见不到你，原来偷偷躲在这里调理小猴儿徒弟。你运气不坏呀，一只脚已踏进了棺材，居然还找到这样个好娃娃。"

穆人清跟他打趣惯了的，听他称赞自己的小徒儿，也不禁拈须微笑，怡然自得。

木桑道人道："啊哟，今天没带见面钱，可也不好生受你这几个头，怎么办呢？"

穆人清听他这一说，灵机一动，心想："这老道武功有独到之处，江湖上人称'千变万劫'。如肯传点什么给承志，倒可令他得益不浅。只是这人素来不肯收徒，倒要想法子挤他一挤。"说道："承志，道长答应给你好处，快磕头道谢。"承志听师父这么说，当即又跪下磕头。

木桑道人哈哈大笑，说道："好好好，有其师必有其徒，师父不要脸，徒弟也没出息。喂，娃儿，你听我说，为人可要正正派派，别学你师父这么厚脸皮，听到人家说给东西，连忙敲钉转脚，难道我老人家还骗你孩子不成？这样吧，今儿乘我老人家高兴，把这个给了你吧。"说着从背囊中掏出一团东西来给他。

承志谢了，恭恭敬敬的双手接过，站起身来，抖开一看，见是黑黝黝的一件背心，拿在手里重甸甸的，非丝非革，不知是什么东西所制，正自疑惑，听得穆人清道："道兄，别开玩笑，这件宝物怎能给他？"

承志一听，才知是件贵重宝物，双手捧着忙即交还。木桑道人不接，说道："呸！老道哪会像你师父这么寒酸，送出了的东西怎能收回？乖乖的给我拿去吧！"

承志不敢收,望着师父听他示下。穆人清道:"既是这样,那么多谢道长吧。"承志跪下叩谢。穆人清正色道:"这是道长当年花了无数心血,拼了九死一生才得来的防身至宝,你穿上了。"承志依言把背心穿上,只觉太大了些,不甚合身。

穆人清纵到松树之前,食中两只手指勾住剑柄,轻轻一提,已拔出长剑,说道:"这件背心是用乌金丝、头发和金丝猿毛混同织成,任何厉害的兵刃都伤他不得。"说着随手一剑向承志胸口刺去。

这一剑迅捷无比,承志怎能避让,大惊之下,却见剑尖碰到背心,便轻轻反弹出来,心中大喜,又跪下向木桑磕头道谢。

木桑道人笑道:"你见过这件东西墨黑一团,毫不起眼,先前磕了头,只怕很觉得有点儿冤,这一次才真心甘情愿了。"承志给他说得脸红过耳,笑嘻嘻的不答。

说了一阵话,穆人清问道:"那人近来有消息没有?"木桑道人本来满脸笑容,听他提到"那人",不由得叹了口气,神色登时不愉,说道:"不瞒你说,这家伙不知在什么地方混了一段日子,最近却又山海关内外出没。老道不想见他,说不得,只好避他一避。来到华山,老道是逃难来啦。"穆人清道:"道兄何以长他人志气,灭自己威风?凭着道兄这身出神入化的功夫,难道会对付他不了?"

木桑摇了摇头,神色沮丧,道:"也不是对付他不了,只老道狠不下这个心。这些年来,我曾和他两次相斗。第一次我已占了上风,最后终于念着同门情谊,先师临终时又叮嘱我好好照顾他,老道教导无方,致他误入歧途,陷溺日深,老道心中有愧,最后这一击便下不了手。第二次动手,他不知在何处学来了一些邪派的厉害功夫,一剑刺在我心口,幸赖这件背心护身,剑尖刺不进去。他吃了一惊,只道我练成奇妙武功,这么一疏神,又给我制住。我好好劝了他一场,他却只冷笑,临别时说道:'我想明白了,原来你不过仗着宝衣护身。下次动手,我刺你头脸,你又如何防备?'"

穆人清怒道:"这人如此狂妄。道兄念着同门情义,一再饶他性命,姓穆的跟他可没什么瓜葛。道兄,你在敝处盘桓小住,我这就下山去找他。只要见到他仍在为非作歹,老穆提了他首级来见你。"

木桑道:"多谢你好意。但我总盼他能够悔悟,痛改前非。这几年来,对他的邪门武功我曾细加揣摩,真要再动手,也未必胜他不了。我躲上华山来,求个眼不见为净,耳不闻不烦,也就是了。他如能悔改,自是我师门之福,否则的话,让他多行不义必自毙吧。"说着叹了口气,又道:"他能悔改?唉,很难,很难!"

穆人清道:"这人贪花好色,坏了不少良家妇女的名节,近来更变本加厉。这武林败类下次落在道兄手里,不可再重旧情。道兄清理门户,铲除不肖,便是维护尊师的令名,报答尊师的恩德。"木桑点头道:"穆兄说的是。唉!"说着叹了口长气。

袁承志听着二人谈话,似乎木桑道人有一个师兄弟品性不端,武功却甚高强,捧着那件背心,对木桑道:"道长,你要除那恶人,还是穿了这件背心稳当些。等你除去了他,再赐给弟子吧。弟子武功没学好,不会去跟坏人动手,这件宝贝还用不着。"

木桑拍拍他肩膊,道:"多谢你一番好心。但就算没背心护身,谅他也杀不了我。这恶人的邪门功夫只能攻人无备,可一而不可再。小娃娃倒不用为我耽心。"

穆人清见他郁郁不乐,知道天下只一件事能令他万事置诸脑后,说道:"这件事多说败人清兴。牛鼻子,你的棋艺……"木桑一听到"棋艺"两字,脸上肌肉一跳,登时容光焕发,斗然间宛如年轻了二十岁,只听穆人清道:"……这些年来,可稍为长进了些没有?"他忙道:"什么?老道的武功向来不及你,下棋的本事却大可做你师父。你若不信,咱们便……"穆人清笑道:"好,我来领教领教'千变万劫'功夫,你的吃饭家伙带来了吗?"

木桑笑吟吟的从背囊中拿出一只围棋盘、两包棋子,笑道:"这家伙老道是片刻不离身的。你怕了我想避战,推说华山上没棋盘棋子,那可赖不掉,哈哈,哈哈!"

哑巴搬出台椅,两人就在树荫下对起局来。袁承志不懂围棋,木桑一面下,一面给他解释,同时不住口的吹嘘自己这着如何高明,他师父如何远远不是敌手。穆人清只微笑沉思,任由他自吹自擂。围棋易学难精,下法规矩,一点就会。袁承志看了一局,已明大要。他见这棋盘是精钢所铸,黑棋子是黑铁,白棋子是镔铁外镀白铜。两人落子时发出铮铮之声,甚是动听。

这一局果然是木桑胜了两子。老朋友俩从日中直下到天黑,一共下了三局,木桑两胜一负,还想再下,穆人清道:"我可没精神陪你啦!"木桑这才恋恋不舍的去睡。

一连三天,木桑总是缠着穆人清下棋。袁承志旁观,倒也津津有味。到了第四天上,穆人清道:"今天咱们休兵一日,待我先传授徒弟剑法再说。"

木桑心想这是正事,不便阻挠,可是只等得心痒难搔,好容易穆人清传完剑法,他马上一把拉住,说道:"来来来,再杀三局。"穆人清教了半天剑,已微感疲乏,但知木桑棋瘾极大,如不相陪,只怕他整晚睡不安乐,于是和他到树下对局。承志练了一会新学的剑法,忽听木桑喜叫:"承志,快来看!你师父大大的糟糕!"于是奔过去观看。

穆人清棋力本来不如木桑,这时又是勉强奉陪,下得更加不顺,不到中局,已处处受制,眼见一块白子形势十分危急,即使勉强做眼求活,四隅要点都将为对方占尽。他拈了一粒棋子,沉吟不语,始终放不下去。

袁承志在一旁观看,实在忍不住了,说道:"师父,你下在这里,木桑师伯定要去救。你再下这着,就可冲出去了。不知弟子说得对不对。"穆人清素来恬退,不似木桑自负好胜,也就照着徒儿指点,下了这着,一大片白棋果真冲出,反而把黑子困死了一小块。这局棋穆人清本来大输特输,这么一来一去,结果只输五子。

木桑大赞袁承志心思灵巧,让他九子,与他下了一局。

袁承志虽不知前人之法,然而围棋一道,最讲究悟性,常言道:"二十岁不成国手,终身无望。"意思是说下围棋之人如不在童年技成,将来再下苦功,也终为碌碌庸手。以苏东坡如此聪明之人,经史文章、书画诗词,无一不通,无一不精,然而围棋始终下不过寻常俗手,成为他生平一大憾事。他曾有一句诗道:"胜固欣然败亦喜",后人赞他胸襟宽博,不以胜负萦怀。岂知围棋最重得失,一子一地之争,必须计算清楚,毫不放松,才可得胜,若常存"胜固欣然败亦喜"的心意下棋,作为陶情冶性,消遣畅怀,固无不可,不过定是"欣然"的时候少,而"亦喜"的时候多了。

穆人清性情淡泊,木桑和他下棋觉得搏杀不烈,不大过瘾,此刻与承志对局,竟然大不相同。承志于此道颇有天份,加以童心甚盛,千方百计的要战胜这位师伯。这一局结果虽木桑赢了,但中间险象环生,并非一帆风顺的取胜。

次日一早,木桑又把承志拉去下棋,承志连胜三局,从让九子改为让八子。不到一月,他记忆木桑所用的各种巧术妙着,棋力大进,木桑只能让他三子,这才互有胜败。

袁承志在围棋上一用心,练武的时刻自然减少,学剑进展之速不如习拳掌之时。穆人清碍于老友情面,起初还不说什么,后来见这一老一小终日废寝忘食的在楸枰上打交道,实在太不成话,于是暗中嘱咐承志,每日只可与木桑下一局棋,其余的时候要用来练武。

袁承志经师父提醒,心想这许多天的确荒疏了武功,暗暗惭愧,忙赶练剑法。一连两天,木桑叫他下棋,他总推说要练剑。木桑说道:"你来陪我下棋,下完之后,我教你一门功夫,你师父一定欢喜。"承志道:"我去问过师父。"木桑道:"好,你去问吧。"承志奔进去把木桑的话对师父说了。穆人清一听大喜。

木桑道人外号"千变万劫"。他年轻之时,因轻功卓绝,身法变幻无穷,江湖上送他个外号,叫做"千变万化草上飞"。后来他耽于下棋。围棋之道,讲究"打劫",无数变化俱从打劫而生。木桑武功甚高,自己反称平平无奇,棋艺不过中上,却自负得紧,竟自行改了外号,叫做"千变万劫棋国手"。旁人碍于他面子,不便对他自改的外号全不理会,可是又知他棋艺和"国手"之境委实相去太远,于是折衷而简化之,称之为"千变万劫"。这四字其实还是恭维他武功千变万化,杀得敌人"万劫不复"。但如有人当面如此解释,木桑势必大为生气,定要对方承认这外号是指他棋艺而言,跟武功全不相干,才肯罢休。

穆人清一直佩服他武功上有独得之秘,但他从来不肯授徒,现下他竟答应传授承志武功,那定是实在熬不过棋瘾了,忙拉了承志的手走出来,向木桑一揖,说道:"你肯成全小徒,我这里先谢谢啦。"叫承志向木桑磕头拜师。

袁承志跪了下去。木桑纵身而起,双手乱摇,说道:"我不收徒弟。他要我教功夫,得凭本事来赢。"穆人清道:"这小娃儿什么事能赢得了你?"

木桑道:"剑法拳术,你老穆天下无双,我老道甘拜下风,这孩子只消能学到你功夫的两三成,江湖上已难觅敌手。但说到轻功、暗器，只怕我老道也还有两下子！"

穆人清道："谁不知道你'千变万劫'，花样百出！"木桑笑道："'千变万劫'是指老道棋艺天下无双，跟武功决计沾不上边，万万不可混为一谈。只因你自居一派宗师，事事讲究冠冕堂皇、风度气派，于轻功暗器不肯多下功夫，才让老道能在这两门上出出风头。这样罢，你让承志每天跟我下两盘棋，我让他三子。我赢了，那就是陪师伯消遣，算他的孝心。要是他赢得一局，我就教他一招轻功，连赢两局，轻功之外再教一招暗器。咱们下棋讲究博彩，那便是彩头了。你说这么着公不公平？"

穆人清心想这老道当真滑稽，说道："好，就这么办。我本来怕承志下棋耽误了功夫，现下既有这样的大好处，你们每天下十局八局我也不管。"木桑和承志一听大喜，一老一小又下棋去了。

木桑这天一胜一负，棋局既终，对承志道："今日教你一招轻身功夫，虽只一招，你用心去练，可也够你终身受用。仔细瞧着。"话刚说毕，也不见他弯腿作势，忽然全身拔起，已窜到了大树之巅，一个倒翻筋斗，又站在他面前。承志看得目瞪口呆，拍掌叫好。木桑当下把这招"攀云乘龙"的轻身功夫教了他，虽只一招，可是其中腰腿劲力、步法眼神，皆有无数奥妙。承志用心学习，一时却也不易领会。

第二日承志连输两局，一无所获，木桑大喜，自吹不已。第三天上，承志突出奇兵，把边角全部放弃，尽占中央腹地，居然两局都胜。木桑不服气，又下两局，这次是一胜一负，结算下来，木桑该教他三招。

木桑教了他两招轻功，见他记住了，说道："你可知我对敌时使什么兵器？"承志摇摇头。木桑道人抓起棋盘，笑道："本来我也使剑，但近年却已改用这家伙。"

承志早见这棋盘是精钢所铸，以为他喜爱弈道，随身携带棋局，为怕棋盘损坏，特用钢铸，哪知竟是对敌的兵器。木桑又拈起一把棋子，笑道："这是我的暗器！"随手掷出，十几颗棋子向天飞去。待棋子落下，木桑举起棋盘一接，只听得当的一声大响，十几颗棋子同时落上棋盘。承志伸出了舌头，半晌说不出话来。

本来十几颗棋子抛上天空，落下时定有先后，黑铁棋子和白铁

第三回 经年亲剑铁 长日对楸枰

棋子碰到钢棋盘,必是叮叮当当的一阵乱响,哪知十几颗棋子落下来竟同时碰上棋盘,然则抛掷上去时手力的均匀,实是惊人。更奇的是,十几颗棋子落上棋盘,竟无一颗弹开落地,但见他右手微微一沉,已消了棋子下落之势,一颗颗棋子就似用手摆在棋盘上一般。

木桑笑道:"打暗器要先练力,再练准头,发出去的轻重有了把握,再谈得上准不准。"于是把投掷棋子用力使劲的心法传授了他。

木桑在华山绝顶一住就是半年,天天与这位小友对弈,流连忘返,乐而忘倦,而一身轻身功夫和打棋子的心法,在这半年中也毫不藏私的传了给他。

这天已是初冬,承志上午练了拳剑,下午和木桑在树下对弈。这时他棋力早已高出木桑一先,可是木桑好胜,每次还是要让他平手先行,那更加胜少败多了。纵然"千变万劫",变来变去,也仍不免落败。败得越多,传授武功的次数也越密。好在他棋艺上变化有限,武学却极广博,输棋虽多,尽有层出不穷的招数来还债。

这天教的仍是发暗器的"满天花雨"手法,一手同时撒出七颗棋子,要颗颗打中敌人穴道。这项上乘武功自非朝夕之间所能学会,承志在这功夫上已下了两个多月苦功,可是同时发出三四颗棋子,每次总只一二颗打中。

木桑做了个木牌,牌上画了人形,叫哑巴举了木牌奔跑。木桑喊道:"天宗、肩贞、玉枕!"承志三颗棋子发出,打中了天宗、玉枕两穴,肩贞穴却打偏了。木桑又喊:"关元、神封、中庭。"哑巴一边跑,一边把木牌乱晃。承志展开轻身功夫,追赶上去,手刚挥动,木桑已叫了起来:"关元穴没中。"正要再喊,忽听得承志大声惊叫,抢上去拉住哑巴手臂,向后力扯。

哑巴一呆,回过头来,只见一头巨猿站在身后,神态狰狞,张牙舞爪,作势欲扑。哑巴举起木牌劈头向巨猿打下,突然左臂一紧,已让木桑拉了回来。

木桑叫道:"承志,你对付它!"承志知木桑师伯考查他功夫,大声答应,双掌分错,轻飘飘的纵到巨猿之前。

巨猿见他来得快速,转身想走,承志使重手啪的一声,在它背上击落。巨猿痛得哇哇怪叫,转身挥长臂来抓。承志托地跳开,正要乘隙迎击,忽觉身后生风,似有敌人来袭。他不及回头,左脚力撑,跃在空中,人未落地,已见袭击他的原来是另一头巨猿。

他上山后练了这些年武功,只与师父拆解,从未与人当真动过手,两头巨猿虽然狞恶,他也不畏惧,展开伏虎掌法与之相斗。此时的掌法劲力,比之当年在圣峰嶂扯拔豹毛之时,自已不可同日而语。

呼喝声中,穆人清也奔了出来,见袁承志力斗两兽,手掌所到,巨猿总痛得嗬嗬大叫,心下欣喜:"这孩子不枉了我一番心血。"

两头巨猿吃了苦头,不敢迫近,只窜来跳去,伺机进扑。

穆人清见承志掌法尽可制得住两头畜生,要再看他剑法,奔进去取出长剑,叫道:"接剑!"将剑掷向空中。

承志纵身,右手抄出接住剑柄,长剑在手,登时如虎添翼,人未落下,一招"穿针引线",向一头巨猿肩上刺去,那巨猿急忙后退。承志长剑使了开来,登时把两头巨猿裹在剑光之中。木桑叫道:"承志,别伤它们性命。"承志答应一声,长剑使得更加紧了,这时候他要刺杀巨猿,已易如反掌。两头巨猿转眼间臂上、肩上、腿上、头上,剑创累累,他始终未下绝招,每手都是浅伤即止。

两头巨猿颇有灵性,起初还想奋力逃命,后来见微一纵开,剑锋随到,只要停步,对方也就收招,知他有意不下杀手,忽然同时叫了几声,蹲在地下,双手抱头,不再进扑,四只眼珠骨碌碌的转动,望着承志,露出哀求神色。

哑巴见承志制服了两头畜生,高兴得拍手顿足,奔进去取出一捆麻绳来,将两头巨猿缚住。双猿起初还露齿咆哮,但哑巴用力一捏,巨猿筋骨剧痛,不再反抗,只得乖乖受缚,只叽叽咕咕的叫个不休。

木桑与穆人清都赞承志近来功力大进,着实勉励了几句。承志很是高兴,用金创药敷上双猿伤口,又采些果子、栗子给它们吃了。

养了七八天,巨猿野性渐除,又得食物饲养,解去绳子后,居然并不逃走。承志大喜,给雄猿取名"大威",雌猿叫做"小乖",一呼名字,两猿便至。穆人清与木桑见雌猿如此毛茸茸的一头庞然大物,竟取了这般小巧玲珑的名字,都不禁失笑。

大威和小乖越养越驯,承志一发命令,双猿立即遵行。

这一天,两头巨猿攀到峰西绝壁上采摘果子,这绝壁一面较斜,尚可攀援,另一面却如一大堵平墙,无处可容手足。双猿摘果嬉戏,小乖忽然失足,从树上跌落,直向绝壁一面溜下。这峭壁离地四十多丈,一掉下去自是粉身碎骨。大威吓得魂飞魄散,赶到山壁上看时,见小乖幸喜并未掉下,两条长臂攀在山壁上一个洞里。这洞穴年深月久,本有山泥封住,小乖掉下来时在山壁上乱抓乱爬,恰好抓破封泥,手指勾住洞穴。但身子挂在半空,上不得,下不去,甚为狼狈。

大威无法可施,飞奔下山,来讨救兵。承志正在练剑,见它满身给荆棘刺得斑斑血迹,神态惊惶,不住跳跃,吱吱乱叫,知小乖必定出事,忙招呼哑巴,一起跟大威出去。大威指着峭壁,乱跳乱叫。袁承志和哑巴奔近看时,见到小乖吊在半空。

袁承志回到石屋取了几条长绳,和哑巴、大威从斜坡爬上峭壁,将三条长绳接了起来,悬垂下去。小乖这时已累得筋疲力尽,一见绳子,双手双脚死命拉住。哑巴和大威一齐用力,将它拉上。

小乖身上给山石擦伤了数处,受伤不重,但它吱吱而叫,把右掌直伸到承志面前。承志看时,见手掌上钉着两枚奇形暗器,铸成小蛇模样,伸手去拔,竟拔不下来,小乖却已痛得乱跳,知道暗器上生有倒刺。承志一惊,心想:"难道来了敌人?"忙打手势问小乖,暗器是谁打的?小乖指手划脚,示意说伸手到洞中时刺上的。

袁承志很是奇怪,心想这峭壁上的洞穴素不露形,而且上距山顶、下离地面都远,怎会有暗器藏在其中?想了一会,难以索解,便去见师父和木桑道人。

两人听他说明情由,见了小乖掌上的暗器,也都称奇。木桑道:"我从来爱打暗器,江湖上各家各门的暗器都见识过,这蛇形小锥今日却首次见到。老穆,这可把我考倒啦。"穆人清也暗暗纳罕,说道:"先起出来再说。"

木桑回入房中,从药囊里取出一把锋利小刀,割开小乖掌上肌肉,将两枚暗器挖了出来。小乖知是给它治伤,毫不抗拒。木桑给它敷上药,用布扎好伤口。小乖经过这次大难,甚为委顿。大威给它搔痒捉虱,拼命讨好,以示安慰。

那两枚暗器长约二寸八分,打成昂首吐舌的蛇形,蛇舌尖端分成双叉,每叉都有一个倒刺。蛇身黝黑,积满了青苔秽土。木桑拿起来细细察看,用小刀挑去蛇身各处污泥,那蛇形锥渐渐灿烂生光,竟是黄金所铸。木桑道:"怪不得一件小暗器有这么沉,原来是金子打的。使这暗器的人好阔气,一出手就是一两多金子。"

穆人清突然伸手在腿上一拍,说道:"这是金蛇郎君的。"木桑道:"金蛇郎君?你说是夏雪宜?听说此人已死了十多年啦!"刚说了这句话,忽然叫道:"不错,正是他。"小刀挑刮下,蛇锥的蛇腹上现出一个"雪"字。另一枚蛇锥上也刻着这字。

承志问道:"师父,金蛇郎君是谁?"穆人清道:"这事待会再说。道兄,你说他的暗器怎会藏在这洞里?"木桑沉思不语,呆呆出神。

承志见师父和木桑师伯神色郑重,便也不敢多问。晚饭过后,穆人清与木桑剪烛对谈,说了许多话,承志都不大懂,听他们说的都是仇杀、报复等事。

木桑忽道:"那么你说金蛇郎君是为避仇而到这里?"穆人清道:"以他的武功机智,似不必远从江南逃到此处,躲在这荒山之中。"木桑道:"难道这人还没死?"穆人清道:"此人行事向来神出鬼没,咱们在江湖中这些年,只听到他的名头,当真可说威名远震,却从来没见过他面。听人说他已死了,但谁也不知怎么死的。"木桑叹道:"这人行事也真古怪,有时穷凶极恶,有时却又行侠仗义,教人捉摸不定。我几次想要找他,都没能找到。"穆人清道:"咱们别瞎猜啦,明儿到山洞去瞧瞧。"

次日一早,穆人清、木桑、承志、哑巴四人带了绳索兵刃,爬上峭壁之顶。木桑道:"我下去。"穆人清点点头,说道:"小心了。"将绳索缚在他腰里,与哑巴两人紧紧拉住,慢慢将他缒落。

木桑一手持着精钢棋盘,一手扣了三枚棋子,溜到洞口,向下望去,只见脚下雾气一团团的随风飘过,竟不见地,虽然他轻功卓绝,绝峰险岭,于他便如平地,这时却也不由得心惊,转头向洞里张望,黑沉沉的看不清楚,只觉得洞穴很深。洞口甚小,人钻不进去,于是用布包住了手,轻轻到洞里一探,碰到几枚尖利之物,插在洞口,一摸之下就知是金蛇锥,轻轻拔出,一共拔了十四枚,就没有了。再伸手进去,直到面颊抵住洞口,也再摸不到什么,纵声叫道:"拉我上来。"

穆人清缓缓收索,拉了上来。拉到离崖顶二丈多时,木桑右脚在峭壁上一点,窜了上来,棋盘中托了一大把金蛇锥,笑道:"老穆,咱哥儿们发财啦,这么多金子。"

穆人清脸色却甚沉重,双眉微蹙,说道:"这怪人将这些东西放在这里,不知是什么意思。洞里还有什么?待我下去瞧瞧。"木桑道:"你下去也白饶,洞口太小,钻不进去。"穆人清满腹心事,低头不语。

承志忽道:"师伯,我成吗?"木桑喜道:"你也许成,但这样高,你敢下去吗?"承志道:"我敢。师父,我下去好不好?"

穆人清寻思:"这江湖异人把他防身至宝放在此地,必有用意,便在我居处之侧,岂可不探查明白?但只怕洞内有险,让这孩子孤身犯难,倒令人耽心。"说道:"只怕洞里有危险呢。"承志忙道:"师父,我小心着就是啦。"

穆人清见他神色兴奋,跃跃欲试,就点头道:"好吧,你点一个火把,伸进洞去,倘若火熄,千万不可进去。"

承志答应了,右手执剑,左手拿着火把,缒绳下去。他遵照师父吩咐,先伸火把入洞。小乖弄破洞外泥封,山顶风劲,一晚间已把洞中秽气吹尽,火把并不熄灭。

于是他慢慢爬了进去,见是一条狭窄的天生甬道,其实是山腹内的一条裂缝,爬了十多丈远,甬道渐高,再前进丈余,已可站直。他挺一挺腰,向前走去,甬道忽然转弯。他不敢大意,右手长剑当胸,走了两三丈远,前面豁然空阔,出现一个洞穴,便如是座石室。

举起火把照时,登时吃了一惊,只见对面石壁上斜倚着一副骷髅,身上衣服已烂了七八成,那骷髅宛然尚可见到是个人形。

他见到这副情形,一颗心突突乱跳,见石室中别无其他可怖事物,于是举火把仔细照看。骷髅前面横七竖八的放着十几把金蛇锥,石壁平滑,壁上有无数用利器刻成的简陋人形,每个人形均不相同,举手踢足,似在练武。他挨次看去,密密层层的都是图形,心下不解,不知刻在这里有什么用意。

图形尽处,石壁上出现了几行字,也是以利器所刻,凑过去看时,见刻的是十六个字:"重宝秘术,付与有缘,入我门来,遇祸莫怨。"字形歪歪斜斜,入石甚浅,似乎刻字者手上无力。十六字之旁,有个剑柄凸出在石壁之上,似是一把剑插入了石壁,直至剑柄。

他好奇心起,握住剑柄向外力拔,微觉松动,便不敢再拔了。

正想再看,听得洞口隐隐似有呼唤之声,忙奔出去,转了弯走到甬道口,听得木桑在叫自己名字,忙高声答应,爬了出去。

原来木桑和穆人清在山顶见绳子越扯越长,等了很久不见出来,焦急挂念,木桑也缒下去查看。他爬不进去,只得在洞口叫喊。

承志爬了出来,对木桑道:"洞里有许多古怪东西。"扯动绳子,上面穆人清和哑巴忙拉上两人。承志定了定神,才将洞中的情形说了出来。

穆人清道:"那骷髅定是金蛇郎君夏雪宜了。想不到一代怪杰,毕命于此。"木桑道:"他留的这十六字是什么意思?"穆人清沉吟道:"看样子似乎他在洞中埋藏了什么宝物。石壁上所刻图形,当是他的武功了。这十六字留言颇为诡奇,似说谁得到他的遗赠,就得算他门人,而且说不定会有祸患。"木桑道:"按字义推详,该当如此,只不知这怪人还有什么奇特花样。"

穆人清叹道:"咱们也不贪图他的什么重宝秘术。承志,明儿你再进去,把这位前辈的遗骨葬了,点了香烛在他灵前叩拜一番,也对得起他了。"承志答应了。

次日清晨,承志拿了把锄头,和哑巴两人爬上峭壁。这次穆人清和木桑知道洞里没危险,没再和他们同去。承志和哑巴将长索一端紧紧系在峭壁彼端的一株大树上。他心想埋葬骸骨,费时不少,特地带了三个火把,爬进洞后,用锄头在地下挖了个小洞,插入火把,用泥土护住,转身瞧那骷髅。

心想:听师父说,这人生前是位怪侠,不知何以落得命丧荒山,死在这隐秘的洞穴之中,骸骨无人殓埋。心下恻然,在骷髅面前跪下,叩了几个头,暗暗祝告:"弟子袁承志无意中得见遗体,今日给前辈落葬,你在地下长眠安息吧!"祷祝方罢,一阵冷风飕飕的刮进洞来,只觉寒气逼人,不禁毛骨悚然。

他不敢在洞中多耽,便用锄头在地下挖掘,心想地下岩石坚硬,倘若挖不下去,只有把白骨捡到洞外去埋葬了。

哪知一锄下去,地面应锄而开,原来石窟中四周石质均甚松软,与泥土相差不远,挖掘甚易。挖了一会,忽然叮的一声,锄头碰到一件铁器。移近火把看时,见底下有块铁板,再用锄头挖了几下,拨开旁边泥土,竟是一只两尺见方的大铁盒。

他把铁盒捧了出来,见那盒子高约一尺,然而入手轻飘飘地,似乎盒里并没藏着什么东西。打开盒盖,那盒子竟浅得出奇,离底仅只一寸,他心下奇怪,一只尺来高的盒子,怎地盒里却这般浅?料得必有夹层。

盒中有个信封,封皮上写着八字:"得我盒者,开启此柬。"拆开信封,里面有张白笺,年深日久,纸笺早已变黄。笺上写道:"盒中之物,留赠有缘。惟得盒者,务须先葬我骸骨,方可启盒,要紧要紧。"字迹是用墨笔所写。信封中又有两个小封套,一个封套上写着"启盒之法",一个封套上写着"葬我骸骨之法"。

承志举起盒子一摇,里面果然有物,心想:"师父怜你暴骨荒山,才命我给你收葬,又不是贪图你的物事。"

于是拆开写着"葬我骸骨之法"的封套,见里面又有白笺,写道:"君如诚心葬我骸骨,请在坑中再向下挖掘三尺,然后埋葬,使我深居地下,不受虫蚁之害。"

承志心想:"我好人做到底,索性照你的吩咐做吧。"于是又向地下挖掘,好在山石松软,挖掘并不费力。堪堪又将挖了三尺,忽然叮的一声,锄头又碰到一物。拨开泥土,又是一只铁盒,不过这只盒子小得多,只一尺见方,暗想:"这位怪侠当真古怪,不知这盒中又有什么东西。"打开盒盖看时,只惊得一身冷汗。

原来盒中一张笺上写道:"君乃忠厚仁者,葬我骸骨,当酬以重宝秘术。大铁盒开启时有毒箭射出,盒中书谱地图均非真物,且附有剧毒,以惩贪欲恶徒。真者在此小铁盒内。"

承志不敢多看,将两只铁盒放在一旁,把金蛇郎君的骸骨依次搬入穴中,盖上石土,点上了香烛,拜了几拜,捧了铁盒,回身走出。

火光照耀下见洞口是用石块砌成,想是金蛇郎君当日进洞之后,再用岩石封住。否则从骷髅看来,他身裁高大,又怎进得洞来?只时日已久,洞外土积藤攀,又生满了杂草青苔,只道洞口原来便如此细小。承志挖开石块,开大洞口,以备师父与木桑道人进来查看。出洞后以绳系腰,哑巴将他拉上。他拿了两只铁盒,去见师父。

穆人清与木桑正在弈棋,见他过来,便停弈不下。袁承志把经过一说,两人看了几封书柬,都暗暗心惊,又把大铁盒中写着"启盒之法"的封套拆开,里面一张纸写道:"铁盒左右,各有机括,双手捧盒同时力掀,铁盒即开。"

木桑向穆人清伸了伸舌头,道:"承志这条小命,今日险些送在山洞之中,要是他稍有贪心,不先埋葬骸骨而即去开启盒子,只怕难逃毒箭。"

叫哑巴搬了一只大木桶来,在木桶靠底处开了两个相对的洞孔,将铁盒打开了盖放在桶内,再用木板盖住桶口,然后用两根小棒从孔中伸进桶内,与袁承志各持一根小棒,同时用力一抵,只听得呀的一声,想是铁盒第二层盖子开了,接着嗤嗤东东之声不绝,木桶微微摇晃。

承志听箭声已止,正要揭板看时,木桑一把拉住,喝道:"等一会!"话声未绝,果然又是嗤嗤数声。

隔了良久再无声息,木桑揭开木板,果然板上桶内钉了数十枝短箭,或斜飞,或直射,方向各不相同,枝枝深入木内。木桑拿了钳子,轻轻拔下,放在一边,不敢用手去碰,叹道:"这人也太工心计了,惟恐第一次射出时给人避过,毒箭分作两次射。"

穆人清摇头道:"倘若好奇心起,先瞧瞧铁盒中有何物事,也是人情之常,未必就不葬他的骸骨。再说,就算不葬他的骸骨,也不至于就该死了。此人用心深刻,实非端士。承志本来小孩心性,这次竟忍得住手,不先开盒子来张上一张,可说天幸。"

从木桶中取出铁盒,见盒子第二层盖下钢丝纠结,都是放射毒箭的弹簧机括。木桑钳去钢丝,下面是一本书,上写"金蛇秘笈"四字,用钳子揭开数页,见写满密密小字,又有许多图画,有的是地图,有的是武术姿势,更有些兵刃机关的图样。

再打开小铁盒时,里面也有一书,形状大小,字体装订,无不相同,略加对照,便见两书内容却是大异。

穆人清道:"此人为了对付不肯葬他骸骨之人,不惜花费偌大功夫,造这样一本伪书,安置这许多毒箭。其实人都死了,别人对你是好是坏,又何苦如此斤斤计较?"木桑道:"这人就是因为想不开,才落得如此下场。不过这伪书与铁盒,却多半是早就造好了,要用来对付敌人的。临死之时,料来也无暇再干这些害人勾当,在山洞之中,手边也不会有这些工具机括。"

穆人清点头叹息,命承志把两只铁盒收了,说道:"此人行为乖僻,他的书观之无益。那本伪书上更有剧毒,碰也碰不得。"袁承志答应了。

此后练武弈棋,忽忽数年,木桑已把轻功和暗器的要诀倾囊以授。

袁承志棋艺日进,木桑和之对弈,反要他饶上二子,而袁承志故意相让之迹,越来越难遮掩。木桑兴味索然,自觉这"千变万劫棋国手"的七字外号,早已居之有愧,明明觉得承志的棋艺也只平平,可是自己不知怎的,却偏偏下他不过,只怕自己的棋艺并不如何高明,也是有的,但说自己棋艺不高,却又决无是理。这一日大败之余,不待局终,推枰而起,承志连声道歉,木桑一笑,飘然下山去了。

这时承志人长高了,武功练强了,初上华山时还只是个黄毛孩子,此刻已是个身材粗壮、英气勃勃的青年。

这几年之间,承志所练华山本门的拳剑内功,与日俱深,天下事却已千变万化,眼下更是如沸如羹,百姓正遭逢无穷无尽的劫难。

这些时日中,连年水灾、旱灾、蝗灾相继不断,关外满洲人不住进兵侵袭,朝廷无策抗敌,百姓饥寒交迫,流离遍道,甚至以人为食。朝廷反而加紧搜刮,增收田赋,加派辽饷、练饷,名目不一而足,秦晋豫楚各地,群雄蜂起。起义军首领王自用、高迎祥等先后战死。闯将李自成时胜时败,屡遇危难,他多谋善战,往往反败为胜,群豪归心,部属渐增。其后造反民军十三家七十二营大会河南荥阳,李自成声势大振,隐然为众军首脑,不久即称"闯王",攻城掠地,连败官军。

其间穆人清仍时时下山,回山后和承志说起生民疾苦,并说已和闯王结交,颇得尊崇,勉他艺成之后,务当尽一己之力,对百姓扶难解困,又说所以要勤练武功,主旨正是在此。承志每次均肃然奉命。

袁承志兼修两派上乘武功,已是武林中罕有高手。不过这些岁月中他一步没下山,江湖上自不知华山派已出了这样一位少年英雄。

这天正是初春,承志正在练武,哑巴从屋内出来,向他做个手势。承志知是师父召唤,走进屋内,见师父身旁站着两条大汉。这华山绝顶上除木桑外,从没来过外客,他见了两人,很感诧异。

穆人清道:"这位是王大哥,这位是高大哥,你过来见见。"袁承志见是师父朋友,过去拜倒,口称:"王师叔,高师叔。"那两人忙即跪下,连称:"不敢,袁师叔请起。"袁承志听他们反叫自己师叔,甚是奇怪。

穆人清呵呵大笑,说道:"大家起来。"承志站起身来,见两人都是庄稼人打扮,神情却英武矫挺。

穆人清对承志笑道:"你从来没跟我下山,也不知道自己辈份多大,别客气过头啦!你们谁也别叫谁师叔,大家按年纪兄弟相称吧。"原来这姓王与姓高的是师兄弟,他们的师父叫穆人清为师叔,但也不是真的有什么师门之谊,只不过这么称呼、尊他为长辈而已。如此算来,两人还比承志小着一辈。

穆人清道:"这两位大哥从山西奉闯王之命前来,要我去商量一件事。我明天就要下山。"承志道:"师父,这次我想跟你去瞧瞧崔叔叔。可以吗?"他在山上实在闷得腻了,好几次想跟师父下山,都没得到准许,这次又求。

穆人清微微一笑。王高二人知道他们师徒有话要商量,告退了出去。

穆人清道:"眼前义军声势大张,秦晋两省转眼可得,这也正是你报父仇的良机。你曾几次求我带你去行刺崇祯皇帝,我始终没允准,你可知是什么原因?"承志道:"定是弟子的功夫没学好。"穆人清道:"这固然是原因,但另有更重要的关键。你坐下听我说。"承志依言坐下。

穆人清道:"这几年来,关外军情紧急,满洲人居心叵测,千方百计想入寇关内。崇祯这人虽然疑心重,做事三心两意,但以抗御满清而言,比之前朝万历、天启那些昏君,总算还是竭力以赴的。要是你为了私仇,进宫刺死了他,继位的太子年幼,权柄落入宦官奸臣手里,只怕咱们汉人的江山马上就得断送,你岂非成了天下罪人?你父亲终身以抵御满洲、平定辽东为己志,他在天之灵知道了,一定也要怒你不忠不孝吧。"承志听师父一言提醒,不觉吓出了一身冷汗。

穆人清道:"国家事大,私仇事小。我不许你去行刺复仇,就是这个道理。但现下局面不同了,闯王节节胜利,洛阳已得,一两年内,便可进取北京。闯王英明神武,那时由他来主持大局,又怎怕辽东满洲人入寇?"承志听得血脉贲张,兴奋异常。

穆人清道:"眼下你武功已颇有根柢,虽武学永无止境,但我所知所能,已尽数传你,以后就全凭你自己用功。明天我下山去,要跟高王二人去办几件事。你的混元功尚差了最后一关,少则十日,多则一月,便能圆熟如意,融会贯通。下山奔波,诸事分心,练功没山上安静。待得混元一气游走全身,更无丝毫窒滞,你再下山,到闯王军中来找我吧。一路之上,如见到不公不平之事,便须伸手。行侠仗义,助弱解困,救死扶伤,乃我辈份所当为,纵是万分艰难危险,也不可袖手不理。"

承志答应了,听师父准许他下山,甚是欢喜。

穆人清平时早已把本门门规,以及江湖上诸般禁忌规矩、帮会邪正、门派渊源、武功家数告知了他,这时又择要一提,最后道:"你为人谨慎正直,我是放心得过的。只是你年轻之人,血气方刚,于'女色'一关要加意小心。多少大英雄大豪杰只因在这事上失了足,弄得身败名裂。你可要牢牢记住师父这句话。"承志凛然受教。

次日天亮,承志起身后,就如平时一般,帮哑巴烧水做饭,等一切弄好再到师父房里请安,却见穆人清和两位客人早已走了。承志望着师父的空床出了一会神,想到不久就可下山,打手势告诉了哑巴。哑巴愀然不乐,转身走出。

承志和他相处十余年,早已亲如兄弟,知他不舍得与自己分离,心下也感怅惘。

忽忽过了十七八天,承志照常练功,想到不久便要离去,对山上一草一木不由得加意爱惜起来。这天用过晚饭,坐在床上又练了一遍混元功,但觉内息游走全身经脉,极是顺畅,知道师父所云最后一关亦已打通,心下甚喜。正要熄灯睡觉,哑巴走进房来,做手势说山中似乎来了生人。袁承志要奔出去察看,哑巴示意已前后查过,未见有何不妥之处。

袁承志不放心,带了两头猿猴山前山后查看,没发现有何异状,也就回来睡了。

睡到半夜,忽听得外房中大威与小乖吱吱乱叫,承志翻身坐起,侧耳细听,忽然间一阵甜香扑鼻,暗叫:"不好!"闭气纵出,不料脚下陡然无力,一个踉跄,险些跌倒。那是他从所未有之事,正感惊讶,室门砰的一声给人踢开,一条黑影窜将进来,黑暗中刀风飒然,当头砍到。袁承志只觉头脑发晕,站立不定,危急中强自支持,身子向左偏让,右掌反击。那人挥刀直劈,削他手臂。

袁承志猝遇强敌,不容对方有缓手机会,黑暗中听声辨形,欺进一步,左掌噗的一声,击在那人肩头,但手臂酸软,使出来的还不到平时一成功力,饶是如此,那人还是单刀脱手,身不由主的直掼出去。外面一人伸手拉住,问道:"点子爪子硬?"

袁承志待要扑出追敌,突觉一阵迷糊,晕倒在地。

也不知隔了多少时候,方才醒来,只感浑身酸软,手足一动,吃惊非小,原来全身已给绳子缚住。只见室中灯火辉煌,两个人正在翻箱倒箧的到处搜检。

他知遭人暗算,心中自责无用,师父下山没多天,就给人掩上山来擒住了,还说得上什么闯江湖报父仇。这时兀自头晕目眩,于是潜运内功,片刻间便即宁定。

当下假装昏迷未醒,眼睁一线偷看,只见一人身材瘦削,四十多岁年纪,面容干枯,另一个头顶光秃,身躯高大,瞧身形就是适才与自己交手之人。他想:"山上有什么贵重东西,值得他们来抢?这里就只有师父留下给我做盘缠的五十两银子。但这二人绝非寻常盗贼,这秃子武功不弱,想那瘦子也自了得。若说是来找师父报仇,为什么不杀我,却到处搜寻东西?"暗运功力,想崩断手上所缚绳索绳子。不料敌人知他武功精强,已在他双手之间插了枝空竹,只要一用力,竹子先破,立发声响。承志微微一挣,便即发觉,于是停手不动,寻思脱身之计。

那秃子忽然高兴大叫:"在这里啦!"从床底下捧出一只大铁盒,正是金蛇郎君的遗物。瘦子与秃子坐在桌边,打开铁盒,取出一本书来,见封面上写着"金蛇秘笈"四字。秃子大笑道:"果然在这里,张师哥,咱们这十八年功夫可没白费。"揭开秘笈,见书页上画着许多图形,写满小字,喜得晃头搔耳,乐不可支。

瘦子忽叫:"咦,那人要逃!"说着向承志一指。承志吃了一惊。秃子回过头来,那瘦子手腕翻处,波的一声,一柄匕首插进了秃子背脊,直没至柄,随即跃开数尺,拔出长剑,护住门面。

秃子惊愕异常,忽然惨笑,说道:"二十几个师兄弟寻访了十八年,今日我和你才得到这宝贝,张师哥,你要独吞,竟对我下这毒……手……哈哈……哈哈……你……你当然连棋仙派也叛了。可是要瞒过五位老爷子,只怕没这么容易,我……瞧你有什么好下场……嘿嘿……"

静夜中听到这惨厉的冷笑声,承志全身寒毛直竖。

那秃子反手去拔背上匕首,却总是够不到,蓦地里长声惨呼,扑在地下,抽搐了几下,就不动了。

瘦子怕他没死,又过去在他背上刺了两剑,哼了一声,道:"我不杀你,怕你不会杀我么?那又何必客气?"随即又在秃子的尸身上重重踢了一脚,说道:"你说我瞒不过那五个糟老头子?你瞧我的!"

他不知承志已醒,阴恻恻的笑了两声,弹去了蜡烛上灯花,打开秘笈看了起来,身子微微晃动,满脸喜色。他翻了几页,有几页黏住了揭不开来,伸食指在口中一舐,蘸了些唾液又去翻阅,这般翻了几张,承志突然想起,书本上附有剧毒,他如此翻阅,势必中毒,不由得"呀"的一声叫了出来。

那瘦子听到了,转过头来,见承志脸上尽是惊惶之色,便缓缓站起,从秃子背上拔出匕首,走上两步,说道:"我跟你无怨无仇,可是今日却不能饶你性命。"说着眼露凶光,举起匕首,狞笑两声,说道:"此时杀你,只怕你到了阴间也不知原因。老实跟你说,我是浙江衢州棋仙派的张春九。我们棋仙派跟金蛇郎君是死对头,他奸淫了我们师妹,逃得不知去向。我们十多年来到处找他,哪知他的物事竟在你这小子手里。金蛇郎君在哪里?"说着向窗外一瞧,不由自主的脸露畏惧,似乎怕金蛇郎君突然出现。

承志如稍有江湖经历,自会出言恐吓,纵不能将他惊走,也可使他心有顾忌,不敢便加害自己,但此时六神无主,哪想得到骗人?只道:"金蛇郎君早已死了,他……他的尸骨也是我葬的。"张春九大喜,又问一句:"金蛇郎君果然死了?"承志点点头。张春九喝问:"他怎么死的?"承志道:"我不知道,真的不知道。"

张春九满脸狰狞之色，恶狠狠的道："你这小子住在华山之上，决非好人，料来跟金蛇郎君蛇鼠一窝，杀了你也不冤。你做了鬼要报仇，到衢州静岩来找我张春九吧，嘿嘿，不过我今后衢州也永不回去了，只怕你变了鬼也找我不到……"提剑便要往承志头上斩落，突然之间，打了个踉跄。

承志知危机迫在目前，全身力道都运到了双臂之上，啪的一声，空竹先破，跟着绳索迸断，挥掌正要打出，张春九忽然仰天便倒。

承志怕他有诈，手持断绳，在面前挥动，呼呼生风。却见他双脚一蹬，便不动了，眼中、鼻中、耳中、口中，都流出黑血，才知他已中毒而死，俯身解开自己脚上绳索，奔到外室，见哑巴也已遭缚，双目圆睁，动弹不得，忙给他解了缚。又见大威与小乖昏倒在地，心中吃惊，忙去端了一盆冷水从头淋落，两头巨猿渐渐苏醒。

承志打手势把经过情形告诉哑巴。等天明后，两人把两具死尸抬到后山。承志想这大铁盒是害人之物，便与毒书一起投入坑里，与两具死尸葬在一处，想起夜来情事，不由得暗暗心惊："这二人所以绑住我与哑巴，不即一刀杀死，自是为了要拷问金蛇郎君的下落。若非他们另有图谋，这时葬在这坑中的，却是我与哑巴的尸首了。"

握住剑柄,臂上微一使力,嗤的一声响,拔了出来,剑柄下果然连有剑身。剑作金色,形状奇特,就如是一条金蛇蜿蜒盘曲,蛇尾勾成剑柄,蛇头则是剑尖,蛇舌伸出分叉。

第四回

矫矫金蛇剑
翩翩美少年

　　袁承志在十四岁上无意中发现铁盒,这些年来早把这件事忘得干干净净,眼看这张春九与秃子的神情,猜想《金蛇秘笈》中必定藏有重大秘密,否则他们不会连续找上十八年之久,找到之后,又如此你抢我夺的性命相搏。"到底秘笈中写着什么?"此念一动,再也不能克制,于是在床底角落中把那只尘封蛛结的小铁盒找了出来。这只盒子小得多,张春九和秃头一时没发见。两人一见到大铁盒中的假秘笈,便欣喜若狂,再也不去找寻别物了。

　　袁承志打开铁盒,取出真本《金蛇秘笈》放在桌上,翻开阅读,那书较小,但页多书厚,前面是些练功秘诀及发射暗器的心法,与他师父及木桑道人所授大同小异,此外还详述各家各派的武功秘奥,以及诸般破解之法,可说洋洋大观,另有金蛇郎君本身原学和自创的武功。约略看去,秘笈中所载,颇有不及自己所学的,但手法之阴毒狠辣,却远有过之。心想,这次险些中了敌人卑鄙诡计,日后在江湖上行走,难保不再遇到阴毒对手,这些人的手法自己虽不屑使用,但知己知彼,为了克敌护身,却不可不知,于是对秘笈中所述心法细加参研。

　　一路读将下去,不由得额头冷汗涔涔而下,世上竟有这种种害人的毒法,当真匪夷所思,相较之下,张春九和那秃子用闷药迷人,可说毫不足道。

　　读到第三日上,见秘笈所载武功已与自己过去所学全然不同,不但与华山派武功无丝毫共通之处,而且从来不曾听师父或木桑道长提到过,那也并非仅是别有蹊径而已,委实异想天开,往往与武学要旨背道而驰,却也自具克敌制胜之妙。他一艺通百艺通,武学上既已有颇深造诣,再学旁门自是点到即会。秘笈中所载武功奇想怪着,纷至沓来,一学之下,再也不能自休,当下照着秘笈一路学将下去。

他既有混元功的深厚根柢,要学任何武功皆轻而易举,但练到二十余日后却遇上了难关,秘笈中要诀关窍,记载详明,然根基所在的姿势却无图形,诀要甚是简略,不知招式,只得略过不练。

后来十余页的功夫,都是用来对付一个叫做"五行阵"的阵法,要他先熟习八卦方位,诸般生克变化。这阵法变幻多端,组成阵法的对手五人此来彼去,互补互救,金蛇郎君以极巧妙方法,将之一举摧破,其中包含了不少高明武功。袁承志心想,这"五行阵"日后未必真会遇上,但诸般破阵的功夫,用途甚广,学了却大有用处,于是花了几日苦功,一一学会。秘笈中记载其他武功,大都心平气和,析其优劣,但这十余页讲述"五行阵",语气中颇含怨毒,对此敌手五人敌意甚盛,所用武功也均狠辣强劲,每一招均欲杀敌而后快。承志习练之时暗暗摇头:"何必生这么大的气,破了阵法也就是了。"看来这套武功乃有所为而作,对手实有其人,并非凭虚说武。承志学其招式,然不记其阴毒之意,心想:"师父常教我说,自己武功既强,便须时时存着'手下容情,留有余地'的念头。"

再翻下去是一套"金蛇剑法",心想:此剑法以"金蛇"为名,金蛇郎君定然十分重视,必有独到之处。照式练去,初时还不觉什么,到后来转折起伏、刺打劈削之间,甚是不顺,有些招式更绝无用处,连试几次总感不对,便即想起,金蛇郎君埋骨的洞中壁上有许多图形,莫非与此有关?

一想到这事,再也忍耐不住,招了哑巴,带了绳索火把,又去洞中。这时他身材已经高大,幸而当年曾将洞口拆大,于是钻进洞内,举起火把往壁上照去,对图形一加琢磨,果是秘笈中要诀的图解。山壁石质虽甚松软,但图形潦草,笔划入石极浅,看来金蛇郎君刻划之时已无甚力气。他心下大喜,照图试练,暗暗默记,花了几个时辰,将图形尽数记熟了,在金蛇郎君墓前又拜了两拜,谢他遗书教授武功。

正要走出,一瞥间见到洞壁上的那个剑柄,当日年幼,未敢拔出,此时紧紧握住剑柄,臂上微一使力,嗤的一声响,拔了出来,剑柄下果然连有剑身。剑锋插入处石壁上原有一条深缝,否则金蛇郎君插剑时如已无多大力气,未必能将剑身插入石壁。

突然之间,全身凉飕飕地只感寒气逼人,只见那剑剑身金色,形状甚奇,与先前所见的金蛇锥依稀相似,整柄剑就如一条金蛇蜿蜒盘曲,蛇尾弯成剑柄,蛇头则是剑尖,蛇舌伸出分叉,剑尖竟有左右两叉。那剑金光灿烂,握在手中颇为沉重,似是黄金混和了其他五金所铸,剑身上一道血痕,发出碧油油暗光,极是诡异。

观看良久,心中隐生惧意,寻思这一道碧绿的血痕,不知是何人身上的鲜血所化?是仁人义士,还是大奸大恶?又还是千百人的颈血所凝聚?

持剑微一舞动,登时明白了"金蛇剑法"的怪异之处,原来剑尖两叉既可攒刺,亦可勾锁敌人兵刃,倒拖斜戳,皆可伤敌,比之寻常长剑增添了不少用法,先前觉得"金蛇剑法"中颇多招式全无用处,但用在这柄特异的剑上,尽成厉害招术。

舞到酣处,无意中挥剑削向洞壁,一块岩石应手而落,如削烂泥,这剑竟是锋锐绝伦。他又惊又喜,转念又想:"金蛇郎君并未留言赠我此剑,我见此宝剑,便欲据为己有,未免贪心,还是让它在此伴着旧主吧。"提起剑来,向石壁上插了下去。这一插未使全力,又非顺石缝而入,剑身尚有尺许露在石外,未及柄而止。剑刃微微摇晃,剑上碧绿的血痕映着火光,似一条活蛇不住扭动身子,拼命想钻入石壁。

再看石壁上那"重宝秘术,付与有缘,入我门来,遇祸莫怨"那十六个字,不由得怔怔的出了神,心想这位金蛇前辈不知相貌如何?不知生平做过多少惊世骇俗的奇事?到头来又何以会死在这山洞之中?

他见了金蛇剑后,对《金蛇秘笈》中所载武功更增向往,而不知不觉间,心中对这位怪侠又多了几分亲近之意。出得洞来,又花了二十多天功夫,将秘笈中所录的武功尽数学会了,其中发金蛇锥的手法尤为奇妙,与木桑道人的暗器心法可说各有千秋。

读到最后三页,只见密密麻麻的用炭条写满了口诀,参照前面所载,有些地方变化精奥,颇增妙悟,但一大半却全不可解。埋头细读这三页口诀,苦思了两天,总觉其中矛盾百出,必定另有关键,但把一本秘笈翻来覆去的细看,所有功诀法门实已全部熟读领会,更无遗漏。他重入山洞,细看壁上图形,仍难索解。

再读下去,只见许多招式的名称甚为古怪,"去年别君时"、"忍泪佯低面"、"含羞半敛眉"、"柔肠百结"、"粉泪千行"、"半羞还半喜"、"欲去又依依"、"泪珠难寄"、"旧欢如梦"、"劝我早归家"、"孤雁凄凉"、"同生共死"、"望郎何日来"等等,皆是男女欢爱之辞,似是一个少女伤心情郎别去,苦思苦忆的心情。袁承志其时不明儿女情怀,又没读过多少诗词,只觉这些招式名称缠绵悱恻,甚是无聊,试着使动拳脚剑法,每一招往往欲进又却,若即若离,虚招极多而实招希见,倒似是游戏玩意,而不是性命相搏的招式,临敌之时并无多大用处。

待看到一招"意假情真",见秘笈中详述这一招如何似真似幻,说道:"人间假意多而真情罕见,种种试探,欲明对方真意所在,而真意殊不易知,此所以惆怅长夜而柔肠百转欲断也。"这一招中包含了无数虚招,最后说道:"别道人家有无真情,即令自己,此招终归何处,自家总亦不知。"最后一击,似虚似实,心意不定。承志心想:"师父常告诫,修习武功,须防走火入魔,一旦入魔,精神纷乱,不易收拾。金蛇郎君想到这里,已近乎走火入魔,我可不能跟着学了。"掩过秘笈,猛觉这一招虚虚实实,变幻多端,委实巧妙无比,出招者自己既不知此招击向何处,对手自然更加不知,只因不知其何来何去,自是难以闪避拆格。这可说是一招根本不能抵挡的武学招术。天下武功招数,不论如何奇奥巧妙,必可拆解应付,左来则右挡,攻前则退后,但这招不知击向何处,任何挡格可能均系错着,自是招架不来。

这天晚上,他因参究不出其中道理,在床上翻来覆去,始终睡不安稳,只见窗外一轮明月射进室来,照得满地银光,忽想:"我混元功早已练成,为了这部金蛇秘笈,却在山上多耽了两个月功夫。师父曾说金蛇郎君为人怪僻,他的书观之无益。这招"意假情真",连自己也不知击向何处,心意不定,那算是什么武功招数?"

他武学修为既到如此境界,见到高深的武功秘奥而竟不探索到底,实所难能,心想:"眼不见为净,我一把火将它烧了便是。"主意已定,下炕来点亮油灯,拿起秘笈放在灯上焚烧。但烧了良久,那书的封面只薰得一片乌黑,却不能着火。

他心中大奇,用力拉扯,那书居然纹丝不动。他此时混元功已成,双手具极强内家劲力,这一扯力道非同小可,就算铁片也要拉长,不料想这书居然不损,情知必有古怪,细加审视,原来封面是以乌金丝和不知什么细线织成,共有两层。

他拿小刀割断钉书的丝线,拆下封面,再把秘笈在火上焚烧,登时火光熊熊,金蛇郎君平生绝学烧成了灰烬。

再看那书封面,夹层之中似乎另有别物,细心挑开两层之间连系的金丝,果然中间藏有两张纸笺。

一张纸上写着"重宝之图"四字,旁边画了一幅地图,又有许多记号。图后写着两行字:"得宝之人,真乃我知己也。务请赴浙江衢州静岩,寻访女子温仪,赠以黄金十万两。"心想:"这话口气好大!"只见笺末又有两行小字:"此时纵聚天下珍宝,亦焉得以易半日聚首?重财宝而轻别离,愚之极矣,悔甚,恨甚!"小字之下,斑斑点点,沾有不少泪痕。凝思半晌,不明其意。

另一张纸笺上写的,却密密的都是武功诀要,与秘笈中不解之处一加参照,登时豁然贯通,果然妙用无穷。

他眼望天上明月,《金蛇秘笈》中种种武功奥秘,有如一道澄澈的小溪,缓缓在心中流过,清可见底,更无半分渣滓,直到红日满窗,这才醒觉。只这些武功似过份繁复,花巧太多,想来是金蛇郎君的天性使然,喜在平易处弄得峰回路转,使人眼花缭乱。这两张纸笺上的字是用墨笔写成,当非困居山洞时所写。然系其武学总诀,融会贯通之后,于其后炭笔所书的千奇百怪招数,亦能明其原委。

经此一晚苦思,不但通解了金蛇郎君的遗法,而对师父及木桑道人所授诸般上乘武功,也有更深一层体会。

他望着两页白笺,一堆灰烬,呆呆出神,暗叹金蛇郎君工于心计,一至于斯,故意在秘笈中留下令人不解之处,诱使得到秘笈之人刻意探索,终于找到藏宝地图。如果秘笈落入庸人之手,不去钻研武功的精微,那么多半也不会发见地图。他把两张纸笺仍夹在两片封面之间,再去山洞取出金蛇剑,练熟了剑法,才将剑插还原处。

又过两日,袁承志收拾行装,与哑巴告别。他在山上居住多年,忽然离去,心下难过。大威与小乖颇通灵性,拉住了他衣衫吱吱乱叫,不放他走。袁承志更是难分难舍。哑巴带了两头巨猿直送到山下,这才洒泪而别。

袁承志艺成下山,所闻所见,俱觉新奇,一路行来,见百姓人人衣服褴褛,饿得面黄肌瘦。行出百余里,见数十名百姓在山间挖掘树根而食。他身边有师父留下的银两,却也无处可买食物,只得施展武功,捕捉鸟兽为食。又行数十里,见倒毙的饥民不绝于途,甚感凄恻。

行了数日,将到山西境内,见饥民煮了饿死的死尸来吃,他不敢多看,疾行而过。

这一日来到一处市镇,见饥民大集,齐声高唱,唱的是:

"吃他娘,穿他娘,开了大门迎闯王。闯王来时不纳粮。"

"朝求升,暮求合,近来贫汉难存活。早早开门拜闯王,管教大家都欢悦。"

一名军官带了十多名兵卒,大声吆喝:"你们唱这等造反的妖歌,不怕杀头吗?"挥动鞭子,向众百姓乱打。众饥民叫道:"闯王不来,大家都是饿死,我们正是要造反!"一拥而上,抓住了官兵,又打又咬,登时将十多名官兵活活打死了。

袁承志见了这等情景,心想:"无怪闯王声势日盛。百姓饥不得食,也只好杀官造反了。"向一名饥民问道:"这位大哥,可知闯王在哪里,我想前去相投。"那饥民说道:"听说闯王大军眼下在襄陵、闻喜一带,就要过来。我们大伙也要去投军。"袁承志又问:"刚才听得大家唱的歌儿甚好,还有没有?"那饥民道:"还有好多。那都是闯王属下的李公子所作。"又唱了几首,歌意都是劝人杀官造反,迎接闯王。

袁承志沿途打听,在黄河边上遇到了小部闯军。带兵的首领听说是来找闯王的,不敢怠慢,忙派人陪他到李自成军中。

闯王听得是神剑仙猿穆人清的弟子到来,虽在军务倥偬之际,仍亲自接见。袁承志见他气度威猛，神色和蔼，甚是敬佩。闯王说他师父去了江南，想是穆人清在言语中对这年轻爱徒颇为奖许，是以闯王对他甚加器重，言下颇有招揽之意。

袁承志听得师父不在，登时忽忽不乐，再问起崔秋山，则是和穆人清同到江南苏杭一带筹措军饷去了。袁承志说要去寻师，禀明师父之后，再来效力。闯王也不勉强，命制将军李岩接待，又送了一百两银子作路费。袁承志谢过受了。

那李岩虽是闯军中带兵的将官，但身穿书生服色，吐属儒雅。原来他是前兵部尚书李精白之子，本是举人，因振济灾民，得罪了县官和富室，遭诬陷入狱。有一位女侠仰慕他为人，率领灾民攻破牢狱，救他出来。那女侠爱穿红衣，众人叫她红娘子。李岩实逼处此，已非造反不可，便和红娘子结成夫妇，投入闯王军中，献议均田免赋，善待百姓。闯王言听计从，极为重用。闯军本为饥民、叛兵及失业驿卒所聚，造反不过为求一饱，原无大志，所到之处，不免劫掠，因之人心不附，东西流窜，时胜时败，难成气候。自得李岩归附，李自成整顿军纪，严禁滥杀奸淫，登时军势大振。

李岩治军严整，又编了许多歌儿，令人教小儿传唱，四处流播。百姓正自饥不得食，官府又来拷打逼粮催饷，听说"闯王来时不纳粮"，自是人人拥戴。因此闯军未到，有些城池已不攻自破。

李岩对袁崇焕向来敬仰，听说袁督师的公子到来，相待尽礼，接入营中，请夫人红娘子出见。红娘子英风爽朗，豪迈不让须眉。三人言谈投机。袁承志除武功之外，见识甚浅，李岩熟识古今史事、天下兴亡之理，跟他纵谈大势，袁承志听了有如茅塞顿开，对李岩甚为钦佩。两人意气相投，于是相互八拜，结成了义兄弟。袁承志在李岩营中留了三日，直至闯军要拔营北上，这才依依作别。

袁承志初出茅庐，对李岩的风仪为人，暗生模仿之心，便去买了书生衣巾，学着也作书生打扮。他不知师父在江南何处，只有径向南行，随遇而安。

江南地方富庶，虽然官吏一般的贪污虐民，但众百姓尚堪温饱，比之秦晋饥民的苦况，却是如在天堂了。

这日来到赣东玉山，吃过饭后，到码头去搭船东行，见江边停了艘大船，相问之下，说是上饶一个富商包了到浙江金华去买卖商货的，袁承志便求附载。船老大贪着多得几个船钱，向包船的富商龙德邻商量。龙德邻见他是个儒生，也就允了。

船老大正要拔篙开航，忽然码头上匆匆奔来一个少年，叫道："船老大，我有急事要去衢州，请你行个方便，多搭我一人。"

袁承志听这人声音清脆悦耳，抬头看时，不禁一呆，见是一个面貌俊秀的美貌少年。这人十八九岁年纪，穿一件石青色缎衫，头顶青巾上镶着块白玉，衣履精雅，背负包裹，肤色白腻，一张脸白里透红，说得上是雪白粉嫩。龙德邻见这少年服饰华贵，人才出众，心生好感，命船老大放下跳板，把他接上船来。

那青衫少年踏步上船，那船便微微一沉，袁承志心下暗奇，瞧他身形瘦弱，不过百斤上下，但这船一沉之势，却似有两百多斤重物压上一般，他背上包裹不大，怎会如此沉重？那少年上船之后，船就开了。

那青衫少年走进中舱，与龙德邻、袁承志见礼，自称姓温名青，因得知母亲患病，是以赶着回去探望。他见了龙德邻不以为意，一双秀目，却不住向袁承志打量，问道："听袁兄口音，好似不是本地人？"袁承志道："小弟原籍广东，从小在陕西居住，江南还是生平第一次来。"温青问道："袁兄去浙江有何贵干？"袁承志道："我是去探访个朋友。"

正说到这里，忽然两艘小船运橹如飞，从座船两旁抢了过去。温青眼盯小船，直望着两船转了个弯，为前面的山崖挡住，这才不看。

中饭时分，龙德邻好客，邀请两人同吃。袁承志量大，一餐要吃三大碗饭，鸡鱼蔬菜都吃了不少，温青却只吃一碗饭，甚是秀气文雅。

刚吃过饭，水声响动，又是两艘小船抢过船旁。一艘小船船头站着一名大汉，望着大船狠狠瞪了几眼。温青秀眉微竖，满脸怒色。袁承志心感奇怪："他为什么见了小船生气？"温青似乎察觉到了，微微一笑，脸色登转柔和，接过船伙泡上来的一杯茶，啜了一口，似嫌茶叶粗涩，皱了眉头，把茶杯放在桌上。

到了傍晚，船在一个市镇边停泊了。袁承志想上岸游览，龙德邻不肯远离货物,邀温青时,他嘴唇一扁,神态轻蔑,说道:"这种荒野地方,有什么可玩的?"似是讥他没见过世面。袁承志觉这少年骄气迫人,却也不以为忤。他见江南山温水软,景色秀丽,与华山的雄奇险峻全然不同,一路上从不肯错过了游览的机缘,便上岸四下闲逛,买了几斤橘子回船,想请龙德邻和温青吃时,见两人都已睡了,便也解衣就寝。

睡到中夜,睡梦中忽听远处隐隐有嘬哨之声,袁承志登时醒转,想起师父所说江湖上的种种变故情状,料知有事,悄悄在被中穿了衣服。

不久橹声急响,下游有船上来。只见温青突然坐起,原来他并未脱衣,又见他从被窝中取出一柄精光耀眼的长剑,跃到船头。袁承志一惊,揣测:"莫非他是水盗派来卧底的,要打劫这姓龙的商人?"师父下山之时,曾说世间方乱,道路不靖,身上带剑惹眼,不免多生事端,因此他遵师父之嘱,随身只带一柄匕首,那柄平日习练剑法的长剑留在华山,当下一摸身边匕首,坐起身来。

只听得对面小船摇近,船头上一个粗暴的声音喝道:"姓温的,你讲不讲江湖义气?"温青叱道:"讲又怎样,不讲又怎样?"那人叫道:"我们辛辛苦苦从九江一路跟下来,你倒好,半路里杀出来吃横梁子!"

这时龙德邻也已惊醒,探头张望,见四艘小船上火把点得晃亮,船头上站满了人,个个手执兵刃,登时吓得不住发抖。袁承志已听出其间过节,安慰他道:"莫怕,没你的事!"龙德邻道:"他……他们不是来抢我货物……货物的强人么?"

温青喝道:"天下的财天下人发得,难道这金子是你的?"那人道:"快把二千两金子拿出来,大家平分了。咱们双方各得一千两,就算便宜你。"温青叫道:"呸,你想么?"小船上两名大汉怒道:"沙大哥,何必跟这横蛮的东西多费口舌!他不要一千两金子,那就一个子儿也不给他。"手执兵刃,向大船上纵来。

龙德邻听他们喝骂,本已全身发抖,这时见小船上两人跳将过来,更是魂飞魄散,大声道:"袁……袁相公,强人……强人来打劫……打劫啦。"袁承志将他拉到自己身后,低声道:"别怕。"

只见温青身子稍偏,左足飞起,扑通一声,将左边一人踢下江去,跟着右手长剑斩落。来人举刀挡架,哪知他长剑忽地斜转,避过刀锋,顺势削落,喀嚓一声,那人连肩带刀,都给削了下来,跌在船头,晕了过去。温青冷笑一声,叫道:"沙老大,别让这些脓包来现世啦。"对面那大汉哼了一声,道:"去抬老李回来。"小船上两人空手纵将过来,温青只是冷笑,并不理会,让两人将右膀被削之人抬回,不久跌在江中那人也湿淋淋的爬上小船。

沙老大叫道:"我们游龙帮跟你棋仙派素来河水不犯井水。我们当家的冲着你五祖面子,不来跟你为难,可别当我们是好惹的。"

袁承志听他提到棋仙派,心中一凛:"那天到华山来的张春九,不是自称棋仙派么?这姓温的跟他是一派,只怕也是个邪恶之徒。"

温青道:"你别向我卖好,打不过,想软求么?"沙老大怒道:"你到底按不按江湖规矩办事?"温青冷笑道:"我爱怎么就怎么,偏有这许多废话?"沙老大道:"咱们话说在先,我们游龙帮已尽到了礼数,跟你好说好话,只盼双方不伤和气。你五祖可不能再说我们以多欺少,以大欺小。"袁承志听他口气,似乎对温青的一个什么五祖很是忌惮。温青笑道:"凭你这点玩艺儿,就欺得了我么?"

袁承志听双方越说越僵,知道定要动手,从两边言语中听来,似是游龙帮想劫一批黄金,却给温青中间杀出来夹手夺了去,游龙帮不服气,赶上来要分一半赃。温青上船时身子如此沉重,想来包裹中就藏着这二千两黄金了。心想两边都非正人,自己装作不会武功,只袖手旁观便是。

沙老大大声呼喝,手握一柄泼风大环刀,跃上船来,十多名大汉跟着纷纷跃过,站在他身后。沙老大一抱拳,说道:"你棋仙派武功号称独步江南,今日姓沙的领教阁下高招!"温青哼了一声道:"是你一人和我打呢,还是你们大伙儿齐上?"沙老大怒道:"你也太瞧不起人啦!你船上还有什么朋友请他出来作个见证,别让江湖上朋友说姓沙的不要脸。"他掉头对着舱口,说道:"叫舱里的朋友出来吧!"两名大汉走进舱去,对袁承志和龙德邻道:"我们大哥要你们出去。"

龙德邻全身发抖,不敢作声。袁承志道:"他们要打架,只不过叫咱们作个见证,没什么要紧。出去吧。"拉着他手,走上船头。

温青似乎等得不耐烦了,不让沙老大再交待什么场面话,冷笑道："你定要出丑，可莫怪我手辣，进招。"唰唰两剑，分刺对方左肩右膀。沙老大身材魁梧，身法却颇灵动，泼风刀一招"铁牛顶颈"，反转刀背，向温青砸来，这一招既避来剑，又攻敌人，可是手下留情，只以刀背砸打。

温青叱道："有什么本事，一古脑儿的都抖出来吧，我可不领你情。"口中说着，手上长剑连攻数招。

沙老大微一疏神，嗤的一声，肩头衣服给刺破了一片，肩头也割伤了一道口子，他叽哩咕噜的骂了几句，一柄泼风刀施展开来，狠砍狠杀，招招狠毒。温青剑走轻灵，盘旋来去，长剑青光闪烁，已把对方全身裹住。

袁承志看两人拆了数招，已知温青武功远在沙老大之上。沙老大刀沉力劲，看来倒也威猛，但刀法呆滞。温青以巧降力，时刻稍长，沙老大额头见汗，呼吸渐粗，身法已不如初战时的矫捷。

刀光剑影中只听得温青一声呼叱，沙老大腿上中剑。他脸色大变，纵出三步，右手一扬，三枚透骨钉打了过来。温青扬剑打飞两枚，另一枚侧身避过。他打飞的两枚透骨钉中，有一枚突向袁承志当胸飞去。

温青惊呼一声，心想这一次要错伤旁人。哪知袁承志伸出左手，只两根手指，便将那枚透骨钉拈住了。沙老大带来的大汉多人手执火把，将船头照得明晃晃地，温青瞧得清楚，不禁一怔："这手功夫可俊得很哪！原来此人武功着实了得。"

沙老大见温青注视袁承志，面露惊愕之色，乘他不备，又是三枚透骨钉射了过去。袁承志情不自禁，急叫："温兄，留神！"

温青急忙转头，见三枚透骨钉距身已不过三尺，若非得他及时提醒，至多躲得过一枚，下面两枚却万万躲避不开，忙侧头让过一枚，挥剑击飞另外两枚，转身向袁承志点头示谢，挺起长剑，向沙老大直刺过去。

沙老大一击不中，早已有备，提起泼风刀一轮猛砍。温青恨他歹毒，出手尽是杀着。拆了数招，沙老大右膀中剑，呛啷啷一响，泼风刀跌落船板。温青抢上一步，挥剑砍断了他右腿。沙老大惨叫晕去，他手下众人大惊，拥上相救。温青掌劈剑刺，登时打死了七八人。袁承志看着不忍，说道："温大哥，饶了他们吧！"温青毫不理会，继续刺杀,又伤了两人。余人见他凶悍,纷纷跳江逃命。温青顺手挥剑,在沙老大胸口刺落,跟着抬腿把他尸身踢入江中。

袁承志心下不快,暗想你既已得胜,何必如此心狠手辣,转头看龙德邻时,他早已吓得全身瘫软,动弹不得。

跳入江中的游龙帮帮众纷纷爬上小船,摇动船橹,迅向下游逃去。

袁承志道:"他们要抢你财物,既没抢去,也就罢了,何苦多伤性命?"

温青白了他一眼,道:"你没见他刚才的卑鄙恶毒么?要是我落入他手里,只怕还有更惨的呢。你别以为帮了我一次,就可随便教训人,我才不理呢。"袁承志不语,心想这人不通情理。温青拭干剑上血迹,还剑入鞘,向袁承志一揖,甜甜一笑,说道:"袁大哥,适才幸得你出声示警,叫我避开暗器,谢谢你啦。"

袁承志脸上一红,还了一揖,登觉发窘,无言可答,只觉这美少年有礼时如斯文君子,凶恶时狠如狼虎,不知到底是什么性子。

温青叫船夫出来,吩咐洗净船头血迹,立即开船。船夫见了刚才的狠斗,哪敢不遵,提水洗了船板,拔锚扬帆,连夜开船。

温青又叫船夫取出龙德邻的酒菜,喧宾夺主,自与袁承志在船头赏月。他绝口不提刚才恶斗,喝了几杯酒,说道:"明月几时有,把酒问青天。哼,青天只怕也管他不着呢。明月几时爱出来,便出来,不爱出来便不出来。袁大哥,你说是不是?"

袁承志听他忽然掉文,只得随口嗯了一声。他小时跟应松念了几年书,自从跟穆人清学武后,虽然晚间偶然翻阅一下书籍,但不当它正经功课,文字上甚是有限。

温青道:"袁兄,月白风高,如此良夜,咱们来联句,好不好?"袁承志道:"联句?什么叫联句?我可不会。"温青一笑不答,给袁承志斟了杯酒。忽见前面江上一叶小舟破浪而来,虽是逆水,但驶得甚快。温青脸色一变,冷笑数声,只管喝酒。

座船顺风顺水,冲向下游,转眼间两船驶近。温青掷下酒杯,突然飞身跃起,双脚在船篷上点了几下,落在后梢,从船老大手里抢过舵来,只一扳,座船船头向左偏斜,对准了小船直撞过去。小船忙要避让,又怎还来得及,只听一声巨响,两船已然相撞。

袁承志叫得一声："啊哟！"见小船上跃起三人，先后落上大船船头，身手均颇迅捷。这时小船一侧，翻了过去，船底向天。袁承志老远看出小船上原有五人，除这三人外，尚有两人，一个掌舵，一个打桨。这两人不及跃起，都落入水中，只叫得一声"救命"便沉落江底。这一带江流水急礁多，就算熟识水性，黑夜中跌入江心也不免凶多吉少。

袁承志暗骂温青歹毒，无端端的又去伤人，等两人从水中冒上，当即伸手扯断帆索，咬在口中，双足在船舷上一撑，飞身落向江中，一手一个，抓住落水的两人头发，借着牙齿咬住帆索之力，在江面打了半个圈子，提着两人回到座船，这一下既使上了"混元功"内劲，又用了木桑所授的轻身功夫。只听四人齐声喝采。一是温青，他已从船梢跃回船头，另外三个则是从小船跳上来的。

袁承志放下两人，月光下看那三人时，见一个是五十多岁的枯瘦老者，留了疏疏的短须，一个是中年大汉，身材粗壮，另一个则是三十岁左右的妇人。

那老者阴恻恻一笑，说道："这位老弟好俊身手，请教尊姓大名，尊师是哪一位？"袁承志抱拳道："晚生姓袁，因见这两位落水，怕有危险，这才拉了起来，并非胆敢在前辈面前卖弄粗浅功夫，请勿见怪。"

那老者见他谦恭，颇出意料之外，只道他是怕了自己，冷笑一声，对温青道："怪不得你这娃儿越来越大胆啦，原来背后有这么个硬帮手。他是你的相好么？"

温青登时满脸通红，怒喝："我尊称你一声长辈，你说话给我放尊重些！"

袁承志心想："看这些人神气，全非正人，我可莫卷入是非漩涡之中。"朗声说道："在下跟这位温兄萍水相逢，谈不上什么交情。我奉劝各位，有事好好商量，不必动刀动枪的伤了和气。"

那老者听了袁承志口气，知他不是温青帮手，喜道："袁朋友既跟这姓温的没瓜葛，那好极啦，等我们事了之后，我再和袁朋友详谈，咱们很可以交交。江湖上见者有份，我们自然守这规矩。"言下颇有结纳之意，似乎说待会抢到黄金，也可分些给他。袁承志不便回答，作了一揖，退在温青身后。

那老者对温青道:"你小小年纪,做事这等心狠手辣。沙老大打不过你,你赶了他走,也就罢了,干么要伤他性命?"

温青道:"我只一个人,你们这许多大汉子一拥而上,我不狠一些成么?还说人家呢,也不怕旁人笑你们大欺小,多欺少。有本事哪,就该把人家的金子先给拾夺下来。等我捡了,再阴魂不散的追着来要,想吃现成么?也不知道要不要脸呢?"他语音清脆,咭咭呱呱的一顿抢白,那老者给说得哑口无言。

那妇人突然双眉竖起,骂道:"你这小娃儿,你温家大人把你宠得越来越没规矩啦。我要问问你爷爷去,是谁教你这般目无尊长?"温青道:"尊长也要有尊长的样儿,想摆摆空架子,来捡便宜,那可不成。"

那老者大怒,右手噗的一掌,击在船头桌上,桌面登时碎裂。温青道:"荣老爷子的功夫如何,我早就知道,左右也不过这点玩艺儿,又何必在小辈面前卖弄?你要显功夫,去显给我爷爷们看。"那老者道:"你别抬出你那几个爷爷来压人。你爷爷便怎样?他们真有本事,也不会让女儿给人糟蹋,也不会有你这小杂种来现世啦!"温青惨然变色,伸手握住了剑柄,一只白玉般雪白的手不住抖动,显是气恼已极。那大汉和妇人却大笑起来。

袁承志见温青脸颊上流下两道清泪,心中老大不忍,暗道:"他行事比我老练得多,怎么给人一激就哭了起来?这老头儿跟人吵嘴,怎地又去骂人家的父母?年纪一大把,却不分说道理,乱七八糟的,尽说些难听话来损人。"他本来决意两不相助,然见温青受人欺侮,动了锄强扶弱之念。

那老者阴森森的道:"哭有什么用?快把金子拿出来。我们自己也不贪,金子要拿去给沙老大的寡妇。再说,这位袁朋友也该分上一份。"袁承志忙摇手道:"我不要!"温青气得身子发颤,哭道:"我偏偏不给。"

那大汉哼了一声,见大船虽已收帆,但仍顺水下流,举起船头的大铁锚,在空中舞了个圈,向岸上掷去。那铁锚连上铁链,当有一百来斤,他掷得这么远,力气确然不小。铁锚一在岸上钩住,大船登时停了。那大汉叫道:"你到底拿不拿出来?"

温青举起左袖,拭干了泪水,说道:"好,我拿给你们。"奔进船舱,过了一会,双手捧着一个包裹出来,看模样甚是沉重。那大汉正要伸手去接,温青喝道:"呸,有这么容易!"手上使劲,那包裹直飞出去,扑通一声大响,落入江心,叫道:"你们有种就把我杀了,要想得金子吗?别妄想啦!"那大汉气得哇哇大叫,拔刀向他砍来。

温青一掷出包裹,便拔剑在手,唰唰两剑,还刺大汉。那老者叫道:"住手!"大汉回架来剑,跃开两步。

那老者向温青侧目斜视,冷笑道:"果然龙生龙,凤生凤,乌龟原是王八种。有这样的老子,就生这样的小畜生。今日再让你这小辈在老夫面前放肆,我就不姓荣啦。"也不见他身子晃动,突然拔起身来,落在温青面前。温青挺剑刺去,那老者空手进招,运掌成风,掌势凌厉。温青虽有长剑在手,却给逼得连连倒退。拆得十多招,温青右腕忽给他手指点中,长剑当啷落地。那老者脚尖一挑,把剑踢将起来,左手握住剑柄,右手搭定剑身,剑尖对住温青的脸,向他走去。

老者喝道:"今日不在你身上留个记号,只怕你日后忘了老夫的厉害!"手持长剑,向他脸上划去。温青惊呼闪避,老者步步进逼,毫不放松,左手递出,剑尖青光闪烁,眼见便要划到温青脸上。

袁承志见那老者出手狠辣,心想:"再不出手,他脸上非受重伤不可。"喝道:"前辈请住手,不可伤人!"那老者挺剑而前,全不理会。袁承志从囊中掏出一枚铜钱,向老者手中剑上投去。当的一声,老者只感手上剧震,一枚暗器打上剑刃,撞击之下,虎口觉痛,长剑竟自脱手。温青本已吓得面色大变,这时喜极而呼,纵到袁承志身后,拉着他手臂,似乎求他保护。

那老者姓荣名彩,是游龙帮的帮主,在浙南一带,除了棋仙派五祖、吕七先生等寥寥数人,武功数他为最高。他十指练就大力鹰爪功,比寻常刀剑还更厉害。哪知竟让对方一枚小小暗器将手中兵刃打落,真是生平未遇之奇耻大辱,登时面红过耳,却又不禁暗暗心惊:"这小伙子的手劲怎地如此了得?"

那大汉和妇人也已看出袁承志武功甚强,心想反正金子已给丢入江中,今日有这硬手在这里,无论如何占不到便宜了,不如交待几句场面话,就此退走。那妇人叫道:"老爷子,咱们走吧,冲着这位袁朋友,今日就饶了这娃儿。走得了和尚走不了庙。咱们明儿到衢州静岩去找棋仙派算帐就是。"

温青叫道："见人家本领好,就想走啦,你们游龙帮就会欺软怕硬,羞也不羞?"袁承志眉头微皱,心想这人刚脱大难,随即如此尖酸刻薄,不给人留丝毫余地。那妇人给他说得神情狼狈,满脸怒容。

荣彩也感难以下台,强笑道："这位老弟功夫真俊,今日相逢,也是有缘,咱俩来玩一趟拳脚如何?"他在大力鹰爪手上下过二十余年苦功,颇具自信,心想你这小子暗器功夫虽好,在拳脚上却决不能胜得过我。

袁承志寻思："只要跟这老者一动手,就算是助定了温青。这棋仙派的少年心胸狭隘,刁钻狡猾,为了一些金子便胡乱杀人,决不能是益友。何必为他而无谓跟人结怨。"便拱手说道："晚辈初涉江湖,一点儿微末小技,如何敢在老前辈面前献丑?"

荣彩微微一笑,心想："这少年倒很会做人。"他乘此收篷,说道："袁朋友太客气了!"狠狠瞪了温青一眼,说道："终有一天,教你这娃儿知道老夫厉害。"转头对那大汉与妇人道："咱们走吧。"

温青道："你有多大厉害,我早就知道啦。见到人家功夫好,就不敢动手,巴不得想早早扯呼,赶回家去,先服几包定惊散,再把头钻在被窝里发抖。"他嘴上丝毫不肯让人,立意要挑拨他与袁承志过招。他看出袁承志武功高强,荣彩不是敌手。这一来不但荣彩尴尬万分,连袁承志也自不快。

荣彩怒道："这位袁朋友年纪虽轻,可是很讲交情,来来来,咱们来玩一手,别让无知小辈说我没胆子。"袁承志道："老前辈何必和他一般见识,他是说玩话呢。"荣彩哈哈一笑,说道："你放心,我决不和你当真。"

温青冷冷的道："还说不怕呢,没动手,先套交情,赶快还是别过招的好。我活了这么大,还没见过这样,哼,哼,这样什么?我可说不上来啦。荣老爷子,你既怕得狠了,何不请这位袁相公回去,请他来当游龙帮的帮主呢?"

荣彩脸一板,正待发作,忽见岸上火光闪动,数十人手执兵刃火把奔来。有人叫道："荣老爷子,那小子抓到了吧?咱们把这小子剐了,给沙老大报仇!"

温青见对方大队拥到,虽然胆大妄为,心中也不禁惴惴。

荣彩叫道："刘家兄弟,你们两人过来!"岸上两人应声走到岸边,见大船离岸甚远,扑通两声跳入江内,迅速游到船边,水性极是了得,单手在船舷上一搭,扑地跳了上来。荣彩道："那包货色给这小子丢到江心去啦,你哥儿俩去捡起来!"说着向江心一指。刘氏兄弟跃落江中,潜入水内。

温青一扯袁承志的袖子,在他耳边低声说道："快救救我吧,他们要杀我呢!"

袁承志回过头来,月光下见他容色愁苦,一副楚楚可怜的神气,便点了点头。温青拉住他的手道："他们人多势众。你想法子斩断铁链,咱们开船逃走。"袁承志还未答应,只觉温青的手又软又腻,柔若无骨,甚感诧异:"这人的手掌像棉花一样,当真希奇。"

这时荣彩已留意到两人在窃窃私议,回头望来。温青把袁承志的手捏了一把,突然猛力举起船头桌子,向荣彩等三人推去。

那大汉与妇人正全神望着刘氏兄弟潜水取金,出其不意,背上为桌子撞到,惊叫一声,一齐掉下水去。荣彩纵身跃起,伸掌抓出,五指嵌入桌面,用力一拉一掀,格格两声,温青握着的桌脚已然折断。荣彩知那大汉与妇人不会水性,这时江流正急,刘氏兄弟相距甚远,不及过来救援,忙把桌子抛入江中,让二人攀住了不致沉下,随即双掌呼呼两招,向温青劈面打来。

温青提了两条桌腿,护住面门,急叫："快!你。"袁承志提起铁链,"混元功"内劲到处,一提一拉,大铁锚呼的一声,离岸向船头飞来。荣彩和温青大惊,忙向两侧跃开,回头看袁承志时,但见他手中托住铁锚,缓缓放落船头。铁锚一起,大船登时向下游流去,与岸上众人慢慢远离。荣彩见他如此功力,料知若再逗留,决计讨不了好,双足力顿,提气向岸上跃去。

袁承志看他身法,知他跃不上岸,提起一块船板,向江边掷去。荣彩下落时见足底茫茫一片水光,正自惊惶,突见船板飞到,恰好落在脚下水面之上,大喜过望,左脚在船板上一借力,跃上了岸,暗暗感激他好意,又不禁佩服他的功力,自己人先跃出,他飞掷船板,居然能及时赶到。

温青哼了一声,道："不分青红皂白,便是爱做滥好人!到底你是帮我呢,还是帮这臭老头儿?让他在水里浸一下,喝几口江水不好吗？又不会淹死人。"

袁承志知这人古怪，不愿再理，心想这种人以少惹为妙，自己救了他性命，他非但毫不感恩，反如此无礼数说，当下也不接口，回到舱里睡了。

次日下午船到衢州，袁承志谢了龙德邻，取出五钱银子给船老大。龙德邻定要代付，袁承志推辞不得，只得又作揖相谢。

温青对龙德邻道："我知你不肯替我给船钱，哼，你就是要给，我也不要你的。"从包裹中取出一只十两重的银元宝，掷给船老大，道："给你。"船老大见这么大一只元宝，吓得呆了，说道："我找不出。"温青道："谁要你找？都给你。"船老大不敢相信，说道："不用这许多。"温青骂道："啰唆什么？我爱给这许多，就给这许多，你招得我恼起上来，把你船底上打几个窟窿，教你这条船沉了！"船老大昨晚见他连杀数人，凶狠异常，不敢多说，连谢也不敢谢，忙收起元宝。

温青在桌上打开包裹，一阵金光耀眼，包裹中累累皆是黄金，十两一条的金条总有二百来条，他右掌在金条堆中切了下去，从中平分为两份，将一份包入包裹，负在背上，双手把另一堆金条推到袁承志面前，说道："给你！"袁承志不解，问道："什么？"温青笑道："你当我真的把金子抛到了江里吗？让他们去江底瞎摸，摸来摸去只是衣服包着的一块压舱石。"说着格格大笑，笑得前仰后合，伏在桌子上身子发颤。

袁承志也不禁佩服他的机智，心想这人年纪比自己还轻着一两岁，连荣彩这样的老手也给他瞒过，说道："我不要，你都拿去，我帮你并非为了金子。"温青道："这是我送给你的，又不是你自己拿的，何必装伪君子？"袁承志不住摇头。

龙德邻虽是富商，但黄澄澄一大堆金子放在桌上，一个定然不要，一个硬要对方拿去，这样的事情固然闻所未闻，此刻亲眼目睹，兀自不信，只道袁承志嫌少。

温青怒道："不管你要不要，我总是给了你。"突然跃起，纵上岸去。

袁承志出其不意，一呆之下，忙飞身追出，两个起落，已抢在他面前，双手一拦，说道："别走，你把金子带去！"温青冲向右，他拦在右面，温青冲向左，又给他抢先挡住。温青几次闯不过，发了脾气，举掌向他劈面打去。袁承志举左掌轻轻一架,温青已自抵受不住,向后连退三步,这才站住。他知道无法冲过,忽然往地下一坐,双手掩面,放声大哭。袁承志大奇,连问:"我震痛了你吗?"温青呸了一声:"你才痛呢!"一笑跃起。袁承志不敢再追,目送他背影在江边隐去。

眼见他一身武功,杀人不眨眼,明明是个江湖豪客,哪知又哭又笑,竟如此刁钻古怪,不由得摇摇头回到船内,把金条包好提起,与龙德邻拱手作别。

他在衢州城内大街上找了家客店住下,心想:"这一千两黄金来路不正,我决不能收。我不过见他可怜,才出手相助,岂能收他酬谢?那老头儿说他们棋仙派在衢州静岩,我何不找到他家里去?他如再撒赖,我放下金子便走。"

翌日问明了静岩的途径,负了金子,迈开大步走去。静岩离衢州二十多里,他脚步迅速,不消半个时辰就到了。

静岩是个小镇,附近便是烂柯山。相传晋时樵夫王质入山采樵,观看两位仙人对弈,等到一局既终,回过头来,自己的斧头柄已经烂了,回到家来,人事全非,原来入山一去已经数十年。烂柯山上两峰之间有一条巨大的石梁相连,鬼斧神工,非人力所能搬上,当地故老相传是神仙以法力移来,静岩镇附近另有一小镇,名为石梁,即以此命名。棋仙派之名,也当是从仙人对弈而起。

袁承志来到镇上,迎面遇见一个农妇,问道:"大嫂,请问这里姓温的住在哪里?"那农妇吃了一惊,说道:"不知道!"脸上一副嫌恶的神气,掉头便走。

袁承志走到一家店铺,向掌柜的请问。那掌柜淡淡的道:"老兄找温家有什么事?"袁承志道:"我要去交还一些东西。"那掌柜冷笑道:"那么你是温家的朋友了,又来问我干什么?"袁承志讨了个没趣,心想这里的人怎地如此无礼,见街边两个小童在玩耍,摸出十个铜钱,塞在一个小童的手里,说道:"小兄弟,你带我到温家去。"那小童本已接过了钱,听了他的话,把钱还他,气忿忿的道:"温家?那边大屋子就是,这鬼地方我可不去。"袁承志这才明白,原来姓温的在这里搞得天怒人怨,没人肯跟他家打交道,倒不是此地居民无礼。

他依着小童的指点,向那座大屋子走去,远远只听得人声嘈杂。走到近处,见数百名农人拿了锄头铁耙,围在屋前,大叫大嚷:"你们把人打得重伤,眼见性命难保,就此罢了不成?姓温的,快出来抵命!"人群中有七八个妇人,披散了头发坐在地上哭嚷。袁承志走将过去,问一个农夫道:"大哥,你们在这里干么?"那农夫道:"啊,你是过路的相公。这里姓温的强凶霸道,昨天下乡收租,程家老汉求他宽限几天,他一下就把人推得撞向墙上,受了重伤。程老汉的儿子侄儿和他拼命,都给他打得全身是伤,只怕三个人都难活命。你说这样的财主狠不狠?相公你倒评评这个理看。"

正说之间,众农夫吵得更厉害了,有人举起铁耙往门上猛砸,更有人把石头丢进墙去。忽然大门呀的一声开了,一个瘦子倏地冲出,众人还没看清楚,已有七八名农人给他飞掷出来,跌出两三丈外,撞得头破血流。

袁承志心想:"这人好快身手!"定睛看时,见那人身材瘦长,黄澄澄一张面皮,双眉斜飞,神色剽悍。

那人喝道:"你们这批猪狗不如的东西,胆敢到这里来撒野!活得不耐烦了!"众人未及回答,那人抢上几步,又抓住数人乱掷出去。

袁承志见他掷人如掷稻草,毫不用力,心想不知此人与温青是什么干系,倘若前晚他与温青在一起,那么他抵敌荣彩等人绰绰有余,用不到自己出手了。

人群中三名农夫抢了出来,大声道:"你们打伤了人,就这样算了吗?我们虽穷,可是穷人也是命哪!"那瘦子嚇嚇几声冷笑,说道:"不打死几个,你们还不知道好歹。"身形一晃,已抓住一个中年农夫后心,随手甩出,把他向东边墙角掼去。就在这时,两个青年农夫一齐举起锄头向他当头扒下。那瘦子左手横挡,两柄锄头向天飞出,随即抓住两人,向门口旗杆石上掷去。

袁承志见这人欺侮乡民,本甚恼怒,但见他武功了得,若是纠缠上了,麻烦甚多,只想等他们事情一了,便求见温青,交还黄金之后立即动身,哪知这瘦子竟然骤下杀手。眼见这三人分别撞向墙角和坚石,不死也必重伤,不由得激动了侠义心肠,飞身而前,左手抓住中年农夫右腿,将人丢在地下,跟着一招"岳王神箭",身子当真如箭离弦,急射而出,抢过去抓住两个青年农夫背心,这才挺腰站直,将两人轻轻放落。这招"岳王神箭"是木桑道人所传的轻功绝技,身法之快,任何各派武功均所不及,他本不想轻易显露,但事急救人,不得不用,心知这一来定招那瘦子之恨,好在温家地点已知,不如待晚上再来偷偷交还,一放下农夫,转身便走,更不向瘦子多瞧一眼。

三个农夫死里逃生,呆在当场,做声不得。

那瘦子见他如此武功,惊讶异常,见他转身而去,忙飞身追上,伸手向他肩头拍去,说道:"朋友,慢走!"这一拍使的是大力千斤重手法。袁承志并不闪避,肩头微微向下一沉,便将他的重手法化解了,却也不运劲反击,似乎毫不知情。那瘦子更是吃惊,说道:"阁下是这批家伙请来,跟我们为难的么?"

袁承志拱手道:"实在对不起,兄弟只怕闹出人命,大家麻烦,是以冒昧扶了他们一把。这可得罪了。老兄如此本领,何必跟这些乡下人一般见识?"

那瘦子听他出言谦逊,登时敌意消了大半,问道:"阁下尊姓?到敝处来有何贵干?"袁承志道:"在下姓袁,有一位姓温的少年朋友,不知是住在这里的么?"那瘦子道:"我也姓温,不知阁下找的是谁?"袁承志道:"在下要找温青温相公。"

众农民见袁承志和那瘦子攀起交情来,不敢再行逗留,纷纷散去,走远之后,便又大骂,行得越远,骂得越响。乡音佶屈,袁承志也不懂他们骂些什么。

那瘦子也不理会,向袁承志道:"请到舍下奉茶。"

袁承志随他入内,只见里面是一座二开间的大厅,当中一块大匾,写着三个大字:"八德堂"。厅上中堂条幅,云板花瓶,陈设考究,一派豪绅大宅的气派。

那瘦子请袁承志在上首坐了,仆人献上茶来。那瘦子不住请问袁承志的师承出身,言语虽然客气,但袁承志隐隐觉得他颇含敌意,当下说道:"请温青相公出来一见,兄弟要交还他一件东西。"

那瘦子道:"温青就是舍弟,兄弟名叫温正。舍弟现下出外去了,不久便归,请老兄稍待。"袁承志本来不愿与这等行为凶暴、鱼肉乡邻的人家多打交道,但温青既然不在,只得等候。可是跟温正实在没什么话可说,两人默然相对,均感无聊。

等到中午,温青仍然没回,袁承志又不愿把大批黄金交与别人。温正命仆人开出饭来,火腿腊肉,肥鸡鲜鱼,菜肴丰盛。两人随意吃了。

等到下午日头偏西,袁承志实在不耐烦了,心想反正这是温青家里,把金子留下算了,将黄金包裹往桌上一放,说道:"这是令弟之物,就烦仁兄转交。兄弟告辞了。"

正在此时,忽然门外传来笑语之声,都是女子声音,其中却夹着温青的笑声。温正道:"舍弟回来啦。"抢了出去。袁承志要跟出去,温正道:"袁兄请在此稍待。"袁承志只得停步。可是温青却不进来。温正回厅说道:"舍弟要去换衣,一会就出来。"袁承志心想:"温青这人实在啰里啰唆。见个客人又要换什么衣服?"

又等良久,温青才从内堂出来,只见他改穿了紫色长衫,加系了条鹅黄色丝绦,头巾上镶着一颗明珠,满脸堆欢,说道:"袁兄大驾光临,幸何如之。"袁承志道:"温兄忘记了这包东西,特来送还。"温青愠道:"你瞧我不起,是不是?"袁承志道:"兄弟绝无此意,只是不敢拜领厚赐。就此告辞。"站起来向温正、温青各自一揖。

温青一把拉住他衣袖,说道:"不许你走。"袁承志不禁愕然。温正也脸上变色。

温青笑道:"我正有一件要紧事须得请问袁大哥,你今日就在舍下歇吧。"袁承志道:"兄弟在衢州城里有事要办,下次若有机缘,当再前来叨扰。"温青只是不允。温正道:"袁大哥既然有事,咱们就别耽搁他。"温青道:"好,你一定要走,那你把这包东西带走。你说什么也不肯在我家住,哼,我知道你瞧我不起。"袁承志微感迟疑,见他留客意诚,便道:"既是温兄厚意,兄弟就不客气了。"

温青大喜,忙叫厨房准备点心。温正满脸的不乐意,然而却不离开,一直陪着,有一句没一句的闲聊。温青尽与袁承志谈论书本上的事。袁承志对诗词全不在行,史事兵法却是从小研读的。温青探明了他的性之所近,便谈起什么淝水之战、官渡交兵之类史事来。袁承志暗暗钦佩,心想:"这人脾气古怪,书倒是读过不少,可不似我这假书生那么草包。"温正于文事却一窍不通,却又不肯走开。袁承志不好意思了,和他谈了几句武功。温正正要接口,温青却又插嘴把话题带了开去。

袁承志见这两兄弟之间的情形很有点奇怪，温正虽是兄长，对这弟弟却显然颇为敬畏，不敢丝毫得罪，言谈之间常受他无礼抢白，反而陪笑，言语中总是讨好于他。如温青对他辞意略为和善，他就眉开眼笑，高兴非凡。

到得晚间，开上酒席，更是丰盛。用过酒饭，袁承志道："小弟日间累了，想早些休息了。"温青道："小弟僻处乡间，难得袁兄光临，正想剪烛夜话，多所请益。袁兄既然倦了，那么明日再谈吧。"

温正道："袁兄今晚到我房里睡吧。"温青道："你这房怎留得客人？自然到我房里睡。"温正脸色一沉，道："什么？"温青道："有什么不好？我去跟妈睡。"温正大为不悦，也不道别，径自入内。温青道："哼，没规矩，也不怕人笑话。"

袁承志见他兄弟为自己斗气，很是不安，说道："我在荒山野岭中住惯了的，温兄不必费心。"温青微微一笑，说道："好吧，我不费心就是。"拿起烛台，引他进内。

穿过两个天井，直到第三进，从东边上楼。温青推开房门，袁承志眼前一耀，先闻到一阵幽幽的香气，只见房中点了一支大红烛，照得满室生春，床上珠罗纱帐子，白色缎被上绣着一只黄色凤凰，满室锦绣，壁上挂着一幅工笔仕女图。床前桌上放着一张雕花端砚，几件碧玉玩物，笔筒中插了大大小小六七枝笔，西首一张几上供着一盆兰花，架子上停着一只白鹦鹉。袁承志来自深山，几时见过这般富贵气象，不觉呆了。温青笑道："这是兄弟的卧室，袁兄将就歇一晚吧。"不等他回答，便已掀帏出门。

袁承志室内四下察看，见无异状，正要解衣就寝，忽听有人轻轻敲门。袁承志问道："哪一位？"进来一个十五六岁的丫鬟，手托朱漆木盘，说道："袁少爷，请用点心。"把盘子放在桌上，盘中是一碗白色胶质物事。

袁承志虽是督师之子，但自幼穷乡陋居，从来没见过燕窝，不识得是什么东西。

那丫鬟笑道："我叫小菊，是少爷……少爷，嘻嘻，吩咐我来服侍袁少爷的。袁少爷有什么事，差我做好啦。"袁承志道："没……没什么事了。"小菊慢慢退出，忽然回头咭咭一笑，说道："这燕窝是我家少爷特地炖给袁少爷吃的。"袁承志愕然不知所对。小菊一笑出门，轻轻把门带上了。

袁承志将燕窝三口喝完,只觉甜甜滑滑,香香腻腻,也说不上好吃不好吃,解衣上床,抖开被头,浓香更冽,中人欲醉,那床又软又暖,生平从未睡过,迷迷糊糊间便睡着了。

月色溶溶,花香幽幽,但觉箫声缠绵,不禁有如身在仙境,非复人间。

第五回

山幽花寂寂
水秀草青青

睡到中夜,窗外忽然有个清脆的声音噗哧一笑,袁承志在这等地方原不敢沉睡,立即惊醒,只听有人在窗格子上轻弹两下,笑道:"月白风清,这么好的夜晚,袁兄雅人,不怕辜负了大好时光吗?"

袁承志听得是温青的声音,从帐中望出去,果见床前如水银铺地,一片月光。窗外一人头下脚上,"倒挂珠帘",似在向房内窥探。袁承志道:"好,我穿衣就来。"心想这人行事在在令人捉摸不透,倒要看他深更半夜之中,又有什么希奇古怪的花样。穿好衣服,暗把匕首藏在怀里,推开窗户,花香扑面,窗外是座花园。

温青脚下使劲,人已翻起,落下地来,悄声道:"跟我来。"提起放在地下的一只竹篮。袁承志不知他捣什么鬼,跟着他越墙出外。

两人缓步向后山上行去。那山只是个小丘,身周树木葱翠,四下里轻烟薄雾,出没于枝叶之间。良夜寂寂,两人足踏软草,连脚步也悄无声息。将到山顶,转了两个弯,清风悄生,四周全是花香。月色如霜,放眼望去,满坡尽是红色、白色、黄色的玫瑰。

袁承志赞道:"真是神仙般的好地方。"温青道:"这些花是我亲手种的,除了妈妈和小菊之外,谁也不许来。"他提了篮子,缓缓而行。袁承志在后跟随,只觉心旷神怡,原来提防戒备之意,一时在花香月光中暗自消减。

又走了一段路,来到一个小小亭子,温青要承志坐在石凳上,打开篮子,取出一把小酒壶,两只酒杯,斟满了酒,说道:"这里不能吃荤。"承志夹起酒菜,果然都是些香菇、木耳之类的素菜。

温青从篮里抽出一枝洞箫,说道:"我吹首曲子给你听。"承志点点头,温青轻轻吹了起来。承志不懂音律,但觉箫声缠绵,如怨如慕,一颗心似乎也随着婉转箫声飞扬,飘飘荡荡地,如在仙境,非复人间。

温青吹完一曲,笑道:"你爱什么曲子?我吹给你听。"承志叹道:"我什么曲子都不知。你懂得真多,怎地这等聪明?"温青下颚一扬,笑道:"是么?"

他拿起洞箫,又奏一曲,这次曲调更是柔媚。月色溶溶,花香幽幽,承志一生长于兵戈拳剑之间,从未领略过这般风雅韵事,不禁有如习练木桑所授的轻功时飘身在半空之中。温青搁下洞箫,低声道:"你觉得好听么?"承志道:"世界上竟有这般好听的箫声,以前我做梦也没想到过。这曲子叫什么名字?"温青脸上突然一红,低声道:"不跟你说。"过了一会,才道:"这曲子叫《眼儿媚》。"眼波流动,微微浅笑。

这时两人坐得甚近,袁承志鼻中所闻,除了玫瑰清香,更有淡淡的脂粉之气,心想这人实在太没丈夫气概,他相貌本就已太过俊俏,再这般涂脂抹粉,成什么样子?幸亏自己不是口齿轻薄之人,否则岂不耻笑于他?又想:江南习气奢华,莫非他富家纨绔子弟,尽皆如此,倒是我山野村夫,少见多怪了。

正自思忖,听得温青问道:"你爱不爱听我吹箫?"袁承志点点头。温青又把箫放到唇边,吹了起来,渐渐的韵转凄苦。袁承志听得出神,突然箫声骤歇,温青双手内拗,啪的一声,把一枝竹箫折成两截。

袁承志一惊,问道:"怎么?你……你不是吹得好好的么?"温青低下了头,悄声道:"我从来不吹给谁听。他们就知道动刀动剑,也不爱听这个。"袁承志急道:"我没骗你,我真的爱听呀,真的。"温青道:"你明天要去啦,去了之后,你永远不会再来,我还吹什么箫?"顿了一下,又道:"我脾气不好,我自己知道,可是我就管不了自己……我知道你讨厌我,心里很瞧不起我。"袁承志一时不知说什么话好。温青又道:"因此上你永远不会再来了。我……我再也见你不着了。"

听他言中之意，念及今后不复相见，竟是说不出的惆怅难过，袁承志不禁感动，说道："你一定瞧得出，我什么也不懂。我初入江湖，没学会说谎。你说我心里瞧不起你，觉得你讨厌，老实说，那本来不错，我起初见你动不动杀人，很不以为然。不过现下有些不同了。"温青低声道："是么？"袁承志道："我见你本性还是挺良善的，多半受了人欺压，心中委屈，出不了气，这才脾气有点怪，那是什么事？能说给我听么？或许我能帮你。"

温青沉吟道："我跟你说，就怕你会更加瞧我不起。"袁承志道："一定不会。"温青咬一咬牙道："好吧，我说。我妈妈做姑娘的时候，受了人欺侮，生下我来。我五位爷爷打不过这人，后来约了许许多多好手，才把那人打跑，因此我是没爸爸的人，我是个私生……"说到这里，语音呜咽，流下泪来。

袁承志道："这可怪不得你，也怪不得你妈妈，是那坏人不好。"温青道："他……他……是我的爸爸啊。人家……人家背地里都骂我，骂我妈。"

袁承志道："有谁这么卑鄙无聊，我帮你打他。现下我明白了原因，便不讨厌你了。你如真当我是朋友，我一定再来看你。"温青大喜，跳了起来。

袁承志见他喜动颜色，笑道："我来看你，你很欢喜吗？"温青拉住他双手轻轻摇晃，道："喂，你说过的，一定要来。"袁承志道："我决不骗你。"

忽然背后有声微响，袁承志站起转身，只听一人冷冷道："半夜三更的，在这里偷偷摸摸的干么？"那人正是温正。只见他满脸怒气，双手叉腰，大有问罪之意。

温青本来吃了一惊，见到是他，怒道："你来干什么？"温正道："问你自己呀。"温青道："我和袁兄在这里赏月，谁请你来了？这里除了我妈妈之外，谁也不许来。三爷爷说过的，你敢不听话？"温正向袁承志一指道："怎么他又来了？"温青道："我请他来的，你管不着！"

袁承志见他兄弟为自己伤了和气，很是不安，说道："咱们赏月已经尽兴，大家回去安息吧。"温青道："我偏不去，你坐着。"袁承志只得又坐了下来。

第五回　山幽花寂寂　水秀草青青

温正呆在当地，闷闷不语，向袁承志侧目斜睨，眼光中满是憎恶之意。

温青怒道："这些花是我亲手栽的，我不许你看。"温正道："我看都看过了，你挖出我的眼珠子么？我还要闻一下。"说着用鼻子嗅了几下。温青怒火大炽，忽地跳起身来，双手一阵乱拔，拔起了二十几丛玫瑰，随拔随抛，哭道："你欺侮我！你欺侮我！拔掉了玫瑰，谁也看不成，这样你才高兴了吧？"

温正脸色铁青，恨恨而去，走了几步，回头说道："我对你一番心意，你却如此待我，你自己想想，有没良心。这姓袁的广东蛮子黑不溜秋的，你……你偏生……"温青哭道："谁要你对我好了？你瞧着我不顺眼，你要爷爷们把我娘儿俩赶出去好啦。我和袁兄在这里，你去跟爷爷们说好了。你自己又生得挺俊吗？好白白净净么？"温正叹了口长气，垂头丧气的走了。

温青回到亭中坐下。过了半晌，袁承志道："你怎么对你哥哥这样子？"

温青道："他又不是我真的哥哥。我妈妈才姓温，这儿是我外公家。他是我妈妈堂兄的儿子，是我表哥。要是我有爸爸，有自己的家，也用不着住在别人家里，受别人的气了。"说着又垂下泪来。

袁承志道："我瞧他对你倒是挺好的，反而你呀，对他很凶。"温青忽然笑了出来，道："我如不对他凶，他更要无法无天呢。"

袁承志见他又哭又笑，一副天真烂漫的样子，又想到自己的身世，不禁顿兴同病相怜之感，说道："我爸爸给人害死了，那时我还只七岁，我妈妈也是那年死的。"温青道："你报了仇没有？"袁承志叹道："说来惭愧，我真不孝……"温青道："你报仇时我一定帮你，不管这仇人多厉害，我也必帮你。"袁承志好生感激，握住了他手。

温青的手微微一缩，随即给他捏着不动，说道："你本事比我强得多，但我瞧你对江湖上的事很生，我将来可以帮你出些主意。"袁承志道："你真好。我没一个年纪差不多的朋友，现今遇到了你……"温青低头道："就是我脾气不好，总有一天会得罪你。"袁承志道："我既当你是朋友，知道你心地好，就算得罪了我，也不会介意。"温青大喜，叹了一口气道："我就是这件事不放心。你说过了的，可要算数。你须得真不介意才好。"

袁承志见他神态大变,温柔斯文,与先前狠辣的神情大不相同,说道:"我有一句话,不知温兄肯不肯听?"温青道:"这世上我就听三个人的话,第一个是妈妈,第二个是我亲外公三爷爷,第三个就是你了。"

袁承志心中一震,说道:"承你这么瞧得起我,其实,别人的话只要说得对,咱们都该听。"温青道:"哼,我才不听呢。谁待我好,我……我心里也喜欢他,那么不管他说得对不对,我都听他的。要是我讨厌的人哪,他说得再对,我偏偏不照他的话做。"

袁承志笑道:"真是孩子脾气,你几岁了?"温青道:"我十八岁,你呢?"袁承志道:"我大你两岁。"温青低下了头,忽然脸上一红,悄声道:"我没亲哥哥,咱们结拜为兄弟,好不好?"

袁承志自幼便遭身世大变,自然而然的诸事谨细,对温青的身世实在毫不知情,然见到他盗金杀人,行止甚邪,又是棋仙派的人。他对自己虽推心置腹,但提到结拜,那是终身祸福与共的大事,不由得迟疑。

温青见他沉吟不答,蓦地里站起身来,奔出亭子。袁承志吃了一惊,连忙随后追去,只见他向山顶直奔,心想这人性情激烈,别因自己不肯答应,羞辱了他,诸事不可逆料,忙展开轻功,几个起落,已抢在他面前,叫道:"温兄弟,你生我的气么?"

温青听他口称"兄弟",心中大喜,登时住足,坐倒在地,说道:"你瞧我不起,怎么又叫人家兄弟?"袁承志道:"我几时瞧你不起?来来来,咱们就在这里结拜。"

于是两人向着月亮跪倒,发了有福共享、有难同当的重誓。站起身来,温青向袁承志一揖,低低叫了声:"大哥!"袁承志回了一揖,说道:"我叫你青弟吧。现下不早啦,咱们回去睡吧。"两人牵手回房。

袁承志道:"你别回去吵醒伯母了,咱们就在这儿同榻而睡吧。"温青陡然满脸红晕,把手一甩,嗔道:"你……你……"随即一笑,说道:"明天见。"飘然出房,把袁承志弄得愕然半晌,不知所云。

次日一早,袁承志正坐在床上练功,小菊送来早点。袁承志跳下床来,向她道劳,正吃早点,温青走进房来,道:"大哥,外面来了个女子,说是来讨金子的,咱们出去瞧瞧。"袁承志道:"好。"心想夺人财物,终究不妥,如何劝得义弟还了人家才好。

两人来到厅口,便听得厅中脚步声急,风声呼呼,有人在动手拼斗,走进大厅,只见温正快步游走,舞动单刀,正与一个使剑的年轻女子斗得甚紧。旁边两个老者坐在椅中观战。一个老人手拿拐杖,另一个则是空手。温青走到拿拐杖的老者身旁,在他耳边说了几句话。那老者向袁承志仔细打量,点了点头。

袁承志见那少女约莫十八九岁年纪,双颊晕红,容貌娟秀,攻守之间,法度严谨。两人拆了十余招,一时分不出高下。袁承志对她剑法却越看越疑心。

只见那少女欺进一步,长剑指向温正肩头,温正反刀格击,迅速之极,眼见那少女的长剑就要给他单刀砸飞。岂知那少女更快,长剑圈转,倏向温正颈中划来。温正一惊,连退三步。那少女乘势直上,唰唰数剑,攻势迅捷。

袁承志已看明白她武功家数,虽不是华山派门人,但必受过本门中人的指点,否则依她功力,早已支持不住,仗着剑术精奇,才跟温正勉强打个平手,莫看她攻势凌厉,其实温正又稳又狠,后劲比她长得多。温青也已瞧出那少女非温正敌手,微微冷笑,说道:"凭这点子道行,也想上门来讨东西。"

再拆数十招,果然那少女攻势已缓,温正却一刀狠似一刀,再斗片刻,那少女更左支右绌,连遇凶险。

袁承志见情势危急,忽地纵起,跃入两人之间。两人斗得正紧,兵刃哪里收得住势?一刀一剑,齐奔他身上砍到。温青惊呼一声。那两个老者一齐站起,只因出其不意,都来不及救援。却见承志右手在温正手腕上轻轻一推,左手反手在那少女手腕上微微一挡。两人兵刃都不由自主的向外荡开,当即齐向后跃。两个老者都"咦"的一声,显然对承志这手功夫甚是惊诧,两人对望了一眼。

温正只道承志记着昨夜之恨,此时出手跟自己为难。那少女却见他与温青同从内堂出来,自然以为他是对方一党,眼见不敌,仗剑就要跃出。

袁承志叫道:"这位姑娘且慢。"那少女怒道:"我打你们不赢,自有功夫比我高的人来讨金子,你们要待怎样?"承志拱手道:"姑娘勿怪,请教尊姓大名,令师是哪一位?"那少女"呸"了一声,道:"谁来跟你啰唆?"陡然跃向门口。

承志左足一点,跃起挡在门外,低声道:"莫走,我帮你。"那少女一呆,问道:"你是谁?"承志道:"我姓袁。"

那少女一对乌溜溜的眼珠盯住他的脸,忽然叫了出来:"你识得安大娘么?"承志全身一震,手心发热,说道:"我是袁承志,你是小慧?"那少女高兴得忘了形,拉住他手,叫道:"是啊,是啊!你是承志大哥。"骤然间想起男女有别,脸上一红,放下了手。温青见了这副情状,脸上登时如同罩了一层严霜。

温正叫了起来:"我道袁兄是谁?原来是李自成派了来卧底的!"

袁承志道:"我跟闯王曾有一面之缘,倒也不错,可说不上卧底。这位姑娘是我世交。不知两位因何交手,兄弟斗胆,替两位说和如何?"安小慧道:"承志大哥,他们既是你朋友,只要把金子交出,那就一切不提。"温青冷冷的道:"有这么容易?"

袁承志道:"兄弟,我给你引见,这位是安小慧安姑娘,我们小时在一块儿玩,已差不多十年不见啦。"温青冷冷的瞅了安小慧一眼,并不施礼,也不答话。

袁承志很感尴尬,问安小慧道:"你怎么还认得我?"安小慧道:"你眉毛上的伤疤,我怎会忘记?小时候那坏人来捉我,你拼命相救,给人家砍的,你忘记了么?"袁承志笑道:"那一天我们还用小碗小锅煮饭吃呢。"

温青更是不悦,悻悻的道:"你们说你们的……青梅竹马吧,我可要进去啦。"

袁承志忙道:"等一下,小慧,你怎么跟这位大哥打了起来?"安小慧道:"我和……和崔师兄……"袁承志抢着问:"崔师兄?是崔秋山叔叔吧?"安小慧道:"不,他是崔秋山叔叔的侄儿。我们护送闯王一笔军饷到浙东来,哪知这人真坏,半路上却来偷了去。"说着向温青一指。

承志心下恍然,原来温青所劫黄金是闯王的军饷,别说闯王对自己礼遇,师父又正全力佐他,便冲着崔秋山、安大娘、安小慧这三人的故人之情,也无论如何要设法帮他找回。何况闯王千里迢迢的送黄金到江南来,定有重大用途,说是军饷,当为供军中粮饷之用,抑或拉拢帮手,或贿赂贪官,均有正途大用,他所兴的是仁义之师,欲救民于水火之中,怎可不伸手相助?心意已决,向温青道:"兄弟,瞧在我脸上,请你把金子还了这位姑娘吧!"温青哼了一声,道:"你先见过我两位爷爷再说。"

袁承志听说两位老者是他爷爷,心想既已和他结拜,他们就是长辈,恭恭敬敬的走上前去,向着两个老者磕下头去。拿拐杖的老者道:"啊哟,不敢当,袁世兄请起。"拐杖往椅子边上一倚,双手托住他肘底,往上抬起。

袁承志突觉一股极大劲力向上托起,立时便要给他抛向空中,当下双臂下沉,运劲稳住身子,仍向两人磕足了四个头才站起身来。那老者暗暗吃惊,心想:"这少年好浑厚的内力。"哈哈一笑,说道:"听青儿说,袁世兄功夫俊得很,果然不错。"

温青道:"这位是我三爷爷。"又指着空手的老者道:"这位是我五爷爷。"说了两人名号,一个叫温方山,一个叫温方悟。袁承志心想:"这两人想来便是棋仙派五祖中的两祖。那三爷爷的武功比温正和青弟可高得多了。"于是也各叫了一声:"三爷爷!五爷爷!"两个老者齐道:"不敢当此称呼。"脸上神色颇为不愉。

袁承志暗暗有气:"我爹爹是抗清名将、辽东督师。我和你们孙儿结拜,也没辱没了他。"转头向温青道:"这位姑娘的金子,兄弟便还了她吧!"

温青愠道:"你就是这位姑娘、那位姑娘的,可一点不把人家放在心上。"袁承志道:"兄弟,咱们学武的以义气为重,这批金子既是闯王的,你取的时候不知,也就罢了。现下既知就里,若不交还,岂非对不起人?"

两个老者本不知这批黄金有如此重大的牵连,只道是哪一个富商之物,此时听安小慧、袁承志一说,也颇不安,知道闯王势大,江湖豪杰归附者众,这批黄金要是不还,来索讨的好手势必源源而至,后患无穷。温方山微微一笑,说道:"冲着袁世兄的面子,咱们就还了吧。"

温青道:"三爷爷,那不成!"袁承志道:"你本来分给我一半,那么我这一半先还了她再说。"温青道:"你自己要,连我的通统给你。

谁又这样小家气,几千两金子就当宝贝了?不过是这位姑娘、那位姑娘来要,我就偏偏不给。"

安小慧走上一步,怒道:"你要怎样才肯还?划下道儿来吧!"温青对袁承志道:"你到底是帮她,还是帮我?"

袁承志踌躇半刻,道:"我谁也不帮,我只听师父的话。"温青道:"师父?你师父是谁?"袁承志道:"我师父是闯王军中的。"温青怒道:"哼,说来说去,你还是帮她。好,金子是在这里,我费心机盗来,你也得费心机盗去。三天之内,你有本事就来取去,过得三天拿不去,我可不客气了,希里哗拉,一天就花个干净。"袁承志道:"这么多黄金,你一天怎花得完?"温青愠道:"花不完,不会抛在大路上,让旁人拾去帮着花么?"

承志拉拉他衣袖,道:"兄弟,跟我来。"两人走到厅角。承志道:"昨晚你说听我话的,怎么隔不了半天就变了卦?"温青道:"你待我好,我自然听你话。"承志道:"我怎么不待你好?这批金子真的拿不得啊。"温青眼圈一红道:"你见了从前的相好,全心全意就回护着她,哪里还把人家放在心上?闯王的金子我花了怎样?大不了给他杀了,反正我一生一世没人疼。"说着又要掉下泪来。

承志见他不可理喻,很不高兴,说道:"你是我结义兄弟,她是我故人之女,我是一视同仁,不分厚薄。你怎么这个样子?"温青嗔道:"我就是恨你一视同仁,不分厚薄。哼,不必多说,你三天内来盗吧!"承志拉住他的手欲待再劝,温青手一甩,走进内堂。

袁承志见话已说僵,只得与安小慧两人告辞出去,找到一家农舍借宿,问起失金经过。原来安小慧等护送金子的共有三人,中途因事分手,致为温青所乘。

安小慧说起别来情由,说她母亲也常牵记着他。袁承志从怀中摸出一只小金丝镯,说道:"这是你妈从前给我的。你瞧,我那时的手腕只这么粗。"安小慧嗤的一笑,瞧着他手臂,问道:"承志大哥,你这些年来在干什么?"袁承志道:"天天在练武,还下下棋。"安小慧道:"怪不得你武功这么强,刚才你只把我的剑轻轻一推,我就一点劲也使不上来啦。"袁承志道:"你怎么也会华山派剑法?谁教你的?"

安小慧眼圈一红,转过头去,才道:"就是那个崔师哥教的,他也是华山派的。"袁承志忙问:"他受了伤还是怎的?你为什么难过?"安小慧道:"他受什么伤啊?他不理人家,半路上先走了。"袁承志见其中似乎牵涉儿女私情,不便再问。

等到二更时分,两人往温家奔去。袁承志轻轻跃上屋顶,只见大厅中烛光点得明晃晃地,温方山、方悟两兄弟坐在桌边喝酒。温正、温青站在一旁伺候。袁承志不知黄金藏在何处,想偷听他们说话,以便得到些线索。只听温青冷笑一声,抬起头来,向着屋顶说道:"金子就在这里!有本领来拿好了。"

安小慧一拉袁承志的衣裾,轻声道:"他已知道咱们到了。"袁承志点点头,只见温青从桌底下取出两个包裹,在桌上摊了开来,烛光下耀眼生辉,黄澄澄的全是一条条金子。温青和温正也坐了下来,把刀剑往桌上一放,喝起酒来。

袁承志心想:"他们就这般守着,除非是硬夺,否则怎能盗取?"等了半个时辰,下面四人毫无走动之意,知道今晚已无法动手,和安小慧回到住宿之处。

次日傍晚,两人又去温宅,见大厅中仍是四人看守,只是换了两个老人,看来也是五兄弟中的,其余三人多半是在暗中埋伏。

袁承志对安小慧道:"他们有高手守在隐蔽的地方,可要小心。"安小慧点点头,眉头一皱,计上心来,忽然纵身下去。袁承志怕她落单,连忙跟下。只见她一路走到屋后,摸到厨房边,火折一晃,把屋旁一堆柴草点燃了。

过不多时,火光冲起。温宅中登时人声喧哗,许多庄丁提水持竿,奔来扑救。

两人抢到前厅,厅中烛光仍明,坐着的四人却已不见。安小慧大喜,叫道:"他们救火去啦!"纵身翻下屋顶,从窗中穿进厅内。承志跟了进去。

两人抢到桌旁,正要伸手去拿黄金,忽然足下一软,原来脚底竟是个翻板机关。承志暗叫不妙,陡然拔起身子,右手挽过想拉安小慧,却没拉着,他身子腾起,左掌搭上厅中石柱,随即溜下,右足踏在柱础之上。这时翻板已经合拢,把安小慧关在底下。

袁承志大惊,扑出窗外查看机关,要设法搭救。刚出窗子,一股劲风迎风扑到,当即右掌挥出,和击来的一掌相抵,两人同时用力,承志借势跃上屋顶,偷袭之人却跌下地去。但此人身手快捷,着地后便即跃上屋顶,正是温正。

承志立定身躯,游目四顾,倒抽一口凉气,只见高高矮矮、肥肥瘦瘦,屋顶上竟然站满了人。承志身入重围,不知对方心意如何,当下凝神屏气,一言不发。

人群中走出五个老人,其中温方山和温方悟是拜见过的,另外两个老人刚才曾坐在厅中看守黄金。余下一人身材魁梧,比众人都高出半个头,那人哈哈一笑,声若洪钟,说道:"我兄弟五人僻处乡间,居然有闯王手下高人惠然光降,真是三生有幸、蓬荜生辉了。哈哈,哈哈!"

承志上前打了一躬,说道:"晚辈拜见。"他因四周都是敌人,只怕磕下头去受人暗算,但礼数仍是不缺。

温青站了出来,说道:"这位是我大爷爷,那两位是我二爷爷、四爷爷。"承志一一作揖行礼,放眼下望,见火光已息,知未延烧,便宽了心。

棋仙派五祖中的大哥温方达、二哥温方义、老四温方施点点头,却不还礼,不住向他打量。温方义怒声喝道:"你小小年纪,胆子倒也不小,居然敢到我家放火。"

袁承志道:"那是晚辈一个同伴的鲁莽,晚辈十分过意不去,幸喜并未成灾。晚辈明日再来向各位磕头赔罪。"

温正的祖父温方施身形高瘦,容貌也和温正颇为相似,发话道:"磕头?磕几个头就能算了?小娃娃胆大妄为,竟到静岩温家来撒野。你师父是谁?"温氏五老虽对闯王的声势颇为忌惮,但五兄弟素来爱财,到手了的黄金决不肯就此轻易吐出去,适才见袁承志一掌震落温正,武功了得,要先查明他的师承门派,再定对策。

袁承志道:"家师眼下在闯王军中,只求各位将闯王的金子发还,晚辈改日求家师写信前来道谢。"温方达道:"你师父是谁?"袁承志道:"他老人家素来少在江湖上行走,晚辈不敢提他名字。"温方达哼了一声,道:"你不说,难道就瞒得过我们?南扬,跟这小子过过招。"心想只消一动上手,非叫你立现原形不可。

人群中一人应声而出。这人四十多岁年纪,腮上一丛虬髯,是温方义的第二个儿子,在棋仙派第二辈中可说是一流好手。他纵身上来,劈面便是一拳。袁承志侧头让过,温南扬左手拳跟着打到,拳劲颇为凌厉。

袁承志心下盘算:"这许多人聚在这里,一个个打下去,何时方能了结?如不速战,只怕难以脱身。小慧又不知怎么了。"等他左拳打到,右掌突然飞出,在他左拳上轻挡,五指抓拢,已拿住他拳头,顺势后扯。温南扬收势不住,踉踉跄跄的向前跌去,脚下踏碎了一大片瓦片,如不是他五叔温方悟伸手拉住,已跌下房去,登时羞得满脸通红,回身扑来。

承志站着不动,待他扑到,转身后仰,左脚轻勾,温南扬又向前俯跌。承志左足方勾,右掌同时伸出,料到他要俯跌,已一把抓住他后心提起。温南扬身子刚要撞到瓦面,骤然为人提起,哪里还敢交手,狠狠望了承志一眼,退了下去。

温方义喝道:"这小子倒果然还有两下子,老夫来会会高人的弟子。"双掌一错,就要上前。温青突然纵到他身旁,俯耳说道:"二爷爷,他跟我结拜了,你老人家可别伤他。"温方义骂了一声:"小鬼头儿!"温青拉住他的手,说道:"二爷爷你答允了?"温方义道:"走着瞧!"右手力甩,温青立足不稳,不由自主的退出数步。

温方义稳稳实实的踏上两步,说道:"你发招!"承志拱手道:"晚辈不敢。"温方义道:"你不肯说师父名字,你发三招,瞧我知不知道?"承志见他一副老气横秋的模样,心中也道:"你走着瞧。"说道:"那么晚辈放肆了,晚辈功夫有限,尚请手下留情。"温方义喝道:"快动手,谁跟你啰里啰唆?温老二手下向来不留情!"

承志深深一揖,衣袖刚抵瓦面,手一抖,袖子突然从横里甩起,呼的一声,向温方义头上击去,劲道着实凌厉。温方义低头避过,伸手来抓袖子,却见他轻飘飘的纵起,左袖兜了个圈子,右袖蓦地从左袖圈中直冲出来,径扑面门,来势奇急。温方义避让不及,当即后仰避开。承志不让他有余裕还手,忽然回身,背向对方。

温方义一呆,只道他要逃跑,右掌刚要发出,忽觉一阵劲风袭到,但见他双袖反手从下向上,犹如两条长蛇般向自己腋下钻来,这一招大出意料之外,忙伸双手想抓,不料袖子已拂到他腰上,啪啪两声,竟尔打中,只感到一阵发麻,对手已借势窜出。

袁承志回过身来，笑吟吟的站住。温青见他身手如此巧妙，一个"好"字险些脱口而出，忙伸手按住了嘴，跟着伸了伸舌头。温方达等四兄弟面面相觑，都觉大奇。

温方义老脸涨得通红，须眉俱张，突然发掌击出。月光下承志见他头上冒出腾腾热气，脚步似乎迟钝蹒跚，其实稳实异常，不敢再行戏弄，矮身避开两招，卷起衣袖，见招拆招，凝神接战，他生怕给对方叫破自己门派，使的是江湖上最寻常的五行拳。这路拳法几乎凡是学武之人谁都练过，温氏五祖自然难以从他招式中猜测他的师承门户。

温方义虽然出手不快，但拳掌发出，挟有极大劲风，拆得八九招，承志忽觉对方掌风中微有热气，向他手掌看去，心头微震，但见他掌心殷红如血，惨淡月光映照之下，更觉可怖，心想，这人练的是朱砂掌，听师父说，这门掌力着实了得，可别让他打中了。于是拳式生变，招数仍然平庸，劲力却不住增强。

酣斗中温方义突觉右腕一疼，疾忙跳开，低头看时，腕上一道红印肿起，原来已给对方手指划过，但显是手下留情。温方义心头虽怒，可是也不便再缠斗下去了。

温方山上前一步，说道："这位袁兄弟年纪轻轻，拳脚甚是了得，可不容易得很了。老夫领教领教你兵刃上的功夫。"承志道："晚辈不敢身携兵器来到宝庄。"温方山哈哈一笑，说道："你礼数倒也周全，这也算艺高人胆大了。好吧，咱们到练武厅去！"手一招，跃下地来。众人纷纷跳下。承志只得随着众人进屋。

温青走到他身边，低声说道："拐杖里有暗器。"承志正待接嘴，温青已转身对温正道："黑不溜秋的广东蛮子怎么样？现下可服了吧？"温正道："二爷爷是宠着你，才不跟他当真，有什么希奇？"温青冷笑一声，不再理他。

众人走进练武厅，承志见是一座三开间的大厅，打通了成为一个大场子。家丁进来点起数十枝巨烛，照得明如白昼。温家男女大都均会武艺，听得三老太爷要和前日来的客人比武，都拥到厅上来观看，连小孩子也出来了。

最后有个中年美妇和小菊一齐出来。温青抢过去叫了一声：

"妈!"那美妇满脸愁容,白了温青一眼,显得甚是不快。

温方山指着四周的刀枪架子,说道:"你使什么兵刃,自己挑吧!"

袁承志寻思:今日之事眼见已不能善罢,可是又不能伤了结义兄弟的尊长,刚下山来就遇上这个难题,可不知如何应付才好。

温青见他皱眉不语,只道他心中害怕,说道:"我这位三爷爷最疼爱小辈的,决不能伤你。"这话一半也是说给温方山听的,要他不便痛下杀手。她母亲道:"青青,别多话!"温方山望了温青一眼,说道:"那也得瞧各人的造化罢。袁世兄,你使什么兵刃?"

承志眼观四方,见一个六七岁男孩站在一旁,手中拿着一柄玩具木剑,漆得花花绿绿地,剑长只有寻常长剑的一半。他心念微动,走过去说道:"小兄弟,你这把剑借给我用一下,好不好?"那小孩笑嘻嘻的将剑递了给他。承志接了过来,对温方山道:"晚辈不敢与老前辈动真刀真枪,就以这把木剑讨教几招。"这几句话说来似乎谦逊,实则是竟没把对方放在眼里。他想对方人多,不断缠斗下去,不知何时方决,安小慧又已遭困,须得显示上乘武功,将对方尽快尽数慑服,方能取金救人,既免稽迟生变,又不伤了对温青的金兰义气。适才他在屋顶跟温方义动手,于对方武功修为已了然于胸,倘若温氏五老的武功均在伯仲之间,那么以木剑迎敌,也不算是犯险托大。

温方山听了这话,气得手足发抖,仰天打个哈哈,说道:"老夫行走江湖数十年,如此小觑老夫这柄龙头钢杖的,嘿嘿,今日倒还是初会。好吧,你有本事,用这木剑来削断我的钢杖吧。"话刚说完,拐杖横转,呼的一声,朝承志腰中横扫而来。

风势劲急,承志的身子似乎给钢杖带将起来,温青"呀"了一声,却见他身未落地,木剑剑尖已直指对方面门。温方山钢杖倒转,杖头向他后心要穴点到。

袁承志心想:"原来这拐杖还可用来点穴,青弟又说杖中有暗器,须得小心。"身子略侧,拐杖点空,木剑一招"沾地飞絮",贴着拐杖直削下去,去势快极。

温方山瞧他剑势,知道虽是木剑,给削上了手指也要受伤,危急中右手松指,拐杖落下,刚要碰到地面,左手快如闪电,伸下去抓着杖尾,蓦地一抖,一柄数十斤的钢杖昂头挺起,反击对方。承志见他眼明手快，变招迅捷，也自佩服。

两人越斗越紧，温方山的钢杖使得呼呼风响，有时一杖击空，打在地下，砖头登时粉碎，声势着实惊人。承志在杖缝中穿来插去，木剑轻灵，招招不离敌人要害。

转瞬拆了七八十招，温方山焦躁起来，心想自己这柄龙头钢杖威震江南，纵横无敌，今日却让这后生小辈以一件玩物打成平手，一生威名，岂非断送？杖法突变，横扫直砸，将敌人全身裹住。

旁观众人只觉杖风愈来愈大，慢慢退后，都把背脊靠住厅壁，以防给钢杖带到，烛影下只见钢杖舞成一个亮晃晃的大圈。

温方山的武功，比之那游龙帮帮主荣彩可高得多了。承志艺成下山，此时方始真正遇到武功高强的对手，只是不愿使动华山派正宗剑法，以免给温氏五老认出了自己门派，而对方钢杖极具威势，欺不近身去，手中木剑又不能与他钢杖相碰，心想非出绝招，不易取胜，忽地身法稍滞，顿了一顿。

温方山大喜，横杖扫来。承志左手运起"混元功"，硬生生一把抓住杖头，运力下拗，右手木剑直进，嗤的一声，温方山肩头衣服已然刺破，这还是他存心相让，否则一剑刺在胸口，虽是木剑，但内劲凌厉，却也是穿胸开膛之祸。

温方山大惊，虎口剧痛，钢杖已给夹手夺过。

承志心想他是温青的亲外公，不能令他难堪，当下立即收回木剑，左手前送，已将钢杖交还在他手中。这只一瞬间之事，武功稍差的人浑没看出钢杖忽夺忽还，已转了一次手，料想令他如此下台，十分顾全了他老人家的颜面。

哪知温方山跟着便横杖打出。承志心想："已经输了招，怎么如此不讲理，全没武林中高人的身分？"当即向左避开，突然嗤嗤嗤三声，杖头龙口中飞出三枚钢钉，分向上中下三路打到。杖头和他身子相距不过一尺，暗器突发，哪里避让得掉？

温青不由得"呀"的一声叫了出来，眼见情势危急，脸色大变。

却见承志木剑回转，啪啪啪三声，将三枚钢钉都打在地下。这招华山剑法，有个名目叫作"孔雀开屏"，取义于孔雀开屏，顾尾自怜。这招剑柄在外，剑尖向己，专在紧急关头挡格敌人兵器。袁承志打落暗器，木剑反撩，横过来在钢杖的龙头上按落。木剑虽轻，这一按却按在杖腰的全不当力处,正深得武学中"四两拨千斤"的要旨。

温方山只觉一股劲力将钢杖向下捺落,忙运力反挺,却已慢了一步,杖头落地。承志恼他以阴毒手法发射钢钉,左足蹬处,踏上杖头。温方山用力回扯,竟没扯起。承志松足向后纵开。温方山收回钢杖,只见厅上青砖深深凹下了半个龙头,须牙宛然,竟是杖上龙头给对手蹬入砖中留下的印痕。四周众人见了,尽皆骇然。

温方山脸色大变,双手将钢杖猛力往屋顶上掷去,只听得忽啦一声巨响,钢杖穿破屋顶,飞了出去。

他纵声大叫:"这家伙输给你的木剑,还要它干么?"

袁承志见这老头子怒气勃勃,呼呼喘气,将一丛胡子都吹得飞了起来,心中暗笑:"是你输了给我,可不是钢杖输了给木剑!"

屋顶砖瓦泥尘纷落之中,温方施纵身而出,说道:"年轻人打暗器的功夫还不坏,来接接我的飞刀怎样?"随手解下腰中皮套,负在身上。

袁承志见他皮套中插着二十四柄明晃晃的飞刀,刃长尺许,心想大凡暗器,均是乘人不备,卒然施发,袖箭藏在袖中,金镖、铁莲子之属藏在衣囊,他的飞刀却明摆在身上当眼之处,料想必有过人之长,知道这时谦逊退让也已无用,点了点头,说道:"老前辈手下容情!"将木剑还给小孩,转过身来。

温家众人知道四老爷的飞刀势头劲急,捷如电闪,倏然便至。这少年如全数接住,倒也罢了,要是他闪避退让,飞刀不生眼睛,那可谁也受不住他一刀。当下除了四老之外,余人纷纷走出厅去,挨在门边观看。

温方施叫道:"看刀!"手一扬,寒光闪处,一刀呜呜飞出。原来他的飞刀刀柄凿空,在空中急飞而过之时,风穿空洞,发出呜呜之声,如吹唢呐,声音凄厉。刀发高音,似是先给敌人警告,显得光明磊落,其实也是威慑恐吓,扰人心神。

袁承志见飞刀威猛,与一般暗器以轻灵或阴毒见胜者迥异,心想:"我如用手接刀,不显功夫,难挫他骄气,总要令他们输得心悦诚服,才能叫他们放出小慧,交还黄金。"在怀中摸出两枚铜钱,左手一枚,右手一枚,分向飞刀打去。左手一枚先到,铮的一响,飞刀登时无声,原来铜钱已把镂空的刀柄打扁。右手一枚铜钱再飞过去,与飞刀一撞,同时跌落。那飞刀重逾半斤,铜钱又轻又小,然而两者相撞之后,居然齐堕,显见他的手劲力道,比温方施高出何止数倍。

温方施登时变色,两刀同时发出。袁承志也照样发出四枚铜钱,先将双刀声音打哑,跟着击落。

温方施哼了一声道:"好本事!好功夫!"口中说着,手上丝毫不缓,六把飞刀一连串的掷出。他这时已知势难击中对方,故意将六柄飞刀四散掷出,心想:"难道你还能一一把我飞刀打落?"却听得呜铮、呜铮接连六响,六柄飞刀竟又给十二枚铜钱打哑碰跌。承志当日在华山绝顶,不知和木桑道人下了多少盘棋,打了多少千变万化之劫,再加上无数晨夕的苦练,才学会这手世上罕见的"满天花雨"暗器功夫。木桑若是在旁,说不定还要指摘他手法未纯,但温家诸人却尽皆心惊。

温方施大喝一声:"好!"双手齐施,六柄飞刀同时向对方要害处掷出,六刀刚出手,又是六刀齐飞,这是他平生绝技,功夫再好的人躲开了前面六刀,决难躲开后面跟上的六刀。十二柄飞刀呜呜声响,四面八方的齐向袁承志飞去。

温方达眼见袁承志武功卓绝,必是高人弟子,突见四弟使出最厉害的刀法,心下暗惊,叫道:"四弟,别伤他性命……"话声未毕,只见袁承志双手在空中一阵乱抓,随抓随掷,十二柄飞刀先后抓在手中,一抓入手,便向兵器架连续掷出。

刀枪架上本来明晃晃的插满了刀枪矛戟,但见白光闪烁中,枪头矛梢,尽皆折断,原来都给他用十二把飞刀斩断了。飞刀余势不衰,插入了墙壁。

突然之间,五老一齐站起,圈在他身周,目露凶光,同时喝道:"你是金蛇奸贼派来的吗?"

袁承志空中抓刀的手法,确是得自《金蛇秘笈》,蓦见五老神态凶恶,便似要同时扑上来咬噬一般,不禁惊慌,正要回答,一瞥之下,忽见厅外三个人走过,其中一人正是安小慧,给两名大汉绑缚了押着,当是刚从翻板下面的地窖给擒了上来。他心急救人,冲出厅去。温方达与温方义各抽兵刃,随后追到。

袁承志不顾追敌,直向安小慧冲去。两名大汉刀剑齐扬,搂头砍下。只听得当当两声,两名大汉手中的刀剑脱手飞出。这两人一呆,见砸去他们兵刃的竟是大老爷和二老爷,吓了一跳。温方达与温方义骂了声:"脓包!"抢上追赶。

原来承志身手快极,不架敌刃,飕的一下,竟从刀剑下钻过。那两名大汉兵刃砍下来时,温氏二老恰好赶到,一刀一剑,便同时向大老爷、二老爷的头上招呼。

袁承志双手分扯,扯断了缚住安小慧手上的绳索。安小慧大喜,连叫:"承志大哥!"这时那两人的刀剑正从空中落下,承志甩出断绳,缠住长剑,扯了回来,对安小慧道:"接着!"绳子松开,那剑剑柄在前,倒转着向她飞去。安小慧伸手接住。

这当儿当真是说时迟,那时快,长剑刚掷出,温方达两柄短戟已向承志胸前搠到。却听得"啊!哼!"两声叫喊,原来那两名大汉挡在路口,温方义嫌他们碍手碍脚,一个扫堂腿踢开了。

袁承志脚步不动,上身后缩,陡然退开两尺。温方达双戟递空,正要再戳,劲未使出,倏觉双戟自行向前,烛光映射下,只见对方手中一截断绳已缠住双戟,向前拉扯。

温方达借力打力,双戟乘势戳了过去,戟头锋锐,闪闪生光。袁承志侧过身子,用力一扯断绳,随即突然松手。温方达出其不意,收势不及,向前跟跄了两步,看袁承志时,已拉了安小慧抢进练武厅内。

温方达本已冲冲大怒,这时更加满脸杀气,双手力崩,已将戟上短绳崩断,纵进厅来。温家众人也都回到厅内,站在五老身后。

温方达双戟归于左手,右手指着袁承志,恶狠狠的喝道:"那金蛇奸贼在哪里?快说。"

袁承志道:"老前辈有话好说,不必动怒。"

温方义怒道:"金蛇郎君夏雪宜是你什么人?他在什么地方?你是他派来的么?"

袁承志道:"我从没见过金蛇郎君的面,他怎会派我来?"温方山道:"这话当真?"袁承志道:"我干么骗你?晚辈在衢江之中,无意跟这位温兄弟相遇,承他瞧得起,结交为友,这跟金蛇银蛇有甚干系?"

五老面色稍和,但仍心存疑窦。温方达道:"你不把金蛇奸贼藏身之所说出来,今日莫想离开静岩。"

袁承志心想:"凭你们这点功夫想扣留我,只怕不能。"听他们口口声声的把金蛇郎君叫作"金蛇奸贼",更是说不出的气恼,在他内心,金蛇郎君已如半个师父,隐隐与木桑道人相似,但神色间神情仍然恭谨,说道:"晚辈与金蛇郎君无亲无故,连面也没会过。不过他在哪里,我倒也知道,就只怕这里没一个敢去见他。"

温氏五老怒火上冲,纷纷叫道:"谁说不敢?""这十多年来,我们哪一天不在找他!""这奸贼早已是废人一个,又有谁怕他了!""他在哪里?""快说,快说!"

袁承志淡淡一笑,道:"你们真的要去见他?"温方达踏上一步,道:"不错。"袁承志笑道:"见他有什么好?"温方达怒道:"小朋友,谁跟你开玩笑? 快给我说出来!"袁承志道:"各位身子壮健,总还得再隔好多年,才能跟他会面。他已经过世啦!"

此言一出,各人尽皆愕然。只听得温青急叫:"妈妈,妈妈,你怎么了?"

袁承志回过头来,见那中年美妇已晕倒在温青怀中,脸色惨白,连嘴唇都毫无血色。

温方山脸色大变,连骂:"冤孽!"温方义对温青道:"青青,快把你妈扶进去,别丢丑啦,让人家笑话。"温青哇的一声哭了出来,说道:"丢什么丑? 妈妈听到爸爸死了,自然要伤心。"

袁承志大吃一惊:"他妈妈是金蛇郎君的妻子? 温青是他儿子?"

温方义听得温青出言冲撞,更在外人之前吐露了温门这件奇耻大辱,牙齿咬得格格直响,对温方山道:"三弟,你再宠这娃娃,我可要管了。"温方山向温青斥道:"谁是你爸爸? 小孩子胡言乱语。还不快进去!"

温青扶着母亲,慢慢入内。那美妇悠悠醒转,低声道:"你请袁相公明晚来见我,我有话问他。"温青点头,回头对承志道:"还有一天,明晚你再来盗吧。你就是帮着人家。你,你……发的誓都是骗人的!"向安小慧恨恨的瞪了一眼,扶着母亲进内。

袁承志对安小慧道:"走吧!"两人向外走出。温方悟站在门口,双手分拦,厉声说道:"慢走,还有话问你。"袁承志拱手道:"今日已晚,明日晚辈再来奉访。"温方悟道:"那金蛇奸贼死在什么地方? 他死时有谁见到了?"

袁承志想起那晚张春九刺死他秃头师弟的惨状,心想:"你们棋仙派好不奸诈凶险,那晚在华山之上,我便险些死在你们手中,又何必跟你们说真话?何况你们觊觎金蛇郎君的遗物,我更不能说。"便道:"我也是辗转听朋友说起的,金蛇郎君是死在广东海外的一个荒岛之上。"说到这里,童心忽起,说道:"贵派有一个瘦子,叫作张春九,还有一个秃头,是不是?金蛇郎君的下落,他师兄弟俩知道得清清楚楚。只消叫他二人来一问,就什么都明白了,用不着来问我。"

温氏五老面面相觑,透着十分诧异。温方义道:"张春九和汪秃头?这两个家伙不知死到哪里去了,他妈的,回来不剥他们的皮!"

袁承志心道:"你们到广东海外几千个荒岛上去细细的找吧!要不然,亲自去问张春九和那秃头也好。"向众人抱拳道:"晚辈失陪。"

温方悟道:"忙什么?"他定要问个清楚,伸臂拦住。袁承志伸掌轻轻向他手臂推去。温方悟手腕勾转,要施展擒拿手法拿他手腕。哪知袁承志不想再和人动手,这一招其实是虚招,对方手一动,左方露出空隙,他拉住安小慧的手,呼的一声,恰好从空隙中穿了出去,连温方悟的衣服也没碰到。

温方悟大怒,右手在腰间一抖,已解下一条牛皮软鞭,挥鞭向他后心打到。武林中的软鞭有的以精钢所铸,考究的更以金丝绕成,但温方悟内功精湛,所用兵刃就只平平常常的一条皮鞭。皮鞭又韧又软,在他手里使开来如臂使指,内劲到处,比之五金软鞭有过之而无不及。

袁承志听得背后风声,拉着安小慧向前直窜,皮鞭落空,听得呼的一声,劲道凌厉,知是一件厉害的软兵器,他头也不回,向墙头纵去。

温方悟在这条软鞭上下过数十年的功夫,给他这么轻易避开,岂肯就此罢手?右手挥出,圈出一个鞭花,向安小慧脚上卷来。这一下避实就虚,知道这少女功力不高,这一招定然躲不开,如把她拉了下来,等于是截住了袁承志。

承志听得风声,左手撩出,带住鞭梢,混元功乘势运起,上跃之势竟尔不停,左手使劲,将温方悟提起。温家众人见到,无不大骇。

温方施要救五弟，右手急扬，两柄飞刀呜呜发声，向承志后心飞去。

承志左手松开皮鞭鞭梢，拉着安小慧向墙外跃出，听得飞刀之声，竟不回头，右手分别在两柄飞刀刀背上轻挡，飞刀立时倒转。

温方悟脚刚落地，两柄飞刀已当头射落。他不及起身，抖起皮鞭，想打开飞刀，哪知皮鞭忽然寸寸断裂，原来刚才承志在半空中提起温方悟，实已使上了混元功的上乘内劲，否则他在半空中无从借力，如何提得起一个一百几十斤的大汉？这混元劲传到皮鞭之上，竟将鞭子扯断了。温方悟大惊，一个"懒驴打滚"，滚了开去，但一柄飞刀已把他衣襟刺破。他站起来时一身冷汗，半晌说不出话来。

温方达不住摇头。五老均暗暗纳罕。温方义道："这小子不过二十岁左右，就算在娘胎里起始练武，也不过廿年功力，怎地手下竟如此了得！"温方山道："金蛇奸贼这般厉害，也栽在咱们手里。这小子明晚再来，咱们好好对付他。"

袁承志和安小慧回到借宿的农家。安小慧把这位承志大哥满口称赞，佩服得了不得，说道："崔师哥老是夸他师父怎么了不起，我看他师父一定及不上你。"袁承志道："崔师哥叫什么名字？他师父是哪一位？"安小慧道："他叫崔希敏，外号叫什么伏虎金刚。他师父是华山派穆老祖师的徒弟，外号叫'铜笔铁算盘'。我听了这外号就忍不住好笑，也从来没问崔师哥他师父叫什么名字。"

袁承志点点头，心想："原来是黄真大师哥的徒弟，他还得叫我声师叔呢。"也不与她说穿，两人各自安寝。

次日晚上，袁承志叫安小慧在农家等他，不要同去。安小慧知道自己功夫太差，只有碍手碍脚，帮不上忙，反要他分心照顾，虽不大愿意，还是答应了。

袁承志等到二更天时，又到温家，只见到处黑沉沉的灯烛无光，正要飞身入内，忽听得远处轻轻传来三声箫声，那洞箫一吹即停，过了片刻，又是三声。袁承志心念微动，知是温青以箫相呼，心想温氏五老虽极凶恶，温青却对自己尚有结义之情，最好能劝得他交还黄金，不必动手，于是循着箫声，往玫瑰山坡上奔去。

到得山坡，远远望去，见亭中坐着两人，月光下只见云鬟雾鬓，两个都是女子,当即停了脚步,心想:"青弟不在这里!"只见一个女子举起洞箫吹奏,听那曲调,便是温青那天吹过的音调凄凉的曲子,忍不住走近几步,想看清楚是谁。

手持洞箫的女子出亭相迎,低低叫了声:"大哥!"袁承志大吃一惊,月色如水,照见一张俏丽面庞,竟便是温青。他登时呆了,隔了半晌,才道:"你……你……"

温青浅浅一笑,说道:"小妹其实是女子,一直瞒着大哥,还请勿怪!"说着深深弯腰万福。袁承志还了一揖,以前许多疑虑之处,豁然顿解,心想:"我一直怪她脂粉气太重,又过于小性儿,没丈夫气概,原来竟是个女子。唉,我竟莫名其妙的跟个姑娘拜了把子,当真胡涂,这可从哪里说起?"

温青道:"我叫温青青,上次对你说时少了一个青字。"说着抿嘴一笑,又道:"其实呢,我该叫夏青青才是。"

袁承志见她改穿女装,秀眉凤目,玉颊樱唇,竟是一个绝色的美貌佳人,心中暗骂自己胡涂,这么一个美人谁都看得出来,自己竟会如此老实,给她瞒了这许多天。他一生之中,除了婴儿之时,只在少年时和安大娘与安小慧同处过数日,此后十多年在华山绝顶练武,从未见过女子。后来在闯王军中见到李岩之妻红娘子,这位女侠豪迈爽朗,与男子无异。因此于男女之别,他实是浑浑噩噩,认不出温青青女扮男装。

温青青道:"我妈在这里,她有话要问你。"袁承志走进亭去,作揖行礼,叫道:"伯母,小侄袁承志拜见。"那中年美妇站起身来回礼,连说:"不敢当。"

袁承志见她双目红肿,脸色憔悴,知她伤心难受,默默无言的坐了下来,寻思:"听青青说,她母亲是给人强奸才生下她来,那人自是金蛇郎君了。五老对金蛇郎君深恶痛绝,青青提一声爸爸,就给她二爷爷喝斥怒骂。可是她妈妈听得金蛇郎君逝世,立即晕倒,伤心成这个样子,对他显然情意很深,其中只怕另有别情。"

青青的母亲呆了一阵,低声问道:"他……他是真的死了?袁相公可亲眼见到么?"袁承志点点头。她又道:"袁相公对我青青很好,我是知道的。我决不像我爹爹与叔伯们那样,当你是仇人,请……请你把他死时的情形见告。是谁害死他的?他……他死得很苦吗?"说到这里,声音发颤,泪珠扑簌簌的流了下来。

袁承志对金蛇郎君的心情,实在自己也不大明白,听师父与木桑道人说,这人脾气古怪,工于心计,为人介于正邪之间。他安排铁盒弩箭、秘笈剧毒,用心险狠,实非正人端士。可是自从研习《金蛇秘笈》中的武功之后,对这位绝世的奇才不禁暗暗钦佩,在内心深处,不自觉的已把他当作了半位师父。昨晚听到温氏五老怒斥金蛇郎君为"奸贼",心中说不出的愤怒,事后想及,也觉奇怪。这时听青青之母问起,便道:"金蛇郎君我没见过面,不过说起来,这位前辈和我实有师徒之分,我许多武功是从他那里学的。这位前辈死后的情形,恕我不便对伯母说,只怕有坏人要去发掘他骸骨。"

青青之母身子一晃,向后便倒。青青连忙抱住,叫道:"妈妈,你别伤心。"

过了一会,青青之母悠悠醒来,哭道:"我苦苦等了十八年,只盼他来接我们娘儿离开这地方,哪知他竟一个人先去了。青青连她爸爸一面也见不着。"

袁承志道:"伯母不必难过。夏老前辈现今安安稳稳的长眠地下。他的骸骨小侄已经好好安葬了。"又道:"夏前辈死时身子端坐,逝世之前又作了各种安排,显非仓卒之间给人害死。"

青青之母说道:"原来是袁相公葬的,大恩大德,真不知怎样报答才好。"说着站起来施了一礼,又道:"青青,快给袁大哥磕头。"青青拜倒在地,袁承志忙也跪下还礼。青青之母道:"不知他可有什么遗书给我们?"

袁承志想起秘笈封面夹层中的地图和图上字样:"得宝之人,务请赴浙江衢州静岩,寻访温仪,赠以黄金十万两。"当时看了这张"重宝之图",因无贪图之念,随手在行囊中一塞,此后没再留意,曾想金蛇郎君以旷世武功,绝顶聪明,竟至丧身荒山,险些骸骨无人收殓,只怕还是受了这重宝之害。天下奇珍异宝,无不足以招致大祸,这话师父常常提起,因此对这张遗图颇有些厌憎之感,这时经青青之母一问,这才记起,说道:"小侄无礼,斗胆请问,伯母的闺字,可是一个'仪'字?"

青青之母一惊,说道:"不错,你怎知道?"随即道:"那定是他……他……遗书上写着的了,袁相公可……可有带着?"神情中充满盼望和焦虑。

袁承志正要回答,突然右足一顿,从亭子栏干上斜刺跃出。温仪母女吃了一惊,只听有人"啊哟"一声,袁承志已伸手从玫瑰丛中抓了一个男子出来,走回亭子。那人已给他点中穴道,手足软软垂下,动弹不得。

青青叫道:"是七伯伯。"温仪叹了口气,道:"袁相公,请你放了他吧。温家门中,没一个当我们母女是亲人。"袁承志伸手在那人身上拍捏几下,解开了他穴道。原来那人是昨晚与他交过手的温南扬。他是温方义的儿子,在众兄弟中排行第七。

温青青怒道:"七伯伯,我们在这里说话,你怎么来偷听?也没点长辈样子。"

温南扬一听大怒,便欲发作,但刚才给袁承志擒住时全无抗御之能,昨晚又在他手底吃过苦头,恨恨的瞪了三人一眼,转头就走,走出亭子数步,恶狠狠的道:"不要脸的女人,自己偷汉子不算,还教女儿也偷汉子。"

温仪一阵气苦,两行珠泪挂了下来。青青哪里忍得他如此辱骂,追出去喝道:"喂,七伯伯,你嘴里不干不净的说什么?"

温南扬转身骂道:"你这贱丫头要反了吗?是爷爷们叫我来的,你敢怎样?"

温青青骂道:"你要教训我,大大方方的当面说便是,干么来偷听我们说话?"温南扬冷笑道:"我们?也不知是哪里钻出来的野男人,居然一起称起我们来啦。温家十八代祖宗的脸,都给你们丢干净了!"青青气得胀红了脸,转头道:"妈,你听他说这种话。"

温仪低声道:"七哥,请你过来,我有话说。"温南扬略一沉吟,大踏步走进亭子站定,和袁承志相距甚远,防他突然出手。

温仪道:"我们娘儿身遭不幸,蒙五位爷爷和各位兄弟照顾,在温家又耽了十多年。那姓夏的事,我从来没跟青青说过,现下既然他已不在人世,也就不必再行隐瞒。这件事七哥头尾知道得很清楚,请你对袁相公与青青说一说吧。"

温南扬怫然道:"我干么要说?你的事你自己说好啦,只要你不怕丑。"温仪轻轻叹了口气,幽幽的道:"好吧,我只道他救过你性命,你还会有一些儿感激之心,哪知温家的人,全是那么忘……忘……

唉!"温南扬怒道:"他救过我性命,那不错。可是他为什么要救我?好,我痛痛快快说出来,免得你自己说时,不知如何胡言乱语,尽说些谎话。"青青怒道:"我妈妈怎会说谎?"温仪拉了她一把,道:"让七伯伯说。"

温南扬坐了下来,说道:"姓袁的,青青,我怎样识得那金蛇奸贼,现今原原本本的跟你们说,也好让你们知道,那奸贼的用心如何险毒。"青青道:"你说他坏话我不听。"说着双手掩住耳朵。

温仪道:"青青,你听好啦。你过世的爸爸虽不能说是好人,可是比温家全家的好处还多上百倍。"温南扬冷笑道:"你忘了自己也姓温。"

温仪抬头远望天边,轻声道:"我……我……早已不姓温了。"

第五回

山幽花寂寂
水秀草青青

「只见墙头一个人跳了下来,刚好站在我的秋千上。他用力一荡,秋千飞了起来。他将我拦腰抱住,我接着只觉得腾云驾雾般飞了出去。」

第六回
逾墙搂处子
结阵困郎君

温南扬说道:"那是二十年前的事了,那时我二十六岁。爹爹叫我到扬州去给六叔做帮手。"袁承志心想:"原来静岩温氏五祖本有六兄弟。"温南扬续道:"我到了扬州,没遇上六叔。一天晚上出去做案子,不小心失了手。"温仪冷冷的道:"不知是做什么案子?"

温南扬怒道:"男子汉大丈夫,敢做难道还不敢说?我是瞧见一家大姑娘长得好,夜里跳进墙去采花。她不从,我就一刀杀了。哪知她临死时一声大叫,给人听见了。护院的武师中竟有几名好手,一齐涌来,好汉敌不过人多,我就给他们擒住了。"

袁承志听他述说自己的恶行,竟毫无羞愧之意,心想这人当真无耻已极。

温南扬又道:"他们打了我一顿,将我送到衙门里监了起来。我可也不怕。我这件案子不是小事,沸沸扬扬的早传开了。我想六叔既在扬州,他武功何等了得,得知讯息后,自会来救我出狱。哪知等了十多天,六叔始终没来。上官详文下来,给我判了个斩立决。狱卒跟我一说,我才惊慌起来。"温青青哼了一声,道:"我还道你是不怕死的。"

温南扬不去理她,续道:"过了三天,牢头拿了一大碗酒、一盘肉来给我吃。我知道明天就要处决了,心想人是总要死的,只不过老子年纪轻轻,还没好好享够了福,不免有点可惜,心一横,把酒肉吃了个干净,倒头便睡。睡到半夜,忽然有人轻轻拍我肩头。我翻身坐起,听得有人低声在我耳边说道:'别作声,我救你出去!'接着嚓嚓几声响,我手脚的铁镣手铐,都让他一柄锋利之极的兵刃削断了。他拉着我的手,跳出狱去。那人轻功好极,手劲又大,拉着我手,我赶路省了一大半力气。两人来到城外一座破庙里,他点亮神案上的蜡烛,我才看清楚他是个长得挺俊的年轻人,年纪还比我小着几岁。他是个小白脸,哼!"

说到这里,向温仪和青青狠狠的望了一眼,继续说道:"我便向他行礼道谢。那人骄傲得很,也不还礼,说道:'我姓夏,你是棋仙派姓温的了?'我点头说是,这时见他腰间挂着那柄削断我铐镣的兵刃,弯弯曲曲的似乎是柄剑,只是剑头分叉,模样很古怪。"

袁承志心想:"那便是那柄金蛇剑了。"他不动声色,听温南扬继续说下去:"我问他姓名,他冷冷的道:'你不必知道,反正以后你也不会感激我。'当时我很奇怪,心想他救我性命,我当然一辈子感激。那人道:'我是为了你六叔温方禄才救你的。跟我来!'我跟着他走到运河边上,上了一艘船,他吩咐船老大向南驶去。那船离开了扬州十多里路,我才慢慢放心,知道官府不会再来追赶了。我问了几句,他只冷笑不答,忽然从衣囊里拿出一对蛾眉刺来。这是六叔的兵器,素来随身不离,怎么会落在这人手中,我心中奇怪。那人道:'你六叔是我好朋友,哈哈!'怪笑了几声,脸上忽露杀气,我不由得打了个寒噤。他道:'这口箱子,你带回家去。'说着向船舱中一指,我见那箱子很大,用铁钉钉得牢固,外面还用粗绳缚住。他道:'你赶快回家,路上不可停留。这口箱子必须交你大伯伯亲手打开。'我一一答应了。他又说:'一个月之内,我到你家来拜访,你家里长辈们好好接待吧。'我听他说话不伦不类,但也只得答应。他嘱咐完毕,忽然提起船上的铁锚,喀喇喀喇,把四只锚爪都拗了下来。"

温青青听到这里,不由自主的叫了一声:"好!"温南扬呸的一声,在地下吐了一口浓痰。青青性爱洁净,见他如此糟蹋自己亲手布置的玫瑰小亭,心中难过。袁承志知她心意,伸足把痰擦去。青青望了他一眼,眼光中甚有感激之意。

温南扬续道:"他向我显示武功,也不知是何用意,只见他把断锚往船舱中一掷,说道:'你如不照我的吩咐,开箱偷看,私取宝物,一路上倘若再做案子,这铁锚便是你的榜样!'从囊中拿出一锭银子,掷在船板上,说道:'你的路费!'拔起船头上的两枝竹篙,双手分别握定,两枝竹篙插入河中,身子已跃入半空,他放开竹篙,在空中翻了几个筋斗,身法巧妙,一路翻动,一路近岸,落下来时已到了岸上。但听得他在岸上一声长笑,身子已消失在黑影之中。"

袁承志心想:"这位金蛇郎君大有豪气。"他只心里想想,青青却公然赞了起来:"这人真是英雄豪杰。好威风,好气概!"

温南扬道:"英雄?呸!英他妈的雄。当时我只道他是我救命恩人,虽见他说话时眼露凶光,似乎对我十分憎厌,还道他脾气古怪,也不怎么在意。过江后,我另行雇船,回到家来。一路上搬运的人都说这口箱子好重,我想六叔这次定是发了横财,箱子中盛满金银财宝。我花了这么多力气运回家来,叔伯们定会多分给我一份,因此心里高兴。回家之后,爹爹和叔伯们很夸奖我能干,说第一次出道,居然干得不坏。"

青青插口道:"的确不坏,杀了个大闺女,带来一口大箱子。"温仪道:"青青,别多嘴,听七伯伯说下去。"

温南扬道:"这天晚上,厅上点满蜡烛,两名家丁把箱子抬进来。爹爹和四位叔伯坐在中间。我亲自动手,先割断绳子,再把铁钉一枚枚的起出来。我记得很清楚,大伯伯那时笑着说:'老六又不知看中了哪家的娘儿,荒唐得不想回家,把这箱东西叫南扬先带回来。来,咱们瞧瞧是什么宝贝!'我揭开箱盖,见里面装得满满的,上面铺着一层纸,纸上有一封信,信封上写着'温氏兄弟同拆'几个字。我见那几个字似乎不是六叔的手笔,就把信交给大伯伯。他并不拆信,说道:'下面是什么东西?'我把那层纸揭开,下面是方方的一个大包裹,包裹用线密密缝住。大伯伯道:'六嫂,你拿剪刀来拆吧。六弟怎么忽然细心起来啦?'六婶拆开缝着的线,把包袱一揭开,突然之间,包裹里飕飕飕的射出七八枝毒箭。"

青青惊呼了一声。袁承志心想:"这是金蛇郎君的惯技。"

温南扬道:"这件事现今想起来还是教人心惊胆战,要是我性急去揭包袱,这条命还在吗?这几枝毒箭哪,每一箭都射进了六婶的肉里。那是见血封喉、剧毒无比的药箭,六婶登时全身发黑,哼也没哼一声就倒地死了。"

他说到这里,转过头厉声对青青道:"那就是你老子干的好事。

这一来,厅上众人全都轰动。五叔疑心是我使奸,逼我打开包袱。我站得远远地,用一条长竿把包袱挑开,总算再没箭射出来。你道包裹里是什么珍珠宝贝?"青青道:"什么?"

温南扬冷冷的道:"你六爷爷的尸首!给斩成了八块!"

青青吃了一惊,吓得嘴唇都白了。温仪伸手搂住了她。

四人静默了一阵。温南扬道:"你说这人毒不毒?他杀了六叔也就罢了,却把他尸首这般送回家来。"温仪道:"他为什么这样做,你可还没说。"温南扬道:"哼,你当然觉得挺应该哪。只要是你姘头干的事,不论什么,你都说不错。"

温仪望着天空的星星,出了一会神,缓缓的道:"他是我丈夫,虽然我们没拜天地,可是在我心中,他是我的亲丈夫。青青,那时我比你此刻还小两岁,比你更加孩子气,又不爱学武,什么也不懂。这些叔伯们在家里凶横野蛮,无恶不作,我向来不喜欢他们,见六叔死了,老实说我心里也不难受。那时我只觉得奇怪,六叔这么好的武功,怎么会给人杀死。只听得大伯伯拿起了那封信,大声读了起来。这件事过去有二十年了,可是那天晚上的情形,我还是记得清清楚楚。那封信里的话,我也记得清清楚楚。

"大伯伯气得脸色发白,读信的声音也发颤了,他这么念:'棋仙派温氏兄弟听了:送上你们弟弟温方禄尸首一具,便请笑纳。此人当年污辱我亲姊之后,又将其杀害,并将我父母兄长,一家五口尽数杀死。我孤身一人逃脱在外,现归来报仇。血债十倍回报,方解我恨。我必杀你家五十人,污你家妇女十人。不足此数,誓不为人。金蛇郎君夏雪宜宣示。'"

她背完那封信,吁了口气,对温南扬道:"七哥,六叔杀他全家,这事可是有的?"

温南扬傲然道:"我们男子汉大丈夫,入了黑道,劫财劫色,杀人放火,那也稀松平常。六叔见他姊姊长得不错,用强不从,拔刀杀了,又有什么了不起?本来也不用杀他满门,定是六叔跟她家人朝了相,这才要杀人灭口。只可惜当时给这兔崽子漏了网,以致后患无穷。"

温仪叹道:"你们男人在外面作了这样大的孽,我们女子在家里又怎知道。"

温南扬道:"大伯伯读完了信,哈哈大笑,说道:'这贼子找上门来最好,否则咱们去找他,还不知他躲在哪里呢?'他话虽这么说,可十分谨慎,仔细盘问我这奸贼的相貌和武功,当晚大家严行戒备,又派人连夜去把七叔和八叔从金华和严州叫回来。"

袁承志心中奇怪:"怎地他们兄弟这么多?"青青也问了起来:"妈,我们还有七爷爷、八爷爷,怎么我不知道?"温仪道:"那是你爷爷的堂兄弟,本来不住在这儿的。八个人,所以温家叫'八德堂'哪!"青青道:"什么德性?"

温南扬道:"七叔一向在金华住,八叔在严州住,虽是一家,外面知道的人不多。哪知这金蛇奸贼消息也真灵,七叔和八叔一动身,半路上就给他害死了。这奸贼神出鬼没,不知在哪一天上,把我们家里收租米时计数用的竹筹偷去了一批。他杀死我们一个人,便在死人身上插一根竹筹,看来不插满五十根,不肯收手。"

青青道:"咱们宅子里上上下下一百多人,怎会抵挡不住?他有多少人呢?"

温南扬道:"他只一个人。这奸贼从来不公然露面,平时也不知躲在什么地方,只等我们的人一落单,就出手加害。大伯伯邀了几十位江湖好手来静岩,整天在宅子里吃喝,等这奸贼到来,宅子外面贴了大布告,邀他正大光明的前来决斗。但他并不理会,见我们人多,就绝迹不来。过了半年,这些江湖好手慢慢散去了,大房的三哥和五房的九弟忽然溺死在池塘里,身上又插了竹筹。原来这奸贼也真有耐心,悄悄的等了半年,看准了时机这才下手。接连十来天,宅子里天天有人丧命。静岩镇上棺材店做棺材也来不及,只得到衢州城里去买。对外面只说宅子里撞了瘟神,闹瘟疫。仪妹妹,这些可怕的日子你总记得吧?"

温仪道:"那时候全镇都人心惶惶。咱们宅子里日夜有人巡逻,爹爹和叔伯们轮班巡守。女人和孩子都聚集在中间屋里,不敢走出大门一步。"

温南扬切齿道:"饶是这样,四房里的两个嫂嫂半夜里还是给他掳了去,当时咱们只道又给他害死了,哪知过了一个多月,两个嫂嫂从扬州捎信来,说给这奸贼卖进了妓院堂子,被迫接了一个月客人。四叔气得险些晕死过去,这两个媳妇也不要了,亲自去杀光了堂里的老鸨龟奴、妓女嫖客，连两个嫂嫂也一起杀了，又放火连烧了扬州八家堂子。"

袁承志听得毛骨悚然，心想："这金蛇郎君虽然是报父母兄姊之仇，但把元凶首恶杀死也已经够了，这样做未免过份。"又想："温方施怎地迁怒于人，连自己的两个媳妇也杀了？"不自禁的摇头，很觉不以为然。

温南扬道："最气人的是，每到端午、中秋、年关三节，他就送封信来，开一张清单，说还欠人命几条，妇女几人。棋仙派在江南纵横数十年，却给这奸贼一人累得如此之惨，大家处心积虑，要报此仇。但这奸贼身手实在太强，爹爹和叔伯们和他交了几次手，都拾夺他不下。咱们防得紧了，他接连几个月不来，只要稍有松懈，立刻出事。咱们在明，他在暗里，大家实在无计可施。两年之间，咱温家给他大大小小一共杀死了三十八口人。青青，你说，咱们该不该恨这恶贼？"青青道："后来怎样？"温南扬道："让你妈说下去吧。"

温仪对袁承志望了一眼，凄然道："他的骸骨是袁相公埋葬的，那么我什么事也不必瞒你，只求袁相公待会把他去世时的情形，说给我们母女俩知道……那么……"

她说到这里，声音又哽咽了，隔了一会，说道："那时我不懂他为什么这样狠，其实也不想懂。爹爹不许我们走出大门一步，我好气闷，每天只能在园子里玩玩，爹爹还说，没哥哥们陪着，女孩子就是大白天也不能去园子里。这天是阳春三月，田里油菜花的香味一阵阵从窗外吹进来，我真想到山坡上去看看花，闻闻田野里那股风的鲜气，可是这害死了人的金蛇郎君呀，在这么好的天气，却把我闷闷的关在屋里。我真想独个儿溜出去一会儿，可是想起爹爹那严厉的神气，又不敢啦。这天下午，我和二房里的三姊姊、五房里的嫂嫂，还有南扬哥你和天霸哥，我们五个人在园子里玩，我在荡秋千，越荡越高。身子飘了起来，从墙头上望出去，见到绿油油的杨柳，一株株开得茂盛的桃花，真是高兴。忽然，天霸哥怪叫了一声，仰天跌倒，我吓了一大跳，后来才知他胸口中了那人一枚金蛇锥，当场就打死了。南扬哥你呢？我记得你马上逃进了屋，把我们三个女人丢在外面。"

温南扬胀红了脸,辩道:"我打不过他,不走岂不是白送性命?我是去叫救兵。"

温仪道:"我还不明白是怎么一回事,只见墙头一个人跳了下来,刚好站在我的秋千上。他用力一荡,秋千飞了起来,他将我拦腰抱住,我接着只觉得腾云驾雾般的飞了出去。我以为这一下两人都要跌死了,哪知他左手抱着我,右手在墙外大树枝上一扳,便又弹了起来,轻轻的落在数丈之外。这时我吓胡涂了,举起拳头往他脸上乱打。他手指在我肩窝里一点,我登时全身瘫软,一动也不能动啦。只听得后面很多人大声叫嚷追赶,但后来声音越来越远。他挟着我奔了半天,上了一座高峰,进了一个悬崖峭壁上的山洞。他解了我穴道,望着我狞笑。我忽然想起了那两位嫂嫂,心想与其受辱,不如自己死了干净,就一头向山石上撞去。他在我后心一拉,我才没撞死,留下了这个疤。"说着往自己额上一指。袁承志见那伤疤隐在头发丛里,露在外面的有一寸来长,深入头顶,看来当时受伤着实不轻。

温仪叹道:"倘若就这么让我撞死了,对他自己可好得多,谁知这一拉竟害苦了他。那时我昏了过去,等醒来时,见身上裹着一条毯子,我一惊又险些晕了过去,后来见自己身上衣服穿得好好地,才稍稍放了些心,想是他见我寻死,强盗发了善心,便没下手害我。我紧紧闭住眼睛,一眼也不敢瞧他,连心里也不敢去想眼前的事。

"他怕我再寻死,那两天之中,日夜都守着我。跟我说话,我自然不答。他煮了东西给我吃,我只是哭,什么也不吃。到第四天上,他见我饿得实在不成样了,于是熬了一大碗肉汤,轻声轻气的劝我喝。我不理睬,他忽然抓住我,捏住我鼻子,把肉汤往我口里灌,这样强着我喝了大半碗汤。他手一松,我就将一口热汤喷在他脸上。我是要激他生气,干脆一刀杀了我,免得受他欺侮,再把我像二位嫂嫂那样,卖到妓院堂子里去活受罪。哪知他并不发怒,只是笑笑,用袖子擦去了脸上汤水,呆呆望着我,不住叹气。"

袁承志和青青对望了一眼,青青突然间红晕满脸。

温仪道:"那天晚上,他睡在洞口,对我说:'我唱小曲儿给你听好吗?'我说:'我不爱听。'他高兴得跳了起来,说道:'我还当你是哑巴,原来是会说话的。'我骂道:'谁是哑巴来着?见了坏人我就不说话。'他不再言语了,高高兴兴的唱起山歌来,唱了大半夜,直到月亮出来,他还在唱。我一直在大宅子里住着,哪里听见过这种……这种山歌。"

温南扬喝道:"你又怕听又想听,是不是?谁耐烦来听你说这些不要脸的事!"大踏步便向亭外走去。青青道:"他定是去告诉爷爷们。"温仪道:"由他说去,我早就什么都不在乎了。"青青道:"妈,你再说下去。"

温仪道:"后来我蒙蒙眬眬的就睡着了。第二日早晨醒来却不见了他,我想一个人逃回家来。可是这山洞是在一座山峰顶上,山峰好陡,没路可下,只有似他这般轻功极高的人,才能上下。到中午时他回来了,给我带来了许多首饰、脂粉。我不要,拿起来都抛入了山谷里。他可也不生气,晚上又唱歌给我听。

"有一天,他带了好多小鸡、小猫、小乌龟上山峰来,他知道我不忍心把这些活东西丢下山去。他整天陪我逗猫儿玩,喂小乌龟吃东西,晚上唱歌给我听。我在山洞里睡,他从来不踏进山洞一步。我见他不来侵犯我,放心了些,也肯吃东西了。可是一个多月中,我一直不跟他说话。他始终对我很温柔很和气,爹爹和妈妈都没他待我这么好。

"又过得几天,他忽然板起了脸,恶狠狠的瞧我,我很害怕,哭了起来。他叹了口气,哄我别哭。那天晚上我听得他在哭泣,哭得很伤心。不久,天下起大雨来,他仍不进洞来,我心中不忍,叫他进山洞来躲雨,他也不理。

"我问他为什么哭,他粗声粗气说:'明天是我爸爸、妈妈、哥哥、姊姊的忌辰。我一家全被你家的人在这天害死了。明天我说什么也得杀一个人来报仇。你家里现下防备很严,请了崆峒派的李拙道人和十方寺的清明禅师作帮手,哼,这两人虽然厉害,我难道就此罢手不成?'他咬牙切齿的,冒着大雨就下峰去了。第二天到傍晚时,他还是没回来,我倒有些记挂了,暗暗盼望他平安回来。"

听到这里,青青偷偷望了袁承志一眼,瞧他是否有轻视之色,但见他端谨恭坐,留神倾听,这才宽慰,缓缓吁了口气。

温仪道:"天快黑了,我几次到山峰边眺望。也不知去望了几次,终于见到对面那座山峰上有四个人在互相追逐,身法都快得不得了。我用心细看,最先一人果然是他,后面一个道士,另一个是和尚,第四个却是我爹爹。他手中拿的是那把金蛇剑,一个斗他们三个,边打边逃。斗了一会,那和尚一禅杖横扫过去,眼见他无法避开,我心中着急,大声叫了起来,哪知他金蛇剑回过来一格,竟把禅杖斩去了一截。爹爹听见叫声,回头望见了我,不再争斗,往我这山峰上奔来。

"他很是焦急,两剑把和尚与道人逼开,随后追赶。这一来,变成我爹爹在前,他在中间,僧道二人在后。四人不久就奔下山谷。他追上了我爹爹,拦住了不许他到我这边山峰来。斗了几回合,一僧一道赶到,我爹爹抽空跳出,向我这边攀上来。这四人边斗边奔,追到了我站着的山峰上。我很是高兴,大叫:'爹爹,快来!'这时他如发疯般抢了过来,接连三剑,把爹爹逼得不住倒退。爹爹打他不过,眼见危急,僧道二人也到了。爹爹叫道:'阿仪,你怎样?'我说:'我很好,爹,你放心。'爹爹道:'好,咱们先料理了这奸贼再说。'三人又把他围在中间。

"那道人大声道:'金蛇郎君,我们崆峒派跟你无冤无仇,只不过见你太也过份,因此挺身出来作和事老。我谁也不帮,如你答允罢手,以后不再去温家惹事,今日之事就此善罢。'他大声叫道:'父母兄姊之仇,岂能不报?'那和尚道:'你已经杀了这许多人,也该够了。劝你瞧在我们二人的脸上,就此停手吧!'他忽然挺剑向和尚刺去,四人又恶斗起来。那道人的兵刃有点儿古怪,想来武功甚强,和尚的禅杖只剩下半截,使开来风声呼呼猛响,也很厉害。他越打越不成了,满头大汗,忽然一个踉跄,险些跌倒。

"那和尚挥杖打下去,让他侧身躲过,他身子这样一侧,见到了我的脸。他后来说,他那时候本已筋疲力竭,但一见到我流露出对他十分关怀的神气,突然间精神大振。他的剑使得越来越快,山谷中雾气上升,烟雾中只见到金光闪耀。只听得他叫道:'温姑娘,别怕,瞧我的!'那和尚大叫一声,骨溜溜的滚下山去,脑门正中钉了一枚金蛇锥。我爹和那道人都吃了一惊。他挺剑向我爹刺去,那道人乘虚攻他后心。他突然大喝一声,左手双指向道人眼中戳去。道人头一低,他一剑挥过,将道人拦腰斩为两截。"

青青呀的一声叫了出来。温仪道:"他回手一剑,向我爹爹刺去。爹爹见他接连杀了两个大帮手,早吓得心惊胆战,钢杖越使越慢。我忙从洞里奔出来,叫道:'住手,住手!'他听我一叫,就停了手。我道:'这是我爹爹!'他向我爹爹狠狠望了一眼,说道:'你走吧,饶你性命!'爹爹很感意外,回身要走。这时我因整天没吃东西,加之刚才耽心受惊,见他饶了爹爹,心中一喜,突然跌倒。他忙抢过来扶我,我从他肩上望出去,只见爹爹目露凶光,忽然举起钢杖,猛力向他后脑打去。

"他一心只关注着我有没受伤,全没想到爹爹竟会偷袭。我忍不住呼叫:'当心!'他忙将头侧过,脑袋避开了钢杖,这一杖打中他背。他夹手夺过钢杖,掷入山谷,双掌向爹爹打去。爹爹无法招架,闭目等死。他回头向我望了一眼,叹了口气,对爹爹道:'你快走。别让我回心转意,又不饶你了!'爹爹急奔下山。他背上吃了这杖,受伤着实沉重,爹爹刚走,他就一口鲜血,喷在我胸前衣上。"

青青哼了一声道:"爷爷这般不要脸,明里打不过人家,就来暗下毒手!"

温仪叹道:"按理说,他是我家的大仇人,连杀了我家几十口人。可是见他受人围攻暗算,我禁不住心里向着他,这也叫作前生冤孽。

"他摇摇晃晃的走进洞去,从囊中拿出伤药来吃了,接连又喷了许多鲜血出来。我吓得只是哭。他虽然受伤,神色却很高兴,问我:'你干么哭?'我哭道:'你伤得这样。'他笑问:'你是为了我才哭?'我回答不出,只觉得很伤心。

"过了一会,他说:'自从我全家的人给你六叔害死之后,从来没人关心过我。我今日杀了你一个堂兄,前后一共已杀了四十人,本来还要再杀十人,看在你的眼泪份上,就此罢手不杀了。'我只是哭,不说话。他又道:'你家的女人我也不害了,等我伤好之后,送你回家。'我心里一股说不出的滋味,只觉得他答允不杀人了,那就很好。以后几天我烧汤煮饭,用心服侍他。可是他不停的呕血,有时迷迷糊糊的老是叫'妈妈'。

"有一天他整天晕了过去,到了傍晚,眼见不成了。我哭得两眼都肿了。他忽然睁开眼来,笑了一笑,说道:'不要紧,不会死。'过了两天,果然慢慢好了起来。一天晚上对我说,那天中了这一杖,本来活不成了,但想到他死之后,我在这高峰绝顶之上走不下去,我家的人又怕了他,不敢来找,那我非饿死不可。为了我,他无论如何要活着。"

青青插嘴道:"妈,他待你很好啊,这人很有良心。"说着狠狠望了袁承志一眼。袁承志脸上一阵发热,转开了头,眼光不跟她相对。

温仪又道:"以后他身子渐渐复元,跟我说起小时候的事情,他爸爸妈妈怎样疼他,哥哥姊姊又怎样爱护他。有一次他生病,他妈妈三天三夜没睡觉的守在他床边。哪知一天晚上,六叔竟把他全家杀了。那时我觉得这人虽然手段凶狠毒辣,但说到他亲人的时候,语气却很良善柔和。他拿出一个绣花的红肚兜来给我看,说是他周岁时他妈妈绣的。"

她说到这里,从怀中取了一个小孩用的肚兜出来,摊在桌上。袁承志见这肚兜红缎面子,白缎里子,绣着个光身的胖娃娃睡在一张大芭蕉叶子上。胖娃娃神情憨憨的很是可爱,绣工精致,想得到他妈妈刺绣时满心是爱子之情。袁承志从小没爹娘,看到这肚兜,想到自己身世,不禁一阵心酸。

温仪续道:"他常常唱山歌给我听,还用木头削成小狗、小马、小娃娃给我玩,说我是个不懂事的女娃娃。后来他伤势完全好了,我见他越来越不开心,忍不住问他原因,他说他舍不得离开我。我说:'那么我就耽在这里陪你好啦!'

"他非常开心,大叫大嚷,在山峰上两株大树上跳上跳下,像猴子一样翻筋斗。

"他对我说:他得到了一张图,知道了一个大宝藏的所在,其中金银珠宝,多得难以估量。据说从前燕王篡位,从北京打到南京。建文皇帝匆忙逃走,把内库里的珍珠宝贝埋在南京一个秘密地方。燕王接位之后,搜遍了南京全城也找不到。他派三保太监几次下南洋,一来是为了找寻建文皇帝的下落,二来是为了探查这批珍宝。"

袁承志心道:"原来在金蛇秘笈中发现的,便是这张宝藏地图。"

温仪续道:"他说成祖皇帝一生没找到这张地图,但几百年后,却让他无意之中得到了,眼下他大仇已报完了,就要去寻这批珍宝,寻到之后,便来接我,现下先把我送回家去。"

她说到这里,轻声道:"他舍不得我离开他,其实我心中也舍不得。可是……可是啊……我总不能就这样跟了他去。我回家之后,大家却瞧我不起,我很恼怒,他们没本事保护自己女儿,我清清白白的回家,大家反来羞辱我。我也就不理他们,不跟他们说话。"

青青接口道:"妈妈,你很对。你又做错了什么?"

温仪道:"我在家里等了三个月,一天晚上,忽然听得窗下有人唱歌,一听声音我就知道是他到了,忙打开窗子让他进来。我们见了很欢喜。这天晚上我就和他好了,有了你这孩子。那是我自己愿意的,到如今我也一点不后悔。人家说他强迫我,不是的。青儿,你爸爸待你妈妈很好,我们之间一直很恩爱。他始终看重我,从来没强迫过我。"袁承志暗暗钦佩她的勇气,听她说得一往情深,不禁凄然。

青青忽然低声唱了起来:

"从南来了一群雁,也有成双也有孤单。成双的欢天喜地声嘹唳,孤单的落在后头飞不上。不看成双,只看孤单,细思量你的凄凉,和我是一般样!细思量你的凄凉,和我是一般样。"

歌声娇柔婉转,充满了哀怨之情。

温仪凄然道:"那就是她爸爸唱给我听过的一支小曲。这孩子从小在我怀里听这些歌儿,听得多了,居然也记住了。"

袁承志道:"夏前辈那时候想是已经找到了宝藏?"

温仪道:"他说还没找到,不过已有了线索。他心中挂念着我,不愿再为了宝藏而耽搁时日。他说到宝藏的事,我也没留心听。我们商量着第二天一早就偷偷的溜走,心中十分欢喜,什么也没防备,不料想说话却给人偷听去了。

"第二日天还没亮,我收拾好了衣服,留了一封信给爹爹,正想要走,忽然有人敲门。我当然很怕,他说不要紧,就是千军万马也杀得出去。他提了金蛇剑,打开房门,进来的竟是我爹爹和大伯、二伯三人。他们都空着双手,没带兵刃,穿着长袍,脸上居然都笑嘻嘻地,丝毫也没敌意。我们见他三人这副模样,很是诧异。

"爹爹说:'你们的事我都知道了,这也是前生的冤孽。上次你不杀我,我也很承你的情。以后咱们结成亲家,可不能再动刀动枪。'他以为爹爹怕他再杀人,说道:'你放心,我早答应了你小姐,不再害你家的人!'爹爹说:'私下走可不成,须得明媒正娶,好好拜堂。'他摇头不信。我爹爹说:'阿仪是我的独生爱女,总不能让她跟人私奔,一生一世抬不起头来。'他想这话不错。哪知他为了顾全我,却上了爹爹的当。"

袁承志问道:"令尊是骗他的,不是真心?"

温仪点点头,说道:"爹爹就留他在厢房里歇,办起喜事来。他始终信不过,我家送给他吃的酒饭茶水,他先拿给狗吃。狗吃了一点没事,但他仍不放心,毫不沾唇,晚上都拿去倒掉,自己在静岩镇上买东西吃。

"一天晚上,妈妈拿了一碗莲子羹来,对我说:'你拿去给姑爷吃吧!'我不懂事,还道妈妈体惜他,高高兴兴的捧到房里。他见我亲手捧去,喜欢得什么也没防备,几口吃了下去,正和我说话,忽然脸色大变,站起来叫道:'阿仪,你心肠这样狠!'我吓慌了,问道:'什么?'他道:'你为什么下我的毒?'"

"你为什么下我的毒?"这句话,虽在温仪轻柔的语音中说来,还是充满了森然可怖之意,想见当时金蛇郎君如何愤怒,又如何伤心。袁承志和青青听了,不由得毛骨悚然。温仪的眼泪一滴滴落在衣襟之上,再也说不下去。

寂静之中,忽听得亭外碌碌怪笑。三人急忙回头,只见温氏五兄弟并肩走近,后面跟着二三十人,手中都拿兵刃。

温方山喝道:"阿仪,你把自己的丑事说给外人听,还要脸么?"

温仪胀红了脸,要待回答,随即忍住,转头对承志道:"十九年来,我没跟爹爹说过一句话,以后我也永不会跟他说话。我本来早不该再住在温家,可是我有了青青,又能去哪里?再说,我总盼望他没死,有一天会再来找我。我如离开了这里,他又怎找得到我?他既已死了,我也没什么顾忌了。我不怕他们,你怕不怕?"

袁承志还没答话,青青已抢着道:"承志大哥不会怕的。"

温仪道:"好,我就说下去。"提高了声音,继续说道:"我急得哭了出来,不知道要怎样说、怎样做才好,突然之间,房门给人踢飞,许多人手执了刀枪涌了进来。"她向亭外一指,说道:"当时站在房门外的,就是这些人。他们……他们手里都拿着暗器。爹爹总算对我还有几分父女之情,叫道:'阿仪,出来!'我知道他们要等我出去之后,立刻向他发射暗器,房间只是这么一点地方,他往哪里躲去?我叫道：'我不出来，你们连我一起杀了吧！'我挡在他身前，心中只一个念头，要给他挡箭，不让他给人伤害。

"他本来眉头深锁，坐在椅上，以为我和家里的人串通了下毒害他，十分伤心难受，也不想动手反抗，听我这么说，突然跳了起来，很开心的道：'你不知莲子羹里有毒？'我端起碗来，见碗里还剩了些儿羹汁，一口喝下，说道：'我跟你一起死！'他挥掌把碗打落，但我已经喝了。他笑道：'好，大家一起死！'转头向他们骂道：'使这等卑鄙阴毒的手段，你们也不怕丑么？'

"大伯伯怒道：'谁使毒了？下毒的不是英雄好汉。你自恃本领高，就出来斗斗！'他说：'好！'就出去和他们五兄弟打了起来。他喝的莲子羹里虽没毒药，但放着他们温家秘制的'醉仙蜜'，只要喝了，慢慢会全身无力，昏睡如死，要过一日一夜才能醒来。这些人哪，还舍不得用毒药害死他，想把他迷倒，再慢慢来折磨他。他们……他们当真是英雄好汉！"说到这里，语气中充满怨毒，只是她生性温柔，不会以恶语骂人。

温方施在亭子外大声怒道："这无耻贱人，早就该杀了，养她到今日，反而恩将仇报！"青青道："我娘儿俩在温家吃了十几年饭，可是四爷爷，我这两年来，给你们找了多少金银财宝？就是一百个人，一辈子也吃不完吧。我娘儿俩欠你们温家的债，早还清啦！"温方达不愿在外人之前多提家门丑事，叫道："喂，姓袁的，你敢不敢跟我们五兄弟一起斗斗？"

袁承志前两日念在他们是青青的长辈，对之礼数周到，这时听温仪说了他们的阴险毒辣，不觉满怀愤怒，叫道："哼，别说五人，你们就是有十兄弟齐上，我又何惧！"

温仪冷笑道："那天晚上，他们也是五兄弟打他一人，本来他能抵敌得住的，但他喝了'醉仙蜜'之后，越打越手足酸软。他们五兄弟有个练好了的'五行阵'，打起架来，五兄弟就如是一个人……"承志听到"五行阵"三字，陡然想起《金蛇秘笈》中详述"五行阵"及其破法的记载，恍然大悟："原来如此！"

温方山喝道："阿仪，你吃里扒外，泄温家的底！"

温仪不理父亲的话，对承志道："他急着想击倒五人中的一人，就可破了这五行阵，但他摇摇晃晃的越来越不行。我叫道：'你快走吧，我永不负你！'"她这一声叫唤声音凄厉，似乎就和那天晚上叫的一样。青青吓怕了，连叫："妈妈！"承志说道："伯母回房休息吧，我和令尊他们谈一谈，明儿再来瞧你。"

温仪拉住他衣袖，叫道："不，不，我在心中憋了十九年啦，今儿非说出来不可。袁相公，你听我说呀！"承志听她话中带着哭声，点头道："我在这里听着。"

温仪仍然紧紧扯住他衣袖不放，说道："他们要他的命，可是更加要紧的，他们想发财。他再打一阵，身上受了伤，支持不住，跌在地下，终于……终于给他们擒住了。我扑到他身上，也不知是哪一位叔伯将我一脚踢开。他们逼着他交出藏宝的地图来。他说：'那图不在我身上，谁有种就跟我去拿。'他们细搜他身上，果然没图。这样就为难啦，放了他吧，等药性一过，没人再制得住他。杀了他吧，那大宝藏可永远得不到手。最后还是我爹爹主意儿高明，哈哈，好聪明，不是吗？那时候他已经昏了过去，我也晕倒了。等我醒来，他们已经把他的脚筋和手筋都割断了，教他空有一身武功，永远不能再使劲，然后逼着他去取图寻宝。真聪明，是不是？哈哈，哈哈！"承志见她眼光散乱，呼吸急促，已有些神智失常，劝道："伯母，你还是回房去歇歇。"

温仪道："不，等你一走，他们就要把我杀了，我要说完了才能死……他们押着他走了。还有崆峒派的两名好手同去。大家都想发这笔横财。但不知怎样，还是给他逃脱了。多半是他给了他们一张图，他们一快活，防备就疏了。他们很聪明，我那郎君可也不蠢哪。他们七个人拿到这张藏宝图，你抢我夺，五兄弟合谋，先把崆峒派的两人害死了。"

温方义厉声骂道："阿仪，你再胡说八道，可小心着！"

温仪笑道："我干么小心？你以为我还怕死么？"转头对袁承志道："哪知道这张图却是假的。他们五人在南京钻来钻去搞了大半年，花了几千两银子本钱，一个小钱也没找到，哈哈，真是再有趣也没有啦。"

温氏兄弟空自在亭外横眉怒目，却畏惧袁承志，不敢冲进亭来。

温仪说到这里，呆呆的出神，低声缓缓的道："他这一去，我就没再得到他的音讯。他手脚上的筋都断了，已成废人。他是这样的心高气傲,不痛死也会气死……"

温方达又叫:"姓袁的,这小贱人说起我们温氏的五行阵,你已听到了,有种的就出来试试。"温仪低声道:"你走吧,别跟他们斗。"轻轻叹了口气,说道:"金蛇郎君所遭冤屈,终于有人知道了。"

袁承志曾和温氏五兄弟一一较量过,知道单打独斗,没一个是自己对手,不过他们五人齐上,再加上有个操练纯熟的五行阵,只怕当真难斗。"五行阵"的阵法与破法,自习了《金蛇秘笈》后,早已了然于胸,无所畏惧,但他五老是青青的尊长,以金蛇郎君所传之法对付,下手过于狠毒,非己所愿,一时颇为踌躇。

温方义叫道:"怎么,不敢么?乖乖的跟爷爷们磕三个响头,就放你出去。"温方施阴森森的道:"这时候磕头也不成啦。"

袁承志寻思:"须得静下来好好想一想,筹思善策。"他初出茅庐,阅历甚浅,不似江湖上的老手,一遇难题,对策立生,于是朗声道:"温氏五行阵既然厉害无比,晚辈倒也想见识见识。不过我现下甚是疲累,让我休息一个时辰,成吗?"

温方义随口道:"一个时辰就一个时辰,你再挨上十天半月也逃不了。"温方山低声道:"这小子别使什么诡计,咱们马上给他干。"温方达道:"二弟已答应了他,就让他多活一个时辰,也教他死而无怨。"

温仪急道:"袁相公,你别上当,他们行事向来狠辣,哪有这么好心,肯让你多休息一个时辰。这些年来,他们念念不忘的就是那个宝藏。他们要想法子害你,要挑断你的手筋脚筋,逼你去帮着寻宝。你快和青青一起走吧,走得越远越好。"

温方达听她说穿了自己用心,脸色更加铁青,冷笑道:"你们三个还想走得越远越好?哼,念头倒转得挺美。姓袁的,你到练武厅上休息去吧。待会动手,大家方便些。"

袁承志道:"好吧!"站起身来,料想若不用强,无法取金脱身。温仪母女知道五行阵的厉害,心中焦急,但也没法阻拦,只得跟在他身后,一齐出亭。

到了练武厅中,温方达命人点起数十枝巨烛,说道:"蜡烛点到尽处,你总养足精神了吧?"袁承志点点头,在中间一张椅上坐下。温氏五老各自拿起椅子,排成一个圆圈,将他围在中间,五人闭目静坐。在五人之外，温南扬、温正等棋仙派中十六名好手，又分坐十六张矮凳，围成个大圈。

袁承志见这十六人按着八卦方位而坐，乃是作为五行阵的辅佐，心想："五行阵外又有八卦阵，要破此阵，更难上加难了。"他端坐椅上，细思师门所授各项武功，反覆思考，总觉在这二十一名好手围攻之下，最多只能自保，要想破阵脱身，只怕难行，时刻一长，精神力气势必不济，终须落败。就算以木桑道长所传轻功逃出阵去，那批黄金又怎能夺回？留下温仪母女，她二人难免杀身之祸，那可如何是好？除了以《金蛇秘笈》中所传秘法破阵之外，更无他法。

当时照本研习，除觉手法太过狠毒之外，又始终不明白武功何以要搞得如此繁复，有许多招数显然颇为蛇足。接战之际，敌人武功再高，人数再多，也决不能从四面八方同时进攻，不露丝毫空隙，而这套武功明明是为了应付多方同时进攻而创。此刻身处困境，终于省悟，原来金蛇郎君当日误中奸计，手足俱损，脱逃之后，殚竭心智，创出这套武功来，乃是专为破这五行阵而用。他当然是想来静岩报仇，可惜手脚筋脉均吃割断，使不出劲，所以细细计谋，在秘笈中留下招术，自是为了今日泄愤而设。承志心下盘算：自己无意中学到了这套武功，既可脱今日之难，又能为这位没见过面的恩师一泄当日的怨毒，他在九泉之下，若是有知，也必欣慰，不枉了当年这番苦心。想到这里，心中大喜，睁开眼来，只见桌上蜡烛已点剩不到一寸。

温氏五老见他脸上忽忧忽喜，不知他在打什么主意，但自恃五行八卦阵威力无穷，也不在意，只是圆睁着十只眼睛，严加防备，怕他乘隙脱逃。

袁承志重又闭眼，将秘笈中所载破阵武功从头至尾细想一遍，想到最后摧敌致胜那一路"快刀斩乱麻"时，陡然心惊，全身登时冷汗直冒，暗叫："不好了！"心想："最后破阵之道，是在自己招数中露出破绽，引得对手来攻，便可寻瑕抵隙，乘虚而入，但必须手有宝刀宝剑护住自身破绽，才不致在敌招来时命丧敌手。金蛇郎君的设想，全从他的金蛇剑着手，但此刻我手头却无金蛇剑，这一时三刻之间，却到哪里找宝刀宝剑去？"

青青在旁边一直注视着他，蓦地里见他脸上大显惶急，额头见汗,心想还未交锋,已自心怯气馁,如何得了?不由得代他担忧。

袁承志见蜡烛已快烧到尽头,烛焰吞吐颤动,将灭未灭,但破阵之法,仍未想出,更是忧急。就在这时,一名丫鬟捧了一碗茶走到跟前,说道:"相公请用碗糖茶!"他早已口渴,正自全神贯注的苦思如何在顷刻之间寻把宝剑使用,有茶可饮,恰合心意,随手接过茶碗,放到唇边张口要喝,突然手上一震,茶杯给一支袖箭打落,当啷一声响,在地下跌得粉碎。承志一晃眼间,见青青右手向后急缩,知道这箭是她所发,心中一惊:"好险,我怎地如此胡涂,竟没想到他们又会给我喝什么醉仙蜜。"

温方悟见诡计为青青揭破,怒不可遏,破口大骂:"这样的娘,就生这样的女儿!温家祖宗不积德,尽出些向着外人的贱货!"

青青嘴头毫不让人,说道:"温家祖宗积好大的德呀,修桥铺路,救济穷人,什么好事都干。就是不偷不抢,不杀人放火,决不奸淫掳掠!"

温方悟大怒,跳起来就要打人。温方达道:"五弟,沉住气,留神这小子。"

原来袁承志这时又是满脸喜色,青青这支袖箭触动了他灵机:"用暗器!"只见烛火晃动,已有两支蜡烛熄了,当下站起身来,说道:"好啦,请赐教吧!这次分了胜负之后怎样?"温方达道:"你胜了,金子由你带去。你胜不了,那也不必多说。"

袁承志知道自己倘若落败,当然性命不保,但如得胜,只怕他们还要抵赖,说道:"你们把金子拿出来,我破阵之后,拿了就走。"

温氏五老见他死到临头,还要嘴硬,心想以金蛇郎君如此高手,尚且为温氏五行阵所擒,现下经过十多年潜心钻研,又创了一个八卦阵来作辅佐,你如何能够脱逃?这阵势他们平素练得纯熟异常,对付三四十名好手尚自绰绰有余,实是棋仙派镇派之宝,向来不肯轻用,以免让人窥知虚实。这次实因袁承志武功太强,五兄弟个个身怀绝艺,却均给他三招两式之间便打得一败涂地。五人一商议,只得拿出这门看家本领来,也顾不得让他说以众欺寡。温方达吩咐家丁换上蜡烛,对青青道:"把金子拿出来。"

青青早在后悔,心想早知如此,把黄金都还给他也就算了,这时想再私下给他,也已来不及了,只得把一大包金条都捧到练武厅中,放在桌上。想到他在这危急当口,仍不忘为安小慧夺还黄金,又不禁气苦。

温方达左手在桌上横扫过去,金包打开,啪啪啪一声响,数十块金条散满了一地,灿然生光,冷笑道:"温家虽穷,这几千两金子还没瞧在眼里。姓袁的,你有本事破了我们这五行阵,尽管取去!"五老齐声呼喝,各执兵刃,将袁承志团团围住。

袁承志突然心中一凛:"他们连屋上也布了人,这阵法可又如何破解?"却听得温方施道:"屋上有人!"大声喝道:"什么人?都给我滚下来!"

只听得屋顶上有人哈哈大笑,叫道:"温家五位老爷子,姓荣的登门请罪来啦!"呼喝声中,屋上跃下二十多人,当先一人正是游龙帮帮主荣彩。

袁承志登时大为宽怀,向青青望了一眼,见她脸色微变,咬住下唇。

温方达道:"老荣,你三更半夜光临舍下,有什么指教?啊,方岩的吕七先生也来了。"说着向荣彩身后一个老头子拱了拱手。那老者拱手还礼,说道:"总算老兄弟们个个清健,这可有好几年不见了哪!"

荣彩笑道:"五位老爷子好福气,生得一位武功既高、计谋又强的孙小姐,不但把我们的沙老大和十多个兄弟伤了,连我小老儿也吃了她亏。"

温氏兄弟不知青青跟他们这层过节,平时棋仙派与游龙帮颇有来往,这时强敌当前,不愿再旁生枝节。温方达道:"老荣,我家小孩儿有什么对不起你的,我们决不护短,杀人偿命,欠债还钱,好不好呀?"

荣彩一楞,心想:"这个素来蛮横狂傲的老头今日竟这么好说话!难道他当真怕了吕七先生?"一瞥之间见到了袁承志,更是不解:"他们有这样的一个硬手在此,吕七先生也未必能胜他。我还是见好收篷吧!"便道:"游龙帮跟贵派素来没过节,冲着各位老爷子的金面,沙老大已死不能复生,总怨他学艺不精。不过这批金子……"眼光向着地下一块块的金条一扫,说道:"我们游龙帮跟了几百里路程,费了不少心血,又有人为此送命,大家在江湖上混饭吃……"

温方达听他说到这里,便住口不往下说了,知他意在钱财,便道:"黄金都在这里,你要嘛,都拿去那也不妨。"

荣彩听他说得慷慨大方,只道是反语讥刺,但瞧他脸色,却似并无恶意,道:"温老爷子如肯赐给半数,作为敝帮几名死伤兄弟的抚恤,兄弟感激不尽。"温方山道:"你拿吧。"荣彩双手一拱,说道:"那么多谢了!"手一摆,他身后几名大汉俯身去拾金条。

那几人手指刚要碰到金条,突然肩头给人一推,只觉一股极大的力量涌来,站立不定,身不由己的倒退数步,抬起头来,见袁承志已站在面前。

袁承志道:"荣老爷子,这批金子是闯王的军饷,你要拿去,可不大稳便。"

闯王的名头在北方固然威声远震,但在江南,江湖人物却不大理会。荣彩转头对吕七先生笑道:"他拿闯王的名头来吓唬咱们。"吕七先生手里拿着一根粗大异常的旱烟筒,吸一口,喷一口烟,慢条斯理,侧目向袁承志打量。

袁承志见他神情无礼,心头有气,只是他气派模样显是武林中的成名人物,倒也不敢轻慢,作了一揖,说道:"前辈可是姓吕?晚辈初来江南,恕我不识。"

吕七先生吐了口烟,笔直向袁承志脸上喷去,又吸一口,跟着两道白蛇般的浓烟从鼻孔中射出,凝聚了片刻不散。袁承志还不怎的,青青瞧着却已气往上冲,便想开口说话。温仪在她臂上轻轻一捏。青青回过头来,见母亲缓缓摇头,才把一句骂人的话忍住了。只见吕七先生将旱烟袋在砖地上笃笃笃的敲了一阵,敲去烟灰,又装上烟丝。

这时连温氏五老也有点耐不住了,但知他在武林中成名已久,据说当年以一套鹤形拳打败过无数高手,手中的烟袋更是一件奇形兵刃,擅能打穴、夺人兵刃,可是到底本领如何,却谁也没见过。温氏五老都盼他与袁承志说僵了动手,他能取胜固然最好,否则至少也可消去袁承志些力气。

只见吕先生从怀中摸出火石火纸,扑扑扑的敲击,烟丝还未点着,忽然屋顶上有人大喝:"快还我们金子!"一个少女、一个粗壮少年双双跃下,随后又溜下一个五十余岁的中年汉子,瞧打扮似是个生意人,左手拿着一个算盘,右手拿着一枝笔,模样甚是古怪。他慢吞吞的从墙上溜下,也瞧不出他武功高低。

袁承志见那少女正是安小慧,又喜又忧,喜的是来了帮手,但不知另外两人武功如何。眼下敌人除了棋仙派外,又多了游龙帮与吕七先生这批人。温仪与青青母女和温氏五老撕破了脸,已处于绝大危险之中,非将她们救走不可,要是新来的两人本领都和安小慧差不多,自己反而要分神照顾,岂不糟糕?

这时温氏弟子中已有人抢上去拦阻喝问。那少年大声叫道:"快把我们的金子还来!"见金条散在地下,说道:"啊哈,原来都在这里!"俯身就拾。袁承志眉头微皱,心想这人行事鲁莽,只怕功夫高得有限。

温南扬见他俯身,飞足往他臀上踢去。安小慧急叫:"崔师哥当心!"那少年侧身避开,随即抢攻而前,双掌疾劈过去。温南扬不及退让,也伸出双掌相抵,啪的一声大响,四掌相交,两人各自退开数步。那少年又待上前,那商贾打扮的人叫道:"希敏,慢着。"

袁承志记起安小慧的话,说有一个姓崔的师哥和她一起护送这笔金子,因两人闹了别扭,中途分手,至被青青出其不意的盗了去,料想这少年便是崔秋山的侄儿崔希敏了,难道这个形貌滑稽的生意人,竟是大师哥铜笔铁算盘黄真?仔细看去,见他右手中那枝笔杆闪闪发光,果是黄铜铸成,左手中那算盘黑黝黝地,多半是铁的,这一下喜出望外,忙纵身过去,跪下叩头,说道:"小弟袁承志叩见大师哥。"

那人正是黄真,双手扶起,细细打量,欢然说道:"啊,师弟,你这么年轻,真想不到在这里见到你。"袁承志道:"请问大师哥,恩师现今在哪里?他老人家身子安健?"黄真道:"恩师此刻在南京,他老人家很好。"

安小慧过来说道:"承志大哥,这就是我说的崔师哥。"袁承志向他点点头。安小慧见袁承志背上黏了些枯草,伸手拈了下来。袁承志微微一笑,神色表示谢意。

崔希敏瞧着很不乐意。黄真喝道:"希敏,怎么这样没规矩?快向师叔叩头!"崔希敏见袁承志比自己还小着几岁,心头不服气,慢吞吞的过来,作势要跪。袁承志连说:"不敢当!"双手拦住。崔希敏也就不跪下去了,作了一揖,叫了声:"小师叔!"黄真又骂:"什么小师叔大师叔,就算你大过他,师叔总是长辈。我比你老,你又怎不叫我老师父?"袁承志向崔希敏笑道:"你叔叔可好,我惦记他得紧。"崔希敏道:"我叔叔好。"

吕七先生见他们师兄弟、师叔侄见礼叙话,闹个不完,将旁人视若无物,这时却轮到他耐不住了,怪目一翻,抬头望着屋顶,说道:"来的都是些什么人?"这一出声,众人都吓了一跳。他说话声若怪枭,甚是刺耳,沙嗄中夹杂着尖锐之音,难听异常。

崔希敏踏上一步,说道:"这些金子是我们的,给你们偷了来,现今师父带我们来拿回去。"吕七先生仍是眼望屋顶,口喷白烟,忽然嘿嘿冷笑两声。

崔希敏见他老气横秋、一副全不把人瞧在眼里的模样,气往上冲,说道:"到底金子还是不还,你明白说一句。要是你作不得主,便让作得主的人出来说话。"吕七先生又是碌碌两声怪笑,转头向荣彩道:"你告诉这娃儿,我是什么人。"荣彩喝道:"这位是大名鼎鼎的吕七先生,可别把你吓坏了。年纪轻轻,这等无礼。"

崔希敏不知吕七先生是什么人,自然也吓不坏,叫道:"我管你是什么七先生八先生,我们是来拿金子的。"

温南扬刚才与他交了手,未分胜负,心中不耐,跳出来喝道:"要拿金子,那很容易,得瞧你有没有本事。先赢了我再说。"不等对方答话,跳过来就是一拳。崔希敏猝不及防,这拳正中肩头。他大怒之下,立即出拳,蓬的一声,打在温南扬肚上。两人各自负痛跳开,互相瞪眼,重又打在一起。顷刻之间,只听得砰蓬、砰蓬之声大作,各人头上身上都中了十余拳。两人打法一般,都是疏于防御,勇于进攻。

袁承志暗暗叹气:"大师哥教的徒弟怎地如此不成话,要是遇到好手,身上中了一两拳那还了得,难道崔叔叔也不好好点拨他一下?"

他不知崔希敏为人戆直,性子颇为暴躁,学武时不能细心。好在他身子粗壮,挨几下尽能挺得住。混战中只见他右拳虚晃,温南扬向左闪避,他左手一记钩拳,结结实实的正中对手下颚,砰的一声,温南扬跌倒在地,晕了过去。

崔希敏得意洋洋,向师父望了一眼,以为定得赞许,却见师父一脸怒色,心下大是不解,暗想我打胜了,怎么师父反而见怪。小慧见他嘴唇肿起,右耳鲜血淋漓,拿手帕给他抹血,低声道:"你怎不闪避?一味蛮打!"崔希敏道:"避什么?一避就打不中他了。"

吕七先生怪声说道:"打倒一个蛮汉,有什么好得意的?你要金子吗?"突然拔起身子,站到了两块金条之上,右手中的旱烟袋点着另一块金条,说道:"不论你拳打脚踢,只要把这三块金条从我脚底下弄了开去,所有这些金条都是你的。"此言一出,众人都觉得他过于狂妄。适才这场打斗,大家都看了出来,崔希敏武功不高,膂力却强。以一根烟管点住金条,料定他无法拨动,也不免太过小觑了人。

崔希敏怒道:"你说话可不许反悔。"吕七先生仰天大笑,向荣彩道:"你听,他怕我反悔!"荣彩只得跟着干笑一阵,心中却也颇感疑惑。

崔希敏道:"好,我来了!"纵上三步,看准了他烟管所点的金条,运力右足,一个扫堂腿横踢过去。

袁承志看得清楚,估计这一腿踢去,少说也有二三百斤力道,吕七先生功力再高,也决不能以一根烟管将金条点住不动,如非他使什么妖法魔术。

眼见崔希敏右脚将到,吕七先生烟管突然一晃,在他右膝弯里点落。崔希敏一条腿登时麻木,踢到中途,便即软垂,膝盖酸弯,不由自主的跪倒。吕七先生连连拱手,一阵怪笑,说道:"不敢当!小兄弟何必多礼?"

安小慧大惊,抢上去把崔希敏扶起,扶到黄真面前,说道:"黄师伯,这老头儿使奸,您去教训教训他。"崔希敏破口大骂:"你暗算伤人,老家伙,你不是英雄好汉!"

黄真伸手在他腰里一捏,腿上一戳,解开了闭住的穴道,说道:"原来你小家伙中了人家暗算,才是英雄好汉,佩服啊佩服!"他见吕七先生手法如此迅捷,也自吃惊,心想在浙南偏僻之地,居然有这等打穴好手。黄真使的兵刃左手是把铁算盘,专门锁拿敌人的兵器,右手是一枝铜笔,那自然也擅于打穴。他伸手在算盘上一拨,说道:"这笔帐记下了!咱们现银交易,不放赊帐,吕七先生,你这就还帐吧!"铜笔前指,便要上前给徒弟找回场子。

袁承志心想:"我是师弟,该当先上!"说道:"大师哥,待小弟先来。我不成时,你再接上。"

黄真见他年纪甚轻,心想他即令学全了本门武功,火候也必不足,未必能胜过崔希敏多少,多半不是这吕七先生对手。师父临老收幼徒,对他必甚钟爱,如有失闪,岂不是伤了师父之心。这可与让崔希敏出阵不同,自己这个宝贝徒儿武功平平,鲁莽自大,让他多吃点苦头,受些挫折,于他日后艺业大有好处,于是低声道:"师弟,还是我来吧。"袁承志也放低了声音道:"大师哥,他们好手很多,这五个老头儿有一套很厉害的五行阵,待会还有恶斗。你是咱们主将,还是让小弟先来。"黄真见他执意要上,心想初生犊儿不怕虎,不便拂了他少年人的兴头,便道:"那么师弟小心了。"

袁承志点点头,走上一步,向吕七先生道:"我也来踢一脚,好不好?"

吕七先生与众人都感愕然,心想刚才那粗豪少年明明吃了苦头,怎地你还是不知死活。吕七先生见他比崔希敏还年轻,越发不放在心上,笑道:"好吧,咱们话说明在先,你给我行大礼可不敢当。"一边说,一边又伸烟管点住了金条。

袁承志也和崔希敏一模一样,走上三步,提起右足,横扫过去。崔希敏看得着急,叫道:"小师叔,那不成,老家伙要点穴!"

温氏五兄弟却知袁承志虽然年轻,可是武功奇高,眼见他要重蹈崔希敏的覆辙,都感奇怪,难道他竟能闭住腿上穴道,不怕人点?众人眼光都望着袁承志那条腿。黄真铜笔交在左手,准拟一见袁承志失利,立即出手,先救师弟,再攻敌人。

只见袁承志右腿横扫,将要踢到金条,吕七先生那枝烟袋又快如闪电般伸出,向他腿上点去,岂知袁承志这一踢却是虚招,对方手臂刚动,右脚早已收回。吕七先生一点不中,烟袋乘势前送。袁承志右腿打了半个小圈,刚好避开烟袋,轻轻一挑,已将金条挑起,右足不停,继续横扫。

吕七先生也即变招,烟管向他后心猛砸。袁承志弓身向右斜倾,左手在挑起来的金条上一托,那金条向上飞出,同时左足在吕七先生踏定的两块金条上扫去,金条登时飞起。吕七先生身子一晃,退步拿桩站定。袁承志双手各抓一块金条，向内合拢，啪的一声，将从空落下的第一块金条夹住，笑道："这些金条我可都要拿了，吕老前辈的话，总算数吧？"

这几下手法迅捷之极，众人只觉一阵眼花缭乱，等到两人分开，袁承志三块金条已在手中。这一来，青青笑靥如花，黄真惊喜交集，安小慧和崔希敏拍手喝采，连棋仙派的人也都不自禁的叫好。

吕七先生老脸红得发紫，更不打话，左掌飕的一声向袁承志劈来，掌刚发出，右足半转，后跟反踢，踹向对方胫骨。这是鹤形拳的怪招，双掌便如仙鹤两翼扑击，双脚伸缩，忽长忽短，就如白鹤相斗一般。他将烟管缩在右手袖中，手掌翻飞，甚是灵动。

袁承志从没见过这路怪拳，也没听师父说过，一时不敢欺近，绕着他盘旋打转，越奔越快。吕七先生见他不敢欺近，心想这小子身手虽然敏捷，功力却浅，登起轻视之心，哈哈一笑，从袖中掏出烟袋大吸一口，喷了口白烟。

袁承志转了几个圈子，已摸到他掌法的约略路子，见他吸烟轻敌，正合心意，忽然纵起，劈面一拳向他鼻梁打去。

吕七先生一惊，举起烟管挡架。袁承志拳已变掌，在烟管上一搭，反手抓住。吕七先生用力后扯。袁承志早料到此招，乘他一扯之际右胁露空，伸手戳去，正中他天府穴。吕七先生右边身子一阵酸麻，横跌在地，烟管脱手。

袁承志一瞥之间，见青青笑吟吟的瞧着自己，心想索性再让她开心，倒转烟袋，放到吕七先生胡子上。烟袋中的烟丝给他适才一口猛吸，烧得正旺，胡子登时烧焦，一阵青烟冒了上来。

黄真叫道："乖乖不得了！吕七先生拿胡子当烟丝抽。"袁承志张口在烟管上一吹，烟丝、烟灰、火星、焦须一齐飞出，黏得吕七先生满脸都是。黄真哈哈大笑，纵身过去，推捏几下，解开吕七先生穴道，夹手夺过烟管，塞在他手里。

吕七先生站起身来，楞在当地，见众人都似笑非笑的望着他，只气得脸色发青，把烟管往地下一摔，转身奔了出去。荣彩叫道："吕七先生！"拾起烟管，追上去拉他袖子，给他猛力甩开，打了个踉跄。吕七先生脚不停步，早去得远了。

崔希敏问道："师父，老家伙打了败仗，怎地连烟管也不要了？"

黄真一本正经的答道："老家伙戒了烟啦！"崔希敏搔搔头皮,可就不明白打了败仗干么得戒烟。他不敢再问师父,向安小慧望去,盼她解明,只见她兀自为吕七先生狼狈败逃而格格娇笑。

碧血钢
【上】

袁承志只是不动。温氏五老和外围的十六名弟子便绕着他急速奔跑。袁承志待他们奔了一阵,索性卧倒在地,双手圈在脑后,当作枕头。

第七回

破阵缘秘笈
藏珍有遗图

棋仙派诸人见过袁承志的武功,还不怎样。游龙帮的党徒素来把吕七先生奉若天神,这时见一个年轻小伙子随手将他打得大败而走,都不禁耸然动容。

这些人中最感奇怪的却是黄真。他见袁承志在吕七胁下这一戳,确是华山派绝技"铁指诀",然而他绕着对方游走、以及抓夹金条的手法,却与自己所习迥然不同,除了反手抓夺烟管这一招之外,余下这几下小巧变幻,都带着三分诡秘之气,决非华山派武功以浑厚精奇见长的家数,自不是师父晚年别创新招而传授了这小师弟,一时也想不明白,当下在铁算盘上一拨,说道:"刚才那位老爷子说过,只要动了三根金条,全部黄金奉还,兄弟在这里谢过。"双手一拱,对崔希敏道:"都捡起来吧。"

崔希敏俯身又去执拾金条。荣彩眼见黄澄澄的许多金条便要落入别人手中,心下大急,明知有袁承志这等高手在侧,凭自己功夫绝不能讨得了好去,可是江湖上的规矩"见者有份",游龙帮为这批黄金损折人命,奔波多日,就算分不到一半,也得分上三成,多多少少也得捧几根金条回家,欺崔希敏武功平常,当即抢前,横过左臂在他双臂上一推。崔希敏退出数步,怒道:"怎么?你也要见过输赢是不是?"

黄真眼看荣彩身法,知徒儿不是他对手,喝道:"希敏,退下!"抢上来抱拳笑道:"恭喜发财!掌柜的宝号是什么字号?大老板一向做什么生意？想必是生意兴隆通四海，财源茂盛达三江。"他是商贾出身，生性滑稽，临敌时必定说番不伦不类的生意经。

荣彩怒道："谁跟你开玩笑？在下姓荣名彩，忝任游龙帮帮主。还没请教阁下的万儿。"黄真道："贱姓黄，便是'黄金万两'之黄，彩头甚好。草字单名一个真字，取其真不二价、货真价实的意思。一两银子的东西，小号决不敢要一两另一文，那真是老幼咸宜，童叟无欺。大老板有什么生意，请你帮趁帮趁。"

荣彩听他说个没完没了，越听越怒，华山派首徒黄真，在北方名头响亮，在江南却少人知闻，眼见他形貌猥琐，也不放在心上，喝道："拿家伙来。"游龙帮的兄弟当即递过一杆大枪。荣彩接枪迳前，一个斗大枪花，势挟劲风，迎面刺出。黄真倒踩七星步，倏然拔起身子，向左跳开，叫道："啊哟，咱们做生意的，金子可不能不要。"将算盘和铜笔往怀里一揣，俯身就去捡金条。

温氏五兄弟见他身法，知是劲敌，又见他适才与袁承志叙话，两人乃是师兄弟，料知荣彩绝非对手。温方义、温方悟两人同时扑上，叫道："要拿金子，可没那么容易。"黄真见二人来势猛恶，向右斜身避开，左手"敬德挂鞭"，呼的一声，斜劈下来。温方义、方悟两人一出手走的便是五行阵路子，一招打出，两人早已退开。温方达、温方山兄弟抢了上来。温方山右手上挡，架开黄真一招，温方施左拳已向他后心击到。

黄真虽然说话诙谐，做事却小心谨慎，加之武功高强，一生与人对敌，极少落于下风，这时陡然陷入五行阵之中，数招一过，温氏兄弟此去彼来，你挡我击，五个人就如数十人般源源而上，不由得大惊，心想这是什么阵法，怎地如此复杂迅捷，当下抱元守一，见招拆招，不敢进攻。

荣彩见黄真陷入包围，只见他勉力招架，无法还手，心头大喜，只道有便宜可捡，使开杨家枪法，疾往黄真后心刺去。

小慧吃了一惊，大叫："黄师伯留神。"黄真是穆人清的开山大弟子，武功深得华山派真传，温氏五兄弟若非练就这独门阵法，就是五人齐上，也非他敌手。区区荣彩，岂能奈何了他？耳听得背后铁枪风声，黄真反手捞去，已抓住枪头，这空手入白刃的手法，正与袁承志刚才抓住吕七烟管如出一辙，只是黄真以数十年的功力，更加迅捷厉害,顺手将荣彩拉过,同时左掌"单掌开碑",拍开温方山打来的一拳,右腿踏上半步,让去了温方义从后面踹上来的一脚。

只听得"啊哟"一声,大枪飞起,荣彩跟着从六人头顶飞了出来,摔在地下。游龙帮的弟兄们忙抢上扶起。游龙帮副帮主以及荣彩的大弟子、二弟子见帮主失手,当即一起抢入,不数招,三人接二连三的给黄真借着五老之力摔将出来。副帮主更折断了右臂,身受重伤。这一来,游龙帮无人再敢加入战团。

黄真叫道:"大老板、二老板,见者有份,人人有份摔上一交,决不落空!"

他力斗温氏五老,打到酣处,只见六条人影往来飞舞,有时黄真突出包围,但五人如影随形,立即裹上。黄真暗暗着急,大叫:"本小利大,周转不灵,黄老板一个人做五笔生意,可有点儿忙不过来啦!"温氏兄弟也不胜骇异,心想瞧不出这土老儿模样的家伙,居然门户守得如此严密。

黄真见敌手越打越急,五个人如穿花蝴蝶般乱转。有时一人作势欲踢,岂知突然往旁让开,他身后一人猛然发拳打到;有时一人双手合抱,意欲肉搏,他往后面退避,后心刚好有脚踢到,凑得再合拍也没有。眼见敌招变化无穷,黄真竟倏遇凶险,全仗武功精纯,这才避过,长啸一声,从怀中取出铜笔铁算盘,心想你们五个打我一个,已非公平交易,黄老板先使兵刃,算不得坏了童叟无欺的规矩。当下以攻为守,算盘旁敲侧击,铜笔横扫斜点,兵刃所指之处,尽是五老要穴。

温方达嗯哨一声,温正和温南扬等将五人兵刃抛了过来。五兄弟或挺双戟,或使单刀,或舞软鞭,或挥钢杖,长短齐上,刚柔并济,偶而还挟着几柄飞刀。这番恶斗,比之刚才拳脚交加,又多了几分凶险,黄老板这桩买卖,眼见是要大蚀而特蚀,只怕要血本无归了。

崔希敏见师父情势危急,明知自己不济,却也管不得了,虎吼一声,拔出单刀,直向五行阵中纵去。刚跨出两步,忽见眼前人影晃动,有人举掌向自己肩头按来。崔希敏横刀便砍。那人这一按快极,倏然间已搭上他肩头。崔希敏身子登如万斤之重,再也跨不出步去,大骇之下,只听得那人说道:"崔大哥,你不能去。"才看清那人原来是袁承志。刚才袁承志点倒吕七先生,他还不怎么佩服,心想

第七回 破阵有缘藏秘笈 珍图遗

不过是一时侥幸,可是此刻让他一掌轻轻搭在肩头,自己半边身体竟丝毫使不出劲,才知人家武功比自己高得太多,那就当真奇了。

袁承志放开了手,说道:"你师父还可抵挡一阵,别着急。"他见六人又斗了一阵,忽然想起一个难题,眉头微蹙,一时拿不定主意。

安小慧走到他身前,说道:"承志大哥,你快去帮黄师伯啊。他们五个人打他一个,多不要脸。"袁承志正自凝思,不欲分心,挥手叫她走开。小慧讨了个没趣,撅起了小嘴走开。青青看在眼里,芳心暗喜。

只见六人越打越快,黄真每次用铁算盘去锁拿对方兵刃,五老总是迅速闪开,六人打得虽紧,却丝毫不闻金铁交并之声,大厅中但听得兵刃挥动和衣衫飞舞的呼呼风声。

袁承志忽地跃起,走到小慧跟前,说道:"小慧妹妹,你别怪我无礼。刚才我在想一件事出了神,现下可想通啦。"小慧急道:"这当口还道什么歉啦,快去帮黄师伯呀。"承志笑道:"我想通了就不怕了。"小慧道:"你这人真是的,也不分个轻重缓急。有什么为难的事,打完了再想不成么?"承志笑道:"我想的就是怎么破这阵法。你有没看出来,这五个老头儿的兵器,从来没跟师哥的铜笔铁算盘碰过一下?"小慧道:"我也觉得奇怪。"

崔希敏这时对承志已颇有点佩服,问道:"小师叔,那却是什么道理?"承志道:"这阵势圆转浑成,不露丝毫破绽,双方兵器一碰,稍有顿挫,就不免有空隙可寻。破阵之道,在于设法扰乱五人的脚步方位,只消引得五个老头儿中有一人走错脚步,或是慢得一慢,这阵就破了。"崔希敏摇头道:"他们是熟练了的,包管闭了眼睛也不会走错。"

承志点头道:"他们练得当真熟极。"转头对小慧道:"你的发钗请借我一用。"小慧把插在头发上的玉簪拔了下来递给他。这玉簪清澄晶莹,发出淡淡碧光,承志接了过来,突然高声叫道:"大师哥,戊土生乙木,踏坤宫,走坎位。"

黄真一怔,尚未明白,温氏五老却已暗暗骇异:"怎么我们这五行阵的秘奥,给这小子瞧出来了?"袁承志又叫:"丙火克庚金,走震宫,出离位!"

黄真缠斗良久,不论强攻巧诱,始终脱不出五老的包围,他早想到，这阵势既叫五行阵，必含五行生克变化之理，然五老穿梭般来去，攻势凌厉，只得奋力抵御，毫无丝毫余暇去推敲阵法，忽听承志叫喊，心想："试一试也好。"立时走震宫，出离位，果然见到了个空档。

他闪身正要穿出，忽听承志大叫："走乾位，走乾位！"但乾位上明明有温方山、温方施二人挡着，黄真知道机不可失，不及细想，猛向二人冲去，刚抢近身，两人已分开从两侧包抄，而填补空档的温方达和温方悟还没补上，黄真身手快极，铜笔右点，铁算盘左砸，已然直窜出来，站在承志身旁。

温氏五老见他脱出了五行阵，这是从所未有之事，不禁骇然，五人同时退开，排成一行。温方达道："你能逃出我们的五行阵，身手也自不凡。阁下是华山派的吗？跟穆人清老前辈怎样称呼？"

黄真武功精纯，不似承志的驳杂，五老只跟他拆得十余招，便早认出了他的门派。

黄真身脱重围，登时又是嬉皮笑脸，说道："穆老前辈是我恩师。怎么，我这徒弟丢了他老人家的脸么？"温方达道："'神剑仙猿'及门弟子，自然高明。"黄真道："不敢当！不怕不识货，只怕货比货。咱们货比货比过了。姓黄的小老板没能占得温家五位大老板上风，各位也没能抓住区区在下。算是公平交易，半斤八两。这批金子怎么办？"转头对荣彩道："掌柜的，你的生意是蚀定啦，这批金子，没你老人家的份儿。"

荣彩自知功夫跟人家差得太远，可是眼睁睁的瞧着满地黄金，委实心疼，只得说几句门面话遮羞："姓黄的你别张狂，总有一天教你落在我手里。"黄真笑道："宝号有什么生意，尽管作成小号，吃亏便宜无所谓，大家老主顾，价钱可以特别商量。"荣彩明知斗他不过，那姓袁的又跟他是师兄弟，吕七先生尚且铩羽而去，何况自己？当下带了徒弟帮众，气忿忿的走了。临出门口，忍不住又向满地黄金望了一眼，突然大悔："刚才他们六人恶斗之时，我怎地没偷偷在地下捡上一两条，谅来不会给人瞧见，也未必有人有空阻拦。"游龙帮人众都是衢州附近的龙游县人，将"龙游"两字倒了转来，称为"游龙帮"。龙游人大多方正端严，游龙帮将两字倒转，人品便不怎么规矩了。

温方达也不去理会游龙帮人众的来去，对黄真道："阁下这身武功，也算是当世豪杰。这样吧，这批金子瞧在你老哥脸上，我们奉还一半。"他震于华山派的威名，不愿多结冤家，颇想善罢。

黄真笑道："这批金子倘使是兄弟自己的，虽然现今世界不太平，赚钱不大容易，不过朋友们当真要使，拿去也没关系。须知胜败乃兵家常事，赚蚀乃商家常事。和气生财，生意不成仁义在。可是老兄你要明白，这是闯王的军饷呀。我这个不成材的徒儿负责运送，给老兄的手下捡了一半去，我怎么交代呀？"

温方义道："要全部交还，也不是不可以，但须得依我们两件事。"黄真道："有价钱开出盘来，就好商量。你不妨漫天讨价，我大可着地还钱。请你开出价钱来，咱们慢慢来讨价还价。"温方义道："这没价钱好讲。第一，你须得拿礼物来换金子，礼物多少不论。这是我们的规矩，到了手的财物，决不能轻易退还。"

黄真知道这句话不过是为了面子，看来对方已肯交还金子，既然如此，也不必多结冤家，当下收起嬉皮笑脸，正色道："温爷吩咐，兄弟无有不遵。明儿一早，兄弟自去衢州城里，采办一份重礼送上，再预备筵席，邀请本地有面子的朋友作陪，向各位道谢。"

温方义听他说话在理，哼了一声，道："这也罢了。第二件事，这姓袁的小子可得给我们留下。"

黄真一楞，心想你们既肯归还金子，我也给了你们很大面子，又何必旁生枝节？有我在此，我小师弟岂容你们欺侮？他可不知袁承志和他们之间的牵涉甚多。他既得悉金蛇郎君与温仪之间的隐事，五老已必欲杀之而后甘心，尤其要紧的，是要着落在他身上，找到金蛇郎君那张宝藏地图。五老虽知他武功精强，但自信五行阵奥妙无穷，定可制他得住。黄真笑道："我这师弟饭量很大。你们要留他，本是一件好事，只是一年半载吃下来，就怕各位亏蚀不起。"

温方达冷笑道："这位老弟刚才指点你走出阵势，定是明白其中关诀。那就请他来试试如何？"

原来温氏五行阵共有五套阵法，适才对付黄真，只用了戊土阵法，还有甚多奇妙的招术变化未用。温方达心想适才你已左支右绌，虽然侥幸脱出包围，却未损得阵势分毫，你这师弟旁观者清，才瞧出了一些端倪，当真自身陷阵，也不免当局者迷了，是以他有恃无恐,向袁承志叫阵。

黄真领略过这阵法的滋味,心想凭我数十年功力,尚且闯不出来,他知这五行八卦生克术数,师父并不擅长,也未教过,小师弟未必精通,刚才师弟虽然出言点拨了几下,但显是在旁静心细观,忽有所见,真要过招,五敌此去彼来,连绵不断,他如何对付得了?却不知承志另有师承,于这阵法的种种变化尽数了然。便道:"你们的阵法厉害,在下已领教过了。我这个小师弟还没你们孙子的年纪大,老爷子们何必跟他为难?要是真的瞧着他不顺眼,你们随便哪一位出来教训教训他就是啦。"这话似乎示弱,其实却是挤兑五老,要他们单打独斗,想来以师弟点倒吕七先生的身手,一对一的动手,还不致输了。

温方山冷笑道:"华山派名气不小,可是见了一个小小五行阵,立刻吓得藏头缩尾,从今而后,还是别在江湖上充字号了吧!"

崔希敏大怒,从黄真身后抢出,叫道:"谁说我们华山派怕了你?"温方山笑道:"你也是华山派的吗?嘿嘿,厉害,厉害!那么你来吧。"

崔希敏只道他说自己厉害,纵出去就要动手。袁承志一把拉住,低声道:"崔大哥,我先上,我不成的时候,你再来帮手。"崔希敏点头道:"好!你要我帮忙时,叫一声'希敏',我就上来,用不着什么崔大哥、崔二哥的客气。"袁承志点点头。小慧在旁突然噗哧一笑。崔希敏双眼一瞪,问道:"你笑什么?"小慧笑道:"没什么,我自己觉得好笑。"

崔希敏还待再问,袁承志已迈步向前,手拈玉簪,说道:"棋仙派五行阵如此厉害,晚辈确是生平从所未见。"

温方义道:"你乳臭未干,谅来也没见识过什么东西,别说我们的五行阵了。"

袁承志点头道:"正是,晚辈见识浅陋,老爷子们要把我留下,晚辈求之不得,正可乘此机会,向老爷子们讨教一下五行阵的秘奥。"

崔希敏急道:"小师叔,他们哪是好心留你?你别上当。"小慧又是噗哧一笑。袁承志向崔希敏道:"他们老人家不会欺侮咱们年轻人,崔大哥放心好啦。"转头对五老道:"晚辈学艺未精,华山派武功只粗知皮毛,请老爷子们手下容情。"

众人见他言语软弱,大有怯意,但神色间却漫不在乎,都不知他打得是什么主意。黄真暗自着急,却又不便阻拦师弟,心中只说:"唉,这笔生意做不过。"

温氏五老试过他的功力,不敢轻忽,五人一打手势,温方义、温方山向右跨步,温方施、温方悟向左转身,阵势布开,只几步之间已将他围在垓心。袁承志似乎茫然不觉,抱拳问道:"咱们这就练吗?"温方达冷冷的道:"你亮兵器吧!"

袁承志平伸右掌,将玉簪托在掌中,说道:"各位是长辈,晚辈哪敢无礼动刀动枪?便用这玉簪向老爷子们领教几招!"此言一出,众人又各一惊,都觉得这人实在狂妄大胆,这玉簪只怕一只甲虫也未必刺得死,一碰便断,怎能经得起五老手中钢杖、刀戟等物砸撞?如此胡闹,岂不是自速其死?青青心中忧急,只是暗叫:"那怎……怎生是好?"

黄真知道这时已难于劝阻,心想这小师弟定是给师父宠惯了,初涉江湖,不知天高地厚,只得紧紧抓住铜笔铁算盘,一待他遇险,立即窜入相救,为了报答师恩,今日就算送了老命,也所不惜。低声嘱咐崔希敏和小慧:"敌人太强,咱们寡不敌众,非蚀本不可。待会我喝令你们走,你二人立即上屋冲出。我和袁师弟断后,不论如何凶险,你们千万不可回头出手,黄金也不必顾了。"崔希敏和小慧答应。

黄真思忖自己舍命挡敌,救得师弟设法脱身,想来还不是难事,只要崔安两人不成为累赘,就好办得多。今日落荒而逃,暂忍一时之辱,他日约齐华山派五位高手,同时攻打五行阵,定可破了。那时才教这五个老头儿知道华山派是否浪得虚名。他心中预计的五人,除自己外,是二师弟归辛树夫妇、自己的大弟子"八面威风"冯难敌,再加上师父穆人清亲自主持,只须将温氏五老分别缠住,令五人各自为敌,不能分进合击,五行阵立即破去,论到单打独斗,温氏五老可不是自己对手。黄真面子上嬉皮笑脸,内里却深谋远虑,未思胜,先虑败,定下了眼前脱身之策,又筹划好了日后取胜之道。他破五行阵的人选中,还不把袁承志计算在内,料想小师弟功力尚浅,远不及自己的得意门徒冯难敌。

只听得袁承志道:"老爷子们既然诚心赐教,怎么又留一手,使晚辈学不到全套？"

温方达一怔道："什么全套不全套？"袁承志道："各位除了五行阵外，还有一个辅佐的八卦阵，何不一起摆了出来，让晚辈开开眼界？"温方义喝道："这是你自己说的，可教你死而无怨。"转头对温南扬道："你们来吧！"

温南扬右手挥动，带同十五人同时纵出。温南扬一声吆喝，十六人便发足绕着五老奔跑，左旋右转，穿梭来去。这十六人中有温南扬、温正，有的是温家子侄，有的是五老的外姓徒弟，都是棋仙派的好手，特地挑选出来练熟了这八卦阵的。

黄真见了这般情势，饶是见多识广，也不禁骇然，心道："袁师弟实在少不更事，给自己多添难题。单和五老相斗，当真遇险之时，我还可冲入相救，现下外围又有十六人挡住，所有空隙全给填得密密实实，只怕雀鸟也飞不进去了。明明本钱短缺，怎地生意却越做越大？头寸调动不过来，岂不要倒闭大吉？"

袁承志右手大拇指与中指拈了玉簪，左手轻扬，右足缩起，以左足为轴，身子突转四五个圈子。他身形甫动，温氏五老立即推动阵势，都凝目注视他动静。袁承志只是如一个陀螺般在原地滴溜溜的旋转，并不移步出手。

原来金蛇郎君当日与五老交手，中毒遭擒，得人相救脱险之后，躲在华山之下的小镇中，反覆推敲昔日恶斗的情境，自忖其时纵使不服"醉仙蜜"，筋骨完好，内力无滞，终究也攻不破五行阵，只不过多支撑得一时三刻而已。

他将五老的身法招术逐一推究，终于发见这阵法的关窍，在于敌人入围之后，不论如何硬闯巧闪，五老必能以厉害招术反击，一人出手，其他四人立即绵绵而上。五老招数互为守御，相补空隙，临敌之际，五人犹似一人，而招数中全无破绽。一人武功中全无破绽，如何可破？金蛇郎君于五老当日所使的身法手法，记得清清楚楚，苦思焦虑，各种各样古怪的方法策略都想到了，越想越觉这阵势实是不可摧破。

他自然也曾想到暗杀下毒，只须害死五老中的一人，五行阵便不成其为五行阵了。但他心高气傲，自不屑行此无赖下策。何况他筋脉已断,武功全失,纵使想出破阵之法,此阵也不能毁于自己亲手。既说是破阵,就须堂堂正正,以真实本领将其攻破。

一日早晨,他在镇外空旷处闲步,忽见一条小青蛇在草丛游走,听得人声,立即蜷盘成圈,昂起了头,略不动弹。

他所以得了金蛇郎君这外号,固因他行事滑溜,狠毒凶险,却也因他爱养毒蛇,挤取毒液来调制暗器药箭。当年温氏兄弟中温方禄的妻子中他药箭立时毙命,箭头上所喂的便是蛇毒。他熟知蛇性,知道打圈昂首,便是等敌人先行动手进攻,然后趁虚而入,从敌人破绽中反击,敌人如若不动,蛇类极少先攻。蛇身蜷盘成团,系隐藏己身所有弱处,昂首蓄势,系以己身最强的毒牙伺机出击。如贸然窜出噬敌,蛇身极长,弱点甚多,不免为敌所乘,击中蛇颈七寸或蛇腹、蛇尾。此乃蛇类自保的天性。这些行动,金蛇郎君往昔也不知见过几百次了,从来不以为意,但此刻他正潜心思索攻破五行阵的诀窍,突然之间,脑海中灵光一闪,登时喜得纵声号叫,破五行阵的策略就此制定,那就是:"后发制人"四字。

武学中本来讲究的是制敌机先,这"后发制人"却是全然反其道而行。根本方略一定,其余手段迎刃而解,不用多少功夫,便将摧破五行阵的方法全部想定,详详细细的写入了《金蛇秘笈》。他明知这秘笈未必能有人发见,即使有人见到,说不定也在千百年后,那时温氏五老尸骨早已化为尘土。只是他心中一口怨气不出,又想那五行阵总要流传下来,要是始终无人能破,岂非让棋仙派称霸于天下?在他内心,破阵之法既已想出,五行阵便算已经破了。若真能以此法摧破五行阵,自然再好不过,可是那毕竟渺茫之极,他从来没想要收个徒弟来为己完成心愿。

袁承志当下拚定"后发制人"的方略,转了几个圈子,已将五行阵与八卦阵全部带动。

八卦阵法虽为五老后创,《金蛇秘笈》中未曾提及,但根本要旨,与五行阵全无二致。袁承志只看十六人转得几个圈子,已了然于胸,心想:"对手倘若破不了五行阵,何必再加个八卦阵?若是破了五行阵,八卦阵徒然自碍手脚。温氏五老的天资见识,和金蛇郎君果然差得甚远。看来这五行阵也是上代传下来的,谅五老自己也创不出来。他们自行增添一个阵势，反成累赘。金蛇郎君当年若知温氏五老日后有此画蛇添足之举，许多苦心的筹谋反可省去了。要破五行阵，关键在于找到阵中破绽，若无破绽，便须让它生一个出来，组成八卦阵的众弟子功夫差劲，要弄它个破绽出来容易得多。"

五老要等他出手，然后乘势扑上，却见他身子越转越慢，殊无进攻之意，最后竟坐下地来，双手放在膝上，脸露微笑。五老固心下骇然，旁观各人也都大感不解，均想他大敌当前，怎地如此顽皮。殊不知袁承志并非轻敌，而是故意用一件全无杀伤之力的玉簪作为兵器，令对手不作提防，再加坐倒在地，纯非前击进攻之势，似乎全然轻视对方，对手不免激怒，心浮气粗之余，一见有机可乘，便失了谨慎，自己再故意露出破绽，对方本不该进攻，却忍不住要攻，一攻即暴露自身破绽。袁承志这时的作为，既为诱敌，又系慢军，似是鲁莽轻敌，实则是要诱得对方鲁莽轻敌。

温方义见他坐下，果然忍耐不住，双掌分错，便要击他后心。温方悟忙道："二哥，莫乱了阵法！"温方义这才忍住。五老脚下加速，继续变阵，只待他出手，立即拥上。须知不论大军交锋，还是二人互搏，进攻者集中全力攻击对方，己方必有大量弱点不加防御，只须攻势凌厉，敌人忙于自守，无暇反击，己方的弱点便不守而守。五行阵以一人来引致对方进攻，自显弱点，其余四人便针对敌人身上的弱点进袭，所谓相生相克，便是这个道理。现下袁承志全不动弹，那便是周身无一不备，五老一时倒也无法可施。

又过一会，袁承志忽然打个呵欠，躺卧在地，双手叠起放在头下当枕头，显得十分优闲舒适。外面八卦阵的十六名弟子游走良久，越奔越快，功力稍差的人已额角见汗，微微气喘。五老也真耐得，仍不出手。

袁承志心想："亏你们这批老家伙受得了这口气。"忽地一个翻身，背脊向上，把脸埋在手里，呼呼打起鼾来。自来武林中打斗，千古以来，从未有过这项姿势，后心向上而卧，岂非任人宰割？

崔希敏、小慧、青青、温仪等人又好笑，又代他耽心。黄真先见他坐下卧倒，已悟出了他对敌的方略，不禁佩服他聪明大胆，这时见他肆无忌惮的翻身而卧，暗叫不妙，觉得大减价减得未免过了份，五老若向他背后突袭，却又如何闪避？招徕生意，不妨甜言蜜语，自吹自擂,王婆卖瓜,无瓜不甜,可以虚言浮夸,却不能用苦肉计。

温方达眼见良机,大喜之下,左手向右急挥,往下猛按,温方施四柄飞刀快如闪电,已向袁承志背心插去。这下发难又快又准,旁观众人惊叫声中,白光闪处,四把明晃晃的飞刀一齐斩向袁承志背心。袁承志听得飞刀来向,翻身双手连抓,抓住四柄飞刀,向八卦阵中使劲掷出,温南扬及温家三名二代弟子臂腿中刀,大呼声中,已给袁承志分别提起——掷进五行阵中。

五老一怔之际,步法稍缓,袁承志抢步从空隙中窜出,但见阵外十六名弟子犹如渴马奔泉,寒鸦赴水,纷纷向五行阵中心投去。袁承志这里挥拳,那边踢腿,每一招下的都是重手,众弟子不是给他制住要害,抓起掷了进去,就是让他用掌力挥进阵内。温正等人功力较深,运拳抵抗,也是三招两式,立给打倒,不由自主的摔入五行阵中。

这么一来,五行八卦阵登时大乱。阵中不见敌人,来来去去的尽是自己人。众人万料不到袁承志当横卧在地之际,能奇兵突出,引得五行阵及八卦阵破绽大现。

温氏五老连声怪叫,手忙脚乱的接住飞进阵来的众弟子。袁承志怎还容得他们缓手重行布阵,抢上两步,左手三指直戳温方施穴道。

温方施见他攻来,又是四柄飞刀向他胸前掷去。袁承志左手一一在刀柄处伸指拨落飞刀,手指直向温方施咽喉下二寸六分"璇玑穴"点落。温方山钢杖势挟劲风,猛向袁承志右胯打去。袁承志顺手拉扯,将一名棋仙派弟子拖过来向他杖头挡去。

温方山大骇,这一杖虽没盼能打中敌人,但估计当时情势,他前后无法闪避,除了以兵器挡架之外,更无别法,然而他使的却是一枚脆细的玉簪,只要钢杖轻轻在玉簪上一擦,就把簪子震为粉碎。哪知他竟拖了一名本门弟子来挡,这一杖上去,岂不将他打得筋断骨折?总算他武功高强,应变神速,危急中猛然踏上一步,左手在杖头力扳,叫道:"大哥,留神!"钢杖余势极大,准头偏过,猛向温方达砸去。他知大哥尽可挡得住这一杖,果然温方达双戟竖立,只听得当的一声大响,火星四溅,钢杖和短戟各自震了回来。

袁承志却已乘机向温方悟疾攻。他左掌猛劈,右手中的玉簪不住向他双目刺去。温方悟连连倒退,挥动皮鞭想封住门户,但袁承志已欺到身前三尺之地,手中皮鞭只嫌太长,所谓"鞭长莫及",此时却另有含义了,霎时之间,给玉簪连攻了六七招。温方悟见玉簪闪闪晃动,不离自己双目,连续两次都已刺到眼皮之上,吓得魂飞天外,此时方知玉簪的厉害,最后一次实在躲不过了,丢开皮鞭,双手蒙住眼睛,倒地接连打了几个滚,这才避开,但后心已中了重重一脚,痛彻心肺。他当年以一条皮鞭在郑州擂台上连败十二条好汉,威风远震,数十年来盛名不衰,哪知今日在这少年人手中的一枚碧玉簪下败得如此狼狈,跃起身时固羞愤难当,旁观众人也尽皆骇然。

黄真见小师弟如此了得,出手之怪,从所未见,惊喜之余,心想就是师父也不会这些功夫,"他这家宝号货色繁多,五花八门,看来不是从我华山派一家进的货。他生意的路子可广得很啊。"崔希敏狂叫喝采。小慧抿着嘴儿微笑。

袁承志摧破坚阵,精神陡长,此时胜券在握,着着进逼,他一时使动华山派的伏虎掌法,接着用玉簪使出《金蛇秘笈》中的金蛇剑法。这身法便是神剑仙猿穆人清亲临,金蛇郎君夏雪宜复生,也只识得一半,温氏五老如何懂得?他打退温方悟后,转向温方义攻击,也是险招连施,逼得他手忙脚乱。

温方达见情势紧急,大声唿哨,突然发掌把一名弟子推了出去。温方山也手脚齐施,把阵中弟子或掷或踢,一一清除。练武厅中人数一少,五行阵又推动起来。但袁承志逼住了温方义毫不放松,令五人无法连环邀击。酣斗中温方义左肩中掌,温方山钢杖笔直向袁承志后心捣去,同时温方达双戟向左攻到,温方义左肩虽痛,仍按照阵法施为。这时八卦阵已破,五行阵也已打乱,但五老仍然按照阵法,并力抵御。

青青虽见袁承志用小慧的碧玉簪作为兵刃,不由得心头有气,但见他取胜,却也暗喜。温仪瞧着袁承志在五老包围中进退趋避,身形潇洒,正是当年金蛇郎君在五行阵中的模样,又看一会,只见自己朝思夜想的情郎,白衣飘飘,正在阵中酣战,不由得心神激荡,站起身来,叫道:"夏郎,夏郎,你……你终于来了。"迈步便向厅心走去。

青青忙拉住她手臂,叫道:"妈,你别去。"温仪眼睛一花,凝神看清楚阵中少年身形仿佛，面目却非，登觉晕眩，倒在青青怀中。

便在此时，袁承志忽地跃起，右手将玉簪往自己头发中一插，左手挽住了厅顶的横梁，翻身而上。五老斗得正紧，忽然不见了敌人，一怔之际，便觉头顶风生，数十件暗器从空中撒将下来，知道不妙，待要闪避，温方山与温方施已给钱镖分别打中穴道，跌倒在地。

本来照着金蛇郎君原来诀窍，要以宝剑紧护自身，再攻对方破绽，袁承志手无宝剑，略加变通，先以翻身俯卧引得对方发射飞刀，乘势攻破八卦阵，再发暗器，以代宝剑，一举破阵，手法虽然有异，其根本方策，还是依据于金蛇郎君的遗意。

温方达俯身去救，袁承志又是一把铜钱撒了下来。温方达双戟"密云不雨"，在头顶一阵盘旋，只听叮叮之声不绝，砸飞了十多粒铜钱。当下舞动双戟，化成一团白光护住顶门，忽然间手上剧震，双戟已给什么东西缠住，舞不开来。他吃了一惊，用力回夺，哪知就这么一夺，双戟突然脱手飞去。他不暇细思，于旁观众人惊呼声中向旁跃开三步，伸掌护身，只见袁承志已自空跃下，站在厅侧，手持双戟，温方悟的皮鞭兀自缠在戟头。

袁承志喝道："瞧着！"两戟脱手飞出，激射而前，分别钉入厅上的两根粗柱，戟刃直透柱身。两根柱子一阵摇动，头顶屋瓦乱响。站在门口的人纷纷逃出厅外，只怕大厅倒坍。

当年穆人清初授袁承志剑术时，曾脱手飞掷，剑身没入树干，木桑道人誉为天下无双剑法，袁承志今日显这一手，便是从那一招变来。黄真见他以本门手法掷戟撼柱，威不可当，不禁大叫："袁师弟，好一招'天外飞龙'呀！"袁承志回头一笑，说道："不敢忘了师父教导，请大师哥指教。"

温方达四顾茫然，只见四个兄弟都已倒在地下。

袁承志缓步走到黄真身边，拔下头上玉簪，还给了小慧。

温方达见本派这座天下无敌的五行八卦阵，竟让这小子在片刻之间，如摧枯拉朽般一番扫荡，闹了个全军覆没，一阵心酸，竟想冲向柱子自行碰死。但转念又想："我已垂暮之年，这仇多半难报。但只要留得一口气在，总不能善罢干休！"双手一摆，对黄真道："金子都在这里，你们拿去吧。"

崔希敏不待他再说第二句话,当即将地下金条尽行捡入皮袋之中,棋仙派空有数十人站在一旁,却眼睁睁的不敢阻拦。袁承志适才这一仗,已打得他们心惊胆战,斗志全失。

　　温方达走到二弟方义身边,但见他眼珠乱转,身子不能动弹,知是给袁承志以钱镖打中要穴,当即给他在"云台穴"推宫过血,但揉搓良久,温方义始终瘫痪不动。又去察看另外三个兄弟,一眼就知各人吃点中了穴道,然而依照所学的解穴法潜运内力施治,却全无功效,心知袁承志的点穴法另有怪异之处,可是惨败之余,以自己身分,实不愿低声下气的相求,转头瞧着青青,嘴唇一努。

　　青青知他要自己向袁承志求恳,故作不解,问道:"大爷爷,你叫我吗?"温方达暗骂:"你这了钻丫头,这时来跟我为难,等此事过了,再瞧我来整治你们娘儿俩。"低声道:"你要他给四位爷爷解开穴道。"

　　青青走到袁承志跟前,福了一福,高声道:"我大爷爷说,请你给我四位爷爷解开穴道。这是我大爷爷求你的,可不是我求你啊!"

　　袁承志道:"好。"上前正要俯身解治,黄真忽然在铁算盘上一拨,说道:"袁师弟,你实在一点也不懂生意经。奇货可居,怎不起价?你开出盘去,不怕价钱怎么俏,人家总是要吃进的。"

　　袁承志知道大师兄对棋仙派很有恶感,这时要乘机报复。他想师父常说:"出手宽容,留有余地",青青又已出言相求,金子既已取回,雅不愿再留难温氏五老,但大师兄在此,自然一切由他主持,便道:"请大师哥吩咐。"

　　黄真道:"温家在这里残害乡民,仗势横行,衢州四乡怨声载道,我这两天已打听得清清楚楚。我说师弟哪,你给人治病,那是要落本钱的,总得收点儿诊费才不蚀本,这笔钱咱们自己倒也不用要了,若是去救济给他温家害苦了的庄稼人,这桩生意做得过吧?"

　　袁承志想起初来静岩之时,见到许多乡民在温家大屋前诉怨说理,给温正打得落花流水,又想起静岩镇上无一人不对温家大屋恨之入骨,侠义之心顿起,道:"不错,这里的庄稼汉真给他们害苦啦。大师哥你说怎么办?"

　　黄真在算盘上滴滴笃笃的拨上拨下,摇头晃脑的念着珠算口诀,什么"六上一去五进一"、"三一三十一,二一添作五"说个不停,也不知算什么帐。

崔希敏和小慧见惯黄真如此装模作样。袁承志对大师兄恭敬，见他算帐算得希奇古怪，却不敢嘻笑。棋仙派众人满腔气愤，哪里还笑得出？只青青却嗤的一声笑了出来。

黄真摇头晃脑的道："袁师弟，你的诊费都给你算出来啦！救一条命是四百石白米。"袁承志道："四百石？"黄真道："不错，四位老爷子是大大的英雄好汉，算得少了，不够面子。四百石上等白米，不许掺一粒沙子败谷，斤两升斗，可不能有一点儿捣鬼。"也不问温方达是否答允，已说起白米的细节来。

袁承志道："这里四位老爷子，那么一共是一千六百石了？"黄真大拇指一竖，赞道："师弟，你的心算真行，不用算盘，就算出一个人四百石，四个人就是一千六百石。"崔希敏冲口说道："我也算得出！"黄真向他点点头，示意嘉许。

黄真对温方达道："明儿一早，请你大宝号备齐一千六百石白米，分给四乡贫民，每人一斗。你发满了一千六百石，我师弟就给你救治这四位令弟。"

温方达忍气道："一时三刻之间，我哪里来这许多白米？我家里搬空了米仓，只怕也不过七八十石罢了。"黄真道："诊金定价划一，折扣是不能打的。不过看在老朋友份上，分期发米，倒也不妨通融。你发满四百石，就给你救一个人。等你发满八百石，再给你救第二个。要是你手头不便，那么隔这么十天半月、一年半载之后再发米，我师弟随请随到，就算是在辽东、云南，也会赶来救人，决不会有一点儿拖延推搪。"

温方达心想："四个兄弟给点中了穴道，最多过得十二个时辰，穴道自解，只不过损耗些内力而已，不必受他如此敲诈勒索。"黄真见他眼珠乱转，已猜中了他心思，说道："其实呢，你我都是行家，知道过得几个时辰，穴道自解，这一千六百石白米，大可省了。不过我们华山派混元功的点穴有点儿霸道，若不以本门功夫解救，给点了穴道之人日后未免手脚不大灵便，至于头昏眼花，大便不通，小便闭塞，也在所难免，内力大损，更不在话下。好在四位年纪还轻，再练他五六十年，也就恢复原状了。"

温方达知道此言非虚，咬了咬牙，说道："好吧，明天我发米就是。"黄真笑道："大老板做生意爽快不过，一点也不讨价还价。下次再有生意，务必请你时时光顾。"温方达受他奚落了半天，一言不发，拂袖入内。

袁承志向温仪和青青施了一礼，说道："明天见。"他知棋仙派现下有求于己，决不敢对她们母女为难。师兄弟等四人提了黄金，兴高采烈的回到借宿的农民家里。

这时天才微明。小慧下厨弄了些面条，四人吃了，谈起这场大胜，无不眉飞色舞。

黄真举起面碗，说道："袁师弟，当时我听师父说收了一位年纪很轻的徒弟，曾对你二师哥归辛树夫妇讲笑，说咱们自己的弟子有些年纪都已四十开外了，师父忽然给他们添上了一位小师叔，只怕大伙儿有点尴尬吧。哪知师弟你功夫竟这么俊，别说我大师哥跟你差得远，你二师哥外号神拳无敌，大江南北少有敌手，但我瞧来，只怕也未必胜得过你。咱们华山派将来发扬光大，都应在师弟你身上了。这里没酒，我敬你一碗面汤。"说罢举起碗来，将面汤一饮而尽。

袁承志忙站起身来，端汤喝了一口，说道："小弟今日侥幸取胜，举止轻浮，是为了要引得对方轻敌，出手攻击，但不免违了师父的教导。大师哥称赞实在愧不敢当。请大师哥多多教诲。"

黄真笑道："就凭你这份谦逊谨慎，武林中就极为难得，快坐下吃面。"他吃了几筷，转头对崔希敏道："你只要学到袁师叔功夫的一成，就够你受用一世了。"

崔希敏在温家眼见袁承志大展神威，举手之间破了那厉害异常的五行阵，心里佩服之极，听师父这么说，突然跪倒，向袁承志磕了几个头，说道："求小师叔教我点本事。"袁承志忙跪下还礼，连说："不敢当，你师父的功夫，比我精纯十倍。"

黄真笑道："我功夫不及你，可是要教这家伙，却也绰绰有余了，只是我实在少了耐心。师弟若肯成全这小子，做师哥的感激不尽。"

原来黄真因却不过崔秋山的情面，收了崔希敏为徒。但这弟子资质鲁钝，闻十而不能知一，与黄真机变灵动的性格极不相投。黄真纵是在授艺之时，也是不断的插科打诨，胡说八道。弟子越蠢，他讥刺越多。崔希敏怎能分辨师父的言语哪一句是真，哪一句是假？

黄真明明说的是讽刺反话,他还道是称赞自己。如此学艺,自然难有成就。后来袁承志感念他叔叔崔秋山初传拳掌及舍命相救之德,又见他是小慧的爱侣,曾设法指点。崔希敏虽因天资所限,不能领会到多少,但比之过去,却已大有进益了。

四人在稻草堆中草草睡了几个时辰。中午时分,黄真和袁承志刚起身,外边有人叫门,进来一名壮汉,拿了温方达的名帖,邀请四人前去。黄真笑道:"你们消息也真灵通,我们落脚的地方居然打听得清清楚楚。"

四人来到温家,只见乡民云集,一担担白米从城里挑来,原来温方达连夜命人到衢州城里采购,衢州是浙东大城,甚是富饶,但骤然要运出一千六百石白米,却也不免米价陡起,让温家又多花了几百两银子。温方达当下请黄真过目点数,然后一斗斗的发给贫民。四乡贫民纷纷议论,都说温家怎地忽然转了性。

黄真见温方达认真发米,虽知出于无奈,但也不再加以讥诮,说道:"温老爷子,你发米济贫,乃是为子孙积德。有个新编的好歌,在下唱给你听听。"放开嗓子,拍手顿足,唱了起来:

"年来蝗旱苦频仍,嚼啮禾苗岁不登,
米价升腾增数倍,黎民处处不聊生。
草根木叶权充腹,儿女呱呱相向哭;
釜甑尘飞爨绝烟,数日难求一餐粥。
官府征粮纵虎差,豪家索债如狼豺。
可怜残喘存呼吸,魂魄先归泉壤埋。
骷髅遍地积如山,业重难过饥饿关。
能不教人数行泪,泪洒还成点血斑?
奉劝富家同振济,太仓一粒恩无既。
枯骨重教得再生,好生一念感天地。
天地无私佑善人,善人德厚福长臻。
助贫救生功勋大,德厚流光裕子孙。"

他嗓子虽然不佳,但歌词感人,闻者尽皆动容。

袁承志道:"师哥,你这首歌儿作得很好啊。"黄真道:"我哪有这么大的才学?这是闯王手下大将李岩李公子作的歌儿。"袁承志点头道:"原来又是李岩大哥的大作。他念念不忘黎民疾苦,那才是真英雄、大豪杰。"

袁承志也不待一千六百石白米发完，便给温氏四老解开穴道，推宫过血。四老委顿了半夜，均已有气无力，脸色气得铁青。袁承志向五老作了一揖，说道："多多得罪，晚辈万分抱歉。"

黄真笑道："你们送了一千六百石米，不免有点肉痛，但静岩温家的名声却好了不少。这桩生意你们其实是大有赚头，不可不知。"五老一言不发，掉头入内。

黄真见发米已毕，贫民散去，说道："咱们走吧！"

袁承志心想须得与青青告别，又想她母女和温家已经破脸，只怕此处已不能居，正待和师哥商议，忽见青青抱着母亲，哭叫："承志大哥！"快步奔了出来。

只见温仪背上中了两柄飞刀，深入背心，直没至刀柄，眼见已然致命，难以复生，又见温方施满脸戾气，抢步出来，双手连挥，四柄飞刀向青青背上射去。

袁承志急跃而前，双手抄出，抓住了四柄射向青青的飞刀。温方施见袁承志出手接取飞刀，已知不妙，急忙快步退去，想避入门后。袁承志见他肆恶杀害亲人，大怒之下，疾纵而前，在他后心重重踹了一脚。这一脚用上了混元功，劲力非凡。温方施哼也不哼，摔进门去，鲜血狂喷。袁承志踹这一脚，虽没伤了他性命，但功透要穴，温方施就此成为废人，终身不能治愈，武功全失。

青青哭道："四爷爷下毒手杀……杀了我妈。"

袁承志又怒又悲，伸手要去拔刀。黄真把他手挡开，说道："拔不得，一拔立时就死！"眼见温仪伤重难救，便点了她两处穴道，使她稍减痛楚。

温仪脸露微笑，低声道："青儿，别难受。我……我去……去见你爸爸啦。在你爸爸身边，没人……没人再欺侮我。"青青哭着连连点头。

温仪对袁承志道："有一件事，你可不能瞒我。"袁承志道："伯母要知道什么事？晚辈决不隐瞒。"温仪道："他有没有遗书？有没提到我？"袁承志道："夏前辈留下了些武功图谱。昨天我破五行阵，就是用他遗法，总算替他报了大仇，出了怨气。"温仪道："他没留下给我的信么？"袁承志不答，只缓缓摇了摇头。

第七回　破阵有缘　藏珍遗秘图笈

温仪好生失望,道:"他喝了那碗莲子羹才没力气,这碗……这碗莲子羹是我给他喝的。可是我真的……真的一点也不知道呀。"袁承志安慰她道:"夏前辈在天之灵,一定明白,决不会怪伯母的。"温仪道:"他定是伤心死的,怪我暗中害他,现今就算明白,可是也已迟了。"青青泣道:"妈,爹爹早知道的。那日你也喝了莲子羹,要陪爹爹一起死,还挡在他身前。他当时就明白了。"温仪道:"他……他当真明白吗?为什么一直不来接我?连……连遗书也不给我一封?"

袁承志见她临死尚为这事耿耿于怀,一时之间,想不出什么话来安慰,但见她目光散乱,双手慢慢垂了下来,忽然心念一动,想起了金蛇秘笈中那张"重宝之图",其中提到过温仪的名字,忙从衣囊中取出来,道:"伯母,你请看!"

温仪双目本已合拢,这时又慢慢睁开,一见图上字迹,突然精神大振,叫道:"这是他的字,我认得的。"低声念着那几行字道:"得宝之人……务请赴浙江衢州静岩……寻访温仪,……寻访温仪,那就是我呀……赠以黄金十万两。"又见到那两行小字:"此时纵聚天下珍宝,亦焉得以易半日聚首,重财宝而轻别离,愚之极矣,悔甚,恨甚。"她满脸笑容,伸手拉住袁承志的衣袖,满怀欣慰,说道:"他没怪我,他心里仍记着我,想着我……而今我要去了,要去见他了……"说着慢慢闭上了眼。

袁承志见此情景,不禁垂泪。温仪忽然又睁开眼来,说道:"袁相公,我求你两件事,请你一定得答允。"袁承志道:"伯母请说,只要做得到的,无不应命。"温仪道:"第一件,请你把我葬在他身边。第二件……第二件……"袁承志道:"第二件是什么?伯母请说。"温仪道:"我……我世上亲人,只有……只有这个女儿,请你……一生一世……照看着她……"手指着青青,忽然一口气接不上,双眼一闭,垂头不动,已停了呼吸。

青青伏在母亲身上大哭,袁承志轻拍她肩头。黄真、安小慧和崔希敏三人眼见袁承志对她极是关切,又见她母亲惨遭杀害,均感恻然,只是于此中内情一无所悉,不知说什么话来安慰才好。

青青忽地放下母亲尸身,拔剑而起,奔到大门之前,举剑乱剁大门,哭叫:"你们害死我爹爹,又害死我妈妈,我……我要杀光了你温家全家。"纵身跃起,跳上了墙头。

袁承志也跃上墙头,轻轻握住她左臂,低声道:"青弟,他们果然狠毒。不过,三爷爷终究是你外公。"

青青一阵气苦,身子一晃,摔了下来。袁承志忙伸臂挽住她腰,却见她已昏晕过去,大惊之下,连叫:"青弟,青弟!"

黄真道:"不要紧,只是伤心过度。"取出一块艾绒,用火折点着了,在青青鼻下熏得片刻,她打了个喷嚏,悠悠醒来,呆呆瞧着母亲尸身,一言不发。

承志问道:"青弟,你怎么了?"她只不答。承志垂泪道:"你跟我们去吧,这里不能住了。"青青呆呆的点点头。承志抱起温仪尸身,五人一齐离了温家大屋。

袁承志走出数十步,回头望去,但见屋前广场上满地白米,都是适才发米时掉下来的,数十只麻雀跳跃啄食。此时红日当空,浓荫匝地,温家大屋却紧闭了大门,静悄悄地没半点声息,屋内便如空无一人。

黄真对崔希敏道:"这一百两银子,拿去给咱们借宿的农家,叫他们连夜搬家。"崔希敏接了,瞪着眼问师父道:"干么要连夜搬家呀?"黄真道:"棋仙派的人对咱们无可奈何,自然会迁怒于别人,定会去向那家农家为难。你想那几个庄稼人,能破得了五行阵吗?"崔希敏点头道:"那可破不了!"飞奔着去了。

四人等他回来,绕小路离开静岩镇,行了十多里,见路边有座破庙。黄真道:"进去歇歇吧。庙破菩萨烂,旁人不会疑心咱们顺手牵羊、偷鸡摸狗。"崔希敏道:"这个自然!破庙里有什么可偷的。"

走进庙中,在殿上坐了。黄真道:"这位太太的遗体怎么办?是就地安葬呢,还是到城里入殓?"袁承志皱眉不语。黄真道:"如到城里找灵柩入殓,她是因刀伤致死,官府查问起来,咱们虽然不怕,总是麻烦。"言下意思是就在此葬了。

青青哭道:"不成,妈妈说过的,她要跟爸爸葬在一起。"黄真道:"令尊遗体葬在什么地方?"青青说不上来,望着袁承志。袁承志道:"在咱们华山!"四人听了都感诧异。

袁承志又道:"她父亲便是金蛇郎君夏前辈。"

第七回 破阵秘图笈 藏珍有缘遗

黄真年纪比夏雪宜略大数岁,但夏雪宜少年成名,黄真初出道时,金蛇郎君的威名早已震动武林,一听之下,登时肃然动容,微一沉吟,说道:"我有个主意,姑娘莫怪。"青青道:"老伯请说。"

黄真指着袁承志道:"他是我师弟,你叫我老伯可不敢当,还是称大哥吧。"崔希敏向青青直瞪眼,心想:"这样一来,我岂不是又得叫你这小妞儿作姑姑?"青青向袁承志望了一眼,竟然改了称呼,道:"黄大哥的说话,小妹自当遵依。"崔希敏暗暗叫苦:"糟糕,糟糕,这小妞居然老实不客气的叫起黄大哥来。"

黄真怎想得到这浑小子肚里在转这许多念头,对青青道:"令堂遗志是要与令尊合葬,咱们总要完成她这番心愿才好。但不说此处到华山千里迢迢,灵柩难运,就算灵柩到了华山脚下,也运不上去。"青青道:"怎么?"袁承志道:"华山山峰险峻之极,武功稍差一些的就上不了。运灵柩上去是决计不成的。"黄真道:"另外有个法子,是将令尊的遗骨接下来合葬。不过令尊遗体已经安居吉穴,再去惊动,似乎也不很妥当。"

青青见他说得在理,十分着急,哭道:"那怎么办呢?"黄真道:"我意思是把令堂遗体在这里火化了,然后将骨灰送上峰去安葬。"说到这件事,他可一本正经,再不胡言乱语了。青青虽然不愿,但除此之外也无别法,只得含泪点头。

当下众人收集柴草,把温仪的尸体烧化了。青青自幼在温家颇遭白眼,虽然温正等几个表兄见她美貌,讨好于她,却也全是心存歹念,只母亲一人才真心疼她爱她,这时见至爱之人在火光中渐渐消失,不禁伏地大哭。

袁承志在破庙中找了一个瓦罐,等火熄尸销,将骨灰捡入罐中,拜了两拜,暗暗祷祝:"伯母在天之灵尽管放心,小侄定将伯母骨灰送到华山绝顶安葬,决不敢有负重托。"

黄真见此事已毕,对袁承志道:"我们要将黄金送去江西九江府。闯王派了许多兄弟在江南浙赣一带联络,以待中原大举之时,南方也竖义旗响应,人多事繁,在在需钱。袁师弟夺还黄金,功劳不小。"

青青道:"小妹不知这批金子如此事关重大,要不是两位大哥到来,可坏了闯王大事。"崔希敏道:"也要你知道才好。"青青在口头上素不让人,说道:"此去如不是黄大哥亲自护送,多半路上还要出乱子。"崔希敏急道:"什……什么？你又要来盗金条吗？"

黄真眼睛一横,不许他多言,说道:"袁师弟与夏姑娘如没什么事,大家同去九江如何？"袁承志道:"小弟想念师父,想到南京去拜见他老人家,还想见见崔叔叔。大师哥以为怎样？"黄真点头道:"师父身边正感人手不足,他老人家也想念你得很。师弟,你这一次在衢州开张大发,赚了个满堂红。今后行侠仗义,为民除害,盼你诸事顺遂,大吉大利,生意兴隆,一本万利。"袁承志肃然道:"还请大师哥多多教诲。"黄真笑道:"我不跟你来这套,咱们就此别过。夏姑娘,你以后顺手发财,可得认明人家招牌字号呀。"站起来一拱手,转头就走。崔希敏也向师叔拜别。

小慧对袁承志道:"承志大哥,你多多保重。"袁承志点头道:"见到安婶婶时,说我很记挂她。"小慧道:"妈知道你长得这么高了,一定很欢喜。我去啦!"行礼告别,追上黄真和崔希敏,向西而去。

她一面走,一面转头挥手。袁承志也不停挥手招呼,直至三人在山边转弯,不见背影,这才停手。

袁承志和青青听曲秦淮河上,两名歌女合唱《挂枝儿》,歌声宛转,词意缠绵。

第八回

易寒强敌胆
难解女儿心

　　青青哼了声，冷冷的道："干么不追上去再挥手？"袁承志一怔，不知这话是什么意思。青青怒道："这般恋恋不舍，又怎不跟她一起去？"袁承志才明白她原来生的是这个气，说道："我小时候遇到危难，承她妈妈相救，我们从小就在一块儿玩的。"

　　青青更加气了，拿了一块石头，在石阶上乱砸，只打得火星直迸，板着脸道："那就叫做青梅竹马了。"又道："你要破五行阵，干么不用旁的兵刃，定要用她头上的玉簪？"袁承志道："我使一根一碰就碎的玉簪，好教你五位爷爷心无所忌，便出手进攻，招式中就露出破绽，他们倘若只守不攻，此阵难破。"青青道："难道我就没簪子吗？"说着拔下自己头上玉簪，折成两段，摔在地下，踹了几脚。

　　袁承志觉得她在无理取闹，只好默不作声。青青怒道："你跟她这么有说有笑的，见了我就闷闷不乐。"袁承志道："我几时闷闷不乐了？"青青道："人家的妈妈好，在你小时候救你疼你，我可是个没妈妈的人。"说到母亲，又垂下泪来。

　　袁承志急道："你别尽发脾气啦。咱们好好商量一下，以后怎样？"青青听到"以后怎样"四字，苍白的脸上微微一红，更加恼了，发作道："商量什么？你去追你那小慧妹妹去。我这苦命人，在天涯海角飘泊罢啦。"袁承志心中盘算，如何安置这位大姑娘，确是件难事。

　　青青见他不语，站起来捧了盛着母亲骨灰的瓦罐，掉头就走。袁承志忙问："你去哪里？"青青道："你理我呢？"径向北行。袁承志无奈,只得紧跟在后。一路上青青始终不跟他交谈,袁承志逗她说话,总是不答。

到了金华,两人入客店投宿。青青上街买了套男人衣巾,又改穿男装。袁承志知她仓卒离家,身边没带什么钱,乘她外出时在她衣囊中放了两锭银子。青青回来后,撅起了嘴,将银子送回他房中。

这天晚上她出去做案,在一家富户盗了五百多两银子。第二日金华城里便轰传起来。袁承志料知是她干的事,不禁暗皱眉头,真不懂得她为什么莫名其妙的忽然大发脾气?如何对付实是一窍不通。软言相求吧?不知怎生求恳才是;弃之不理吧?又觉让她一个少女孤身独闯江湖,未免心有不忍。想来想去,不知如何是好。

这日两人离了金华,向义乌行去。青青沉着脸在前,袁承志跟在后面。

行了三十多里,忽然天边乌云密布,两人忙加紧脚步,行不到五里,大雨已倾盆而下。袁承志带着雨伞,青青却嫌雨伞累赘没带。她展开轻功向前急奔,附近却没人家,也无庙宇凉亭。袁承志脚下加快,抢到她前面,递伞给她。青青伸手把伞一推。袁承志道:"青弟,咱们是结义兄弟,说是同生共死,祸福与共。怎么你到这时候还在生哥哥的气?"

青青听他这么说,气色稍和,道:"你要我不生气,那也容易,只消依我一件事。"袁承志道:"你说吧,别说一件,十件也依了。"青青道:"好,你听着。从今而后,你不能再见那个安姑娘和她母亲。如你答允了,我马上向你陪不是。"说着嫣然一笑。

袁承志好生为难,心想安家母女对己有恩,将来终须设法报答,无缘无故的避不见面,那成什么话?这件事可不能轻易答允,不由得颇为踌躇。

青青俏脸一板,怒道:"我原知你舍不得你那小慧妹妹。"转过身来,向前狂奔。袁承志大叫:"青弟,青弟!"青青充耳不闻,转了几个弯,见路中有座凉亭,便直窜进去。

袁承志奔进凉亭,见她已全身湿透。其时天气正热,衣衫单薄,雨水浸湿后甚是不雅,青青又羞又急,伏在凉亭栏杆上哭了出来,叫道:"你欺侮我,你欺侮我。"

袁承志心想:"这倒奇了,我几时欺侮过你了?"当下也不分辩,解下长衫,给她披在身上。他有伞遮雨,衣衫未湿。寻思:"到底她要什么?心里在想什么?我可一点也不懂。小慧妹妹又没得罪她,为什么要我今后不可和她再见?难道为了小慧妹妹向她索讨金子,因而害死她妈妈?这可也不能怪小慧啊。"他将吕七先生、温氏五老这些强敌杀得大败亏输,心惊胆寒,也不算是何等难事,可是青青这个大姑娘忽喜忽嗔,忽哭忽笑,实令他搔头摸腮,越想越胡涂。他一生从没跟年轻姑娘打过交道,青青偏又加倍刁蛮,当真令他手足无措。

青青想起母亲惨死,索性放声大哭,直哭得袁承志头晕脑胀,不知如何是好。过了一阵,雨渐渐停了,青青却仍哭个不休。她偷眼向袁承志一瞥,见他也正望着自己,忙转过眼光,继续大哭。袁承志也横了心,心想:"看你有多少眼泪!"

正自僵持不决,忽听得脚步声响,一个青年农夫扶着一个老妇走进亭来。老妇身上有病,哼个不停。那农夫是他儿子,不住温言安慰。青青见有人来,便收泪不哭了。

袁承志心念一动:"我试试这法儿看。"过不多时,这对农家母子出亭去了。青青见雨已停,正要上道,袁承志忽然"哎唷,哎唷"的叫了起来。

青青吃了一惊,回头看时,见他捧住了肚子,蹲在地下,忙走过去看。袁承志运起混元功,额上登时黄豆般的汗珠直淌下来。青青慌了,连问:"怎么了?肚子痛么?"袁承志心想:"装假索性装到底!"运气闭住了手上穴道。青青一摸他手,只觉一阵冰冷,更加慌了手脚,忙道:"你怎么了?怎么了?"袁承志大声呻吟,只是不答。青青急得又哭了起来。

袁承志呻吟道:"青弟,我……我这病是好不了的了,你莫理我。你你……自己去吧。"青青急道:"怎么好端端的生起病来?"袁承志有气无力的道:"我从小有一个病……受不得气……要是人家发我脾气,我心里一急,立刻会心痛肚痛,哎唷,哎唷,痛死啦!昨天跟你的五位爷爷相斗,又使力厉害了,我……我……"

青青惊惶之下,双手搂住了他,给他胸口揉搓。袁承志给她抱住,很是不好意思。青青哭道:"承志大哥,都是我不好,你别生气啦。"承志心想:"我若不继续装假,不免给她当作了轻薄之人。"此时

第八回 难解女儿心 易寒强敌胆

骑虎难下,只得垂下了头,呻吟道:"我是活不成啦,我死之后,你给我葬了,去告诉我大师哥一声。"他越装越像,肚里却在暗暗好笑。

青青哭道:"你不能死,你不知道,我生气是假的,我是故意气你的,我心里……心里很喜欢你呀。你对你那小慧妹妹好,我心里好生难过,以为你对我不好了。你要是死了,我便跟你一起死!"

袁承志心头一惊:"原来她是爱着我。"他生平第一次领略少女的温柔,心头一股说不出的滋味,又是甜蜜,又是羞愧,怔怔的不语。

青青只道他真的要死了,紧紧的抱住他,叫道:"大哥,大哥,你不能死呀。没有了你,我也活不成啦。"袁承志只觉她吹气如兰,软绵绵的身体偎依着自己,不禁一阵神魂颠倒。青青又道:"我生气是假的,你别当真。"袁承志哈哈一笑,说道:"我生病也是假的呀,你别当真!"

青青一呆,忽地跳起,劈脸重重一个耳光,啪的一声大响,只打得他眼前金星乱冒。青青掩脸就走。袁承志愕然不解:"刚才还说很喜欢我,没有我就活不成,怎么忽然之间又翻脸打人?"他不解青青的心事,只得跟在后面。青青一番惊惶,一番喜慰,早将对安小慧的疑忌之心抛在一旁,见袁承志左边脸上红红的印着自己五个手指印,不禁有些歉然,也不禁有些得意,想到终于泄露了自己心事,又感羞愧难当。

两人都是心中有愧,一路上再不说话,有时目光相触,都脸上一红,立即同时转头回避,心中却都甜甜的,这数十里路,便如是飘飘荡荡的在云端行走一般。

这天傍晚到了义乌,青青找到一家客店投宿。袁承志跟着进店。

青青横他一眼,说道:"死皮赖活的跟着人家,真讨厌。"袁承志摸着脸颊,笑道:"我肚痛是假,这里痛却是真的。"青青一笑,道:"你要是气不过,就打还我一记吧。"

两人于是和好如初,晚饭后闲谈一会,两人分房睡了。青青见他于自己吐露真情之后,仍温文守礼,不再提起那事,倒免了自己一番尴尬狼狈,可是忍不住又想:"我说了喜欢他,他又怎不跟我说?不知他心里对我怎样?他喜欢我呢,还是不喜欢我?"这一晚翻来覆去,又怎睡得安稳?只是思量:"他喜欢我呢,还是不喜欢我?"

次日起身上道，青青问起他如何见到她爹爹的遗骨。袁承志于是详细说了两猿怎样发现洞穴，他怎样进洞见到骷髅、怎样掘到铁盒、怎样发现图谱等情，又讲到张春九和那秃头夜中前来偷袭、反而遭殃的事。

青青只听得毛骨悚然，说道："张春九是我四爷爷的徒弟，最是奸恶不过。那汪秃头是二爷爷的徒弟。我五个爷爷每年正月十六，总是派了几批子侄徒弟出去寻访探找。到底寻什么人，还是找什么东西，大家鬼鬼祟祟的，从来不跟我说。不过每个人回来，全都垂头丧气的，定是什么也找不到。现下想来，自然是在找我爹爹的下落了。"过了一会，又道："我爹爹死了之后还能用计杀敌，真了不起。"言下赞叹不已，又道："要是爹爹活着，见到你把温家那些坏人打得这般狼狈，定是高兴得很……嗯，妈妈是亲眼见到的，她定会告诉爹爹……你再把爹爹的笔迹给我瞧瞧。"袁承志取出那幅图来，递给她道："这是你爹爹的东西，该当归你。"青青瞧着父亲的字迹，又是伤心，又是欢喜。

这天来到松江，青青忽道："大哥，到了南京，见过你师父后，咱们就去把宝贝起出来。"袁承志奇道："什么宝贝？"青青道："爹爹这张图不是叫做'重宝之图'么？他说得宝之人要酬我妈妈黄金十万两，妈妈又说是皇宫内库中的物事，其中不知有多少金银珠宝。"袁承志沉吟道："话是不错，可是咱们办正事要紧。"他一心记挂的，只是会见师父之后去报父仇。青青道："按图寻宝，也不见得会耽搁多少时候。"

袁承志神色不悦，说道："咱俩拿到这许多金银珠宝，又有什么用？青弟，我劝你总要规规矩矩的做人，别这么贪财才好。"只说得青青撅起了小嘴，赌气不吃晚饭。

次日上路，青青道："我不过拿了闯王二千两黄金，他们就急得什么似的，要你大师兄亲自出马来讨回去。闯王干么这样小家气啊？"袁承志道："闯王哪里小家气了？我见过他的。他待人最是仗义疏财，他为天下老百姓解除疾苦，自己节俭得很，当真是一位大英雄大豪杰。这二千两黄金他有正用，自然不能轻易失去。"青青道："是呀，要是咱们给闯王献上黄金二十万两，甚至二百万两、三百万两，你说这件事好不好呢？"

第八回 难解易寒女强儿敌心胆

这一言提醒，只喜得袁承志抓住了她手，道："青弟，我真胡涂啦，多亏你说。"青青把手一摔，道："我也不要你见情，以后少骂人家就是啦。"袁承志陪笑道："要是我们找到这批金珠宝贝，献给闯王，可不知能救得多少受苦百姓的性命。"

两人坐在路边，取出图来细看，见图中心处有个红圈，圈旁注着"魏国公府"四字。

两人又细看了一会。袁承志道："宝藏是在魏国公府的一间偏房底下。"青青道："咱们到南京后，只消寻到魏国公府，就有法子。魏国公是大将军徐达的封号，他是本朝第一大功臣，府第定然极大，易找得很。"

袁承志摇摇头道："大将军的府第非同小可，防守定严，就算混得进去，要这么大举挖掘，实在也为难得紧。"青青道："现下凭空猜测，也是无用，到了南京再相机行事吧。"

路上数日，到了南京。那金陵石头城是天下第一大城，乃太祖当年开国建都之地，眼下仍延用旧称，叫做应天府，千门万户，五方辐辏，朱雀桥畔箫鼓，乌衣巷口绮罗，王孙公子、世族子弟，仍相聚居，虽逢乱世，不减昔年侈靡。

两人投店后，承志便依着大师哥所说地址去见师父。一问之下，却知穆人清往安庆府去了，至于到了安庆府何处，在南京联络传讯之人也不知情。承志郁郁不乐，青青拉他出去游玩，也是全无心绪，只坐在客店中发闷。

青青把店伴叫来，询问魏国公府的所在。那店伴茫然不知，说南京哪里有什么魏国公府。青青恼了，说道："魏国公是本朝第一大功臣，怎会没国公府？"店伴道："要是有，相公自己去找吧。小人生在南京，长在南京，在南京住了四十多年，可就没听见过。"青青怪他挺撞，伸手要打，给承志拦住。那店伴唠唠叨叨的去了。

两人在南京寻访了七八天，没找到丝毫线索。承志便要去安庆府寻师，青青说既然到了南京，总得查个水落石出才罢。两人又探问了五六日。有人说徐大将军的后人在永乐皇帝时改封定国公，府第听说现今是在北京顺天府。有人说大将军逝世后追封中山王，南京钟山有中山王墓，两位不妨去瞧瞧。又有人说，南京守备国公爷是姓徐，但他住在守备府，却不知魏国公府在哪里。两人去守备府察看，却见跟地图上所绘全然不对。

这一晚两人雇了艘河船，在秦淮河中游河解闷。承志道："你爹爹何等本事，他得了这张地图却找不到宝藏，可见这件事本来是很渺茫的。"青青道："我爹爹明明这样写着，哪会有错？又不是一两金子、二两银子的事，当然不会轻轻易易就能得到。"承志道："再找一天，要是仍没端倪，咱们可得走了。"青青道："再找三天！"承志笑道："好，依你，三天就三天。你道我不想找到宝藏么？"

河中笙歌处处，桨声轻柔，灯影朦胧，似乎风中水里都有脂粉香气，这般旖旎风光袁承志固是从所未历，青青僻处浙东，却也没见过这等烟水风华的气象。她喝了几杯酒，脸上酡红，听得邻船上传来阵阵歌声，盈盈笑语，不禁有微醺之意，笑道："大哥，咱们叫两个姐儿来唱曲陪酒好吗？"承志登时满脸通红，说道："你喝醉了么？这么胡闹！"

游船上的船夫接口道："到秦淮河来玩的相公，哪一个不叫姐儿陪酒？两位相公如有相熟的，小的就去叫来。"承志双手乱摇，连叫："不要，不要！"

青青笑问船夫："河上哪几位姑娘最出名呀？"船夫道："讲到名头，像卞玉京啦，柳如是啦，董小宛啦，李香君啦，哪一位都是才貌双全，又会做诗，又会唱曲的美貌姑娘。"青青道："那么你把什么柳如是、董小宛给我们叫两个来吧。"船夫伸了舌头，笑道："你这位相公定是初来南京。"青青道："怎么？"船夫道："这些出名的姑娘，相交的不是王孙公子，就是出名的读书人。寻常做生意的，就是把金山银山抬去，要见她们一面，也未必见得着呢，又怎随便叫得来？"青青啐道："一个妓女也有这么大的势派？"

船夫道："秦淮河里有的是好姑娘，小的给两位相公叫两个来吧。"袁承志道："咱们要回去啦，改天再说吧。"青青笑道："我可还没玩够！"对船夫道："你叫吧！"

那船夫巴不得有这么一句话，放开喉咙喊了几声。不多一刻，一艘花舫从河边转出，两名歌女从跳板上过来，向承志与青青福了两福。承志起身回礼，神色尴尬。青青却大模大样的端坐不动，只微微点了点头，见承志一副狼狈模样，心中暗暗好笑，又想："他原是

第八回 易寒强敌 难解女儿心胆

个老实头,就算心里对我好,料他也说不出口。"

那两名歌女姿色平庸。一个拿起箫来,吹了个《折桂令》牌子,倒也悠扬动听。青青知道这等曲牌该用笛吹奏,但女子吹箫较为文雅。

另一个歌女对青青道:"相公,我两人合唱个《挂枝儿》给你听,好不好?"青青笑道:"好啊。"那歌女弹起琵琶,唱的是男子腔调,唱道:

"我教你叫我,你只是不应,不等我说就叫我,才是真情。要你叫声'亲哥哥',推什么脸红羞人?你口儿里不肯叫,想是心里儿不疼。你若疼我是真心也,为何开口难得紧?"

袁承志听到这里,想起自己平时常叫"青弟",可是她从来就不叫自己一声"哥哥",只是叫"承志大哥",要不然便叫"大哥",不由得向青青瞧去。只见她脸上晕红,也正向自己瞧来,两人目光相触,都感不好意思,同时转开了头,只听那歌女又唱道:

"俏冤家,非是我好教你叫,你叫声无福的也自难消。你心不顺,怎肯便把我来叫?叫的这声音儿娇,听的往心窝里烧。就是假意儿的殷勤也,比不叫到底好!"

另一个歌女以女子腔调接着唱道:

"俏冤家,但见我就要我叫,一会儿不叫你,你就心焦。我疼你哪在乎叫与不叫。叫是口中欢,疼是心想着。我若疼你是真心也,就不叫也是好。"

歌声娇媚,袁承志和青青听了,都不由得心神荡漾。

只听那唱男腔的歌女唱道:

"我只盼,但见你就听你叫,你却是怕听见的向旁人学。才待叫又不叫,只是低着头儿笑,一面低低叫,一面把人瞧。叫得虽然艰难也,心意儿其实好。"

两人最后合唱:"我若疼你是真心也,便不叫也是好!"琵琶玎玎琤琤,轻柔流荡,一声声挑人心弦,衬着曲词,当真如蜜糖里调油、胭脂中掺粉,又甜又腻,又香又娇。

袁承志一生与刀剑为伍,识得青青之前,结交的都是豪爽男儿,哪想得到单是叫这么一声,其中便有这许多讲究,想到曲中缠绵之意,绸缪之情,不禁心中怦怦作跳。

青青眼皮低垂，从那歌女手中接过箫来，拿手帕蘸了酒，在吹口处擦干净了，接嘴吐气，吹了起来。袁承志当日在静岩玫瑰坡上曾听她吹箫，这时河上波光月影，酒浓脂香，又是一番光景，箫声婉转清扬，吹的正是那《挂枝儿》曲调，想到"我若疼你是真心也，便不叫也是好"那两句，灯下见到青青的丽色，不觉心神俱醉。

袁承志听得出神，没发觉一艘大花舫已靠到船边，只听得有人哈哈大笑，叫道："好箫，好箫！"接着三个人跨上船来。青青见有人打扰，心头恚怒，放下箫管，侧目斜视。见上来三人中前面一人摇着折扇，满身锦绣，三十来岁年纪，生得细眉细眼，皮肉比之那两个歌女还白了三分。后面跟着两个家丁，提着的灯笼上面写着"总督府"三个红字。

袁承志站起来拱手相迎。两名歌女叩下头去。青青却不理睬。

那人大笑着走进船舱，说道："打扰了，打扰了！"大剌剌的坐了下来。袁承志道："请问尊姓大名？"那人还没回答，一个歌女道："这位是凤阳总督府的马公子。秦淮河上有名的阔少。"马公子也不问承志姓名，一双色迷迷的眼睛尽在青青的脸上溜来溜去，笑道："你是哪个班子里的？倒吹得好箫，怎不来伺候我大爷啊？哈哈！"

青青听他把自己当作优伶乐匠，柳眉一挺，当场便要发作。承志向她连使眼色，说道："这位是我兄弟，我们是到南京来访友的。"马公子笑道："访什么友？今日遇见了我，交了你公子爷这个朋友，你们就吃着不尽了。"承志心中恼怒，淡淡问道："阁下在总督府做什么官？"马公子微微一笑，道："总督马大人，便是家叔。"

这时那边花舫上又过来一人，那人穿着一身藕色熟罗长袍，身材矮小，留了两撇小胡子，神情一团和气，向马公子笑道："公子爷，这兄弟的箫吹得不错吧？"袁承志瞧他模样，料想他是马公子身边的清客。马公子道："景亭，你跟他们说说。"

那人自称姓杨名景亭，当下诺诺连声，对袁夏二人道："马公子是凤阳总督马大人的亲侄儿，交朋友是最热心不过的，一掷千金，毫无吝色。谁交到了这位朋友，那真是一交跌进青云里去啦。马大人最宠爱这个侄儿，待他比亲生儿子还好，这位兄弟要交朋友嘛，最好就搬到马公子府里去住。"承志听他们出言不逊，生怕青青发怒，哪知青青却笑逐颜开，说道："那是再好不过，咱们这就上岸去吧。"马

第八回 寒风劲敌 易解难解女儿心胆

公子大喜,伸手去拉她手。青青一缩,把一名歌女往他身上推去。承志大奇,当下默不作声。

青青站起身来,对马公子道:"这两位姑娘和船家,小弟想每人打赏五两银子……"马公子忙道:"当然是兄弟给,你们明儿到账房来领赏!"青青笑道:"今儿赏了他们,岂不爽快?"马公子道:"是,是!"手一摆,家丁已取出十五两银子放在桌上。船夫与两名歌女谢了。马公子目不转睛的瞧着青青,眉花眼笑,心痒难搔,如同捡到了天上掉下来的奇珍异宝一般。不一会,船已拢岸。杨景亭道:"我去叫轿子!"青青忽道:"啊哟,我有一件要紧物事放在下处,这就要去拿。"马公子道:"我差家人给你去取好啦,好兄弟,你住在哪里?"青青道:"我在太平门覆舟山的和尚庙里借住。这东西可不能让别人去拿。"

杨景亭在马公子耳边低声道:"钉着他,别让这孩子溜了。"马公子眨眨眼道:"不错!"转头对青青道:"好兄弟,我和你一起去吧!"说着伸手去搂她肩膊。青青嗤的一笑,向旁避开。

马公子神魂飘荡,对杨景亭道:"景亭,这孩子若是穿上了女装,金陵城里没一个娘们能比得上。天下居然有这等绝色少年,今日却叫我遇上了!真是祖宗积德。"

青青道:"大哥,咱们去吧!"挽了袁承志的手便走。马公子一使眼色,四人都跟在后面。他抢上几步,和青青说笑。青青有一搭没一搭的跟他闲谈。

青青与承志为了寻访魏国公府,十多天来南京城内城外、大街小巷都走遍了,于道路已很熟悉。承志见她尽往荒僻之地走去,知她已动杀机,心想:"这马公子虽然无行,但看错了人,却也罪不致死。师父常说,学武之人不能滥杀无辜,我岂可不阻?"于是停步道:"青弟,别跟马公子开玩笑了,咱们回水西门客店去吧。"青青笑道:"你一人先回去!"马公子大喜,道:"对,对,你一个人回去。你要不要银子使?"承志摇头叹息,心道:"我说回水西门客店,已点明并非在覆舟山和尚庙借住。这人死到临头,还是不悟!"

说话之间,到了一片坟场,马公子已走得上气不接下气,问道:"快……快到了吗?"青青一声长笑,说道:"你们已经到啦!"马公子一愣,心想到这坟堆中来干什么。那箴片杨景亭看出情形有些儿不对,但想我们共有四人,两名家丁又孔武有力,谅这两个文弱少年也使不出什么好来,说道:"小兄弟,别闹着玩了,大伙儿去公子府里,热烘烘的喝两钟乐上一乐,你给大伙唱上几支曲儿,岂不是好?"青青冷笑两声。

袁承志喝道:"你们快走。做人规规矩矩的,便少碰些钉子。"杨景亭怒道:"你这人惹厌得很,还是自己规规矩矩的先回去吧!别招得马公子生气。"马公子诈癫纳福,说道:"好兄弟,我累啦,你扶我一把!"挨近青青身旁,伸右臂往她肩头搭去。

青青身子一侧,向承志道:"大哥,那边是什么?"伸手东指。承志转过头去一望,只听得背后嗤的一声响,急忙回头,马公子那颗胡涂脑袋已滚下地来,颈子中鲜血直喷。杨景亭和两个家丁都惊呆了。青青上前一剑一个,全都刺死。承志心想既已杀了一个,索性斩草除根,以免后患,当下也不阻挡。

青青在马公子身上拭了剑上血迹,嘻嘻娇笑。袁承志道:"这种人打他一顿,教训教训也就够了,你也忒狠了一点。"青青眼一横,嗔道:"咱两个在河上吹箫听曲,多好玩,这家伙却来扫兴,你说他该不该死?"

袁承志心想单是打扰扫兴,自然说不上该死,但马公子和杨景亭这种人仗势横行,伤天害理之事定是做了不少,杀了他也不能说滥杀无辜,于是正色道:"这样的坏蛋,杀就杀了,可是你将来乱杀一个好人,咱们的交情就此完了。"青青吐了吐舌头,笑道:"兄弟不敢!"

两人把尸首踢入草丛,正要回归客店,袁承志忽在青青衣袖上扯了一把,低声道:"有人!"两人当即缩身躲在一座坟墓之后。

只听得远处脚步声响,东面和西面都有人过来。两人从坟后探眼相望,见两边各有十多人,提着油纸灯笼。双方渐行渐近,东面的人击掌三下,停一停,又击两下。西边的人也击掌三下,跟着又击两下,走近聚在一起,围坐在一座大坟之前。所坐之处,与两人相距十多丈,说话听不清楚。青青好奇之心大起,想挨近去听。袁承志拉住她衣袖,低声道:"等一下。"青青道:"等什么?"袁承志摇手示意,叫她别作声。青青等得很不耐烦。

约莫过了一盏茶时分,一阵疾风吹来,四下长草瑟瑟作声,坟边的松柏枝条飞舞。承志右手托着青青右臂,左手搂住她腰,施展轻功,竟不长身,犹如脚不点地般奔出十多丈,到了那批人身后一座坟后伏下。这时风声未息,那些人丝毫不觉,两人一伏下,承志立即双手缩回。青青心想:"他确是个志诚君子,但也未免太古板了些。"

这时和众人相距已不过三丈,只听一个嗓子微沙的人道:"贵派各位大哥远道而来,拔刀相助,兄弟万分感激。"另一人道:"我师父说道,闵老师见招,本当亲来,只是他老人家卧病已一个多月,起不了床,因此上请万师叔带领我们十二弟子,来供闵老师差遣。"那沙嗓子的人道:"尊师龙老爷子的贵恙,只盼及早痊愈。此间大事一了,兄弟当亲去云南,向龙老爷子问安道谢。追风剑万师兄剑法通神,威震天南,兄弟一见万师兄驾到,心头立即大石落地了。"一人细声细气的道:"好说,好说,只怕我们点苍派不能给闵老师出什么力。"

袁承志心头一震,想起师父谈论天下剑法,曾说当世门派之中,峨嵋、昆仑、华山、点苍,武林中称为四大剑派。四派人材鼎盛,剑法中均有独得之秘。其他少林、武当等派武学虽深,却不专以剑术见称。这姓万的号称追风剑,又是点苍派高手,剑术必是极精的了。他千里迢迢来到金陵,不知图谋什么大事。

只听两人客气了几句,远处又有人击掌之声,这边击掌相应。过不多时,已先后来了三起人物,听他们相见叙话,一起是山西五台山清凉寺的僧众,由监寺十力大师率领;一起是浙闽沿海的海盗,由七十二岛总盟主碧海长鲸郑起云率领;第三起是陕西秦岭太白山太白派的三个盟兄弟,号称"太白三英"的史秉光、史秉文、黎刚三人。

袁承志越听越奇,心想这些都是武林中顶儿尖儿的人,都曾听师父说起过他们的名头,怎么忽然聚到南京来?只听那姓闵的不住称谢,显然这些人都是他邀来的。

青青早觉这伙人行迹诡秘,只想询问承志,但耳听得众人口气皆非寻常之辈,自己只要稍发微声,势必立让察觉,因此连大气也不敢透一口。

只听得那姓闵的提高了嗓子说道:"承各位前辈、师兄、师弟千山万水的赶来相助,义气深重,在下闵子华实是感激万分,请受我一拜！"听声音是跪下来叩头。众人忙谦谢扶起,都说:"闵二哥快别这样！""折杀小弟了,这哪里敢当？""武林中路见不平,拔刀相助,那是份所当为,闵兄不必客气。"

乱了一阵,闵子华又道:"这几日内,昆仑派的张心一师兄,峨嵋派的几位道长,华山派的几位师兄也都可到了。"有人问道:"华山派也有人来吗？那好极了,是谁的门下呀？"袁承志心想:"你问得倒好,我也正想问这句话。"闵子华道:"是神拳无敌门下的几位师兄。"袁承志心道:"那是二师哥的门下了。"那人又问:"闵二哥跟归二爷夫妇有交情么？那好极啦,有他们夫妇撑腰,还怕那姓焦的奸贼什么？"

闵子华道:"归氏夫妇前辈高人,在下怎够得上结交？他大徒弟梅剑和梅兄,却跟在下有过命的交情。"另一人道:"梅剑和？那就是在山东道上一剑伏七雄的'没影子'了。"闵子华道:"不错,正是他。"袁承志听到这里,登时释然,心想既有本门中人参预,那定是正事,我且不露面,如有机缘,不妨暗中相助。

又听闵子华道:"先兄当年遭害身亡,兄弟十多年来到处访查,始终不知仇家是谁。现下幸蒙太白山史氏昆仲见告,才知害死先兄的竟是那姓焦的奸贼。此仇不报,誓不为人！"语气悲愤,又听当的一声,想是用兵器在墓碑上重重一击。

一个苍老的声音说道:"那铁背金鳌焦公礼是江湖上有名的汉子,金龙帮名声向来也并不坏,料不到竟做出这等事来。史氏昆仲不知哪里得来的讯息？"言下似乎颇有怀疑。

闵子华不等史氏兄弟答腔,抢着说道:"史氏昆仲已将先兄在山东遭难的经过,详细跟晚辈说了,那是有凭有据的事,十力大师倒不必多疑。"

另一人道:"焦公礼在南京数十年,根深柢固。金龙帮人多势众,虽然没听说有什么了不起的高手,毕竟是地头蛇,咱们这次动他,可要小心了。"闵子华道:"正是如此。小弟自知独力难支,是以斗胆遍邀各位好朋友的大驾。明天酉时正,兄弟在大功坊舍下摆几席水酒,跟各位洗尘接风,务请光临。"众人纷纷道谢,都说:"自己人不必客气。"

闵子华道:"这次好朋友来的很多,难保对头不会发觉。明日各位驾到,请向在门口接待的兄弟伸出右手中指、无名指、小指三个指头作一下手势,轻轻说一句:'江湖义气,拔刀相助',以免给金龙帮派人混进来摸了底去。"

众人都说正该如此,助拳者来自四方,多数互不相识,以后对敌,都以这手势和暗号为记。众人说罢正事,又谈了一会李自成、张献忠等各地义军和官军打仗的新闻,便陆续散了。

待众人去远,袁承志和青青才躺下来休息。青青蹲着良久不动,这时脚都麻了,说道:"大哥,咱们明儿瞧瞧热闹去。"袁承志道:"瞧瞧倒也不妨。可是须得听我的话,不许闹事。"青青道:"谁说要闹事了啊?要闹事也只跟你闹,不跟人家闹。"

次日中午,马公子被杀的消息在南京城里传得沸沸扬扬。袁承志和青青整天躲在客店不出。傍晚时分,两人换了衣衫,改作寻常江湖汉子的打扮,踱到大功坊去。

只见一座大宅子前挂起了大灯笼,客人正络绎不绝的进去。那宅第甚大,但墙垣残旧、阶石断缺,门口略作修整粉刷,看来也是急就章,颇为草草。

承志和青青走到门口,伸出三指一扬,说道:"江湖义气,拔刀相助。"一个身穿长袍的人连连拱手,旁边一个壮汉陪他们进去,献上茶来,请教姓名。承志和青青随口胡诌两个名字。那壮汉道:"久仰久仰,兄弟在江湖上久闻两位大名。"青青肚里暗笑,心道:"这大名连我们自己也还是今日初次听到,你倒久闻了。"不久客人越来越多,那壮汉见两人年轻,料想必是哪一派中跟随师长而来的弟子,也不如何看重,说了声"失陪",招呼别人去了。不一会开出席来,承志和青青在偏席上坐了,陪席的是仙都派的一个小徒弟,同席的都是些后辈门人,也没人来理会他们。

酒过三巡,闵子华到各席敬酒,敬到这边席上时,承志见他约莫三十岁左右年纪,手上青筋凸起,一脸剽悍之色,举止步武之间,显得武功不低。他双目红肿,料是想起兄长被害之仇,连日悲伤哀哭。承志心想:"此人笃于手足之情,甚是可敬。他大举邀朋集友,想来那姓焦的仇人和什么金龙帮声势定然不小。"

闵子华先向众人作了三揖,连声道谢后敬酒。席上众人都是晚辈,全都离席还礼。

闵子华敬完酒归座,刚坐定身,一名弟子匆匆走到他身边,俯耳说了几句。闵子华满脸喜色,便即出去,不多一会,恭恭敬敬的陪着三人进来,到首席上坐下。

袁承志见了闵子华的神气,料知这三人来头不小,仔细看了几眼。见头一人儒生打扮,背负长剑,双眼微翻,满脸傲色,大模大样的昂首直入。第二人是个壮汉,形貌朴实。第三人却是个二十二三岁的高瘦女子,相貌颇美,秀眉微蹙,杏眼含威。

闵子华大声说道:"梅大哥及时赶到,兄弟实在感激之至。"那儒生道:"闵二哥的事,兄弟岂有不来之理?"袁承志心道:"原来这人便是二师哥的弟子梅剑和,怎地神态如此傲慢?"只听梅剑和道:"我给你多事,代邀了两个帮手。这是我三师弟刘培生,这是我五师妹孙仲君。"闵子华道:"久仰五丁手刘兄与孙女侠的威名,兄弟万分有幸。"他没说孙仲君的外号。原来这外号不大雅致,叫作"飞天魔女"。闵子华又给十力大师、太白三英、郑起云、万里风等众人引见。各人互道仰慕,欢呼畅饮。

酒意渐酣,闵家一名家丁拿了一张大红帖子进来,呈给主人。闵子华一看,脸色立变,干笑数声,说道:"焦老儿果然神通广大,咱们还没找他,他倒先寻上门来啦。梅大哥,你们刚到,他竟也得到了消息。"

梅剑和接过帖子,见封面上写着:"后学教弟焦公礼顿首百拜"几个大字,翻了开来,里面写着闵子华、十力大师、太白三英等人姓名,所有与宴的成名人物全都在内,连梅剑和等三人的名字也加在后面,墨渖未干,显是临时添上去的。帖中邀请诸人明日中午到焦宅赴宴。梅剑和将帖子往桌上一掷,说道:"焦老儿这地头蛇也真有他的,讯息灵通之极。咱们够不上做强龙,可是这地头蛇也得斗上一斗。"

闵子华道:"送帖来的那位朋友呢?请他进来吧!"那家丁应声出去。众人停杯不饮,目光一齐望向门口。只见那家丁身后跟着一人,三十岁左右年纪,身穿长袍,缓步进来,向首席诸人躬身行礼,跟着抱拳作了四方揖,说道:"我师父听说各位前辈驾临南京,明天请各位过去叙叙,我师父好向各位致敬。吩咐弟子邀请各位大驾。"

梅剑和冷笑道:"焦老儿摆下鸿门宴啦!"转头对送请帖的人道:"喂,你叫什么名字?"那人听他言语无礼,但仍恭谨答道:"弟子罗立如。"梅剑和喝道:"焦公礼邀我们过去,有什么诡计?你知道么?"罗立如道:"家师听得各位前辈大驾到来,十分仰慕,想和各位见见,得以稍尽地主之谊,以表敬意。"

梅剑和道:"哼,话倒说得漂亮。我问你,焦公礼当年害死闵老师的兄长闵大爷,你在不在场?"罗立如道:"家师说道,明日请各位过去,一则是向各位前辈表示景仰之意,二则是要向闵二爷赔话谢罪。盼闵二爷大人大量,揭过了这个梁子。"

梅剑和喝道:"杀了人,赔话谢罪就成了么?"罗立如道:"这件事的前因后果,家师说实有难言之隐,牵涉到名门大派的声名,因此……"

孙仲君突然尖声叫道:"你胡扯些什么?我师哥问你,当时你是不是在场?"罗立如道:"弟子那时候年纪还小,尚未拜入师门。但我师父向来为人谨慎正派,决不致滥杀无辜……"

孙仲君喝道:"好哇,你还强嘴!依你说来,闵大爷是死有余辜了?"喝叫声中,她突然飞鸟般纵了出来,右手中已握住了明晃晃的一柄长剑,左手出掌向罗立如胸口按到。罗立如大吃一惊,右臂一招"铁门闩",横格她这一掌急按。

袁承志低声道:"糟了!他右臂不保……"话未说完,只听得罗立如大声惨叫,一条右臂果真已给利剑斩落,鲜血直喷。厅中各人齐声惊呼,都站了起来。

罗立如脸色惨白,但居然并不晕倒,左手撕下衣襟,在右肩上一缠,俯身拾起断臂,大踏步走了出去。众人见他如此硬朗,不禁骇然,面面相觑,说不出话来。

孙仲君拭去剑上血迹,还剑入鞘,神色自若的归座,举起酒杯一饮而尽。这一剑干净利落,出手快极,可是厅上数百人竟没一人喝采,均觉不论对方如何不是,却也不该这般辣手对待前来邀客的使者。连闵子华于震惊之下,也忘了叫一声好。孙仲君心下甚不乐意。

闵子华道:"这人如此凶悍,足见他师父更加奸恶。咱们明日去不去赴宴?"

万里风道:"那当然去啊。倘若不去,岂非让他小觑了。"郑起云道:"咱们今晚派人先去踩踩盘子,摸个底细,瞧那焦公礼邀了些什么帮手,金龙帮明天有什么鬼计,是否要在酒菜中下毒。有备无患,免得上当。"

闵子华道:"郑岛主所见极是。我想他们定然防备很紧,倒要请几位兄长辛苦一趟才好。"万里风道:"小弟来自告奋勇吧!"闵子华站起来斟了一杯酒,捧到他面前,说道:"兄弟先敬一杯,万大哥马到成功。"两人对饮干杯。

筵席散后,各人纷纷辞出。袁承志拉拉青青的手,和她悄悄跟随万里风。这时已初更时分,只见他回客店换了短装,向东而去。两人远远跟着,见他转弯抹角的穿过七八条街道,绕到一所大宅第后面,径自窜进。

袁承志见他身法极快,心想:"倒也不枉了'追风剑'三字。"两人随后跟进,见一间房中透着灯光,在窗缝中张去,见室中坐着三人,朝外一人五十多岁年纪,脸颊红润,额头全是皱纹,眉头紧锁,忧形于色。

只听那人叹了一口气道:"立如怎样了?"下首一人道:"罗师哥晕过去了几次,现下血是止住了。"袁承志听两人口气,料想这老者便是焦公礼,师徒们在谈罗立如的伤势。

又听另一人道:"师父,咱们最好派几名兄弟在宅子四周巡查,只怕对头有人来踩盘子。"焦公礼叹道:"查不查都是一样,我是认命啦!明天上午,你们送师娘、师妹和小师弟到徐州吴家去。"那徒弟道:"师父!对头虽然厉害,你老人家也不必灰心。本帮单在南京城里就有两千多兄弟,大伙儿一起跟他们拼个死活,怕他们怎的?"

焦公礼叹道:"对头邀的都是江湖上顶儿尖儿的好手,帮里这些兄弟跟他们对敌,只是白送性命……唉,我死之后,你们好好侍奉师娘。师弟和师妹,都要靠你们教养成人了。"说着不禁流下泪来。一个徒弟道:"师父快别这么说,你老人家一身武功,威镇江南,就算不胜,也决不致落败。咱们二十五名师兄弟,除了罗师哥之外,还有二十四人。真的打不赢,你老交游遍天下,广邀朋友,跟他们再拼过。他们有好朋友,难道咱们就没有?"

焦公礼道："当年我血气方刚，性子也是跟你一般暴躁，以致惹了这场祸事。现下我让他们杀了，还了这笔血债，也就算了。"袁承志和青青均感恻然，心想：这焦公礼似乎也非穷凶极恶之辈，当年做错了事，现下却已诚心悔过。

过了一会，听得一名徒弟叫了声："师父！"焦公礼道："怎么？"那人道："师父既不愿跟他们对敌，那么咱们连夜动身，暂且避他们一避。大丈夫能屈……"另一人急道："那怎么成？师父一世英名，难道怕了他们？"焦公礼道："什么英名不英名，我也不在乎了，不过避是避不掉的。再说，金龙帮的帮主这么缩头一走，帮中数千兄弟，今后还能挺直腰背做人吗？明天一早，你们大家都走。我一人留在这里对付他们。"

两个徒弟都急了起来，齐声道："我留着陪师父。"焦公礼怒道："怎么？我大难临头，你们还不听我话吗？"两个徒弟不敢言语了。焦公礼道："你们去帮师娘收拾收拾，瞧车子套好了没有？也不用带太多东西，该尽快上路要紧。"两人嘴里答应，却只站着不动。焦公礼道："也好，去叫大家进来！"

两人答应了，开门走出。袁承志和青青忙在墙角一缩，一瞥之下，见西边墙角有两人伏着，看身形一个是追风剑万里风，另一个身材苗条，是个女子，正是孙仲君。

袁承志恼她先前出手歹毒，要惩戒她一下，悄声对青青道："你在这里，可别动！"青青身子轻摆，低声道："我偏要动几动。"袁承志微笑，伏低了身，见万里风与孙仲君正凝神里瞧，便悄没声的从孙仲君身旁掠过，随手已把她腰间佩剑抽出。这一下手法轻极快极，只长剑出鞘时一声轻响，孙仲君全神贯注的瞧着焦公礼，竟没察觉。

袁承志回到青青身边。青青见他偷了人家大姑娘的佩剑，颇为不悦。承志把剑递了给她，低声道："你收着！"青青这才高兴，将剑插入后腰腰带。

两人又从窗缝中向室内张望，只见陆续进来了二十多人，年长的已近四旬年纪，最年轻的却只十六七岁，想来都是焦公礼的徒弟了。众徒弟向师父行了礼，垂手站立，人人脸上均有气愤之色。

焦公礼脸色惨然，说道："我年轻时身在绿林，现时也不必对大家相瞒了。"袁承志见众徒脸现诧异，心想原来他们均不知师父的身世经历。

焦公礼叹了口气,说道:"眼下仇人找上门来,我要跟大家说一说结仇的缘由。

"那一年我在双龙岗开山立柜,弟兄们报说,山东省东兖道丘道台年老致仕卸任,带同了家眷回籍,要从双龙岗下经过,油水很多。咱们在绿林的,吃的是打家劫舍的饭,遇到贪官污吏,那是最好不过,一来贪官搜刮得多了,劫一个贪官,胜过劫一百个寻常客商。二来劫贪官不伤阴骘,他积的是不义之财,拿他的银子咱们是心安理得。不过打听得护送他的,却是个大有来头的人物,是山东济南府会友镖局的总镖头闵子叶,那就是闵子华的兄长了……"

听到这里,袁承志和青青已即恍然,心想:"双方的梁子原来是这样结的,焦公礼要劫财,闵子叶要保镖,争斗起来,闵子叶不敌被杀。"

袁承志一面倾听室内焦公礼的说话,一面时时斜眼察看万里风与孙仲君的动静。忽见孙仲君伸手到腰间一摸,突然跳起,发现佩剑让人抽去,忙向万里风作了个手势,两人不敢再行逗留,越墙走了。

袁承志暗暗好笑,再听焦公礼说下去:"……闵子叶在江湖上颇有名望,是仙都派的高手……"袁承志暗暗点头,心道:"原来闵氏兄弟是仙都派的。听师父说,仙都派是内家正宗,渊源于武当,可说是武当派旁支。掌门人素爱结交,跟各门各派广通声气。怪不得闵子华一举便邀集了这许多能人。"

焦公礼道:"我一听之后,倒不敢贸然动手了,于是亲自去踩盘。那天晚上在客店中察看他们行踪,却听到了一件气炸人肚子的事。

"原来闵子叶那人贪花好色,见丘道台的二小姐生得美貌,便定下了计谋。他暗中与飞虎寨的张寨主约好,叫他在飞虎寨左近下手,抢劫丘道台,闵子叶假装奋力抵抗,终于寡不敌众,由张寨主杀死丘道台全家,抢走财物,将二小姐掳去。闵子叶然后孤身犯险,将二小姐救出来。所有财物,全归飞虎寨。丘二小姐家破人亡,无依无靠,又是感恩图报,自然会委身下嫁于他。张寨主要讨好闵子叶,又贪图财宝,答应一切遵命。两人在密室中窃窃私议,都教我听见啦。我恼怒异常,回去招集弟兄,埋伏飞虎寨之旁,到了约定的时候,丘道台一行人果然到来……"

这番言语实大出袁承志意料之外,只听焦公礼又道:"那时我想咱们武林中人,虽然穷途落魄,陷身黑道,做这没本钱买卖,但在色字关头上总要光明磊落,才不失好汉子行径。哪知这闵子叶如此无耻。他是名门正派的弟子,江湖上也算得颇有名望,身为总镖头,却做这等勾当。我眼见张寨主率领了喽啰前来抢劫,闵子叶却装腔作势,大声叱喝,挥剑乱七八糟的假打,不由得火气直冒,就跳将出来跟他动手。闵子叶剑法果然了得,本来我不是他对手,但我叫破了他鬼计,把他的图谋一五一十都叫了出来。他羞愤交加,沉不住气,终于给我一刀砍死……"

一个徒弟叫了起来:"师父,这人本来该杀,咱们何必怕他们?等明日对头来了,大家抖开来说个明白,就算他兄弟定要报仇,别的人也不见得都不明是非。"

袁承志心想:"不错啊,要是这姓焦的果真是路见不平,杀了闵子叶,武林中自有公论,只怕他这番话只一面之词,未必可信,又或不尽不实,另有隐情。"

焦公礼叹了口气,道:"我杀了那姓闵的之后,何尝不知闯了大祸。他是仙都派中响当当的角色,他师父黄木道人决不能干休,势必率领门下众弟子向我寻仇,我便有三头六臂也抵挡不住。幸好我手下把那张寨主截住了,我逼着他写了一张伏辩,将闵子叶的奸谋清清楚楚的写在上面。

"那丘道台自然对我十分感激,送了我二千两银子。我说本来是要抢光了你的,现下难得强盗发善心,做了一件行侠仗义之事,索性连一两银子也不收你的。丘道台千恩万谢,写了一封谢书,言明详细经过,还叫会友镖局随同保镖的两个镖头签名画押,作个见证。这两个镖头本来并不知情,听张寨主和飞虎寨其余盗伙说得明白,大骂闵子叶无耻,说险些给他卖了,说不定性命也得送在这里,反而向我道劳,很套交情。

"我做了这件事后,知道不能再在黑道中混了,于是和众兄弟散了伙,拿了那两封信,上仙都山龙虎观去见黄木道人。

"那时仙都派门人已得知讯息,不等我上山,中途拦住了我就跟我为难,大家气势汹汹,也不容我分辩。幸亏一位江湖奇侠路过见到,拔剑相助,将我护送上山,和黄木道长三对六面的说了个清楚。那黄木道长很识大体,约束门人,永远不得向我寻仇。但为了仙都派的声名,要我不可在外宣扬此事。我自然答应,下山之后,从此绝口不提,因此这事的原委,江湖上知道的人极少。那时闵子叶的兄弟闵子华年纪幼小,多半不知内情,仙都派的门人自然也不会跟他说。"

一名门徒道:"师父,那两封信你还收着么?"

焦公礼摇头道:"这就要怪我瞎了眼珠、不识得人了。去年秋天,有朋友传话给我,说闵子叶的兄弟在仙都派艺成下山,得知我是他杀兄仇人,要来报仇。后来我打探出来,太白三英跟闵子华交情不差。他们是我多年老友,虽然已有十几年不见面,但大家年轻时在绿林道上是一起出死入生过的。于是我便去找三英中的史家兄弟……"

一名门徒插嘴道:"啊,师父去年腊月赶去陕西,连年也不在家里过,就为这事了?"

焦公礼道:"不错。我到了陕西秦岭太白山史家兄弟家里,满想寒天腊月,哥儿俩一定在家,哪知并不见人,却原来上辽东去了,说是去做一笔大买卖。我在他们家等了十多天,史秉光、秉文兄弟才回来,老朋友会面,大家十分欢喜。我把跟闵家结仇的事一说,史老大当场即拍胸膛担保没事。我把丘道台的信与张寨主的伏辩都给了他。两兄弟都说,只要拿去闵子华一看,闵老二哪里还有脸来找我报仇,只怕还要找人来赔话谢罪,求我别把他兄长的丑事宣扬出去呢。他兄弟对我殷勤招待,反正我没什么要紧事,天天跟他们一起打猎、听戏。他兄弟从辽东带来了不少人参、貂皮,送了我一批。

"有一日三人喝酒闲谈,史老大忽说大明的气数已完,咱哥儿们都是一副好身手,为什么不投效明主,做个开国功臣?我说去投闯王,干一番事业,倒也不错。他哈哈大笑,说李自成是土匪流寇,成得什么气候。眼见满清兵势无敌,指日入关,要是我肯投效,他可在满清九王爷面前力保。我一听之下,登时大怒,骂他们忘了自己是什么人,怎么好端端的大明豪杰,竟去投降鞑子?那岂不是去做不要脸的汉奸?死了之后也没面目去见祖宗。"

袁承志暗暗点头,心想焦公礼这人虽出身盗贼,是非之际倒也看得明白,遇上了大事倒挺不含糊。

焦公礼道:"当时我拍案大骂,三人吵了一场。第二日史家兄弟向我道歉,史老大说昨天喝多了酒,不知说了些什么胡涂话,要我别介意。我们是多年老友,吵过了也就算了。他们一般的殷勤招待,再也不提此事。我在陕西又住了十多天,这才回南京。

"哪知史家兄弟竟狼心狗肺,非但不去向闵子华解释,反而从中挑拨,大举约人,整整筹划了半年。我可全给蒙在鼓里,半点也没得到风声,一心只道史家兄弟已跟闵子华说明真相。突然间晴天霹雳,这许多武林中的一流高手到了南京。

"那两封信史家兄弟多半不会给闵子华瞧。事情隔了这么多年,当时在场的人不是死了,就已散得不知去向,任凭我怎么分说,闵子华也不会相信。只怕他怒气更大,反而会说我瞎造谣言,毁谤他已去世的兄长……我就是不懂,我和史家兄弟素来交好,就算有过一次言语失和,也算不了什么。何必这般处心积虑、大举而来?瞧这番布置,不是明明要把我赶尽杀绝么?到底我有什么事得罪了他们,实在想不出来。"

众弟子听了这番话,都气恼异常,七张八嘴,决意与史家兄弟以死相拼。

焦公礼手一摆,道:"你们出去吧。今晚我说的话,不许漏出去一句。我曾在黄木道长面前起过誓,决不将闵子叶的事向外人泄漏。咱们是自己人,说一说还不打紧。宁可他们无义,我可不能言而无信。我死之后,谁都不许起心报仇,只须提到'报仇'二字,便是对我不住,金龙帮上下,务须遵依。"叹了一口气,道:"叫师弟、师妹来。"众门徒人人脸现悲愤之色,退了出去。

跟着门帷掀开,进来一个十六七岁少女,一个七八岁男孩。那少女容貌甚美,瓜子脸,高鼻梁,颇有英气,脸有泪痕,叫了一声"爹!"扑到焦公礼怀里。

焦公礼轻轻抚摸她头发,半晌不语,那少女只抽抽噎噎的哭,那孩子睁大了眼睛,不知姊姊为什么伤心。焦公礼问:"妈妈东西都收拾好了吗?"那少女点点头。焦公礼道:"弟弟长大之后,你教他好好念书耕田,可是千万别考试做官,也不要再学武了。"那少女哭道:"弟弟要学武的,学好了将来给爹爹报仇。"

焦公礼怒喝："胡说！你要把我先气死吗？'报仇'两字，提也休提。"过了一会，又柔声道："武林中怨怨相报，何时方了？不如做个安份守己的老百姓，得终天年。你弟弟资质不好，学武决计学不到我一半功夫。就算是我吧，今日也给人如此逼迫，不得善终……唉，只是没见到你说好婆家，终是一桩心事未了……你跟大家说，我死之后，金龙帮的事，都听副帮主高叔叔的吩咐。"那少女道："我这就派人到凤阳去找高叔叔来。"

焦公礼脸一沉，说道："怎么你还不明白我的心思？把高叔叔找来，他是火爆霹雳的性子，岂容别人欺我？这样一来，势不免大动干戈，不知要死伤多少人命。就算我逃得一条性命，让几百兄弟为我而死，于心何忍？你去吧！"抱起儿子，在他脸上亲了亲，微微一笑，道："乖儿子，今后要听姊姊的话。"

那孩子道："是。爹爹，你为什么哭了？"焦公礼强笑道："我几时哭了？"将孩子放下地来，摸摸他头顶，脸上显得爱怜横溢，似乎生死永别，甚是不舍。

焦姑娘泪流满面，牵了兄弟的手出去，走到门口，停步回头，道："爹，难道你除了死给他们看之外，真的没第二条路了？"焦公礼道："什么路子我都想过了，如能不死，难道不想么？唉！这当儿就只一人能救我性命，可是这人多半已去世了。"

焦姑娘脸上露出光采，忙走近两步，道："爹，那是谁？或许他没死呢？"焦公礼道："这位恩公姓夏，外号叫做金蛇郎君。"

袁承志和青青听了，都大吃一惊。

焦公礼又道："他是江湖上的一位奇侠，我杀闵子叶的原委，他知道得清清楚楚。当年仙都派十一名大弟子跟我为难，全仗他独力驱退，护送我上仙都山见黄木道人。现下黄木道人云游离山，多年来不知去向，料来早已逝世。听说金蛇郎君十多年前遭人暗算，也已不在人世。我大恩不报，心中常觉不安。只要这人还活着……唉，你们去吧。"焦姑娘神色凄然，走了出来。

袁承志向青青一作手势，悄悄跟在两人身后，来到一座花园，眼见四下无人，袁承志突然飞身抢上，叫道："焦姑娘，你想不想救你爹爹？"

焦姑娘一惊，拔剑在手，喝道："你是谁？"袁承志道："要救你爹爹,就跟我来!"陡然跃起,轻飘飘跃出墙外。青青连续三跃,翻过墙头。焦姑娘想不到说话那人的轻身功夫竟如此了得,实是从所未见,一怔之下,仗剑翻墙追出。

她追了一段路,起了疑惧之心,突然停步不追,转身想回。刚回过身来,身旁一阵风掠过,腰里的飘带扬了起来,但觉手腕微麻,手指一松,长剑已让袁承志夺了过去。

焦姑娘大惊,兵刃脱手,退路又给挡住,不知如何是好。袁承志道:"姑娘别怕,我要伤你,易如反掌。我是你家朋友。"说着双手托剑,将剑还给了她。焦姑娘接了剑,点了点头。

袁承志见她将信将疑,说道:"你爹爹眼下大难临头,你肯不肯冒险救父?"焦姑娘眼睛一红道:"只要能救得爹爹,粉身碎骨,也所甘心。"袁承志道:"你爹爹为人很好,宁可舍了自己性命,也不愿大动干戈,多伤无辜。我要帮他个忙。"焦姑娘听他说得诚恳,何况危难之中,只要有一丝指望,也决不放过,作势要跪。

袁承志道:"姑娘且勿多礼,事情能否成功,我也没十分把握。"焦姑娘只觉右臂给他轻轻一架,一股极大的力量托将上来,就此跪不下去,又对他多信了几分。

袁承志道:"请你领我去府上,我要写个字条给你爹爹。"焦姑娘道:"两位高姓大名?请两位劝劝我爹爹好么?"袁承志道:"我姓名暂且不说,你爹爹见了我这字条,定会消了死志。咱们快先办了这事再说。"焦姑娘大喜,道:"两位请跟我来!"

三人越墙入内。焦姑娘引二人走进一间小书房中,拿出纸墨笔砚,磨好了墨,远远坐在旁边,只见袁承志一挥而就,不知写了些什么。青青在桌旁坐着,脸现诧异之色。

袁承志把纸笺折了套入信封,用浆糊粘住了,交给焦姑娘,说道:"这信快去给你爹爹,但须答应我一件事。"焦姑娘道:"尊驾吩咐,自当遵命。"袁承志道:"你千万不能对你爹爹说到我的相貌年纪。"焦姑娘奇道:"为什么?"袁承志道:"你一说,我就不能帮你忙了。"焦姑娘道:"好,我答应。"袁承志道:"明日卯时正,请你到水西门兴隆客栈黄字第三号房来。我跟你商议怎生解除令尊的危难。但此事务须严守秘密。"焦姑娘点头答应。袁承志一拉青青的手道:"好啦,咱们走吧!"

焦姑娘见两人越墙而出，心中又是惊疑，又是欢喜。忙奔回父亲卧房，见房门紧闭，她拍了几下门，大叫："爹爹，开门！"半天不闻声息，心中大急，忙绕到窗边，挥掌打断窗格，越窗进去，只见焦公礼神色惨然，手举酒杯正要放到唇边。焦姑娘叫道："爹！你看这信！"焦公礼呆呆不语。焦姑娘拆开信封，抽出纸来，递了过去。

焦公礼木然一瞥，见纸上画着一柄长剑，不由得全身大震，手一松，当啷一声，酒杯在地下跌得粉碎。焦姑娘吓了一跳。焦公礼却满脸喜色，双手微微发抖，连问："这是哪里来的？谁给你的？他……他来了么？真的来了么？"焦姑娘凑近看时，见纸上没写一字，只画着一柄长剑。剑身曲折如蛇，剑尖是个蛇头，蛇舌伸出，分成两叉。

她不知何以父亲一见此剑，竟然如此喜出望外，问道："爹，这是什么？"焦公礼道："只要他一到，爹爹的老命就有救了，你见到了他么？"焦姑娘道："谁呀？"焦公礼道："画这柄剑的人。"焦姑娘点点头，道："他叫我明天再去找他。"焦公礼道："有没有要我也去？"焦姑娘道："他没说起。"焦公礼道："这位奇侠脾气古怪，咱们不可不遵他吩咐。明天你一个人去吧！唉，你迟来一刻，爹爹就见你不到了。"焦姑娘心中一惊，才明白原来刚才酒杯中盛的竟是毒药，忙拿扫帚来扫去，服侍父亲睡下。

焦夫人与众弟子听说到了救星，虽想不论他武功如何了得，以一人之力，终究难与对方这许多高手相抗，但焦公礼既如此放心，必有道理，登时都大为喜慰。焦公礼要他们四散避难，大家本来不愿，现下自然都不走了。

袁承志和青青从焦家出来，青青问道："你画这柄剑是什么意思？"袁承志道："焦公礼说世上只有你爹爹一到，才能救他性命。我画的就是你爹爹用的金蛇剑。"

青青点头不语，过了一会问道："你为什么要救他？"袁承志道："那焦公礼不是坏人，给朋友卖了，逼成这样子，难道见死不救？何况他又是你爹爹的朋友。"

青青笑道："嗯，我还道你见他女儿生得美貌，想讨好这个大姑娘。"袁承志怒道："你当我是什么人？"青青笑道："啊哟，别发脾气，干么你又约她到客店来找你?"承志笑道:"你这小心眼儿真是不可救药,别啰唆啦,快跟我来。"

青青嗤的一笑,跟着他向西而行。不多时来到大功坊闵子华的宅第。

两人越墙进内,躲在墙角,察看动静,袁承志低声道:"屋里不知住着多少高手,一给发觉,咱们的事就干不成啦。"青青低声笑道:"你要帮那美貌姑娘,我可不许,偏偏要跟你捣蛋。我要大叫大嚷啦!"袁承志一笑,不去理她。

过了一会,见无异状,两人悄悄前行,抓住一个男仆,问明了史氏兄弟住宿的所在。袁承志把他点了哑穴,抛入树丛,来到史氏兄弟卧房窗外,悄没声的捏断窗格,跃了进去。史氏兄弟也甚了得,立即惊觉,正待喝问,双双已给点中穴道。

袁承志晃亮火折,点了蜡烛,和青青在枕头下、抽屉中、包裹里到处搜检,见到的却只是些衣物银两、兵刃暗器。正要再查,忽听房外脚步轻响,袁承志忙吹熄烛火,伸手在史氏兄弟衣袋中一摸,都是些纸片信札之类,心中大喜,尽数取出,放入怀里,悄声道:"得手啦!"青青道:"走吧,外面好像有人。"袁承志道:"等一下。"拿起史氏兄弟的一把匕首,黑暗中在桌面上划了"焦公礼拜上"五个大字。

猛听得门外有人喝问:"什么人?"两人忙从窗中跃出,随即翻过墙头,只听得击掌之声四下响动,此击彼应,知道对方布置周密,高手内外遍伏,不敢贸然闯出,两人蹲在墙脚边不动,只听得屋顶有人来去巡逻。

青青忽然低声道:"这是什么?"拿住他手,牵引到墙脚边。袁承志手指摸去,墙脚青苔下似乎刻得有字,手指顺着这字笔划中的凹处写去,弯弯曲曲的是个篆文。他不识得篆字,悄声问道:"什么字?"青青道:"是'第'字,第一第二的'第'字。"再向上摸去,又是一字,青青跟他说是个"赐"字。上面是个"公"字,再上是个"国"字,最后一字笔划极多,青青说是"魏"字。袁承志心中将这五字自上而下的连接起来,竟是"魏国公赐第"。

寻访了十多天而毫无影踪的魏国公府,岂知就是对方的大本营所在,正是"踏破铁鞋无觅处,得来全不费功夫"了。这几个字字迹斑剥,年代已久,为苔藓所遮,定是徐大将军后人将宅子出卖了,数代之后,辗转易手,再也无人得知。

袁承志心中正喜,忽觉头颈中痒痒的,原来是青青在呵气,想是她找到了魏国公府,乐极忘形。袁承志头一缩,低声喝道:"别顽皮!"听得西首掌声渐向南移,说道:"走吧!"两人从西首疾奔而出,回到客店。

其时已是四更时分,青青点亮蜡烛。袁承志取出信件,拣了两通颜色黄旧的信来,抽出一看,果然是张寨主的伏辩与丘道台的谢函。

青青笑道:"你这一下救了她爹爹性命,不知她拿什么来谢你?"袁承志愕然道:"什么她?"青青嘻嘻一笑,道:"焦公礼的大小姐哪!"袁承志向她扁扁嘴,不去理她,细细看了两通书信,说道:"那焦公礼说的,确是句句真话,要是他另有私弊,那我就袖手不管了,何必去得罪这许多江湖上的前辈?何况其中还有二师哥的弟子。"

青青似笑非笑的道:"那个飞天魔女倒很美啊。"袁承志道:"这女子心狠手辣,作事不当,毫没来由把人家一条臂膀砍了下来。"沉吟道:"若不是怕二师哥见怪,我倒真要出手管上一管。我要焦姑娘到这里来找我,是怕露出了形迹。要是我们同门师兄弟之间有了嫌隙,那就对不起师父养育之恩了。"青青见他神色肃然,不敢再开玩笑。

袁承志又打开另外几封信来一看,不觉大怒,叫道:"你看。"

青青从来没见过他如此愤怒,以往他即使在临敌之际,也是雍容自若,这时忽见他满脸胀得通红,额头上一条青筋猛凸起来,不禁吓了一跳,忙接过来看。原来是满清九王多尔衮的记室写给史氏兄弟的密函,吩咐他们杀了焦公礼后,乘机夺过金龙帮来,先在江南树立势力,刺探消息,联络江湖好汉,待清兵大举入关之时,便在南方起事作为内应。信末盖了两个大大的朱印,青青识得上面一个是"大清睿亲王"五字隶文,下面是"多尔衮"三字的篆文。

青青一时呆住了说不出话,越想越怒,就要扯信。袁承志一把抢住,道:"扯不得!"青青登时醒悟,道:"不错,这是天大的证据。"

袁承志道:"你想史氏兄弟拿到焦公礼那两封信后,干么不毁去?"青青道:"他们要用来挟制闵子华!"袁承志道:"定是这样。我本想救了焦公礼后,就此袖手不管。哪知这中间另有这么个大奸谋。别说得罪二师哥,再大的来头,我也不怕!"

青青瞧着他,目光中流露仰慕的神色,说道:"咱们当然要管,就算二师哥告到你师父那里,他老人家也一定说是你对……咱们去请你那大师哥来,要他用铁算盘来二一添作五的算一算,到底你有理,还是你二师哥有理。"袁承志笑道:"好啦,你快去睡吧。我得好好想一想,怎生来对付这批奸贼。"青青微笑道:"我坐在你身边,陪着你想。"袁承志摇摇头,青青一笑回房。

次日早晨,袁承志起身后坐在床上打坐,调匀呼吸,意守丹田,一股内息在全身百穴运行一遍,从小腹下直暖上来,自觉近来功力精进,颇为欣慰。

下得床来,见桌上放了两碗豆浆,还有一碟大饼油条。忽听青青嘻嘻一笑,从门后钻了出来,笑道:"老和尚,打完了坐吗?"袁承志笑道:"你倒起得早。"

两人刚吃完早点,店小二引了一个人进来,口中唠唠叨叨的道:"是找这两位?问你找姓什么的,又说不知道。"袁承志和青青一看,这人正是焦姑娘。她等店小二一出门,立时拜倒。袁承志连忙还礼。青青拉着她手,扯了起来。

焦姑娘见这美貌少年拉住自己手,羞得满脸通红,但他们有救父之恩,不便挣脱,过了一会,才轻轻缩手。青青道:"焦姑娘,你叫什么名字?"焦姑娘道:"我叫宛儿。两位贵姓?"青青向袁承志一指,笑道:"他凶得很,不许我说,你问他吧。"

焦宛儿知是说笑,微微一笑,敛容道:"两位救了我爹爹性命,大恩大德,粉身难报。"袁承志道:"令尊是江湖前辈,侠义高风,令人钦佩。晚辈稍效微劳,不足挂齿。姑娘回去禀告令尊,请他今日中午照常宴客。这里两包东西,请你交给令尊。在紧急关头当众开启,必有奇效。这两包东西事关重大,须防有人半路劫夺。"

焦宛儿见一个是长长包裹,份量沉重,似是包着兵刃,另一包却是轻轻的一个小包,双手接过,又再拜谢。

等她走出店房,袁承志道:"咱们暗中随后保护,别让坏蛋夺回去。"带上房门出去,只见焦宛儿坐在客厅之中。两人疾忙缩身,微觉奇怪,不知她何以还在客店逗留。

只听焦宛儿朗声说道:"叫掌柜的来。金龙探爪,焦雷震空!"袁承志奇道:"她说什么?"青青低声道:"多半是他们帮里的切口。"那店小二本来盛气凌人,听得这话,一呆之下忙躬身答应:"是,是。"掌柜过来,呵了腰恭恭敬敬的道:"姑娘有什么吩咐,小的马上去办。"焦宛儿道:"我是焦大姑娘。你到我家去,说我有要紧事,请师哥们都来。"那掌柜听得是焦大姑娘,更加吓了一跳,骑上快马,亲自驰去。只一顿饭功夫,店外涌进二十多名武师来,手中都拿兵刃,拥着焦宛儿去了。

袁承志道:"金龙帮在这里好大声势。咱们不必跟去了,待会到焦家吃酒去吧。"

两人闲谈一会,午时将到,慢慢踱到焦府,见客人正陆续进门。承志和青青随众入内。走到门口,焦公礼和两人相互一揖,他只道这两人是对方的门人小辈,也不在意。

等客人到齐,已然过午,开出席来,一番势派,与闵子华请客时又自不同。金龙帮财雄势大,这次隆重宴客,桌椅都蒙了绣金红披,席上细瓷牙筷,菜肴精致异常,自少不了南京名肴盐水鸭子,做菜的是南京名厨,酒壶中斟出来的都是胭脂般的陈年绍酒。

闵子华和十力大师、郑起云、昆仑派名宿张心一、梅剑和、万里风、刘培生、孙仲君等坐在首席,焦公礼亲自相陪,殷勤劝酒。梅剑和等却不饮酒,只瞧着闵子华脸色。

闵子华突然提起酒杯,掷在地下,啪的一声,登时粉碎,喝道:"姓焦的,今日武林中的好朋友们,都赏脸到这里来啦。我的杀兄之仇如何了结,你自己说吧。"

他开门见山的提了出来,焦公礼一时倒感难以回答。

他大弟子吴平站了起来,说道:"闵二爷,你那兄长见色起意,败坏武林中的规矩,我师父……"他话未说完,蓦地里一股劲风射向面门,急忙侧头,登的一声,一枚五寸长的三角钢钉钉在桌面。吴平见这钢钉是孙仲君所发,怒气勃发,拔出单刀,叫道:"好哇,你暗算我罗师弟,伤了他臂膀,你这婆娘还想害人!"抢上去就要厮拼。

焦公礼急忙喝止,斥道:"贵宾面前,不得无礼。"转头向孙仲君笑道:"孙姑娘是华山派高手,何必跟小徒一般见识……"

第八回 易寒强敌胆 难解女儿心

闵子华红了眼,抓起身前一双筷子,对准焦公礼眼中掷去,喝道:"今日跟你这老贼拼了。"焦公礼也伸出筷子,轻轻夹住迎面飞来的两只筷子,放在桌上,说道:"闵二爷怎地偌大火气,有话慢慢好说。来人哪,给闵二爷拿双干净筷子来。"闵子华见他武功了得,暗暗吃惊,心道:"怪不得我哥哥命丧他手。"

梅剑和见闵子华输了一招,疾伸右手,去拉焦公礼手膀,说道:"焦帮主好本事,咱哥儿俩亲近亲近。"焦公礼见他手掌来得好快,身子略偏,避了开去。梅剑和一把抓住椅背,喀喇一声,椅背上横木登时断了。

焦公礼见对方越逼越紧,闵方诸人有的摩拳擦掌,有的抽出了兵器,自己这边的帮众门徒也都严行戒备,双方群殴一触即发,而那金蛇郎君还没到来解围,眼见情势危急,双方一动上手,那就不知要伤折多少人命了,于是向女儿使个眼色。

焦宛儿捧着那两个包裹,早已心急异常,见到父亲眼色,立即打开长形包裹,只见包里是一柄长剑,托过来放在父亲面前。

焦公礼见了那剑,不知是何用意,正自疑惑,孙仲君已见到是自己兵刃,不禁羞怒交集,抢过去一把抓起,骂道:"有本事的,大家明刀明枪的比拼一场。偷人东西,算什么英雄好汉?"焦公礼愕然不解,孙仲君跨上两步,剑尖青光闪闪,向他胸口疾刺过去。

袁承志让焦公礼交还孙仲君的长剑,只道她体念昨晚自己手下留情,心中感激,今日必可从中出力调解息争,哪知她竟反而凶狠横蛮,甚为恼怒。

焦公礼见对方剑招狠辣,疾退两步,一名弟子把他的折铁刀递了上来。焦公礼接在手中,并不还招。但孙仲君出手甚快,一剑刺空,跟着剑尖抖动,又刺向他咽喉。焦公礼再不招架,不免命丧剑底,只得抢折铁刀对准她剑身砍落。孙仲君剑身下沉,似是避开刀砍,哪知沉到下盘,突然迅如闪电的翻上,急刺对方小腹。这招快极准极,饶是焦公礼在这把折铁刀上沉浸数十年,也已不及回刀招架,急忙中纵身跃起,从旁人头顶窜出,这才避过利剑破腹之厄,但嗤的一声,裤脚管终于为剑尖划破。

他心中暗叫:"好险!"回头瞧她是否继续追来,一瞥之下,不由得大喜过望,但见女儿手中托着的,正是给太白三英骗去的那两封信。

这时他两名徒弟已挥刀拦住孙仲君。两人深恨她坏了罗师哥的手膀,刀风虎虎,舍命相扑。孙仲君嘴角边微微冷笑,左手叉在腰里,右手长剑随手挥舞,登时便把这两个大汉逼得手忙脚乱,团团乱转。焦公礼接过信来,大叫:"住手,住手!我有话说。"两名徒弟听得师父喝叫,忙收刀退下。一个退得稍慢,砰的一声,胸口吃孙仲君踢了一脚,连退数步,大口鲜血喷出,脸色立转惨白。

焦公礼向孙仲君瞧了一眼,强抑怒气,叫道:"各位朋友,请听我说句话!"大厅中本已十分混乱,当下慢慢静了下来。焦公礼道:"这位闵朋友怪我害了他的兄长,不错,他兄长闵子叶是我杀的!"大厅中一时寂静无声。

闵子华呜咽道:"欠债还钱,杀人抵命。"闵方武师纷纷起哄,七张八嘴的叫道:"不错,杀人抵命!十条命抵一条。""焦公礼,你自己了断吧!"

焦公礼待人声稍静,朗声道:"这里有两封信,要请几位德高望重的前辈过目。这几位前辈看信之后,如说焦某该当抵命,焦某立即自刎,皱一下眉头都不算好汉。"

众人好奇心起,纷纷要上来看信。焦公礼道:"慢来。请闵二爷推三位前辈先看。"闵子华不知信中内容,叫道:"好,那么请十力大师、郑岛主、梅大哥三位看吧。"

三人接过信来,凑在桌边低声念诵。太白三英铁青着脸,在旁窃窃私议。

十力大师第一个看完了信,说道:"依老衲之见,闵二爷还是捐弃前嫌,化敌为友吧!"他在武林中声望极高,武功见识,众人素来钦服,此言一出,大厅上尽皆愕然。

闵子华接过信来,先看张寨主的伏辩,张寨主文理不通,别字连篇,看来还不大了然,再看丘道台的谢函,那却是叙事明晰、文词流畅之作,只看到一半,不禁又是羞愧,又是难过,呆在当地,做声不得。突然之间,心头许多一直大感不解之事都冒出了答案:"太白三英来跟我说知,害死我哥哥的乃是金龙帮焦公礼。我邀众位师哥助我报仇,大家都推三阻四。水云大师哥又说要等寻到师父,再由他老人家主持。众师哥向来和我交好,怎地如此没同门义气?只洞玄师弟一人,才陪我前来。我仙都派人多势众,遇上这等大事,本门的人却不肯出头,迫得我只好去邀外人相助,实在太不成话。原来我哥哥当年干下了这等见不得人之事。众位师哥定知真相,是以不肯相助,却又怕扫了我脸面,就此往失踪多年的师父头上一推,只洞玄师弟年轻不知……"

忽听梅剑和叫道:"这是假造的,想骗谁呀?"伸手抢过两信,扯得粉碎。

焦公礼万料不到他竟会在众目睽睽之下扯碎了两通书信,这一来,他倚为护身符之物重又消失,不由得又急又怒,脸皮紫胀,大喝:"姓梅的,你要脸不要?"

梅剑和冷冷的道:"也不知是谁不要脸? 害了人家兄长,还假造几封狗屁不通的书信来冤枉死人。明知死无对证,任由你撒个漫天大谎。这样子的信哪,我关上了门,一天可以写一百封。我马上就写给你看,你信不信? 你要冤枉十力大师无恶不作,冤枉郑岛主杀了闵二哥的兄长,那样的信我都会写。"

十力大师与郑起云本觉闵子华理屈,听梅剑和一说,又踌躇起来,不知这两通书信到底是真是假,两人面面相觑,难以委决。

吴平见师父如此受人欺辱,怒气填膺,扑地跳出,挥刀砍向梅剑和。梅剑和身子微侧,拔剑在手。白光闪动,吴平狂叫声中,单刀脱手,梅剑和的剑尖已指在他喉头,喝道:"你跪下,梅大爷就饶你一条小命!"吴平连退三步,敌人剑尖始终不离喉口。梅剑和笑道:"你再不跪,我可要刺了!"吴平道:"快刺! 婆婆妈妈干什么?"

焦门弟子各执兵刃,抢到厅中。闵方武师中一些勇往直前之辈也纷纷抽出兵器,分别邀斗,登时乒乒乓乓的打得十分热闹。

焦公礼跃上椅子,大声叫道:"大家住手,瞧我的!"手腕一翻,折铁刀横在喉头,叫道:"冤有头,债有主! 我今日给闵子叶抵命便了。徒儿们快给我退下。"

众门徒依言退开,惨然望着师父。

焦宛儿急呼:"爹,且慢! 那封信呢? 他说会来救你的呀!"

焦公礼取出信封,扯出一张白纸,向人群招了几招。众人见纸上画着柄怪剑,不知是何用意,只听他高叫:"金蛇大侠,你来迟一步了!"横刀往脖子上抹去。

袁承志见梅剑和狂妄自大,有意要挫折他的骄气,接连震断他数剑,又将他长剑绕得脱手飞出,啪的一响,在空中断为两截。

第九回

双姝拚巨赌
一使解深怨

只听得当的一声,有物撞向刀上,折铁刀呛啷啷跌落,焦公礼身旁已多了一人。众人见这人浓眉大眼,肤色黝黑,是个二十岁左右的少年,他如何过来,竟没一人看清楚。

这少年自然便是袁承志了。他在人群中观看,本以为有了那两封书信,焦公礼之事迎刃可解,自己不必露面,以免与二师哥的门人生了嫌隙,不料梅剑和竟会耍了这一手,焦公礼无可奈何逼得要横刀自刎,自己再不挺身而出,已不可得,于是发钱镖打下折铁刀,纵身而前,朗声说道:"金蛇郎君不能来了,由他公子和兄弟前来,给各位做个和事老。"

老一辈中,不少人都曾听过金蛇郎君的名头,知他武功惊人,行事神出鬼没,但近十多年来江湖上久已不见踪迹,传言都说已经去世,哪知这时突然遣人前来,各人都凛然一惊。

焦宛儿又惊又喜,低声对父亲道:"爹,就是他!"焦公礼心神稍定,侧目打量,见是个后生少年,不禁满腹狐疑,微微摇头。

孙仲君尖声喝道:"你叫什么名字?谁叫你到这里来多事?"

袁承志心想:"我虽然年纪小过你,可比你长着一辈,待会说出来,瞧你还敢不敢无礼?"当下不动声色,说道:"在下姓袁。承金蛇郎君夏大侠之命来见焦帮主。今日得有机缘拜见各位前辈英雄,甚是荣幸。"说着向众人抱拳行礼。

焦方众人见他救了焦公礼性命,一齐恭谨还礼。闵方诸人却只十力大师等几个端严守礼的拱手答礼,余人见他年轻,均不理会。

孙仲君不过二十多岁年纪,不知金蛇郎君当年的威名,她性子又躁,高声骂道:"什么金蛇铁蛇,快给我下去,别在这里碍手碍脚。"

青青冷笑一声,向她鼻子一耸,伸伸舌头,做个鬼脸。孙仲君大怒,只道这油头粉脸少年见自己美貌,轻薄调戏,喝道:"小子无礼!"突然欺近,挺剑向她小腹刺去,剑势劲急,正是华山剑术的险着之一,叫做"彗星飞堕",是神剑仙猿穆人清独创的绝招,青青怎能躲避得开?

袁承志识得此招,登即大怒,心想她跟你初次见面,无怨无仇,你不问是非好歹,一上来就下杀手,要制她死命,委实太过,侧身挡在青青之前,抬高左脚,一脚踹将过去,将孙仲君的长剑踏在地下。这是《金蛇秘笈》中的怪招,大厅上无人能识。人丛中登时起了一阵哄声,啧啧称奇。

孙仲君用力抽剑,纹丝不动,眼见对方左掌击到,直扑面门,只得撒剑跳开。袁承志恨她歹毒,脚下运劲,喀喇一声响,将长剑踏断了。

刘培生见师妹受挫,便要上前动手。梅剑和见袁承志招式怪异,当即伸手拉住刘培生,低声道:"等一下,且听他胡说些什么。"

袁承志高声道:"闵子华闵爷的兄长当年行为不端,焦帮主路见不平,拔刀杀死。这件事的前因后果,金蛇郎君知道得十分清楚。他说当年有两封书信言明此事,他曾和焦帮主同去拜见仙都派掌门师尊黄木道长,呈上两信。黄木道长阅信之后,便不再追究此事。想来这两封信多半就是了。"说着向地下的书信碎片一指,又道:"这位爷台将两封信扯得粉碎,不知是什么用意?"

焦公礼听他说得丝毫不错,心头大喜,这才信他真是金蛇郎君所使,紧紧握住了女儿的手,心中突突乱跳。

梅剑和冷笑道:"这是捏造的假信,这姓焦的妄想借此骗人,不扯碎了留着干么?"袁承志道:"我们来时,金蛇大侠曾提到书信内容。这两封信虽已粉碎,这位大师与这位爷台是看过的。"转头向十力大师与碧海长鲸郑起云拱手道:"只消让在下和金蛇郎君夏大侠的后人把书信内容约略一说,是真是假,就可分辨了。"

十力大师与郑起云都道:"好,你说吧!"

袁承志望着闵子华道:"闵爷,令兄已经过世,重提旧事,于令兄面上可不大光采。到底要不要说?"闵子华早就在心虚,但给他这么当众挤逼住了,总不能求他不可吐露信中内容,一时张皇失措,额上青筋根根爆起,叫道:"我哥哥岂是那样的人?这信定是假的。"袁承志对青青道:"青弟,那两封信中的言语,都说出来吧!"

青青当即朗声背信。她在客店中看信之后,虽不能说过目不忘,但也记得清清楚楚。于是先把丘道台的谢函念了起来。她语音清爽,口齿伶俐,一字一句,人人听得分明,有些地方忘了,便自撰几句,念到要紧关节之处,她忍不住又自行加上几句刻薄言语,把闵子叶狠狠的损几下。她只念得数十句,众人交头接耳,纷纷议论,念到一半,闵子华再也忍耐不住,大声喝道:"住口!你这小子男不男、女不女的,是什么东西?"

青青还未回答,梅剑和冷冷的道:"这小子多半是姓焦的手下人,要么是金龙帮邀来助拳的。他们自然是事先串通好了,那有什么希奇?"

闵子华猛然醒悟,叫道:"你说是什么金蛇郎君派来的,谁知是真是假,却在这里胡说八道。"袁承志道:"你要怎样才能相信?"

闵子华长剑一摆,道:"江湖上多说金蛇郎君武功惊人,你如真是金蛇郎君后辈,定已得他真传。你只要胜得我手中长剑,我就信了。"在他内心,早已有七八成相信书信是真,否则各位同门师兄决不会袖手不理,反有人力劝他不可鲁莽操切,此时越辩越丑,不如动武,可操必胜,眼见袁承志年幼,心想就算你真是金蛇郎君传人,学了些怪招,这几岁年纪,又怎能练得什么深厚功夫,只要一经比试,将你打得一败涂地,那白脸少年所念的信就没人信了;是否要杀焦公礼为兄报仇,不妨搁在一边,眼前大事,总是要维护已死兄长声名,否则连仙都派的清誉也要大受牵累。

袁承志心下盘算:"金蛇郎君狂傲怪诞,众所周知。我冒充是他使者,也须装得骄傲狂放,怪模怪样,方能使人入信。"于是哈哈大笑,坐了下来,端起酒杯喝了一口,又伸筷夹个肉丸吃了,笑道:"要赢你手中之剑,只须学得金蛇郎君的一点儿皮毛,也已绰绰有余。你受人利用,尚且不悟,可叹啊可叹。"

闵子华怒道:"我受什么人利用?你这小子,敢比就比,若是不敢,快给我滚出去!"只因袁承志适才足踹孙仲君长剑,露了手怪招,闵方武师才对他心有所忌,否则早就有人上来揍他下去,哪容他如此肆无忌惮,旁若无人?

袁承志又喝了口酒,道:"久闻仙都派位居四大剑派,剑法精微奥妙,今日正好见识领教。不过咱们话说在前头,要是我胜了,你跟焦帮主的过节只好从此不提。你再寻仇生事,这里武林中的诸位前辈,可都得说句公道话。"

闵子华怒道:"这个自然,这里十力大师、郑岛主等各位都可作证。要是你赢不了我呢?"袁承志道:"我向你叩头赔罪。这里的事,我们自然也不配多管。"

闵子华道:"好,来吧!"长剑抖动,剑身嗡嗡作响,闵方武师齐声喝采。这一记振剑果然功力不浅。他甚是得意,心想非给你身上留下几个记号,显不了我仙都派的威风。

袁承志道:"金蛇大侠吩咐我说,仙都派灵宝拳、上清拳、上清剑,都是博大精深的武林绝艺,只不过这些拳术剑法太过艰深,闵师傅年纪尚轻,多半还领会不到,只一路两仪剑法,想来他是练熟了的。金蛇大侠说道:'你这次去,要是闵师傅不听好言相劝,动起手来,须得留神他们这路剑法。'"闵子华斜眼睨视,心想:"这话倒不错,他又怎知道了?"

原来闵子华的师父黄木道人性格刚强,于仙都派历代相传以轻灵见长的灵宝拳、上清拳剑造诣不高,最得意的武功是自创的一路两仪剑法,曾向金蛇郎君提及。金蛇秘笈"破敌篇"中叙述崆峒、仙都等门派的武功及破法,于两仪剑法曾加详论。

袁承志料想其师既专精于此,闵子华于这路剑法也必擅长,说到此处,注视他的神情,心知果已说中,又道:"金蛇郎君说道:'其实这路剑法,在我眼中,也是不值一笑,现今教你几招破法!'……"

说到此处,人群中忽地纵出一名青年道人,怒道:"好哇!两仪剑法不值一笑,我倒要瞧瞧金蛇郎君怎生破法?"唰的一剑,疾向袁承志脸上刺来。

袁承志向左避过,跃到大厅中心,左手拿着酒杯,右手筷子夹着一条鸡腿,说道:"请教道长法号?"那道人叫道:"我叫洞玄,仙都派第十三代弟子,是闵师哥的师弟。"袁承志道:"那再好也没有。金蛇大侠与尊师黄木道长当年在仙都山龙虎观论剑,黄木道人自称他独创的两仪剑法无敌于天下。金蛇大侠一笑了之,也不跟他置辩。今日有幸,咱们后一辈的来考较考较。"洞玄道人大声道:"两仪剑法无敌于天下的话,我师父从来没说过。我仙都派决不敢如此狂妄自大。但要收拾你这乳臭未干的黑小子,只怕也轻而易举。"向闵子华打个招呼,双剑齐出,风声劲急,向袁承志刺来。

袁承志身形微晃,从双剑夹缝中钻了过去。洞玄与闵子华挥剑一攻一守,快捷异常。

青青忽然叫道:"三位住手,我有话说。"闵子华与洞玄道人收剑当胸,闵子华右手执剑,洞玄左手执剑,两人已站成"两仪剑法"中的起手式。青青道:"袁大哥只答应跟闵爷一人比,怎么又多了位道爷出来?"

洞玄双眼一翻,说道:"你这位小哥不打自招,摆明了是冒牌。谁不知两仪剑法是两人同使?你不知道,难道金蛇郎君这么大的威名,他也会不知么?"

青青脸上一红,难以回答,心想:"这回可糟了。给他拆穿了西洋镜。"只得给他东拉西扯,说道:"原来仙都派跟人打架,定须两人齐上。倘若道爷落了单,岂不是非得快马加鞭回到仙都山去,邀了一位同门师兄弟,再快马加鞭的回来,这才两个人打人家一个?人家若是不让你走,定要单打独斗,两仪剑法又怎么样个无敌于天下?"

袁承志插口道:"两仪剑法,阴阳生克,本领差的固须两人同使,功夫到家的,当然是一个人使的了。难道尊师这么高的武功,他也不会独使么?"

青青于两仪剑法一无所知,见二人夹击袁承志,关怀之下随口质问,竟露出了马脚。袁承志只得信口开河,给她圆谎。其实仙都派这两仪剑法,向来是两人合使的。

闵子华与洞玄对望一眼,均想:"师父可没说过这剑法一人可使,敢情这小子胡说八道。"却也不肯承认师父不会独使。

青青听袁承志说得天衣无缝,大是高兴,心想:"他素来老实,今日却滑头起来。"笑嘻嘻的道:"既然你们两位齐上,赌赛的利物又得加一些了。"闵子华道:"赌什么?"青青道:"要是你们输了,除了永远不得再找焦帮主生事之外,你在大功坊的那所大宅子,可也得输给了袁大哥。"闵子华心想:"不妨什么都答应他们,反正顷刻之间,不是把他一剑刺死,也要教他身受重伤。"说道:"就这样!你要一起来两对两也成。别说我们以大压小,以多胜少。"青青道:"你又怎知不是以小压大,以少胜多?真不知天高地厚。仙都,仙都,牛皮吹得天嘟嘟!"闵子华怒火更炽,叫道:"姓袁的,要是你给我伤了,又输些什么?"袁承志一时倒答不出来。

焦公礼道:"闵二哥,你这所宅子值多少钱?"闵子华怒道:"谁跟你称兄道弟了?这宅子我还是上个月买来的,花了四千三百两银子。宅子虽旧,地方却大。"焦公礼点头道:"大功坊旧宅宽敞得紧哪,闵爷买得便宜了。三位请等一下。"转头向女儿嘱咐了几句。焦宛儿奔进内室,拿了一叠钱庄的庄票出来。

焦公礼道:"这位袁爷为在下如此出力,兄弟感激不尽。这里是四千三百两银子,要是袁爷双拳不敌四手,那么请闵爷拿去便了。另外的事,闵爷再来找我。咱们冤有头,债有主。好朋友仗义助拳,只须点到为止,还请大家手下留情。"他料想袁承志定然不敌,可不愿他为自己受到损伤。

郑起云性子豪爽,最爱赌博,登时赌性大发,叫道:"这话不错,只比输赢,不决生死。我看好闵二哥!"从身边摸出两只金元宝来,往桌上一掷,叫道:"咱们赌三赔一,这里是三百两金子,算三千两银子,博谁的一千两银子?"他叫了几声,没人答应。众人见袁承志年纪轻轻,怎能是仙都派两位高手之敌,虽然以一博三,甚占便宜,却也均不投注。

焦宛儿挺身而出,说:"郑伯伯,我跟你赌。"除下腕上的一只金镶宝石镯子,往桌上一放。众人见这镯上宝石在烛光下灿然耀眼,十分珍贵。郑起云毕生为盗,多识珍宝,拿起宝镯瞧了一下,说道:"你这只镯子值得三千两银子,我不能欺小孩子。喂,给我加六千两。"他手下人又捧上四只金元宝来。郑起云笑道:"倘若你赢,这笔钱作你的嫁妆吧!"青青听到"嫁妆"两字,向宛儿瞪了一眼,霎时之间,心中老大不自在起来。

飞天魔女孙仲君忽把半截断剑往桌上一丢,厉声叫道:"我赌这剑!"她长剑先前给袁承志踏断了,此剑是师娘所赐,因此当众人口舌纷争之时,已过去将两截断剑拾了起来。

青青奇道:"你这半截剑,谁要呀?"旁人也均感奇怪。孙仲君厉声道:"我也是三博一。要是这小子侥幸胜了,你用这半截剑在我身上戳三个窟窿。他输了,我在你身上戳一个窟窿。臭小子,这可懂了么?"

厅上一众江湖豪杰生平也不知见识过多少凶杀,经历过多少大赌,但这般以性命相搏的赌赛,却从所未见,听了孙仲君的话,都不禁暗暗咋舌。青青笑道:"你这么个千娇百媚的美人儿,我怎舍得下手?"梅剑和喝道:"混帐小子,嘴里干净些!"青青笑笑不语。

孙仲君瞪眼瞧着焦方众人,冷笑道:"我只道金龙帮在江南开山立柜,总有几个响当当的脚色,哪知尽是些娘儿们也不如的脓包。"焦宛儿叫道:"娘儿便怎样?我跟你赌了。"焦门弟子中有四五人同时站出,叫道:"师妹,我跟她赌。"宛儿道:"不用,我来赌。"孙仲君冷笑道:"好,郑岛主,你作公证。"

郑起云虽是个杀人不眨眼的大海盗,生性又最好赌,但对这项赌赛却也有些不忍卒睹,劝道:"两位大姑娘,要赌嘛,就赌些胭脂花粉儿什么的,何必这么认真?"宛儿道:"她废了我们罗师哥一条手臂,回头我也斩断她一条手臂。"郑起云叹了口气,不便再劝。

梅剑和冷冷的道:"焦大姑娘对这位金蛇门人,倒也真一往情深,宁愿陪他饶上条性命。"焦宛儿脸一红,说道:"你要不要赌?"

青青听了梅剑和的话,不禁一楞,甚是恼怒,叫道:"我跟这个没影子赌。"梅剑和道:"赌什么?"青青道:"我也是三赔一跟你赌。他输了,我当场叫你三声爷爷。他赢了呢,你叫我一声就够了,算你便宜。"众人不禁好笑,觉这少年实在顽皮得紧。梅剑和愠道:"谁跟你胡闹?我这里等着,要是他胜了,我再来领教。"青青道:"如此说来,你单人独剑,比仙都派两人同使的两仪剑法还要厉害?"梅剑和道:"我是华山派,他们是仙都派,各有各的绝招。你别挑拨离间。"

洞玄道人听他们说个不了,心头焦躁,叫道:"别说啦,喂,小子,看招。"挺剑向袁承志刺去。闵子华跟着踏洪门,进偏锋。仙都派一俗一道两名弟子,一人左手剑,一人右手剑,按着易经八八六十四卦的卦象,双剑纵横,白光闪动,剑招生生灭灭,消消长长,隐隐有风雷之势。

金蛇郎君先时在仙都山和黄木道人论剑,即知两仪剑法虽然变化繁复,凌厉狠辣,其实还不及仙都派原有的上清剑法,其中颇有不少破绽,随口指出了两处。但黄木道人甚为自负,说道:"我这剑法中就算尚有漏洞,只怕天下也已无人破得。"金蛇郎君也不再说。后来温氏五老大举邀人对抗金蛇郎君,所邀来的高手之中,有仙都派剑客在内。对敌时金蛇郎君成竹在胸,乘虚而入,数招间即把两仪剑法破去。他后来在秘笈之中曾详细叙明。是以袁承志有恃无恐,在两人剑光中穿跃来去,潇洒自如。

闵子华与洞玄道人双剑如疾风,如闪电,始终刺不到他身上,旁观众人愈看愈奇。

郑起云对十力大师道:"这少年轻身功夫的确了得,金蛇郎君当真名不虚传。"十力大师点头道:"后辈之中,如此人才也算十分难得了。"梅剑和与孙仲君却都不禁有些耽心。孙仲君大声道:"这小子就是逃来躲去不敢真打,那算什么比武了?"

闵子华杀得性起,剑走中宫,笔直向袁承志胸前刺去。洞玄同时一招"左右开弓",左刺一剑,右刺一剑。两人夹攻,要教他无处可避。袁承志突然欺身直进,在剑底钻过,左肩挺出,撞正闵子华左膀。他只使了三成力,闵子华脚步踉跄,险些跌倒。洞玄大惊,唰唰唰连环三剑,奋力挡住。闵子华这才站定,骂道:"小杂种,撞你爷爷吗?"

袁承志这次出手,本来但求排解纠纷,不想得罪江湖上人物,更不愿结怨种仇,这时听闵子华口吐污言,辱及自己先人,不禁大怒,心下盘算:今日如不露上几手上乘武功,将这二人当场压倒,这件事难以轻易了结,同时威风不显,待会处置通敌卖国的太白三英之时,只怕旁人不服,势须多费唇舌。最好是冒充金蛇门人到底,别泄露了自己师承门户,以免二师哥脸上不好看,只是须得狂傲古怪,与自己平日为人大不相同才成。于是跃到桌边,伸手拿起酒杯,仰头喝干,叫道:"快打,快打,我酒没喝够,饭没吃饱呢。"

闵子华见他对自己如此轻蔑,更是恼怒,长剑越刺越快。洞玄低声道:"闵师哥,沉住气,别中了激将之计。"闵子华立时醒悟。两人左右盘旋,双剑沉稳狠辣,又把袁承志裹在垓心。袁承志左手持杯,右手持筷,随剑进退。两人剑法虽狠,却怎奈何得了他?

剑光滚动中，袁承志忽地跃出圈子，酒杯往桌上一放，叫道："青弟，给我斟酒。"青青道："好！"袁承志左手提了张椅子，站在桌边，将两人攻来剑招随手挡开，待酒斟满，伸筷夹了条鸡腿，放下椅子，拿了酒杯又跃入厅心，咬了口鸡腿，叫道："两仪剑法本来就有毛病，你们又使得不对，怎能伤我？你们这单买卖生意经，今日定要蚀大本了。"

青青见这个素来谨厚的大哥忽然大作狂态，却始终放不开，不大像样，要说几句笑话，也只能拾他大师哥的牙慧，不禁暗暗好笑。要知袁承志生平并未见过真正疏狂潇洒之人，这时想学金蛇郎君，其实三分像了大师哥黄真的滑稽突梯，另有三分，却学了当日在温家庄上所见吕七先生的傲慢自大。

两仪剑法越出越快，袁承志连避三记险招，突然转身，筷上鸡腿迎面往闵子华掷去，伸筷夹住洞玄刺来之剑，力透箸尖，猛喝："撒剑！"只听呛啷啷一声，洞玄拿持不稳，长剑落地。他右掌竖立，左腿倏地扫出，欲图败中求胜。袁承志双足轻点，身子跃起，避开了这腿，手中酒杯同时飞出，正打中闵子华左手"曲尺穴"上。闵子华手臂酸麻，剑已脱手。

袁承志扑身下去，抢起双剑，手腕一振，叫道："两位没见过一人使两仪剑法，料想黄木道长还没教过，这就留神瞧着。"

只见他双剑舞了开来，左攻右守，右击左拒，一招一式，果然跟两仪剑法毫无二致。剑招繁复，变化多端，洞玄和闵子华适才分别使出，人人都已亲见，此时见他一人双剑竟囊括仙都派二大弟子的剑招，尽皆骇然。

袁承志舞到酣处，剑气如虹，势若雷霆，真有气吞河岳之概，两仪剑法六十四招使完，只听他一声断喝，双剑脱手飞出，插入屋顶巨梁，直没剑柄。这一记"天外飞龙"，却是华山派穆人清的绝招。袁承志绝技一显，垂手退开，只听厅中采声四起，鼓掌如雷。

袁承志心中却暗暗后悔："啊哟不好，我使得兴起，竟用上了本门的绝招，二师哥的门人怎会看不出来？"

青青叫道："哈哈，有人要叫我亲爷爷啦！"梅剑和铁青着脸，手按剑柄。

郑起云笑道："焦姑娘，你赢啦，请收了吧！"随手把金元宝一推。

宛儿躬身道谢,说道:"郑伯伯,我代你赏了人吧!"高声叫道:"这里九千两银子,是郑岛主跟我闹着玩打赌的采金。各位远道而来,金龙帮招待不周,很是惭愧,现今借花献佛,众位前辈叔伯、兄长姊姊带来的仆从管事,由郑岛主奉送每位银子一百两。待会我去兑了银子,送到各位寓所,倘若不够,由金龙帮补足。"

众人见不伤人命,解了这场怨仇,金龙帮处置得也很得当,每名从人都无端得了厚赏,都甚快慰,而且用的是郑岛主之名,不算受了对头之礼,虽不欢呼,却均脸有喜色。郑起云也觉颇有光采,朗声说道:"多谢焦大姑娘了,今后你出阁,郑伯伯再送厚礼。"

焦公礼又道:"在下当年性子急躁,做事莽撞,以致失手伤了闵二爷的兄长,实在万分抱愧。现下当着各位英雄,向闵二爷谢罪。宛儿,你向闵叔叔行礼。"一面说,一面向闵子华作揖。焦宛儿是晚辈,便磕下头去。

闵子华有言在先,江湖上好汉说一是一,若要反悔,邀来的朋友未必肯再相助,这金蛇郎君的弟子武功如此高强,自己万万不是敌手,而且看了那两通书信后,心中已知曲在己方,不如乘此收篷,于是作揖还礼,想起过世的兄长,不禁垂泪。

焦公礼道:"闵二爷宽洪大量,不咎既往,兄弟感激不尽。至于赌宅子的话,想来这位爷台也是一句笑话,不必再提。兄弟明天马上给两位爷台另置一所宅第就是。"

青青下颏一昂,道:"那不成,君子一言,快马一鞭,说出了的话怎能反悔不算?"

众人都是一楞,心想焦公礼既然答应另置宅第,所买的房子比闵子华的住宅好上十倍,也不希奇,何必定要扫人颜面?这白脸小子委实太不会做人了。

焦公礼向青青作了一揖,道:"老弟台,你们两位的恩情,我是永远补报不过来的了。请老弟台再帮我一个忙。兄弟在南门有座园子,在南京也算是有名气的,请两位赏光收用,包两位称心满意就是。"

青青道:"这位闵爷刚才要杀你报仇,你说别杀我啦,我另外拿个人给你杀,这人在南京也算挺有名气的,请闵爷赏光杀了,包你称心满意就是。他肯不肯呀?"

焦公礼给她几句抢白，讪讪的说不出话来，只有苦笑，转头对女儿道："这位爷台既然喜欢闵二叔的宅子，你差人把四千三百两银子的屋价，回头给闵二叔送过去。"

闵子华气忿忿的大声道："罢了，罢了，我还要什么银子？大丈夫一言既出，驷马难追，我跟焦帮主的怨仇就此一笔带过。兄弟明日回到乡下，挑粪种田，再也没脸在江湖上混了。这所宅子两位取去便是。"团团向众人作揖，道："各位好朋友远来相助，哪知兄弟不争气，学艺不精，没能给过世的兄长报仇，累得各位白走一趟，兄弟只有将来再图补报了。"

袁承志见他说得爽快，自觉适才辱人太甚，不留余地，好生过意不去，说道："闵二爷，你虽败在我手下，其实全凭金蛇郎君事先指点，兄弟本身的真正功夫，其实远远不及阁下和洞玄道长，务请两位别介意。晚辈适才无礼，大是不该，谨向两位谢过。"说着向二人一躬到地，跟着跃起身来，拔下梁上双剑，横托在手，还给了二人。

众人见他跃起取剑的轻功，又都喝采，均想：这黑脸少年武功奇高，又谦逊知礼，给人脸面，只是自谦功夫不如人家，却是谁也不信。

袁承志又道："两位并不是败在我手里，而是败在金蛇大侠手里。他料到了两位的招术，吩咐晚辈故意轻狂，装模作样，激动两位怒气，以便乘机取胜。晚辈对两位不敬，实非胆敢有意侮辱，乃是激将之计，好使两位十成中的功夫，只使得出一成。金蛇大侠是当世高人，武功深不可测，晚辈也不能说真是他传人，只不过偶然相逢，奉命前来解围说和而已。两位败在他手里，又何足为耻？晚辈要说句不中听的话，别说是两位，就是尊师黄木道长，当年对金蛇大侠也是很佩服的。"

洞玄与闵子华对这番话虽然将信将疑，但也已大为心平气和。洞玄说道："阁下为仙都派跟我们兄弟圆脸，贫道多谢了，但不知阁下高姓大名，可得与闻吗？"袁承志心想："自己真姓名，可不必说了，以免引起二师哥们的注意。"于是向青青一指道："这位是金蛇大侠的哲嗣，姓夏。晚辈姓袁。"

闵子华向焦公礼一揖，道："多多吵扰，告辞了。"焦公礼道："明日兄弟再到府上负荆请罪。"闵子华道："不敢当。"

扰攘多时，天已傍晚，群豪正要分别告辞，青青忽然叫道："半截剑的赌赛又怎么了？"焦宛儿见父亲脱却大难，心下已喜不自胜，哪愿再多生事端，忙道："夏爷，请到内堂奉茶，这些事不必提了。"青青道："还有一个小子还没叫我亲爷爷哪，这可不成。"她赢得魏国公赐第，本已心满意足，但刚才梅剑和说焦宛儿对袁承志一往情深，这句话她却耿耿于怀，不肯罢休。

梅剑和本来见袁承志武功高强，身法怪异，雅不欲向他生事，但青青一再叫阵，再也忍耐不住，指着袁承志道："你是什么人？你双剑插梁，这一招'天外飞龙'，是从哪里偷学来的？快说。"袁承志道："偷学？我干么要偷学？"孙仲君骂道："呸，小贼，偷学了还想赖。"梅剑和冷冷的道："那么你是从哪里学来的？"袁承志心觉倘若说谎，有违本性，而且师门不能隐瞒，便道："我是华山派门下。"

孙仲君跨上一步，戟指骂道："你这小子掮着什么金蛇银蛇的招牌招摇，旁人不知你来历，只好由得你胡说八道。好呀，现下又吹起华山派来啦！你可知你姑奶奶是什么门户，嘿嘿，假李鬼遇上真李逵啦。老实对你说，我们三人正是华山派的。"

袁承志道："我早说过，我跟金蛇郎君没什么干系，只不过是他这位贤郎的朋友。至于你们三位，我早知是华山派的，咱们正是一家人。"

三人中刘培生较为持重，说道："黄师伯的门人我全认得，可没你老哥在内。孙师妹，你可听说黄师伯新近收了什么徒弟吗？"孙仲君道："黄师伯眼界何等高，怎会收这等招摇撞骗之徒？"她因袁承志折断了她长剑，恼怒异常，出言越来越难听。

袁承志不动声色，道："不错，铜笔铁算盘黄师哥的眼界的确很高。"

众人听他称黄真为"黄师哥"，都吃了一惊。刘培生问道："你叫谁黄师哥？"

袁承志道："我师父姓穆，名讳上'人'下'清'，江湖上尊称他老人家为'神剑仙猿'。铜笔铁算盘是我大师兄。"

梅剑和听袁承志自称是华山派门人，本有点将信将疑，以为他或许是带艺投师，新近拜在黄真门下，这时听他说竟是师祖的徒弟，显然信口胡吹，心想师祖素来行踪飘忽，自己也只见过他三面，师父神拳无敌归辛树已近五十岁了,这小子年纪轻轻,居然来冒充自己师叔,当真大胆狂妄之至,冷冷的道:"这样说来,阁下是我师叔了?"

袁承志道:"我可也真不敢认三位做师侄。"

梅剑和听他话中意存嘲讽,说道:"莫非我辱没了华山派的门楣吗? 师叔大人,哈哈,你教训教训我们三个可怜的小师侄吧!"梅剑和年纪已有三十六七,这么一说,闵方武师轰然大笑。

袁承志正色道:"归师哥要是在这里,自会教训你们。"

梅剑和勃然而起,飕的一声,长剑出鞘,骂道:"浑小子,你还在胡说八道!"

焦公礼见事情本已平息,这时为了些枝节小事,又起争端,很是焦急,忙道:"这位袁爷开开玩笑,梅爷不必动怒。来来来,咱们大家来喝一杯和气酒。"言下显然不信袁承志是梅剑和的师叔。

梅剑和朗声道:"浑小子,你便磕头叫我三声师叔,我没影子还不屑答应呢。"这边青青却叫了起来:"喂,没影子,你先叫我声亲爷爷吧。赌输了想赖,是不是?"

袁承志转头向青青道:"青弟,别胡闹。"又对梅剑和道:"归师哥我还没见过,你们三位又比我年长,按理我的确不配做师叔。不过你们三位这次行事,却实在是太不该了。归师哥知道了,只怕要大大生气。"

梅剑和双眉直竖,仰天大笑,愤怒已极,喝道:"你小子当真教训起人来啦。倒要请教,我们三人什么地方错了? 朋友有事,难道不该拔刀相助么?"

袁承志森然道:"咱们华山派风祖师爷传下十二大戒,门人弟子,务当凛遵。第三条、第五条、第六条、第十一条是什么?"

梅剑和一怔,还未回答。孙仲君提起半截断剑,猛向袁承志面门掷来,喝道:"使使你的华山派功夫吧!"青光闪烁,急飞而前。

袁承志待断剑飞到临近,左掌平伸向上,右掌向下一拍,噗的一声,把断剑合在双掌之中,说道:"这叫'横拜观音',对不对?"

梅剑和与刘培生又都一怔:"这确是本门掌法,不过这招是用来拍击敌人手掌的。他变化接剑,手法巧妙之极,师父可没教过我们。"

刘培生抢上一步,说道:"阁下刚才所使,正是本门掌法,在下要想请教。"

袁承志道:"刘大哥,你外号五丁手,五丁开山,想必拳力掌力甚是了得。本门的伏虎掌法与劈石、破玉两路拳法,你定是很有心得的了。"刘培生见了袁承志刚才这一招,暗暗佩服,便道:"在下不过学了师门所授的一点皮毛,谈不上什么心得。"

袁承志道:"刘大哥不必过谦。你跟尊师喂招,他要是使出真功夫来,比如说使了抱元劲或者混元功,刘大哥可以接得几招?"刘培生道:"我师父内力深厚,跟门人过招,从来不真使内劲,否则我们一招也挡不住。倘若只拆拳法,那么头上十招,勉强还可对付。十招以后,就吃力得很了。"袁承志道:"尊师外号'神拳无敌',拳法定然精妙之极。刘大哥能接到十招以外,在江湖上自已少见,'五丁手'三字,自可当之无愧。"刘培生道:"这是别人开玩笑说的,在下功夫还差得很远,实在愧不敢当。"

孙仲君听他语气,对这少年竟然越来越恭敬,颇有认他为师叔之意,怒道:"刘师哥,你怎么了?凭人家胡吹几句,就把你吓倒了么?"

袁承志不去理她,问刘培生道:"要怎样,你才信我是师叔?"刘培生道:"我想请你跟我过过招,阁下的本门拳法如确比我好……"袁承志见过梅剑和与孙仲君二人出手,料想刘培生的武功跟他们相差不远,便道:"你说你师父倘若当真使出内劲,你只怕一招也接不住。我的功夫比之尊师自然大大不如。他使一招,我得使五招。你只要接得住我五招,那我就是假冒的,好不好?"

梅剑和本来耽心师弟未必能胜他,但听他竟说只用五招,就能把同门中拳法第一的刘师弟打败,心便宽了,料想必是信口胡吹,插口道:"就这样,我数着。"

刘培生作了一揖,说道:"在下功夫不到之处,请您手下留情。"承志缓缓走近,说道:"我第一招是'石破天惊',你接着吧!"刘培生道:"好!"心想:"动手过招,哪有先把招数说给人听的?其中定当有诈,叫我留心上盘,却出其不意的来攻我下盘。"于是右掌虚挡门面,左掌横守丹田,只待袁承志向下盘攻到,立即沉拳下击,只听袁承志叫道:"第一招来了!"左掌虚抚,右拳飕的一声,从掌力中猛穿出来,果然便是华山派的绝招"石破天惊"。

刘培生疾伸右掌挡格，袁承志一拳将到他面门，忽地停住，叫道："你怎不信我的话？单掌拦不住，双手同时来。"

刘培生见他拳势，已知右掌无法阻挡，眼见这一拳便要打破自己鼻子，正自焦急，幸得他拳势忽停，忙提起左掌，横挡胸前，双掌"铁闩横门"，口中"嘿"的一声，运劲推了出去。袁承志这才挥拳打出，和他双掌相抵。刘培生只感掌上压力沉重之极，双臂格格有声，心想："他这拳在中途停止，又再中途击出，并非收拳再发，如何能有如此劲力？"

袁承志收拳说道："以后三招我接连发出，那是'力劈三关'、'抛砖引玉'、'金刚掣尾'。你怎生抵挡？"

刘培生毫不思索，说道："在下用'封闭手'、'白云出岫'、'傍花拂柳'接着。"

袁承志道："前两招对了，后一招不对。要知'傍花拂柳'守中带攻，如跟功力悉敌的对手过招，那当然极好，但这一招要回手反击，守御的力道减了一半，我这招'金刚掣尾'你就接不住了。"刘培生道："那么我用'千斤堕地'。"袁承志道："不错，接着！"

只见他右掌一起，刘培生忙摆好势子相挡，哪知他右掌悬在半空，左掌却倏地劈了下来，说道："武学之道，不可拘泥成法，师父教你'力劈三关'是用右掌，但随机应变，用左掌也无不可。"口中说着，拳势不停，不等刘培生封闭，已抢住他手腕往前一拉。刘培生用"白云出岫"随势送出，招数中暗藏阴着，如对方不察，胸口穴道立被点中。但他这时不敢反击，一招解开，立即收势，沉气下盘，双腿犹如钉在地上一般，这招"千斤堕地"果如有千斤之重。袁承志"金刚掣尾"使出，左掌伸到他的后心运力一推，刘培生还是立足不定，向前冲出两步，滴溜溜打了两个旋子，转了过来，脸上胀红，深深吸了口气。

袁承志道："你不硬抗我这一招，免得受伤，那好得很。二师哥调教的弟子，大是不凡。我这第五招是破玉拳的'起手式'。"刘培生很是奇怪，沉吟不语。

袁承志道："你以为起手式只是客套礼数，临敌时无用的么？要知咱们祖师爷创下这套拳来，没一招不能克敌制胜。你瞧着。"身子微微一弓，右拳左掌，合着一揖，身子随着这一揖之势，向前疾探，连

第九回 一双姊妹解拼深巨怨赌

拳连掌,正打在刘培生左胯之上。他再也站立不稳,身子飞起,摔了下来。

袁承志一跃而前,双手稳稳接住,将他放落。

刘培生扑翻在地,拜道:"晚辈不识师叔,适才无礼冒犯。请师叔看在家师面上,多多担待。"袁承志连忙还礼,说道:"刘大哥年纪比我长,咱们兄弟相称吧。"刘培生道:"这个晚辈如何敢当?师叔拳法神妙莫测,适才这五招明说过招,其实是以本门拳法中的精义相授。晚辈感激不尽,回去一定细心体会,好好学练。"

袁承志微微一笑。刘培生从这五招之中学得了随机应变的要旨,日后触类旁通,拳法果然大进,终身对袁承志恭敬万分。要知他师父归辛树的拳法决不在袁承志之下,但生性严峻,拘泥固执,不喜变通,授徒时不会循循善诱,徒儿一见他面心中就先害怕,拆招时墨守师传手法,不敢有丝毫走样,是以于华山派武功的精要处往往领会不到。

梅剑和与孙仲君这时哪里再有怀疑。只是梅剑和自恃剑法深得本门精髓,心想你拳脚上功夫虽高,剑术未必能胜我,正自沉吟,孙仲君叫了起来:"梅师哥,你试试他的剑法!"梅剑和道:"好!"向袁承志道:"我想在剑上向阁下领教几招。"语气虽已较前大为谦逊,脸上却仍是一股傲气。

袁承志心想:"大概此人剑法确已得到本门真传,在江湖之上未遇强敌,给人家你捧我拍,奉承得骄傲不堪,以致行为狂悖。这人不比刘培生,须得好好挫折他一下,以后才不致使得华山派门户贻羞。"便道:"比剑可以,不过决了胜败之后,须得听我几句逆耳之言。"梅剑和傲然道:"此刻胜负未决,你说这话未免太早了些。"当下长剑横胸,站在左首。刘培生叫道:"梅师哥,你站下首吧。"梅剑和不加理睬,只当没听见。各门派中的规矩,晚辈跟长辈试剑学武,必须站在下首,表示并非敢与对敌,不过是学习艺业、向尊长讨教。梅剑和站在左首,那是平辈相待,不认他是师叔。他左掌抱住剑柄,拱手道:"阁下用剑吧。"

袁承志决意挫他骄气,对焦公礼道:"焦老伯,请你叫人取十柄剑来。"焦公礼忙道:"袁相公快别这样称呼,我万万不敢当。"

焦宛儿手一挥,早有焦公礼的几个门徒捧了十柄长剑出来。他们见袁承志为师门出力，自然选了最好的利器，十柄剑一列排在桌上。其时天已入黑，烛光照耀下，十剑光芒互激，闪烁不定。众人目光在十柄利剑与袁承志之间来回，瞧他选用哪一柄。

不料袁承志拈起孙仲君刚才掷来的前半截断剑，笑道："我用这断剑吧！"此言一出，众人又是一阵惊讶，心想这剑没剑柄，如何使法？只见他将半截剑夹在右手拇指与食指之间，说道："进招吧！"

梅剑和大怒，心想："你对我如此轻视，死了可怨不得我。管你是真师叔、假师叔，如此狂妄自大，便是该死！"臂运内劲，剑身振荡，只见寒光闪闪，接着是一阵嗡嗡之声，叫道："看招！"剑走偏锋，向袁承志右腕刺来，心想你如此持剑，右手一定转动不灵，我对准你这弱点攻击，瞧你怎生应付。厅上数百道目光一齐随着他剑尖光芒跟了过去。

剑尖将要刺到，袁承志手腕微侧，半截断剑已然伸出。双剑相交，只听喀喇一声，接着当啷一响，梅剑和手中长剑齐柄折断，剑刃落地，手中只剩了个剑柄。

众人异口同声，"啊"的一声叫了出来。

袁承志向桌上一指道："给你预备着十柄剑。换剑吧！"众人才知他要十柄剑，原来是预先给对方备下的。

梅剑和又惊又怒，抢了桌上一剑，向他下盘刺去。袁承志知是虚招，并不招架，果然他此剑下刺，立即回招，改刺小腹。袁承志伸断剑挡格，喀喇一声，梅剑和手中长剑又给震为两截。梅剑和跟着连换三剑，三剑均为半截断剑震折，不由得呆在当地，做声不得。

孙仲君叫道："说是比剑，怎么尽使妖法，那还比什么？"

袁承志抛去断剑，微微一笑，从桌上拿起两柄长剑，一柄抛给了梅剑和，转头对孙仲君道："亏你还是本门中人，这手混元功也不知，说什么妖法！"

梅剑和乘他转头，突然出剑，快如闪电般刺向他后心，剑尖即将及身，口中才喝："看剑！"这一剑实是偷袭，人人都看了出来。

袁承志身子侧过，也喝："看剑！"梅剑和使的是一招"苍鹰搏兔"，袁承志依式而为，使的也是一招"苍鹰搏兔"。梅剑和跟着侧身，想照样让开来剑，哪知袁承志一剑刺出，立即转圈，等他身子侧过，剑尖跟着点到。梅剑和只觉剑尖已刺及后心，吓出一身冷汗，使

第九回

一双使妹解拼深巨怨赌

劲前扑,接着向上纵跃。岂料敌剑始终点在他后心,如影随形,任他闪避腾挪,剑尖总不离开,幸好袁承志手下容情,只点着他背上衣衫,只要轻轻向前一送,他再多十条性命也都了帐了。

梅剑和外号叫做"没影子",轻功自然甚高,心里又惊又怕,连使七八般身法,腾挪闪跃,极尽变化,要想摆脱背上剑尖,始终摆脱不了。

袁承志见他已吓得双手发抖,心想他终究是自己师侄,也别迫得太紧,收剑撤招,笑道:"这是本门中的剑法呀,你没学过么?"梅剑和略一定神,低头喘息道:"这叫'附骨之蛆'。"袁承志笑道:"不错,名称不大好听,剑法却挺有用。"

那边青青又叫了起来:"你叫没影子,怎么背后老是跟着人家一把剑呢?'没影子'的外号,还是改为'剑影子'吧!"

梅剑和沉住了气不睬,他精研二十多年的剑法始终没机会施展,心中不服,向袁承志道:"咱们好好的来比比剑。你的杂学太多,我可不会。"

袁承志道:"这些都是本门正宗武功,怎说是杂学? 好,看剑!"挺剑当胸平刺。梅剑和举剑挡开,还了一剑,袁承志回剑格过。梅剑和待要收剑再刺,不知怎样,己剑已给黏在对方剑上,只觉袁承志反手转了两个圈子,自己手臂不能跟着旋转,只得撒手,一柄剑脱手飞去。袁承志道:"要不要再试?"

梅剑和横了心,抢了桌上一柄剑,剑走轻灵,斜刺对方左肩,这次他学了乖,再不和敌剑接触,一见袁承志伸剑来格,立即收招。哪知对方长剑乘隙直入,竟指自己前胸,如不抵挡,岂不给刺个透明窟窿? 只得横剑相格。双剑剑刃一交,袁承志手臂旋转,梅剑和长剑又向空际飞出,啪的一声,竟在半空断为两截。

他抢着又取一剑在手,袁承志喝道:"到这地步你还不服?"唰唰两剑,梅剑和后仰避开,下盘空虚,给袁承志左脚轻轻一勾,便即跪倒,面目却是向天。袁承志剑尖指住他喉头,问道:"你服了么?"梅剑和自出道以来,从未受过这般折辱,一口气转不过来,竟自晕去。

孙仲君见他双目上翻,躺在地下不动,只道已给袁承志杀死,纵身扑上,大叫:"连我一起杀了吧!"

袁承志见梅剑和闭住了气,不觉大惊,心想:"如失手打死了他,将来如何见得师父和二师哥之面？"忙俯身察看，一摸他胸膛，觉到心脏还在缓缓跳动，这才放心，忙在他胁下和颈上穴道中拍了几下。孙仲君双拳此落彼起，在他背上如擂鼓般敲打，袁承志只是不理，忙着为梅剑和施救。

青青和刘培生一齐跃近喝止。孙仲君坐倒在地，大哭起来。不久梅剑和悠悠醒来，低声喝道："你杀了我吧！"刘培生劝道："梅师哥，咱们听师叔教训，别任性啦。"

青青向孙仲君笑道："他又没死，你哭什么？你对他倒真一往情深！"

孙仲君羞怒交加，忽地纵起，挥拳向青青打去，她究是华山派好手，这一拳又快又狠，青青竟没能避开，只打得她左肩一阵剧痛。青青待要还手，孙仲君忽然"哎唷，哎唷"大叫起来，弯下腰去。青青一呆，怒道："打了人家，自己反来叫痛？"袁承志向她使个眼色，青青不知是何用意，也就不再言语了。但见孙仲君双拳红肿，提在面前，痛得眼泪直流。

原来她刚才猛力在袁承志背上敲击，袁承志运气于背，每一下打击之力，都给反弹出来回到她自己拳上。初时还不觉得，待得在青青肩头打了这拳，突然间奇痛入骨，如千枚细针在肉里乱钻乱刺。原来袁承志恨她出手毒辣，不由分说就砍去了那姓罗的一条臂膀，相较之下，梅剑和虽然狂妄，真正过恶倒没什么，是以存心要给她吃点苦头。

旁人不知，还道青青既是金蛇郎君的儿子，武功只怕比袁承志还高，孙仲君不自量力，当然是自讨苦吃了。十力大师、郑起云、万里风等却知孙仲君是受了反弹之力，只要拿筋按摩，点解相应穴道，便可止痛消肿，只是自知非袁承志之敌，不敢贸然出手解救。

梅剑和自幼便在归辛树门下，见到严师，向来犹似耗子见猫一般，压抑既久，独自闯荡江湖，竟加倍的狂傲自大起来。归辛树又生性沉默寡言，难得跟弟子们说些做人处世的道理，不免少了教诲。梅剑和自己受挫，那是宁死不屈，但见师妹痛楚难当，登时再也不敢倔强，站起身来，定了定神，向袁承志连作三个揖，低声下气的道："袁师叔，晚辈不知你老驾到，多多冒犯，请你老给孙师妹解救吧。"

袁承志正色道："你知错了吗？"梅剑和低头道："晚辈不该擅自

第九回 一双使解深巨怨 妹拼赌

撕毁焦帮主的书信，又不该强行替闵二哥出头。"袁承志道："以后梅大哥做事，总要再加谨慎才好。"梅剑和道："晚辈听师叔教训。"

袁承志道："闵二爷不知当年缘由，要为兄长报仇，本来并无不当。你和这里众位英雄受邀助拳，也都是出于朋友义气。现今既已明白此事缘由，大家罢手，化敌为友，足见高义。这一点我决不怪你。可是你做了一件万分不对的事，只怕梅大哥还不明白呢。"

梅剑和一楞，问道："什么？"袁承志道："咱们华山派十二大戒，第三条是什么？"梅剑和道："适才师叔问弟子四条戒律，第三条'滥杀无辜'，孙师妹确是犯了过错，只好待会向罗大哥郑重谢罪，我们再赔他一点损失……"

焦公礼的一名弟子在人丛中叫道："谁要你的臭钱？断了膀子，银子补得上么？"梅剑和自知理曲，默不作声。

袁承志转头向发话那人道："我这师侄确是行为鲁莽，兄弟十分抱愧。待罗大哥伤愈之后，兄弟想跟他切磋一路独臂刀法。这功夫不是华山派的，兄弟不必先行禀明师尊。"

众人见过他的惊人武功，知他虽然谦称"切磋刀法"，实则答允传授一项绝艺。这样一来，罗立如虽然少了一臂，但因祸得福，将来武功一定反而高出同门侪辈了。焦门弟子见他又把孙仲君的过失揽在自己身上，倒不便再说什么。

梅剑和又道："第六条是'不敬尊长'，这条弟子知罪。第十一条是'不辨是非'，弟子也知罪了。只是第五条'结交奸人'，闵二哥为人正直，是位够朋友的好汉子。"

众人大半不知华山派的十二大戒是什么，一听梅剑和这话，闵子华第一个跳了起来，叫道："什么？我是奸人？"

袁承志道："闵二爷请勿误会，我决不是说你。"闵子华怒道："那么你说谁？"

袁承志正要回答，只见两名焦门弟子把罗立如从后堂扶出，向袁承志拜了下去。袁承志连忙还礼。罗立如右袖空垂，脸无血色，但神气仍很硬朗，说道："袁大侠救了我师父，又答允授我武艺，弟子真是感激不尽。"袁承志连声谦让，说道："朋友间切磋武艺，事属寻常，罗大哥不必客气。"

等到罗立如进去，但见孙仲君额头汗珠一滴一滴的落下，痛得全身颤抖，嘴唇发紫，袁承志见她已受苦不小，走近身去，便要伸手推穴施救。孙仲君怒道："别碰我，痛死了也不要你救。"

袁承志脸上一红，想把解法说给梅剑和知晓，突然间砰砰两响，两扇板门为人掌力震落，飞进厅来。

众人吃了一惊，回头看时，只见厅外缓步走进两人。一个是五十左右年纪的汉子，腰缠草绳，一身庄稼人衣着，另一个是四十多岁的农妇，手里抱着个孩子。孙仲君大叫："师父，师娘！"奔上前去。众人一听她称呼，知道是神拳无敌归辛树夫妇到了。

归二娘把孩子递给丈夫抱了，铁青了脸，给孙仲君推宫过血。梅剑和与刘培生也忙上前参见。刘培生低声说了袁承志的来历。

袁承志见归辛树形貌质朴，二师嫂却英气逼人，于是跟在梅刘两人身后，也上前拜倒。归辛树伸手扶起，说句："不敢当！"就不言语了。归二娘给孙仲君一面按摩手臂，一面侧了头冷冷打量袁承志，连头也不点一下。

孙仲君肿痛渐消，哭诉道："师娘，这人说是我的什么师叔，把我的手弄成这个样子，还把你给我的剑也踩断了。"

袁承志一听，心里暗叫糟糕，暗想："早知这剑是二师嫂所赐，可无论如何不能踩断了。"忙道："小弟狂妄无知，请师哥师嫂恕罪。"

归二娘对丈夫道："喂，二哥，听说师父近来收了个小徒弟，就是他么？怎么这样没规矩。"归辛树道："我没见过。"归二娘道："要知学无止境，天外有天，人上有人。学了点功夫，就随便欺侮人。哼！我的徒儿不好，自有我来责罚，不用师叔来代劳啊！"袁承志忙道："是，是！是小弟莽撞。"归二娘板起了脸道："你弄断我的剑，目中还有尊长么？就算师父宠爱你，难道就可对师哥这般无礼！"

旁人听她口气越来越凶，显然是强词夺理，袁承志却一味的低声下气。焦公礼一边的人都忿忿不平。闵子华和洞玄、万里风等人却暗暗得意，心想："刚才给你占足了上风，你师哥师嫂一到，还有你狠的吗？"

孙仲君道："师父师娘，他说有一个什么金蛇郎君给他撑腰，把梅师哥、刘师哥也都给打了，还胡说八道的教训了我们半天，全不把师父、师娘瞧在眼里。"

原来归辛树夫妇因独子归钟身染重病，四出访寻名医。几位医道高明之士看了，都说归二娘在怀孕之时和人动手，伤了胎气，孩子在胎里就受了内伤，现下发作出来，这种胎伤千不一活，古方上说如有大补灵药千年茯苓，再加上成了形的何首乌或可救治。要不然便是千年人参、灵芝仙草，那可更加难得了。如无灵药，至多再拖得一两年，便会枯瘦而死。

归辛树夫妇中年得子，对孩子爱逾性命，遍托武林同道访药。但千年茯苓已万分难得，再加成形何首乌，却到哪里去寻？访了年余，毫无结果。眼见孩子一天天的瘦下去，归二娘只偷偷垂泪。夫妻俩一商量，金陵是江南第一重镇，奇珍异物必多，于是同来南京访药。向武林同道打听，得知梅剑和等三名弟子都在此地。夫妇二人心想这三人都很能干，可以帮同寻药，立即找来焦家，哪知竟见到孙仲君手掌受伤。

归二娘本来性子暴躁，加之儿子病重，心中焦急，听了爱徒的一面之辞，当下没头没脑的把袁承志训责了一顿，听说他尚有外人撑腰，更加愤怒，侧头问丈夫道："这金蛇怪物还活着？"归辛树道："听说过世了，不过谁也不清楚。"

青青听她无理责骂袁承志，早已有气，待听她又叫自己父亲为怪物，更是恼怒，骂道："你这泼妇！干么乱骂人？"归二娘怒道："你是谁？"孙仲君道："他就是金蛇怪物的儿子。"归二娘手腕一抖，一缕寒星，疾向青青肩头射去。

袁承志暗叫不好，待欲跃起拍打，但归二娘出手似电，哪里还来得及？只见青青身子一颤，暗器已中左肩。袁承志大惊，抢上去握住她手臂一看，见乌沉沉的是枚丧门钉。青青又惊又怒，已痛得面容失色。袁承志道："别动！"左手食中双指按在丧门钉两旁，微一用劲，见钢钉脱出了三四分，知道钉尖没安倒钩，这才力透两指，一运内劲，那钉从肉里跳出，叮的一声，跌落地下。焦宛儿早站在一旁相助，忙递过两块干净手帕。

袁承志替青青包扎好了，低声道："青弟，你听我话，别跟她吵。"青青怒道："为什么？"袁承志道："冲着我师哥，咱们只好忍让。"青青委委屈屈的点了点头。袁承志知她素性倔强，这次吃了亏居然肯听自己的话，不予计较，比往昔温柔和顺得多，很是欢喜，向她微微一笑。

归二娘等他们包扎好伤口,冷笑道:"我随手发枚小钉,试试他虚实,要是他父亲金蛇郎君真有本领,怎么他连一枚小钉也躲不开?可见什么金蛇银蛇,只不过是欺世盗名、招摇撞骗之徒罢啦!"

袁承志心想:"二师嫂误会很深,如加分辩,只有更增她怒气。"便默不作声。

归二娘道:"这里外人众多,咱们门户之事不便多说。明晚三更,我们夫妇在紫金山雨花台边相候,请袁爷过来,可要查个明白,到底你真是我们当家的师弟呢,还是嘿嘿……"说着冷笑几声。

众人一听,这明明是叫阵动手了。焦公礼很感为难,说道:"贤伉俪威镇江南,大伙儿听到神拳无敌的大名,向来仰慕得紧,今日有幸光临,那真是请也请不到的。"归二娘哼了一声,归辛树抱着儿子,心神不属,便似没听见。焦公礼又道:"这位袁爷见兄弟遇上了为难之事,仗义排解。梅大哥、刘大哥、孙姑娘三位也都说清楚了。明晚兄弟作东,给贤伉俪接风,同时庆贺三位师兄弟相逢,要不然,今晚水酒一杯……"

归二娘不耐烦听他说下去,转头对袁承志道:"怎样?你不敢去么?"袁承志道:"师哥师嫂住在哪里?小弟明日一早过来请两位教训。师哥师嫂要怎么责罚,小弟一定不敢规避。"归二娘哼了一声,道:"谁知你是真是假,先别这样称呼。明晚试了你的真假再说。走吧!"拉了孙仲君手臂,转身走出。

太白三英先见袁承志出头干预,已知所谋难成,料想昨晚制住自己而盗去书函的,无疑必为此人,只怕他随时会取出多尔衮的函件,揭露通敌卖国丑事,一直在想乘机溜走,恰好归辛树夫妇到来,争闹又起。三人暗暗欣喜,只盼事情闹大,就可混水摸鱼,待见他们约定明晚在雨花台比武,今晚已经无事,三人一打眼色,抢在归氏夫妇头里溜了出去。

袁承志叫道:"喂,慢走!"飞身出去拦阻。

归二娘大怒,喝道:"小子无礼,你要拦我!"右掌往他头顶直劈下去。

袁承志缩身偏头,归二娘的手掌从他肩旁掠过,掌风所及,微觉酸麻。归二娘与丈夫在家之时,无日不对掌过招,勤练武功,掌法之凌厉狠辣,自负除了丈夫之外,武林中已少有敌手,但这一掌居然没打到对方,那是近十年来所未有之事,心头火起,手掌变劈为削,随势横扫。袁承志双足使劲点地,身子陡然拔起,跃过了一张桌子。这一来,归二娘不便再行追击,狠狠瞪了他一眼,与归辛树、孙仲君、梅剑和、刘培生直出大门。

太白三英见此良机,立即随着奔出。袁承志生怕归二娘又起误会,不敢再行呼喝,纵身扑出,一把抓住走在最后的黎刚,随手点了穴道,掷在地下。史氏兄弟却终于逃了出去。

袁承志追出门外,此刻天已入黑,四下黑沉沉地已不见影踪,心想抓住一人,也可以追问口供了,当即转身回入。忽听得身后一个苍老的声音笑道:"小朋友,多时不见,功夫可俊得很啦。"

袁承志耳听声音熟识,心头一震,疾忙回头,只见厅外大踏步走进两个人来。

当先一人须眉皆白,背上负着一块黑黝黝的方盘,竟是传过他轻功和暗器秘术的木桑道人。只见他一手提着史秉文,一手提着史秉光。袁承志这一下喜出望外,忙抢上拜倒在地,叫道:"道长,你老人家好!"

木桑道人笑道:"起来,起来!你瞧这人是谁。"

袁承志起身看时,见他身旁站着个中年汉子,两鬓微霜,一脸风尘之色,再一细看,认出是当年曾传过自己拳掌,又舍命救过自己的崔秋山。他在闯王军中出死入生,从少年而至中年,久历风霜,相貌神情已大不相同。袁承志这一下又惊又喜,抢上去抱住了他,叫道:"崔叔叔,原来是你。"不禁泪水夺眶而出。崔秋山见他故人情重,真情流露,眼中也不禁湿润。

忽听闵子华叫了起来:"喂,你们干么跟太白三英为难?怎地拿住了他们不放?"众人素知史氏兄弟武功了得,可是给这老道抓在手中,如提婴儿,丝毫没有挣扎,显让点中了穴道,均感惊奇。

木桑哈哈一笑,将史氏兄弟掷在地下,笑道:"拿住了玩耍玩耍不可以么?"

袁承志伸手向木桑道人身旁一摆,说道:"这位木桑道长,是铁剑门的前辈高人。"又向崔秋山一摆,说道:"这位崔大叔以伏虎掌法名重武林,是兄弟学武时的开蒙师傅。"

厅上老一辈的素闻"千变万劫"木桑道人的大名,只是他行踪神出鬼没,十之八九都没见过他面,只十力大师和昆仑派张心一是他旧识,但算来也是晚辈了,两人忙过来厮见。众人见十力大师和张心一以如此身分地位,尚且对他这般恭谨,无不肃然。

木桑道人道:"贫道除了吃饭,就爱下棋,啰里啰唆的事向来不理,否则的话,老道的棋术怎能如此出神入化? 可是上个月忽然得到消息,说有人私通外国,要到南京来谋干一件大大的卖国勾当,贫道可就不能袖手了,因此上一路跟了过来。"

闵子华奇道:"谁是卖国奸贼? 难道会是太白三英?"木桑道:"不错,正是这三个大名鼎鼎的英雄豪杰、狗熊耗子!"闵子华道:"三位是好朋友,怎会做这等无耻勾当,你别冤枉好人。"木桑道:"老道跟这三个家伙从来没见过面,无怨无仇,干么要冤枉他们? 他们和满洲鞑子偷偷摸摸捣鬼,我在关外亲眼见到,亲耳听到,哪还能有错?"闵子华道:"有什么证据?"木桑奇道:"证据? 要什么证据? 难道凭老道的一句话,还作不得数?"闵子华道:"这个谁相信呀?"

木桑怒喝:"你是谁?"袁承志道:"这位是仙都派闵子华闵二爷。"木桑怒道:"你师父黄木道人,听了我的话也从来不敢道半个不字。你这小子胆敢不信道爷的话?"

众人虽都敬他是武林前辈,但觉如此武断,未免太过横蛮无理,均感不服,却也无人出言跟他争辩。木桑捋着胡子直生气。

袁承志从怀中取出一封信来,交给闵子华道:"闵二爷,请你给大伙儿念一念。"

闵子华接过信来,只看了几句,就吓了一跳。袁承志守在一旁,若见他也学梅剑和的样,要想扯碎信笺,立即便点他穴道,夺过信来。却见他双手捧信,高声朗诵出来。

那信便是满洲睿亲王多尔衮写给太白三英的,吩咐他们俟机夺取江南帮会的地盘,在武林人士中挑拨离间,引致众人自相残杀,同时设法扩充势力,等清兵入关,便起事内应。信末盖着睿亲王的两枚朱印。闵子华还没念完,群豪已然大怒,纷纷喝骂。郑起云拉起黎刚,解开他穴道,喝道:"你们还有什么奸计? 快招出来。"黎刚瞋目不语。郑起云啪啪两记耳光,他两边脸颊登时肿了起来。

袁承志当下把如何得到密件的经过,原原本本说了出来。

黎刚知道无法抵赖,叫道:"清兵不日就要入关,这里便是大清国的天下。你们现下投顺,还不失为开国功臣,要是……"话未说完,郑起云当胸一拳,把他打得晕了过去。史氏兄弟比黎刚阴鸷得多,听他这么说,心知要糟,要想饰辞分辩,苦于给点了穴道,做声不得。

郑起云道:"道长,这种奸贼留着干么?毙了算啦!"焦公礼道:"料想这些奸贼一定还有同党,咱们得查问明白。今日不早了,改日再请各位一齐商量。"众人都说不错,当下纷纷告辞,有的还向太白三英口吐唾涎,踢上几脚。

闵子华知受奸人利用,很是懊悔,极力向焦公礼告罪,又向袁承志道:"要不是袁相公出来排解,消弭了一场大祸,又揭破了奸人的阴谋毒计,兄弟真是罪不可赦。"十力大师、郑起云、张心一等也均向袁承志致谢,然后辞出。

木桑解下背上棋盘,摸出囊中棋子,对袁承志道:"这些日子中我老是牵挂着你,别的倒没什么,就是想你陪我下棋。"

袁承志见他兴致勃勃,微笑着坐了下来,拈起了棋子,心想:"道长待我恩重,难以报答。他一生惟好下棋,只有陪他下棋来稍尽我的孝心了。"木桑眉花眼笑,向余人道:"你们都去睡吧。老道棋艺高深,千变万化,谅你们也看不懂。"

焦公礼吩咐安排酒饭相待众人,随后引崔秋山入内安睡。青青却定要旁观下棋,不肯去睡。焦宛儿在一边递送酒菜水果。

青青不懂围棋,看得气闷,加之肩头受伤,不免精神倦怠,看了一阵,竟伏在几上睡着了。木桑对宛儿道:"焦大姑娘,扶她到你房里睡去吧。"宛儿脸一红,只装不听见,心想:"这位道长怎地风言风语的?"木桑呵呵笑道:"她是女孩子啊,你怕什么羞?"宛儿问袁承志道:"袁相公,是么?"袁承志笑道:"她女扮男装,在外面走动方便些。"

宛儿年纪比青青小了两岁,但跟着父亲历练惯了,很是精明,青青女扮男装,本来不会看不出来,只是这两日她牵挂父亲生死安危,心无旁骛,又见青青是个美貌少年,一见面就拉她手,觉得此人甚不庄重,此后就不敢对她直视,这时听承志说了,兀自不放心,轻轻除下青青的头巾,露出一头青丝秀发,头发上还插了两枚玉簪,于是扶她起身,仔细看时,但见她细眉樱口,肌肤白嫩,果然是个美貌女子,笑道:"姊姊,我扶你去睡。"青青迷迷糊糊的道:"我不困,我还要看。道长……道长输了几盘啦?"

木桑骂道:"胡说!"宛儿微笑道:"好,好,休息一下,咱们再来看。"扶她到自己房里安睡。

袁承志好些时日没下棋了,不免生疏,心中又尽想到明晚归氏夫妇之约,心神不属,连走了两下错着,白白的输了个劫,一定神,忽然想起,问道:"道长,你怎知她是女子?"

木桑呵呵笑道:"我和你崔叔叔五天前就见到你啦。我要暗中察看你的功夫人品,一直没跟你相见。小心,要吃你这一块了,点眼!"说着下了一子,又道:"你武功大进,果然了得。或许还及不上你师父,老道可不是你对手啦。"袁承志起立逊谢,道:"那全蒙恩师与道长的教诲。这几天道长要是有空,请你再指点弟子几手。"

木桑笑道:"你陪我下棋,向来是不肯白费功夫的。不过我教你些什么呢?你武功早胜过我啦,还是你教我几招吧。你如要我教几路棋道上的变化,那倒可以。"他越下越得意,又道:"武功好,当然不容易,但你人品端方,更是难得。少年人能够不欺暗室,对同行少女规规矩矩的,我和你崔叔叔都赞不绝口呢。"

袁承志暗叫惭愧,脸上一阵发烧,心想要是自己跟青青有什么亲热举动,岂不是全让他瞧了去?怎么他从旁窥探,自己竟没发觉?这位道长的轻身功夫,实是高明之极。

又下数子,木桑在西边角上忽落一子,那本是袁承志的白棋之地,黑棋孤子侵入,可说是干冒奇险。他道:"承志,我这一手是有名堂的。老道过得几天,就要到西藏去。这一子深入重地,成败祸福,大是难料。"袁承志奇道:"道长万里迢迢的远去西藏干什么?"木桑叹了口气,说道:"去找一件东西。那是先师的遗物。这件物事找不到,本来也不打紧,但如给另一人得了去,那可大大不妥。好比下棋,这是抢先手。老道倘若失先,一盘棋就输得干干净净。原来对方早已去了几年,我这几天才知,现下马上赶去,也已落了后手。"袁承志见他脸有忧色,浑不是平时潇洒自若的模样,知他此行关系重大,说道:"弟子随道长同去。咱们几时动身?"木桑摇摇头:"不行,不行,这事你可帮不上忙。"

便在此时,忽听厅外微有声响,知道屋顶跃下了三个人来,袁承志见木桑不动声色,也就不理,继续下棋。

木桑道:"你师嫂刚才的举动我都见到了。你放心,明天我帮你对付他们。"

袁承志道:"弟子不能跟师哥师嫂动手,只求道长设法排解。弟子自可认错赔罪。"木桑道:"怕什么?动手打好啦,输不了!你师父怪起上来,就说是我叫打的。"

说到这里,屋顶上又窜下四个人来,随觉一阵劲风,四枚钢镖激射而至。木桑随手接住,瞧也不瞧,放在桌上,只当没这回事。厅外七人一齐跃了进来,手中都持兵刃。

木桑笑道:"你能不能一口气吃掉七子?"袁承志会意,说道:"弟子试试。"这时七人中有两人去扶起地上的太白三英,其余五人各挺刀剑,冲将过来。

袁承志抓起一把棋子,撒了出去,只听得篷篷声响,七名来人穴道齐中,呛啷啷的一阵响晓,兵刃撒了一地。木桑点头道:"大有长进,大有长进!"

宛儿刚服侍青青睡下,听得响声,忙奔出来,见二人仍在凝神下棋,地下却倒了七名大汉。她也不多问,召来家丁,命将七人和太白三英都绑缚了。

这时木桑侵入西隅的黑棋已受重重围困,眼见已陷绝境,袁承志忽然想起:"道长把这块棋比作他西藏之行,我如将他这片棋杀了,只怕于他此行不吉。"沉吟片刻,转去东北角下了一子。木桑呵呵大笑,续在西隅下子,说道:"凶险之极!这着棋一下,那可活了。你杀我不了啦!我而且还能反先!"

又过半个时辰,双方官子下完,袁承志输了五子。木桑得意非凡,笑道:"这些年来,你武功是精进了,棋艺却没什么进展。"袁承志笑道:"那是道长妙着迭生,变化精奥,弟子抵挡不住。"木桑呵呵大笑,打从心底里欢喜出来,自吹自擂一会,才转头对宛儿道:"你叫人搜搜他们。"

宛儿命众家丁在十人身上搜查,搜出几封书信、几册暗语切口的抄本。书信中有一封是满清九王多尔衮写信给北京皇宫司礼太监曹化淳的,说道关口盘查严密,是以特地绕道,从海上派遣使者前来,机密大事,可与持信的使者洪胜海接头云云。

木桑大怒,叫道:"奸贼越来越大胆啦,哼,连皇宫里的太监也串通了。"右脚飞出,将一名奸细踢得脑浆迸裂。他伸脚又待再踢,袁承志道:"慢来,道长!且待弟子仔细盘问。"木桑怒气不息,又要撕信,也给袁承志劝住。木桑道:"话就依你,明天可得陪我下三盘棋。"袁承志笑道:"只要道长有兴,连下十盘,却也无妨。"木桑大喜,随着家丁进内睡了。

袁承志看了书信和切口抄本等物,心念忽动,暗想:"爹爹的大仇尚未得报,仗着这些密件,正好混进宫去行刺昏君,为爹爹报仇。"于是把一人穴道解了,问他谁是洪胜海。那人向一个三十多岁、白净面皮的人一指。

袁承志将洪胜海穴道解开盘问。那洪胜海倔强不说。

袁承志心想,看来他在同党面前决不肯吐露一字半句,于是命家丁将他带入书房,说道:"我问你话,你老老实实回答,或者还可给你条生路,只要稍有隐瞒,我叫你分作几天,慢慢受罪而死。"

洪胜海怒道:"你那妖道使邪法迷人,我虽死亦不心服。"袁承志道:"哼,你自以为武功精强,是不是?你是汉人,却去做番邦奴才,这是罪有应得,死有余辜。你既不服,我就跟你比比。你若赢了,放你走路。你如输了,一切可得从实说来。"

洪胜海大喜,心想:"刚才也不知怎样,突然穴道上一麻,就此跌倒,必是妖道行使妖法。那妖道既已不在,这后生少年如何是我对手?乐得一切答允。"答道:"好,那道人使妖法,我输了也不服。只要你用真功夫打败我,不论你问什么,我都实说。"

袁承志走近身去,双手执住绑在他身上的绳索,一拉一扯,绳索登时断成数截。

洪胜海一怔,他身上所缚,都是丝麻绞成的粗索,他穴道解开后,曾暗中用力挣扎,只挣得绳索越缚越紧,哪知这少年只随手一扯,绳索立断,本来小觑之心,都变成了畏惧之意,说道:"怎么比法?咱们到外面去吧,是比兵刃还是比拳脚?"

袁承志笑道:"我用棋子打中你穴道,你竟以为是那道长使妖

第九回 一双使解深怨 姊妹拼巨赌

法,当真好笑。看你跃进来的身法,是栖霞派东支的内家功夫了。"

洪胜海又是一惊,入厅时见两人凝神下棋,眼皮也不抬一下,宛若不觉,哪知自己的行动全已清清楚楚落在他眼里,连门派家数也说得不错,便点了点头。

袁承志道:"也不用出去,就在这里推推手吧。"

洪胜海双手护胸,身子微弓,摆好了架子,等他站起身来。

袁承志并不理会,磨墨拈毫,摊开一张白纸,说道:"我在这里写字,写什么呢?"洪胜海见他说要比武,却写起字来,很感诧异,又坐了下来。袁承志道:"你别坐!"伸出左掌,道:"你只要把我推得晃了一晃,我写的字有一笔扭曲抖动,就算你赢了,立刻放你走路。要是我写满了一张纸,你还是推不动我,那怎么说?"

洪胜海说道:"这样比不大公平吧?"袁承志笑道:"不相干。我写了,你来吧。"右手握管,写了"恢复之计"四字。

洪胜海潜运内力,双掌一招"排山倒海",猛向袁承志左掌推去,只觉他左掌微侧,已把自己的劲力滑了开去。洪胜海一击不中,右掌下压,左掌上抬,想把袁承志一条胳臂夹在中间,只要上下用力,他臂膀非断不可。

袁承志右手写字,说道:"你这招'升天入地',似乎是山东渤海派的招数。嗯,那是'斩蛟拳'。渤海派出自栖霞东支,那么阁下是渤海派。"当年穆人清传艺之余,还将当世各家武功向承志详细分拆解说,因此承志熟知各家各派的技法招式。

洪胜海听他将自己的武功来历说得半点不错,心下骇然,这时他双掌已夹住对方臂膀,连运几次劲力,对方一条臂膀便如生铁铸成,纹丝不动。承志几句话一说完,臂膀后缩,如一尾游鱼般从他两掌间缩了出来,只听啪的一声,他左右双掌收势不及,自行打了一记。洪胜海又惊又怒,展开本门绝学,双掌飞舞,惊涛骇浪般攻出。

袁承志坐在椅上右手书写不停,左掌潇洒自如,把对方来招一一化解。他左臂忽前忽后,对洪胜海始终没瞧上一眼,偶尔还发出一两下反击,但左臂伸缩只到肩窝为止,上身稳稳不动,对方攻来时既不后仰,追击对方时也不前俯。

拆得良久,洪胜海一套"斩蛟拳"已使到尽头。袁承志道:"你的'斩蛟拳'还有九招,我这篇文章却要写完了。好,我等你一下,你发一招,我写一个字!"

洪胜海心下更惊,暗想此人怎么对我拳法如此熟悉,难道竟是本门中人不成?不过他掌法十分奇妙厉害,要说是本门之人,那又决计不是。当下把"斩蛟拳"最后九招使了出来,凝聚功力,每一招都如刀劈斧削一般,凌厉异常,这时已不求打倒对方,只盼将他身子震得一震,右手写的字有一笔涂污扭曲,就可借口脱身。只听袁承志诵道:"'但中有所危,不敢不告'。最后还有个'告'字!"

洪胜海使到最后两招,仍然推他不动,突然低头,双肘弯过,臂膀放在头前,猛力向他冲去,心想你武功再好,椅子总会给我推动。哪知他这么净使蛮劲,只发不收,犯了武家大忌,只觉肘下不知从哪里来一股大力,蓦地托起,登时立足不稳,向后便仰,身不由主的在空中连翻三个筋斗,腾的一声,坐倒在地。过了好一会,才弄清自己原来已让对方打倒了,忙双足一顿,站了起来。

就在这时,焦宛儿拿了一把紫砂茶壶,走进书房,说道:"袁相公,这是新冲的狮峰龙井,你喝一杯吧。"说着把茶筛在杯里。

袁承志接过茶杯,见茶水碧绿如翡翠,一股清香幽幽入鼻,喝了一口,赞道:"好茶!"拿起桌上那张纸,说道:"焦姑娘,请你瞧瞧,纸上可有什么破笔涂污?"

焦宛儿接了过来,轻轻念诵了起来:

"恢复之计,不外臣昔年以辽人守辽土、以辽土养辽人、守为正着、战为奇着、和为旁着之说。法在渐不在骤,在实不在虚。此臣与诸边臣所能为。至用人之人,与为人用之人,皆至尊司其钥。何以任而勿贰,信而勿疑?盖驭边臣与廷臣异。军中可惊可疑者殊多,但当论成败之大局,不必摘一言一行之微瑕。事任既重,为怨实多。诸有利于封疆者,皆不利于此身者也。况图敌之急,敌亦从而间之。是以为边臣甚难。陛下爱臣知臣,臣何必过疑惧?但中有所危,不敢不告。"

她于文中所指,不甚了了,她不精擅书法,但见这一百多字书法颇为平平,结构章法,可说相当拙劣,但一笔一划,力透纸背,并无丝毫扭曲涂污,说道:"清清楚楚,一笔不苟,这是篇什么文章?"袁承志叹了口气,道:"这是袁督师当年守辽之时,上给皇帝的奏章。"焦宛儿道:"袁相公文武全才,留心边事,于这些奏章也烂熟于胸。"袁承志摇头道:"我也只读过这几篇,那是我从小就背熟了的。"

袁崇焕当年守卫辽边,抗御满洲入侵,深知崇祯性格多疑,易听小人中伤挑拨,因此上这篇奏章。后来崇祯果然中了满洲皇太极的反间计,先前对袁崇焕本有猜忌之心,又信了奸臣的言语,将袁崇焕杀了。袁崇焕所疑惧的,都不幸而一一料中。袁承志年幼时,应松教他读书习字,曾将他父亲袁崇焕的诸篇奏章详为讲授。他除此之外,读书无多,此刻要写字,又想起满洲图谋日亟,边将无人,随手便写了出来。

焦宛儿道:"袁相公这幅字,就给了我吧。"袁承志道:"我的字实在难看。刚才跟这朋友打赌,才好玩写的。焦姑娘要,拿去不妨,可不能给有学问的人见到,让人家笑话。"焦宛儿谢了收起,走出书房。

袁承志问洪胜海道:"满洲九王派你去见曹化淳,商量些什么事?"洪胜海吞吞吐吐的不说。袁承志道:"咱们刚才不是打了赌么?你有没推动我?"洪胜海低头道:"相公武功惊人,小人确是闻所未闻,见所未见,拜服之至。"

袁承志道:"你左乳下第二根肋骨一带,有什么知觉?"洪胜海伸手一摸,惊道:"那里完全麻木了,没一点知觉。"袁承志道:"右边腋下呢?"洪胜海一按,忽然"哎唷"一声叫了出来,说道:"不摸倒不觉什么,一碰可痛得不得了。"袁承志笑道:"这就是了。"斟了杯茶,一面喝茶,一面翻开案头一本书来看,不再理他。

洪胜海想走,却又不敢。过了好一会,袁承志抬起头来,说道:"你还没走么?"洪胜海喜道:"相公放我走了?"袁承志道:"是你自己来的,我又没请你。你要走,我也不会留客。"洪胜海喜出望外,跪下磕头,站起来作了一揖,说道:"小人不敢忘了相公恩德。"袁承志点点头,又自看书。

洪胜海走到书房门口,忽想出去怕有人拦阻,推开窗格,飞身而出,回头望去,见袁承志仍在看书,并无追击之状,这才放心,跃上屋顶,疾奔而去。

焦宛儿自袁承志救她父亲脱却大难,衷心感激,心想他武功惊人,今后也没可以报答的时候,只有乘着他留在自己家里这几天尽心服侍。这时三更将过,已然夜深,她在书房外来回数次,见门缝中仍透出光亮,知他还没睡,命婢女弄了几色点心,亲自捧向书房。

在门上轻敲数下,推门进去,见袁承志拿着一部《忠义水浒传》正看得起劲。

焦宛儿道:"袁相公,还不安息么?请用一些点心,便安息了,好么?"袁承志起身道谢,说道:"姑娘快请安睡,不必招呼我啦。我在这里等一个人……"正说到这里,窗格一动,有人跳进。焦宛儿一惊,看清楚便是洪胜海。

他在承志面前跪倒,道:"袁大英雄,小人知错了,求你救命。"承志伸手相扶,洪胜海跪着不肯起身,道:"从今以后,小人一定改过自新,求袁大英雄饶命。"宛儿在一旁睁大眼睛,愕然不解。

只见袁承志伸手一托,洪胜海又身不由主的翻个筋斗,腾的一声坐倒。他随手一摸腋下,登现喜色,再按胸间,却又愁眉重锁。袁承志道:"你懂了么?"

洪胜海一转念间,已明袁承志之意,说道:"袁大英雄你要问什么,小人一定实说。刚才小人已说过,比武只要输了,什么事都据实禀告。"

焦宛儿知道他们说的是机密大事,当即退出。

原来洪胜海离焦家后,疾奔回寓,解衣看时,见胸前有铜钱大小一个红块,摸上去毫无知觉,腋下却有三个蚕豆大小的黑点,触手剧痛,知在推手时不知不觉间给对手内力震伤。当下盘膝坐在床上,运内功疗伤,岂知不运气倒也罢了,一动内息,腋下奇痛彻心,连忙躺下,却又无事。这么一连三次,想到高深武功能以内力伤人于无形,受者重伤难治,不由得越想越怕,只得又赶回来求救。

袁承志道:"你身上受了两处伤,一处有痛楚的,我已给你治好;另一处目前没知觉,三个月之后,麻木处慢慢扩大,等到胸口心间发麻,那就寿限到了。"洪胜海又噗的跪下,磕下头去。

袁承志正色道:"你投降番邦,去做汉奸,本来罪不容诛。我问你,你愿不愿将功折罪?"洪胜海垂泪道:"小人做这件事,有时中夜扪心自问,也觉对不起先人,辱没上代祖宗。相公给小人一条自新之路,实是再生父母。小人也不是自甘堕落,只是当年为了一件事,迫得无路可走,才出此下策。"

袁承志见他说得诚恳,便道:"你起来,坐下慢慢说。是谁迫得你无路可走?"

第九回 一双妹拼巨赌 使解深怨

洪胜海恨恨的道:"是华山派的归二娘和孙仲君师徒。"

这句话大出袁承志意料之外,忙问:"什么?是她们?"洪胜海脸色倏变,道:"相公识得她们?"袁承志道:"刚才还跟她们交了手。"

洪胜海听了一喜一忧,喜的是眼前这样一个大本领的人是她们对头,忧的是这两人竟在南京,只怕冤家路窄,狭路相逢,说道:"这两个娘儿本领虽不错,但决不是相公对手。不过她师徒俩心狠手辣,什么事都做得出来,相公可要小心。"

袁承志哼了一声,问道:"她们追你,为了何事?"

洪胜海微一沉吟,道:"不敢相瞒,小人本在山东海面上做些没本钱的买卖。伙伴中有个义兄,看中了那孙仲君,向她求婚。她不答应也就罢了,哪知一言不发,突然用剑削去了他两只耳朵。小人心头不忿,约了几十个人,去将她掳了来,本想迫她和我那义兄成亲,不料她师娘归二娘当晚赶到,将我义兄一剑杀死,其余朋友也都给她杀了。小人逃得快,总算走脱了性命。"袁承志道:"掳人迫婚,本来是你不好啊。"洪胜海道:"小人也知事情做得卤莽,闯了大祸,逃脱后也不敢露面。哪知她们打听得小人家乡所在,赶去将我七十岁的老母、妻子和三个儿女,杀得一个不留。"

袁承志见他说到这里时流下泪来,料想所言不虚,点了点头。

洪胜海又道:"我斗不过她们,可是此仇不报,难下得这口气……小人在中原无法存身,知道迟早会给这两个泼辣婆娘杀了,一时意左,便到辽东去投了九王……"说到这里,又是气愤,又是惭愧。

袁承志道:"她们杀你母亲妻儿,虽然太过,但起因总是你不好。而且这是私仇,你怎么可以投降番邦,甘做汉奸?"洪胜海道:"只求袁大英雄给我报了此仇,你叫我作什么全成。"袁承志道:"报仇?你这生别作这打算了,归二娘武功极高,她丈夫神拳无敌更是了得,是我的师兄。我问你,九王叫你去见曹太监干么?"

洪胜海道:"九王爷吩咐小人,要曹太监将宫里朝中的大事都说给小人听,然后去转告九王爷。"袁承志问道:"曹化淳做到司礼太监,已是太监中的顶儿尖儿,他投降满清,又图的是什么?多尔衮许给他的好处,难道能比大明皇帝给他的更多?"洪胜海道:"满清九王爷只答允他一件事:将来攻破北京,不杀他的头,让他保有家产;他如不作内应,北京终究还是能破,那时便将他千刀万剐。"袁承志这才恍然,说道:"曹太监肯做汉奸,只是怕死,为了先铺一条后路。"洪胜海道:"正是!"袁承志叹了口气,心想:"有些人什么都有了,便就怕死,怕失了家产。荣华富贵没有了,那无可奈何。但性命家产却必须保全,便什么都肯干。"

他向洪胜海瞧去,心道:"这人也怕死,只求保住性命,什么都肯干。坏事固然肯做,好事何尝不能?"问道:"你愿意改邪归正,做个好人呢,还是宁可在三个月后死于非命?"洪胜海道:"请袁英雄指点条明路,但有所命,小人不敢有违。"袁承志道:"好吧,你跟着我作个亲随吧。"洪胜海大喜,扑地跪倒,磕了三个响头。

袁承志道:"以后你别叫我什么英雄不英雄的。"洪胜海道:"是,我叫你相公。"心中暗喜:"只要跟定了你,再也不怕归二娘和孙仲君这两个女贼来杀我了。三个月后伤势发作,你自然也不会袖手旁观。"当下心安理得,胸怀大畅,以前做满清奸细之时,神明内疚,恍惚不安,此刻宛如心头移去一块大石,说不出的舒服。

袁承志忙了一夜,这才入内安睡,命洪胜海和他同室,睡在地下。洪胜海见袁承志对己信任,殊无提防之意,很是感激。其实袁承志用混元功伤他之后,知他要靠自己解救,如敢加害,那就是害了自身。

一打开铁箱，但见宝光耀眼，满箱都是宝石、珍珠、玛瑙、翡翠之属，没一件不是价值巨万的珍物。抄到底下，见下半箱叠满了金砖。

第十回

不传传百变
无敌敌千招

　　袁承志睡到次日日上三竿,这才起身。焦宛儿亲自捧了盥洗用具和早点进房,袁承志连忙逊谢。洪胜海便在旁服侍。

　　刚洗好脸,木桑道人拿了棋盘,青青拿着棋子,两人一齐进来。青青笑道:"贪睡猫,到这时候才起身,道长可等得急坏了,快下棋,快下棋。"袁承志向着她瞧了一眼,忽然一笑。青青笑道:"笑什么?"袁承志笑道:"道长给你什么好处?你这般出力帮他找对手。"青青笑道:"道长教了我一套功夫。这功夫啊,可真妙啦。别人向你拳打脚踢,你却只管跟他捉迷藏,东一溜,西一晃,他再也别想打到你。"

　　袁承志心里一动,偷眼看木桑道人时,见他拿了两颗白子、两颗黑子,放在棋盘四角,手中拈着一颗黑子,轻轻敲击棋盘,发出丁丁之声,嘴角边露出微笑。本来在华山下棋时,袁承志已要让木桑一先,后来更加非让上三子不可,此时却又平手分先。

　　袁承志心想:"今晚二师哥、二师嫂雨花台之约,非去不可。瞧二师嫂神气,只怕不能不动手,我又不能跟他们真打。二师哥号称神拳无敌,我全力施为,尚且未必能胜,如再相让,非受重伤不可,真有差池,只怕连命也送了。道长传授她武功,似乎别有深意。"便道:"下棋倒也可以,可是你得把这套功夫转教给我。"青青笑道:"好哇,这叫见者有份,你跟我讲起黑道上的规矩来啦。"两人说笑几句,承志就陪木桑下棋。此时承志多历世事,已不似儿时一味好胜,手下自然留情,让木桑赢得心情大快。

午饭后，袁承志和崔秋山谈起别来情由。一个知道闯王势力大张，不久就要大举入京；另一个见旧时小友已英武如斯，艺成品立，均觉喜慰。谈了一阵，又说到崔希敏和安小慧失金夺金之事。青青不住向承志打手势，叫他出去。崔秋山笑道："你小朋友叫你呢，快去吧！"承志脸一红，不好意思便走。

崔秋山笑着起身走出。青青奔了进来，笑道："快来，我把道长教的功夫跟你说。他教的时候我压根儿就不懂。他说：'你硬记着，将来慢慢儿就懂了。'我怕再过一阵就全给忘了。"当下连比带划，把木桑所授的一套绝顶轻功"神行百变"说了出来。

木桑道人轻功与暗器之术天下独步，这套"神行百变"更是精微奥妙，当年在华山之时，承志所学尚浅，无法领会修习，是以没有传他。青青武功虽不甚精，但记性极好，人又灵悟，知道木桑传她是宾，传承志是主，只不明白为什么要自己转言，当时生吞活剥的硬记，这时把口诀、运气、脚步、身法等项一一照说，只听得承志心花怒放。他习练木桑所传的轻功已历多年，这套"神行百变"只不过更加变化奥妙，须以更深内功作为根柢，基本道理却也与以前所学的轻功无别。此时他武学修为大进，一闻要诀，便即领悟。青青有几处地方没记清楚，承志一问，她答不上来，便又奔进去问木桑道人。等到二次指点，承志已尽行明白，当下在厅中按式练了一遍。

但觉这套轻功转折滑溜，直似游鱼一般，与人动手之际，倘若但求趋避自保，敌人兵刃拳脚万难及身，这才明白木桑的用意。然他知二师哥武功精绝，当年师父曾说："你大师哥为人滑稽，不免有点浮躁。二师哥却木讷深沉，用功尤为扎实。"料想二师哥的功力多半在大师哥之上，这套功夫新练未熟，以之闪避抵挡，只怕未必能成。

他凝思良久，忽然想起师父初授武功之时曾教过一套十段锦，当时自己出尽本事，也摸不到师父一片衣角。木桑道人的"神行百变"功夫虽轻灵已极，但始终躲闪而不含反击伏着，对方不免无所顾忌，如和本门功夫混合使用，守中含攻，对手便须分力守御，更具灵效。他在书房中闭目寻思，一招一式的默念。旁人也不去打扰。

到得申牌时分，袁承志已全盘想通，但怕没有把握，须得试练一番。于是请焦宛儿约了十多位师兄弟，各人提了一大桶水，围在练武场四周，自己站在中心，打个手势，各人便用木杓舀水向他乱泼，他窜高伏低,东躲西避,等到十桶水泼完,只右手袖子与左脚上湿了一滩。各人纷纷上前道喜,贺他又练成一项绝技。

木桑道人却一直在房中呼呼大睡,全不理会。

晚膳过后,袁承志便要去雨花台赴约。焦公礼、焦宛儿父女想同去解释,青青要随伴助阵,袁承志都婉言相却。青青撅起了嘴很不高兴。

承志道:"他们是我师哥师嫂,今晚我只挨打不还手,你瞧着定要生气,岂不要坏我事?"青青道:"你让他们三招也就是了,干么老不还手?"承志道:"我要用你教我的功夫,瞧他们打不打得着我。"青青拍手笑道:"那我更要去瞧瞧,亲眼看我乖徒儿大显身手。你怕我得罪你师哥师嫂,我一句话不说就是。"承志笑道:"你肯装哑巴?"青青点头道:"我不装,我天生就是哑巴。"做几下手势,嘴里"啊、啊"的干嚷,装作哑巴。承志一笑,只得让她同去。进去向木桑告辞,只见他向着里床而睡,叫了几声不醒。崔秋山却自行出门去了。

两人向焦家借了两匹健马,二更时分,已到了雨花台畔。见四下无人,便下马相候,等了半个时辰,只见东边两人奔近,跟着轻轻两声击掌。袁承志拍掌相应。

一人说道:"袁师叔到了么?"听声音是刘培生。袁承志道:"我在这里等候师哥师嫂。"眼见刘培生和梅剑和走近,远处一个女子声音叫道:"好啊,果然来了!"

语声刚毕,两个人影便奔到跟前。青青一惊,心想这两人来得好快。梅刘二人往外一分,那两个人影倏地窜出,正是归辛树和归二娘夫妇。远处又有一个人奔来,袁承志见她身形,知是飞天魔女孙仲君。她功夫可就比师父师娘差得远了,奔了好一阵才到跟前。她手中抱着个小孩,是归氏夫妇的孩子。

归二娘冷冷的道:"袁爷倒是信人,我夫妇还有要事,别耽搁辰光,这就进招吧。"袁承志躬身行礼,恭恭敬敬的道:"小弟今日是向师哥师嫂请罪来的。小弟折断师嫂的宝剑,实是事前未知。冒犯之处,还请师哥师嫂瞧在师父面上,大量包容。"归二娘冷笑道:"你是不是我们师弟,谁也不知,先过了招再说。"袁承志推让不肯动手。

归二娘见他一味退缩,心想若非假冒,何以如此胆怯气馁?忽地左掌提起,斜劈下来。袁承志疾向后仰,掌锋从鼻尖上急掠而过,心中暗惊:"瞧不出她女流之辈,掌法如此凌厉了得。"归二娘一击不中,右拳随上,使的正是华山派的破玉拳。袁承志对这路拳法研习有素,成竹在胸,当下双手下垂,紧贴大腿两侧,以示决不还手,身子晃动,使开融会了"神行百变"和十段锦的轻功,在归二娘拳脚的空隙中穿来插去。归二娘连发十余急招,势如暴风骤雨,都给他侧身避开。

归辛树在旁瞧得凛然心惊,暗想这少年恁地了得,他的轻功有些确是本门身法,但大半却又截然不同,莫非这少年是别派奸徒,不知如何,竟偷学了本门的上乘功夫去?当下全神注视,只怕妻子吃亏。

归二娘见袁承志并不还手,心想你如此轻视于我,叫你知道归二娘的厉害,双拳如风,越打越快,她既知对方并不反击,便把守御的招数尽数搁下,招招进袭。

袁承志暗暗叫苦,想不到二师嫂将这路破玉拳使得如此势道凌厉,加之只攻不守,威力更是倍增,心想当真抵挡不住之时,说不得,也只好伸手招架了。

孙仲君见袁承志双手下垂,任凭师娘出手如何迅捷,始终打不中他一招,越看越恼,斜眼间见青青站在一旁,看得兴高采烈,满脸笑容,当即将小师弟往梅剑和手中一送,拔出长剑纵身而前,向青青胸口刺去。

青青吃了一惊,疾忙侧身避开。她受袁承志之嘱,此行不带兵刃,给孙仲君唰唰数剑,逼得手忙脚乱。她武功本就不及,更何况赤手空拳,数招之后,立即危险万状。

袁承志听她惊呼,便想过去救援,但给归二娘紧紧缠住了无法脱身。

归辛树向孙仲君喝道:"别伤人性命。"孙仲君道:"师父,这人是金蛇郎君的儿子。这轻薄少年,正是罪魁祸首。"归辛树曾听江南武林中人说起金蛇郎君心狠手辣,并非善良之辈,也就不言语了。孙仲君见师父已然默许,剑招加紧,白光闪闪,眼见青青便要命丧当地。

袁承志见局势紧迫,忽地双腿齐飞,两手仍贴在胯侧,但两腿左一脚右一脚，连环六脚，都是快要踢到归二娘身上时候地收回，然已将她逼得连退六步。袁承志就此摆脱，纵身跃起，空中转身前扑，左手双指点向孙仲君后心，要夺落她手中长剑，忽听身旁一声长啸，一股劲风猛向腰间袭来。

袁承志不暇攻敌，先拆来招，右掌勾住来人手腕斜带，哪知来人丝毫不动，自己却给他反力推了出去。袁承志自下山以来，从未遇到劲力如此深厚之人，知道必是二师兄出手，不由得心惊："我原知二师哥武功非同小可，没料到他身材瘦瘦小小，竟具如此神力。"

他落下地后，身子便如木桩般猛然钉住，毫不摇晃。叫道："二师哥，小弟得罪！"叫声未歇，归辛树左掌已到身前。袁承志这次有了提防，左肩微侧，来掌打空，正是今日学会的"神行百变"身法。

归辛树适才跟他一带一推，已察觉他内劲全是本门混元功，招式可以偷学，内力却须亲传，只这一推之间，便知他确是师父新收的小徒弟。第二招出手如电，眼见一掌便可打到他肩头，生怕打伤了他，师父脸上须不好看，手掌将到时潜力斜回，只使了三成力，哪知道对方滑溜异常，在间不容发之际竟尔躲开，不觉也是一惊，喝道："好快的身法！"拳随声落，呼呼数招。他拳法与归二娘一模一样，但功力之纯，收发之速，实已臻炉火纯青之境，袁承志既惊且佩，心想怪不得二师哥享名如此之盛，他几个徒儿出来，武林中一般好手都对之恭敬异常，原来他手下也当真了得。这时哪里还敢有丝毫怠忽？"神行百变"的身法初学乍练，尚颇生疏，对付归二娘绰绰有余，用来与二师哥过招只怕躲不过他十拳，于是也展开师门所授绝艺，以破玉拳法招架。

二人拳法相同，诸般变化均了然于胸，越打越快，意到即收，未沾先止，可说是熟极而流。袁承志心想："我在华山跟师父拆招，也不过如此。"但与师父拆招，明知并无凶险，二师哥却是拳掌沉重，万万受不得他一招，虽知青青命在顷刻，竟无余暇去瞧她一眼，霎时之间，背上冷汗直淋。他急欲去救青青，出招竭尽全力，更不留情，心想："青弟倘若丧命，就算你是师哥，我也杀了你！"

这边孙仲君见袁承志让师父绊住了，心中大喜，剑法更见凌厉。刘培生与梅剑和同时叫道："师妹不可伤人……"叫声未歇，孙仲君挺剑猛向青青胸口刺到。青青难以闪避，急向后仰，打个滚逃开。

孙仲君反剑横削,青青急忙低头,头巾登被削落,长发四散,下垂披脸。孙仲君见她原来是个女子,一呆之下,挺剑又刺,青青已难闪避。

忽听得头顶一个苍老的声音喝道:"好狠的女娃子!"树顶一团黑影直扑下来,起脚将她长剑踢飞。孙仲君大惊,退了两步,月光下见那人道装打扮,须眉俱白,挡在青青身前。她与梅、刘二人不知这老道是谁,归二娘却认得他是师父的好友木桑道人,便即过来见礼。木桑笑道:"别忙行礼,且瞧他哥儿俩练武。"

归二娘回头看丈夫时,只见两条人影夹着呼呼风声,斗得激烈异常。归辛树力劲招沉,袁承志身手快捷。一个熟娴本门武功,一个兼习三家之长,各擅胜场,难分高下。

袁承志初时挂念青青的安危,甚是焦急,不免分心,待见木桑道人到来相救,这才全神与师兄拆解,招数中形同拚命的狠辣之劲,却也收了。两人越斗越紧,本门的伏虎掌、劈石拳、破玉拳、混元掌等等上乘功夫全都使上了。袁承志毕竟功力较浅,修习没归辛树之久,斗到近千招时,便渐落下风。

归二娘见丈夫越来越攻多守少,心中暗喜,但见袁承志本门功夫如此纯熟,也已毫不怀疑他确是师弟,于他拳术造诣之精,也不禁暗暗佩服。

又拆得数十招,袁承志突然拳法一变,身形便如水蛇般游走不定。这是金蛇郎君手创的"金蛇游身掌",系从水蛇在水中游动的身法中所悟出。不过这套掌法中所有阴毒击敌的招数,袁承志此时都舍弃不用,却加上"神行百变"和"十段锦"的轻功。但见他倏进倏退,忽东忽西,旁观各人眼都花了。归辛树拳法虽高,可也看不明白他的身法,竟无下手之处,不由得焦躁:"我号称神拳无敌,可是跟这个小师弟已拆了一千招以上,兀自奈何他不得。我这个外号,可有点名不副实了。"

袁承志横趋斜行,正自急绕圈子,归辛树忽地跳开,叫道:"且住!"袁承志疾忙站定,说道:"是!"心想:"他打我不到,双方就算平手。各人顾住面子,也就算了。"

却见归辛树向空中一揖,说道:"师父,你老人家也来啦。"袁承志吃了一惊,见大树上连续纵下四人,当先一人正是恩师穆人清。

袁承志大喜，抢上拜倒，站起身来时，见师父身后是崔秋山和大师兄铜笔铁算盘黄真，最后一人竟是哑巴。

袁承志忽遇恩师故人，欣喜异常，和哑巴打了几个手势，心想自己终究阅历太浅，只顾跟二师哥过招，没留神四下情势，要是树上躲着的不是师父而是敌人，势不免要中暗算？二师哥却眼观六路，耳听八方，江湖上大行家毕竟不同，不由得心中钦佩。

穆人清摸摸承志的头顶，微笑道："你大师哥说了你在浙江衢州的事，做得不错。"随即脸色一沉，道："少年人为什么不敬尊长，跟师哥、师嫂打起架来？"袁承志低头道："是弟子不是，下次决计不敢啦。"走过去向归辛树夫妇连作了两个揖，躬身说道："小弟向师哥师嫂请罪。"

归二娘性子直爽，对穆人清道："师父，你倒不必怪师弟动手，那是我们夫妇逼他的。我们怪他用别派武功，折辱这几个不成器的徒弟。"说着向梅剑和等三人一指。

穆人清道："说到门户之见，我倒看得很淡。喂，剑和，过来，我问你，你袁师叔跟师兄动手，是他不好。你们三人却怎么又跟师叔过招了？咱们门中的尊卑之分，大家都不管了么？"梅剑和在师祖面前不敢隐瞒，便把闵子华寻仇的经过，原原本本说了，提到孙仲君断人臂膀之事，只说"跟焦公礼的一名徒弟动了手"，就此轻描淡写的一言带过。他言语中所着重的，却是袁承志踩断了归二娘赐给孙仲君的长剑。

青青忍不住插口道："老师父，这位飞天魔女孙姑娘，好没来由的，一剑就把人家一条臂膀斩了下来。那个人只不过奉师父之命送信来请客，老老实实的，手无寸铁。袁大哥说，他华山派门人不能滥伤无辜，他既见到了，倘若不管，要给师父责罚的，无可奈何，只得出头管上这桩事。他说无意中得罪了师哥、师嫂，心里难过得很，可又没法子。"她知袁承志不擅言辞，且不肯为自己声辩，一切都代他说了，低声对承志道："哑巴说话了，对不起。"

穆人清脸如严霜，问道："真的么？"归氏夫妇不知此事，望着孙仲君。梅剑和低声道："师祖爷爷，孙师妹当时认定他是坏人，是以下手没容情，而今已很是后悔，请师祖饶恕。"穆人清大怒，喝道："咱们华山派最大的戒律是不可滥伤无辜。辛树，你收这徒儿之时，有

第十回 不传百变 无敌传千招

没教训过她？"

归辛树从来没见过师父气得如此厉害，急忙跪倒，说道："弟子失于教诲，是弟子不是。请师父息怒，弟子一定好好责罚她。"归二娘、梅、刘、孙四人忙都跟着跪在归辛树之后。穆人清怒气不息，骂袁承志道："你见了这事，怎么折断了她的剑就算了事？怎么不把她的臂膀也砍下来？咱们不正自己门风，岂不给江湖上的朋友们耻笑？"

袁承志跪下磕头，说道："是，是，弟子处置得不对。"

穆人清道："这女娃儿，"说着向青青一指，对孙仲君道："又犯了什么十恶不赦的恶行，你却连使九下狠招杀着，非取她性命不可？你过来。"

孙仲君吓得魂不附体，哪敢过去？伏在地下连连磕头，说道："徒孙只道她是男人，是个轻薄之徒……"

穆人清怒道："你削下她帽子，已见到她是女子了，却仍下毒手。再说，是男人就可滥杀吗？单凭你'飞天魔女'这四字外号，就可想见你平素为人。你不过来吗？"归二娘知道师父要将她点成废人，卸去全身武功，只得磕头求道："师父你老人家请息怒，弟子回去，一定将她重重责打。"穆人清道："你砍下她的臂膀，明儿抬到焦家去求情赔罪。"归二娘不敢作声。袁承志道："徒儿已向焦家赔过罪，还帮了他们一个大忙，救了他们帮主性命，又应承传授一门武功给那人，因此焦家这边是没事了。"穆人清哼了声，道："木桑道兄幸亏不是外人，否则真叫他笑死啦。究竟是他聪明，吃了本门中不肖子弟的亏，一生不收徒弟，免得丢脸呕气。都起来吧！"众人便都站起。

穆人清向孙仲君一瞪眼，孙仲君吓得又跪了下来。穆人清道："拿剑过来。"孙仲君心中怦怦乱跳，只得双手捧剑过顶献上。

穆人清抓住剑柄，微微一抖，孙仲君只觉左手一痛，鲜血直流，原来一根小指已给削落。穆人清再将剑一抖，长剑断为两截，喝道："从今而后，不许你再用剑。"孙仲君忍痛答道："是。徒孙知错了。"她又惊又羞，流下泪来。

归二娘撕下衣角，给她包裹伤处，低声道："好啦，师祖不会再罚你啦。"

梅剑和见师祖随手一抖，长剑立断，这才知袁承志接连震断他手中长剑,确是本门功夫,心想原来本门武术如此精妙,我只学得一点儿皮毛,便在外面耀武扬威,想起过去的狂妄傲慢,甚是惶恐惭愧,又怕师祖见责,不禁汗流浃背。

穆人清狠狠瞪了他一眼,却不言语,转头对袁承志道:"你答允传授人家功夫,可得好好的教。你教什么呀?"袁承志脸上一红,道:"弟子未得师父允准,不敢将本门武功妄授别人,只想传他一套独臂刀法。那是弟子无意中学来的杂学。"

穆人清道:"你的杂学也太多了一点呀,刚才见你跟你二师哥过招,好似用上了木桑道长的'神行百变'功夫。有这位棋友一力相帮,二师哥自然奈何你不得了。"说罢呵呵大笑。木桑道人笑道:"承志,你敢不敢跟你师父撒谎?"承志道:"弟子不敢。"木桑道:"好,我问你,自从离开华山之后,我有没有亲手传授过你武功?听着,我有没亲手传授?"承志这才会意,木桑所以要青青转授,原来是怕师父及二师哥见怪,这位道长机灵多智,一切早在他料中,于是答道:"在华山之上,道长传过不少功夫,弟子一直感激万分,自下华山之后,道长没亲手教过我武功,这次见面,就只下过两盘棋。"又想:"这话虽非谎言,毕竟意在欺瞒,至少是存心取巧。但这时明言,二师哥必定会对道长见怪,待会背着二师哥,须得向师父禀明实情。"

木桑笑道:"这就是了,你再跟师兄练过。我以前教过你的武功,一招都不许用。"袁承志道:"二师哥号称神拳无敌,果然名不虚传。弟子本已抵挡不住,只有躲闪避让,正要认输,请二师哥停手,哪知他已见到了师父。一过招,弟子就再没能顾到旁的地方。"穆人清笑道:"好啦,好啦。道长既要你们练,献一下丑又怕怎的?"

袁承志无奈,只得走近去向归辛树一揖,躬身说道:"请二师哥指教。"归辛树拱手道:"好说。"转头对穆人清道:"我们错了请师父指点。"两人重又放对。

这一番比试,和刚才又不相同。归辛树在木桑道人、师父、大师兄及众徒弟之前哪能丢脸?只见他攻时迅如雷霆,守时凝若山岳,名家身手,果真不凡。袁承志也是有攻有守,所使的全是师门绝技,拆了一百余招,两人拳法中丝毫不见破绽。

穆人清与木桑在一旁撚须微笑。木桑笑道:"真是明师门中出高徒,强将手下无弱兵。看了你这两位贤徒,我老道又有点眼红,后悔当年不好好教几个徒儿了。"说话之间,两人又拆了数十招。

归辛树久斗不下,渐渐加重劲力,攻势顿骤。袁承志寻思,打到这时,我该当相让一招了。但归辛树招招厉害异常,只要招架不出全力,立即身受重伤,要让他一招,实是大大的难事,斗到分际,忽想:"听师父刚才语气,对我贪多务得,研习别派杂学,似乎不大赞可。先前我单使本门拳法,数百招后便居劣势,直至用上了木桑道长与金蛇郎君的功夫,才稍微占了一点上风,现下又单使本门武功,仍只能以下风之势打成平手,这岂不是说别派武功胜过本门功夫了?我得以别派武功输了给他。道长不许我用他所传的功夫,我便使金蛇郎君的武功。"当下拳招忽变,使的是一套"金蛇制鹤拳"。

归辛树见招拆招,攻势丝毫不缓。袁承志突然连续四记怪招,归辛树吃了一惊,回拳自保。袁承志缓了一口气,运气于背。归辛树见他后心突然露出空隙,见虚即入,武家本性,此时更不思索,发掌扑击对方背心。袁承志早已有备,身子向前扑出,跌出四五步,回身说道:"小弟输了。"归辛树一掌既出,便即懊悔,只怕师弟要受重伤,忙抢上去扶,哪知他茫然未觉,甚是惊疑。原来袁承志既已先运气于背,乘势前扑时再消去了对方大半掌力,又有木桑所赐的金丝背心保护,虽然背上一阵剧痛,却未受伤。

袁承志回过身来,众人见他长衣后心裂成碎片,一阵风过去,衣片随风飞舞。青青极为关心,忙奔过来问道:"不碍事吗?"袁承志道:"你放心。"

穆人清向归辛树道:"你功夫确有精进,但这一招使得太狠,你知道么?"归辛树道:"是。袁师弟武功了得,弟子很是佩服。"穆人清道:"他本门功力是不及你精纯,还差着这么一大截。"顿了一顿,说道:"前些时候曾听人说,你们夫妇纵容徒弟,在外面招摇得很厉害。我本来想你妻子虽然不大明白事理,你还不是那样的人,但瞧你刚才这样对付自己师弟,哼!"归辛树低下了头,道:"弟子知错了。"木桑道:"比武过招,下手谁也不能容情,反正承志又没受伤,你这老儿还说什么的?"穆人清这才不言语了。

归辛树夫妇成名已久,隐然是江南武林领袖,这次给师父当众责骂,虽因师恩深重,于师父毫无怨怼之意,对袁承志却更怀愤。归辛树明知师弟有意让招,但受了师父责骂,却也不领他的情。

穆人清道："闯王今秋要大举起事,你们招集门人,立即着手联络江南武林豪杰,一待闯王义旗南下,便即揭竿响应。"归辛树夫妇齐声应道："是。"穆人清眼望归辛树,脸色渐转慈和,温言道："辛树,你莫说我偏爱小徒弟。你年纪虽已不小,在我心中,你仍与当年初上华山时的小徒弟一般无异。"归辛树低下头来,心中一阵温暖,说道："是,弟子心中也决没说师父偏心。"穆人清道："你性子向来鲠直,三十年来专心练武,旁的事情更是什么也不多想。可是天下的事情,并非单凭武功高强便可办得了的。遇上了大事,更须细思前因后果,不可轻信人言。"归辛树道："是,弟子牢牢记住师父的教训。"

穆人清对袁承志道："你和你这小朋友动身去北京,打探朝廷动静,但不可打草惊蛇,也不能伤害皇帝和朝中权要,若访到重大消息,就去陕西报信。"袁承志答应了。

穆人清道："我今晚要去见七十二岛盟主郑起云和清凉寺的十力大师。听说十力大师刚接到五台山清凉寺住持法旨,派他接任河南南阳清凉下院的住持,一来向他道喜,二来要跟他商量河南武林中的事情。道兄,你要去哪里?"木桑笑道："你们是仁人义士,忧民为民,整天忙得马不停蹄。贫道却是闲云野鹤,我想耽搁你小徒弟几天功夫,成么?"穆人清笑道："反正他应承教人家武功,在南京总得还有几天逗留。你们多下几盘棋吧。你还有多少本事,棋道武功,索性一股脑儿传了他吧。"

木桑却似意兴阑珊,黯然道："这次下了这几局棋,也不知道以后是不是还有得下。"穆人清一愕,道："道兄何出此言?眼下民怨如沸,闯王大事指日可成。将来四海宴安,天下太平,众百姓安居乐业,咱们无事可为。别说承志,连我也可天天陪你下棋。"

木桑摇头道："未必,未必!旧劫打完,新劫又生,局中既有白子黑子,这劫就循环不尽。"穆人清笑道："多日不见,道兄悟道更深。我们俗人,这些玄机可就不懂了。"哈哈一笑,拱手道别。黄真和崔秋山都跟了过去。

那哑巴却大打手势,要和袁承志在一起。穆人清点头允可,笑道："你记挂你的小朋友,就跟着他吧。"哑巴大喜,奔过来将承志抱起,将他掷向空中,落下时伸手接住,那是承志幼时他二人在华山常干的玩意,此时承志身躯已重,但哑巴神力惊人,仍将他掷得高高地。青青吓了一跳,月光下见他脸有喜色,才知他并无恶意。

哑巴跟着从背上包袱中抽出一柄剑来,交给袁承志,正是那柄金蛇剑。原来他上次随袁承志进入山洞插回金蛇剑,此次离山,见穆人清示意要去和袁承志相会,心想山上无人,这把宝剑可别让人偷了去,于是进洞去拔了出来,藏入包袱,却连穆人清也不知道。袁承志心想:"此剑是青弟父亲的遗物,我暂且收着使用,日后我传她金蛇剑法,再将这剑归还给她。"青青拿过剑来观看,想到父亲母亲,心中难过。

袁承志与师父刚见面又要分手,很恋恋不舍。穆人清笑道:"你很好,我很欢喜,不枉大家教了你一场。"袍袖一拂,已隐没入黑暗。归辛树夫妇拱手相送,待师父及大师兄走得不见,向木桑躬身一揖,一言不发,抱了孩子,带领三个徒弟就走。

木桑向袁承志道:"他们已对你心中怀恨,这两人功夫挺厉害,日后遇上可要小心。"袁承志点头答应,无端端得罪了二师兄,心头郁郁,回到焦家,倒头便睡。

第二日刚起身,青青大叫大嚷的进来,捧着个木制的拜盒,笑道:"你猜是什么?"袁承志兀自提不起兴致,道:"有客人来么?"青青揭开盒盖,满脸笑容,如花盛开。

只见盒中一张大红帖子,写着"愚教弟闵子华拜"几个大字。青青拿起帖子,下面是一张房契,一张屋里家具器物的清单。袁承志见闵子华遵守诺言,将宅子送来,很过意不去,忙换了长袍过去道谢。哪知闵宅中人已尽数走了,只留下两个下人在各处打扫。袁承志一问,说是闵二爷一早就带同家人朋友走了,去什么地方却不知道。

袁承志和青青取出金蛇郎君遗图与房子对看,见屋中通道房舍虽有不少更动,但大局间架,若合符节。两人大喜,知道这座"魏国公赐第"果然便是图中所指,按着图上藏宝记号寻索,原来是在后花园的一间柴房之中。

这天下午,焦宛儿派了人来帮同打扫布置,还拨了两名婢女服侍青青,其他厨子、门公、花匠、侍仆、更夫、马夫一应俱全,洪胜海便做了总管。袁承志道："这位焦姑娘年纪轻轻,想得倒真周到。"青青抿嘴笑道："若能请得到她来这大宅子亲主家务,那就更加周到之极啦！我可……我可……"脸上一红,下面的话可不便说了。袁承志一怔,随即明白,心想她什么都好,就是小心眼儿,一笑之下,不再接口。

当晚二更过后,袁承志叫了哑巴,二人搬出柴房中柴草,拿了铁锹,挖掘下去。青青仗剑在柴房外把风。挖了半个时辰,只听得铮的一声,铁锹碰到了一块大石,铲去石上泥土,露出一块大石板来。两人合力将石板抬起,下面是个大洞。

青青听得袁承志喜叫,奔进来看。袁承志道："在这里啦。"取了两捆柴草,点燃了丢在洞里,待秽气驱尽,打手势叫哑巴守在外面,与青青循石级走下去,火把光下只见十只大铁箱排成一列。铁箱都用巨锁锁住,钥匙却遍寻不见。

袁承志再取图细看,见藏宝之处左角边画着一条小小金龙,灵机一动,拿起铁锹依着方位挖下去,挖不了几下,便找到一只铁盒,盒子却没上锁。他记起金蛇郎君的盒中毒箭,用绳缚住盒盖上的铁环,将铁盒放得远远的,用绳拉起盒盖,过了一会,见无异状,移进火把看盒中时,见盒里放着一串钥匙,还有两张纸。

取起上面一纸,见纸上写道："吾叔之叛,武臣无不降者。魏国公徐辉祖以功臣世勋,忠于社稷,殊可嘉也。内府重宝,仓皇不及携,魏公为朕守之。他日重光宗庙社稷,以此为资。建文四年六月庚申御笔。"

袁承志看了不禁凛然,心想这果然是燕王篡位之时建文帝所遗下的重宝。

原来明朝开国,大将军徐达功居第一。他和明太祖朱元璋是布衣之交。朱元璋做了皇帝后,还是称他为"徐兄"。徐达自然不敢再和皇帝称兄道弟,始终恭敬谨慎。

有一日,明太祖和他一起喝酒,饮酒中间,说道："徐兄功劳很大,还没安居的地方,我的旧邸赐了给你吧。"(《明史·徐达传》原文是："徐兄功大,未有宁居,可赐以旧邸。")所谓旧邸,是太祖做吴王时所居的府第,他登极为帝之后,自然另建宫殿了。徐达心想:太祖自吴王而登极,自己倘若住到吴王旧邸之中,这个嫌疑可犯得大了。他深知太祖猜忌心极重,当下只是道谢,却说什么也不肯接受。

太祖决定再试他一试,过了几天,召了徐达同去旧邸喝酒,不住劝酒,把他灌醉了,命侍从将他抬到卧室之中,放在太祖从前所睡的床上,盖上了被。徐达酒醒之后,一见情形,大为吃惊,急忙下阶,俯伏下拜,连称:"死罪!"坐着便不再睡。侍从将情形回奏,太祖一听大喜,心想此人忠字当头,全无反意,当即下旨,在旧邸之前另起一座大宅赐他,亲题"大功"两字,作为这宅第所在的坊名。那便是南京"大功坊"和"魏国公赐第"的由来。

据笔记中载称,徐达虽对皇帝恭顺,但他精于韬略,善于将兵,战无不胜,太祖还是怕他造反。洪武十八年,徐达背上生疽。据说生背疽之人,吃蒸鹅立死。太祖派人慰问,附赐蒸鹅一只。徐达泪流满面,当着使者把一只蒸鹅吃个干净,当夜就毒发而死。生背疽(一种癌肿)而吃蒸鹅,未必便死,但朱元璋赐这蒸鹅,便是赐死,徐达纵然吃了蒸鹅无事,也只好服毒自尽。此事正史不载,不知真假。

徐达有四子三女,三个女儿都作太祖儿子的王妃,长女是燕王王妃,后来便是成祖的皇后,次女是代王王妃,三女是安王王妃。燕王造反,徐达的长子徐辉祖忠于建文帝,带兵力抗燕军。徐达的幼子徐增寿却和姊夫燕王暗中勾结。燕王兵临南京城下,建文帝召徐增寿来质问。徐增寿不答,建文帝亲手挥剑斩了他。

成祖篡位后,徐辉祖搬入父亲的祠堂居住,不肯朝见。成祖派官吏审问,徐辉祖写了"我父开国功臣,子孙免死"十个大字回报。成祖见了大怒,但他初即帝位,要收罗人心,饶了他不杀。徐辉祖对建文帝忠心耿耿,始终在图谋复辟。他后人世袭魏国公,一直统带守卫南京的兵将,直至明亡。明朝南京守备府位尊权重,南京百姓只知"守备府徐公爷",却不知魏国公,是以袁承志和青青打听不着。

成祖感念徐增寿为己而死,追封他为定国公。因此徐达的子孙共有魏国公和定国公两个公爵。两位公爵的后裔一居南京,一居北京。徐辉祖得罪了成祖,他子孙不敢再在大功坊的赐第居住,另行迁居。大功坊赐第数度易手,经过二百四十多年,后人再也不明这座旧宅的来历。这中间的经过,袁承志和青青自然不知。

袁承志看第二张纸时,见写的是一首律诗,诗云:

"牢落西南四十秋,萧萧白发已盈头。

乾坤有恨家何在?江汉无情水自流。

长乐宫中云气散,朝元阁上雨声收。

新蒲细柳年年绿,野老吞声哭未休。"

笔迹与另一信一模一样,只是更见苍劲挺拔。原来此诗是建文帝在闽粤川滇各地漫游四十年后,重还金陵所作。他经历永乐(成祖)、洪熙(仁宗)、宣德(宣宗)、正统(英宗)各朝之后,已然六十余岁,复位之想早已消尽,回到魏国公府抚视故物,不禁感慨无已,从此飘然出世,不知所终。此中过节,袁承志和青青自然猜想不到。承志不懂诗中说些什么,青青更急欲察看箱中物事,对诗笺随意一瞥,便放在一旁。

袁承志取出钥匙,将铁箱打开,一揭箱盖,耀眼生花,一大箱满满的都是宝玉、珍珠,又开一箱,却是玛瑙、翡翠之属,没一件不是价值巨万的珍物。青青低声惊呼,不由得脸上变色,又惊又喜。抄到底下,却见下半箱叠满了金砖,十箱皆是如此。

袁承志道:"这些宝物是明太祖当年在天下百姓身上搜刮而来,咱们用来干什么?"青青和他相处日久,明白他心意,知道只要稍生贪念,不免遭他轻视,便道:"咱们说过,寻到财物,要助闯王谋干大事,自然是取之于民,用之于民。"袁承志大喜,握住她手,说道:"青弟,你真是我的知己。"

袁承志自幼即知父亲尽瘁国事,废寝忘食,非但不贪钱财,连家庭中的天伦之乐、朋友间的交游之娱,也难以得享。当年应松教他读书,曾教过袁崇焕自叙心境的一篇文章,其中说道:"予何人哉?十年以来,父母不得以为子,妻孥不得以为夫,手足不得以为兄弟,交游不得以为朋友。予何人哉?直谓之曰'大明国里一亡命之徒'可也。"当时年幼,还不能完全体会父亲尽心竭力、守土御敌的精忠果毅,成长后每想到"大明国里一亡命之徒"那句话,不由得热血沸腾,早就立志以父为榜样。袁崇焕为人题字,爱写"心术不可得罪于天地,言行要留好样与儿孙"两句,袁承志所存父亲遗物,也只有这一幅字而已。这时他见到无数金银财宝,所想到的自然是如何学父亲的心术好样,如何将珍宝用于保国卫民。

青青却出身于大盗之家,向来见人逢财便取,管他有主无主,义与不义。何况这许多价值连城的珠宝,都是凭她父亲遗图而得,若不是她对袁承志钟情已深,岂肯不据为己有?听袁承志称自己为"知己",不由得感到一阵甜意,霎时间心头浮起了两句古诗:"易求无价宝,难得有情郎。"

承志道:"有了这许多资财,咱们就可到北京去大干一番事业。明朝皇帝搜刮而来,咱们就用来相助闯王,推倒明朝皇帝。"青青笑道:"这叫做即以其人之道,还治其人之身。"承志笑道:"不错。你掉书包的本事可了不起。"

次日下午,袁承志命洪胜海到焦家去把罗立如叫来。他断臂伤势还很沉重,听得袁承志见招,立即命人相扶,喜气洋洋的到来,见面后便要行拜师之礼。

袁承志坚辞不受,叫他坐着,将一套独臂刀法细细说了给他听。罗立如武功本有根柢,袁承志又一招一式的教得甚是仔细,连续教了五天,罗立如已牢牢记住,只待臂伤痊了,就可习练。承志这套刀法得自金蛇秘笈,与江湖上流传的左臂刀法大不相同,招招险,刀刀快,实是厉害不过。罗立如虽断一臂,却换来了一套足以扬名江湖的绝技,可说是因祸得福,欢喜不尽。焦氏门下弟子之中,此后以他为武功第一。

袁承志了结这件心事后,雇了十多辆大车,预备上道赴京。焦公礼父女及众门徒大摆筵席,殷勤相送。袁承志请焦公礼送信给闵子华,将大功坊宅第仍然交还。焦公礼甚喜,觉得袁承志处事得体,圆了江湖朋友的面子。太白三英等汉奸则送交官办。

这日天气晴朗,草木清新,袁承志、青青、哑巴、洪胜海一行人别过木桑道人,将十只铁箱装上大车,向北进发。焦公礼父女及众弟子同过长江,送出三十里外,方才作别。江北一带仍是金龙帮的地盘,焦公礼早已派人送讯,每个码头都有人殷勤接送。

行了十多日,来到山东界内。洪胜海道:"相公,这里已不是金龙帮的地界。从今日起,咱们得多留一点儿神啦。"青青道:"怎么?有人敢来太岁头上动土吗?"洪胜海道:"方今天下盗贼如毛,山东强人尤多。最厉害的是两帮。"青青道:"一帮是你们渤海派了。"洪胜海笑道:"渤海派专做海上买卖,陆上的东西,就算黄金宝贝丢在地下,我们见到也是不捡的。"青青笑道:"原来贵派不算,那么是哪两帮?"洪胜海道:"一帮是沧州千柳庄褚红柳褚大爷的手下。"袁承志道:"我也曾听师父说起过,褚红柳以朱砂掌驰名江湖。"洪胜海道:"正是。另一帮在恶虎沟开山立柜,大当家阴阳扇沙天广武功了得,手下人多势众。"袁承志点头道:"咱们以后小心在意,每晚一人轮流守夜。"

走了两日,正当中午,迎面鸾铃响处,两匹快马疾奔而来,从众人身旁擦过。洪胜海说道:"那话儿来啦。"他想袁承志武功极高,自己也非庸手,几个毛贼也不放在心上。过不一个时辰,那两乘马果然从后赶了上来,在骡车队两旁掠了过去。青青只是冷笑。洪胜海道:"不出十里,前面必有强人拦路。"哪知走了十多里地,竟然太平无事。当晚在双石铺宿歇。洪胜海啧啧称奇,道:"难道我这老江湖走了眼了?"

次日又行,走不出五里,见后面四骑马远远跟着。洪胜海道:"是了,他们昨儿人手还没调齐,今日必有事故。"中午打过尖后,又有两骑马趟下来看相摸底。洪胜海道:"这倒奇了,道上看风踩盘子,从来没这么多人。"行了半日,又有两乘马掠过。

洪胜海皱眉思索,忽道:"是了。"对袁承志道:"相公,咱们今晚得赶上一个大市镇投宿才好。"袁承志道:"怎么?"洪胜海道:"跟着咱们的,不止一个山寨的人马。"承志道:"是么?有几家寨主看中了这批货色?"洪胜海道:"要是每一家派了两个人,那么前前后后已有五家。"青青笑道:"那倒热闹。"袁承志问道:"他们又怎知咱们携了金银财宝?倘若咱们这十只铁箱中装满了沙子石头,这五家大寨主岂不是白辛苦一场?"青青笑道:"这个你就不在行了。大车中装了金银,车轮印痕、行车声响、扬起的尘土等等都不相同。别说十只大铁箱易看得很,便是你小慧妹妹的二千两黄金,当日也给我这小强人看了出来。"袁承志笑道:"佩服,佩服!"洪胜海心想:"小姐这样娇滴滴的一个小姑娘,难道从前也是干我们这一行的?"

说话之间,又有两乘马从车队旁掠过,青青冷笑道:"想动手却又不敢,骑了马跑来跑去,就是瞎起忙头。这般脓包,人再多也没用!"洪胜海正色道:"小姐,好汉敌不过人多。咱们虽然不怕,但箱笼物件这么许多，要一无错失，倒也得费一番心力。"袁承志道："你说得不错，咱们今晚就在前面的石胶镇住店，就少走几十里吧。"

到了石胶镇上，拣了一家大店住下。袁承志吩咐把十只铁箱都搬在自己房中，与哑巴两人合睡一房。刚放好铁箱，只见两条大汉走进店来，向袁承志望了一眼，对店伴说要住店。店伴招呼两人入内，前脚接后脚，又有两名粗豪汉子进来。

袁承志暗暗点头，心下盘算已定，晚饭过后，各人回房睡觉。

睡到半夜，只听得屋顶微微响动，知道盗伙到了。他起身点亮了蜡烛，打开铁箱，取出一把把明珠、宝石、翡翠、玛瑙，在灯下把玩。奇珍异宝在灯下灿然生光，只见窗棂之边、门缝之中，不知有多少只贪婪的眼睛在向里窥探。

洪胜海听得声音，放心不下，过来察看，他一走近，十余名探子俱各隐身。洪胜海微微冷笑，在袁承志房门上轻敲数下。袁承志道："进来吧！"

洪胜海一推门，房门呀的一声开了，原来没关上。他见桌上珠光宝气，耀眼生辉，不觉呆了，走近看时，但见有指头大小的浑圆珍珠，有两尺来长的朱红珊瑚，有晶莹碧绿的大块祖母绿，此外猫儿眼、红宝石、金刚钻、紫玉，没一件不是无价之宝。

洪胜海本不知十只铁箱中所藏何物，只道都是金银，这才引起群盗的贪心，哪知竟有如许珍品。他在江湖多年，见多识广，但这么多、这么贵重的宝物却从未见过。他走到袁承志身边，低声道："相公，我来收起了好么？外面有人偷看。"袁承志也低声道："正要让他们瞧瞧。反正是这么一回事。"拿起一串珍珠，大声问道："这串珠子拿到京里，你瞧卖得多少银子？"

洪胜海道："三百两银子一颗，那是再也不能少了。这里共是二十四颗，少说也值得一万五千两银子。"袁承志奇道："怎么是一万五千两？"洪胜海道："单是这么大、这么圆、这么光洁的一颗珠子，已十分少见，难得的是二十四颗竟一般大小，全无瑕疵。一颗值三百两银子，那么二十四颗至少值得一万五千两。"

这番话只把房外群盗听得心痒难搔，恨不得便跳进去抢了过来。但上面头领有令，看中这批货的山寨太多，大伙要商量好了再动，免伤同道和气，谁也不许先行下手。眼见袁承志向洪胜海摆摆手,笑着睡了,烛火不熄,珠宝也不收拾,摊满了一桌,只把群盗引得面红耳赤,不住干咽唾涎。

袁承志自发觉群盗大集,意欲劫夺,一路上便在盘算应付之策,正如洪胜海所说:"好汉敌不过人多。箱笼物件这么许多,要一无错失,倒也得费一番心力。"自然而然的便想:"要是金蛇郎君遇上这件事,他便如何对付?"跟着想到:金蛇郎君为温氏五老及崆峒派诸人所擒,以宝藏巨利引得双方互相争夺,温氏五老出手杀了所邀来的崆峒派朋友,他由此而乘机逃脱;又想到:那晚棋仙派的张春九和汪秃头偷袭华山,见到有毒的假秘笈,连师兄弟也都杀了;游龙帮和青青为了争夺闯王黄金而相争斗,着实杀了不少人。足见大利所在,见利忘义之人非互相残杀不可。"群盗人多,但若你杀我,我杀你,人便少了。"想明白了此节,便在客店中故意展示宝物,料想财宝越多,群盗自相斫杀起来便越激烈。

又行两日,已过济南府地界,缀着车队的盗寇愈来愈多。洪胜海本来有恃无恐,但见群盗迟迟不动手,不知安排下什么奸谋,不由得惴惴不安起来,力劝袁承志改走海道,说自己海上朋友很多,坐船到天津起岸,再去北京,虽然要绕个大弯,多费时日,但担保不出乱子。袁承志笑道:"我本要用这批珠宝来结交天下英雄好汉,便散尽了也不打紧。钱财是身外之物,咱们讲究仁义为先。"洪胜海听了,也就不便再劝。

袁承志却自沉思却敌之计,虽盼能引得群盗为了争宝而自相残杀,但想万事不可托大,倘若盗首中竟有焦公礼一般的老成智士,或能避过,那便如何应付?他得宝之后,本意是要遵从师父的盼咐,用以结交天下英豪,为闯王谋干大事的臂助。倘若群盗能讲义气,那么就拿些铁箱中的财宝出来,俵分众人,结交一些同伙,因此并不耽心觊觎财物的群盗众多,也不太担忧财物的得失。但转念忽想,倘若这些强盗不讲义气,个个恃强行凶,自私贪财,便如棋仙派温氏五老一般,定要将财物尽数夺去,反而跟闯王为敌,那便糟了。心想青青本来是干这一行的,棋仙派五老的行径她最为熟知,当即便去跟她商量:"青弟,倘若这些盗伙跟你先前一样,并不识得我,自然跟我毫无交情,你遇上了这许多财宝,那怎么办?"

青青白他一眼,说道:"那有什么客气?自然伸手便抢啊!"承志道:"要是我跟你套交情呢?分一些财宝给你,你肯跟我做好朋友吗?肯听我话吗?"青青道:"你不用分财宝给我,我不但跟你做好朋友,还跟你结拜,叫你做大哥。我不但听你话,而且死死活活都跟着你,永远不分开了。"她虽语带戏谑,毕竟充满了真诚,承志心下感动,伸手握住了她手,说道:"我也是这样!"青青道:"那些强盗贼人,却不会跟你结拜的。他们见到这许多金银财宝,眼都红了,就算你是他们的老子娘,他们也决不听你的话。"承志道:"好,咱们先礼后兵,先讲义气,拉交情,不要伤人结怨。但盗伙势大,真要不伤人、不伤和气,却也很难。"

青青道:"事到临头之时,咱们先沉住气,待得认出了盗魁,你一下子把他抓住,小喽啰们就不敢动了。"袁承志大喜,笑道:"擒贼先擒王,这主意最好。"

次日上路,一路上群盗哨探来去不绝,明目张胆,全不把袁承志等放在眼里。洪胜海道:"相公,瞧这神气,过不了今天啦。"袁承志道:"到时你只管照料车队,别让骡子受惊乱跑。强人由我们三人对付。"洪胜海应了。袁承志打手势告诉哑巴,叫他看自己手势才动手,专管捉人。哑巴点头答应。

行到未牌时分,将到张庄,眼前黑压压一大片树林,忽听得头顶呜呜声响,几枝响箭射过,锣声响处,林中钻出数百名大汉,一个个都是青布包头,黑衣黑裤,手执兵刃,默不作声的拦在当路。众车夫早知情形不对,拉住牲口,抱头往地下一蹲。这是行脚的规矩,只要不乱逃乱闯,劫道的强人不伤车夫。又听得呼哨连连,蹄声杂沓,林中斜刺里冲出数十骑马来,挡在车队之后,拦住了退路,随即肃静无哗。

袁承志见前面八人一字排开,一个三十多岁的白脸汉子越众而出,手中不拿兵刃,只摇着一柄折扇,细声细气的道:"袁相公请了!"袁承志见他脚步凝重,心想这人武功不弱,手持铁骨折扇,多半擅于打穴,当下一拱手道:"寨主请了。"

那寨主说道:"袁相公远来辛苦。"袁承志索性装蒜,说道:"寨主你也辛苦。兄弟赶道倒没什么,就是行李笨重,金银珠宝太多,带着讨厌。"

那寨主笑道："袁相公上京是去赶考么？"袁承志道："非也！小弟读书不成，考来考去，始终落第，只好去纳捐行贿，活动个功名，因此肚子里墨水不多，手边财物不少，哈哈，惭愧啊惭愧。"寨主笑道："阁下倒很爽直，没读书人的酸气。"

袁承志笑道："我本来读书不成呢！昨天有位朋友跟我说，今儿有许多家寨主在道上相候，个个是英雄豪杰。兄弟欢喜得紧，心想这一来可挺热闹了，可以交上好多好朋友。我一路之上没敢疏忽，老是东张西望的等候各位寨主，就只怕错过了，哪知果然在此相遇。今日一见，三生有幸。瞧阁下这副打扮，莫不是也上京么？咱们结伴而行如何？一路上谈谈讲讲，饮酒玩乐，倒是颇不寂寞。"

那寨主心中一乐，暗想原来这人是个书呆子，笑道："袁相公在家纳福，岂不是好，何必出门奔波？要知江湖上险恶得很呢。"这人是山东"恶虎沟"的寨主，名叫沙天广，这次合伙来行劫的共有八家盗伙，以恶虎沟最为人多势众，也以沙天广武功最强，因此他自然而然成了山东八寨的首领。

袁承志道："在家时曾听人说道，江湖上有什么骗子痞棍，强盗恶贼，哪知走了上千里路，一个也没遇着。想来多半是欺人之谈，当不得真的。这许多朋友们排在这里干什么？大伙儿玩操兵么？倒也有趣。"

其余七家盗寨的寨主听袁承志半痴半呆的唠叨不休，早已忍耐不住，不停向沙寨主打眼色，要他快下令动手。沙寨主笑容忽敛，一声长啸，扇子倏地张开。只见白扇上画着一个黑色骷髅头，骷髅口中横咬一柄刀子，模样可怖。

青青见了不觉心惊，轻声低呼。袁承志虽然艺高胆大，却也感到一阵阴森森的寒气。沙寨主磔磔怪笑，扇子一招，数百名盗寇齐向骡队扑来。

袁承志正要纵身出去擒拿沙寨主，忽听得林中传出一阵口吹竹叶的尖厉哨声。沙寨主听了，脸色斗变，扇子再挥，群盗登时停步。

只见林中驰出两乘马来，当先一人是个须眉皆白的老者，后面跟着一个垂髫青衣少女，一瞥之间，但见容色绝丽。两人来到沙寨主与袁承志之间，勒住了马。

沙寨主瞪眼道："这里是山东地界。"那老者道："谁说不是啊！"

沙寨主道："咱们当年在泰山大会,怎么说来着？"老者道："我们青竹帮不来山东做案,你们也别去北直隶动手。"沙寨主道："照呀！今日什么好风把程老爷子吹来啦？"那老者道："听说有一批货色要上北直隶来,东西好像不少,因此我们一来迎客,二来先来瞧瞧货样成色。"沙寨主变色道："等货色到了程老爷子境内,你老再瞧不迟吧？"那老者呵呵笑道："怎么不迟？那时货色早到了恶虎沟你老弟寨里,老头儿怎么还好意思前来探头探脑,那可不是太不讲义气了吗？"

袁承志和青青、洪胜海三人对望一眼,心想原来河北大盗也得到了消息,要来分一杯羹,且瞧他们怎么打交道。

只听山东群盗纷纷起哄,七张八嘴的大叫："程青竹,你蛮不讲理！""他妈的,你如讲义气,就不该到山东地界来。""你不守道上规矩,不要脸！"

那老者程青竹道："大伙儿乱七八糟的说些什么？老头儿年纪大了,耳朵不灵,听不清楚。山东道上的列位朋友们,都在赞我老头儿义薄云天吗？这可多谢了！"

沙寨主折扇连挥,群盗住口。沙寨主道："咱们有约在先,程老爷子怎么又来反悔？无信无义,岂不见笑于江湖上的英雄好汉？"

程青竹不答话,问身旁少女道："阿九啊,我在家里跟你说什么了？"那少女道："你老人家说,咱们闲着也是闲着,不如到山东逛逛,乘便就瞧瞧货样。"

青青听她吐语如珠,声音又柔和又清脆,动听之极,向她细望了几眼,见她十六七岁年纪,神态天真,双颊晕红,肤色白腻,一双眼灿然晶亮,年纪虽幼,却容色清丽,气度高雅,当真比画儿里摘下来的人还要好看,想不到盗伙之中,竟会有如此明珠美玉一般俊极无俦的人品。青青向来自负美貌,相形之下,自觉颇有不如,此女之美,生平未见,忍不住向袁承志斜瞥一眼,形相他脸上神色。

程青竹笑道："咱们说过要伸手做案没有？"阿九道："没有啊。你老人家说,咱们跟山东的朋友们说好了的,山东境内,就是有金山银山堆在面前,青竹帮也不能拿一个大钱,这叫做言而有信。"

程青竹转头对沙寨主道："老弟,你听见没有？我几时说过要在山东地界做案哪？"

沙寨主绷紧的脸登时松了,微微一笑,道："好啊,这才够义气。

程老爷子远道而来,待会也分一份。"

程青竹不理他,又向阿九道:"阿九啊,咱们在家又说什么来着?"阿九道:"你老人家说货色不少,路上若是失落了什么,咱们可吃亏不起,要是让人家顺手牵了羊去,咱们的脸就丢大了。"程青竹道:"嗯,要是人家不给面子,定要拿呢?"阿九道:"你老人家说,咱们在北直隶黑道上发财,到了山东,转行做做保镖的,倒也新鲜。倘若有人要动手,咱们无可奈何,给人家逼上梁山,也只好出手保护了。"

程青竹笑道:"年轻人记性真不坏,我记得确是这么说过的。"转头对沙寨主道:"老弟可明白了吧。我们不能在山东做案,那一点儿也没错,可是青竹帮要转行干保镖的。泰山大会中,我可没答应不走镖啊。"

沙寨主铁青了脸,道:"你不许我们动手,等货色进了北直隶地界,自己便来伸手,是不是?"程青竹道:"是啊!泰山大会上的约定,总是要守的,一回到北直隶,我们本乡本土,做惯了强人,不好意思再干镖行,阻了老乡们的财路。"

群盗听他一番强辞夺理、转弯抹角的说话,说穿了还不是想抢夺珍宝,无不大怒,欺他两人一个老翁,一个幼女,当场就要一拥而前,乱刀分尸。

阿九将手中两片竹叶放到唇边,嘘溜溜的一吹,林中突然拥出数百名大汉,衣服各色,头上却都插着一截五寸来长、带着竹叶的青竹。

沙寨主一惊:"原来这老儿早有布置。他这许多人马来到山东,我们的哨探全是脓包,竟没探到一点消息。"折扇挥动,七家寨主连同恶虎沟谭二寨主率领八寨人马,列成阵势,眼见就是一场群殴恶斗。人数是山东群盗居多,但青竹帮有备而来,挑选的都是精壮汉子,争斗起来也未必处于下风。

袁承志和青青相视而嘻。青青低声笑道:"东西还没到手,自伙里先争了起来,也真好笑。"袁承志心想:"双方先斗个你死我活,我们渔翁不失利,倒也挺好。"只见山东群盗预备群殴,却留下数十人监视车队,以防运宝车乘乱逃走。

袁承志向洪胜海招招手,待他走近,问道:"那青竹帮是什么路道?"洪胜海道:"北直隶地界全是青竹帮的势力,那老头程青竹就是帮主。别瞧他又瘦又老,功夫可着实厉害。"青青道:"那女孩子呢?是他孙女儿么?"洪胜海道:"听说程青竹脾气怪得厉害,一生没娶妻,该没孙女儿。难道是干孙女儿?"青青点点头不言语了,见阿九神色自若,并无惧怕之色,心想她大概也会武功,且看双方谁胜谁败。

这时只听得青竹帮里竹哨连吹,数百人列成四队。程青竹和阿九勒马回阵,站在四队之前,手中仍不拿兵刃。

眼见双方剑拔弩张,一触即发。忽听南方来路上銮铃响动,三骑马急驰而来。当先一人高声大叫:"大家是好朋友,瞧着兄弟的面子,可别动手!"袁承志心想:"和事老来了,事情有变。"三骑马奔近,当先一人是个五十来岁的胖子,身穿团花锦缎长袍,手持一枝粗大烟管,面团团的似乎是个土财主。后面跟着两名粗壮大汉。

那胖子驰到两队人马中间,烟管一摆,朗声道:"自家兄弟,有什么话不好说的,却要动刀动枪,不怕江湖上朋友们笑话么?"沙寨主道:"褚庄主,你倒来评评这个理看。"当下把青竹帮要越界做案的事简略说了。程青竹只是冷笑,并不插嘴。

洪胜海对袁承志道:"相公,那沙寨主沙天广绰号阴阳扇,跟这褚庄主褚红柳,是山东省内的两霸。"青青道:"嗯,早先你说的就是这两人。"袁承志道:"怎么他又是什么庄主?"洪胜海道:"沙天广开山立柜,在线上开扒。那褚红柳却安安稳稳的做员外,有座庄子,前后千来株柳树,称为千柳庄。其实他是个独脚大盗,出来做买卖常常独来独往,最多只带两三个帮手。"青青心道:"原来他跟我五个爷爷是同行,做的是一路生意。小妹从前也是你行家,谅来你这大胖子就不知道了。"

只听褚红柳道:"程大哥,这件事说来是老哥的不对了。当年泰山大会,承各位瞧得起,也曾邀兄弟与会。大家说定不能越界做案呀!"程青竹道:"我们并非来做案,青竹帮不过玩玩票,改行走一趟镖。大明朝的王法,可没不许人走镖这一条啊。褚老哥,你讯息也真灵通,哪里有油水,你的烟袋儿就伸到了哪里。"

褚红柳呵呵大笑,向身后两名汉子一指道:"这两位是淮阴双杰,前几天巴巴的赶到我庄上来,说有一份财喜要奉送给我。兄弟身子胖了,又怕热,本来懒得动,可是他哥儿俩十分热心,兄弟只得出来瞧瞧。哪知遇上了各位都在这里,可真热闹了。"

袁承志和青青对望一眼,心中都道:"好哇,又多了三只夜猫子。"

沙天广心想:"这姓褚的武功高强,不如跟他联手,一起对付青竹帮。"说道:"褚庄主是山东地界上的人,要分一份,我们没得说的。可是别省的人横来插手,这次让了,下次山东兄弟们还有饭吃么?"褚红柳道:"程大哥怎么说?"

程青竹道:"我们难得走一趟镖,沙寨主一定不给面子,那有什么法子?大家爽爽快快,刀枪上见真章吧。"褚红柳转头道:"沙老弟你说呢?"沙天广道:"咱们山东好汉,不能让人家上门欺侮。"这话明明是把褚红柳给拉扯在一起了。

程青竹道:"咱们大伙齐上呢,还是一对一的较量?沙寨主划下道儿来,在下无不从命。"沙天广阴阳扇倏地张开,嘿嘿连声,问褚红柳道:"褚庄主你怎么说?"

褚红柳自得淮阴双杰报信,本想独吞珍宝,但得讯较迟,已然慢了一步,他人手单薄,这时只想厚厚的分得一份。他知青竹帮中好手不少,帮主程青竹享名多年,决非庸手,也不愿开罪于他,便道:"既然这样,比划一下是免不了的啦。群殴多伤人命,大家本来无冤无仇,又何必伤了和气?让兄弟出个主意怎样?"程青竹和沙天广齐声道:"褚庄主请说。"

褚红柳提起烟袋,向十辆大车一指,说道:"这里有十口箱子。咱们山东北直隶各派十个人,一共比试十场,点到为止,不可伤害人命。胜一场,取一口箱子,最是公平不过。咱们就算闲着无事,练练武功,印证观摩。得到箱子,那是采头。得不着,反正不是自家东西,也不伤脾胃。两位瞧着怎样?"

程青竹觉此法甚佳,首先叫好。沙寨主对程青竹本就忌惮,瞧他青竹帮有备而来,部勒严整,远胜于山东群盗的乌合之众,决战实无胜算,又想:"我叫每寨派人上阵,胜了是他们本事,那本是要分给他们的,败了也跟本寨无关。我和谭老二出阵,决不会败,总可夺到两箱。另一箱让褚庄主自己去取。"当下也应承了。

双方收队商量人选。褚红柳命人在铁箱上用黄土写上了甲乙丙丁戊己庚辛壬癸十个大字号码。袁承志和青青由得群盗胡搞,毫不理会。程青竹见两人并无畏惧之色,倒有些奇怪,不由得向他们望了几眼。群盗围成个大圈子,褚红柳在中间作公证。

第一阵山东群盗先派人出阵,双方比拳。两人都身材粗壮,膂力甚大,砰砰蓬蓬的打了好一阵。北直隶那人脚下让对方一勾,扑地倒了,跳起来待要再打,褚红柳摇手止住,在"甲"字号的铁箱上写了个"鲁"字。山东胜了第一阵,群盗欢声雷动。

第二阵北直隶派人出来。沙天广识得他是铁沙掌好手,但己方谭二寨主还胜他一筹,心想机不可失,忙叫谭二寨主上阵。两人掌法家数相差不远,谭二寨主功力较深,拆了数十招,一掌打在对方臂上,那人臂膀再也举不起来,山东又胜了一阵。

山东群盗正自得意,哪知第三、第四、第五、第六四阵全输了,四只铁箱上都写了个"直"字。第七阵比兵刃,山东杀豹岗侯寨主提了一柄泼风九环刀上阵,威风凛凛,果然一战成功,把对方的手臂砍伤了。

褚红柳心想眼前只剩下三只铁箱,再不出战,给双方分完了,自己岂非落空?第八阵由青竹帮派人先出,自己便作为鲁方人马出战,拿只铁箱再说,于是对沙天广道:"沙老弟,对方越来越厉害了,下一阵我给你接了吧。"沙天广知他绝不能空手而归,就道:"全仗褚庄主给咱们山东争面子。"只见对方队中出来一人,褚红柳不觉一呆。

原来出来的竟是那少女阿九,看来不过十六七岁年纪,手里也没兵刃,只握着两根细细的竹杆。褚红柳心想我是武林大豪,岂能自失身分,去跟这小姑娘厮拼,本已跨出数步,又退了回来,对沙天广道:"你另外派人吧。下一阵我接。"沙天广知他不愿跟这女孩儿交手,那是胜之不武,叫道:"哪一位兄弟兴致好,陪这小妞耍耍。"

群盗中窜出一人,身高膀阔,面皮白净,手提一对判官笔,正是山东八寨中黄石坡寨主秦栋。这人风流自赏,见那少女美貌绝伦,虽然年幼,但艳丽异常,不禁心痒难搔,听得沙天广叫唤,忙应声而出。沙天广微微一笑,说道:"咱们这些人中,也只你老弟配得上。"

秦栋故意卖弄,斗然跃起,轻飘飘的落在阿九面前,他本想炫耀一下轻功,再说几句便宜话,哪知足刚着地,眼前青影晃动,一根青竹杆已刺向胸口要穴,杆来如风,迅捷之极。秦栋使判官笔,自然熟悉穴道,这一下大吃一惊,左笔格架,眼见对方左手竹杆又到,百忙中扑倒打滚,这才避开,但已满头灰土,一身冷汗。山东群盗见阿九小小年纪,武功竟如此了得,都感惊诧。袁承志和青青也大出意外,互相对望了几眼。

只见阿九手中竹杆使的是双枪枪法,竹杆性柔,盘打挑点之中,又含着软鞭与大杆子的招数,百忙中还找敌人穴道。秦栋心想连一个小小女娃子也拾夺不下,哪里还能在山东道上立足?心中焦躁,判官双笔愈使愈紧。阿九突然左手杆在地下一撑,便即飞起,落下右手竹杆在地下再撑,又再跃起,左手杆居高临下,俯击敌人。秦栋不知如何抵御,不住倒退,一个疏神,给阿九一杆点在"肩贞穴"上,左臂酸麻,判官笔落地,满脸通红,败了下去。

阿九正要退下,褚红柳大踏步出来,叫道:"姑娘好了得,待我领教几招如何?"阿九笑道:"我正玩得还没够,褚伯伯肯赐教,那是再好没有。褚伯伯使什么兵刃?"褚红柳笑道:"大人跟小孩儿玩耍,还能用兵刃吗?就是空手接着。"

他在一旁观战,心想这小女孩儿已如此厉害,下面两阵,对方必更有高手,不如拦住她打一阵,先赢只铁箱再说。青竹帮众人觉得阿九连斗两阵,未免辛苦,早有三人跃出,均要接替。阿九年少好胜,说道:"我已答应褚伯伯啦。"那三人只得退下。

程青竹向阿九招招手,阿九纵身过去。程青竹在她耳边嘱咐了几句。阿九点头答应,回进场子,弯了弯腰行个礼,双杆飞动,护住全身,却不进击。

褚红柳脚步迟缓,一步一步走近,突然左掌打出,攻她右肩。阿九双杆撑地,飞身避开,手回杆出,右杆方发,左杆随至,攻势犹如狂风骤雨,一片青影中一杆已戳在褚红柳肩胛骨下。青竹帮帮众齐声喝采。褚红柳却浑若不觉,脸上的朱砂之色直红到脖子里,仍一步一步攻去。阿九身法轻灵,飘荡来去,只要稍有空隙,便一阵急攻。褚红柳身子粗壮,只护住要穴,四肢与肩背受了几杆,竟漫不在意。

袁承志对青青道:"这人年纪一大把,却去欺侮小姑娘。瞧着,这就要下毒手啦。"青青急道:"我去救她。"承志笑道:"两个都是要夺咱们财物的,救什么?"青青道:"这小姑娘怪讨人喜欢的,救了再说。大哥,你出手吧。"承志一笑,点点头。

场中两人越打越激烈。褚红柳通红的脸上似乎要滴出血来,再过一阵,手臂上也慢慢红了。承志道:"等他手掌一红,那小姑娘就要糟了。"

这时褚红柳身上又连中数杆,他一言不发,一掌一掌的缓缓发出,又稳又狠。阿九渐觉不妙,给对方掌风逼得娇喘连连,身法已不如先前迅捷。

程青竹叫道:"阿九,回来。褚伯伯赢了。"阿九转身要退,褚红柳却不让她走了,喝道:"戳了我这许多杆,还想走吗?"出手虽慢,阿九却总脱不出他掌风笼罩。

眼见他手掌越来越红,程青竹从部属手中接过两条竹杆,纵身而前,在褚红柳和阿九之间虚刺过去,从中隔开,叫道:"胜负已分。褚兄说过点到为止,还请掌下留情。"

沙天广叫道:"两个打一个吗?"提起铁扇,欺身而进,径点程青竹穴道。

程青竹挥杆格开。褚红柳冷笑道:"点到为止,固然不错,嘿嘿,可是还没点到呢。"加紧催动掌力。程青竹想救阿九,但让沙天广缠住了无法分身,只得凝神接战。阿九满头大汗,左右支撑,眼见便要伤于褚红柳掌底。

袁承志忽然大叫:"啊哟,啊哟,不得了。救命呀,救命呀!"骑着马直冲入程青竹与沙天广之间。

程青竹与沙天广倏地往两旁跳开。只见袁承志在马上摇来晃去,双手抱住马颈,忽然翻到了马肚之下,跟着又翻了上来,双脚乱撑,狼狈之极。那马直冲向阿九身旁,在她和褚红柳之间站定了。袁承志气喘喘的爬下马来,一个踉跄,又险些跌倒,大叫:"危乎险哉,真是死里逃生。畜生,畜生,你这不是要大爷的命么?"这么一阻,阿九暗叫惭愧,抹了抹额头汗水,收杆退回。褚红柳虽然不甘,可也不敢追入对方队伍。

程青竹道:"沙寨主,老夫还要领教你的阴阳宝扇。"沙天广道:"正是,最后这一箱,便由咱俩来决胜负吧。"两人刚才交手十余招,未分高下,二次交锋,各不容情,齐下杀手。程青竹双杆甚长,招术精奇,沙天广一柄铁扇始终欺不近身。

这时红日西斜,归鸦声喧,一阵阵在空中飞过。再战数十招,沙天广渐落下风,脚步已见虚浮。褚红柳叫道:"双方势均力敌,难分胜败。这一箱平分了吧。"程青竹一声长笑,竹杆着地横扫。沙天广忙跃起闪避。程青竹双手急收急发,连戳数杆。沙天广身子凌空,难以闪避,左腿窝里三杆早着,落下来站立不稳,扑地倒了。程青竹拱手道:"承让!"收杆回头。

沙天广一咬牙,急按扇上机括,向程青竹背后扇去,五枚钢钉疾射而出。程青竹待得听到风声,已然不及避让,五枚钢钉一齐打在背心,只觉一阵酸麻,知道不妙,迸住气一言不发,纵身跃近,两杆疾出,点中了沙天广小腹。这两下含愤而发,使足了劲力,沙天广登时晕去。

山东群盗各挺兵刃扑上相救,尚未奔近,程青竹也已支持不住,仰天摔倒,五枚钢钉在地下一碰,又刺进了一截。阿九急奔上前扶回。

青竹帮帮众见帮主生死不明,无不大愤,四队人马一齐扑上,与山东群盗混战起来。这时已非比武,片刻间各有死伤,鲜血四溅。

褚红柳抓住恶虎沟谭二寨主的手臂,叫道:"快命弟们停手。"谭二寨主拿出号角,嘟嘟嘟的吹响,山东群盗退了下来。那边竹哨声响,青竹帮人众也各后退。原来阿九见程青竹醒转,知道混战不是了局,见对方收队,也就乘机约束帮众。

褚红柳站在双方之间,高声叫道:"大家别伤了和气,咱们把铁箱分了,这层过节慢慢再算。"谭二寨主道:"最后一箱是我们的。"青竹帮的人叫道:"要不要脸哪?输了施暗算,还逞什么好汉?"双方汹汹叫骂,又要动手。

褚红柳道:"这箱打开来平分吧。"双方均见首领身受重伤,不敢拂逆褚红柳之意,反正已得到不少珍宝,也已心满意足,当下便派人来搬。

阿九叫道:"第八箱是我赢的,我不要,留给那位客人。谁也不许动他的。"褚红柳问道:"干么呀?"阿九道:"要不是他的马发癫,我早伤在你老伯掌下了,留一箱酬谢他。"褚红柳笑道:"小妞倒也恩怨分明。好吧,大伙儿搬吧。箱上写着字,可别弄错了。"

群盗正要动手去搬铁箱,袁承志忽道:"各位刚才是练武功吗?倒也热闹好看,胜过了江湖上卖艺的。现下又要干什么了?"

阿九噗哧一笑,道:"你不知道么? 我们要搬箱子。"袁承志道:"这个可不敢当,我已雇了大车。各位如此客气,萍水相逢,怎好劳驾?"阿九笑道:"我们不是代你搬,是自己搬啊。"袁承志道:"咦,这倒奇了,这些箱子好像是我的啊。难道各位认错了箱子?"

山东盗帮中一人骂道:"这种公子哥儿就会吃饭拉屎,跟他多说干么? 这次留下了他的小命,算他祖上积德。"俯身就去抬箱。

袁承志叫道:"啊哟,动不得的。"爬到箱上,一抬腿间,那大汉直跌了出去。袁承志爬在箱上,手足乱舞,连叫:"啊哟,救人哪!"

阿九还道他真的摔跌,纵上去拉住他手臂提了起来,半嗔半笑,骂道:"你这人真是的!"群盗见他如此狼狈,以为他这一脚不过踢得凑巧,又要去搬箱子。

袁承志双手连摇,叫道:"慢来,慢来,各位要把我箱子搬到哪里去?"阿九道:"咱们各回各的家呀。"袁承志道:"那么我呢?"阿九笑道:"你这人呆头呆脑的,还是乖乖的也赶快回家吧,别把性命在道上送了。"袁承志点头道:"姑娘此言有理,我这就带了箱子回家。"

刚才给踢了一交的那大汉心下恼怒,伸手向他肩头猛力推去,喝道:"走你妈的!"一声未毕,后心已给袁承志抓住,一扬手处,那大汉当真高飞远走,在空中划了个弧形,落在七八丈外一株大树顶上,拚死命抱住树干,大叫大嚷。一群乌鸦从树上惊飞起来,聒噪不已,在他头顶乱兜圈子。这一来,群盗方知眼前这少年身怀绝艺,这一副公子哥儿般的酸相,全是装出来开玩笑的,然而自恃人多势众,也没将他放在心上。

这时程青竹背上所中五枚钢钉已由部属拔出,自知受伤不轻,运气护住伤口,只待分到赃物后立即退走,忽见袁承志露了这一手,实是高深已极的武功,眼前无一人是他敌手,不由得大惊,忙招手叫阿九过来,低声道:"此人武功极高,务须小心。"

阿九点头答应,又惊又喜,料不到这样一个秀才相公竟会是武学高手,又想到他适才纵马解围,并非无心碰巧,实是有心相救,不禁暗暗感激。

只听袁承志高声说道:"你们打了半天,又在我箱上写什么甲乙丙丁,山东直隶,现下玩够了吧？哈哈,我可要擦去啦!"随手抓起身旁一条大汉,打横提在手中,绕着铁箱奔跑一周,便将他当抹布使,把箱上"甲乙丙丁"及"直鲁"等字擦得干干净净,双手一送,那大汉又飞到了树顶之上。

山东盗帮中十余人大声呐喊,手执兵刃扑上。袁承志拳打足踢,但见空中兵刃和大汉齐飞,惊呼共鸦鸣交作,片刻之间,十余名大汉都给他先后抓起,摔上四周树巅。他出手甚有分寸,给他摔出的群盗没一人落地受伤。

山东群盗和青竹帮都是一阵大乱,到这时方始心惊。程青竹和沙天广各受重伤,群盗齐望着褚红柳,待他作主。

褚红柳哼了一声,朗声说道："阁下原来也是武林一脉,要请教阁下的万儿,是何人的门下？"袁承志道："晚生姓袁,我师父是叽哩咕噜老夫子。他老人家是经学大师,对《礼记》和《春秋》是最有心得的了。还有一位李老夫子,他是教我八股时文的,讲究起承转合……"

褚红柳道："这时候还装什么蒜？你把武学师承说出来,要是我们有什么渊源,大家也不是不讲交情义气的人。"袁承志道："那再好也没有了。说到渊源,过去是没有,今日一见,那不是有了见面之情么？各位生意不成仁义在,虽然没赚到,却也没蚀了本。天色不早啦,请请,在下要走啦。"

杀豹岗侯寨主大骂"你奶奶的"声中,提起泼风九环刀,一招"风扫败叶",向袁承志肩头横砍过去。袁承志身子稍侧,九环刀从他身旁削过。侯寨主这一招用力极猛,大刀余势不衰,直砍褚红柳前胸。

众人惊呼声中,褚红柳侧身避刀,伸出左手,食中两指钳住刀背,向后一拉,那刀才停住了。侯寨主只臊得满脸通红,低声道："褚庄主,对……对不住!"褚红柳微微一笑,放开手指,对袁承志道："凭这手功夫,得你一箱财物,还不算不配吧？"

袁承志道："这手什么功夫？"褚红柳得意洋洋的道："我这门'蟹钳功',你要是也会,我就服了。"袁承志道："什么蟹钳、虾钳？我没瞧见。"褚红柳大怒,喝道："我用两根手指钳住了他大刀,难道你瞎了眼？"袁承志道："啊,原来是这个,那是你们两个串通的,有什么希奇？青弟,来,咱们也来练一招。"青青笑嘻嘻的从地下捡起一柄单刀,作势向袁承志砍来,砍到临近,放慢了势头,轻轻推将过去。袁承志双手毛手毛脚抓住刀背。青青假意用力挣扎,乱跳一阵,始终没能挣开,大叫:"啊哟,好厉害的蟹钳功!"

阿九见两人作弄褚红柳,不禁格格娇笑。直鲁群盗也忍不住放声轰笑。

褚红柳纵横山东,一向颐指气使惯了的,哪容得两个后生小辈戏侮于他?夹手夺过侯寨主的九环刀,横托在手,对袁承志道:"你来劈我一刀试试。那总不是串通了吧!"他见袁承志抛掷群盗,武功甚高,若和他动拳脚比兵刃,未必能胜,自己这门"蟹钳功"练了数十年,极有把握,这少年不识货,正可凭此猛下毒手。

袁承志道:"劈死了人可不偿命!你也不能报到官里去。要打官司,咱们就不干。"褚红柳愈怒,已起杀心,黑起了脸道:"不论谁死,都不偿命!"

袁承志叫道:"小心,刀来啦!"忽地反手横劈一刀。

褚红柳万料不到这一刀竟会从这方位劈来,大吃一惊,急忙低头,帽子已给削了下来,群盗又是一阵轰笑。

袁承志笑道:"你的蟹钳呢?怎么我好像没瞧见啊!"话声方歇,挥刀着地砍去。褚红柳腾身急跳,钢刀已把他一双靴子的靴底切下,啪啪两声,靴底跌落。这一刀若是上得三寸,褚庄主便成为无脚庄庄主了。

袁承志道:"是了,太高太低都不成,太快了你又不成,我慢慢的从中间砍来吧!"这一刀果然便与青青刚才那样,慢慢推将过去。褚红柳伸出左手来钳,准拟一钳钳住对方兵刃,右掌毒招立发,非将他五官击得稀烂不可。不料袁承志这一刀快要推近,突然一翻一划,刃锋已在他两根手指上各自轻轻划了一道口子,登时鲜血淋漓。这三刀高下快慢,变化莫测,似是游戏之作,实则包含了极高深的武功,而且劲力拿捏极准,最后这招使力稍重,便割断了褚红柳两根手指。

褚红柳大怒,喝道:"鼠辈,你我掌底见生死!"袁承志反手掷出大刀,攀在树顶的那大汉正往下爬,这刀飞将过去,恰好割断了他落脚的树枝,一个倒栽葱,跌了下来。

众人乱叫声中,袁承志吸一口气,已运起了混元功,提起十只铁箱,随手乱丢,一只接一只的叠了起来,几达三丈,说道:"比就比!你们这些人贼头贼脑的,别乘我打得起劲,偷了箱子去。"踊身跳上箱顶,大叫道:"上来比吧。"

褚红柳见他把一口口沉重的箱子越掷越高,已自惊骇于他的神力,待见他轻飘飘的一跃而上,轻功造诣尤其不凡,更是吃惊。他自知轻功不成,哪敢上高献丑,喝道:"你有种就下来!"袁承志在上面高叫:"你有种就上来!"

褚红柳踏步上前,抱住下面几只铁箱一阵摇动,只见袁承志头下脚上,倒栽下来。

群盗一阵欢呼,却见袁承志跌到褚红柳头顶时,倏地一招"苍鹰搏兔",左掌凌空下击。褚红柳大惊,挥起右掌反击。袁承志一伸手,已扣住他脉门,待得双足着地,喝一声:"起!"把褚红柳一个肥肥的身躯挥了起来,刚落在一叠铁箱之顶。十口箱子本就叠得东歪西斜,这么一个大胖子加了上去,登时一阵摇晃。褚红柳在上面双手乱舞,狼狈不堪,到后来情不自禁,俯下身来,抱住了箱盖。群盗又是吃惊,又是好笑。

青青叫道:"你有种就下来!"阿九想起褚红柳刚才的说话,不禁抿嘴微笑。

褚红柳的武功深得"稳、狠、准、韧"四字诀中精要,适才与阿九比武,就十足显示了这四字诀的长处。他身材肥胖,素不习练轻功,自来以稳补快,以狠代巧,掌法由拙见功,现下突然登高,正犯了他的大忌,虽一身武功,却登时手足无措。适才袁承志见他出手,看出了他的短处,故意布置这个陷阱来跟他为难。袁承志本想跟群盗结交,但见褚红柳适才追打少女阿九,直欲伤她性命,心狠手辣,因此对他稍作惩戒,一来挫折他的气焰,二来乘此立威,好令群盗对己心服。

群盗谁也不敢去移动铁箱,只怕一动,上面箱子倒将下来,不但摔坏了褚红柳,还会压死多人。当下都站得远远地。

僵持了一阵,沙天广低声道:"谭贤弟,围攻那小子,先干掉他。"一言提醒了谭二寨主,当即吹动号角,山东群盗拔出兵刃,齐向袁承志冲来。

哑巴、青青、洪胜海一齐站到袁承志身边。青青持剑,洪胜海使刀,舞动砍杀。袁承志和哑巴却是空手,抓住了人乱丢乱掷。群盗出道以来,从未见过这般打法。二人所到之处,群盗纷纷走避。袁承志数跃之间,已奔到沙天广身旁。他卧在地下,两名盗首在旁照料,忽见袁承志冲来,一个举刀砍挡,另一个背起沙天广避让。袁承志头一低,从刀下钻过,抓住前面盗首的头一扭,那人痛得大叫,撒手把沙天广丢下。袁承志伸手接住,纵身跳上一辆大车,叫道:"你们要不要他性命?"群盗见首领被擒,一时都呆住了,谁也不敢动手。

袁承志向哑巴一打手势,哑巴径往青竹帮冲去。青竹帮帮众本来袖手观战,忽见哑巴冲来,各举兵刃拦阻。哑巴追随神剑仙猿穆人清多年,武功已非寻常武师所能敌,只见他头顶刀枪乱飞,赤手空拳的冲到程青竹身旁。

袁承志在高处相望,见哑巴即将得手,正自欣喜,忽见阿九抚着程青竹的身子,伏地大哭,这一下倒大出他的意料之外,倘若程青竹死了,要对付群龙无首的青竹帮就颇为不易,忙纵声大叫:"胜海,快叫哑巴老兄回来。"

洪胜海撇下对手,冲到哑巴跟前,打手势叫他回来。哑巴回头向站在大车顶上的袁承志一望。袁承志招招手,哑巴随即退回。

袁承志把手中半死不活的沙天广交给哑巴,纵身入围,问道:"怎么?"阿九哭着叫道:"我师父死啦!"

袁承志俯身一探程青竹的鼻息,果然已无呼吸,再摸他胸膛,一颗心却还在微微跳动,翻过他的身子,只见背上五个小孔,虽然血已止住,但五孔都在要穴,饶是程青竹武功精湛,也已抵受不住。袁承志运起混元功,在他的"天府穴"和足底"涌泉穴"各点一指。内力到处,程青竹血脉流转,悠悠醒来,睁开了眼睛。阿九大喜,高叫:"师父,师父!"程青竹点了点头。袁承志道:"放心!你师父的伤治得好。"阿九明艳的脸蛋上兀自挂着几滴泪珠,清澈的大眼却已充满了喜色,说道:"嗯,多谢你啦。"

这时青青、哑巴、洪胜海三人挟着沙天广,已退入青竹帮的圈子。山东群盗见首领被擒,要闯进来救人,青竹帮帮众出手拦阻。双方乱喝,混乱中交起手来,登时乒乒乓乓打得十分激烈,顷刻间双方各有数十人死伤。青青道:"再打半个时辰,双方都死得差不多啦!"袁承志却盼制止双方恶斗,以免死伤太多。

突然之间,站在铁箱顶上的褚红柳扬臂大呼:"不好啦,官兵来啦,总有几千人,大家快退……不,有上万人,扯呼,扯呼!"他站得高,首先瞧见。众人听了,尽皆心惊,刀枪齐停。只见三骑马急奔而来。两骑是山东盗帮放出的卡子,一骑是青竹帮的哨探,三人连连呼啸,高声大叫:"大队官兵到啦!"褚红柳再也顾不得危险,踊身从箱顶跳下,立足不稳,在地下打了三个滚,爬起身来,双足肿痛异常,抢了一匹马,率领山东群盗退却。

袁承志命哑巴送回沙天广,山东群盗接住放上马背,纷纷涌入树林。青竹帮中也是竹哨连声,抢起地下死伤人众,仍分成四队退了下去。霎时之间,一片空地上只剩下袁承志等一干人。

第十回

不传传百变

无敌敌千招

右峰上喊声大作,山东群盗从山坡上冲将下来,杀入清兵阵中,跟着各处埋伏的群豪一时尽起。袁承志热血如沸,高举金蛇剑,叫道:"大伙儿杀啊!"

第十一回
慷慨同仇日
间关百战时

袁承志跳上箱顶，运起混元功，把箱子逐只轻轻放落，哑巴一一拾起，放上大车。青青笑道："他们伤了这许多人，只在铁箱外面摸得几下，你说是赚了还是蚀了，得请你大师哥用铁算盘来算一下了。"只听得远处号角连声，人喧马嘶，果有大队人马到来。袁承志心道："要拉拢山东、河北这两批英豪，这次看来是不成的了。"说道："咱们走吧！"检视车辆伕役，幸无损伤。

正要启行，只见数百名官兵分成两队，当先冲到。一名把总手舞长刀，喝道："干什么的？"洪胜海道："赶路的老百姓。"那把总道："干么这里有血迹，有兵器？"洪胜海道："正有强人拦路打劫，幸得官兵到来，吓退了强人。"

这时已有数队官兵前去追击退走的群盗。那把总斜着眼打量大车上的铁箱，冷冷的问道："那些是什么东西？"洪胜海道："是行李。"那把总道："打开来瞧瞧。"洪胜海道："是些随身衣物，没什么特别物事。"那把总道："我说打开，就打开，啰唆什么？"青青道："又没带违禁犯法的东西，瞧什么？"那把总骂道："你这小子好横！"倒提长刀，将刀杆夹头夹脑砸过去。青青闪身避开。

那把总见十只铁箱结结实实，料想定是装着贵重财物，一见早就起了贪心，这时乘机叫道："好小子，胆敢拒捕？喂，弟兄们，把赃物充公！"官兵抢夺百姓财物，那还用多说？一听"充公"二字，早有十余官兵一拥而上，七手八脚来抬铁箱。

那把总存心狠毒,只怕事主告到上官,高声叫道:"这些都是土匪流寇,竟敢抗拒官兵,一概格杀勿论!"当即提刀杀来。袁承志大怒,心想:"要是我们不会武艺,岂不给你杀了灭口。这人不知已害了多少良民!"待他钢刀砍到,侧身避开,反掌打在他背心。这人如何禁受得起,倒撞下马,登时毙命。

众官兵惊叫起来:"强人拦路,抢劫漕运啦,抢劫漕运啦!"当先的官兵给青青、哑巴、洪胜海三人一冲,四散奔逃,但后面大队人马跟着涌到。袁承志拾起那把总的大刀,挥舞断后。哑巴等三人率领车队,退入林中。

只听得金铁交鸣,树林中官兵正与山东群盗及青竹帮打得火炽。盗帮虽然都有武艺,但挡不住官兵人多势众,不多时已纷纷败退。沙天广和程青竹都受伤甚重,无人领头,群盗势成散沙,各自为战,给官兵一堆堆的围住攻击,惨呼声此起彼伏。

袁承志和青青等将车队集在树林西角。青青问:"怎么办?"袁承志道:"帮强盗,杀官兵!你在这里守住!"青青点头答应,与哑巴、洪胜海三人聚集车队,守住一个小角,官兵过来立即格杀,众官兵一时不敢逼近。

袁承志飞身上树,察看形势,见阿九与几名青竹帮的头目正受数十名官兵围攻,形势最险,当即下树,疾奔而前,左臂长出,震飞两枝戳向阿九的铁枪,叫道:"退回西首山岗!"又有一名军官挥刀向阿九砍来。袁承志飞脚踢去钢刀,当胸一拳,将那军官打得口喷鲜血,仰面跌倒。

阿九吹起竹哨,青竹帮的帮众齐向西退,渐渐集拢。袁承志纵横来去,命山东群盗也向西退,见有盗众给官兵围住无法脱身的,立即冲入解救。众人一会齐,声势顿壮,在袁承志率领下且战且退,上了山岗。袁承志又率领了数十名武功较高的帮众盗伙,冲下去把青青等车队接引上岗。众官兵在岗下呐喊叫嚷,团团围住。

袁承志命群盗发射暗器,守住山岗。群盗本已一败涂地,人人性命难保,有人出来领他们暂脱险境,对他的号令自是奉命唯谨。二百余名官兵向岗上冲来,给一阵暗器射回,死伤了数十人。官兵得胜时勇往直前,一受挫折,大家怕死,谁肯舍命攻山?只大声呐喊,敷衍长官,杀声倒是震天,却是前仆有人,后继无兵,不再有官兵冲近。

袁承志安排防御，命谭二寨主、褚红柳、洪胜海、阿九四人各率一队守住一方，余下的救死扶伤，就地休息。他再为程青竹按摩了一番，又给沙天广推宫过血。过了一会，两人竟先后在山岗上睡着了。山东群盗和青竹帮帮众见首领无恙，对袁承志更加敬服。

袁承志向盗伙首领问明当地地形，再跳上车顶，察看官兵队形，见官兵后队有大批辎重车辆，跳了下来，问青青道："刚才官兵叫嚷什么抢劫漕运？"

这时褚红柳正由淮阴双杰接替了下来休息，听袁承志问起，说道："这些官兵，定是运送粮饷漕银去北京的。咱们刚好遇上，真是不巧。"袁承志道："运送漕银，怎地要大队官兵？"褚红柳道："现今天下大乱，群雄并起，哪一处没开山立柜的豪杰？朝廷全靠江南运去的漕米银两发饷发粮。崇祯既要防御辽东的满洲兵，又要应付闯王和各路英雄，这漕银是他命根子，倘若出了岔子，他龙廷也坐不稳了，自然要多派人马护送。漕米银两本来都由运河水运，想是皇帝要钱要得急了，才由陆路赶运。"

袁承志道："这些官兵身上挑着这么重的担子，居然还来多管闲事，跟人为难。"褚红柳笑道："他们以为一下子就把咱们尽数杀了，只须给咱们安上几个什么王、什么星的厉害匪号，奏报上去，岂不是大功一件？"又道："我们本是土匪强人，倒也不冤枉，只可惜累了相公。"袁承志叹道："官逼民反，今日可教我亲身遇上了。"他幼时曾跟应松学过粗浅兵法，沉吟片刻，说道："此处向西北有个峡口，咱们从那边冲出去吧。"

褚红柳这时对他已佩服得五体投地，便道："请袁相公吩咐，大伙儿齐听号令。"袁承志在地下画了图，计议突围之策已定，便即分拨人手。一声令下，群盗齐声发喊。袁承志和哑巴当先开路，率领众人冲下岗去。

官兵本已倦懈疲倦，除了少数奉命守御，余人均已就地坐倒休息，忽见群盗骤然冲到，来势凶猛，稍加抵挡，就给冲破一道口子。群盗向峡口直奔，官兵叫喊着随后追来。追了一阵，殿后的数十名盗帮忽然回身邀斗，把官兵追势一挡。待得官兵大队攻到，殿后的盗帮也已退入峡口。

那峡口两旁都是高峰峭壁，形势险恶，官兵一追入峡口，率队长官下令缓追,以防中伏。忽然前面大车中一只铁箱滚落,箱盖翻开,道上丢满金砖银锭,闪闪发光。统兵总兵大喜,下令急追。追了一阵,见群盗抛下衣甲兵器,乱窜乱奔,道旁丢满了财物珠宝。众官兵你抢我夺,乱成一团。那总兵见群盗溃散,连兵器也随地乱丢,不再存防备之念,一意要抢宝箱,下令前、中、后三队齐赶。

有分教:抗外敌不妨落后,抢金银务必争先。

这时袁承志已攀上峭壁,手足并用,拉着石壁上的藤枝树条,抄向官兵后路。走了一会,果见官兵队中车辆一辆接着一辆,蜿蜒而来,不计其数,车辆都用黄布蒙住,车上插了旗帜,旗上写的是"大明江南漕运"红字,放眼下望,车队便如一条极长的黄龙。

袁承志又惊又喜,官兵势大,不易对敌,但如能劫下漕运,确是对大仇人崇祯皇帝一个当头猛击,闯王义兵就更易成事,见坡下树木茂密,当即穿林而下,要就近察看。不一刻,靠近官兵队伍,借着树木遮掩,连官兵的说话都听得清清楚楚。

车辆不断,隆隆而过,过了好一阵,忽听得车行辚辚之声渐轻,车中所装似乎已非粮银,从树木空隙中向外望去,见是百余辆囚车。车中囚徒双手反缚而坐,车上插有白旗,写着"候斩巨寇某某某"等字样,又是什么"江洋大盗"、"流寇头目"、"反叛逆首"、"淮南巨贼"等等,显见都是反抗朝廷的饥民或山寨盗魁。

袁承志心想:"这些人都须搭救,但如何下手?"正自寻思,忽见一辆车子过来,旗上写着"候斩反逆孙仲寿一名"九字,袁承志大惊,追了几步细看,见车中所坐的果然便是孙仲寿。但见他两鬓斑白,满脸风霜之色,较之昔日在圣峰嶂上之时已苍老得多,但一副慷慨风致,虽在难中,仍不减当年。袁承志惊讶未定,只见后面囚车中推来的又都是父亲旧部,当时教导抚养自己的倪浩、朱安国、罗大千三人都在其内,只不见应松。袁承志一阵心酸,随又暗暗欢喜:"老天爷有眼,教我今日撞见众位叔叔。"

不久囚车过完,袁承志向上奔了数丈,疾向后追。官兵望见,鼓噪起来,有的便发箭射来。但袁承志身法快捷,箭枝到时,人早不见。他奔出数十丈,官兵队伍已尽,最后一名军官骑在马上,手提大刀押队。

袁承志正想跃下动手,忽然望见远处尘土飞扬,几骑马奔来,心想:"原来后面还有接应,等他们过来看个明白再说。"不一刻五骑马奔到,当先一人是个女子,却是飞天魔女孙仲君,后面四人正是二师兄归辛树夫妇以及梅剑和、刘培生。

袁承志一见大喜,叫道:"二师哥!"飞身落下,落在归辛树夫妇马前。

归氏夫妇一起勒马,见到是他,归二娘点了点头,说道:"嗯!是你,有什么贵干?"袁承志道:"小弟有件急事,求师哥师嫂几位伸手相助。"归二娘道:"我们自己也有要事,没空!"和归辛树二人一提缰,双骑从他两侧擦过,向前冲了过去。梅剑和拱手叫声:"师叔!"跟着师父师娘去了。

刘培生跳下马来,说道:"师父师娘正有一件要紧事。弟子办了之后,立刻过来听师叔差遣。"袁承志道:"那不必了,我借坐一下刘大哥的牲口。"刘培生道:"师叔请用。"将缰绳递将过去。袁承志道:"咱俩合骑,追上前面官兵就行了。"说着飞身上马。刘培生也跳上马来。袁承志双腿一夹,那马发足奔驰。

刘培生问道:"师叔追官兵干什么?"袁承志道:"救人!"刘培生喜道:"那好极啦,我们也正要寻官兵的晦气。"袁承志听了大喜,催马急行,不一会已望见押队军官的背影。但不见归辛树等人,想已抢过了头。袁承志纵马前冲。

押队的游击听得身后马蹄声疾,回头望时,见一人从马背跃起扑来,他大吃一惊,挥起大刀往空中横扫。袁承志右手前伸,抢住刀柄,身子已落在他马上,左手早点中他后心穴道。那游击只觉背心酸麻,要待挣扎,却已动弹不得。袁承志喝道:"快下令,叫后队囚车停下。"那游击只得依言下令。

突然之间,归辛树夫妇从树林中冲出,师徒四人抽出兵刃,往官兵队里杀去。队伍登时大乱。

袁承志吩咐刘培生自行随师父去办事,抢了两柄大刀,奔到孙仲寿囚车边,劈开车子,大叫:"孙叔叔,我是袁承志。"孙仲寿如在梦中,一阵迷惘。袁承志又已把朱安国、倪浩、罗大千等人救出。

这些人都是身经百战的武将,现今虽已年老,但英风犹存,抢了兵器,有的乱杀官兵,有的劈开囚车救人,脱险的囚犯也均劈车救人,不一刻,百余辆囚车齐都劈烂,放出百余条好汉来。其中三数十人是袁崇焕部属的"山宗"旧侣,听说赶来相救的是督师公子,无不振奋,一阵砍杀,将官兵后队杀得七零八落,向前逃窜。

这时官兵前队也已发现前面巨石拦路,不能通行,登时两头大乱。

袁承志见官兵虽然势乱,但人数众多,却也不易抵挡,当下撇下大刀,在一长列漕运车辆顶上跑将过去。行出里许,见领队的总兵官头戴铁盔,正手舞长刀,指挥作战。袁承志跃上那总兵坐骑的马臀,那总兵回刀来砍,袁承志夹手便夺,哪知这总兵一个筋斗从马背上翻了下去,竟没能抓住他手腕。

袁承志心道:"没料想官军之中还有如此好手。"左手扬动,三枚铜钱发了出去。使的是木桑所授发围棋子的手法。那总兵一一用长刀格开。袁承志道:"好本事!你再格格看。"双手连挥,三九二十七枚铜钱分上中下三路同时打到。就算武林高手,这一来也不易抵挡,那总兵武艺虽强,却哪里躲得开这"满天花雨"的手法。当啷一声,先是长刀脱手,接着膝弯、腰胁、背心各处都中铜钱,竟朝着袁承志迎面跪下。

袁承志笑道:"不必多礼!"伸手挽住他左臂。那总兵当胸一拳,势急力劲。袁承志笑道:"就让你打一拳出气。"这一拳明明打在他胸前,却如打中一团棉花,无声无息,全无着力处。袁承志运起内力,提起那总兵往上抛出。只见他就如断线风筝般往上直飞,众官兵高声大叫起来。那总兵自分这一下必死,闭住了双眼,哪知落下时为人双手托住,睁开眼来,见仍是那书生打扮的少年。他知此人武功比己高出十倍,既然落入他手,无可抗拒,生死只好置之度外。何况就算硬要置之度内,却也无从置起。

袁承志道:"你下令全体官兵抛下兵刃,饶你们不死。"那总兵心想:"这漕运何等要紧,给盗贼劫了去,反正也是死罪。"于是颈项一挺,朗然说道:"你们要杀便杀,何必多言。"袁承志一笑,手上使劲,又将他身躯抛向空中,落下来时接着再抛,连抛了三次,那总兵已头晕脑胀,不知身在何处。袁承志道:"你若不下令,你死了,部下也都活不成。不如降了吧。"那总兵心想,眼下只有这条活路,只得点了点头。袁承志问道:"你贵姓?"那总兵道:"小将姓水。"他定一定神,命亲兵把手下参将、守备、游击、都司等都叫了来,众将听得要投降盗贼,吓得面面相觑。一员都司骂了起来:"你食君之禄,不忠不……"话未说完,袁承志已抓住他往地下摔落,登时晕去。余下众将颤声齐道:"标下奉……奉总座将令。"水总兵喝道:"下令停战!"

袁承志也传下号令,命山东群盗不再厮杀,又吩咐水总兵命官兵抛下兵刃。水总兵无奈,只得依言。火把照耀下双方兵戈齐息。

忽见五个人在车队中奔驰来去,乱翻乱找,打开了许多箱笼,见是银子粮食,便踢在一旁。众官兵见五人势恶,败降之余,不敢阻拦。奔到临近,原来是归辛树夫妇师徒五人。袁承志叫道:"二师哥,你们找什么?我叫他们拿出来。"

归辛树见统兵将官都集在袁承志身旁,三个起落,已奔到水总兵身边,一把揪住他胸脯,提了起来。水总兵惊魂未定,哪想突然又遇到一个武功极高之人,给他抓住了,任凭如何猛力挣扎,总归无用。归辛树喝道:"马士英进贡的茯苓首乌丸,藏在哪里?"水总兵道:"马督抚嫌我们车多走得慢,另行派人送到京里去了。"归辛树道:"此话当真?"水总兵道:"我性命在你们手里,怎敢说谎?"

归辛树把他往地下抛落,喝道:"要是查到你胡言骗人,回来取你狗命。"转头对归二娘道:"往前追。"归二娘抱着孩子,心头烦躁,单掌起处,把挡在面前的官兵打得东倒西歪。归氏夫妇对袁承志毫不理睬,带着徒弟径自走了。

袁承志知道二师兄夫妇对自己心存芥蒂,默然不语。待五人去后,问水总兵道:"他们找什么药丸?"水总兵被擒降敌,心乱意烦,神不守舍,一时想到家中是否会给皇帝下旨满门抄斩,一时又想自己功名前程,从此付与流水。袁承志接连询问,他答非所问,不知所云,说了半天,袁承志才明白了个大概。

原来最近黄山深谷里找到了一块大茯苓,估计已在千年以上,凑巧浙东又有人掘到一个人形何首乌。这两样都是千载难逢的宝物。凤阳总督马士英得到讯息,差幕客一半强取、一半价购的买了来,命高手药师制成了八十颗茯苓首乌丸,还配上了老山人参、五色灵芝、麝香牛黄等珍贵药材,单是药材本钱就花了两三万银子。这件事轰动了江南官场和医行药业。据古方所载,这药丸实有起死回生的神效,体质虚弱的人,只服一丸便即见功。马士英自己留下四十颗,以备此后四十年中每年服食一颗,余下四十颗便去进贡,盼崇祯再做四十年皇帝,年年升自己的官。

袁承志好容易听得明白,心道:"那就是了,二师哥爱子有病,久治不愈,急着要这些药丸。"

水总兵又道:"马总督本想差我一并将宝药送去北京,但后来嫌我们车多行得慢,又押着死囚不吉利,因此另差金陵永胜镖局的董镖头护送赴京,献给皇上。"至于马总督自己留下四十颗药丸,那是天大机密,连他最得宠的姬妾也都不知,水总兵自然更不会知道。

袁承志一心盼望二师哥能夺到药丸,救得孩子之命,忙问:"那镖师走了几天啦?"水总兵道:"启程是在同一天,不过镖局子只十来个人,行道快得多,算来抢在我们之前,总有五六天路程了。"

这时孙仲寿、朱安国、倪浩、罗大千等袁部旧将纷纷过来相见。各人得脱大难,又见袁承志长大成人,一身武艺,今日这一战虽只小试牛刀,亦已略有乃父当日雄风,无不惊喜。袁承志问起被捕缘由,孙仲寿约略说了。原来当日"山宗"旧友在圣峰嶂聚会,明兵突施袭击,幸而大部人众早已散走,只应松终于被害,孙仲寿等都告脱险,后来重又聚集。众人在淮北鲁南一带会聚豪杰,准拟大举,不料事机不密,上个月为凤阳总督马士英所破,众首要一鼓成擒,械系赴京问斩。差幸天缘巧合,竟蒙得救。

孙仲寿听说袁承志和闯王颇有连络,说道:"公子,这里又有盗帮,又有投降的大批官兵,他们对你都很敬服,正是难遇的良机。何不暂缓赴京,把这批人手好好整顿一下。"袁承志喜道:"孙叔叔说得是,不过要请孙叔叔、朱叔叔各位加盟,共图大事。这一带英雄豪杰很多,咱们索性大干一场,找个地方会集群雄。"孙仲寿一拍大腿,道:"好极了,何不就去泰山?"袁承志道:"泰山相去不远,再好也没有了。"

当下收拾好铁箱中抛散开的珠宝金银,把漕运银子取出二十万两,俵分给青竹帮与山东各寨群盗。褚红柳也得了五千两。再取出二十万两赏给投降的官兵,一时峡谷前后,欢声雷动。投降的军官本来心情郁郁,分得大批银两后,才精神为之一振。

青竹帮的两名帮众抬着担架,将帮主程青竹抬过来。袁承志见他脸上已现血色,喜道:"程帮主的伤势好得很快啊,足见内功深厚。"程青竹道:"多谢公子,在下得知公子是袁督师的骨肉,实是欢喜之极。"说到这里,声音中竟微带呜咽。袁承志道:"程帮主当年识得先父吗?"程青竹摇了摇头,吩咐随从在一只布囊中取出一卷手稿,交给袁承志,说道:"公子看了这个,便知端的。"

袁承志接过，见封面上写着"漤声记"三个大字，又有"程本直撰"四字，右上角题着一副对联："一对痴心人，两条泼胆汉。"心中不解，问道："这位程本直程先生，跟程帮主是……"程青竹道："那是先兄。小人本名程本刚。"

袁承志点点头，翻开手稿，只见文中写道：

"崇焕十载边臣，屡经战守，独提一旅，挺出严关……"

袁承志心中一凛，问道："书中说的是先父之事？"程青竹道："正是。令尊督师大人，是先兄生平最佩服之人。"

袁承志当下双手捧住手稿，恭恭敬敬的读下去：

"……迄今山海而外，一里之草莱，崇焕手辟之也；一堡之垒，一城之堞，崇焕手筑之也。试问自有辽事以来，谁不望敌于数百里而逃？弃城于数十里而遁？敢与敌人画地而守，对垒而战，翻使此敌望而逃、弃而遁者，舍崇焕其谁与归？"

袁承志阅了这一段文字，眼眶不由得湿了，翻过一页，又读了下去：

"客亦闻敌人自发难以来，亦有攻而不下、战而不克者否？曰：未也。客亦知乎有宁远丙寅之围，而后中国知所以守？有锦州丁卯之功，而后中国知所以战否也？曰：然也！"

袁承志再看下去，下面写道："今日滦之复、遵之复也，谁兵也？辽兵也。谁马也？辽马也。自崇焕未莅辽以前，辽亦有是兵、有是马否也？"

袁承志随手又翻了一页，读道：

"举世皆巧人，而袁公一大痴汉也。唯其痴，故举世最爱者钱，袁公不知爱也。唯其痴，故举世最惜者死，袁公不知惜也。于是乎举世所不敢任之劳怨，袁公直任之而弗辞也；于是乎举世所不得不避之嫌疑，袁公直不避之而独行也；而且举世所不能耐之饥寒，袁公直耐之以为士卒先也；而且举世所不肯破之礼貌，袁公力破之以与诸将吏推心而置腹也。"

袁承志读到此处，再也忍耐不住，泪水涔涔而下，滴上纸页，泪眼模糊之中，看到下面一行字道："予则谓掀翻两直隶、踏遍一十三省，求其浑身担荷、彻里承当如袁公者，正恐不可再得也。此所以惟袁公值得程本直一死也。"

袁承志掩了手稿，流泪道："令兄真是先父的知己，如此称誉，在下实在感激不尽。"程青竹叹道："先兄与令尊本来素不相识。他是个布衣百姓，曾三次求见，因令尊事忙，未曾见着。先兄心终不死，便投入督师部下，出力办事，终于得蒙督师见重，收为门生。令尊蒙冤下狱，又遭凌迟毒刑。先兄向朝廷上书，为令尊鸣冤，只因言辞切直，昏君大为恼怒，竟把先兄也处死了。"袁承志"啊哟"一声，怒道："这昏君！"

程青竹道："先兄遗言道，为袁公而死，死也不枉，只愿日后能葬于袁公墓旁，碑上题字'一对痴心人，两条泼胆汉'，那么他死也瞑目了。"袁承志道："却不知这事可办了么？"程青竹长长叹了口气，说道："令尊身遭奇冤，昏君奸臣都说他通敌，勾结满清，一般无知百姓却也不辨忠奸是非，信了这话。令尊给绑上法场后，愚民一拥而上，将他身子咬得粉碎，说道……说道要吃尽卖国奸贼的血肉……"

袁承志听到这里，不由得放声大哭，问孙仲寿道："孙叔叔，这……这是真的么？"孙仲寿垂泪点头，道："真是如此。当年你年纪幼小，我们不跟你说，免你伤心。"

袁承志怒道："昏君奸臣为非作歹，那也罢了，北京城的老百姓，却也如此可恶！"孙仲寿道："老百姓不明真相，只道皇帝的圣旨，是再也不会错的。清兵在北京城外烧杀掳掠，害死的人成千成万，因此百姓对勾结敌兵的汉奸痛恨入骨。"

程青竹道："在下不忿兄长被害，设法投身皇宫，当了个贱役，想俟机行刺昏君，为先兄和袁督师报仇。只武艺低微，行刺不成，反为侍卫所擒，幸得有人相救，逃出皇宫。这些年来在黑道上干些没本钱买卖，有眼无珠，竟看上了公子的财物。"

袁承志道："大家说来深有渊源，若非如此，也不得跟帮主认识。"

青青忽问："咦，那个小姑娘呢？她没事吧？"程青竹道："多谢关怀。小徒已自行去了。"青青道："我正想找她说话，怎么她走了？"

众人休息了一日。袁承志派遣青竹帮、山东群盗得力人员，分赴各地送信，约定七月二十在泰山顶上取齐；又请孙仲寿、朱安国等山宗旧部，会同水总兵带领投降的官兵，在荒僻险峻之地起造山寨扎营，大家就称之为"山宗营"。

这一役马士英部下六千官兵全军覆没，二百余万两漕银没留下半星一忽，京师鲁豫一带，无不震动。等到马士英再调大军前来追剿,盗帮早影踪全无,哪里还追寻得着。

过得七月十五,约会之期将届。泰山各处寺庙道观之中,陆陆续续到了千余位各帮各派的英雄豪杰。

七月二十清晨绝早,群雄在石经谷会聚。谷中一片平广,数亩石场,光洁异常,相传是古代高僧讲经之所。山石上刻有八分书金刚经,字大如斗,笔力雄劲。

这天到会的除袁承志、青青、哑巴、洪胜海等人外,有袁部旧将孙仲寿、朱安国、倪浩、罗大千等人;有江苏金龙帮焦公礼、焦宛儿、吴平、罗立如等人;有河北青竹帮程青竹等人;有山东群盗沙天广、褚红柳、谭文理等人;有浙江游龙帮的荣彩等人;有河南南阳清凉寺下院方丈十力大师、海外七十二岛盟主郑起云等人;有从囚车获救的淮南飞虎峪寨主聂天风、赣北鄱阳帮帮主梁银龙等人;有投降过来的明总兵水鉴等人。此外尚有无数江湖好汉,武术名手。一时泰山顶上群豪聚会,英贤毕至。

袁承志不见青竹帮美丽的小姑娘阿九到来,微感失望,颇有怅惘之意,但过不多时,也就忘了。

这日凌晨,山谷间忽吐白云一缕,扶摇直升,良久,东边一片黑暗中隐隐朱霞炫晃,颜色变幻不定,或白或橙,缓缓的血线四映,一喷一耀,转瞬间太阳如一个大赤盘踊跃而出。下面云彩为日光一照,奇丽变幻,白虹蜿蜒。群豪尽皆喝采。

观日出已毕,群豪席地坐下。阴阳扇沙天广是山东当地的地主,这时他伤势已愈,站起身来朗声说道:"各位前辈大哥赏脸,来到敝省,兄弟招待不周,请多多包涵。"说着团团作了一个四方揖。群豪齐声谦谢。沙天广又道:"兄弟是粗人,不明事理,现下请程青竹前辈说话。"这两人以前互不相下,那天出死入生的厮拼了一场之后,各自钦佩对方武功,反结成了好友。

程青竹站起身来,说道:"我们江湖上的朋友,以前在泰山也聚过会,不过人数从来没这么多。不怕各位笑话,以前我们到这里干什么?不过是划地盘、分赃银罢啦。"群豪一阵轰笑。程青竹道:"这次这许多英雄朋友大驾光临,咱们可不能再没出息啦。眼前天下大乱,老百姓活不下去,昏君无道,朝中全是贪官污吏,关外鞑子又时时犯界掳掠,当真人命贱似蚂蚁。咱们总要好好商议,做一番事业出来。咱们今日摆明了是要结义造反,哪一位不愿入伙的,尽可乘早下山。"

众人听得血脉奋张,齐声喝采。有少数人不愿冒险造反,便纷纷告别下山。

程青竹又道:"今日到会的都是好朋友,咱们歃血为盟,以后患难相助,共图大事。如有贪图富贵,出卖朋友,或是贪生怕死,自私自利的,大家一齐干他奶奶的。"众人又是一阵喝采。

沙天广道:"会盟不可没盟主。咱们推举一位大家佩服的英雄大哥出来,以后齐都奉他的号令。不管是谁当盟主,兄弟必定追随到底,决无异言。"十力大师站起身来,说道:"群龙无首,决不能成大事。推举盟主,老衲一力赞成。这位盟主必须智勇双全,有仁有义,方能服众。"郑起云道:"那是当然的了,我瞧你大师就很不错。"十力大师笑道:"老衲风烛残年,哪能担当重任?郑岛主别取笑了。"

众人交头接耳,纷纷议论,都觉盟主应该推举,以便号令一致,好使散处各地、互不统属的豪杰联成一起。那时相互之间固然不会残杀争斗,连官府也不敢轻易剿捕。只是群雄向来各霸一方,谁也不肯服谁,别要为了争做盟主,反而殴杀一场,那就弄巧成拙了。各路造反民军结盟,事属寻常,大家均知晋陕一带曾有"三十六营"、"七十二营",荥阳有"十三家"大会等大举结盟之事,李自成均曾参与。

程青竹待众人议论了一会,高声说道:"各位如无异议,现下就来推举如何?"

只见人群中站起一条身高七尺的魁梧大汉,声若洪钟,大声说道:"盖孟尝孟老爷子在武林无人不敬,无人不服。今日他老人家虽然不在此地,但盟主一席自然非他莫属,兄弟以为不必另推了。"他话一说毕,群雄中登时便有许多人随声附和。

袁承志问洪胜海:"盖孟尝是什么人?"洪胜海略感奇怪,问道:"相公不知此人吗?"袁承志道:"我江湖上的朋友识得很少。"洪胜海道:"孟伯飞孟老爷子人称盖孟尝,仗义疏财,最爱朋友,武林中人缘极好。他独创的孟家神拳、快活三十掌,变幻莫测,投拜在他门下的弟子数也数不清,说得上桃李满天下。北方学武的人提到盖孟尝,那是没人不佩服的。这大汉是他大弟子,叫做丁甲神丁游。"袁承志道:"嗯,那么推孟老爷子做盟主倒也很好。"心想:"这位孟老爷子多半人缘极好,武功却不如何了得,否则师父不会不跟我说起。作武林盟主的,原本人缘比武功要紧。"

七十二岛盟主郑起云道:"孟老爷子威名远震,兄弟虽然亡命海外,却也是久仰的了,推他做盟主,论德望,论见识,那是再好也没有。不过兄弟有一点顾虑……"丁游道:"郑岛主请说。"郑起云道:"孟老爷子在保定府这些年,身家极厚。咱们大家所干的,却是啸聚山林、杀官造反的勾当,不知孟老爷子肯不肯跟大伙儿一起干,给咱们带头? 否则的话,牵累了他,大家心里不安。"群雄都觉这话倒也有理,各人静默了一会。

金龙帮帮主焦公礼站起来说道:"兄弟推举另外一位武功盖世、仁义包天的英雄。这位英雄虽然年纪还轻,武林中许多朋友大都不识,但兄弟斩钉截铁的说一句,只要这位英雄肯出来带头,做事一定公正,管教威风大震,官府不敢小觑了咱们。"

沙天广说道:"兄弟心里,也有一位年轻的英雄,只怕不见得比焦帮主所说的那位差了。"他声音尖细,提高了嗓子,更是刺耳。

焦公礼道:"兄弟年纪不敢说长,也已虚活了五十多岁;见识不敢说广,也会过了天下无数成名的豪杰。可是像我所说的那位英雄,让兄弟佩服得五体投地的,当世却也只一人而已。"程青竹冷冷的道:"沙天广沙寨主的声望脾气我是知道的。他口服心服的人,一定不会错,我们青竹帮一致赞成沙寨主的话。"焦公礼胀红了脸道:"盟主到底是怎生推法? 我们金龙帮虽然无用,人数却比青竹帮多些。"眼见两人就要争吵起来。

十力大师道:"焦帮主且莫心急,你说的那位英雄是谁,老衲猜个九成儿不会错。请问沙寨主,你说的朋友是谁? 两家都说出来,请在场的朋友们秉公评定就是。也说不定大家对这两位英雄都不心服呢?"

沙天广向袁承志一指,道:"我说的就是这位袁相公。各位莫瞧他年纪轻轻,武功行事却高人一等。我声明在先,兄弟与袁相公还是最近相识,纯因佩服英雄,这才一力推荐。"这番话一说,山东各寨群盗与青竹帮众人齐声欢呼,声势极壮。

袁承志听他说到自己,事先全没想到,站起身来双手乱摇,连说:"不行!"

焦公礼待人声稍静,仰天大笑:"哈哈,哈哈!"好一阵不绝。沙天广怒道:"焦帮主,我倒要请教,你干么讥笑兄弟?"程青竹也怒道:"焦帮主,在下对你素来佩服,可是对沙寨主这等无礼,在下却瞧不过眼了。"焦公礼拱手笑道:"兄弟哪敢讥笑?沙寨主、程帮主,你两位可知兄弟要推举的是哪一位?"沙天广愠道:"我当然不知。"焦公礼道:"除了这位袁相公还有何人?"程青竹、沙天广转怒为喜,也都仰天大笑。

众人听三人争了半天,说的原来同是一人,登时满山轰笑。

袁承志很是着急,忙道:"兄弟年轻识浅,今日得能参与泰山大会,已感荣幸,只盼追随各位前辈之后,稍效微劳,岂敢担当大任?还请别选贤能。"

孙仲寿道:"袁公子是我们袁督师的独生亲子,我们'山宗'旧友内举不避亲,以为请他担当盟主,最是合适不过。"郑起云道:"哪一位袁督师?"孙仲寿道:"就是在辽东力抗清兵、无辜被昏君害死的袁崇焕袁督师。"

袁崇焕抗敌御侮,有大功于国,当时只北京城中百姓才以为他叛国通敌,实因强敌兵临城下,君臣百姓尽皆张皇失措,以致不明是非。但袁崇焕惨遭杀害,各地闻知,却都极是愤慨。群雄听了这话,叹声四起,本来无可无不可的人也一致赞成。

袁承志极力推辞,又怎推辞得掉?加之投降过来的水总兵、由袁承志从囚车上救出来的聂天风、梁银龙等人也极力附和,盟主一席势成定局。

游龙帮帮主荣彩本跟袁承志有点过节,但一则见众望所归,小小一个游龙帮不能力排众议,再则想到他当日在衢江中不为已甚,掷板相救,使自己不致落水出丑,也算受过他恩惠,索性锦上添花,说几句好话,便站起来说道:"这位袁相公武功精湛,在场许多朋友都知道的了。兄弟就曾栽过在他手里。"众人不觉一楞,荣彩又道:"可是他很给兄弟留余地,兄弟虽然栽了,却也心下感激。选他做盟主,兄弟一力赞成。"众人见与他敌对过的人也这样说,群相欢呼。只青青低声骂道:"老滑头!"

丁甲神丁游走到袁承志身边,向他细细打量,见他身材不高,面目黝黑,貌不惊人,年纪又轻,何以群雄对他如此拥戴?心想这么一来,他声威一下子便盖过了自己师父,很不服气,说道:"恭喜你啦,袁相公。"伸手出去,拉着他手,显得甚是亲热。

袁承志道:"兄弟实在难以……"话未说完,手上忽紧。原来丁游使出了"霸王扛鼎"的师传绝艺,用力拉扯,想摔他一交,让这位"盟主"在众人面前出个大丑,虽然这样一来,不免得罪无数英雄好汉,说不定当场给众人打成一团肉酱,但他向来莽撞,气愤之下,也顾不到这许多了。袁承志不动声色,暗中使出"千斤坠"功夫。丁游连扯三下,胳臂上肌肉贲起,出尽平生之力,对方就如生牢在石山上一般,只听他继续说道:"……担当大任。丁兄令师孟老爷子德高望重,定比兄弟适当。"

丁游又再出力猛扯,自己右臂上格的一声,险些扯脱了骱,疾忙放手,见袁承志却似毫无所觉,知道对方武功比自己不知要高出多少,适才若乘势反击,自己早给丢下山谷,但他顾全自己面子,令旁人丝毫瞧不出来,不禁感激,大声道:"好,你做盟主很好!"说着便即拜倒。袁承志连忙还礼,心喜这大汉莽得可爱。

程青竹道:"咱们既然会盟,就得有个盟规,现下请盟主宣布,大伙儿共同商酌。"

袁承志还待推辞,孙仲寿在他耳边低声说道:"公子,你谦辞不就,倘若盟主一席不幸落入奸人之手,祸害不小。你如能领袖群雄,谋干大事,督师的血海深仇就可得报。督师一生做事,向来就是当仁不让,不避艰危。"袁承志听他责以大义,更提到先公的"好样",不觉凛然心惊,站起身团团一揖,说道:"既然各位美意,兄弟恭敬不如从命。只是兄弟识见浅薄,还望各位前辈随时指教,兄弟决不敢狂妄自大。"

群雄听他允任盟主,泰山顶上登时欢声雷动,山谷鸣响,四下里都是鼓掌和欢呼的回音,似乎脚底的千峰万壑也一齐在鼓掌喝采一般。

群雄当下点起香烛,一齐拜天祷祝。

袁承志向孙仲寿道:"盟约就请孙叔叔起草了。"孙仲寿也不推辞,回进庙里草拟。他知群雄以信义为先,不重文采,当下言简意深的写了百余字。袁承志当众宣读了。群雄歃血宣誓,决不背盟。一个轰动南北各省武林的泰山大会,至此告成。

袁承志出道只短短数月,仗着武功卓绝,至诚待人,再加之机缘巧合,以及父亲的威名及旧部拥戴,竟尔成为南北直隶、鲁、豫、浙、闽、赣七省草莽群豪的大首领。

　　当晚群雄席地欢宴,斗酒轰饮,喧闹欢笑之声,布满峰谷。
　　正热闹间,突见一个流星直冲上天,这是山下有警的讯号,群雄登时停杯不饮。袁承志和孙仲寿等人,立时便想起当年聚会圣峰嶂而官兵来袭的情景,莫非官府得知漕银被劫,因而调兵来攻么?
　　过不多时,两名在山坡上哨守的汉子奔上山来,向袁承志禀报:"启禀盟主,山下哨探急报,满洲兵大军已攻下青州,正向泰安进军,离此处已不过二百余里,请盟主定夺。"
　　袁承志惊道:"满洲兵来得这么快!"他虽曾听说满洲兵于去年入关,攻到山东,但一直只在登州、莱州一带骚扰,抢劫焚杀,想不到竟会一举破了青州。
　　孙仲寿道:"满洲兵去年十月翻过墙子岭,直打到兖州,在山东各地烧杀劫掠。听说带兵的头子是奉命大将军阿巴泰。这人是努尔哈赤的第七个儿子,还是鞑子皇帝的哥哥,他善能用兵,曾和满清睿亲王多尔衮来打过山东,对山东的情形是很熟悉的。"袁承志问道:"多尔衮来打过山东?"他潜心武学,于世事所知实甚有限。孙仲寿叹道:"那是四年前的事了。那时盟主还在华山学武,因此不知道。"见群雄正纷纷互相询问,人心浮动,便站起身来,登上高处一块大石,大声道:"山下兄弟急报,满洲兵攻破青州,正向泰安而来。各位请继续喝酒,盟主自有主张。"
　　群雄中有人叫道:"大伙儿冲下山去,杀他妈的鞑子兵。"又有人叫道:"鞑子兵可欺侮得咱们狠了,这回非跟他拼个你死我活不可。"满山轰叫,群情愤激。
　　孙仲寿回到袁承志身边,说道:"盟主,众兄弟都要去打鞑子兵,你瞧怎样?"袁承志道:"我爹爹一生尽忠报国,为的就是杀鞑子。眼下鞑子欺上门来,正好众兄弟在此聚会,咱们就此下山去打。只是我不懂行军打仗,还是请孙叔叔发令。"
　　孙仲寿沉吟片刻,派了十几个人出去查探满洲兵虚实,然后说道:"自从督师袁公被害,朝中无人,再也无力抗御清兵了。崇祯九年六月,满清头子皇太极派了阿齐格、阿巴泰等大将攻进长城,直打到北直隶腹地。十一年,九王多尔衮率领阿巴泰等人又打到北直隶,忠臣卢象昇和孙承宗先后殉国。多尔衮那年还攻破了济南,俘虏了我四十多万百姓北去。这一次又是阿巴泰这鞑子将军来。"袁承志道:"清兵怎地又不攻北京,只打打河北、山东各处?"孙仲寿道:"皇太极是挺会用兵的。他派兵来河北、山东,其志不在占地,而是抢夺财物,杀人放火,掳人为奴,摧破我中国的精华,要令得大明精疲力尽,然后再一举而占北京。当年他进攻北京,在袁督师手下吃了个大败仗,几乎给截断后路,成了惊弓之鸟,此后就不敢再攻京师。"

袁承志忽想:"闯王和各路义军四下造反,岂不是帮了鞑子兵的大忙?"这句话却不便出口,只心中隐隐觉得不安。

孙仲寿道:"这些年来,鞑子兵几次三番打来北直隶、山东,一路上势如破竹,明兵从来没打过一场胜仗,鞑子兵将不把明兵放在眼里。常言道骄兵必败,咱们正好乘机杀杀他们威风,狠狠打上一仗。"

袁承志大喜,站起来说道:"众位兄弟,咱们这就杀鞑子兵去,今晚好好安睡,明日清晨下山。"群雄大声呐喊:"杀鞑子兵,杀鞑子兵!"

袁承志不懂韬略,当晚和孙仲寿等计议,次晨分遣群雄先后出发。约定在锦阳关设伏,见到盟主中军的黄色大旗高高竖起,便齐向清兵冲杀。命水总兵带同两千名本部兵马,打头阵迎敌,生怕水总兵下山后变卦,派了焦公礼率同金龙帮的手下监视。要水总兵只许败,不许胜,引诱清兵过来。水总兵所部兵甲器仗一应俱全,尽是明军服色,实无半分破绽,至于打败仗乃明兵家常便饭,更能尽展所长。

那锦阳关两侧双峰夹道,只中间一条小径。到第四日傍晚,耳听得喊声大作,众明兵甩甲曳兵,从小径奔来。水总兵跨下战马,手执大刀,亲自断后。过不多时,便见一群辫子兵蜂拥而来。袁承志伏在左峰的岩石之后,初次见到满洲兵,想起父亲连年与鞑子兵血战,不由得全身热血如沸,高举金蛇剑,说道:"孙叔叔,咱们冲下去!"孙仲寿道:"等一会,待鞑子兵大队过来。那时咱们再竖起黄旗,四面伏兵齐起,清兵便走不脱了。"

只听得号角声响起,大队清军骑兵冲到,数十名落后的明兵登时给刀砍枪刺,尸横就地。袁承志心下不忍,说道:"快冲下去接应!"孙仲寿道:"还得等一会。"青青急道:"再不下去,我们的人要给他们杀光了。"孙仲寿道:"再等一会!"青青急得只是顿足。

突然之间,右峰上喊声大作,沙天广率领山东各寨群盗,从山坡上杀将下来。孙仲寿叫道:"啊哟,不好!"袁承志道:"怎么?"孙仲寿道:"清兵来的只是先锋,这一来,就抓不到他们的元帅了。怎么不见旗号,便自行动手了?"只见山东群盗一鼓作气的杀入清兵阵中,跟着青竹帮、金龙帮,以及各处埋伏的群豪一时尽起,水总兵也带同明兵回头截杀。

孙仲寿连声叹气,说道:"当年袁公带兵,部下倘若这般不听号令,自行杀敌,所有的大将一个个都非给袁公请出尚方宝剑斩了不可。"袁承志心下歉然,道:"都是我事先没严申号令的不是。"孙仲寿安慰他道:"咱们这些英雄好汉,每个人武功都强,但只是一群乌合之众,怎比得袁公当年在宁远所练的精兵?盟主你也是无法可施的。唉,黄旗还没竖起,大伙儿就乱糟糟的冲杀出去了,这哪里是打仗,简直是胡闹!"不住的唉声叹气,想起当年袁崇焕在宁锦带兵时号令严峻,十余万之众没一兵一卒不肃然奉命,懊恼之中,又感心酸。

青青道:"事已如此,叹气也无用了。承志哥哥,咱们动手吧!"袁承志早已心痒难搔,叫道:"好,大伙儿杀啊!"手执金蛇剑,冲下峰去。孙仲寿惊叫:"盟主,盟主!你是主帅,须当坐镇中军,不可亲临前敌……"叫声未毕,袁承志展开轻功,早去得远了,但见他疾冲入阵,金蛇剑挥动,削去了两名清兵的脑袋。孙仲寿长叹一声,泪如雨下,心想:"连盟主也是如此,岂能跟当年的袁督师相比。"

千余名清兵挤在山道之中,虽然勇悍,但难以结阵为战。敌人冲到身前,弓箭也用不上了,为群雄四面八方的围上攻打,不到一个时辰,已尽数就歼。清军统帅阿巴泰得报前锋在锦阳关中伏覆没,当即率兵退回青州。

这一役虽没杀了阿巴泰,但聚歼清军一千余人,实是十余年来从所未有的大胜。群雄在锦阳关前大叫大跳,欢呼若狂。

袁承志瞧着金蛇剑上的点点血迹,心想:"此剑今日杀了不少鞑子兵,才不枉了这剑身上的隐隐碧血!"

当晚袁承志、孙仲寿与朱安国、倪浩、罗大千等谈到今日一场大捷,实可慰袁督师的在天之灵,都不禁热泪盈眶。孙仲寿以杀不了清军元帅阿巴泰,兀自恨恨不已。袁承志道:"孙叔叔,咱们这批人,当真要打大仗是不成的。明日我北上,这些明军官兵和别的弟兄们请你与朱叔叔、倪叔叔、罗叔叔各位好好操练,日后再碰上鞑子兵,可不会再像今日这般乱杀一阵了。"孙仲寿等俱各奉命。

朱安国、罗大千、倪浩等曾在锦州、宁远与清兵多次血战，虽觉属下兵将不听号令，纪律不整，非精锐之师，但凭心而论，也觉这一仗胜得委实颇为侥幸。他们素知清兵精于骑射，步兵冲杀时一往无前，勇悍无伦，明兵实非敌手。袁督师当年所以得能宁锦大捷，全仗了守坚城、用大炮，若在平野交锋，通常明兵必败。这一次交战，一来伏兵突出，杀了个清兵出其不意；二来截断了清兵千余名先锋，群豪及明兵以数倍之众围攻，人数上大占上风，清兵援军开不上来；三来袁承志手下武艺精熟之士甚众，以之对战清兵，殊不见弱。

朱安国摇头道："孙先生、袁盟主，我不是长他人志气，灭自己威风，这一仗倘若敌军是一万旗兵对我军一万人，我军只怕要败。倘若敌军是二万旗兵对我军二万人，我军更加要败。唉！辫子兵这么厉害，当真不好打！"

孙仲寿道："朱大哥，我理会得。你提醒我们，这一仗胜得侥幸，今后大伙儿要加倍努力，骄兵必败，哀兵可胜！"

此后各人练兵，常教练士卒武艺，重视号令纪律，虽不能将队伍练得就此强过了清兵，但也不致如过去明兵那样一触即溃了。然对于清兵自幼熟习的骑射功夫，终究难以练得与之不相上下。

袁承志与青青并肩漫步，眼见群雄东一堆、西一堆的围着谈论，人人神情激昂，说的自都是日间的大胜。袁承志道："咱们今日还只一战，要灭了满清鞑子，尚须血战百场，当真是：'慷慨同仇日，间关百战时。'"青青赞道："你这两句诗做得真好。"袁承志微笑道："我怎会做诗？这是爹爹的遗作。"青青嗯了一声。

袁承志叹道："我什么都及不上爹爹，他会做诗，会用兵打仗，我可全不会。"青青道："你的武功却定然比你爹爹强。"袁承志道："我爹爹进士出身，没练过武。但武功强只能办些小事，可办不了大事。"青青道："也不见得，武功强，当然很有用处。"

袁承志突然拔出金蛇剑来，虚劈两下，虎虎生风，说道："对，青弟，我去刺杀鞑子皇帝皇太极，再去刺杀崇祯皇帝，为我爹爹报仇。"

袁承志当下与孙仲寿、程青竹、沙天广、水总兵等商议，将鲁直群豪、明军降兵、山宗旧侣、各地英豪等分成三营，由朱安国、水鉴、罗大千三位懂得布阵打仗的旧将分统,孙仲寿则总其成。大家说既已跟朝廷开仗厮杀,该当归附李闯王,三营兵马开赴襄阳、南阳,助攻陕西督师孙传庭的明兵。袁承志却认为,朝廷虽然无道,然而眼下大局以抗御满洲入侵为重,倘若打垮了明兵,清兵乘机夺取我汉人江山,岂非成为千古罪人。众人商议之下,决定三营兵马暂且开向山东东北,在直鲁交界处的盐山、骝山、马谷山一带驻扎。该处山深林密,偏僻荒芜,人烟稀少,两省官吏平时都照顾不到。好在这次劫得粮饷甚多,尚可在当地屯田开垦,袁承志又留下两铁箱金砖,六七千人马食用几年也当够了,不必出动打家劫舍,引得朝廷发兵来剿。倘若清兵入关,或是再犯山东,三营人马便北上抗敌,袁承志等得到讯息,自即归队,与群豪并肩而战;倘若闯军军阵不利,三营也当支援救助。于此隐伏一支有力人马,为国为民,待时而动。

众人听了这番计议,俱都拍掌称善。

次日袁承志与孙仲寿等别过,偕同青青、哑巴、洪胜海等押着铁箱径往京师顺天府。孙仲寿、水总兵等统率三营,于夜间悄悄行军,往鲁直交界处马谷山一带驻扎。

袁承志等人在山东青州、泰安、锦阳关这一战,不但劫了朝廷的百余万粮饷,又歼灭清军阿巴泰麾下的一批精锐,登时轰动了鲁直河朔一带。有人问起领头之人,群雄知道袁承志不喜张扬姓名,都只支支吾吾的含糊其辞,问得急了,金龙帮中各人就说带头的英雄是当年金蛇郎君的传人,是李闯王的朋友。闯王属下这时有横天王、争世王、乱世王、改世王、左金王等等名号,各领一营人马,在中原、西北各地与明军对抗,袁承志这路人马,江湖上就称之为"金蛇王"营,隐然与闯王麾下著名的十三营相埒。自己内伙,则称为"山宗营"或"崇字营",以示志在承继父志。

袁承志心想父亲忠于明室,当时手握大军兵权,遭受奇冤之时,全无丝毫称兵作反之意,虽为皇帝冤枉磔死,却始终不愿负上个"反贼、叛逆"之名,因此一再通传,不可说他是袁崇焕之子,以免父亲地下有知,心中不安。盖当时官宦之家,于"忠孝"两字看得比天还大,袁承志虽为百姓求生而造反,却决不敢公然举旗反明,他本不喜"金蛇王"的称号,但用以掩饰"袁崇焕之子",倒也可行,也就任由江湖朋友随口乱叫。

青青剑招变幻,突然之间,使的尽是虚招。西洋剑术中虽然也有佯攻伪击之法,但决没有如这般数十下尽是虚招的。那葡萄牙军官心想这种花巧只图好看,有何用处?

第十二回

王母桃中药
头陀席上珍

袁承志和青青、哑巴、洪胜海三人押着铁箱首途赴京。沙天广豪兴勃发,要随盟主去京师逛逛,程青竹久在北京住,人地均熟,也求同行。袁承志多有两个得力帮手随行,自欣然同意;又见洪胜海一直忠心耿耿,再无反叛之意,便给他治好身上伤处,洪胜海更是感激。

一行六人扬鞭北上,纵马于一望无际的山东平原。这一带是沙天广属下所统,进入北直隶后是青竹帮地界,自有沿途各地头目隆重迎送。青青见意中人如此得人推崇,得意非凡,本来爱闹闹小脾气的,这时也大为收敛了。

这日来到河间府,当地青竹帮的头目大张筵席,为盟主接风,作陪的都是河间府武林中大有名望之士。酒过三巡,众人纵谈江湖轶闻,武林掌故,豪兴遄飞。

忽有一人问程青竹道:"帮主,再过四天,就是孟伯飞孟老爷子的六十大寿,你不去了吧?"程青竹道:"我要随盟主上京,祝寿是不能去了。我是礼到人不到,已备了一份礼,叫人送去保定府。"沙天广也道:"兄弟的礼也早已送去。孟老爷子知道我们不到,必是身有要事,决不能见怪。"袁承志心中一动:"这盖孟尝在北五省大大有名,既是他寿辰在即,何不乘机结交一番?"说道:"孟老爷子兄弟是久仰了,原来日内就是他老人家六十大庆,兄弟想前去祝贺,各位以为怎样?"众人鼓掌叫好,都说:"盟主给他这么大面子,孟老爷子一定乐极。"

次日众人改道西行,河间府群豪也有十余人随行。这天来到高阳,离保定府已不过一日路程。众人到大街上悦来客店投宿,安顿好铁箱行李,到大堂饮酒用饭。

只见东面桌边坐着个胖大头陀,头上一个铜箍,箍住了长发,相貌威猛,桌上已放了七八把空酒壶。店小二送酒到来,他揭开酒壶盖,将酒倒在一只大碗里,骨都骨都一口气喝干,双手左上右落,抓起盘中牛肉,片刻间吃得干干净净,一叠连声大嚷:"添酒添肉,快快!"这时几个店小二正忙着招呼袁承志等人,不及理会。那头陀大怒,伸掌在桌上猛力一拍,酒壶、杯盘都跳了起来,连他邻桌客人的酒杯也震翻了,酒水流了一桌。

那客人"啊哟"一声,跳了起来,是个身材瘦小的汉子,上唇留了两撇鼠须,眸子一翻,精光逼人,叫道:"大师父,你要喝酒,别人也要喝啊。"那头陀正没好气,又重重一掌拍在桌上,猛喝:"我自叫店小二,干你屁事?"那汉子道:"从来没见过这般凶狠的出家人。"那头陀喝道:"今日叫你见见!"

青青瞧得不服气,对袁承志道:"我去管管。"袁承志道:"等着瞧,别看那汉子矮小,只怕也不是个好惹的。"青青正想瞧两人打架,不料那汉子好似怕了头陀的威势,说道:"好,好,算我错,成不成?"头陀见他认错,正好店小二又送上酒来,也就不再理会,自行喝酒。那汉子走了开去,过了一会,才又回来。袁承志等见没热闹好瞧,自顾饮酒吃饭。突然一阵风过去,一股臭气扑鼻而来,青青摸出手帕掩住鼻子。袁承志一转头,见头陀桌上端端正正放着一把便壶,那头陀竟未察觉。他忍不住要笑出声来,向青青使个眼色,嘴角向头陀一努。青青一见之下,笑得弯下腰来。

大堂中许多吃饭的人还未发觉,都说:"好臭,好臭!"那瘦小汉子却高声叫道:"香啊,香啊!"青青悄声说道:"这定是那汉子拿来的了。他手脚好快,不知他怎么搞的。"

这时那头陀伸手去拿酒壶,提在手里,赫然是把便壶,而且重甸甸的,显然装满了尿,不由得怒不可遏,左手反手一掌,把身旁店小二打得跌出丈余,翻了个筋斗。只听那瘦小汉子还在大赞:"好酒,好酒!香啊,香啊。"才知是他作怪,劈脸将便壶向他掷去。那汉子早有提防,身法滑溜异常,矮身从桌底钻过,已躲在头陀身后。便壶在桌上碰得粉碎,尿水四溅。众人大呼小叫,纷纷起立闪避。

那头陀怒气更盛,伸出两只大手掌回身就抓。那汉子又从桌底下钻出。那头陀起腿踢翻桌子。大堂中乱成一片,众人早都退在两旁。

只见那汉子东逃西窜,头陀拳打足踢,始终碰不到他身子。过不多时,大堂中桌凳都已给两人推倒。碗筷酒壶掉了一地。那汉子拾起酒壶等物,不住向头陀掷去。头陀吼叫连天,接过回掷。两人身法快捷,居然都有一身好武功。

打到后来,大堂中已清出一块空地。那汉子不再退避,拳来还拳,足来还足,施展小巧功夫跟头陀对打。头陀身雄力壮,使的是沧州大洪拳,拳势虎虎生风。那汉子的拳法却颇为特异,时时双手在身侧划动,矮身蹒跚而走,模样古怪,偏又身法灵动。

青青笑道:"这样子真难看,那又是什么武功了?"袁承志也没见过,只觉他手脚矫捷,模样虽丑,却自成章法,尽能抵敌得住。程青竹见多识广,说道:"这叫做鸭形拳,江湖上会的人不多。"青青听了这名称更觉好笑,见那汉子身形步法果然活脱像是只鸭子。

那头陀久斗不下,焦躁起来,突然跌跌撞撞,使出一套鲁智深醉打山门拳,东歪西倒,宛然是个醉汉,有时双足一挫,在地下打个滚,等敌人攻到,倏地跃起猛击。他又滚又翻,身上沾了不少酒饭残羹,连便壶中倒出的尿水,也有不少沾在衣上。

斗到分际,头陀忽地抢上,左拳兜转,击那汉子后心,右掌直劈敌人胸口。那瘦小汉子前后受击,无法闪避,运起内力,双掌横胸,喝一声:"好!"三张手掌已抵在一起。头陀的手掌肥大,汉子的手掌远较常人瘦小,双掌恰好抵在头陀一掌之中。

两人各运全力,向前猛推。头陀左手虽然空着,但全身之力已运在右掌,左臂就如废了一般,不能再运力出拳。双方势均力敌,登时僵持不动,进既不能,退亦不得,均知谁先收力退缩,不免立毙于对方掌下,但如此拼斗下去,势不免内力耗竭,两败俱伤。两人俱感懊悔,心想与对方本无怨仇,只不过一时忿争,如此拼了性命,委实无谓。再过一阵,两人额头都冒出黄豆般的汗珠来。

沙天广道:"程老兄,你拿叫化棒儿去拆解一下吧,再迟一会,两个都要糟糕。"程青竹道:"我一人没这本事,还是咱哥儿齐上。"沙天广道:"好,不过这两个胡闹家伙性命虽然可保,重伤终究难免。"正要上前拆解,袁承志笑道:"我来吧。"缓步走近,双手分在两人臂弯里一格。头陀与汉子的手掌倏地滑开,收势不住,噗的一声,三掌同时打在袁承志胸口。青青和程沙三人大叫:"啊哟,不好!"同时抢上相救,却见他神色自若,并未受伤。原来袁承志知道倘若用力拆解或是反推,这两人正在全力施为,刚猛内力逼回去反打自身,必受重伤,因此运气于胸,接了这三掌,仗着内功神妙,轻轻易易的卸开了掌力。

头陀和那汉子这时力已使尽,软绵绵的瘫痪在地。程青竹和沙天广扶起两人,命店小二进来收拾。袁承志摸出十两银子,递给掌柜的道:"打坏了的东西都归我赔。好多客人还没吃完饭,你照原样重新开过,都算在我帐上。"那掌柜的接了银子,不住称谢,叫齐伙计,收拾了打烂的物事,再开酒席。众酒客纷纷过来道谢。

过得一会,头陀和那汉子力气渐复,齐来向袁承志拜谢救命之德。

袁承志笑道:"不必客气。请教两位高姓大名。两位如此武功,必是江湖上成名的英雄好汉了。"那头陀道:"我法名义生,但旁人都叫我铁罗汉。"那汉子道:"在下姓胡名桂南。请教高姓大名,这两位是谁?"

袁承志尚未回答,沙天广已接口道:"原来是圣手神偷胡大哥。"胡桂南见他知道自己姓名和外号,很是欢喜,忙道:"不敢,请教兄长尊姓大名。"

程青竹把沙天广手中的扇子接过一抖。胡桂南见扇上画着个骷髅头,模样可怖,便躬身道:"原来是阴阳扇沙寨主,久慕寨主之名,当真幸会。"又见到倚在桌边的一根青竹,知道青竹帮中的人所持青竹以竹节多少分位份高下,这枝青竹竟有十三节,那是帮中最高的首领,便向程青竹作揖,说道:"这位是程老帮主吧?"程青竹呵呵笑道:"圣手神偷眼光厉害,果然名不虚传。两位不打不相识。来来来,大家同干一杯。"

众人一齐就坐,胡桂南与铁罗汉各敬了一杯酒,道声:"莽撞!得罪了!"铁罗汉笑道:"也不知从哪里偷了这把臭便壶来,真是古怪!"众人一齐大笑。胡铁两人对干杯酒,便即化敌为友,两人性子相近,说得投机。

胡桂南知道程、沙二人分别是北直隶和山东江湖豪杰首领,见二人对袁承志神态恭敬,此人刚才出手相救,内功深湛,必定非同小可,只是未通姓名,也不敢贸然再问。他本来生性滑稽,爱开玩笑,这时却规规矩矩的不敢放肆。

程青竹道:"两位到此有何贵干?胡老弟可是看中了什么大户,要一显身手么?"胡桂南笑道:"兄弟在程老前辈贵处不敢胡来。我是去给孟伯飞孟老爷子拜寿去的。"铁罗汉一拍桌子,叫道:"何不早说?我也是拜寿去的。早知道,就打不起来了。只不过你在孟大爷的酒筵上,可别又端一把臭便壶出来。"众人又是一阵大笑。程青竹笑道:"那好极啦,我们也是要去给孟老爷子祝寿的,明日正好结伴同行。两位跟孟老爷子是好朋友吧?"

铁罗汉道:"好朋友是高攀不上,但相识也有二十多年了。只近年来我多在湖广一带,少到北方。倒有八九年不见啦。"胡桂南笑道:"那么罗汉大哥还得给我引见引见。"铁罗汉奇道:"怎么?你不识孟大爷么?那又给他去拜什么寿?"胡桂南道:"兄弟对盖孟尝孟大爷一向仰慕得紧,只没缘拜见。这次无意中得到了件宝物,便想借花献佛,作为寿礼,好得会一会这位四海闻名的豪杰。"铁罗汉道:"那就是了。别说你有寿礼,就算没有,孟大爷还不是一样接待。谁叫他外号盖孟尝呢?"

程青竹却留了心,问道:"胡老弟,你得了什么宝物啊?给我们开开眼界成不成?"沙天广也道:"寻常物事哪会在圣手神偷的眼里?这么夸赞,那定是价值连城了。"

胡桂南很是得意,从怀里掏出一只镶珠嵌玉、手工精致的黄金盒子,说道:"这里耳目众多,请各位到兄弟房里观看吧。"众人见盒子已然价值不菲,料想内藏之物必更珍贵。

胡桂南待众人进房,掩上房门,打开盒子,露出两只死了的白蟾蜍来。这对蟾蜍通体雪白,眼珠却血也般红,模样甚是可爱,却也不见有何珍异之处。胡桂南向铁罗汉笑道:"刚才我跟老兄对掌,要是一齐呜呼哀哉,那也是大难临头,无法可施了。但如只身受重伤,我却有解救之方。"指着白蟾蜍道:"这是产在西域雪山上的朱睛冰蟾,任他多厉害的内伤、刀伤,只要当场不死,一服冰蟾,药到伤愈,真是灵丹妙药,无此神奇。要是中了剧毒,这冰蟾更有解毒之功。"

程青竹问道:"如此宝物,胡大哥却哪里得来?"胡桂南道:"上个月我在河南客店里遇到个采药老道,病得快死了,见他可怜,帮了他几十两银子,还给他延医服药。但他年寿已到,药石无灵,终于活不了。他临死时把这对冰蟾给了我,说是报答我看顾他的情意。"铁罗汉道:"这盒子倒也好看。"胡桂南道:"那老道本来放在一只旧木盒里,可是拿去送礼,岂能不装得好看一点……"沙天广笑道:"于是你妙手空空,到一家富户去借来了这只金盒。"胡桂南笑道:"沙寨主料事如神,佩服,佩服!那本是开封府刘大财主的小姐装首饰用的。"众人一齐大笑。

胡桂南道:"刚才我两人险些儿携手齐赴鬼门关,拼斗之时我心中在想,我和铁罗汉大哥若侥幸不死,我就自服一只冰蟾,再拿一只救他性命。我两人又无怨仇,何必为了一把臭便壶,搞出人命大事?这事本来是我不对。"铁罗汉笑道:"那倒生受你了。"众人又都大笑。

胡桂南道:"总而言之,这两只冰蟾,已不是我的了。"双手捧起金盒,送到袁承志面前道:"不敢说是报答,只是稍表敬意。请相公赏脸收下了。"

袁承志愕然道:"那怎么可以?这是胡兄要送给孟老爷子的。"胡桂南道:"若不是相公仗义相救,兄弟非死即伤,这对冰蟾总之是到不了孟老爷子手中啦。至于寿礼嘛,不是兄弟夸口,手到拿来,随处皆是,用不着操心。"袁承志不住推谢。胡桂南有些不高兴了,说道:"这位相公既不肯见告姓名,又不肯受这冰蟾,难道疑心是兄弟偷来的,嫌脏不要么?"袁承志道:"胡兄说哪里话来?适才匆忙,未及通名。小弟姓袁名承志。"

铁罗汉和胡桂南同时"啊"的一声惊呼。胡桂南道:"原来是七省盟主袁大爷,怪不得如此好身手。袁大爷率领群雄,在锦阳关大破鞑子兵,天下无不景仰。"铁罗汉道:"我先几日听到这消息,不由得伸手大打自己耳光。"众人愕然不解。青青道:"为什么打自己耳光?"铁罗汉道:"我恼恨自己运气不好,没能赶上打这场大仗,连一名鞑子兵也没杀到。"众人又都给他逗得笑了起来。

袁承志道:"胡大哥既然定要见赐,兄弟却之不恭,只好受了,多谢,多谢。"双手接了过去,放在怀里。胡桂南喜形于色。

袁承志回到自己房里,过了一会,捧着一株朱红的珊瑚树过来。那珊瑚树有两尺来高,遍体晶莹,难得的是无一处破损,无一粒沙石混杂在内,放在桌上,登觉满室生辉,奇丽无比。胡桂南吃了一惊,说道:"兄弟豪富之家到过不少,却从未见过如此长大完美的珊瑚树。恐怕只皇宫内院,才有这般珍物。这是袁相公家传至宝吧?真令人大开眼界了。"

袁承志笑道:"这也是无意中得来的。这件东西请胡兄收着,明儿到了保定府,就作为胡兄的贺礼如何?"胡桂南惊道:"那太贵重了。"袁承志道:"这些赏玩之物,虽然贵重,却无用处,不比冰蟾可以救人活命。胡兄快收了吧。"胡桂南只得谢了收起。他和铁罗汉见袁承志出手豪阔,都暗暗称奇。

次日傍晚到了保定府,众人先在客店歇了,第二日一早到孟府送礼贺寿。

孟伯飞见了袁承志、程青竹、沙天广三人的名帖,忙亲自迎接出来。他早知袁承志年轻,还道必有过人之处,此刻相会,见他只是个黝黑少年,形貌平庸,不觉一楞,老大不悦,心想:"七省的英雄好汉怎地颠三倒四,推举这么个毛头小伙子做盟主?"但众人远道前来拜寿,自是给自己极大面子,于是和大儿子孟铮、二儿子孟铸连声道谢,迎了进去,互道仰慕。袁承志见孟伯飞身材魁梧,须发如银,虽以六旬之年,仍是声若洪钟,步履更稳健异常,想来武功深厚。两个儿子均在壮年,也都英气勃勃。

说话之间,孟伯飞对泰山大会似乎颇不以为然,程青竹谈到泰山之会,他都故作不闻,并不接口。过了一会,又有贺客到来,孟伯飞说声:"失陪!"出厅迎宾去了。青青心道:"这人号称盖孟尝,却原来是浪得虚名。早知他这么老气横秋的,就不来给他拜什么寿了。老家伙我还见得不够多么?再老的也见过。我自己家里就有五个。"

家丁献过点心后,孟铸陪着袁承志等人到后堂去看寿礼。这时孟伯飞正和许多客人围着一张桌子,赞叹不绝。见袁承志等进来,孟伯飞忙抢上来谢道:"袁兄、夏兄送这等厚礼,兄弟如何克当?"袁承志道:"老前辈华诞,一点儿敬意,太过微薄。"

众人走近桌边,只见桌上光采夺目,摆满了礼品,其中袁承志送的白玉八骏马,青青送的翡翠玉西瓜,尤其名贵。胡桂南送的珊瑚宝树也甚抢眼。

孟伯飞对袁承志给推为七省盟主一事,本来颇为不快,但见他说话谦和,口口声声老前辈,送的又是这般珍贵非凡的异宝,足见对自己十分尊重,觉得这人年纪虽轻,行事果然不同,不觉平增好感,说话之间也客气得多了。

各路贺客拜过寿后,晚上寿翁大宴宾朋。盖孟尝富甲保定,素来爱好交友,这天六十大寿,各处来的贺客竟有三千多人。孟伯飞掀须大乐,向各路英豪不停口的招呼道谢。大厅中开了七八十席。位望不高、辈份较低的宾客则在后厅和偏厅入席。

袁承志、程青竹、沙天广三人都给让在居中第一席上,孟伯飞在主位相陪。在第一席的还有老英雄鸳鸯胆张若谷、驻防保定府倒马关的冯参将、永胜镖局的总镖头董开山,此外也都是武林中的领袖人物。群豪向寿翁敬过酒后,猜拳斗酒,甚是热闹。

饭酒正酣,一名家丁匆匆进来,捧着一个拜盒,走到孟铮身边,轻轻说了几句。孟铮正陪客人饮酒,一听家丁说话,忙站起来,走到孟伯飞身旁,说道:"爹,你老人家真好大面子,神拳无敌归二爷夫妇,带了徒弟给您拜寿来啦。"孟伯飞一楞,道:"我跟归老二素来没交情啊!"揭开拜盒,见大红帖子上写着:"眷弟归辛树率门人暨犬子归钟敬贺"几个大字,另有小字注着"菲仪黄金十两",帖子旁边放着一对各重五两的小小金元宝。孟伯飞心下甚喜,向席上众宾说声:"失陪。"带了两个儿子出去迎客。

不多时,只见他满面春风,陪着归辛树夫妇、梅剑和、刘培生、孙仲君五人进来。归二娘手中抱着那个皮包骨头、奄奄一息的孩子归钟。

袁承志早站在一旁,作了一揖,道:"二师哥、二师嫂,您两位好。"归辛树点点头道:"嗯,你也在这里。"归二娘哼了一声,却不理睬。袁承志道:"师哥师嫂请上座,我与剑和他们一起坐好啦。"孟伯飞听袁承志这般称呼,笑道:"好哇,有这样一位了不起的师哥撑腰,别说七省盟主,就是十四省盟主,也好当呀!"言下似是说袁承志少年得意,当上七省盟主,全是仰仗师兄的大力。袁承志微微一笑,也不言语。

归辛树这些日子忙于为爱子觅药,尚不知泰山大会之事,愕然问道:"什么盟主?"孟伯飞陪笑道:"我是随便说笑,归二哥不必介意。"当下请归氏夫妇在鸳鸯胆张老英雄下首坐了。众贺客均是豪杰之士,男女杂坐,并不分席。承志过去和青青、梅剑和等坐在一桌。程青竹和沙天广却去和哑巴、胡桂南同席。

归辛树与孟伯飞等互相敬酒。各人喝了三杯后，永胜镖局总镖头董开山站起身来，说道："兄弟酒量不行，各位宽坐。兄弟到后面歇一下。"归辛树冷然道："我们到处找董镖头不到，心想定在这里，果然不错。"董开山神色尴尬，说道："兄弟跟归二爷往日无怨，近日无仇，归二爷何必苦苦逼我？"众人停杯不饮，望着二人。

孟伯飞笑道："两位有什么过节，瞧兄弟这个小面子，让兄弟来排解排解。"说到排难解纷，于他实是生平至乐。董开山道："在下久仰归二爷大名，一向是很敬重的，不过素不相识，更不敢得罪了，不知何故一路跟踪兄弟。"

孟伯飞一听，心中雪亮："好啊，你们俩都不是诚心给老夫拜寿来着。原来一个避难，一个追人。这姓董的既然瞧得我起，到了我屋里，总不能让他吃亏丢人。"便对归辛树道："归二爷有什么事，咱们过了今日再说。大家是好朋友，总说得开。董镖头要是得罪了归二爷，他非得好好赔罪不可。"他不问情由，先派了董开山不是。

归辛树不善言辞，归二娘一指手中孩子，说道："这是我们二爷三房独祧单传的儿子，眼见病得快死啦。想求董镖头开恩，赐几粒药丸，救了这孩子条小命。我们夫妇永感大德。"孟伯飞道："那是应该的。"转头对董开山道："董镖头，救人一命，胜造七级浮屠。何况是归二爷这样的大英雄求你。什么药丸，快拿出来吧！你瞧这孩子确是病重。"董开山道："这茯苓首乌丸倘若是兄弟自己的，只须归二爷一句话，兄弟早就双手奉上了。不过这是凤阳总督马大人进贡的贡品，着落永胜镖局送到京师。只消少了一颗，兄弟不免身家性命难保，非满门抄斩不可。只得请归二爷高抬贵手。"

众人听了这话，都觉事在两难。冯参将听得是贡物，忙道："贡物就是圣上的东西，哪一个大胆敢动？"归二娘道："哼，就算是玉皇大帝的，这一次也只得动上一动了。"冯参将喝道："好哇，你这女人想造反么？"归二娘大怒，伸筷在碗中夹起一个牛肉圆，乘冯参将嘴还没闭，噗的一声，掷入了他口中。冯参将一惊，哪知又是两个牛肉圆接连而来，把他一张大嘴巴塞得满满的，吞也不是，吐也不是，登时狼狈不堪。

老英雄张若谷一见大怒，心想今天是孟兄弟寿辰，这般搞法岂不是存心捣蛋，随手拿起桌上一只元宝形筷架，用力一拍，筷架整整齐齐的嵌入了桌面。他明显武功，要归氏夫妇吓得不敢生事惹非。

归辛树手肘靠桌，潜运混元功内力向下抵落，全身并未动弹分毫，嵌在桌面里的筷架突然跳出，撞向张若谷脸上。张若谷急忙闪避，虽未撞中，却已显得手忙脚乱。他满脸通红，霍地站起，反手出掌，将桌面打下一块，转身对孟伯飞道："孟老弟，老哥哥在你府上丢了脸了。"说着大踏步向外就走。职司招待的两名孟门弟子上前说道："张老爷子不忙，请到后堂用杯茶吧。"张若谷铁青着脸，双臂分张，两名弟子踉跄跌开。

孟伯飞怫然不悦，心想好好一堂寿筵，却给归辛树这恶客赶到闹局，以致老朋友不欢而去，正要发话，冯参将十指齐施，不知使什么招式，已将两个牛肉圆从口中挖出，先入口的一个却终于咽了下去，哇哇大叫："反了，反了，这还有王法吗？来人哪！"两名亲随还不知老爷为何发怒，忙奔过来。冯参将叫道："抬我大关刀来！"

原来这冯参将靠着祖荫得官，武艺低微，却偏偏爱出风头，要铁匠打了一柄刃长背厚、镀金垂缨、薄铁皮的空心大关刀，自己骑在马上，叫两名亲兵抬了跟着走，务须口中"杭育、杭育"，叫声不绝，装作十分沉重、不胜负荷的模样，他只要随手一提，却显得轻松随便。旁人看了，自然佩服参将老爷神力惊人。他把"抬我大关刀来"这句话说顺了口，这时脾气发作，又喊了出来。两名亲随一楞，这次前来拜寿，并未抬这累赘之物，一名亲随当即解下腰间佩刀，递了上去。

孟伯飞知他底细，见他装模作样，又是好气，又是好笑，连叫："使不得。"

冯参将草菅人命惯了的，也不知归辛树多大来头，眼见他是个乡农模样，哪放在心上，站起身来接过佩刀，挥刀搂头向归二娘砍去。归二娘右手抱着孩子，左手前探，弯食中两指钳住刀背，问道："大将军，你要怎样？"

冯参将用力后拉，哪知这把刀就如给人用铁钳钳住了，力拉之下，竟纹丝不动。他双手握住刀柄，双足扎起马步，运力往后拉夺，霎时间一张脸涨得通红，手中虽无大关刀，但脸如重枣，倒也宛若关公，所差者也不过关公的丹凤眼变成了冯公的斗鸡眼而已。归二娘突然放手。冯参将仰天便跌，跌得结结实实，刀背砸在额头之上，登时肿起了圆圆一块，有似适才吞下肚去的牛肉圆钻上了额头。两名亲随忙抢上扶起。冯参将不敢骂人,不敢开口说话,手按额头,三脚两步的走了。只听他出了厅门,这才一路大声喝骂亲随:"混帐王八蛋!就是怕重偷懒,不抬老爷用惯了的大关刀来。否则的话,还不是一刀便将这泼妇劈成两半。"

董开山乘乱想溜。归辛树道:"董镖头,你留下丸药,我决不难为你。"董开山受逼不过,站到厅心,叫道:"姓董的明知不是你神拳无敌的对手。性命是在这里,你要,就来拿去吧。"归二娘道:"谁要你性命?把丸药拿出来!"

孟伯飞的大儿子孟铮忍耐不住,叫道:"归二爷,我们孟家没得罪了你,你们有过节,请到外面去闹。"归辛树道:"好,董镖头,咱们出去吧。"董开山却不肯走。

归辛树不耐烦了,伸手往他臂上抓去。董开山疾向后退,归辛树手掌跟着伸前。董开山既做到镖局子的总镖头,武功自然也非泛泛,眼见归辛树掌到,疾忙缩肩,出手相格,却哪碰得到对方手掌?但听得嗤的声响,肩头衣服已给削下一块。

孟铮抢上前去,挡在董开山身前,说道:"归二爷,董镖头是来贺寿的客人,不能让他在舍下受人欺侮。"归二娘道:"那怎样?我们当家的不是叫他出去吗?"孟铮道:"你们有事找董镖头,不会到永胜镖局去找?干么到这里搅局?"言下越来越不客气。归二娘厉声道:"就算搅了局,又怎么样?"这些日子来她心烦意乱,儿子病重难愈,自己的命也不想要了,否则以孟伯飞在武林中的声望地位,她决不能如此上门胡来。

孟伯飞气得脸上变色,站了起来,道:"好哇,归二爷瞧得起,老夫就来领教领教。"孟铮道:"爹爹,今儿是您老人家好日子。儿子来。"命家丁搬开厅中桌椅,露出一片空地,叫道:"你们要搅局,索性大搅。归二爷,这就显显你的无敌神拳!"

归二娘冷笑道:"你要跟我们当家的动手,再练二十年,还不知成不成?"

孟铮已尽得孟伯飞快活三十掌真传,方当壮年,生平少逢敌手,虽然久闻神拳无敌大名,但当着数千宾朋,这口气哪里咽得下去?喝道:"归老二,你强凶霸道,到这里来撒野!孟少爷拳头上只要输给了你,任凭你找董镖头算帐,我们孟家自认没能耐管这件事。要是胜了你,却又怎样?"归辛树不爱多言,低声道:"你接得了我三招,归老二跟你磕头。"旁人没听见,纷纷互相询问。孟铮怒极而笑,大声说道:"各位瞧这人狂不狂?他说只要我接得他三招,他就向我磕头。哈哈,是不是啊,归二爷?"

归辛树道:"不错,接招吧!"呼的一声,右拳"泰山压顶",猛击下来。

这时青青已站到袁承志身边,低声道:"你师哥学了你的法子。"袁承志道:"怎么?"青青道:"你跟他徒弟比拳,不也是限了招数来让他接么?"袁承志道:"这姓孟的不识好歹,他哪知我师哥神拳的厉害。"

孟铮见对方拳到,硬接硬架,右臂用力上挡,左手随即打出重拳。两人双臂一交,归辛树心道:"此人狂妄,果然有点功夫。"左掌啪的一声,打中他左肘,发力往外送出。哪知孟铮的功夫最讲究马步坚实,这一送竟只将他推得身子晃了几晃。袁承志低声道:"糟糕,这一招没打倒他,姓孟的要受重伤。"但见归辛树跟着挥掌打出,孟铮双臂奋力推抵,猛觉一股劲风逼到,登时神智胡涂,仰天跌倒,昏晕过去。

众人大声惊呼。孟伯飞和孟铸抢上相扶,只见孟铮慢慢醒转,口中连喷鲜血,一口气渐渐接不上来。归辛树刚才一送没推动他,只道他武功果高,言明只使三招,第三掌便出了全力。孟铮拼命架得两招,力气已尽,这第三招就算轻轻一指,也就倒了,这股掌力排山倒海而来,又怎禁受得住?归辛树万想不到他已经全然无力抵御,眼见他受伤必死,倒也颇为后悔。

丁甲神丁游是孟铮的至交好友,他和孟铸两人气得眼中冒火,齐向归辛树扑击。孟伯飞忙给儿子推宫过血,眼见他气若游丝,不禁老泪泉涌,突然转身,向归辛树打来。

归辛树见正点子董开山乘机想溜,回身下挫,从丁游与孟铸拳下钻过,伸指在董开山胁下点落。董开山登时呆住,左足在前,右足在后,一副向外急奔的神气,却移动不得半步,嘴里兀自在叫:"归老二,老子……老子跟你拼了!"

这时孟伯飞已跟归二娘交上了手,两人功力相当,归二娘吃亏在抱了孩子,给他势如疯虎般的一轮急攻,迭遇险招。梅剑和、刘培生、孙仲君三人也已跟孟门弟子打得十分激烈。程青竹对袁承志道："袁相公，咱们快劝，别弄出大事来。"袁承志道："我师哥师嫂跟我很有嫌隙，我若出头相劝，事情只有更糟，且看一阵再说。"

这时归辛树上前助战，不数招已点中孟伯飞的穴道。他在大厅中东一晃，西一闪，片刻之间，已将孟家数十名弟子亲属全都点中穴道。这些人有的伸拳，有的踢足，有的弯腰，有的扭头，姿式各不相同，然而个个动弹不得，只眼珠骨碌碌的转动。贺客中虽有不少武林高手，但见神拳无敌如此厉害，哪个还敢出头？

归二娘对梅剑和道："搜那姓董的。"梅剑和解下董开山背上包裹，在他全身里里外外仔细搜索，却哪里有茯苓首乌丸的踪影？归辛树解开他穴道，问道："丸药放在哪里？"董开山道："哼，想得丸药，跟我到这里来干什么？亏你是老江湖了，连这金蝉脱壳之计也不懂。"归二娘怒问："什么？"董开山道："丸药早到了北京啦。"归二娘又惊又怒，喝道："当真？"董开山道："我仰慕孟老爷子是好朋友，专诚前来拜寿。难道明知你们想抢丸药，还会把这东西带上门来连累他老人家？"

众人听了，都觉董开山有理，纷纷指责归氏夫妇，喝叫他们一行快快离去。归氏夫妇莽撞暴躁，不善应变，一时不知如何是好。梅剑和等三人也都停手罢斗。

圣手神偷胡桂南走到袁承志身边，低声道："袁相公，这镖头扯谎。"

袁承志道："怎么？"胡桂南道："他的丸药藏在这里。"说着向"寿"字大锦轴下的一盘寿桃一指。袁承志很是奇怪，低声问道："你怎知道？"胡桂南笑道："这些江湖上偷偷摸摸的勾当，别想逃过我眼睛。"青青在一旁听着，笑道："旁人想在神偷老祖宗面前搞鬼，当真是鲁班门前弄大斧了。"胡桂南笑道："姓胡的别的能耐是半点没有，说到偷偷摸摸什么的勾当，却输不了给人。这姓董的好刁滑，他料到归二爷定会追来，因此把丸药放在寿桃之中，等对头走了，再悄悄去取出来。"

袁承志点点头，从人丛中出来，走到孟伯飞身边，伸掌在他"璇玑"、"神庭"两穴上按捏推拿几下，内力到处，孟伯飞身子登时活动。

归二娘厉声道："怎么？你又要来多管闲事？"把孩子往孙仲君

手里一送，伸手往袁承志肩头抓来。袁承志往左偏让，避开了她这抓，叫道："师嫂，且听我说话。"

孟伯飞筋骨活动之后，左掌"瓜棚拂扇"，右掌"古道扬鞭"，连续两掌，向归二娘拍来。他这快活三十掌驰誉武林，自有独得之秘，遇到归辛树时棋差一着，缚手缚脚，但与归二娘却不相上下。两人拳来掌往，迅即交了十多招。归辛树道："你让开。"归二娘往左闪开。孟伯飞右掌飞上。归辛树侧拳而出，不数招又已点中了他穴道。袁承志若再过去解他穴道，势必跟师哥动手，当下皱眉不动。

归二娘脾气本来暴躁，这时爱子心切，行事更增了几分乖张，叫道："姓董的，你不拿药出来，我把你两条臂膀折了。"左手拿住董开山手腕，将他手臂扭转，右拳起在空中，只消下落，一拳打在肘关节上，手臂立断。董开山咬紧牙关，低声道："药不在我这里，折磨我也没用。"贺客中有些人瞧不过眼，挺身出来叫阵。

袁承志眼见局面大乱，叫道："大家住手！"叫了几声，没人理睬，心想：再过得片刻，倘若杀伤了人命，那就难以挽救，非快刀斩乱麻不可。突然纵起，落在孙仲君身旁，左手一招"双龙抢珠"，食中二指往她眼中挖去。孙仲君大惊，疾忙伸右臂挡架。岂知他这一招只是声东击西，乘她忙乱中回护眼珠，右掌在她肩头轻推，孙仲君退开三步，怀中孩子已给袁承志夹手抢去。孙仲君大惊，急叫："师父，师娘！快，快，他抢了小师弟……"

归辛树夫妇回过头来。袁承志已抱着孩子，跳上一张桌子，叫道："青弟，剑！"青青掷过剑去，袁承志伸左手接住了，叫道："大家别动手，听我说话。"

归二娘红了眼睛，嘶声叫道："小杂种，你敢伤我孩子，我……我跟你拼了！"说着要扑上去拼命。归辛树左手拉住，低声道："孩子在他手里，别忙。"袁承志道："二师哥，请你把孟老爷子的穴道解开了。"归辛树铁青着脸哼了一声，虽然怒极，还是依言将孟伯飞穴道拍开。

袁承志叫道："各位前辈，众家朋友。我师哥孩子有病，要借贪官马士英的丸药救命，可是这位董镖头甘心给赃官卖命，我师哥才跟他过不去。孟老爷子是好朋友，今日是他老人家千秋大喜之日，我们决不会有意前来无礼扰局。"众人一听，都觉奇怪，明明见他们师兄弟互斗，怎么他却帮师兄说起话来了？归氏夫妇更加惊异。归二娘又叫："快还我孩子！"

袁承志高声道："孟老爷子，请你把这盘寿桃擘开来瞧瞧，中间可有点儿古怪。"董开山一听，登时变色。孟伯飞不知他葫芦里卖什么药，依言擘开一个寿桃，只见枣泥馅子之内露出一颗白色蜡丸，不禁一呆，一时不明是什么东西。

袁承志高声说道："这董镖头要是真有能耐给赃官卖命，那也罢了，可是他心肠狠毒，前来挑拨离间，要咱们坏了武林同道的义气。孟老爷子，这几盘寿桃是董镖头送的，是不是？"孟伯飞点点头。袁承志又道："他把丸药藏在寿桃之内，明知寿桃一时不会吃，等寿筵过了，我师哥跟孟老爷子伤了和气，他再偷偷取出，送到京里，岂不是奇功一件？"

他怕归氏夫妇来夺孩子，仍高高站在桌上，左手高举利剑，以阻人来夺孩子，叫道："青弟、胜海、胡桂南胡兄，请你们去擘开寿桃，取出药丸来。"

青青等三人依言走向中堂大画轴下的供桌边，把董开山所送那盘寿桃都擘开了，从馅里取出四十颗药丸。众贺客静静旁观，都张大了嘴，不住议论："咦！""还有？""这董镖头可真够神的。""这年轻相公怎么知道？""你去问他啊，问我干么？"

青青把别的寿桃也都擘开了，遍寻更无余药，拍手笑道："都在这儿啦，再没有了！"嘻嘻哈哈的捧着一把药丸，举起交给承志。袁承志将剑交了给她，空出手来接过一颗药丸，说道："请去拿杯清水来，要温的，别太热太凉！"孟家仆人听到，即刻转身去端了杯水来，交给青青。

袁承志捏破手中的白色蜡丸，一阵芳香扑鼻，露出龙眼大一枚朱红丸药。他怕药力过猛，孩子挺受不起，捏开丸药只用半颗，在清水中调了，喂入孩子口中。那孩子早已气若游丝，也不哭闹，一口口的都咽了。归二娘双目含泪，又是感激，又是惭愧，心想今天若不是小师弟识破机关，就算杀了那董镖头，也仍救不了儿子的命，还得罪了不少英雄豪杰，累了丈夫一世英名。

袁承志等孩子服过药后，跳下桌子，双手抱着孩子交过。归二娘接过，低声道："师弟，我们夫妇真是感激不尽。"归辛树只道："师弟，你很好，很好。"青青和胡桂南、洪胜海把丸药尽数都递给归二

第十二回

王母桃中珍药
头陀席上

娘,青青笑道:"孩子再生几场重病,也够吃的了。"归二娘心中正自欢喜不尽,也不理会她话中含刺,连声称谢接过。

归辛树忙着给点中穴道的人解穴,解一个,说一句:"对不住!"孟伯飞默然,心想:"你儿子是救活了,我儿子却给你打死了。定当邀约能人,报此大仇。"

袁承志见孟门弟子抬了垂死的孟铮正要走入内堂,叫道:"请等一下。"孟铸怒道:"我哥哥已死定啦,还想怎样?"袁承志道:"我师哥素来仰慕孟老爷子的威名,亲近还来不及,哪会真的伤害孟大哥性命?这一掌虽然使力大了一点,但孟大哥性命无碍,尽可不必耽心。"众人一听,都想:"眼见他受伤这般沉重,你这话骗谁?"

袁承志道:"我师哥并未存心伤他,只要给孟大哥服一剂药,调养一段时候,就没事了。"说着从怀中取出金盒,揭开盒盖,拿了一只朱睛冰蟾出来,用手捏碎,在碗中冲酒调合,给孟铮喝了下去。不一刻,孟铮果然脸上见红,呻吟呼痛。孟伯飞喜出望外,忍不住泪水直流,颤声道:"袁相公,袁盟主,你真是我儿子的救命恩人。"袁承志连声逊谢。当下孟铸指挥家人,将兄长抬到内房休息。厅上重整杯盘,开怀畅饮。

归二娘向孟伯飞道:"孟老爷子,我们实在卤莽,千万请你原谅。"一拉丈夫,与三个徒弟一齐拜了下去。孟伯飞呵呵笑道:"儿子要死,谁都心慌,老夫也是一般,这也怪不得贤孟梁。"当即跪下还礼。归氏夫妇又去向适才动过手的人分别道歉,打躬作揖,极尽礼数。群雄畅饮了一会。孟伯飞终不放心,进去察看儿子伤势,见他沉沉睡熟,呼吸匀净,料已无事,这才当真放心。

孟伯飞心无挂碍,出来与敬酒的贺客们酒到杯干,直饮到八九分。他更叫拿大碗来,满满斟了两碗,端到袁承志面前,朗声说道:"袁盟主,泰山大会上众英雄推你为尊,老实不客气说,在下本来心里不服。但今日你的所作所为,在下不但感激,且是佩服得五体投地。来,敬你一碗。"端起大碗,骨都都一口气将酒喝了。袁承志酒量本不甚高,但见他一番美意,也只得把碗中酒干了。群雄轰然叫好。孟伯飞大拇指一翘,说道:"袁盟主此后但有什么差遣,在下力量虽小,要钱,十万八万银子还对付得了。要人,在下父子师徒,自然赴汤蹈火,在所不辞。要再邀三四百位英雄好汉,在下也还有这点小面子。"

袁承志见他说得豪爽，又想一场大风波终于顺利化解，师兄弟间原来的嫌隙也烟消云散，很是畅快。这一晚众人尽醉而散，那董镖头早不知躲到哪里去了。崇祯皇帝既得不到灵药，难以延年益寿，他董总镖头自己如何延年益寿，这大事自须尽早安排。

袁承志等人在孟家庄盘桓数日，几次要行，孟伯飞总是苦留不放。孟铮受的是外伤，这几日中好得甚快。归辛树的儿子归钟服了茯苓首乌丸后，灵药有效，果然也是一日好于一日。归辛树夫妇心中欢喜无限，那也不用说了，还分了三颗茯苓首乌丸给孟铮，以资伤后调补。

到第七日上，盖孟尝虽然好客，也知不能再留，只得大张筵席，替归辛树与袁承志等送行。席间程青竹说道："孟老哥，永胜镖局那姓董的不是好东西，他失却贡品交代不了，又找不上归二爷，只怕要推在老哥身上，须得提防一二。"孟伯飞道："这小子要是真来惹我，可不再给他客气。"归二娘道："孟老哥，这全是我们惹的事，要是有什么麻烦，可千万得给我们送信。"孟伯飞道："好！这小子我不怕他。"沙天广道："就须防他勾结官府。"孟伯飞哈哈笑道："要是混不了，我就学你老弟，占山为王。"

群雄在笑声中各自上马而别。归二娘抱了孩子，归辛树拉着袁承志的手，心想大恩难报，空言无用，只诚诚恳恳的道："师弟，自今而后，你便如我的亲兄弟一般！"承志道："是，二哥！"归氏夫妇带着三个徒弟欣然南归。袁承志、青青、程青竹、沙天广、哑巴、铁罗汉、胡桂南、洪胜海等押着铁箱，连骑北上。

这日来到高碑店，天色将暮，因行李笨重，也就不贪赶路程，当下在镇西的"燕赵居"客栈歇宿。众人行了一天路，都已倦了，正要安睡，忽然门外车声隆隆，人语喧哗，吵得鸡飞狗走。除哑巴充耳不闻之外，各人都觉奇怪。只听得声音嘈杂，客店中涌进一群人来，听他们叽哩咕噜，说的话半句也不懂。

众人出房看时，只见厅上或坐或站，竟是数十名外国兵，拿着奇形怪状的兵器，乱哄哄的说话。袁承志等从没见过这等绿眼珠、高鼻子的外国人，都感惊奇，注目打量。

忽听得一个中国人向掌柜大声呼喝,要他立即腾出十几间上房来。掌柜道:"大人,实在对不住啦,小店几间上房都已住了客人。"那人不问情由,顺手就是一记耳光。那掌柜左手按住面颊,又气又急,说道:"你……你……"那人喝道:"不让出上房来,放火把你店子烧了。"掌柜无法,只得来向洪胜海哀求,打躬作揖,请他们挪让两间房。

沙天广道:"好哇,也有个先来后到。这人是什么东西?"掌柜忙道:"达官爷,别跟这吃洋饭的一般见识。"沙天广奇道:"他吃什么洋饭?吃了洋饭就威风些么?"掌柜的悄声道:"这些外国兵,是运送红夷大炮到京里去的。这人会说洋话,是外国大人的通译。"袁承志等这才明白,原来这人狐假虎威,仗着外国兵的势作威作福。

沙天广铁扇一展,道:"我去教训教训这小子。"袁承志一把拉住,说道:"慢来!"把众人邀入房里,说道:"先父当年镇守关辽,宁远两仗大捷,很得力于西洋国的红夷大炮,杀伤满洲官兵甚多。现下满清兵势猖獗,这些外国兵既是运炮去助战的,咱们就让一让吧。"沙天广道:"难道就由得这小子发威?"袁承志道:"这种贱男子,何必跟他一般见识。"众人听他如此说,就腾了两间上房出来。

那通译姓钱名通四,见有了两间上房,虽仍呶呶责骂,也不再叫掌柜多让房间了。他出去了一会,领了两名外国军官进店。

这两个外国军官一个四十余岁,另一个三十来岁。两人叽哩咕噜说了一会话,那年轻军官出去陪着一个西洋女子进来。这女子年纪甚轻,青青等也估不定她有多大年纪,料想是二十岁左右,一头黑发,衬着雪白的肌肤,眼珠却是碧绿,全身珠光宝气,在灯下灿然闪耀。

袁承志从没见过外国女人,不免多看了几眼。青青却不高兴了,低声问:"你说这女人好看么?"袁承志道:"外国女人原来这么爱打扮!"青青哼了一声。

次日清晨起来,大伙在大厅上吃面点。两个外国军官和那女人坐在一桌。通译钱通四不住过去谄媚,卑躬屈膝,满脸陪笑,等回过头来,却向店伴大声呼喝,要这要那,稍不如意,就是一记巴掌。

程青竹实在看不过眼了,对沙天广道:"沙兄,瞧我变个小小戏法!"当下也不回身,顺手向后一扬,手中的一双竹筷飞了出去,噗的一声,正插入了钱通四口里,把他上下门牙撞得险些儿掉将下来。程青竹所用暗器就是一枝枝细竹,这门青竹镖绝技,二十步内打人穴道,百发百中,劲力不输钢镖。也是他听了袁承志的话才手下留情,否则这双筷子稍高数寸,钱通四的一双眼珠就别想保住了。

钱通四痛得哇哇大叫,可还不知竹筷是哪里飞来的。两个外国军官叫他过去查问。钱通四说了,那女子笑得花枝招展,耳环摇晃。

年长的军官向袁承志这一桌人望了几眼,心想多半是这批人作怪,拿起桌上两只酒杯,忽往空中掷去,双手已各握了一枝短枪,一枪一响,把两只酒杯打得粉碎。袁承志等听得巨响,都吓了一跳,心想这火器果然厉害,而他放枪的准头也自不凡。

年长军官面有得色,从火药筒中取出火药铅丸,装入短枪,对年轻军官道:"彼得,你也试试么?"彼得道:"我的枪法怎及得上咱们葡萄牙国第一神枪手?"那西洋女人微笑道:"雷蒙是第一神枪手么?"彼得道:"若不是世界第一,至少也是欧洲第一。"雷蒙笑道:"欧洲第一,难道不就是世界第一么?"彼得道:"东方人很古怪,他们有许多本领,比欧洲人厉害得多,因此我不敢说。若克琳,你说是么?"若克琳笑道:"我想你说得对。"

袁承志等听三人叽哩咕噜的说话,自是半句不懂。

雷蒙见若克琳对彼得神态亲热,颇有妒意,说道:"东方人古怪么?"又是两枪连发,这一次却是瞄准了青青的头巾。火光一闪,青青的头巾打落在桌,露出了一头女子的长发。袁承志等齐吃一惊。雷蒙与另桌上的许多外国兵都大笑起来。

青青大怒站起,飕的一声,长剑出鞘。袁承志心想:"要是动手,对方火器厉害,双方必有死伤。这些外国兵是去教官兵放炮打满清鞑子的,杀了他们于国家有损,还是忍一下。"对青青道:"青弟,算了吧。"青青向三个外国人怒目横视,坐了下来。

若克琳笑道:"原来是个姑娘,怪不得这般美貌。"雷蒙笑道:"好呀,你早在留心人家小伙子美不美啦。"彼得道:"她还会使剑呢,好像想来跟我们打一架。"雷蒙道:"她来时谁去抵敌?彼得,咱俩的剑法谁好些?"彼得道:"我希望永远没人知道。"雷蒙脸有怒色,问道:"为什么?"若克琳道:"喂,你们别为这个吵嘴。"抿嘴笑道:"东方人很神秘,只怕你们谁也打不赢这漂亮大姑娘呢。"

雷蒙叫道:"通四钱,你过来!"钱通四连忙过去,道:"上校有什么吩咐?"雷蒙道:"你去问那个大姑娘,是不是要跟我比剑?快去

第十二回 王母桃中药 头陀席上珍

问。"钱通四道："是,是!"雷蒙从袋里抓出十多块金洋,抛在桌上,笑道："她要比,就过来。只要赢了我,这些金洋都是她的。她输了,我可要亲一个嘴!你快去说,快去说。"

钱通四大模大样的走了过去,照实对青青说了,说到最后一句"亲一个嘴"时,青青反手一掌,啪的一声大响,正中他右颊。这一掌劲力好大,钱通四"哇"的一声,吐出了满口鲜血、四枚大牙,"啊,啊!"大叫,半边脸颊登时肿了起来,从此嘴里四通八达,当真不枉了通四之名。

雷蒙哈哈大笑,说道："这女孩子果然有点力气!"拔出剑来,在空中呼呼呼的虚劈了几下,走到大厅中间,叫道："来,来,来!"

青青不知他说些什么,但瞧他神气,显然便是要和自己比剑,当即拔剑出座。

袁承志道："青弟,你过来。"青青以为他要拦阻,身子一扭,道："我不来!"袁承志道："我教你怎样胜他。"青青适才眼见那外国人火器厉害无比,只怕剑法也是如此威力惊人,又或是剑上会放出些什么霹雳声响的物事来,本有些害怕,一听大喜,忙走过来。袁承志道："瞧他刚才砍劈这几下,出手敏捷,劲道也足。他这剑柔中带韧,要防他直刺,不怕他砍削。"青青道："那么我可想法子震去他剑!"袁承志喜道："不错,正是这样,但别伤了他。"

雷蒙见两人谈论不休,心中焦躁,叫道："快来,快来!"

青青反身跃出,回手突然出剑,向他肩头削去。雷蒙万想不到她出手如此快捷,总算他是葡萄牙的剑术高手,又受过法国与意大利名师的指点,危急中滚倒在地,举剑格挡,铮的一声,火花四溅,站起身来,已吓出了一身冷汗。若克琳在一旁拍手叫好。

两人展开剑术,攻守刺拒,斗了起来。

袁承志细看雷蒙的剑法,见他回挡进刺,甚是快速。斗到酣处,青青剑法忽变,全是虚招,剑尖即将点到,立即收回,这是棋仙派的"雷震剑法",六六三十六招,竟无一招实招,那是雷震之前的闪电,把敌人弄得头晕眼花之后,跟着而上的便是雷轰霹雳的猛攻。雷蒙剑法虽然高明,但这样的剑术却从来没见过,只见对方剑尖乱闪,似乎剑剑要刺向自己要害,待得举剑抵挡,对方却不攻来。西方剑术中原也有佯攻伪击的花招,但最多一二招而已,决无数十招都是佯攻的,心想这种花巧只图好看,有何用处?正要笑骂,青青突然挥剑猛劈。雷蒙举剑挡架,虎口剧震,长剑脱手飞出。

青青乘势直上,剑尖指住他胸膛。雷蒙只得举起双手,作投降服输之状。青青嘻嘻一笑,收剑回座。雷蒙满脸羞惭,想不到一向自负剑术高强,竟会败给一个中国少女。

若克琳笑吟吟的拿起桌上那叠金币,走过来交给青青。青青摇手不要。若克琳一面笑,一面咕咕咯咯的大说葡语,定要给她。程青竹伸手接过,将十多块金洋叠成一叠,双掌用力在两端抵住,运起内力,过了一阵,将金币还给若克琳。若克琳接了过来,想再交给青青,一拿上手,不觉大吃一惊,原来十多枚金币已互相黏住,结成一条圆柱,竟然拉不开来,不禁睁大了圆圆的眼睛,喃喃说道:"东方人真是神秘,真是神秘!"回去把金柱给两个军官看。雷蒙道:"这些人有魔术!"彼得道:"别惹他们啦!走吧!"两人传下号令,不一会只听得门外车声隆隆,拖动大炮而去。

铁罗汉道:"红夷大炮到底是什么样子?我从来没见过。"胡桂南道:"咱们去瞧瞧。"沙天广笑道:"胡兄,要是你能妙手空空,偷一尊大炮来,那我就佩服你了。"胡桂南笑道:"大炮这笨家伙倒真没偷过。咱们要不要打个赌?"沙天广笑道:"大炮是拿去打满清鞑子的,可偷不得,否则我真要跟你赌上一赌。"众人在笑语声中出店。不一刻,已追过押运大炮的军队。见大炮共有十尊,均是庞然大物,单观其形,已是威风凛凛,每尊炮用八匹马拖拉,后面又有伕役推送,炮车过去,路上压出了两条深沟。

群雄驰出二十余里,忽听前面銮铃响处,十多骑迎面奔来。待到临近,见马上乘者负弓持箭,马上挂满獐兔之类的野味,却是出来打猎的。这些人衣饰华贵,都是缎袍皮靴,气派甚大,环拥着一个韶龄少女。

那少女见了袁承志等人,拍马迎上,叫道:"师父,师父!"程青竹笑道:"好哇,你也来啦!"原来那少女便是他的女徒阿九。青青等在劫铁箱时曾和她会过。她上次穿件青布衣衫,似个乡下姑娘,这时却打扮得明艳无伦,左耳上戴着一粒拇指大的珍珠,衣襟上一颗大红宝石,闪闪生光。这小姑娘荆钗布裙,装作乡姑时秀丽脱俗,清若水仙,这时华服珍饰,有如贵女,花容至艳,玫瑰含露,袁承志心中砰的一跳,似是给内家高手击了一拳,忙转过了头,不敢多看。

阿九见了袁承志,嫣然一笑,道:"你跟我师父在一起?"袁承志笑着点点头。阿九向沙天广道:"沙寨主,咱们不打不成相识!"

程青竹叫她见过了胡桂南、铁罗汉等人,问道:"你到哪里去?"阿九道:"出来打猎,瞧我走得远不远?"程青竹道:"我们正要上京,你跟我们一起去吧!"阿九很是欢喜,说道:"好!"傍在师父身边,并马而行。袁承志和青青见她虽然幼小,但自有一股颐指气使的势派,气度高华,众随从奉命唯谨,听她指挥,心中不禁纳闷,当日山东道上初遇,本以为她是程青竹的孙女,后来才知是徒弟。这时看来,竟是一位豪门巨室的娇女,出来打猎,竟带了这许多从人,也不知如何会拜程青竹为师,又混在青竹帮中,倒真奇了。

当晚在饮马集投店。袁承志和青青见阿九的从人说话都带官腔,除了对阿九十分恭谨之外,对旁人谁也不理,神态倨傲,单独看来,一个个竟是官宦,哪里像是从仆,心下更奇。青青向阿九道:"九妹妹,那日咱们大杀官兵,打得好痛快,后来忽然不见了你。你这样美貌,我那天一见,便永远忘不了。我老是惦记,你到哪里去了?"阿九早瞧出她是女子,脸上一红,唔了一声,道:"姊姊,你才美呢!我怎及得上?你不用脂粉吗?"竟顾左右而言他。青青待要追问,程青竹忽在对面连使眼色。青青微微一笑,道:"在道上走,满头满脸的灰土,打扮给谁看啊?"各人闲谈了一会,分别安寝。

袁承志回房后正要上床,程青竹走进房来,说道:"袁相公,有一件事想跟你说。"袁承志道:"好,请坐!"程青竹低声道:"还是到外面空旷之地说的好。"袁承志知是机密之事,于是穿上长衣,出了客店,来到镇外一个小山岗上。

程青竹见四下无人,说道:"袁相公,我这女徒弟阿九来历很是奇特。她于我曾有大恩,拜师之时,我曾答允过,决不泄露她身分。"袁承志道:"我也瞧她并不寻常。你既答允过她,就不用对我说了。"程青竹道:"她手下所带的都是官府中人,因此咱们的图谋,决不可在他们面前漏了口风。"袁承志点头道:"原来果然是官府中人。"程青竹道:"料想这女徒是决不致卖我,但她年纪小,世事多变,终究难料。"袁承志道:"咱们在她跟前特别留神就是了。"两人三言两语就说完了,下岗回店。

来到客店门口,只见一个汉子从东边大街上过来,手里提着盏灯笼,闪身进店。微光之下,袁承志见那汉子有些眼熟,一时想不起在哪里见过。睡在床上,一路往回推溯,细想在孟家庄寿筵、在泰山大会、在夺铁箱时乱战、在南京、在衢州静岩、在闯王军中,都没见过这人,然而以前一定会过,此人到底是谁?

正自思索,忽然门上有轻轻剥啄之声,便披衣下床,问道:"谁呀?"门外青青笑道:"要不要吃东西?"袁承志点灯开门,见她托着只盘子,装着两只碗,每碗各有三个鸡蛋,想是刚才下厨做的。袁承志笑道:"多谢了,这么晚了,怎还不睡?"

青青低声道:"我想着那阿九很古怪,睡不着。知道你也在想她,也一定睡不着。"说着浅浅一笑。袁承志笑道:"我想她干么?"青青笑道:"想这个姑娘当真美之极矣,美得不像是人!你说她美不美?"袁承志知她很小性儿,如说阿九美,定要不高兴,说阿九不美吧,又是明明撒谎,既违良心,她也不信,只得笑道:"不像是人,像女鬼吗?"青青道:"你心里明明想说她像仙女,偏又不说。"承志拿匙羹抄了个鸡蛋,咬了一口,突然把匙羹一掷,叫道:"对了,原来是他。"

青青吓了一跳,问道:"什么是他?"袁承志道:"回头再说,快跟我出去。"青青见他不吃鸡蛋,有些着恼,问:"到哪里去?"袁承志从洪胜海身旁拿了一柄剑,交给她道:"拿着。"青青接住,才知是要去会敌。

原来袁承志一吃到鸡蛋,忽然想起当年在安大娘家里,锦衣卫胡老三来捉小慧,他拼命抵抗,幸得安大娘及时赶回,用鸡蛋击打胡老三,才将他赶跑。刚才见到的就是那个胡老三了,不知他鬼鬼祟祟的来干什么,须得探个明白。

两人矮着身子,到每间店房下侧耳倾听,来到一间大房后面,果然听到有人在谈论。正要窃听,房门推开,有人出来。袁承志在青青耳边低语:"你叫沙天广他们防备,我跟着去瞧瞧。"青青点点头,低声道:"小心了。"

袁承志和青青站在暗处,见第一个出来的正是胡老三,后面跟着八名手持兵刃之人,烛光下看得明白,都是阿九的从人。九人一一越墙而出。青青低声道:"啊,是他们!我早知这女娃子很有古怪。"袁承志也感奇怪,当下越墙出店,悄悄跟在九人之后。

那九人全不知有人跟踪,出市镇行得里许,走向一座大屋。胡老三一叫门,大门打开,放了九人进去。

袁承志绕到后门,越墙入内,走向窗中透出灯光的一间厢房,跃上屋顶,轻轻揭开瓦片,望将下去,见房中坐着一个四十来岁的汉子,身材高大。胡老三与阿九的八名从人鱼贯入房,向那人行礼参见。只听胡老三道:"小的在镇上撞见王副指挥,知道他们凑巧在这里,因此上邀了这几位来做帮手。"那人道:"好极了,好极了!王副指挥怎么说?"一人道:"王副指挥说,既然安大人有事,当得效劳!"那安大人道:"这次要是得手,大伙儿这件功劳可不小啊,哈哈!"一人道:"全凭大人栽培。"安大人道:"咱们哥儿可别分谁是内廷侍卫,谁是锦衣卫的,大伙儿都是为皇上出力!"众人道:"安大人说得是,全凭您老吩咐。"安大人道:"好啊!走吧。"

袁承志更是惊奇,心想:"胡老三和安大人一伙是锦衣卫的,那么阿九那些随从竟是内廷侍卫了。阿九这小姑娘到底干什么的,怎地带了一批内廷侍卫到处乱走?"

过不多时,安大人率领众人走出。袁承志伏在屋顶点数,见共有一十六人,知道安大人自己带着六人,等众人走远,又悄悄跟在后面。这批人越走越荒僻,走了七八里路,有人轻轻低语了几声,大伙儿忽然散开,围住了一所孤零零的房子,各人矮了身子,悄没声的逼近。袁承志学他们的样,也这般俯身走去。黑暗中有人见到他人影,只道是同伙,也不在意。安大人见包围之势已成,挥手命众人伏低,伸手敲门。

过了一会,屋中一个女人声音问道:"谁啊?"安大人一呆,问道:"你是谁?"女人声音惊道:"啊,是……是……是你,深更半夜来干么?"安大人叫道:"真叫做不是冤家不聚头了。原来你在这里,快开门吧!"声音中显得又惊又喜。那女人道:"我说过不再见你,又来干什么了?"安大人笑道:"你不要见我,我却想念我的娘子呢!"那女人怒道:"谁是你的娘子?咱们早已一刀两断!你要是放不过我,放火把这屋烧了吧,我宁死也不愿见你这丧心病狂、没良心的人。"

袁承志越听越觉声音好熟,终于惊觉:"是安大娘!原来这安大人是她丈夫、是小慧的父亲。当年胡老三就是奉安大人之命来捉小慧的。"

敬告读者

为了维护读者、著作权人和出版发行者的合法权益,本书采用了新型数码防伪技术。正版图书的定价标示处及外包装盒上均贴有完好的防伪标签。刮开涂层,可见到一组数码,您可以通过两种途径查验真伪。

1. 拨打全国免费电话4008301315,按语音提示从左到右依次输入相应数码并按#键结束。
2. 扫描防伪标上的二维码,按提示输入相应数码。

读者如发现盗版图书,可向当地"扫黄打非"办公室、新闻出版局、公安机关、市场监督管理局等部门举报,或直接与我们联系。

联系电话:020-34297719　13570022400

我们对举报盗版、盗印、销售盗版图书等侵权行为的有功人员将予以重奖。

广州市朗声图书有限公司

飛雪連天射白鹿
笑書神俠倚碧鴛

金庸

【新修珍藏本】

碧血剑

下

金庸

图书在版编目(CIP)数据

碧血剑/金庸著. —广州：广州出版社，2009.9（2022.9重印）
ISBN 978-7-5462-0161-0

Ⅰ.碧… Ⅱ.金… Ⅲ.侠义小说—中国—当代 Ⅳ.I247.5

中国版本图书馆CIP数据核字（2009）第127109号

广东省版权局版权合同登记图字：19-2012-015号

朗声图书

本书版权由著作权人授权广州市朗声图书有限公司在中国大陆（不包括香港、澳门、台湾地区）专有使用

版权所有·侵权必究

封面图画选自董培新先生金庸小说国画

敬告读者

为了维护读者、著作权人和出版发行者的合法权益，本书采用了新型数码防伪技术。正版图书的定价标示处及外包装盒上均贴有完好的防伪标签。刮开涂层，可见到一组数码，您可以通过两种途径查验真伪。

1. 拨打全国免费电话4008301315，按语音提示从左到右依次输入相应数码并按#键结束。
2. 扫描防伪标上的二维码，按提示输入相应数码。

读者如发现盗版图书，可向当地"扫黄打非"办公室、新闻出版局、公安机关、市场监督管理局等部门举报，或直接与我们联系。

联系电话：020-34297719　13570022400

我们对举报盗版、盗印、销售盗版图书等侵权行为的有功人员将予以重奖。

广州市朗声图书有限公司

衬页印章／
归昌世「负雅志于高云」：
归昌世，江苏昆山人，
归有光之孙，明末名士。
本章边款称作于「天启乙丑立秋后二日」，
天启乙丑即天启五年，是年杀杨涟、熊廷弼。
袁崇焕于是年坚守宁远、前屯卫二城，
抗经略高第之命而不撤。

弘仁《黄海松石图》：

弘仁原姓江名韬，明亡后为僧，名弘仁，字渐江。

此图怪石古木，风骨遒劲，气韵清远，得秀逸冷峭之意。

《清太宗实录》：天聪九年即崇祯八年，插汉儿即察哈尔。实录是皇帝言行的记录。

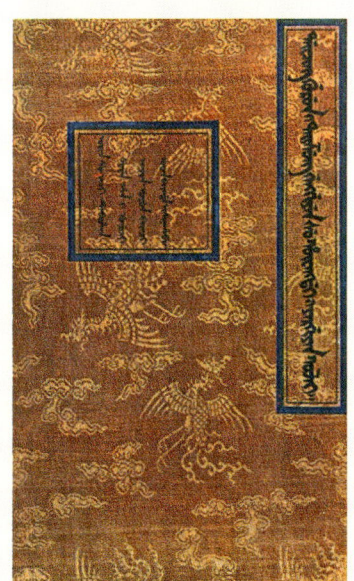

大清太宗应天兴国弘德彰武宽温仁圣睿孝文皇帝实录卷之二十

天聪九年乙亥七月初三日抑汉儿固额勒克空戈落部下阿乙兔白石塞曰我国主天命开眷尽画而殁惟

上福大敦我国全归

上善之时台石又诘其本国泉大臣曰次等当汗在日位尊於我汗殁遂奉汗之冢子先奔何以谓之大臣泉肯题

上见泉有愠邑乃勒止之

清太祖努尔哈赤像。

清太宗皇太极像。

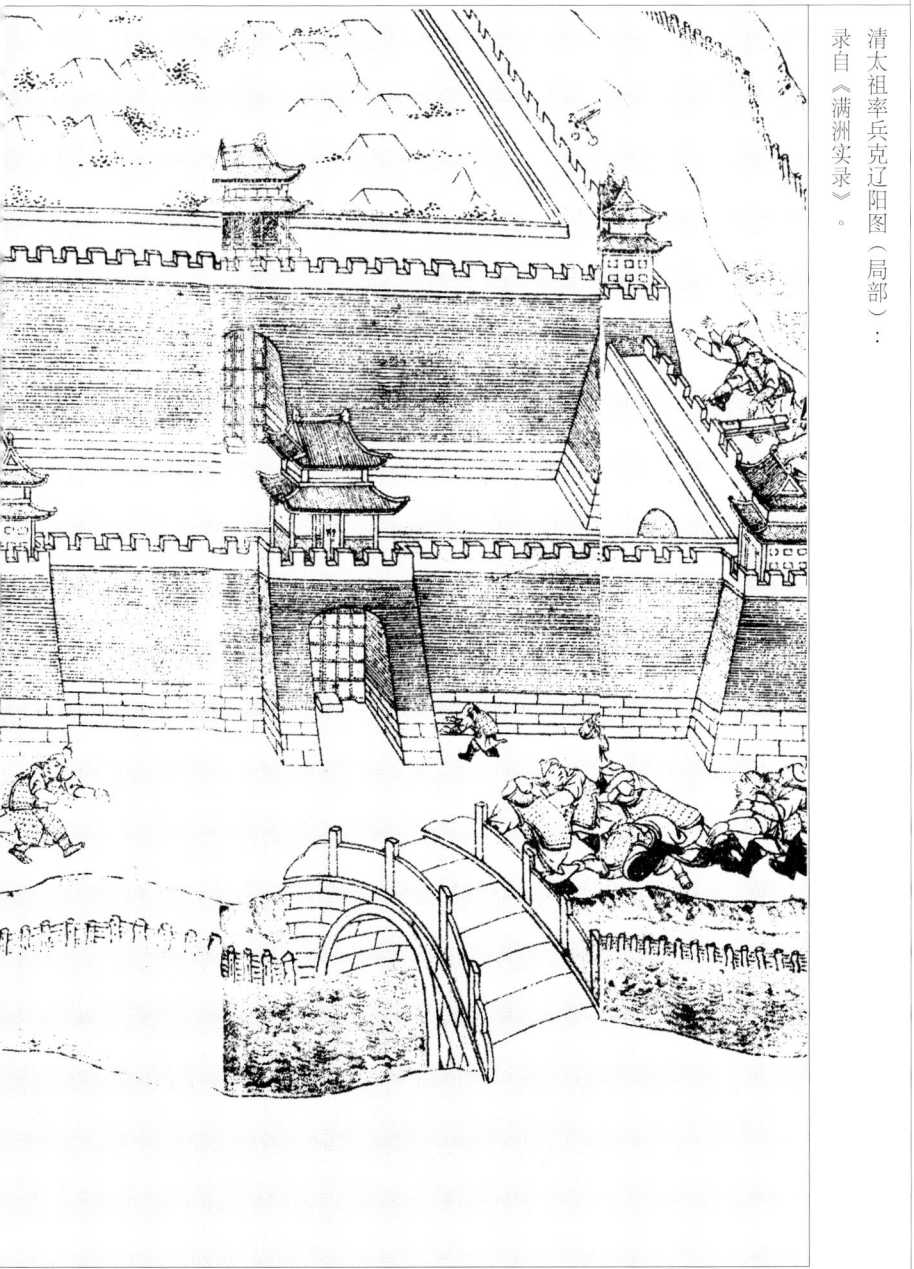

清太祖率兵克辽阳图（局部）：录自《满洲实录》。

上图／「城制」：录自明刊《武经总要》。该书是北宋仁宗下旨编纂的一部军事科学著作，对后世兵学有重大影响，明代弘治、正德年间有重刊本。本图据正德十年刻本复制。明代城制与图中所绘无重大分别。

中图／「万人敌」：录自《天工开物》。该书为明人宋应星作，崇祯十年刻，本图据初刻本复制。书中称「万人敌」为守城利器，以中空泥团实以火药，外围木框，点燃药线后掷于城下，泥团不住旋转而喷火，杀伤力极大，其时创制未及十年，即指于第一次宁远大战时创制。图中所绘当为所想像的宁远之战情景。

下图／《袁督师遗集》之一页。

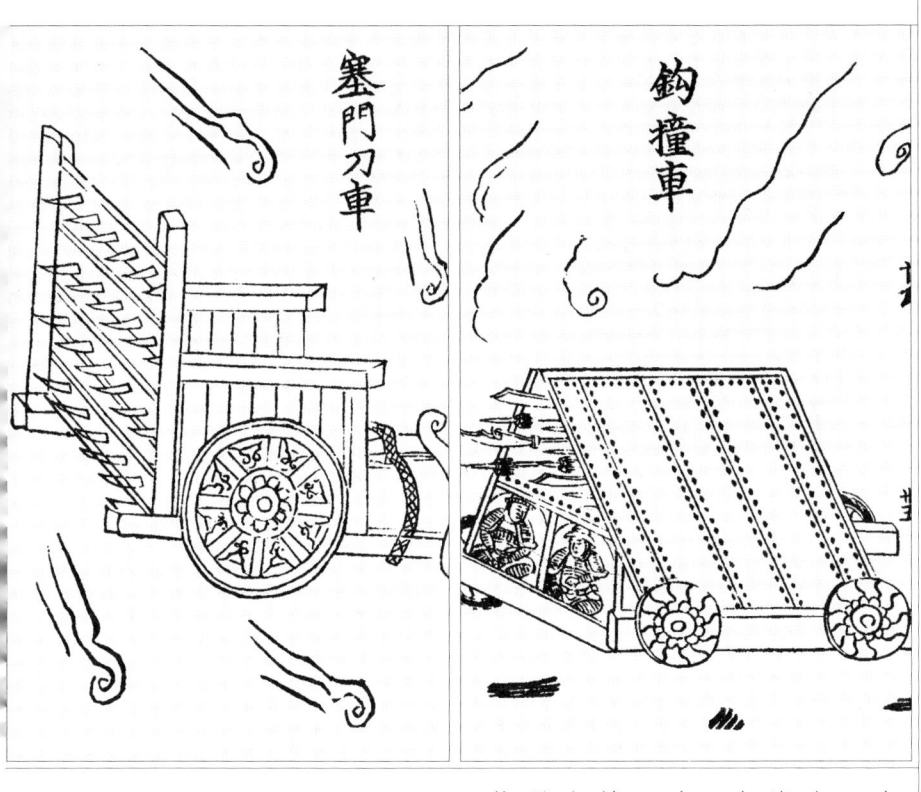

右图／
「钩撞车」：
清兵攻宁远，以类似撞车
攻城利器。
在城墙上挖出大量洞穴。

左图／
「塞门刀车」：
城墙被攻破洞穴时，
守军推出塞住破洞，
以阻敌军。

均录自明刊《武经总要》。

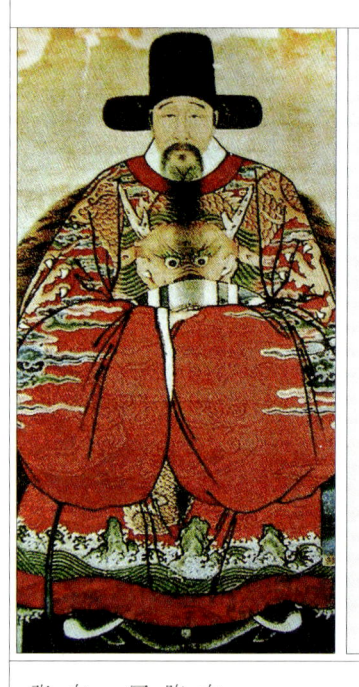

右图／陈子壮于崇祯元年写给袁崇焕的送行诗。

左图／张居正像。

右图／孙承宗作「高节书院图」及题字。

左图／孙承宗像。

右图／明代皇宫中的漆箱：有五爪金龙及凤凰图案，现属纽约私人收藏。长平公主寝宫中或者也有类似的箱子。

左图／万历年间所制五彩珐琅花瓶：宫中所用。色彩华丽，制作精巧，明代工艺的巅峰之作。现属葡京里斯本私人收藏。

明神宗御笔及笔筒：
笔筒为漆器，
双龙捧一「寿」字，
现藏爱丁堡皇家苏格兰博物馆。
神宗贪盖天下，懒极千古，
料想彩笔稀亲御手，
笔筒罕睹天颜。

右图／
明天启皇帝熹宗：
崇祯的哥哥。

左图／
明万历皇帝神宗：
崇祯的祖父。

右图／
明孝纯皇太后：崇祯皇帝的母亲，姓刘，海州人。在宫时为淑女，生崇祯后不久即为光宗所不喜，被谴而死。崇祯即位后追尊为皇太后。崇祯本人无画像流传，他的相貌只能从他祖父、父亲、母亲、哥哥（不是是同一个母亲）的画像中想像得之。

左图／
明泰昌皇帝光宗：崇祯皇帝的父亲。

崇祯斩杀昭仁公主处：明朝为昭仁殿，在乾清宫之东。至清朝，乾隆于此处藏珍本书籍，并题「天禄琳琅」匾额。乾清宫丹陛之下有洞甚大，称老虎洞，天启皇帝于月明之夕常与内侍在洞内捉迷藏。

崇祯自杀处。

上图／
崇祯的书法「九思」两字。

左图／
崇祯的签字花押。

目录

第十三回　挥椎师博浪　毁炮挫哥舒 …… 353

第十四回　剑光崇政殿　烛影昭阳宫 …… 377

第十五回　娇娆施铁手　曼衍舞金蛇 …… 397

第十六回　荒冈凝冷月　纤手拂晓风 …… 419

第十七回　青衿心上意　彩笔画中人 …… 445

第十八回　朱颜惟宝剑　黑甲入名都 …… 475

第十九回　嗟乎兴圣主　亦复苦生民 …… 501

第二十回　空负安邦志　遂吟去国行 …… 547

袁崇焕评传 …… 595

后　记 …… 703

从屋顶上望下来,只见崇政殿正中坐着一人,方面大耳,唇留微髭,三名官员走上前去,跪倒在地,三跪九叩,行的竟是朝拜皇帝的大礼。

第十三回

挥椎师博浪
毁炮挫哥舒

只听得安大人贼忒嘻嘻的笑道:"我找得你好苦,舍得烧你吗?咱们来叙叙旧情吧!"说着发足踢门,只两脚,门闩喀喇一声断了。袁承志听踢门之声,知他武功颇为不凡。黑暗中刀光闪动,安大娘挥刀直劈出来。安大人笑道:"好啊,谋杀亲夫!"怕屋内另有别人,不敢窜进,站在门外空手和安大娘厮斗。袁承志慢慢爬近,睁大眼睛观战。

那安大人武功了得,在黑暗中听着刀风,闪躲进招,口中不断风言风语的调笑。安大娘十分愤怒,边打边骂。斗了一阵,安大人突然在她身上摸了一把。安大娘更怒,挥刀当头疾砍,安大人正是要诱她这一招,偏身进步,扭住了她手腕,用力反拧,安大娘单刀落地。安大人捏住她双手,右腿架在她双腿膝上,安大娘登时动弹不得。

袁承志心想:"听这姓安的口气,一时不致伤害于她,我且多探听一会,再出手相救。"乘那安大人哈哈狂笑、安大娘破口大骂之际,缩身从门角边钻了进去,轻轻摸到墙壁,施展"壁虎游墙功"直上,蹲在梁上。

只听安大人叫道:"胡老三,进去点火!"胡老三在门外亮了火折子,拔刀护身,先把火折往门里一探,又俯身捡了块石子投进屋里,过了一会见无动静,才入内在桌上找到烛台,点亮蜡烛。安大人将安大娘抱进屋去,使个眼色,胡老三从身边拿出绳索,将安大娘手脚都缚住了。安大人笑道:"你说再也不要见我,这可不见了么?瞧瞧我,白头发多了几根吧?"安大娘闭目不答。

袁承志从梁上望下来,安大人的面貌看得更清楚了,见他虽然已过中年,但面目仍颇英秀,想来年轻时必是个俊美少年,与安大娘倒是对璧人。

安大人伸手摸摸安大娘的脸,笑道:"好啊,十多年不见,脸蛋儿倒还雪白粉嫩的。"侧头对胡老三道:"出去!"胡老三笑着答应,出去时带上了门。

两人相对默然。过了一会,安大人叹气道:"小慧呢?我这些年来天天想念她。"安大娘仍然不理。安大人道:"你我少年夫妻,大家火气大,一时反目,分别了这许多年,现今总该和好如初了。"过了一会,又道:"你瞧我十多年来,并没另娶,何曾有一时一刻忘记你?难道你连一点夫妻之情也没有么?"安大娘厉声道:"我爹爹和哥哥是怎么死的,你忘记了吗?"安大人叹道:"我岳父和大舅子是锦衣卫害死的,那不错。可是也不能一竹篙打尽一船人,锦衣卫中有好人也有坏人。我为皇上出力,这也是光宗耀祖的体面事……"话没说完,安大娘已"呸,呸,呸"的不住往地下唾吐。

隔了一会,安大人换了话题:"我记挂小慧,叫人来接她。干么你东躲西逃,始终不让她跟我见面?"安大娘道:"我跟她说,她的好爸爸早就死啦!她爸爸多有本事,多有志气,就可惜寿命短些!"语气中充满了怨愤。安大人道:"你何苦骗她?又何苦咒我?"安大娘道:"她爸爸从前倒真是个有志气的好人,哪知道……"说到这里,声音哽咽起来,接着又恨恨的道:"你害死了我的好丈夫,我恨不得杀了你。"安大人道:"咦,这倒奇了,我就是你丈夫,怎说我害死你丈夫?"安大娘道:"我丈夫本是个好男子,不知怎的忽然利禄薰心,妻子不要了,女儿也不要了。他只想做大官,发大财……我从前的好丈夫早死了,我再也见不到他啦!"袁承志听了,心下恻然。

安大娘道:"我丈夫名叫安剑清,本是个江湖好汉,不是给你这锦衣卫长官安大人害死了么?我丈夫有位恩师楚大刀楚老拳师,是我爹爹,是安大人害死的。楚老拳师的夫人、儿子,都给这安大人逼死了……"安剑清怒喝:"不许再说!"安大娘道:"你这狼心狗肺的,自己想想吧。"安剑清道:"官府要楚大刀去问话,又不一定难为他。他干么拿刀子要杀我?他妻子儿子是自杀的,又怪得谁?"安大娘道:"是啊,楚大刀瞎了眼哪,谁教他收了这么个好徒弟。这徒弟又冻又饿快死啦,楚大刀教他武艺,养大他……"她越说越怨毒。安剑清猛力一拍桌子,喝道:"今天你我夫妻相见,是何等美事,尽提那死人干么?"安大娘叫道:"你要杀便杀,我偏偏要提!"

袁承志从两人话中琢磨出来:楚大刀一手养大了安剑清,教了他武功,还把女儿安大娘嫁了他,不料安剑清贪图富贵,投入锦衣卫当差,安大娘的父母兄长均为锦衣卫害死。安大娘气忿不过,跟丈夫决裂分手。从前胡老三来抢小慧,安大娘东奔西避,都是为了这心地歹毒的丈夫安剑清安大人了。袁承志心想:"想来当日害死他岳父恩师一家之时,情形一定很惨。这人死有余辜。但不知安大娘对他是否尚有夫妻之情,倒不可鲁莽了。"想再多听一些说话,以便决定是否该出手诛杀,哪知两人都住了口。

过了一会,远处忽隐隐有马蹄声。安剑清拔出佩刀,低声喝道:"等人来时,你如叫喊示警,我可顾不得夫妻之情!"安大娘哼了一声,恨恨的道:"又想害人了。"

安剑清知道妻子脾气,挥刀割下一块布帐,塞入她口里。这时马蹄声愈近,安剑清将安大娘放在床上,垂下帐子,仗刀躲在门后。

袁承志知他是想偷施毒手,虽不知来者是谁,但总是安大娘一面的人,在梁上抹了些灰尘,加点唾沫,捏成个小小泥团子,对准烛火掷去,嗤的一声,烛火登时熄了。安剑清喃喃咒骂。袁承志乘他去摸火折,轻轻溜下地来,绕到屋外,见屋角边一名锦衣卫执刀伏地,全神贯注的望着屋中动静,便挨近他身边,低声道:"人来啦!"那锦衣卫也低声道:"嗯,快伏下。"袁承志伸手点了他穴道,脱下他外衣,罩在自己身上,再在他里衣上扯下一块布,蒙在面上,撕开了两个眼孔,然后抱了那人,爬向门边。

黑暗中蹄声更响,五骑马奔到屋前。乘者跳下马来,轻拍三掌。安剑清在屋里也回拍了三掌,点亮烛火,缩在门后,只听门声一响,一个人探进头来。

他举刀猛力砍下,一个人头骨碌碌的滚在一边,颈口鲜血直喷。在烛光下向人头瞥了一眼,不觉大惊,砍死的竟是自己一名伙伴。正要叫嚷,门外窜进一个蒙脸人来,伸指点了他穴道,反手出掌,打在他颈后"大椎穴"上,那是人身手足三阳、督脉之会,哪里还能动

第十三回

挥椎师博浪
毁炮挫哥舒

弹？袁承志顺手接过他手中佩刀，轻轻放落，防门外余人听见，纵到床前扶起安大娘，扯断绑在她手脚上的绳索，低声叫道："安婶婶，我救你来啦！"

安大娘见他穿着锦衣卫服色，脸上又蒙了布，不觉疑虑不定，刚问得一声："尊驾是谁？"外面奔进五个人来，当先一人与安大娘招呼一声，见到屋中情状，愕然怔住。

门外锦衣卫见进来人多，怕安剑清一人有失，早有两人抢进门来，举刀欲砍，袁承志出掌砍劈，两名锦衣卫颈骨齐断。门外敌人陆续进来，袁承志劈打抓拿，提起来一个个都掷了出去，有的刚奔进来就给踢出，片刻之间，打得十二名锦衣卫和内廷侍卫昏天黑地，飞也似的逃走了。袁承志撕下布条，塞入安剑清耳中，又从死人身上扯下两件衣服，在他头上包了几层，教他听不见半点声息，瞧不见一点光亮，然后扯去蒙在自己脸上的破布，向五人中当先那人笑道："大哥，你好。闯王好么？"

那人一呆，随即哈哈大笑，拉着他手连连摇晃。原来这人正是李闯王手下大将、袁承志跟他结为义兄弟的李岩，其余四人是他卫士。

袁承志无意中连救两位故人，十分欢喜，转头对安大娘道："安婶婶，你还记得我么？"这时离袁承志在安大娘家避难已有多年，他从一个小小孩童长大成人，安大娘哪里还认得出？

袁承志从内衣袋里摸出当日安大娘所赠的金丝小镯，说道："我天天带在身边。"安大娘猛然想起，拉他凑近烛光看时，果见他左眉上淡淡的有个刀疤，又惊又喜，道："啊，孩子，你长得这么高啦，又学了这一身俊功夫。"袁承志道："我在浙江见到小慧妹妹，她也长高啦！"安大娘道："不知不觉，孩子们都大了，过得真快。"向躺在地下的丈夫瞧了一眼，叹了口气，喟然道："想不到还是你这孩子来救我。"

李岩不知他们曾有一段故旧之情，听安大娘满口叫他"孩子，孩子"的，只道两人是亲戚，笑道："今日之事好险。我奉闯王之命，到河北来约几人相见。锦衣卫的消息也真灵，竟会得到风声，在这里埋伏。"承志问道："大哥，你朋友快来了吗？"

李岩尚未回答，远处已闻蹄声，笑道："这不是么？"从人开门出去,不久迎了三人进来。这三人一个田见秀,一个刘芳亮,都是当年在圣峰嶂会上见过的。他二人已不识袁承志,袁承志却还记得他们相貌。另一个姓侯,名叫侯飞文,却曾在泰山大会中见过。三人与李岩招呼后,侯飞文向袁承志恭敬行礼,说道:"盟主,你好!"

李岩与安大娘都道:"你们本来相识?"侯飞文道:"袁盟主是七省总盟主,众兄弟齐奉号令。"李岩喜道:"啊,我忙着在河南办事,东路的讯息竟都隔绝了。原来出了这样一件大事,可喜,可贺。"袁承志道:"这还是上个月的事,承好朋友们瞧得起,给了这样一个称呼,其实兄弟哪里担当得起?"侯飞文道:"盟主武功好,见识高,那是不必说了,单是这份仁义,武林中哪一个不佩服?青州这一战,咱们'金蛇王'营大大露脸,全仗袁盟主带头。"

李岩喜道:"那好极了。"当下传达了闯王的号令。原来李自成在河南南阳、汝州大破兵部尚书孙传庭所统官兵十余万,进迫潼关,命李岩秘密前来河北,联络群豪响应。

侯飞文道:"盟主你说怎么办?"袁承志道:"闯王义举,天下豪杰自然闻风齐起。小弟便发出讯去。咱们七省好汉,要轰轰烈烈的大干一场!"六人说得慷慨激昂,眉飞色舞。袁承志说起在直鲁边境马谷山一带驻有三营队伍,有六七千人马,是自己部属。李岩大喜,说道:"我也听到了'金蛇营'的名声,却打听不到'金蛇王'的姓名,原来便是你贤弟。我去禀明闯王,这三个营归你指挥。咱们的兵力可更大了。"

李岩又道:"官军腐败已极,义兵一到,那是摧枯拉朽,势如破竹,只是眼前却有个难题。"袁承志道:"什么?"李岩道:"刚才接到急报,说有十尊西洋红夷大炮,要运到潼关去给孙传庭。孙老儿大败之余,士无斗志,已不足为患。只不过红夷大炮威力非同小可,一炮轰将出来,立时杀伤数十人,倒是件隐忧。"

袁承志道:"这十尊大炮小弟在道上见过,确是神态可畏,想来威力非常,难道不是运去山海关打满洲人的么?"李岩道:"这些大炮万里迢迢的运来,听说本是要去山海关防御满洲兵的。但闯王节节得胜,朝廷便改变了主意,十尊大炮已折而向西,首途赴潼关去了。"袁承志皱眉道:"皇帝镇压百姓,重于抵御外敌。大哥,你说怎么办?"李岩道:"大炮一到潼关,咱们攻关之时,势必以血肉之躯抵挡火炮利器,虽然不一定落败,但损折必多……"袁承志道:"因此咱们要在半路上截他下来。"

李岩抚掌大喜道:"要偏劳兄弟立此大功。"袁承志沉吟道:"洋兵火器挺厉害,兄弟已见识过,要夺大炮,须另出计谋,能否成事,实在难说。不过这事有关天下气运,小弟必当尽力,若能仰仗闯王神威,一举成功,那是万民之福。"

众人又谈了一会军旅之事,袁承志问起李岩的夫人。李岩道:"她在河南,平时也常常说起你。"安大娘插口道:"李将军的夫人真是女中英豪。喂,孩子,你有了意中人吗?"袁承志想起青青,脸上一红,微笑不答。安大娘叹道:"似你这般人才,不知谁家姑娘有福气,唉!"忽然想起小慧:"小慧跟他小时是患难旧侣。他如能做我女婿,小慧真终身有托。但她偏跟那傻里傻气的崔希敏好,那也是各有各的缘法了。"

田、刘、侯三人听他们谈到私事,插不进口,就站起告辞。侯飞文道:"盟主,明儿一早,我带领手下兄弟前来听令。"袁承志道:"好!"侯飞文问了相会地点,三人辞出。

李岩与袁承志坐了下来,剪烛长谈天下大势,越说越情投意合。袁承志于国事兴衰,世局变幻,所知甚浅,听着李岩的谈论,每一句话都令他有茅塞顿开之感。直到东方大白,金鸡三唱,两人兴犹未已。回顾安大娘,只见她以手支头,兀自瞧着躺在地下的丈夫默默出神。

李岩低声叫道:"安大娘!"安大娘抬起了头。李岩道:"这人怎么处置?"安大娘心乱如麻,摇头不答。李岩知她难以决断,也就不再理会,对袁承志道:"兄弟,你我就此别过。"袁承志道:"我送大哥一程。"

两人和安大娘别过,携手出屋,并肩而行。李岩的卫士远远跟随。两人一路说话,走出了七八里路。李岩道:"兄弟,你回去吧。"袁承志和他意气相投,恋恋不舍。李岩道:"兄弟,闯王大业告成之后,我和你隐居山林,饮酒为乐,今后的日子长着呢。"袁承志喜道:"若能如此,实慰生平之愿。"二人洒泪而别。

袁承志眼望义兄上马绝尘而去,这才回归客店。见侯飞文已带了数十名精壮汉子在店中等候,把大厅和几个院子都挤得满满的。青青、哑巴、洪胜海等人却已不见。阿九和一众从人见了这许多粗豪大汉,竟不动声色,耽在房中不出。袁承志对侯飞文道:"侯大哥,你带领几位弟兄向西南查探,看那队西洋兵带的大炮是向北来呢,还是折向西方。查明之后,请速回报。"侯飞文应了,挑了三名同伴,出店上马而去。

侯飞文刚走,沙天广和程青竹两人奔进店来,见了袁承志,喜道:"啊,袁相公回来了。"袁承志未及答话,又见青青、哑巴、洪胜海闯进厅来。青青一头秀发给风吹得散乱,脸颊晕红,见了袁承志,登时喜上眉梢,道:"怎么这时候才回来?"袁承志才知大家不放心,分头出去接应自己,当下说了昨晚之事。

青青低下了头,一语不发。袁承志见她神色不对,把她拉在一旁,轻声道:"是我让你耽心了。"青青一扭身子,别开了头。承志知她生气,搭讪道:"可惜你没有见到我那位李大哥。青弟,他也算是你哥哥啊。"青青虽是女子,但承志叫顺了口,一直仍叫她青弟。青青道:"哥哥没良心,要哥哥来做什么?"承志道:"真是对不起,下次一定不再让你耽心啦。"青青道:"下次自有别人来给你耽心,要我耽心干么?"承志奇道:"咦,谁啊?"青青嘟起嘴道:"那个阿九啊,她不住问你哪里去了,关心得不得了。"一顿足,回自己房去了。

等到中午,不见她出来吃饭,袁承志叫店伙把饭菜送到她房里去,等吃过饭后,再去赔罪就是,适才见她慌乱忧急之状,此时回想,心下着实感动。哪知店伙把饭菜捧了回来,说道:"姑娘不在屋里!"袁承志一惊,忙撇下筷子,奔到青青房里,只见人固不在,连兵刃衣囊也都带走了。他心中着急,寻思:"这一负气而去,却到哪里去了?她常常惹事闯祸,好教人放心不下。只是现下大事在身,不能亲自去寻。"于是派洪胜海出去探访,吩咐见到了,好歹要劝姑娘回来。

等到傍晚,侯飞文骑着快马回来,一进门就道:"洋兵队伍果然折而向西,咱们快追。"袁承志当即站起,命哑巴在店中留守铁箱,自己率领程、沙、胡、铁四人以及侯飞文等河北群豪,连夜向西南赶去,估量大炮沉重,难以快行,必可追上。

到第三日清晨,袁承志等穿过一个小镇,只见十尊大炮排在一家酒楼之外,每尊炮旁有六名洋兵执枪守卫。众人大喜,相视而笑。

铁罗汉叫道:"肚子饿啦,肚子饿啦!"袁承志道:"好,我们再去会会那两个洋官。"

众人直上酒楼,铁罗汉走在头里,一上楼就惊叫一声。只见几名洋兵手持洋枪,对准了青青,手指扳住枪机。一旁坐着那两个西洋军官彼得、雷蒙和那西洋女子若克琳。

雷蒙见众人上来,叽哩咕噜的叫了几声,又有几名洋兵举起了枪对着他们,大声呼喝。袁承志急中生智,提起一张桌子,猛向众洋兵掷去,跟着飞身而前,在青青肩头按落,两人蹲低身子,一阵烟雾过去,众枪齐发,铅子都打在桌面上。

袁承志怕火器厉害,叫道:"大家下楼。"拉着青青,与众人都从窗口跳了下楼。

雷蒙大怒,掏出短枪向下轰击。铁罗汉"啊哟"一声,屁股上给铅子打中,摔倒在地。沙天广连忙扶起。各人上马向南奔驰。那时西洋火器使用不便,放了一枪,须得再装火药铅子,众洋兵一枪不中,再上火药追击时,众人早去得远了。

袁承志和青青同乘一骑,一面奔驰,一面问道:"干么跟洋兵吵了起来?"青青道:"谁知道啊?"袁承志见她神色忸怩,料知别有隐情,微微一笑,也就不问了。这三日来日夜记挂,此刻重逢,欢喜无限。

驰出二十余里,到了一处市镇,众人下马打尖。胡桂南用小刀把铁罗汉肉里的铅子剜了出来。铁罗汉痛得乱叫乱骂。

青青把袁承志拉到西首一张桌旁坐了,低声道:"谁叫她打扮得妖里妖气的,手臂也露了出来,真不怕丑!"袁承志摸不着头脑,问道:"谁啊?"青青道:"那个西洋国女人。"袁承志道:"这又碍你事了?"青青笑道:"我看不惯,用两枚铜钱把她的耳环打烂了。"袁承志不觉好笑,道:"唉,你真胡闹,后来怎样?"青青笑道:"那个比剑输了给我的洋官就叫洋兵用枪对着我。我不懂他话,料想又要和我比剑呢,心想比就比吧,难道还怕了你? 正在这时候,你们就来啦!"袁承志道:"你又为什么独自走了?"

青青本来言笑晏晏,一听这话,俏脸一沉,说道:"哼,你还要问我呢,自己做的事不知道?"袁承志道:"真的不知道啊,到底什么事得罪你了?"青青道:"你半夜不回店,定是去会那个美女阿九去了。

前晚一个晚上,你们在哪里幽会啊?"承志道:"幽你个头!"青青挥掌打他,承志抓住她手,在她手背轻轻一吻。青青一笑,挣脱了手。承志笑道:"那晚倒是真跟一个女人在一起。不过她大概跟阿九的婆婆年纪差不多。"青青忙问:"是谁?"承志道:"我跟安婶婶在一起,就是那个安小慧的妈妈,不过小慧不在。"青青笑道:"没用的家伙!美女不瞅你,就去找个老太婆。"

袁承志知道如再述说安大娘之事,青青仍会不高兴,于是换了话题,说道:"洋兵火器厉害,你看用什么法子,才能抢他们的大炮到手?"青青嗔道:"谁跟你说这个。"承志道:"好,我跟沙天广他们商量去。"站起身要走,青青一把抓住他衣角,道:"不许你走,话没说完呢。"

承志笑笑,又坐了下来。隔了一会,青青问道:"你那小慧妹妹呢?"承志道:"那天分手后还没见过,不知道她在哪里?"青青道:"你跟她妈说了一夜话,舍不得分开,定是不住口的讲她了。"袁承志恍然大悟,原来她生气为的是这个,于是诚诚恳恳的道:"青弟,我对你的心,难道你还不明白吗?"青青双颊晕红,转过了头。

袁承志又道:"我以后永远不会离开你的,你放心好啦!"青青道:"那为什么你见到那个阿九,两个人都情脉脉的,你瞧着她,她瞧着你,恨不得永不分离才好?你爱瞧她,因为她美,我也爱瞧,倒不怪你。那她干么老是瞧你啊,你挺英俊么?"承志道:"哪有这事,你瞎冤枉人。"青青低声道:"怎么你……跟你那小慧妹妹……又这样好?"承志道:"我幼小之时,她妈妈待我很好,就当我是她儿子一般,我自然感激。再说,你不见她跟我那个师侄很要好么?"青青嘴一扁,道:"你说那姓崔的小子?他又傻又没本事,生得又难看,她为什么喜欢?"承志笑道:"青菜萝卜,各人所爱。我这姓袁的小子又傻又没本事,生得又难看,你怎么却喜欢我呢?"青青嗤的一声笑,啐道:"呸,不害臊,谁喜欢你呀?"

经过这一场小小风波,两人言归于好。

承志道:"吃饭去吧!"青青道:"我还问你一句话,你说阿九那小姑娘美不美?"承志道:"她美不美,跟我有甚相干?这人行踪诡秘,咱们倒要小心着。"心想她率领大批内廷侍卫,不知是什么来头,若非皇亲贵戚,便是高官贵宦的眷属,不禁暗自惆怅,心中隐隐难过。

青青点点头,两人重又到众人的桌边入座,和沙天广、程青竹等商议如何劫夺大炮。

胡桂南道:"今晚让小弟去探探,乘机偷几枝枪来。今天拿几枝,明天拿几枝,慢慢把洋枪偷完,就不怕他们了。"袁承志道:"此计大妙,我跟你同去瞧瞧。"沙天广道:"盟主何必亲自出马?待小弟去好了。"

袁承志道:"我想瞧明白火器的用法,火枪偷到手,就可用洋枪来打洋兵。"众人点头称是。青青笑道:"他还想偷瞧一下那个西洋美人儿。"众人哈哈大笑。

当日下午,袁承志与胡桂南乘马折回,远远跟着洋兵大队,眼见他们在客店中投宿,候到三更时分,越墙进了客店。一下屋,就听得兵刃撞击之声,锵锵不绝,从一间房中传出来。两人伏在窗外,从窗缝中向内张望,只见那两个西洋军官各挺长剑,正在激斗。

袁承志万想不到这两人竟会同室操戈,甚觉奇怪,当下静伏观战。看了数十招,见雷蒙攻势凌厉,剑法锋锐,彼得却冷静异常,虽然一味招架退守,但只要一出手还击,那便招招狠辣。袁承志知道时间一久,那年长军官必定落败。

果然斗到分际,彼得回剑向左击刺,乘对方剑身晃动,突然反剑直刺。雷蒙忙收剑回挡,剑身歪了。彼得自下向上急撩,雷蒙长剑登时脱手。彼得抢上踏住敌剑,手中剑尖指着对方胸膛,叽叽咕咕的说了几句话。雷蒙气得身子发颤,喃喃咒骂。彼得把地下长剑拾起,放在桌上,转身开门出去。雷蒙提剑在室中横砍直劈,不住骂人,忽然停手,脸有喜色,开门出去拿了一柄铁铲,在地下挖掘起来。

袁承志和胡桂南倒想看个究竟,看他要埋藏什么东西,只见他掘了好一阵,挖了个径长两尺的洞穴,挖出来的泥土都掷到了床下,挖了两尺来深,就住手不挖,撕下块被单罩在洞上,先在四周用泥土按实,然后在被单上铺了薄薄一层泥土。他冷笑几声,开门出室。袁承志和胡桂南心中老大纳闷,不知他在使什么西洋妖法。

过了一会,雷蒙又进室来,彼得跟在后面。只见雷蒙声色俱厉的说话,彼得只是摇头。突然间啪的一声,雷蒙伸手打了他一记耳光。彼得大怒,拔剑出鞘,两人又斗了起来。雷蒙不住移动脚步,慢慢把彼得引向坑边。

袁承志这才恍然,原来此人明打不赢,便暗设陷阱,他既如此处心积虑,那是非杀对方不可了。袁承志对这两人本无好恶,但见雷蒙使奸,不觉激动了侠义之心。只见雷蒙数剑直刺,都为彼得架住。彼得挺剑反攻,雷蒙退了两步。彼得右脚抢进,已踏上陷阱,"啊"的一声大叫,向前摔跌,雷蒙回剑指住他背心。袁承志早已有备,急推窗格,飞身跃进,金蛇剑递出,剑头蛇舌钩住雷蒙的剑身向后拉扯。彼得得脱大难,立即跃起,右脚却已扭脱了臼。

雷蒙功败垂成,又惊又怒,挺剑向袁承志刺来。袁承志一声冷笑,金蛇宝剑左右晃动,只听铮铮铮之声不绝,雷蒙的剑身给金蛇剑半寸半寸的削下,片刻之间,已削剩短短一截。雷蒙正自发呆,袁承志抢上去拿住他手腕,顺手提起,头下脚上,掷入了他自己所掘的陷坑之中,哈哈大笑,跃出窗去。

胡桂南从后跟来,笑道:"袁相公,你瞧。"双手提起,拿着三把短枪。袁承志奇道:"哪里来的?"胡桂南向窗里指指。原来袁承志出手救人之时,胡桂南跟着进来,忙乱中乘机将两个西洋军官三把短枪都偷了来。袁承志笑道:"真不愧圣手神偷。"

两人赶回和众人相会。青青拿着一把短枪玩弄,无意中在枪扣上一扳,只听得轰的一声,烟雾弥漫。沙天广坐在她对面,幸而身手敏捷,急忙缩头,一顶头巾打了下来,炙得满脸都是火药灰。青青大惊,连声道歉。沙天广伸伸舌头,道:"好厉害!"

众人把另外两把短枪拿来细看,见枪膛中装着火药铅丸。程青竹道:"火药本是中国物事。咱们用来打猎、放烟花、做鞭炮,西洋人学到之后却拿来杀人。这队洋兵有一百多人,一百多枝枪放将起来,可不是玩的。"各人均觉火器厉害,不能以武功与之对敌,一时默然无语,沉思对策。

胡桂南道:"袁相公,我有个上不得台盘的鬼计,不知行不行?"铁罗汉笑道:"谅你也不会有什么正经主意。"袁承志道:"胡大哥且说来听听。"胡桂南笑着说了。青青首先拍手赞好。沙天广等也都说妙计。袁承志仔细推想,颇觉此计可行,于是下令分头布置。

那西洋女子若克琳的父亲本是澳门葡萄牙国大官,于年前逝世。她这次要搭乘运送大炮的海船回归本国,因此随同送炮军队北上,再赴天津上船。彼得是她父亲的部属,与若克琳相爱已久。雷蒙来自葡国本土,见到美人,便想横刀夺爱。他虽官阶较高,自负风流,却无从插手,老羞成怒之余,便向情敌挑战,比剑时操之过急,反致失手,而行使诡计,又给袁承志突来闯破。彼得以他是上司,不敢怎样,只有加紧提防。

这日来到一处大村庄万公村,在村中"万氏宗祠"歇宿。睡到半夜,忽听得人声喧哗,放哨的洋兵奔进来说村中失火。雷蒙与彼得急忙起来,见火头已烧得甚近,忙命众兵将火药桶搬出祠堂,放于空地。忙乱中见众乡民提了水桶救火,数十名大汉闯进祠堂,到处泼水。雷蒙喝问原因。众乡民对传译钱通四道:"这是我们祖先的祠堂,先泼上水,免得火头延烧过来。"雷蒙觉得有理,也就不加干涉。哪知众乡民信手乱泼,一桶桶水尽往火药上倒去。洋兵拿起枪杆赶打,赶开一个又来一个,不到一顿饭功夫,祠堂内外一片汪洋,火药桶和大炮、枪枝,无一不是淋得湿透,火势却渐渐熄了。

乱到黎明,雷蒙和彼得见乡民举动有异,火药全都淋湿,枪枝又少了许多,心想这地方有点邪门,还是及早离去为妙,正要下令开拔,一名小军官来报,拖炮拉车的牲口昨晚在混乱中尽数逃光了。雷蒙举起马鞭乱打,骂他不小心,命钱通四带洋兵到村中征集。不料村子虽大,却一头牲口也没有,想是得到风声,把牲口都藏了起来。

这一来就无法起行,雷蒙命彼得带了钱通四,到前面市镇去调集牲口。

雷蒙督率士兵,打开火药桶,把火药倒出来晒。晒到傍晚,火药已干,众兵正要收入桶中,突然民房中抛出数十根火把,投入火药堆中,登时烈焰冲天。众洋兵吓得魂飞天外,纷纷奔逃,乱成一团。雷蒙连声下令,约束士兵,往民房放射排枪。烟雾弥漫中只见数十名大汉窜入林中不见了。雷蒙检点火药,已烧去了十之八九,枪枝也失了大半,十分懊丧。等到第三日下午,彼得才征了数十匹骡马来拖拉大炮。

在路上行了四五日,这天来到一条山峡险道,眼见是极陡的下山路,雷蒙与彼得指挥士兵,每一尊大炮由十名士兵用巨索在后拖住,以防山路过陡,大炮堕跌。山路越走越险,众人正自提心吊胆,全力拖住大炮，突然山凹里飕飕之声大作，数十枝羽箭射了出来。

十多名洋兵立时中箭，另有十多枝箭射在骡马身上。牲口受痛，向下急奔，众洋兵哪里拉扯得住？十尊大炮每一尊都重达千余斤，下堕之势非同小可。加之路上又突然出现陷坑，许多骡马跌入坑里。只听得轰隆之声大作，最后两尊大炮忽然倒转，一路筋斗翻了下去。数名洋兵给压成了肉酱。前面的八尊大炮立时均受推动。

众兵顾不得抵挡来袭敌人，忙向两旁乱窜。有的无路可走，见大炮滚下来的声势险恶，踊身跳避，跌入了峡谷。十尊大炮翻翻滚滚，向下直冲，越来越快。骡马在前疾驰，不久就给大炮赶上，压得血肉横飞。过了一阵，巨响震耳欲聋，十尊大炮都跌入深谷去了。

雷蒙和彼得惊魂甫定，回顾若克琳时，见她已吓得晕了过去。两人救起了她，指挥士兵伏下抵敌。敌人早在坡上挖了深坑，用山泥筑成挡壁，火枪射去，伤不到一根毫毛，羽箭却不住飕飕射来。战了两个多时辰，洋兵始终不能突围。

雷蒙道："咱们火药不够用了，只得硬冲。"彼得道："叫钱通四去问问，这些土匪到底要什么。"雷蒙怒道："跟土匪有什么说的？你不敢去，我来冲。"彼得道："土匪弓箭厉害，何必逞无谓的勇敢？"雷蒙望了若克琳一眼，恶狠狠的吐了口唾沫，骂道："懦夫，懦夫！"彼得气得面色苍白，低声道："等打退了土匪，叫你知道无礼的代价。"

雷蒙一跃而起，叫道："是好汉跟我来！"彼得叫道："雷蒙上校，你想寻死么？"众洋兵知道出去就是送死，谁肯跟他乱冲？雷蒙仗剑大呼，奔不数步，一箭射来，穿胸而死。

彼得与众洋兵缩在山沟里，仗着火器锐利，敌人不敢逼近，僵持了一日一夜，只盼官兵来救。但其时官场腐败异常，若是调兵遣将，公文来往，又要请示，又要商议，不耗到十天半月，决不能调派一兵一卒。

守到第二日傍晚，众兵饿得头昏眼花，只得竖起了白旗。钱通四高声大叫："我们投降了，洋大人说投降了！"山坡上一人叫道："把火枪都抛出来。"彼得道："不能缴枪。"敌人并不理会，也不再攻。过了一会，忽然一阵肉香酒香，随风飘了过来。众洋兵已一日两夜没吃东西，这时哪里还抵受得住？纷纷抛出火枪，奔出沟来。彼得见大势已去，只得下令弃械投降。众兵把火枪堆在一起，大叫大嚷要吃东西。

只听得两边山坡上号角声响，土坑中站起数百名大汉，弯弓搭箭，对住了众洋兵。几个人缓步过来，走到临近，彼得看得清楚，当先一人便是那晚救了自己性命的少年。他身旁那人正是曾给雷蒙击落头巾的少女。若克琳叫道："啊，就是这批有魔法的人！"彼得拔出佩剑，走上几步，双手横捧，交给袁承志，意示投降，心想此人于己有恩，输在他手下也还值得。

袁承志先是一楞，随即领悟这是服输投降之意，于是摇了摇手，对钱通四道："你对他说，他们洋兵带大炮来，如是帮助中国守卫国土，抵抗外敌，那么我们很是感谢，当他们是好朋友。"钱通四照他的话译了。彼得连连点头，伸出手来和袁承志握了握。

袁承志又道："但你们到潼关去，是帮皇帝杀我们百姓，这个我们就不许了。"彼得道："是去打中国百姓么？我完全不知道。"袁承志见他脸色诚恳，相信不是假话，又道："全中国的百姓很苦，没饭吃，要饿死。只盼有人领他们打掉皇帝，脱离苦海。皇帝怕了，叫你们用大炮去轰死百姓。"彼得道："我也是穷人出身，知道穷人的苦处。我这就回本国去了。"袁承志道："那很好，你把兵都带走吧。"

彼得下令集队。袁承志命部下拿出酒肉，让洋兵饱餐了一顿。彼得向袁承志举手致敬，领队上坡。袁承志叫道："干么不把火枪带走？"钱通四译了。彼得奇道："那是你的战利品。你放我们走，不要我们用钱来赎身，我们已很感谢你的宽洪大量了。"

袁承志笑道："你已失了大炮，再不把枪带走，只怕回去长官责罚更重。拿去吧。"彼得道："你不怕我们开枪打你们么？"袁承志哈哈笑道："大丈夫一言既出，驷马难追。我们中国人讲究言而有信，既当你是朋友，哪有疑心！"彼得连声道谢，命士兵取了火枪，列队而去。他一路上坡，越想越感佩，命众兵坐下休息，和钱通四两人又赶回来，从怀里取出一个布包，对袁承志道："阁下如此豪杰，我有一件东西相赠。"钱通四译成了华语。

袁承志打开布包看时，见是一张折叠着的厚纸，摊了开来，原来是幅地图，图中所绘的似是大海中的一座岛屿，图上注了许多弯弯曲曲的文字。

彼得道："这是南方海上的一座大岛。岛上气候温暖，物产丰富,真如天堂一样。我航海时到过那里。"袁承志问道:"你给我这图是什么意思?"彼得道:"你们在这里很辛苦,不如带了中国没饭吃的受苦百姓,都到那岛上去。"

袁承志暗暗好笑,心道:"你这外国人心地倒好,只不过不知我们中国有多大,亿万之众,凭你再大的岛也居住不下。"问道:"这岛上没人住么?"彼得道:"有时有西班牙的海盗,有时没有。你们这样的英雄好汉,也不会怕那些该死的西班牙海盗。"袁承志见他一片诚意,就道了谢,收起地图。彼得作别而去。

钱通四转过身子,正要随同上山,青青忽地伸手,扯住他的耳朵,喝道:"下次再见你作威作福,欺侮同胞,小心你的狗命!"钱通四耳上剧痛,连说:"小人不敢!"他口中少了许多牙齿,说话漏风,倒似说:"小人颇敢!"

袁承志指挥众人,爬到深谷底下去察看大炮,见十尊巨炮互相碰撞,都已毁得不成模样,无法再用,于是掘土盖上。袁承志见大功告成,与侯飞文等群豪欢聚半日,痛饮一场,这才分手。次日会齐了哑巴、洪胜海等人,带了铁箱,向京师进发。

这一役胡桂南厥功最伟,弄湿火药、掘坑陷炮等巧计都是他想出来的。众人一路上对他不断称扬,再也不敢轻视他是小偷出身。

袁部三营初出茅庐,便建奇勋,"金蛇营"的名声大振。其后闯军进攻潼关,明朝兵部尚书督师孙传庭战死,麾下大将高杰弃关逃赴西安,闯军攻破潼关,得西安,再取北京,袁部毁炮挫敌之功甚巨。

此去一路之上,但见焦土残垣,野犬食尸,尽是清兵烧杀劫掠的遗迹,群雄看得尽皆心头火起。沙天广道:"可惜那日没杀了鞑子兵的元帅阿巴泰。盟主,咱们赶上去刺杀他如何?"青青首先便鼓掌叫好。袁承志沉吟不答。青青道:"去杀了鞑子兵元帅有甚不好?也免得孙仲寿叔叔老是埋怨。"袁承志道:"要刺杀鞑子的头子,杀得越大越好,咱们索性便去刺杀满清的皇帝皇太极。"众人一怔,随即齐声欢呼。

袁承志详细询问洪胜海,满清的京城如何防卫,如何方能混入皇宫。洪胜海道:"满清的京城在沈阳,现今叫作盛京,那盛京规模简陋,可万万及不上北京了。小人先前在睿亲王多尔衮手下当差,有块腰牌,可以直进睿亲王府,皇宫却没进去过。"袁承志道:"咱们这就去盛京,到了之后相机行事。"

一行人先到北京顺天府,租到住所后将铁箱埋入地下,由程青竹率领青竹帮的几名得力头目留守,承志等出京向北进发,出山海关后,不一日到了盛京。

众人在一家小客店中歇了,商议混进宫中之策。洪胜海道:"相公,依小人之见,请你委屈一下,扮作小人的伙伴,先去见多尔衮。他是鞑子皇帝的亲弟弟,在各位王爷中最得宠信,权力最大。咱们或能凭着他带进宫去。"袁承志道:"多尔衮派你送信给司礼太监曹化淳,你又怎地回报?"洪胜海道:"小人只说曹化淳还没能见到,但在北京打探到了机密军情,因此先行回报。"袁承志道:"什么机密军情?"洪胜海道:"小人胡说八道一番,说是明朝皇帝已向西洋国借兵,借来几百门大炮,数千洋枪队,日内就来攻打满洲。"

袁承志喜道:"此计大妙,多尔衮听了,定要去禀报鞑子皇帝。"于是向青青要了那枝洋枪,对洪胜海道:"你说我是西洋兵的通译钱通四,因此得悉内情。"

青青大笑,说道:"承志哥哥,你什么人不扮,却去扮那个狗通译钱通四,我打掉你满嘴牙齿再说!"说着举起右手,假意向袁承志嘴上打去。袁承志张口便咬,青青忙缩手不迭。袁承志叽哩咕噜的说了几句冒充西洋话,众人尽皆大笑。

当日午后,袁承志随同洪胜海,去睿亲王府求见王爷。多尔衮随即传见。袁承志见那多尔衮三十一二岁年纪,身形高瘦,一脸精悍之气。洪胜海跟他说了一阵满洲话,多尔衮果然神色大变,随即以汉语询问袁承志。袁承志取出洋枪,放在桌上,将先前与洪胜海商量好的言语说了。多尔衮沉吟良久,说道:"你们报讯有功,我有重赏。这就下去吧。明日再来伺候,听取吩咐。"两人无奈,只得磕头退出。

袁承志无缘无故向鞑子王爷磕了几个头,却见不到皇太极,回到客店,老大发闷。寻思一会,要洪胜海带到皇宫外去察看了一番,决意晚间径行入宫行刺。

他想此举不论成败,次日城中必定大索,捉拿刺客,于是要各人先行出城,约定明日午间在城南二十里处一座破庙中相会。各人自知武功与他相差太远,多一人非但帮不了忙,反而成为累赘,单是他一人,脱身便容易得多,俱各遵命,都力劝他务须小心。

青青出门时向袁承志凝望片刻,低声道:"承志哥哥,鞑子皇帝刺得到果然好,刺不到也就罢了,你自己可千万要保重。你知道,在我心中,一百个鞑子皇帝也及不上你一根头发,我若是从此再也见不到你……"说到这里,眼圈儿登时红了。

袁承志要让她宽怀,伸手拔下头上一根头发,笑道:"我送一百个鞑子皇帝给你。"说时将头发递将过去。青青噗哧一笑,眼泪却掉了下来。

袁承志等到初更时分,携了金蛇剑与金蛇锥,来到宫墙外。眼见宫外守卫严密,悄步绕到一株大树后躲起,待卫士巡过,轻轻跃入宫墙。眼见殿阁处处,却不知皇太极居于何处,一时大费踌躇,心想只有抓到一名卫士或太监来逼问。

他放轻脚步,走了小半个时辰,不见丝毫端倪,心道:"这件事艰难万分,怎比得当日大功坊中夜探?务须沉住了气,今晚不成,明晚再来,纵然须花一两个月时光,那也不妨。"既这么想,走得更加慢了,绕过一条回廊,忽见花丛中灯光闪动,忙缩身在假山之后,过不多时,只见四名太监提了宫灯,引着三名官员过来。他眼见人多,倘若抢出擒人,势必惊动,只要一声张,皇帝有备,便行刺不成了,当下蹑足在后跟随,只见那七人走向一座大殿,进殿去了。殿外匾额写着"崇政殿"三字,旁边有行弯弯曲曲的满文。

袁承志绕到殿后,伏身在地,见殿周四五十名卫士执刀守御,心中一喜:"此处守卫森严,莫非鞑子皇帝便在殿中?"在地下慢慢爬近,拾起一块石子,投入花丛。四名卫士闻声过去查看,其余侍卫也均注视。袁承志展开轻功,已抢到墙边,使出"壁虎游墙功"沿墙而上,顷刻间到了殿顶,伏在屋脊侧面,倾听四下无声,自己踪迹未让发见,轻轻推开殿顶的几块琉璃瓦,从缝隙中往下瞧去。见满殿灯烛辉煌,那三名官员正跪在地下,行的是三跪九叩大礼,袁承志大喜:"果然是在参见皇帝。"

只听得最前的一名花白胡子的老官说道:"臣范文程见驾。"其次一名身材魁梧的官员道:"臣宁完我见驾。"最后一名官员脸容尖削,说道:"臣鲍承先见驾。"袁承志心道:"这三个官儿都是汉人,却投降了鞑子,都是汉奸,待会顺手一个一剑。"又想:"他们跟鞑子皇帝怎地又都说汉话?"

缓缓移身向南,从缝隙中向北瞧去,只见龙座上一人方面大耳,双目炯炯有神,唇留微髭,约莫五十来岁年纪,料想便是父亲当年的大敌皇太极。寻思:"从此发射金蛇锥,当可取他性命,只是隔得远了,并无十足把握,倘若侍卫之中有高手在内,别要给挡格开去,还是跳下去一剑割了他首级的为是。"

只听皇太极道:"南朝军情这几天怎么样?今日接到阿巴泰禀报,说先前在山东青州、泰安之间中伏,打了个大败仗,难道明军居然还这么能打?你们可知青州、泰安这一带的统兵官是谁?"袁承志心想:"原来他们正在说我们打的这场胜仗,倒要听听他们说些什么?"

宁完我道:"启禀皇上,臣已详细查过。明军带兵的总兵官姓水,名叫水鉴,武艺了得。其实真正打仗的是李自成手下的一批亡命之徒,叫作什么'金蛇营',那水总兵倒给他收服投降了。"皇太极"哦"了一声,道:"他降了反贼,那太可惜。你们去仔细查明,能不能设法要他降我大清,瞧他是贪财呢,还是爱美色。此人能打败阿巴泰,那是个人才,咱们决不能轻易放过了。"三名官员齐声道:"皇上圣明英断,那水鉴若肯降顺,是他的福气。"

皇太极叹了口气,说道:"咱们当年使反间计杀了袁崇焕,朕事后想来,常觉十分可惜……"袁承志听他提到自己父亲的名字,耳中嗡的一声,全身发热,心道:"他们使反间计,使反间计!我爹爹果然是他害的。这人是害死我爹爹的大仇人!"只听皇太极续道:"倘若袁崇焕能为朕用,南朝的江山这时候多半早已是大清的了。"袁承志暗暗呸的一声,心中骂道:"狗鞑子打的好如意算盘!我爹爹忠肝义胆,岂能降你?"

皇太极又道:"只是袁崇焕为人愚忠,不识大势,谅来也是不肯投降的。"又叹了口气,问道:"洪承畴近来怎样?"袁承志知道父亲当年曾任蓟辽总督,后来洪承畴也做蓟辽总督,崇祯皇帝委以兵马大权,兵败被擒,降了满清。洪承畴失陷之初,崇祯还以为他已殉国,曾亲自隆重祭祀。后来得知降清,天下都笑崇祯无知人之明。

范文程道："启奏皇上，洪承畴已将南朝的实情什么都说了。他说崇祯刚愎自用，举措失当，信用奸佞，杀害忠良，四方流寇大起。我大清大军正可乘机进关，解民倒悬。"皇太极摇头道："崇祯的性子，他说得一点儿也不错。但我兵进关却还不是时候。这时候进关，并无必胜把握。总须让明兵再跟流寇打下去，双方精疲力尽，两败俱伤，大清便可收那渔翁之利，一举而得天下。你们汉人叫做下庄刺虎之计，是不是？"三臣齐道："是，是，皇上圣明。"

袁承志暗暗心惊："这鞑子皇帝当真厉害，崇祯和他相比可天差地远了。我非杀他不可，此人不除，我大汉江山不稳。就算闯王得了天下，只怕……只怕……"隐隐觉得此人目光远大，统观全局，想得通透，稳扎稳打，半点也不急躁，闯王的才具与他相较，似乎也颇有不及，又想："这皇帝的汉语可也说得流利得很。他还读过中国书，居然知道下庄刺虎的故事。"

只听皇太极道："那洪承畴还说些什么？"范文程道："洪承畴向臣露了几次口风，盼望皇上恩典，赏他个差使，他得以为皇上效犬马之劳，仰报天恩。"皇太极哈哈大笑，道："这差使吗？慢慢再说。"鲍承先道："皇上，臣愚鲁之极，心中有一事不明白，盼望皇上指点。"皇太极点点头。鲍承先道："洪承畴先前不肯归顺，皇上大赐恩宠，亲自解下身上的貂裘，披在他身上，又连日大张筵席请他，连我大清的开国功臣也从来没这般殊荣。众臣工都不明白。皇上开导说：咱们这些年来辛辛苦苦、连年征战，为的是什么？众臣工启奏道：为的是打南朝江山。皇上谕道：是啊，可是咱们不明南朝内情，好比都是瞎子，洪承畴一归顺，咱们都睁开了眼啦，那还不欢喜么？众臣工都拜服皇上圣明。这些日子来，那洪承畴将南朝各地的城守职官、民情风俗，都说得详详细细，果然尽在皇上算中。但皇上却不赏他官职封爵，众臣工可又都不明白了。"

皇太极微微一笑，说道："老鲍性子直爽，想问什么，倒也直言无忌。你们三个，虽然都是汉人，但早就跟先皇和朕办事，忠心耿耿，洪承畴怎能跟你们相比？"范文程等三人忙爬下磕头，咚咚有声，显得感激之极。袁承志暗骂："无耻，无耻！"

皇太极道："洪承畴这人，本事是有的，可是骨气就说不上了。先前我已待他太好，若再赐他高官厚禄，这人还肯出力办事吗？哼，

第十三回 挥椎博浪 毁炮挫哥舒

崇祯封他的官难道还不够大,那时他做的是什么官?"范文程道:"启奏皇上:那时他在南朝官封太子太保、兵部尚书、总督蓟辽军务,麾下统率八名总兵官,实是官大权大。"皇太极道:"照啊。我封他的官再大,也大不过崇祯封他的。要他尽心竭力办事,便不能给他官做,把他吊在那儿,叫他摇摇晃晃的摸不着边儿。"三臣齐声道:"皇上圣明。"

袁承志越想越有道理,觉得他这驾驭人才的法门实是高明之极,此刻听到这番话,宛似当年在华山绝顶初见《金蛇秘笈》,其中所述法门无不匪夷所思,虽然绝非正道,却令人不由得不服。

他呆了一阵,却听得皇太极在和范文程等商议,日后取得明朝天下之后如何治理,此时如何先为之备,倒似大明的江山已是他掌中之物一般。袁承志心下愤怒,轻轻又揭开两张琉璃瓦,看准了殿中落脚之处,却听得皇太极道:"南朝所以流寇四起,说来说去,也只一个道理,就是老百姓没饭吃。咱们得了南朝江山,第一件大事,就是要让天下百姓人人有饭吃……"袁承志心下一凛:"这话对极!"

范文程等颂扬了几句。皇太极道:"要老百姓有饭吃,你们说有什么法子?范先生,你先说说看。"他似对范文程颇为客气,称他"先生",不像对鲍承先那样呼之为"老鲍"。范文程道:"皇上未得江山,先就念念不忘于百姓,这番心意,必得上天眷顾。以臣愚见,要天下百姓都有饭吃,第一须得轻徭薄赋,决不可如崇祯那样,不断的加饷搜刮。"皇太极点头道:"咱们进关之后,须得定下规矩,世世代代,不得加赋,只要库中有余,就得下旨减免钱粮。"范文程道:"皇上如此存心,实是万民之福,臣得以投效明主,为皇上粉身碎骨,也所……也所甘愿。"说到后来,语音竟然呜咽了。

袁承志心想:"这个大汉奸,似乎确有几分爱民之心,却不知是做戏呢,还是真心。"皇太极道:"很好,很好。你们汉人骂你们是汉奸,日后你们好好为朕办事,也就是为天下百姓办事,总得狠狠的挣一口气,让千千万万百姓瞧瞧,到底是你们这些人为汉人做了好事呢,还是崇祯手下那些只知升官发财、搜刮百姓的真汉奸做了好事。老宁,你有什么条陈?"

宁完我道:"启奏皇上:我大清的满洲人少,汉人众多。皇上得了天下后,以臣愚见,须得视天下满人汉人俱是皇上子民,不可像元朝蒙古人那样,把汉人南方人当作下等百姓。只消我大清对众百姓一视同仁,汉人之中纵有倔强之徒,也成不了大事。"皇太极点头道:"此言有理。元人弓马天下无敌,可是他们在中国的江山却坐不稳,就是为了虐待汉人。这是前车什么的?"鲍承先道:"前车覆辙。"皇太极微笑道:"对了,老鲍,我读汉人的书,始终不易有什么长进。"鲍承先道:"皇上日理万机,这些汉人书里的典故,也不必太放在心上。只要懂得书里的大道理,如何治国平天下,那就够了。"皇太极点头道:"汉人的学问,不少是很好的。只不过作主子的,读书当学书里头的道理策略,不必学汉人的秀才进士那样,学什么吟诗作对……"

袁承志听了这些话,只觉句句入耳动心,浑忘了此来是要刺死此人,内心隐隐似盼多听一会,但听他四人商议如何整饬军纪,清兵入关之后,决不可残杀百姓,务须严禁劫掠。只见两名侍卫走上前来,换去御座前桌上的巨烛,烛光一明一暗之际,袁承志心想:"再不动手,更待何时?"左掌提起,猛力击落,喀喇喇一声响,殿顶已断了两根椽子,他随着瓦片泥尘,跃下殿来,右足踏上龙案,金蛇剑疾向皇太极胸口刺去。

皇太极两侧抢上四名卫士,不及拔刀,已同时挡在皇太极身前。嗤嗤两响,两名卫士已身中金蛇剑而死。皇太极身手甚是敏捷,从龙椅中急跃而起,退开两步。这时又有五六名卫士抢上拦截,宁完我与鲍承先扑向袁承志身后,各伸双手去抱。袁承志左脚反踢,砰砰两声,将宁鲍两人踢得直掼出去。便这么一缓,皇太极又退开了两步。

袁承志大急,心想今日莫要给这鞑子皇帝逃了出去,再要行刺,可就更加不易了,连发两枚金蛇锥,却都给卫士冲上挡去,作了替死鬼。袁承志金蛇剑连刺,更不理会众卫士来攻,疾向皇太极冲去。眼见距他已不过丈许,蓦地里帷幕后抢出八名武士,都是空手,同时扑到。袁承志右足弹出,砰的一响,踢飞一名,左足鸳鸯连环,跟着飞出,一名武士正在此时自左侧扑到。袁承志左脚踢中了他胸口,他双手却牢牢抓住了袁承志小腿。这武士口中鲜血狂喷,双手却死命抓住不放。这八名武士在满洲语中称为"布库",擅于摔跤擒拿,平时宫中或贝勒王公盛宴,例有角斗娱宾。皇太极接见臣下之后,临睡之前常要先看一场角斗。这八名布库武士此刻正在殿旁伺候,听得有刺客,纷纷抢上来护驾。

袁承志左足力甩,却甩不脱这武士,金蛇剑挥出,削去了他半边脑袋,但那武士双手兀自紧紧抓住袁承志小腿。忽听得身后有人喝道:"好大胆,竟敢犯驾?"说的是汉语。袁承志全不理会,左脚带着那名死武士,跨步上前去追皇太极,只跨一步,头顶风声飒然,一件兵刃袭到,劲风掠颈,有如利刃。袁承志一惊,知道敌人武功高强之极,危急中滚倒在地,一个筋斗翻出,舞剑护顶,左手扯脱脚上的死武士,这才站起。

烛光照映下,只见眼前站着一个中年道人,眉清目秀,脸色白润,右手执着一柄拂尘,冷笑道:"大胆刺客,还不抛下兵器受缚?"

袁承志眼光只向他一瞥,又转去瞧皇太极,只见已有十余名卫士挡在他身前。袁承志陡然跃起,急向皇太极扑去,身在半空,蓦见那道士也跃起身子,拂尘迎面拂来。

袁承志金蛇剑连刺两下,快速无伦。那道士侧头避了一剑,拂尘挡开一剑,跟着千百根拂尘丝急速挥来。袁承志伸左手去抓拂尘,右手剑刺他咽喉。唰的一声响,尘尾打中了他左手,手背上登时鲜血淋漓,原来他拂尘之丝系以金丝银丝所制,虽然柔软,运上了内劲,却是一件致命的厉害兵刃。就在这时,金蛇剑剑尖上的蛇舌也已钩中那道人肩头。两人在空中交手三招,各受轻伤,落下地来时已交叉易位,心下都惊疑不定:"这人是谁? 武功恁地了得,实是我生平所仅见。"

注:

一、唐朝安禄山造反时,玄宗命大将哥舒翰守潼关,哥舒出战败死,潼关失守,长安不久便即陷落,本回回目借用此史事,唯比喻不甚贴切。

二、其时满清国君皇太极未称"皇帝",只称为"汗",但汉人习惯上称之为"皇帝"。

玉真子的衣服给胡桂南盗了去,全身赤裸,下身搂了一张棉被,左手牢牢拉住,惟恐掉将下来,只以右手抵挡袁承志凌厉的攻击,顷刻间狼狈万分,却始终不肯抛下棉被而双手应战。

第十四回

剑光崇政殿
烛影昭阳宫

　　袁承志回身又待去刺皇太极时,那道人的拂尘已向他脑后拂来,拂丝为内劲所激,笔直戳至,犹似杆棒。袁承志无奈,只得回剑挡开。

　　两人这一搭上手,登时以快打快,瞬息间拆了二十余招。袁承志竭尽平生之力,竟丝毫占不到上风,越斗越心惊,突然间风声过去,右颊又给拂尘扫了一下,料想脸颊上已多了数十条血痕,蓦地里青青的话在脑海中一闪:"承志哥哥,鞑子皇帝刺得到果然好,刺不到也就罢了,你自己可千万要保重。"眼见敌人如此厉害,只得先谋脱身。他一边斗,一边移动脚步,渐渐移向殿口。那道人冷笑道:"在我玉真子手下也想逃命么?痴心妄想!"说着拂尘连进三招,尽是从意料不到的方位袭来。袁承志一时不知如何招架才是,脚下自然而然的使出木桑所授"神行百变"步法,东窜西斜,避了开去。

　　不料这玉真子如影随形,竟于他的"神行百变"步法了然于胸,袁承志闪到东,他跟到东,窜到西,他追到西。袁承志虽让开了那三招,却摆脱不了他源源而来的攻击。

　　这一来,两人都感大奇。玉真子叫道:"你叫什么名字? 是木桑道人的弟子吗?"袁承志道:"不是。"玉真子问道:"你怎地会铁剑门的步法?"袁承志反问:"你是汉人,怎地反帮鞑子?"玉真子怒道:"倔强小子,死到临头,还在胡说。"唰唰两招。

　　袁承志眼见对方了得,稍有疏神,不免性命难保,当即凝神致志,使开本门华山派剑法接招。玉真子看了数招,叫道:"啊,你是华山派穆老猴儿门下的小猴儿,是不是?"袁承志不肯隐瞒师门,喝道:"是便怎样?"一招"苍松迎客",长剑斜出,内力从剑身上嗤嗤发出,姿式端凝,招迅劲足。玉真子赞道:"好剑法,小猴儿不坏!"

袁承志骂道:"你这做汉奸的贼道!"玉真子笑道:"老猴儿也不是我对手,你小猴儿更加不用想。"袁承志不再说话,全神贯注的出剑拆招。玉真子微一疏神,左臂竟让金蛇剑的尖钩划了浅浅一道口子。这一来,他再也不敢托大,舞动拂尘疾攻。

两人翻翻滚滚的斗了二百余招,兀自难分高下,都暗暗骇异。袁承志不敢乱使金蛇剑法和木桑所授功夫,前者究未十分纯熟,后者对方似所深知,招招使的尽是华山派本门剑法。金蛇剑本来锋锐绝伦,无坚不摧,但玉真子的拂尘尘丝柔软,毫不受力,竟削它不断。金蛇剑与拂尘招术变幻,劲风鼓荡,崇政殿四周巨烛忽明忽暗。

又拆数十招,蓦听得皇太极以满洲语呼喝几句,六名布库武士分从三面扑上。袁承志料想今日已刺不到鞑子皇帝,急挥长剑疾攻两招,转身向殿门奔出。玉真子拂尘挥出,尘丝已卷住了金蛇剑的尖钩。两人同时拉扯,片刻间相持不下。便在这时,两名武士已同时扑上来抓住了袁承志双臂。

袁承志大喝一声,松手撤剑,双掌在两名武士背上推拍,运起混元功内劲,两名武士身不由主的向玉真子撞去,玉真子无奈,只得也松开拂尘柄,出掌推开两名武士,呛啷啷一响,拂尘与金蛇剑同时掉落。便在这时,两名武士已抱住了袁承志双腿。

玉真子右掌向袁承志胸口拍到。袁承志双足凝立,还掌拍出。两名武士拼命拉扯,要将他扳倒,却哪里扳得动?玉真子掌来如风,瞬息之间连出一十二掌。袁承志一一解开,突然颈中一紧,一名武士扑到他背上,伸臂扼住了他咽喉。袁承志左肘向后撞出,正中他胸腹之间。那武士狂喷鲜血,都喷在袁承志后颈,热血汩汩从他衣领中流向背心,扼住他咽喉的手臂渐松。袁承志正待运劲摆脱,一名武士扑上来扭住了他右臂。玉真子乘机出指疾点,袁承志伸左手挡格。他虽只剩下左臂可用,仍挡住了玉真子的七指连点。

玉真子右指再点,左掌拍向袁承志面门。袁承志忙侧头相避,左臂却又给一名武士抱住了。玉真子噗噗噗连点三下,点了他胸口三处大穴,笑道:"放开吧,他动不了啦。"四名抱住袁承志双手双腿的武士却说什么也不放手。

皇太极的侍卫队长拿过铁链,在袁承志身上和手足上绕了数转,众武士这才放手,将伸臂扼在袁承志颈中的武士扶下来时,只见他凸睛伸舌,早气绝而死。

皇太极道:"玉真总教头和众武士、众侍卫护驾有功,重重有赏。老鲍、老宁,你们受伤了吗?"鲍承先和宁完我已由众侍卫扶起,哼哼唧唧的都说不出话来。

皇太极回入龙椅坐下,笑吟吟的道:"喂,你这年轻人武功强得很哪,你叫什么名字?"袁承志昂然道:"我行刺不成,快把我杀了,多问些什么?"皇太极道:"是谁指使你来刺我?"

袁承志心想:"我便照实而言,也好让鞑子知道袁督师有子。"大声道:"我是前蓟辽督师袁公的儿子,名叫袁承志。你鞑子侵犯我大明江山,我千万汉人,恨不得食你之肉。我今日来行刺,是为我爹爹报仇,为我成千成万死在你手下的汉人报仇。"

皇太极一凛,问道:"你是袁崇焕的儿子?"袁承志道:"正是。我名叫袁承志,便是要继承我爹爹遗志,抗御你鞑子入侵。"

众侍卫连声呼喝:"跪下!"袁承志全不理睬。皇太极挥手命众侍卫不必再喝,温言道:"袁崇焕原来有后,那好得很啊。你还有兄弟没有?"袁承志一怔,心想:"他问这个干么?"说道:"没有!"皇太极问道:"你受了伤没有?"袁承志叫道:"快将我杀了,不用你假惺惺。"

皇太极叹道:"你爹爹袁公,我是很佩服的。可惜崇祯皇帝不明是非,杀害了忠良。当年你爹爹跟我曾有和议,明清两国罢兵休民,永为世好。只可惜和议不成,崇祯反而说这是你爹爹的大罪,我听到后很是痛心。崇祯杀你爹爹,你可知是哪两条罪名?"

袁承志默然。他早知崇祯杀他爹爹,有两条罪名,一是与清酋议和,勾结外敌,二是擅杀皮岛总兵毛文龙。孙仲寿、应松等说得明白,当日袁督师和皇太极议和,只是一时权宜之计,清兵勇悍善战,弓马之技天下无双,明兵力所不敌,只有等练成了精兵之后,方有破敌机会,议和是为了练兵与完缮城守。至于毛文龙贪赃跋扈,劫掠百姓,不奉朝命,不听指挥,不杀他无以整肃军纪。

皇太极道："你爹爹是崇祯害死的,我却是你爹爹的朋友。你怎地不分好歹,不去杀崇祯,却来向我行刺?"袁承志道："我爹爹是你敌人,怎会是你朋友?你使下反间计,骗信崇祯,害死我爹爹。崇祯要杀,你也要杀。"皇太极摇摇头,道："你年轻不懂事,什么也不明白。"转头向范文程道："范先生,你开导开导他。"袁承志大声道："你想要我学洪承畴么?哼,袁督师的儿子,会投降满洲吗?"

这时崇政殿外已聚集了不少文武官员,都是听说有刺客犯驾、夤夜赶来护驾的。皇太极道："祖大寿在这里吗?"阶下一名武将道："臣在!"走到殿上,跪下磕头。

袁承志心中一凛,祖大寿是父亲当年麾下的第一大将,父亲给崇祯下旨擒拿时,他义愤不服,带兵反出北京,后来父亲在狱中修书相劝,他才再接崇祯令旨。他与清兵血战前后数十场,但崇祯对他疑忌,每次都不予增援,致在大凌河为皇太极重重围困,不得已而投降;此后降了又反,在锦州数场血战,后援不继,被擒又降。心想:"他对我爹爹虽然不错,但投降鞑子总是大大不该。"忍不住高声斥道："祖大寿,你这无耻汉奸!"

祖大寿站起身来,转头瞧着他。袁承志见他剃了额前头发,拖根辫子,头发已然花白,容色憔悴,全无统兵大将的半分英气,喝道："祖大寿,你还有脸见我吗?你死了之后,有脸去见我爹爹吗?"

祖大寿在阶下时已听到皇太极和袁承志对答的后半截话,突然眼泪从双颊上流了下来,颤声道："袁公子,你……你长得这么大了,你……你三岁的时候,我……我抱过你的。"袁承志怒道："呸,给你这汉奸抱过,算我倒霉!"祖大寿全身颤抖,张开双臂,踏上两步,似乎又想去抱他,但终于停步,张嘴要待说话,声音却哑了,只"啊,啊,啊"几声。

皇太极道："祖大寿,这姓袁的交你带去,好好劝他归顺。当真不降,咱们把他千刀万剐。哼,这小子胆子倒大,居然来向朕行刺,嘿嘿,嘿嘿。"祖大寿跪下不住磕头,说道："皇上天恩,臣当尽力开导。"皇太极点头道："好,你带他去吧!"

祖大寿走到袁承志身边,伸手欲扶。袁承志退后两步,手脚上铁链当啷啷直响,喝道："别碰我!"祖大寿缩开手,躬身退出。两名侍卫伸手托在袁承志腋下,跟在祖大寿身后。袁承志回头向皇太极瞧去,只见他眼光也正向他瞧来,神色间甚是和蔼。

袁承志茫然不解,心道:"不知这鞑子皇帝肚子里在打什么鬼主意。"

到得宫外,祖大寿命亲随将袁承志扶上自己坐骑,自己另行骑了匹马,同到自己府中。祖大寿命亲随将袁承志扶入书房,说道:"你们出去!"四名亲随躬身出房。

祖大寿掩上了房门,一言不发,便去解袁承志身上的铁链。袁承志自在宫内之时,便已缓缓运气,胸口所封穴道已解了大半,见他竟来解自己身上铁链,心想:"你只道我穴道被点,兀自动弹不得,哼哼,这可太也托大了!"

祖大寿缓缓将铁链一圈圈的从袁承志身上绕脱,始终一言不发。袁承志暗暗运气,觉胸口膻中穴气息仍颇窒滞,心想:"那道人手劲当真了得。我穿着木桑道长所赐的金丝背心,受了他这三指,兀自如此。若无这背心护体,那还了得?"又想:"祖大寿要劝我投降鞑子,我且假装听他的,拖延时刻。一待胸间气息顺畅,便发掌击毙了这汉奸,穿窗逃走。"祖大寿解完铁链,低沉着嗓子道:"袁公子,你这就去吧。"

袁承志大吃一惊,几乎不信自己耳朵,问道:"你……你说什么?"祖大寿道:"要刺杀大清皇帝,实在难得很。你还是去吧。"袁承志道:"你放我走?"祖大寿道:"是,你有没受伤?"袁承志道:"没有。"祖大寿道:"你骑我的马,天一亮立即出城。"袁承志道:"你为什么放我走?"祖大寿黯然道:"你是袁督师的亲骨血,祖大寿身受督师厚恩,无以为报。"袁承志道:"你放了我,明天鞑子皇帝查问起来,你定有死罪。"祖大寿道:"那走着瞧吧。大清皇帝说过,不会杀我的。"袁承志道:"你私放刺客,罪名太大,皇帝说不定还会疑心你是行刺的主使。我不能自己贪生,却害了你一命。"

祖大寿苦笑道:"我的性命,还值得什么?在大凌河城破之日,我早该死了。锦州城破之日,更该当死了。袁公子,你不用管我,自己去吧。"袁承志道:"那么你跟我一起逃走。"祖大寿摇摇头道:"我老母妻儿、兄弟子侄,一家八十余口全在盛京,我是不能逃的。"

袁承志心神激荡,突然胸口内息逆了,忍不住连声咳嗽,寻思:

"他投降鞑子,就是汉奸,我原该一掌打死了他,想不到他竟会放我走。我一走,鞑子皇帝非杀了他不可。是我杀他,还是鞑子杀他,本来毫无分别。但是我难道眼睁睁的让他代我而死?我若不走,自然是给鞑子杀了,我以有为之身,尚有多少大事未了,怎能轻易送命?我当然不想死,为了一个汉奸而死,更加不值之至。可是……可是……"心下越难委决,越咳得厉害,面红耳赤,险些气也喘不过来。

祖大寿轻轻拍他背脊,说道:"袁公子,你刚才激斗脱力,躺下来歇一会儿。"袁承志点点头,盘膝而坐,心中再不思量,只凝神运气。那玉真子点穴功夫当真厉害,初时还以为给封闭了的穴道已然解开,但一运气间,便觉胸口终究不畅,心知坐着不动,那也罢了,但若与人动手,或是施展轻功跳跃奔跑,势必会闭气晕厥。于是按照师父所授的调理内息法门,缓缓将一股真气在各处经脉中运行。

也不知过了多少时候,才觉真气畅行无阻,更无窒滞,慢慢睁开眼来,却见阳光从窗中射进,竟已天明。他微吃一惊,见祖大寿坐在一旁,双手搁膝,呆呆出神。袁承志站起,说道:"你陪了我半夜?"祖大寿脸上微现喜色,道:"公子好些了?"

袁承志道:"全好了!那玉真子道人是什么来历?武功这么厉害。"祖大寿道:"他是新近从西藏来的,上个月宫中布库大校技,这道人打败二十三名一等布库武士,后来四五名武士联手跟他较量,也都让他打败了。皇帝十分欢喜,封了他一个什么'护国真人'的头衔,要他作布库总教头。公子,你喝了这碗鸡汤,吃几张饼,咱们这就走吧。"说着走到桌边,双手捧过一碗汤来。

袁承志心想:"我专心行功,有人送吃的东西进来也不知道。他本来就可杀我,也不用下毒。"接过汤碗,喝了几口,微有苦涩之味。祖大寿道:"这是辽东老山人参炖的,最能补气提神。"袁承志吃了两张饼,说道:"你带我去见鞑子皇帝,我投降了。"

祖大寿大吃一惊,双目瞪视着他,随即明白,他是不愿自己为他送命,先行假意投降,然后再谋脱身,沉吟片刻,道:"好!"带着他出了府门,两人上了马。祖大寿也不带随从,当先纵马而行,袁承志跟随其后。

行了几条街,袁承志见他催马走向城门,见城门上写着三个大字"德盛门",旁边有一行弯弯曲曲的满洲文,知是盛京南门,昨天便是从这城门中进来的,心觉诧异,问道:"咱们怎地出城?"祖大寿道:"皇帝在城南哈尔撒山围猎。"

两人出城行了约莫十里。祖大寿勒马停步,说道:"公子,咱们这就别过了。你多多保重,我日日夜夜求菩萨保佑你平安。"袁承志惊道:"怎么?咱们不是去见鞑子皇帝么?"祖大寿摇头苦笑,道:"袁督师忠义包天,他的公子怎能如我这般无耻,投降鞑子?"解下腰间佩剑,连鞘向他掷去,袁承志只得接住。祖大寿突然圈转马头,猛抽两鞭,坐骑循着回城的来路疾驰而去。

袁承志叫道:"祖叔叔,祖叔叔!"一时拿不定主意,该当追他回来,还是和他一起回城,就这么微一迟疑,祖大寿催马去得远了,只听他远远叫道:"多谢你叫我两声叔叔!"

袁承志坐在马上,茫然若失,过了良久,才纵马南行。

又行了约莫十里,远远望见青青、洪胜海、沙天广等人已等在约定的破庙之外。青青大声欢呼,快步奔来,扑入他怀里,叫道:"你回来啦!你回来啦!"袁承志见她脸上大有倦容,料想她焦虑挂怀,多半一夜未睡。

青青见他殊无兴奋之色,猜到行刺没成功,说道:"找不到鞑子皇帝?"袁承志摇摇头:"人是找到了,刺不到。"简略说了经过。众人听得都张大了口,合不拢来。

青青拍拍胸口,吁了口长气,说道:"谢天谢地!"

袁承志想到祖大寿要为自己送命,心下总是不安,说道:"今晚我还要入城,倘若祖叔叔给鞑子皇帝抓了起来,我要救他。"青青道:"大伙儿一起去!我可再也不让你独个儿去冒险了。"

申牌时分,一行人又到了盛京城内,生怕昨天已露了行迹,另投一家客店借宿。

洪胜海去祖大寿府前察看,回报说,没听到祖大寿给鞑子皇帝锁拿的讯息,府门外全没动静。袁承志心想:"鞑子皇帝多半还不知他已放走了我,只道他正在劝我投降。"吩咐洪胜海再去打探。铁罗汉道:"我也去。"青青道:"你不要去,别又跟人打架,误了大事。"铁罗汉撅起了嘴,道:"我也不一定非打架不可。"胡桂南道:"我跟罗汉大哥同去,他要闹事,我拉住他便了。"袁承志点头道:"一切小心

第十四回

烛影摇红剑光昭政殿

在意。"

傍晚时分,三人回到客店。铁罗汉极是气恼,说道:"若不是夏姑娘先说了我,否则我真得扭下那几个小子的脑袋。"众人问起原因,洪胜海说了。

原来他们仍没听到有拿捕祖大寿的讯息,昨晚宫里闹刺客,却也没听到街头巷尾有人谈论。三人于是去酒楼喝酒,见到八名布库武士在大吃大喝,说的都是满洲话。洪胜海悄悄跟两人说了。铁罗汉和胡桂南才知他们在吹嘘总教头如何英勇无敌,昨晚又得了一柄怪剑,剑头有钩,剑身弯曲,锋锐无比,当真吹毛断发,削铁如泥。这不是袁承志的金蛇剑是什么?铁罗汉站起身来,便要过去教训他们,胡桂南急忙拉住。待八名武士食毕下楼,三人悄悄跟去,查明了他们住宿的所在。

袁承志失手被擒,兵刃给人夺去,实是生平从所未有的奇耻,心想那玉真子的武功绝不在自己之下;这把剑非夺回不可,却又如何从这绝顶高手之中夺回来?一时沉吟不语。

胡桂南笑道:"盟主,我今晚去'妙手'它回来。那玉真子总要睡觉,凭他武功再高,睡着了总打我不过吧?"众人都笑起来。袁承志道:"好,这就偏劳胡大哥了,可千万轻忽不得。胡大哥只须盗剑,不必杀他。将他在睡梦中不明不白的杀了,非英雄好汉所为。"胡桂南道:"是,日后盟主跟他一对一的较量,那时才教他死得心服。"袁承志微微一笑,说道:"就算单打独斗,我也未必能胜。"他要胡桂南不可行刺,却是为了此事太过凶险,玉真子纵在睡梦之中,倘若白刃加身,也必能立时惊觉反击,他武功太高,就算受了致命重伤,临死之前一击,也非要了胡桂南的命不可。

用过晚饭,胡桂南换上黑衣,兴冲冲的便要出去。袁承志忌惮玉真子厉害,终是放心不下,道:"胡大哥,我去给你把风。"两人相偕出店。青青知道此行并不如行刺鞑子皇帝那么要干冒奇险,又素知胡桂南妙手空空,天下无双,倒不太过耽心。

胡桂南在前领路,行了三里多路,来到布库武士的宿地。居中是一座极大的牛皮大帐,四周都是一座座小屋。胡桂南低声道:"那八名武士都住在北首的小屋中,只不知那牛鼻子是不是也住在这里。"袁承志道:"咱们抓一名武士来问。只可惜咱们都不会说满洲话。"胡桂南道："待我打手势要他带路便是……"

话未说完,只见两名武士哼着小曲,施施然而来。袁承志待两人走到临近,突然跃出,伸指在两人背心穴道上各点一指,劲透要穴,两人登时动弹不得。他出手时分了轻重,一名武士立即昏晕,另一名却神智不失。他将晕倒的武士拖入矮树丛中,胡桂南左手将尖刀抵在另一名武士喉头,右手大打手势,在自己头顶作个道髻模样,问他这道人住在何处。

那武士道："你作什么?我不明白。"不料他竟会说汉语。原来盛京本名沈阳,向是大明所属,为满洲人占后,于天启五年建为京都,至此时还不足二十年。城中居民十九都是汉人。这些布库武士多在酒楼赌馆厮混,泰半会说汉语。

胡桂南大喜,问道："你们的总教头,那个道士,住在哪里?"那武士给尖刀抵住咽喉,正自惊惧,一听之下,心想："你要去找我们总教头送死,那可真妙极了。"嘴巴向着东边远处一座房子一努,说道："我们总教头护国真人,便住在那座屋子里。"那屋子离其余小屋有四五十丈,构筑也高大得多。袁承志料知不假,在他胁下再补上一指,教他晕厥后非过三四个时辰不醒。胡桂南将他拖入树丛。

两人悄悄走近那座大屋,见到处黑沉沉地,窗户中并无灯烛亮光。胡桂南低声道："牛鼻子睡了,倒不用咱们等。"两人绕到后门,胡桂南贴身墙上,悄没声息的爬上。跟着又沿墙爬下。袁承志见他爬墙的姿式甚是不雅,四肢伸开,缩头耸肩,行动又慢,倒似是只癞虾蟆一般,但半点声息也无,却非自己所及,心想："圣手神偷,果然了得。"他怕进屋时若稍有声息,定让玉真子发觉,当下守在墙边,凝神倾听。

过了一会,听得屋内树上有只夜枭叫了几声,跟着便又一片静寂。突然之间,隐隐听得有女子嬉笑之声,接着有个男子哈哈大笑,说了几句话。相隔远了,却听不清楚,依稀便是玉真子。袁承志心道："他还没睡,胡大哥可下不了手。"生怕胡桂南遇险,于是跃墙而入,只听得男女嬉笑声不绝,循声走去,忽听得玉真子笑道："你身上哪一处地方最滑?"那女子笑道："我不知道。"玉真子笑道："我来摸摸看。"

袁承志登时面红耳赤,站定了脚步,心想："这贼道在干那勾当,幸亏青弟没同来。"听着那女子放肆的笑声，心中禁不住一荡，当即又悄悄出墙，坐在草丛之中。

又过了一会，一阵风吹来，微感寒意。此时甫当初秋，天时未寒，但北国入夜后已冷若冬季。突然之间，只听得玉真子厉声大喝："什么人？"袁承志一惊站起，暗叫："糟糕，给他发觉了！"跃上墙头，只见一个黑影飞步奔来，正是胡桂南，奔到临近，却见他手中累累赘赘的抱着不少物事，心念一闪："胡大哥偷儿的脾气难除，不知又偷了他什么东西，这么一大堆的。"当下不及细想，跃下去将他一把抓起，飞身上墙，跃下地来，便听得玉真子喝道："鼠辈，你活得不耐烦了。"身子已在墙头。

胡桂南叫道："得手了！快走！"袁承志大喜，回头望去，不由得大奇，星光熹微下只见玉真子全身赤裸，下体臃臃肿肿的围着一张厚棉被，双手抓着被子。袁承志忍不住失笑。胡桂南笑道："牛鼻子正在干那调调儿，我将他的衣服都偷来了。"说着双手一举，原来抱的是堆衣服，转身道："盟主，你的宝剑！"那把金蛇剑正插在他的后腰。

袁承志拔过剑来，顺手插入腰带，又奔出几步。玉真子已连人带被，扑将下来，喝道："小贼！"伸右掌向胡桂南劈去。袁承志出掌斜击他肩头，喝道："你我再斗一场。"玉真子只感这掌来势凌厉之极，急忙回掌挡格。双掌相交，两人都倒退了三步。

玉真子大吃一惊，看清楚了对手，心下更惊，叫道："啊！你这小子逃出来了。"他初时只道小偷盗剑，便赤身露体的追出，只道一招便杀了小偷，哪料得竟有袁承志这大高手躲在墙外。

袁承志一退之后，又即上前。玉真子左手拉住棉被，惟恐滑脱，只得以右掌迎敌。但这条大棉被何等累赘，只拆得两招，脚下一绊，一个踉跄，袁承志顺势出拳，重重击在他肩头。玉真子又急又怒，他正在浓情畅怀之际，给胡桂南乘机偷去了宝剑衣服，本已大吃一惊，这时再遇劲敌，肩头中了袁承志破玉拳中的一招，整条右臂都酸麻了。他自八岁之后，从未在人前赤裸过身子，这时狼狈万状，全想不到若是抛去棉被，赤身露体的跟袁承志动手又有何妨？时当夜晚，又无多人在旁，就算给人瞧见了，他本是个风流好色的男子，也没什么大不了。但穿衣的习俗在心中已然根深柢固，手忙脚乱的只顾抵挡来招，左手始终紧紧抓着棉被不放，只以单手迎敌。再拆两招，背心上又给袁承志发掌击中。这一掌蓄着混元功内劲，玉真子再也抵受不住，哇的一声，吐出口鲜血。

袁承志住手不再追击，笑道："此时杀你，谅你死了也不心服，下次待你穿上了衣服再打过。"胡桂南急道："盟主，饶他不得，只怕于祖大寿性命有碍。"袁承志心中一凛："不错，他去禀告鞑子皇帝，又加重了祖叔叔的罪名，非杀他灭口不可。"纵身上前，双拳往他太阳穴击去。玉真子见来招狠辣，自然而然的举起双手挡格，虽将对方来拳挡开，但棉被已溜到脚下，"啊"的一声惊呼，胸口已结结实实的吃袁承志飞脚踢中。玉真子大骇，再也顾不得身上一丝不挂，拔足便奔。袁承志和胡桂南随后追去。

这道人武功也当真了得，身上连中三招，受伤极重，居然还是奔行如飞，轻功之佳，当世罕有。袁承志急步追赶，眼见他窜入了中间牛皮大帐，当即追进，决意要杀他灭口。刚奔到帐口，只见帐内烛火照耀如同白昼，帐内站满了人，当即止步，闪向一旁，只听得帐内众人齐声惊呼。

这时胡桂南也已赶到，一扯袁承志手臂，绕到帐后。两人伏低身子，掀开帐脚，向内瞧去。只见玉真子仰面朝天，摔在地下，全身一丝不挂，瞧不出他一个大男人，全身肌肤雪白，胸口却满是鲜血，这模样既可怪之极，又可笑无比。

帐中一阵惊呼之后，便即寂然无声。只听得一个威严的声音大声说起满洲话来。袁承志吃了一惊，说话之人竟然便是满清皇帝皇太极。

袁承志见帐内站满的都是布库武士，不下一二百人，心道："啊，是了，这鞑子皇帝爱看人比武，今晚又来瞧啦。算他眼福不浅，见到了武士总教头这等怪模样。"他昨晚领略过这些布库武士的功夫，武功虽然平平，但缠上了死命不放，着实难斗，帐中武士人数如此众多，要行刺皇帝是万万不能，当下静观其变。

只见一名武士首领模样之人上前躬身禀报，皇太极又说了几句话，便站起身来，似乎扫兴已极，不再瞧比武了。他走向帐口，数十名侍卫前后拥卫，出帐上马。

袁承志心想："这当真是天赐良机，我在路上出其不意的下手，

第十四回

烛影摇红照崇政殿

比去宫中行刺可方便得多了。"低声对胡桂南道:"这是鞑子皇帝,你先回去,我乘机在半路上动手。"胡桂南又惊又喜,道:"盟主千万小心!"

袁承志跟在皇太极一行人之后,见众侍卫高举火把,向西而行,心想:"待他走得远些再干,免得动起手来,帐中众武士又赶来纠缠。"

跟不到一里,便见众侍卫拥着皇太极走向一所大屋,进了屋子。袁承志好生奇怪:"他不回宫,到这屋里又干什么了?"当下绕到屋后,跃进墙去,见是好大一座花园,南首一间屋子窗中透出灯光,他伏身走近,从窗缝中向内张去,但见房中锦绣灿烂,大红缎帐上金线绣着一对大凤凰。迎面一张殷红的帷子掀开,皇太极正走进房来。袁承志大喜,暗叫:"天助我也!"

只见一名满洲女子起身相迎。这女子衣饰华贵,帽子后面也镶了珍珠宝石。皇太极进房后,那女子回过身来,袁承志见她约莫二十八九岁年纪,容貌甚是端丽,全身珠光宝气,心想:"这女子不是皇后,便是贵妃了。啊,是了,皇太极去瞧武士比武,这娘娘不爱看比武,便在这里等着,这是皇帝的行宫。"

皇太极伸手摸摸她的脸蛋,说了几句话。那女子一笑,答了几句。皇太极坐到床上,正要躺下休息,突然坐起,脸上满是怀疑之色,在房中东张西望,蓦地见到床边一对放得歪歪斜斜的男人鞋子,厉声喝问。那女子花容惨白,掩面哭了起来。皇太极一把抓住她胸口,举手欲打,那女子双膝一曲,跪倒在地。皇太极放开了她,俯身到床底下去看。

袁承志大奇,心想:"瞧这模样,定是皇后娘娘乘皇帝去瞧比武之时,跟情人在此幽会,想不到护国真人突然演出这么一出好戏,皇帝提前回来,以致瞧出了破绽。难道皇后娘娘也偷人,未免太不成话了吧?她情人倘若尚在房中,这回可逃不走了。"

便在此时,皇太极身后的橱门突然打开,橱中跃出一人,刀光闪耀,一柄短刀向皇太极后心插去。那女子"啊"的一声惊呼,烛光晃动了几下,便即熄灭。过了好一会,烛火重又点燃,只见皇太极俯身倒在地下,更不动弹,背心上鲜血染红了黄袍。

袁承志这一惊当真非同小可,看那人时,正是昨天见过的睿亲王多尔衮。那女子扑入他怀里。多尔衮搂住了,低声安慰。

袁承志眼见到这惊心动魄的情景,心中怦怦乱跳,寻思:"想不到这多尔衮胆大包天,竟敢跟嫂子私通,还弑了哥哥。事情马上便要闹大,快些脱身为妙。"当即跃出墙外,回到客店。

青青见他神色惊疑不定,安慰他道:"想是鞑子皇帝福命大,刺他不到,也就算了。"袁承志摇头道:"鞑子皇帝给人杀了,不过不是我杀的。"

众人料想鞑子皇帝遇弑,京城必定大乱,次日一早,便即离盛京南下。

不一日,进山海关到了京师顺天府,才听说满清皇帝皇太极在八月庚午夜里"无疾而终",皇太极的儿子福临接位为帝。小皇帝年方六岁,由睿亲王多尔衮辅政。

袁承志道:"这多尔衮也当真厉害,他亲手杀了皇帝,居然一点没事,不知是怎生隐瞒的。"洪胜海道:"睿亲王向来极得皇太极的宠信,手掌兵权,满清的王公亲贵个个都怕他。他说皇太极无疾而终,谁也不敢多口。"袁承志道:"怎么他自己又不做皇帝?"洪胜海道:"这个就不知道了。或许他怕人不服,杀害皇太极的事反而暴露了出来。福临那小孩子是庄妃生的,相公那晚所见的贵妃,定然就是庄妃了。"

袁承志此番远赴辽东,为的是行刺满清巨酋皇太极,以报父仇,结果亲眼见到皇太极毙命,虽非自己所杀,此人终究死了,可是内心却殊无欢愉之意,又再思忖:"他为什么将我交给祖叔叔?以他知人之明,自然料得到祖叔叔定会私自将我释放。他是不是要收服祖叔叔之心,好为他死心塌地的打仗办事?还是故意示好,想引得我投降?"又想:"祖叔叔投降鞑子,自然是汉奸了。只因他救了我性命,我便冲口而出叫他叔叔,那岂不是只念小惠,不顾大义?到底该是不该?"想到皇太极临死的情状,当时似乎忍不住便想冲进房去救他性命,要是多尔衮下手稍缓,自己是否会出手相救,此时回思,兀自难说。再想到皇太极见识高超深远,多尔衮手段狠辣,范文程等人眼光远大,玉真子武功之强,满洲武士之勇,大明朝廷,多有不及。只觉世事多艰,来日大难,心中一片空荡荡地,竟无着落处。

第十四回 烛光剑影崇政昭阳宫殿

袁承志取出银两,命洪胜海在禁城附近的正条子胡同买了一所大宅第,此次来京要结交王公巨卿、文武官员,以作闯军内应,须得排场豪阔。

袁承志将铁箱中的珍玩、金砖等物慢慢兑成银两,有时差洪胜海到天津、保定、张家口等处兑换,以免引人注目。换成银两后,逐步派人送去马谷山"山宗营"。孙仲寿手中粮饷充裕,派人到关辽一带招纳"山宗"旧人,一提到"袁督师的公子带领我们打仗"一句话,袁崇焕当年的旧部便即纷纷来归。虽然这些人大半已垂垂老矣,但烈士暮年,壮心未已,冲锋陷阵不免力所不逮,然个个久经战阵,深谙用兵之道,整军练兵,皆为良材。数月之间,已将"金蛇三营"练成一路精锐之师,虽还比不上当年袁崇焕手下的锦宁雄兵,但也不再是当日锦阳关伏击之战那样的乌合之众了。袁承志曾乘间轻骑前往马谷山,与孙仲寿、水鉴、朱安国等人相见,更带去一批粮饷。"金蛇三营"招兵买马、打造军械,成为一支劲旅。清军若再来攻,当可与之决一死战。袁承志心想:"那时才不枉了我名字中的'承志'两字。"

这日,青青在大宅中指挥僮仆,粉刷布置。袁承志独自在城内大街闲逛。走到一处,见有数十名户部库丁手执兵刃,戒备森严。听途人说,是南方解来漕银入库。他想这是崇祯皇帝的根本,得仔细看看,当下站得远远的,察看附近形势,突见两条黑影从库房屋顶上跃起,身法迅速,一转眼间,已在东方隐没。袁承志大奇,心想光天化日之下,竟有大盗劫库,倒也奇了。

次日清晨,众人聚在花厅里吃早饭。庭中积雪盈寸,原来昨夜下了半夜大雪。院子里两树梅花含苞吐艳,清香浮动,在雪中开得越加精神。

一名家丁匆匆进来,对青青道:"小姐,外面有人送礼来。"另一名家丁捧进礼物,原来是一个宋瓷花瓶,一座沈石田绘的小屏风。袁承志道:"这两件礼物倒也雅致,谁送的呀?"礼物中却无名帖。青青封了一两银子,命家丁拿出去打赏,问清楚是谁家送的礼,过了一会,家丁回来禀道:"送礼的人已走了,追他不着。"

众人都笑那送礼人冒失,白受了他礼,却不见他情。洪胜海道:"袁相公名满天下,这次来京,江湖上多有传闻,总是慕名的朋友向你表示敬意的。"众人都道必是如此。

中午时分,有人挑了整席精雅的酒肴来,乃是北京著名的全聚兴菜馆做的名菜。一问厨师,说是有人付了银子让送来的。众人起了疑心,把酒肴让猫狗试吃,并无异状。

下午又陆续有人送东西来,或是桌椅,或是花木,都是宅第中合用之物。青青只说得一句:"这里须得挂一盏大灯才是。"过不了一个时辰,就有人送来一盏精致华贵的大宫灯。再过片刻,又有人送来绸缎丝绒、鞋帽衣巾,连青青用的胭脂花粉,也都特选上等的送来。铁罗汉一把抓住那送衣服的人,喝道:"你怎知这里有个头陀?连我穿的袈裟也送来了?"那衣店伙计给他一抓,吓了一跳,说道:"不知道啊!今儿一早,有人到小店里来,多出银子吩咐赶做的。"

这时人人奇怪不已,纷纷猜测。青青故意道:"这送礼的人要是真知我心思,给我弄一串珍珠来就好啦。"隔了片刻,只见一个仆人走出厅去。青青向洪胜海道:"快瞧他到哪里去?"不多时那仆人又回来侍候。洪胜海却隔了一个时辰才回。他刚跨进门,珠宝店已送了两串珠子来。

青青接了珠子,直向内室,袁承志和洪胜海都跟了进去。洪胜海道:"那仆人走到门外,对一个乞丐说了几句话,就回进来。我就跟着那乞丐。见他走过了一条街,就有衙门的一个公差迎上来。两人说了几句话,那乞丐又回到我们门前。"青青道:"那你就钉着那鹰爪?"洪胜海道:"正是。那鹰爪却不上衙门,走到一条胡同的一座大院子里。我见四下无人,上屋去偷偷张望。原来里面聚了十多名公差,中间一个老头儿,瞎了只眼睛,大家叫他单老师,似是他们的头子。我怕他们发觉,就溜回来了。"

青青道:"好啊!官府耳目倒也真灵,咱们一到北京,鹰爪就得了消息。哼,要动咱们的手,只怕也没这么容易呢!"袁承志道:"可是奇在干么要送东西来,不是明着让咱们知道么?京里吃公事饭的,必定精明强干,决不会做傻事。不知是什么意思?"命洪胜海把程青竹、沙天广、胡桂南等人请来,商议一会,都猜想不透。

青青道:"公差的脏东西,咱们不要!"当晚她与哑巴、铁罗汉、胡桂南、洪胜海等搬了送来各物,都去丢在公差聚会的那大院子里。

次日青青把传递消息的仆人打发走了,却也没难为他。那仆人恭恭敬敬的接了工钱,一再称谢,磕了几个头去了,丝毫没露出不愉的神色。袁承志等严密戒备,静以待变,那天果然没再有人送东西来。

当晚朔风呼号,又下了一晚大雪。次日一早,洪胜海满脸惊诧之色,进来禀报:"屋子前面的积雪,不知是谁给打扫得干干净净,这真奇了。"袁承志道:"这批鹰爪似乎暗中在拼命讨好咱们。"青青笑道:"啊,我知道了。"众人忙问:"怎么?"青青道:"他们怕咱们在京里做出大案来,对付不了,因此先来打个招呼,交个朋友。"沙天广笑道:"说来倒有点像。可是我做了这么多年强盗,从来没听见过这种事。"

程青竹忽道:"我想起啦,那独眼捕快名叫独眼神龙单铁生。不过他退隐已久,这才一时想他不起。"

又过数日,众人见再无异事,也渐渐不把这事放在心上。这天中午,众人在大厅上饮酒闲谈,家丁送上个大红名帖,写着"晚生单铁生请安"的字样,并有八色礼盘。袁承志道:"快请。"家丁道:"这位单爷也真怪,他说给袁相公请安,便转头走了,让他坐,却不肯进来。"洪胜海奉了袁承志之命,拿了袁承志、程青竹、沙天广三人的名帖回拜,并把礼物都退了回去。

接连三天,单铁生总是一早就来投送名帖请安。程青竹道:"独眼神龙在北方武林中也不是无名之辈,怎地鬼鬼祟祟的尽搞这一套,明儿待我找上门去问问。"胡桂南道:"这些招数可透着全无恶意,真是邪门。"

铁罗汉忽然大声道:"我知道他干什么。"众人见他平时傻楞楞的,这时居然有独得之见,都感诧异,齐问:"干什么啊?"铁罗汉道:"他见袁相公武功既高,名气又大,因此想招他做女婿。"此言一出,众人无不大笑。沙天广正喝了一口茶,一下子忍不住,全喷在胡桂南身上。胡桂南一面揩身,一面笑道:"独眼龙的女儿也是独眼龙,袁相公怎么会要?"铁罗汉瞪眼道:"你怎知道?"胡桂南笑道:"乌龟生个王八蛋,独眼龙生个独眼种。"

众人开了一阵玩笑。青青口里不说什么,心中却老大的不乐意,暗想那独眼龙可恶,别真的要招大哥做女婿。这天晚上,取来七张白纸,都画了个独眼龙老公差的图形,写上"独眼神龙单铁生盗"

的字样,夜里飞身跃入七家豪门大户,每家盗了些首饰银两,再给放上一张独眼龙肖像。

次日清晨,洪胜海在她房门上敲了几声,说道:"小姐,独眼龙来啦。袁相公陪他在厅上说话。"青青换上男装,走到厅上,果见袁承志、程青竹、沙天广陪着一个瘦削矮小的老头在喝茶。袁承志给她引见了。青青见这单铁生已有六十上下年纪,须眉皆白,一只左眼炯炯发光,显得十分精明干练。只听他道:"小老儿做这等事,当真十分冒昧。不过实是有件大事,想恳请袁相公跟各位鼎力相助,小老儿和各位又不相识,只得出此下策。不想招惹了各位,小老儿谨此谢过。"说着爬下来磕头。

袁承志连忙扶起,正要问他何事相求,青青忽道:"令爱好吧?怎不跟你同来?"单铁生一楞,道:"小老儿光身一人,连老伴也没有,别说子女啦!"青青又问:"那你有孙女儿没有?有干女儿没有?"单铁生道:"都没有。"青青嫣然一笑,返身入房,捧了盗来的首饰银两,都还了给他,笑道:"在下跟你开个玩笑,请别见怪。不过若非如此,也请不到你大驾光临。"单铁生谢了,心想:"这玩笑险些害了我的老命。"又想:"这个女扮男装的姑娘怎地老问我有没干女儿?总不是想拜我为干爹吧?"

众人都觉奇怪,正要相询,忽然外面匆匆进来一名捕快,向众人行了礼,对单铁生道:"单老师,又失了二千两库银。"单铁生倏然变色,站起身来作了个揖,道:"小老儿有件急事要查勘,待会再来跟各位请安。"收了青青交还的物事,随着那捕快急急去了。

到得下午,鹅毛般的大雪漫天而下。青青约了袁承志,到城外西郊饮酒赏雪。两人没单独共游已久,这时偷得半日清闲,甚是畅快。这一带四下里都是芦苇,芦上盖雪,望出去一片白茫茫地。青青带着食盒,盛了酒菜。两人在一座凉亭中喝酒闲谈,观赏雪景。当地平时就已荒凉,这日天寒大雪,游人更稀。

袁承志问起交还了什么东西给单铁生,青青笑着把昨晚的事说了。袁承志道:"唉,我刚赞你变得乖了,哪知仍这般顽皮。"青青道:"你几时赞过我呀?"袁承志道:"我心里赞你,你自然不知道。"青青很是高兴,笑道:"谁教他不肯露面,暗中捣鬼!"袁承志道:"不知他想求咱们什么事?"青青道:"这种人哪,哼,不管他求什么,都别答允。"两人喝了一会酒,说到在衢州静岩中夜喝酒赏花之事,青青想起故乡和亡母,不觉泫然欲泣。袁承志忙说笑话岔开。

注:

清太宗皇太极死因不明。《清史稿·太宗本纪》:"崇德八年八月庚午,上御崇政殿,是夕亥时无疾崩,年五十有二。"当天他还在处理政事,一无异状,突然在半夜里"无疾崩",后人颇有疑为多尔衮所谋杀,但绝无佐证。顺治六年,"皇父摄政王"多尔衮据说和皇太极的妃子庄妃、即顺治皇帝的母亲孝庄太后正式结婚。张煌言诗有云:"春官昨进新仪注,大礼恭逢太后婚。"此事普遍流传,但无明文记载。近人孟森认为不确,胡适则对孟森之考证以为不够令人信服。北方游牧渔猎民族之习俗和中原汉人大异,兄终弟及,原属常事。清太后下嫁多尔衮事,近世治清史者大都不否定有此可能。

回目中"烛影"用宋太宗弑兄宋太祖"烛影摇红"故事。"昭阳"用赵合德居昭阳殿故事。赵合德为皇后赵飞燕之妹,封昭仪,与人私通,后致汉成帝于死。清庄妃为太宗孝端皇后之侄女,民间传说称之为"大玉儿"、"小玉儿"者也。汉、宋、清三朝宫闱秘事,未尽可信,牵扯为一,或近于诬。小说家言,史家似不必深究。

一个美貌的赤足青年女子头戴金环,笑吟吟、娇滴滴的来到殿中,在居中的椅上坐下。袁承志心中大奇:『难道这姑娘便是五毒教的教主何铁手?』

第十五回

娇娆施铁手
曼衍舞金蛇

两人坐了两个时辰,谈得尽兴,天色向晚,便收拾酒具食具预备回家。

青青道:"承志哥哥,多谢你今天全心全意的陪我。"承志笑道:"青青弟弟,多谢你今天全心全意的陪我。"青青道:"我哪一天都是全心全意的陪你,你就不是。"承志奇道:"我怎么不是?"青青道:"承志哥哥,我求你一件事,行不行?"承志道:"不必问,你说了就行。"青青道:"男子汉大丈夫,七省英豪的盟主,说过了的话可不许赖。"承志道:"我就算不是七省盟主,对你说过了的也必不会赖。"

青青眼光中露出柔和的恳求神色,低声道:"承志哥哥,我求你别老是牵记着那个阿九。这些日子来,不论做什么事的时候,你总是在想念阿九。"承志道:"天大冤枉!我几时想着她了?"青青道:"那个独眼龙送帖子来时,你手拿帖子,满脸温柔的神色,你一定盼望这是阿九送来的信,盼望送礼给我们的是阿九那个可爱的小姑娘。单铁生这独眼老儿,你拿着他的名帖,怎么会痴痴的发呆,嘴角含笑?你爱他一只眼睛挺美么?"承志心想:"你这姑娘当真厉害,连我心里想什么也瞒不过你。"

说到曹操,曹操便到,只见大路上迅速异常的奔来两人,背上背负包袱。后面三人追赶,当先一人手持铁尺,身形矫捷,正是独眼神龙单铁生,他后面另有两名公差,分持单刀和铁链。承志和青青携手站在路旁观看。单铁生叫道:"朋友,别走,留下赃物来!"突然间左首抢过五六人来,各持兵刃,挡在前逃两人身后。单铁生见对方人众,便即停步,眼见那五六个接应者拥着前逃二人,远远的去了。

单铁生已见到承志和青青,抢上前来,将铁尺往腰间一插,向承志长揖到地,连称:"小人该死,小人该死!"承志愕然不解,说道:"单头儿请不必客气,到底是怎么回事?"单铁生道:"请两位到亭中宽坐,小人慢慢禀告。"三人在亭中坐定,单铁生把这事的前因后果说了出来。

原来上个月户部大库接连三次失盗,给劫去数千两库银。天子脚底下干出这等大事来,立时九城震动。皇帝过不两天就知道了,将户部傅尚书和五城兵马指挥使狠狠训斥了一顿,谕示:一个月内若不破案,户部和兵马指挥司衙门大小官员一律革职严办。

顺天府的众公差给上司追比得叫苦连天,连公差的家属也都收了监。不料衙门中虽追查得紧,库银却接连一次又一次失盗。众公差无法可施,只得上门磕头,苦苦哀求,将久已退休的老公差独眼神龙单铁生请了出来。单铁生在大库前后内外仔细查勘,知道盗银子的必非寻常盗贼,而是武林好手,一打听,知道新近来京的好手只袁承志等一批人。

青青听到这里,呸了一声,道:"原来你是疑心我们作贼!"

单铁生道:"小人该死,小人当时确这么想,后来再详加打听,才知袁相公在应天府义救铁背金鳌焦公礼,在山东结交沙寨主、程帮主,江湖群雄推为七省盟主,在山东打走鞑子兵,真是大大的英雄豪杰。"青青听他这么赞捧袁承志,不由得心下甚喜,脸色顿和。

单铁生又道:"小人当时心想,以袁相公如此英雄,如此身分,怎能来盗取库银?就算是他手下人干的,他老人家得知后也必严令禁止。后来再加以琢磨,是了,是袁相公要我们好看来着。这么一位大英雄来到京师,我们竟没来迎接拜见,实在难怪袁相公生气。咳,谁教小人瞎了眼珠呢。"青青向他那只白多黑少的独眼望了一望,不由得噗哧一笑。单铁生续道:"因此我们连忙补过,天天到府上来请安谢罪。"

青青笑道:"你不说,谁知道你的心眼儿啊!"单铁生道:"可是这件事又怎么能说?我们只盼袁相公息怒,赏还库银,救救京城里数百名公差的全家老小,哪知袁相公退回我们送去的东西,还查知了小人的名字和匿号,大撒名帖,把小人惩戒了一番。"青青只当没听见,丝毫不动声色。

单铁生又道:"这一来,大家就犯了愁。小人今日埋伏在库里,只等袁相公再派人来,就跟他拼命,哪知来的却是这两个匪徒。我们追这两人来到这里,有人出来接应,挡住了我们。小人认得那带路接应之人,是惠王府姓张的副总管。他极少出来办事,小人却在二十年前就在山西认得了他。小人知道惠王府招贤馆近来请到了不少武林好手。但惠王爷是当今皇上的叔父,是先帝神宗天子的第六位皇子,光宗天子的亲弟弟,天潢贵胄,素来名声甚好,从不纵容下人为非作歹。他本来封在荆州,最近豫鄂一带流寇作乱,他避难到了京城。却不知如何跟大库失银的事牵连上了?袁相公,你老人家交游广阔,明见万里,总得请你指点一条明路。"说着跪了下去,连连磕头。

袁承志忙即扶起,寻思:"那些盗银之人虽然似乎不是善类,但他们既跟官府作对,我又何必相助这等腌臜公差?何况抢了朝廷库银,那也是帮闯王的忙。"只微笑摇头。单铁生求他帮同拿访。袁承志笑道:"拿贼是公差老哥们干的事。兄弟虽然不成器,还不致做这种事。"单铁生听他语气,不敢再说,只得相揖而别,和两名公差怏怏的走了。

袁承志和青青归途之中,见迎面走来一批锦衣卫衙门的官兵番子,押着一大群犯人。群犯有的是满头白发的老人,有的却是还在怀抱的婴儿,都是老弱妇孺。众官兵如狼似虎,吆喝斥骂。一名少妇求道:"总爷你行行好,大家都是吃公门饭的。我们又没犯什么事,只不过京城出了飞贼,累得大家这样惨。"一个番子在她脸蛋上摸了一把,笑道:"不是这飞贼,咱们会有缘分见面么?"袁承志和青青瞧得甚是恼怒,知道犯人都是京城捕快的家属。公差捕快平日残害良民,作孽多端,受些追比,也冤不了他们,但无辜妇孺横遭累害,心中却感不忍。

又走一阵,忽见一群捕快用铁链拖了十多人在街上经过,口里大叫:"捉到飞贼啦,捉到飞贼啦!"许多百姓在街旁瞧着,个个摇头叹息。袁承志和青青挤近去看时,所谓飞贼,原来都是些蓬头垢面的穷人,想是捕快为了塞责,胡乱捉来顶替,不由得大怒。

第十五回 曼舞娇娆施铁手 衍金蛇

回到寓所,洪胜海正在屋外探头探脑,见了两人,大喜道:"好啦,回来啦!"袁承志忙问:"怎么?"洪胜海道:"程老夫子给人打伤了,专等相公回来施救。"

袁承志吃了一惊,心想程青竹武功了得,怎会给人打伤?忙随洪胜海走到程青竹房中,只见他躺在床上,脸上灰扑扑的一层黑气。沙天广、胡桂南、铁罗汉等都坐在床前,个个忧形于色。众人见到袁承志,满脸愁容之中,登时透出了喜色。

袁承志见程青竹双目紧闭,呼吸细微,心下也自惶急,忙问:"程老夫子伤在哪里?"沙天广把程青竹轻轻扶起,解开上衣。袁承志大吃一惊,只见他右边整条肩膀已全成黑色,便似用浓墨涂过一般,黑气向上延展,直到项颈,向下延到腰间。肩头黑色最浓处有五个爪痕深入肉里。

袁承志问道:"什么毒物伤的?"沙天广道:"程老夫子勉强支撑着回来,已说不出话了。也不知是中了什么毒。"袁承志道:"幸好有朱睛冰蟾在此。"取出冰蟾,将蟾嘴对准伤口,伸手按于蟾背,潜运内力,吸取毒质,只见通体雪白的冰蟾渐渐由白而灰、由灰而黑。胡桂南道:"把冰蟾浸在烧酒里,毒汁就可浸出。"青青忙去倒了一大碗烧酒,将冰蟾放入酒中,果然缕缕黑水从蟾口中吐出,待得一碗烧酒变得墨汁相似,冰蟾却又纯净雪白。这般吸毒浸毒,直浸了四碗烧酒,程青竹身上黑气方始淡退。

程青竹睡了一晚,袁承志次日去看望时,他已能坐起身来道谢。袁承志摇手命他不要说话,请了一位北京城里的名医,开几帖解毒清血的药吃了。调养到第三日上,程青竹已有力气说话,才详述中毒的经过。

他道:"那天傍晚,我从禁宫门前经过,听得人声喧哗,似乎有人吵骂打架。走近去看,见地下泼了一大摊豆花,一个大汉抓住了个小个子,不住发拳殴打。问起旁人,才知那个小个子是卖豆花的,不小心撞了那大汉,弄脏了他衣服。我见那小个子可怜,上前相劝。那大汉不可理喻,定要小个子赔钱。一问也不过一两银子,我就伸手到口袋里掏钱,心想代他出了这两银子算啦。唉,哪知一时好事,竟中了奸人圈套。我右手刚伸入口袋,那两人突然一人一边,拉住了我手臂……"

青青听到这里,不禁"啊"的一声。程青竹道:"我立知不妙,双膀发劲,想甩脱二人再问情由,哪知右肩斗然间奇痛入骨。这一下来得好不突兀,我事先毫没防到,当下奋力反手扣住那大汉脉门,举起他身子,往小个子的头顶砸去,同时猛力往前直窜,回过身来,才看清在背后偷袭我的是个黑衣老乞婆。这乞婆的形相丑恶可怕之极,满脸都是凹凹凸凸的伤疤,双眼上翻,嘿嘿冷笑,举起十只尖利的爪子,又向我猛扑过来。"

程青竹说到这里,心有余悸,脸上不禁露出惊恐的神色。青青呀的一声惊叫,连沙天广、胡桂南等也都"噫"了一声。

程青竹道:"那时我又惊又怒,跃开几步,待要发掌反击,不料右臂竟已动弹不得,全然不听使唤。这老乞婆森然问道:'程青竹,你是"金蛇王"的手下么?'我说:'是又怎样?'她说:'那就要取你性命!'磔磔怪笑,直逼过来。我急中生智,左手提起一桶豆花,向她脸上泼了过去。她双手在脸上乱抹,我乘机发了两枝青竹镖,打中了她胸口,总也教她受了好的。这时我再也支持不住,回头往家里狂奔,后来的事便不知道了。"

沙天广道:"这老乞婆跟你有梁子么?"程青竹道:"我从来没见过她。"青青道:"难道她看错了人?"程青竹道:"照说不会。她第一次伤我之后,我回过头来,她已看清楚了我面貌,仍要再下毒手。"袁承志道:"她问到'金蛇王',似乎是冲着我来的。"胡桂南道:"她手爪上不知道喂了什么毒,毒性这般厉害?"沙天广道:"她手爪上定是戴了钢套子,否则这般厉害的毒药,自己又怎受得了?"

众人议论纷纷,猜不透那乞婆的来路。程青竹更是气愤,不住口的咒骂。

沙天广道:"程兄你安心休养,我们去给你探访,有了消息之后,包你出这口恶气。"当下沙天广、胡桂南、铁罗汉、洪胜海等人在顺天府城里四下访查。一连两天,犹如石沉大海,哪里查得到半点端倪?

这天早晨,独眼神龙单铁生又来拜访,由沙天广接见。单铁生忧容满脸,说起户部库银又失了三千两。沙天广心想这种事与己方无关,只唯唯否否的敷衍几句。后来随口说到程青竹受袭中毒之事,心想单铁生是见多识广的老江湖,或能有什么线索。

单铁生凝思半晌,说道:"沙寨主,那老乞婆问到'金蛇王'三字,程帮主又中了剧毒，我倒想起了一批人，那是不久前惠王府招贤馆中请来的。"沙天广道："是吗？请问是些什么人？"

单铁生道："沙寨主想必知道云贵五毒教？"沙天广点头道："那倒听见过，听说他们使毒的本事出神入化，武林中人闻之丧胆，我们是不敢轻易开罪的。但五毒教只在云贵一带横行无忌，从来不到中原。伤了程帮主的，是五毒教的人吗？"单铁生道："那倒不敢确定。只曾听说，五毒教的镇教之宝，是一条小小金蛇，他们当这金蛇是神通法物。袁相公外号'金蛇王'，不知算不算犯了他们的忌呢？"

沙天广进去向承志说了。青青道："我爹爹的外号就叫'金蛇郎君'，又碍着他们什么事了？"承志道："说不定那独眼神龙对付不了惠王府，想拉我们赶淌这窝浑水。须得打探明白，别给人利用了。"

沙天广点头称是，出去向单铁生说已向盟主禀告，再请问五毒教的详情。单铁生道："他们的教主听说是个年轻美女，叫做何铁手，武功极高，擅于下毒是更加不必说了。"沙天广啧啧称奇，说道："年轻美女做教主，这可奇了。铁手无情，辣手得很啊！"伸了伸舌头，说道："咱们可不敢惹她了。"

单铁生正想告辞，一名门子匆匆走进，将一张大红拜帖呈给沙天广。沙天广接过一看，见拜帖上写着："惠王府招贤馆总管晚生魏涛声拜上七省总盟主袁大盟主　青竹帮程大帮主　山东沙大寨主各位英雄"。沙天广心想不识此人，但对方礼数周到，不能不理，便说："大开中门，迎接贵客！"一面命门子将拜帖送进去交给袁承志。

袁承志带同青青、洪胜海、胡桂南、铁罗汉等众人来到大厅，青青身穿男装。单铁生跟在后面。沙天广陪着客人进来，逐一引见。袁承志见来客五十来岁年纪，一脸英悍之气，衣饰华贵，手指上戴着个老大碧绿翡翠班指，见到袁承志后执礼甚恭，恭恭敬敬的行下礼去，袁承志急忙还礼，请客人上座。

那魏涛声礼数周到，对胡桂南、洪胜海等逐一招呼行礼，知道单铁生是顺天府衙门的捕头，便洋洋的不大理睬，对袁承志道："袁大盟主，我们惠王爷生性好武，最爱结交武林中顶儿尖儿的角色。听说袁大盟主带同各位英雄来到顺天府，迫不及待的便想会见。惠王爷本要亲自前来拜访，只是事先未曾通传，生怕有点冒昧，特命小人即刻前来奉请。王爷已安排下丰盛酒席，敬请袁大盟主带同各位英雄,赏光驾临,王爷好奉敬几杯酒,以表仰慕之忱。虽然临时促驾,有失恭敬。只怪我们耳目不灵,得讯迟了,今儿早晨才听到各位莅临顺天府的讯息。王爷说那是天大的喜事,他说早一刻见到各位英雄好一刻,他此刻在大门口走进走出,正伸长了耳朵,要听各位驾临的好消息。"他一口京片子,说得又诚恳又清脆,委实好听,满脸堆笑,教人觉得惠王爷当真是诚心诚意的在企盼贵客临门。

袁承志还未答话,门外车马声响,门子又带进一名王府的长随来,向魏涛声道:"魏总管,王爷派我赶了六辆车来,迎接贵客前往王府赴宴。"随即恭恭敬敬的爬下向袁承志磕头。

袁承志见对方当真诚意邀客,先前曾听单铁生说惠王爷爱好武艺,喜欢结交武林朋友,眼前北京不久便有大事,不妨多结识些有权有势之士,转头问洪胜海道:"怎样?"洪胜海不明内情,但想惠王爷是皇亲国戚,结识了有益无损,便点了点头。袁承志向魏涛声道:"惠王爷如此美意,我们却之不恭,便随魏总管同去拜见便了。"

当下与青青、沙天广、哑巴、胡桂南等一行人出门上车,连单铁生也跟了去。只程青竹臂伤未愈,在屋里休养。袁承志怕敌人乘虚前来寻仇,命洪胜海留守保护。

车行不久,便即出城。西行七八里地,来到一座大府第前,袁承志见大门上金漆塑着"敕赐惠王府"五个大字,便知到了。只见大门大开,站着两排黑衣灰衣的仆从,一直从大门排了进去,气派甚大。马车直驶进大门,仆从齐声吆喝:"恭迎贵客光临!"吆喝甫毕,锣鼓响起,嘭嘭嘭三声,放起号铳,跟着锣鼓丝竹,吹奏起迎宾的牌子。

马车走完石板路停住,仆从打起车帷。袁承志下得车来,见一位身穿绣金绯袍的王者站在滴水檐前迎宾,他快步抢上前来拱手为礼。袁承志料知此人便是惠王,按礼该当跪下叩拜,但想自己不是官场中人,这人是皇帝的叔父,也可说是在杀父仇人这一边,可不愿向他下跪,只随意做个姿式。惠王急忙伸手拦住,笑道:"可不敢当!袁大盟主请勿多礼。"两人互相作了个揖。青青等人也随意拱手为礼。只单铁生按照官场规矩,跪下磕头,说道:"卑职顺天府捕头单铁生参见王爷千岁!"

惠王肃请袁承志等一行走进大厅。厅上两排椅子,都铺着大红绣金花的椅套,灿然生光。惠王请袁承志等一行在西首一排椅上坐定,献上茶来,他自己坐在主位,拱手说道:"袁大盟主出任七省武林好汉的大盟主,可喜可贺。"袁承志道:"我们草莽兄弟之间的玩意儿,当不得真的。可让王爷见笑了!"各人寒暄了几句,说的都是些不着边际的客气话。

各人喝得几口茶,惠王向魏涛声道:"魏总管,小王的心意,你来说罢!"

魏涛声躬身行了一礼,随即挺身站立,昂然说道:"袁大盟主,众位英雄,王爷既然恭请各位来府,自然当各位是好朋友,只是得讯迟了,到今日才来恭请各位大驾,礼数有亏,还请各位见谅。"说着抱拳为礼。袁承志和沙天广等都拱手还礼,说道:"好说,好说,王爷太多礼了!"魏涛声朗声道:"惠王爷礼贤下士,生性爱交朋友,设立了一座招贤馆,邀请四方宾客前来相会,以备请教。不瞒各位说,惠王爷纯是一片好客之心,不料朝中忽有奸臣,向万岁爷挑拨离间,说惠王爷的是非。王爷是皇上的亲叔父,一向忠心耿耿,皇上对王爷也宠信有加,奸臣妄作小人,全无效果。王爷为了免得小人传播谣言,特地要向各位宾客请问一句:万一奸人的谣言传到各位耳中,各位作何打算?万一有奸恶之徒要对王爷不利,不知各位意向如何?"

这番话说得甚是直率,袁承志觉得倒也难以回答,只得道:"王爷是皇上的亲叔父,皇上就算听到什么对王爷有碍的谣言,也必一笑置之,不予理会,说不定还会严办妄造谣言的奸人。我们是外人,疏不间亲,何况我们无官无职,一介白丁,也轮不到我们这些平民百姓来说什么话!"魏涛声大声道:"照啊,袁大盟主这几句,说得再对也没有了。在下就是有两件事不放心,要跟袁大盟主请教。"

袁承志道:"好,请说。"魏涛声道:"第一件,听说程青竹程大帮主,也加盟于袁大盟主的盟中。程帮主以前是皇宫中的卫士,是皇上的亲信。如果皇上有什么差使交代下来,袁大盟主会不会为了程帮主而插上一手。像这位姓单的头儿,这几天就为了皇上的事而忙得不可开交,他不断在袁大盟主府上出出入入。袁大盟主只怕会情面难却,我们委实很有点儿放心不下。"

袁承志恍然有悟,哈哈一笑,说道:"这一节嘛,魏爷大可放心。程帮主和单头儿两位如何,我不能代他们说话,我袁承志自己,以及我的结义兄弟夏兄弟,咱们明人不做暗事,既然身在草莽,就决不想招安,图什么功名富贵,对不起好朋友,对不起自己爹爹和祖宗!"他心中其实是说:"我恨不得杀了皇帝,为我爹爹报仇雪恨!"言念及此,伸掌在桌边重重一拍,喀的一声,登时拍下桌子的一角。

魏涛声大喜,喝了声采:"好!"袁承志道:"魏爷第二件事想问什么?"魏涛声道:"第二件事嘛!"说着拍了拍手,大声说道:"都取出来!"

几名仆人齐声应道:"是!"回进内堂,跟着十几名仆人鱼贯而入,手中都捧了一只大木盘,盘中亮晃晃的都是黄金元宝、白银元宝。魏涛声指挥众仆,将十几只大木盘都放在中间的一张大方桌上,说道:"启禀王爷,这里是黄金五千两,白银一万两。总共合算,是白银六万两。小人仔细点过,成色纯净,两数无错。"惠王点了点头。

袁承志万料不到他突然捧出这许多金银来,不知是何用意。他发掘过建文帝所遗的珍宝金银,又劫过百余万两漕银,见了这大堆金银,也不以为异,只微微一笑。

魏涛声道:"我们王爷得知袁大盟主不久之前率领'金蛇营'众位英雄好汉,在山东青州大破阿巴泰的鞑子兵,心中好生相敬。这里些些银两,是我们王爷为了敬重'金蛇营'、'金蛇王',献给众位英雄的军饷,多谢你们保境安民的大功。"袁承志心想:"人家说到保境安民,抗满杀敌,义助军饷,倒也不可推却。"便抱拳道:"在下代众兄弟多谢王爷了。至于'金蛇王'三字,江湖上随口叫叫,当不得真的。"

魏涛声大拇指一翘,说道:"闯王麾下,横天王王子顺、改世王许可变、乱世王蔺养成、争世王刘希尧、左金王贺锦,哪一位不是响当当的英雄好汉,再加上一位金蛇王袁相公袁盟主,有何不可?"袁承志心想:"他对闯王的军情倒挺熟识。"见单铁生不住向自己打眼色,便问:"王爷如此厚赐,不知有什么吩咐,要我们办什么事?"

青青心道:"承志哥哥再不是当日衢州道上那个不懂事的老实头了。这两句话,是非问不可的,否则便不光棍。"

魏涛声道:"不敢!最近闯王军势大张,现下已占了西安府,说不定哪一天便开进顺天府来。我们王爷虽是大明宗室,但对皇上许多措施很不以为然，进谏了好多次，皇上总是忠言逆耳，听而不闻。闯王倘若进京，我们王爷斗胆请'金蛇王'向闯王求个情，保全他的全家性命，至于家产嘛，王爷愿意尽数进献，作为军饷。"

袁承志听了，心道："原来惠王的想头跟曹化淳一模一样，只盼闯王进京之后，他仍能保得住身家性命。"便道："惠王爷的一番心意，在下必定会禀告闯王，不过在下年轻，只怕在闯王跟前说话没什么份量。"惠王与魏涛声连连作揖，说道："多谢！多谢！"魏涛声道："'金蛇营'虽成军未久，但听说功劳极大，说出话来，自也是份量甚重。"吩咐下人，将桌上金银包入一只只布包袱中，放在袁承志脚边。

袁承志心道："这些买命钱，也未必是惠王自己掏腰包。多半便是盗来的库银，我一半去分给'金蛇三营'，一半上缴闯王。"

魏涛声道："今日难得大驾光临，小人想给袁盟主引见云南五仙教的一些朋友。小人奉王爷之命，千方百计，请得五仙教的众位英雄来到招贤馆。五仙教一向只在云贵一带行道，少来中原江南，袁大盟主倘未会过，在下给各位朋友引见一下如何？群贤毕至，那真可说是百年难逢的盛会。"袁承志点点头。

惠王说道："我们先行告退，待各位见过朋友之后，请到后厅一同赴宴，杯酒言欢，小王再向各位敬酒。"袁承志道："不敢当！"惠王拱手为礼，退入后堂。

魏涛声道："袁大盟主跟五仙教的众位英雄，都是我们招贤馆的贵宾，王爷跟在下都竭诚相待，不敢分了彼此，双方都是好朋友，在下只负责引见，各位响当当的英雄豪杰，当能一见如故。请袁大盟主移步。"自己拱拱手，当先引路，袁承志等跟随其后。

转弯抹角的走了好一阵，经过一条极长的甬道，来到一座殿堂。袁承志心想，在这些平房之中，居然有这么一座大殿，既是王爷的府第，自亦不奇。大殿门向着围墙，殿外有好大一块空地。见殿上分设两排大椅，椅上罩了朱红色的锦披。魏涛声请袁承志等在西首一排椅上坐下，袁承志坐了第一位。魏涛声在两排椅子之间后座的一张小椅上坐了。

只听殿后钟声当当，走出一群人来，高高矮矮，有男有女，分别在东首一排椅上坐下，但空出了第一张椅子不坐，共是一十六人。坐在第五张椅子中的，是个身穿斑斓锦衣的乞丐模样之人，坐入第三张椅中的钩鼻深目，满脸伤疤，赫然是个相貌凶恶的老乞婆，袁承志暗忖："莫非此人便是打伤了程帮主的？"

殿后哨子声响，本来坐着的十六人一齐站起躬身。殿后缓步走出两个少女，往第一张椅旁一站，娇声叫道："教主升座！"

忽听得一阵金铁相撞的铮铮之声，其音清越，如奏乐器，跟着风送异香，殿后走出一个身穿粉红色纱衣的女郎。只见她凤眼含春，长眉入鬓，嘴角含着笑意，约莫二十二三岁年纪，目光流转，甚是美貌。她赤着双足，每个足踝与手臂上各套着两枚黄金圆环，行动时金环互击，铮铮有声。肤色白腻异常，远远望去，脂光如玉，头上长发垂肩，也以金环束住。她走到东边居首椅中坐下，后面两个少女，分持羽扇拂尘。

袁承志等疑云重重："五毒教威名在外，武林中人闻名丧胆，五毒教教主何铁手据说是个年轻女子，难道便是这娇滴滴的姑娘么？"

那女子说道："请教尊客贵姓？"语音娇媚。魏涛声便即站起，分别介绍，那女子果是五仙教何教主。袁承志心想："单铁生叫他们五毒教，魏总管却叫作五仙教，想来五毒教之名不雅，是以改称五仙。"坐在第二位的高个子叫潘秀达，坐在第五位的化子叫作"锦衣毒丐"齐云璈，那老乞婆名叫何红药，相貌虽恶，名字倒甚文雅。坐在第四位的人乡农模样，名叫岑其斯。

魏涛声给袁承志等一一引见了，说了各人名号，引见青青时，只说"这位夏相公，是袁盟主的师弟。"至于单铁生是谁，他却一句不提，便像厅上没他这个人似的。何铁手站起身来，蹲腿万福为礼。袁承志等作揖还礼。

双方各自饮了几口茶后，何铁手朗声道："袁相公，听说你有个外号叫'金蛇王'，率领'金蛇营'，在山东青州大破鞑子兵，这事可是有的？"袁承志道："什么王什么王的，是闯军中带队头脑们的惯常称呼，大家散在各地，起兵造反，叫做什么王，那是自高自大，以壮声势，作为号召，吓吓朝廷的意思。'金蛇王'之称，在下很觉不妥，曾传过号令，我们自己队伍中不可这般叫法。我们这支队伍，自己叫作'山宗营'。"何铁手微笑道："袁相公这么办，那真好得很了。我们五仙教巴巴的从云南赶来顺天府，原是想恳请袁相公去了'金蛇王'这三字的称呼。"

青青问道:"那跟你们有什么相干?为什么要来管我们的闲事?"

何铁手微笑道:"那倒不是闲事。金蛇大圣是敝教五仙教所供奉的法物,全教上下对它甚是尊重。齐师兄,"齐云璈站起身来,说道:"在!"何铁手道:"你请出大圣来,让众位贵宾参见!"齐云璈应道:"遵命!"何铁手虽称他为"师兄",但齐云璈对教主甚是敬重。

齐云璈右手挥了几下,坐在最下首的两名教徒走入内堂,搬了一只圆桌面大的沙盘出来,放在厅心。盘为木制,盘底铺了细沙,另有一人提起一只竹笼,打开笼盖,将笼中物事倒入盘中,只见数十只小蛤蟆此起彼落,跳跃不休。另有四人捧过四只陶罐,揭开瓦盖,将罐内物事倒入盘中,分别是青蛇、蜈蚣、蝎子、蜘蛛四般毒物。承志心想:"盘中共有五种毒物,'五毒教'之名想由此而来。"

齐云璈拿起身旁一只陶罐,伸手掏了一把黄色糊状之物,敷在木盘高起的边缘上,围成圆圈,袁承志闻到气息辛辣,料想是硫磺之类克制蛇虫的药物。齐云璈转过身去,捧过供在中间桌上的一只黄色方匣,放在桌心,点燃三枝线香,插入香炉,然后跪下磕头。何铁手、潘秀达、何红药等一齐行礼。齐云璈拜毕站起,打开匣盖,取出一根黄金圆筒,走到沙盘边上,左手提高金筒,右手抽起筒口的一片金片,蓦地金光闪动,一条小金蛇跃入盘中。齐云璈立即退开,香烟袅袅之中,各教众躬身行礼,喃喃念咒。

那小金蛇昂起头来,一张口,便将一只小蛤蟆吞入了肚中。小金蛇灵动异常,见到小蛤蟆跃在空中,它尾部撑着盘底弹起,横飞过去,吞食蛤蟆,身法既巧妙,又好看。青青只瞧得拍手叫好,甚是高兴。那金蛇吃得五六只蛤蟆,便即饱了,张口对着一只只余下的蛤蟆以及青蛇、蜈蚣等毒物喷气,那些毒物给蛇气一喷中,便即翻身摔倒,一个个肚皮向天颤动。各毒物害怕之极,四散奔逃,但小金蛇灵动无比,立即追上喷毒,片刻之间,盘中几十只毒物尽数晕倒翻转,初时肚皮尚不住颤动,过了一会尽数不动,似已给蛇毒毒毙。袁承志暗暗心惊,心想这小金蛇毒性如此厉害,委实罕见。

那小金蛇在沙盘中迅速游动,突然弹起,凌空打两个筋斗,似是一显身手。

这么翻了几个筋斗,游了几圈之后,小金蛇盘成个蛇饼,昂起了头,四下观看,再不动弹。袁承志蓦地想起:"金蛇郎君在秘笈中所传击破棋仙派五行阵之法,多半便是从小金蛇的行动中学来的,他在敌人围中盘起不动,隐藏自身全部弱点,只待敌人出手,他再后发制人,实是高明之极。'金蛇郎君'这外号,料想必与这小金蛇有关。"

只见齐云璈将那黄金筒用绳子吊在一根竹杆上,伸过竹杆,将金筒悬入沙盘放下,筒口打开,对着金蛇。他不敢走近沙盘,似乎怕金蛇跃起伤人。众教徒又皆躬身念诵,小金蛇身子伸展,突然间嗤的一声,钻入金筒,就此不出。齐云璈收杆捧筒,轻轻插下筒口金片,封住筒口,双手捧筒,放入金匣,盖上匣盖后又再磕头。

何铁手回坐椅中,对青青道:"夏相公,请问令尊尊姓大名?"青青道:"我姓夏,我爸爸自然也姓夏。"那老乞婆何红药本来一直目不转睛的望着青青,突然从椅中跳了出来,伸出双手,抓向她肩头,喝道:"金蛇郎君夏雪宜是你什么人?"她相貌奇丑,声音却清脆动听。青青吃了一惊,忙即从椅中跃出避开,喝道:"你干什么?"

陡然间衣襟带风,教主何铁手下首两人同时跃前,站在老乞婆两侧,同声叫道:"那姓夏的小子在哪里?"袁承志见这两人的身形微晃,便倏然上前半丈,武功甚高。这两人一个又高又瘦,正是潘秀达,另一个中等身材,面容黝黑,似是个寻常乡下人,乃是岑其斯。两人都是五十岁左右年纪。

青青以前因身世不明,常引以为耻,但自听母亲说了当年的经过之后,对父亲佩服得了不得,当下昂然道:"金蛇郎君是我爹爹,你们问他干么?"

老乞婆仰头长笑,声音凄厉,令人不寒而栗,叫道:"他居然没死,还留下了你这孽种!我是何红药,他在哪里?"青青下巴一扬道:"为什么要对你说?"

老乞婆双眉竖起,两手猛向青青脸上抓来。这一下发难事起仓卒,青青不及躲避,眼见老乞婆套着明晃晃钢套的尖尖十指,便要触到青青雪白娇嫩的脸颊,袁承志右手衣袖向前挥出,噗的一声,击中老乞婆双臂中间,乘势卷送。老乞婆身不由主,向后翻了个筋斗,腾的一声,坐落在地。

这一来五毒教众人相顾骇然,何红药是教中高手,比教主何铁手还高着一辈,怎地这少年一出手,就轻轻易易的将她摔个筋斗?虽然魏涛声引介他是七省武林盟主,但眼见他年纪轻轻,貌不惊人,居然武功如此奇高,各人尽皆讶异。

何铁手更是仰起了头,呆呆出神。她自己的武功已臻一流高手之境,但万万想不到袁承志衣袖这么一挥落、一卷送,竟可将何红药摔倒,震惊之下,不禁艳羡仰慕,竟然神不守舍,宛似陡然间见到了奇异之极的事物一般。

潘秀达和岑其斯是五毒教的左右护法,两人相顾,点一点头。潘秀达道:"我来领教。"双掌摆动,缓步上前。

沙天广道:"袁相公,我接他的。"袁承志道:"沙兄,用扇子。他手指上有毒尖环,这也是兵器!"沙天广展开阴阳扇,便跟潘秀达斗在一起。这边哑巴与岑其斯默不作声的拳打足踢,斗得火炽。五毒教众人蜂拥而上。胡桂南、铁罗汉、青青各出兵刃接战。五毒教教众除了本来坐在椅中的十六人外,后殿又涌出二十余人助战。

何红药势如疯虎,直往青青身前奔来。袁承志知此人下手毒辣,不可让她接近青青,等她奔近,忽地跃出,伸手抓住她后心,提起来掼了出去。

何铁手粉脸一沉,伸出右手食指,放在口中嘘溜溜的一吹。五毒教教众立即同时退开。众人扑上时势道极猛,退下去也真迅捷,突然之间,人人又都在教主身后整整齐齐的排成两列。何铁手脸露微笑,对袁承志道:"袁相公模样斯文,却原来身负绝技,让我领教几招。"袁承志道:"贵教各位朋友我们素不相识,不知什么地方开罪各位,还请明言。"

何铁手脸上一红,柔声道:"我们大家都是惠王爷招贤馆的宾客,原本是一路同道。你又说愿意取消'金蛇王'的名号,我们已感激不尽。但这时忽然有金蛇郎君牵涉在内,请问金蛇郎君眼下是在哪里?"

青青一拉袁承志的手,低声道:"别对她说。"袁承志道:"教主跟金蛇郎君相识么?"何铁手道:"他跟敝教很有渊源,家父就是因他而归天的。敝教教众万余人,没一个不想找他。"袁承志和青青一惊,均想金蛇郎君行事不可以常理测度,到处树敌,五毒教恨他入骨,也非奇事。袁承志道:"金蛇郎君离此万里,只怕各位永远找他不着了。"

何铁手道:"那么把他公子留下来,先祭了先父再说。"她说话时轻颦浅笑,神态腼腆,全似个羞人答答的少女,可是说出话来却狠毒之极。

袁承志道:"常言道一人做事一人当。各位既跟金蛇郎君有梁子,还是去找他本人为是。"何铁手道:"先父过世之时,小妹还只五岁。十八年来,哪里找得着这位前辈?如把他公子扣在这里,他自然会寻找前来。咱们过去的帐,就可从头算一算了。"

青青叫道:"哼,你也想?我爹爹倘若到来,管教把你们一个个都杀了。"

何铁手微笑道:"不见得罢!"转头问何红药:"像他爹爹吗?"何红药道:"相貌很像,骄傲的神气也差不多。"何铁手细声细气的道:"袁相公,各位请便。我们只留下夏公子。"

袁承志寻思:"他们只跟青弟一人过不去。此处情势险恶,我先把她送出去再说。"向何铁手一揖,说道:"再见了。"语声方毕,左手已拦腰抱起青青,出厅穿过院子,奔到墙边。墙垣甚高,他抱了青青后,更加不能一跃而上,托住她身子向上抛去,叫道:"青弟,留神!"五毒教众人齐声怒喊,暗器纷射。袁承志衣袖飞舞,叮叮当当一阵乱响,暗器都已打落。青青双手已抓住墙头,正要踊身外跃,何铁手倏地离座,左掌猛地向袁承志面门击到。

袁承志见她身形甫动,一股疾风便已扑至鼻端,快速之极,以如此娇弱女儿而具如此身手,不禁惊佩,喝道:"好!"上身陡缩,见击到面前的竟是黑沉沉的一只铁钩,更加吃惊。何铁手右手微挥,一只金环离腕飞上墙头,喝道:"下来!"青青顿觉左腿剧痛,双手松脱,跌下墙来。何红药怪声长笑,五枚钢套忽离指尖,向她身上射去。

这顷刻之间,袁承志已和何铁手拆了五招。两人攻守都迅疾之至。他百忙中见青青势危,一把铜钱掷出,铮铮铮响声过去,何红药的五枚钢套都给打落在地。

何铁手娇喝一声:"好俊功夫!"左手连进两钩。袁承志看清楚她右手白腻如脂,五枚尖尖的指甲上还搽着粉红的凤仙花汁,挥掌劈来,掌风中带着一阵浓香,但左手手掌却已割去,腕上装了一只铁钩。这铁钩铸作纤纤女手之形,五爪尖利,使动时锁、打、刺、戳,虎

第十五回 曼娇衍娥舞施金铁蛇手

虎生风,灵活绝不在肉掌之下。袁承志叫道:"沙兄,你们快夺路出去。"但沙天广等人此时已为五毒教教众缠住拼斗,重围之下,哪里抢得出去?

袁承志乍遇劲敌,精神陡长,伏虎掌法施展开来,威不可当。

何铁手武功别具一格,虽也拳打足踢,掌劈钩刺,但拳打多虚而掌击俱实,有时一掌轻轻捺来,全无劲道。袁承志只道她手下留情,不使杀着,于是发掌之时也稍留余地,酣斗中时时回顾青青,见她坐在地下,始终站不起身,心下挂虑,便即抢攻数招,将何铁手逼退数步,待要过去扶青青站起。

猛听得啪的一声响,铁罗汉和齐云璈四掌相对,各自震开。铁罗汉大叫一声,上前再攻,拆不数招,手掌渐肿。他又气又急,大声嚷道:"这些家伙掌上有毒,别着了道儿。"袁承志这才省悟,原来何铁手掌法轻柔,其实是在诱自己上当对掌,用心阴毒,决非有意容让,眼见情势紧急,当即抢向青青身边,伸手相扶。

何铁手见他扶起青青,不容他再去救铁罗汉,身法快捷,如一阵风般欺近身来。袁承志叫道:"何教主,在下跟你往日无怨,近日无仇,何以如此苦苦相逼?你不放我们走,莫怪无礼。"何铁手一笑,脸上露出两个酒涡,甚是妩媚,说道:"我们只留夏公子一人,尊驾就请便吧。"

袁承志左足横扫,右掌呼的一声迎面劈去,何铁手伸右手挡架,猛见袁承志这一掌来势奇劲,倘若双掌相交,即使对方中毒,自己的手掌也非折断不可。瞬息间手掌变指,微向上抬,径点袁承志右臂"曲池穴"。这一指变得快,点得准,的是高招。

袁承志叫道:"好指法!"左掌斜削敌颈。他知何铁手虽然掌上有毒,却害怕自己掌力沉猛,拳法一变,使出师门绝艺"破玉拳"来。这路拳法招招力大势劲,刘培生号称"五丁手",尚且挡不住他五招。何铁手武功虽高,究是女流,见他一拳拳打来,犹如铁锤击岩、巨斧开山一般,哪敢硬接?她本来脸露笑容,待见对方拳势如此威猛,不禁凛然生惧,游斗闪避,心中钦佩之极。只盼乘机钻研,学得他神妙武功的一招半式,或是看破半分关窍所在,却因对方变招太快太奇,只一瞥之间,又已变了另一招。何铁手心痒难搔,只想跪将下来,求道:"师父,请你教我这一招!"

袁承志乘她退开半步之际，左掌上抬护顶，右拳猛的"石破天惊"，向身旁锦衣毒丐齐云璈身上打去。齐云璈叫道："来得好！"张手向他拳上拿去，只要手指稍沾他拳头，剧毒便传了过去。袁承志哪容他手指碰到，身子微蹲，左手反拿住他衣袖，恼恨此人凶蛮狠辣，以毒掌伤人，右足往他脚后回钩，左足一腿已踹在他右足膝盖下三寸处，喀喇声响，齐云璈膝盖登时脱臼，委顿在地。

胡桂南本在与齐云璈激斗，登时缓出手来，奔去救援给三敌围在垓心的沙天广。袁承志叫道："退到墙边，我来救人！"胡桂南依言反身，将青青和铁罗汉两个伤者扶到墙边。袁承志游目四顾，见沙天广与哑巴均以一敌三，沙天广尤其危急，当下左一脚右一脚，踢飞了两名五毒教弟子，纵入人丛，喀喀喀三声，围着沙天广的三人均已关节受损，或肩头脱榫，或头颈扭曲，或手腕拗折。他不欲多伤人众，又不敢与对方毒掌接触，每次均迅如闪电般抢近身去，隔衣拿住对方关节，一扭之下，敌人不是痛晕倒地，便动弹不得。他救了沙天广后，再抢到哑巴身旁。

哑巴拳法颇得华山派精要，力敌三名高手，虽脱身不得，却不致落败。何铁手一声唿哨，五毒教人众齐向两人围来。袁承志东一窜，西一晃，缠住哑巴的两人一个下颚脱落，一个臂上脱臼，另一个一呆，给哑巴劈面一拳打中鼻梁，鲜血直流。哑巴打发了性，还要追打，袁承志拉住他手臂，拖到墙边，叫道："大家快走，我来应付。"胡桂南当即游上高墙，将一行人众接应上去。袁承志在墙下来回游走，又打倒了十多名敌人，每人均是教中好手，但个个关节脱臼瘫痪。五毒教一败涂地，更无余力再斗。

袁承志向何铁手拱手道："教主姑娘，再见了！"哈哈长笑，背脊贴在墙上，倏忽间游到墙顶。何铁手心中只盼他指点武功，情不自禁的纵声大叫："师父……"两个字出口，急忙收口，旁人不知她是在叫谁。何铁手心神荡漾，摇摇晃晃，几欲晕倒。

何红药放声大叫，五枚钢套向袁承志上中下三路打去，心想他身在墙上，必然难于闪避。袁承志左袖挥出，五枚钢套倒转，反向五毒教众打来。何红药见了这一手反挥暗器的功夫，大叫："你是金蛇郎君的弟子么？"语音中竟似要哭出来一般。

袁承志一怔，心想："她跟金蛇郎君必有极深渊源。"念头转得快,身法更快,未及张口回答,已奔到墙边。

潘秀达躺在地下高声发令,四名教众举起喷筒,四股毒汁猛向袁承志喷来。袁承志只感腥臭扑鼻,提气倒退丈余,毒汁发射不远,溅在地下,犹如墨泼烟薰一般。

袁承志纵身高跃,手攀墙头,在空中打了个圈子,翻过墙头去了,姿势美妙。何铁手望见,不禁喝了一声采。片刻间哑巴等众人也都翻出墙外。袁承志见静悄悄的无人追出,却也不敢停留,把青青负在背上,和众人疾奔进城。

魏涛声见双方一言不合,便即动手,急忙大声劝停,但双方出手凶狠,无人理会,他只好大声叫道:"对不住得很,慢走,慢走!"他虽听袁承志说决不相助朝廷,但毕竟目前惠王的图谋干系太大,万一败事,满门抄斩也还不够。他素知五毒教厉害,因此引见袁承志等与之相识,意在示威示警,好叫袁承志一伙息了与惠王爷作对的念头,待见双方争斗,料想五毒教武功既高,又会行使极可怖的剧毒,心中暗喜,只盼就此一举将袁承志等全数歼灭。不料事与愿违,竟让他们脱身,幸好这些人中不少中毒,就算不死,十天半月内也好不了,不会来干挠惠王爷的大事。

袁承志将到住宅时,忽觉头颈中痒痒的一阵吹着热气,回过头来,青青噗哧一笑。袁承志知她并无大碍,心下宽慰,进宅后忙取出冰蟾,给铁罗汉治伤。余人虽未中毒,但激斗之下,都吸入了毒气,均感头晕胸塞,也分别以冰蟾驱毒。青青足上给何铁手打了一环,雪白的皮肤全成瘀黑,高高肿起。

程青竹在一旁静听他们谈论刚才恶斗的经过,皱眉不语,这时忽然插口道:"袁相公,仙都派的黄木道人,听说就是死在五毒教手里的!"袁承志道:"有人见到么?"程青竹道:"要是有人见到,只怕这人也已难逃五毒教毒手。江湖上许多人都说,黄木道人死得很惨。仙都派后来大举到云南去寻仇,却又一无结果,也真希奇。"

沙天广道:"程兄,那老乞婆果然狠毒,只可惜我们虽见到了,却不能为你报仇。"程青竹道:"我跟五毒教从无瓜葛,不知他们何以找上了我,委实莫名其妙。"

袁承志道:"他们不喜欢我外号叫'金蛇王',你既跟我在一起,他们就向你下手。"程青竹道："多半是这样。"袁承志问道："程帮主……"向青青瞥了一眼，便不说下去了。青青道："怕什么？我代你问好啦！程帮主，你受了重伤，你徒儿阿九知道么？她来瞧过你没有？"程青竹摇摇头。青青又问："要不要我派人去通知她？"程青竹又摇摇头。青青转过头来，向承志双手一摊，耸了耸肩。承志心中确正想到阿九，不知青青何以如此机伶，一猜便猜个正着。

忽然一名家丁进来禀报："金龙帮的焦大姑娘要见袁相公。"青青秀眉一蹙，愠道："她又来干什么了？"袁承志道："请进来吧！"家丁出去领着焦宛儿进来。

她走进厅，跪在袁承志面前拜倒，伏地大哭。袁承志见她一身缟素，心知不妙，忙伸手扶起，说道："焦姑娘快请起，令尊他老人家好么？"焦宛儿哭道："爹爹……给……给闵子华那奸贼害死啦。"袁承志惊问："他……他老人家怎会遭难？"

焦宛儿从身上拿出一个布包，放在桌上，打了开来，露出一柄精光耀眼的匕首，刃身上还残留着乌黑的血迹。袁承志连着布包捧起匕首，见刀柄上用金丝镶着"仙都门下子字辈弟子闵子华收执"几字，显是仙都派师尊赐给弟子的利器。

焦宛儿哭道："咱们到了马谷山，安顿好之后，爹爹在应天府有事要办，禀明了孙仲寿叔叔，我跟着爹爹一起回家，在徐州府客店里住宿。第二日爹爹睡到辰时过了，还不起来，我去叫他，哪知……哪知……他胸口插了这把刀……袁相公，请你作主！"说罢嚎啕大哭。

青青本来对她颇有疑忌之意，这时见她哭得娇楚可怜，心感难过，把她拉在身边，摸出手帕给她拭泪，对袁承志道："大哥，那姓闵的已应承揭过这个梁子，怎么又卑鄙行刺？咱们可不能善罢干休！"

袁承志胸中酸楚难言，想起焦公礼慷慨重义，不禁流下泪来，隔了一阵，问道："焦姑娘，后来你见过那姓闵的么？"焦宛儿哽咽道："我见到爹爹不幸遭难，立即传讯回马谷山。孙仲寿叔叔派遣金龙帮旧部，赶到徐州来听我号令，为爹爹报仇。我们一路追赶那姓闵的，昨天晚上追到了顺天府。"青青叫道："好啊，他在这里，咱们这就去找他。妹妹你放心，大伙儿一定帮你报仇。"程青竹、沙天广等早已得知袁承志在应天府为焦闵两家解仇的经过，听得闵子华如此不守江湖道义，都愤慨异常。沙天广怒道："闵子华是什么东西，沙某倒要斗他一斗。"

焦宛儿向众人盈盈拜了下去,凄然道:"要请众位伯伯叔叔主持公道。"

程青竹一拍桌子,喝道:"闵子华在哪里?仙都派虽然人多势众,老程可不怕他。咱们'金蛇三营'早便是一家人了!"

焦宛儿道:"爹爹逝世后,我跟几位师哥给他老人家收殓,灵柩寄存在徐州广武镖局,随即搜寻闵子华的下落。总是爹爹英灵佑护,没几天河南的朋友就传来讯息,说有人见到那姓闵的奸贼从河南北上。金龙帮内外香堂众香主一路路分批兜截,曾交过两次手,都给他滑溜逃脱了。侄女不中用,还给那奸贼刺了一剑。"

袁承志见她左肩微高,知道衣里包着绷带,想来她为父报仇,必定奋不顾身,可是说到武功,自是不及仙都好手闵子华了。

焦宛儿又道:"昨儿我们追到顺天,已查明了那奸贼的落脚所在。"青青急道:"在哪里?咱们快去,莫给他溜了。"焦宛儿道:"他住在西城傅家胡同,我们帮里已有一百多人守在附近。"袁承志微微点头,心想:"她年纪虽小,办事精明干练。这次金龙帮倾巢而出,闵子华插翅难逃。"焦宛儿又道:"刚才我一位师兄在大街上遇着一位泰山大会中见过面的朋友,才知袁相公跟各位住在这里。"

沙天广大拇指一翘,说道:"焦姑娘,你做事周到,闵子华已在你们掌握之中,你还是来请盟主主持公道,好让江湖上朋友们都说一句'闵子华该杀',好!"

袁承志问道:"准拟几时动手?"焦宛儿道:"今晚二更。"她把匕首包回布包。青青道:"妹子,待会你还是用这匕首刺死他?"焦宛儿点了点头。

袁承志想起焦公礼一生仗义,到头来却死于非命,自己虽已尽力,终究还是不能救得他性命,为德不卒,心下颇为歉疚,金龙帮已入了"金蛇三营",自己义不容辞,要挑起这副担子。闵子华暗中伤人,理应遭报,但这事必须做得让仙都派口服心服,方无后患。

各人用过晚饭,休息一阵,袁承志带同程青竹、沙天广、哑巴、胡桂南、洪胜海五人,随着焦宛儿往傅家胡同而去。青青、铁罗汉两人受伤,不能同行,单铁生自行回家养伤。青青连声叹气,咒骂何铁手这妖女害得她动弹不得。

这时曙光初现,何铁手双钩使将开来,一道黑气,一片黄光,在袁承志身旁纵横盘旋。这铁钩装在手上,运用之际的是灵动非凡,宛如活手一般。

第十六回

荒冈凝冷月
纤手拂晓风

众人来到胡同外十余丈处，焦公礼的几名弟子已迎了上来，说闵子华和他师弟洞玄道人在屋里说话。众人见袁承志出手相助，精神大振。

焦宛儿问袁承志道："袁相公，可以动手了么？"袁承志道："叫大伙守在外面，咱们几个人先去一探。"焦宛儿道："好！"低声对众帮友吩咐几句，和袁承志等跃进墙去。焦宛儿轻功较差，落地时脚下微微一响，屋中灯火忽地熄灭。焦宛儿知仇人已经发觉，不能再探到什么，微发轻哨，四周屋顶到处都探出头来。焦宛儿叫道："姓闵的，出来瞧瞧，是谁来啦！"屋中人默不作声。焦宛儿叫道："点了火把进去！"

金龙帮四名帮友取出火折，点燃带来的火把，昂首而入，旁边四名帮友执刀卫护。突然啪啪啪数声，四根火把打灭了三根，两条黑影从众人头顶飞跃而过。金龙帮帮众一拥而上，四下围住，乒乒乓乓的打了起来。火把增燃，将大院子照耀得如同白昼。

闵子华和洞玄道人知落重围，背靠背的拼力死战，顷刻间把金龙帮帮众刺伤了六七人。伤者一退下，立即有人补上。

再斗一阵，闵子华和洞玄又伤了三四人，但洞玄左臂也已受伤。他剑交右手，舍命力战。两仪剑法本是他使左手剑，闵子华使右手剑，左右呼应，回环攻守。现下两柄都是右手剑，威力立减。斗不多时，洞玄与闵子华身上又各受了几处伤。

袁承志在旁观战，心想："一命还一命，杀闵子华一人已经够了，不必让洞玄也陪在这里。"见两人即将丧命，踊身跳入圈子，金光闪动，呛啷啷一阵响，不但洞玄与闵子华手中长剑为金蛇剑削断，金龙帮诸人的兵刃也有七八柄断头折身。

众人出其不意，都大吃一惊，向后跃开。

袁承志不意此剑竟有如斯威力，连自己也是一呆，心想这都是各人趁手的兵器，自己不过要双方罢手停斗，不料竟削坏了多件兵刃，好生不安。

这时闵子华和洞玄全身血迹斑斑，见袁承志到来，更知无幸。洞玄把断剑往地下一掷，惨笑道："我师兄弟不知何事得罪了阁下，如此苦苦相逼？"翻手从腰间摸出一柄匕首，猛往自己胸膛插落。袁承志左掌如风，在他胸前轻轻一推，右手已拿住他手腕，夹手夺过匕首，火光下看去，见匕首和闵子华刺死焦公礼那一柄全然相同，柄上刻着"仙都门下子字辈弟子洞玄收执"一行字。

洞玄铁青了脸，喝道："我学艺不精，不是你对手，死给你看便了。快把匕首还我！"袁承志怕他又要自杀，将匕首插入腰带，正色道："待得料理清楚，自然还你。"洞玄大怒，叫道："你要杀就杀，不能如此欺人！"说着劈面一拳。袁承志侧身避开，愕然道："在下何敢相欺？"洞玄凛然道："这匕首是本派师尊所赐，宁教性命不在，也不能落入旁人手中。"袁承志一楞，疑云大起，心想这匕首既如此要紧，闵子华怎能于刺杀焦公礼后仍留在他身上，却不取回？当下将匕首双手奉还，说道："在下有一事不明，要请教道长。"洞玄接过匕首，听他说得客气，便道："请说。"

袁承志转过身来，对焦宛儿道："焦姑娘，那布包给我。"焦宛儿递过布包，手握双刀，紧紧监视闵子华。袁承志打开布包，露出匕首。闵子华和洞玄齐声惊呼。金龙帮帮众眼见凶器，想起老帮主惨死，目眦欲裂，各人逼近数步。

闵子华颤声道："这……这……这是我的匕首呀！你从哪里得来？"伸手来取。袁承志手一缩。焦宛儿单刀挥出，往闵子华手臂砍落。闵子华疾忙缩手，这刀便没砍中。焦宛儿待要追击，袁承志伸手拦住，说道："先问清楚了。"焦宛儿停刀不砍，流下两行泪来。

闵子华怒道："当日我们在南京言明，双方解仇释怨。金龙帮干么不顾信义,接连几次前来伤我?你叫焦公礼出来,咱们三对六面,说个明白。姓闵的到底哪一点上道理亏了……"他话未说完,金龙帮帮众早已纷纷怒喝:"我们帮主给你害死了,你这奸贼还来假撇清!"闵子华和洞玄都大吃一惊,齐声道:"什么?焦公礼死了?"

袁承志见二人惊讶神色,不似作伪,心想:"或许内中另有别情。"问道:"你真的不知?"闵子华道:"我把房子输了给你,没面目再在江湖上混,便上开封府去,要跟掌门大师兄水云道长商量,哪知师兄没会到,途中却不明不白的跟金龙帮打了两场。焦公礼好端端的,又怎会死?"焦宛儿听他这么说,也瞧出情形有点不对,哽咽道:"我爹爹……是给……给人用这把匕首害死的……就算不是你,也总是你的朋友。"闵子华恍然大悟,道:"嗯,嗯,这就是了。"焦宛儿喝道:"什么这就是了?"闵子华急忙分辩,结结巴巴的却说不明白。金龙帮众人只道他心虚,声势汹汹的操刀又要上前。

洞玄道人接过闵子华手中半截断剑,掷在地下,凛然道:"各位要让焦帮主大仇不能得报,让真凶奸人在旁暗笑,我师兄弟饶上两条命,又算什么?"挺起胸膛,束手就戮。众人见他如此,面面相觑,一时拿不定主意。

袁承志道:"这样说来,焦帮主不是闵兄杀的?"闵子华道:"姓闵的出于仙都门下,也还知道江湖上信义为先。我既已输给你,又知有奸人从中挑拨,怎会再到南京寻仇?"袁承志道:"焦帮主不是在南京被害的。"闵子华奇道:"在哪里?"袁承志道:"徐州。"洞玄道:"我师兄弟有十多年没到徐州啦。除非我们会放飞剑,千里外杀人性命。"袁承志道:"此话当真?"洞玄伸手一拍自己项颈,说道:"杀头也不怕,何必说假话!"

焦宛儿道:"那么这柄匕首从何而来?"洞玄道:"我这时说出真相,只怕各位还不相信。现下我带你去个地方,一看便知。"闵子华急道:"师弟,那不能去。"洞玄道:"口说无凭,须有实据。焦帮主为奸人杀害,此事非同小可,务须查个水落石出。袁相公和焦姑娘两位是何等样人,决不能坏咱们的事。"闵子华点点头。

焦宛儿问:"去哪里?"洞玄道:"只能带袁相公和你两位同去。人多了不行。"

金龙帮中有人叫了起来:"他要使奸,莫给他们走了。"焦宛儿问袁承志道:"袁相公,你说怎样?"袁承志心想:"看来这两人确是别有隐情,还是一同前往查明真相为妥。要是他们想使诡计,谅来也逃不脱我手掌。"说道:"那么咱们就同去瞧瞧。"

焦宛儿对金龙帮众人道:"有袁相公在,料想他们也不敢怎样。"自焦公礼逝世,焦宛儿已隐然为一帮之主,她率领帮众大举寻仇,众人对她言听计从。袁承志是"金蛇营"首领,早已是帮众的头脑,他为人仁义,武功高强,众人欣然称是,更无异言。

袁承志和焦宛儿随着闵子华师兄弟一路向北。来到城墙边,洞玄取出钩索,甩上去钩住城墙,让焦宛儿先爬了上去,然后他师兄弟先后爬上城头,让袁承志在后监视出城。四人出城后,续向北行。这时方当子夜,月色如水,道路越走越崎岖。再行四五里,上了个乱石山岗,袁承志和焦宛儿都感讶异,不知这两人来此荒僻之处,有何用意。焦宛儿寻思:"莫非这两人在此伏下大批帮手?但有袁相公在此,对方纵有千军万马,他也必能带我脱险。"

上岗又走了二三里,才到岗顶,只见怪石嵯峨,峻险突兀,月光下似魔似怪,阴森森的寒意逼人。洞玄和闵子华走向一块大岩石之后,袁承志和焦宛儿跟着过去,只见岩边赫然停着一具棺木。焦宛儿于黑夜荒山乍见此物,心中一股凉气直冒上来。

洞玄捡起一块石子,在棺材头上轻击三下,稍停一会,又击两下,然后再击三下,双手托住棺盖往上一掀,喀喇一声响,棺材中坐起一具僵尸。焦宛儿"啊"的一声大叫,双手抓住了袁承志左手,不由自主的靠在他身上。

只听那僵尸道:"怎么?带了外人来?"洞玄道:"两位是朋友。这位袁相公,是金蛇郎君夏大侠的弟子。这位焦姑娘,是金龙帮焦帮主的千金。"那僵尸向袁焦二人道:"两位莫怪。贫道身上有伤,不能起身。"洞玄道:"这是敝派掌门师兄水云道人。在这里避仇养伤。"袁承志和焦宛儿才知原来不是僵尸,当即施礼。水云道人拱手答礼。那水云道人脸如白纸,没半丝血色,额角正中从脑门直到鼻梁却是一条殷红色的粗大伤疤,疤痕犹新,想是受创不久,为那惨白的脸色一加映托,更是可怖。

水云道人说道:"我师父跟尊师夏老师交好。夏老师来仙都山时,贫道曾侍奉过他。他老人家可好?"袁承志心想这时不必再瞒,答道:"他老人家已去世多年了。"

水云道人长叹一声,惨然不语,过了良久,才低声道:"刚才听洞玄师弟说道,阁下是金蛇弟子,贫道十分欢喜,心想只要金蛇前辈出手,我师父的大仇或能得报。唉!哪知他老人家竟也已归道山,只怕要让奸人横行一世了。"

焦宛儿心道:"我是为报父仇而来此地,哪知又引出一桩师仇来。"袁承志却想:"程帮主适才说道,黄木道人为五毒教所害,那可又拉在一起了。"

洞玄低声把金龙帮寻仇的事说了,求大师兄向焦宛儿解释。水云道人"咦"了一声,越听越怒,突然手掌翻过,在身旁棺上猛击一掌。

水云道人道:"焦姑娘,我们仙都弟子,每人满师下山之时,师父必定赐他一柄匕首。贫道忝居本派掌门,虽然本领不济,忍辱在这里养伤,但还不敢胡说打诳。焦姑娘,你道这柄匕首是做什么用的?"焦宛儿恨恨的道:"不知道!"

水云道人抬头望着月亮,喟然道:"敝派第十四代掌门祖师菊潭道长当年剑术精妙绝伦,只可惜性子刚傲,又颇有些不明是非,杀了不少无辜之人,结仇太多,终于各派剑客大会恒山,以车轮战法斗他一人。菊潭道长虽然剑下伤了对头十八人,最后筋疲力尽,身受重伤,于是拔出匕首自杀而死。本派因此元气大伤,又得罪了天下英雄,此后定下一条规矩,每名学艺完毕的弟子都授一柄匕首。洞玄师弟,你到那边去。"洞玄不明他用意,但还是朝他手指所指,向西行去。水云等他走出数百步,高声叫道:"行了。"洞玄停步。

水云低声问闵子华道:"闵师弟,这把匕首,叫作什么?"闵子华道:"这是仙都戒杀刀。"水云又问:"师父授你戒杀刀时,有四句什么训示?你低声说来。"闵子华肃然道:"严戒擅杀,善视珍藏,义所不敌,举以自戕。"

水云点点头,向东边一指,道:"你到那边去。"待闵子华走远,把洞玄叫回来,问道:"洞玄师弟,这把匕首,叫作什么?"洞玄道:"仙都戒杀刀。"水云又问:"师父授你此刀之时,有何训示?"洞玄肃然道:"严戒擅杀,善视珍藏,义所不敌,举以自戕。"

水云把闵子华叫回，对袁承志和焦宛儿道："现今两位可以相信，敝派确是有此训示。敝派弟子犯戒，妄杀无辜，也是有的，可是凭他如何不肖，无论如何不敢用这戒杀刀杀人。"

袁承志问道："这匕首为什么叫'戒杀刀'？"

水云道："敝派鉴于菊潭祖师的覆辙，从第十五代祖师起便定下一条门规，严禁妄杀无辜，本派每两年一次在仙都山大会，有人犯戒，便得在师长兄弟之前，用这戒杀刀自行了断。闵师弟要杀焦帮主，虽然当年闵子叶师兄行为不端，有取死之道，但为兄报仇，本来也不算是妄杀，可是后来既知受奸人挑拨，再去加害，那便犯了重大门规，谅他也是不敢。"他叹了口气，说道："这戒杀刀是自杀用的，要是仙都弟子遇敌之时，武功不如，而对方又苦苦相逼，脱身不得，便须以此匕首自杀，免损仙都威名。闵师弟就算敢犯师门严规，天下武器正多，怎会用戒杀刀去杀人？而且刺杀之后，怎么又不把刀带走？"袁承志和焦宛儿听着，都不住点头。

水云又道："焦姑娘，我给你瞧封信。"说着从棺材角里取出一个布包，打了开来，里面是一堆文件杂物。他从中拣出一信，递给焦宛儿。焦宛儿眼望袁承志。袁承志点点头。焦宛儿接过信来，月光下见封皮上写着"急送水云大师兄亲启，闵缄"几个字，知是闵子华写给水云的信，水云道："焦姑娘，请看信！"焦宛儿点点头，抽出信笺，见纸笺上端印着"蚌埠通商大客栈用笺"的红字，信上的字歪歪扭扭，文理也不甚通，写道：

"水云大师兄：你好。焦公礼之事，小弟已明白受人欺骗，胡涂之极，报仇什么的，就此拉倒不干了。但昨晚夜里，小弟的戒杀刀忽给万恶狗贼偷去，真惭愧之至。如果寻不回来，我再没面目见大师兄了，千万千万。小弟闵子华拜上。八月十八日"

焦宛儿读完此信，心想："我与爹爹七月间在山东参与泰山大会，此后南下徐州，爹爹于十一月初二在徐州被害。这信写于八月十八，该当不是假的。"当下更无怀疑，身子颤抖，盈盈向闵子华拜了下去，说道："闵叔叔，侄女错怪好人，冒犯你老人家啦。"拜罢又向洞玄赔礼。两人连忙还礼。

闵子华道："不知是哪个狗贼偷了这把刀去，害死了焦帮主。他留刀尸上，就是要你疑心我呀。"焦宛儿道："侄女真卤莽，没想到这一着,只道闵叔叔害了爹爹后,还要逞英雄好汉,留刀示威。"闵子华道:"我失了戒杀刀,急忙禀告掌门师兄,再和洞玄师弟到处找寻,没一点眉目,后来接到大师兄飞帖,召我们到京师来,这才动身。路上你们没头没脑的杀来,我也只好没头没脑的跟你们乱打一阵。幸亏袁相公赶到,才弄明白这回事。"

水云道:"等我们的事了结之后,要是贫道侥幸留得性命,定要帮焦姑娘找到这偷刀杀人的奸贼。这件事仙都派终究也脱不了牵连。"焦宛儿又裣衽拜谢,将匕首还给闵子华。

袁承志心想,他们师兄弟只怕另有秘事商酌,外人不便参与,便拱手道:"兄弟就此别过。"两人和水云等作别,走出数十步,正要下岗,洞玄忽然大叫:"两位请留步。"

袁承志和焦宛儿一齐停步。洞玄道人奔将过来,说道:"袁相公,焦姑娘,贫道有一件事想说,请两位别怪。"袁承志道:"道长但说不妨。"洞玄道:"这里的事,要请两位千万不可泄漏。本来不须贫道多嘴,实因与敝师兄性命攸关,不得不冒昧相求。"按照江湖道上规矩,别帮别派任何诡秘怪异之事,旁人瞧在眼里,决不能传言谈论,否则凶杀灾祸立至,此事人所共知,但洞玄竟如此不放心,不惜冒犯叮嘱,自是大非寻常。

袁承志心中一动,虽事不干己,但想大家武林一脉,有事该当相助,说道:"不知令师兄有甚危难之事,兄弟或可相助一臂。"

洞玄和袁承志交过手,知他武功卓绝,不但高出自己十倍,也远在仙都第一高手水云师兄之上,听他这么说,心头一喜,忙道:"袁相公仗义相助,真是求之不得,待贫道禀过大师兄。"匆匆回去,低声和水云、闵子华商量。三人谈了良久,似乎难以决定。

袁承志心想:"既然他们大有为难,不愿外人插手,那就不必多事了。"高声叫道:"两位道长、闵兄,兄弟先走一步,后会有期!"一拱手就要下岗。

水云道人叫道:"袁相公,请过来说几句话。"袁承志转身走近。水云道:"袁相公肯拔刀相助,我们师兄弟委实感激不尽。不过这是本门私事,情势凶险万分,实在不敢要袁相公无故犯险。还请别怪贫道不识好歹。"说着拱手行礼。

袁承志知他是一片好意,心想这人倒也颇具英雄气概,说道:

"道长说哪里话来？既是如此，就此告辞。道长如需相助，兄弟自当尽力，随时送信到正条子胡同就是。"

水云低头不语，忽然长叹一声，说道："袁相公如此义气，我们的事虽然说来羞人，如再相瞒，可就不够朋友了。两位请坐。洞玄师弟，你对两位说罢。"

洞玄等两人在石上坐好，自己也坐下说道："我们恩师黄木道人生性好动，素喜到处云游，除了两年一次的仙都大会之外，平日少在山上。五年前的中秋，又是大会之期，恩师竟不回山主持，也不带信回来，这是从来没有的事，众弟子又是奇怪，又是担忧。恩师这次是到南方云游采药，大伙儿忙分批到云贵两广查访，各路都没消息。我和闵师哥在客店之中得到点苍派追风剑万里风的书信，说有急事邀我们前往。我们两人赶到云南大理万大哥家中，见他身受重伤，躺在床上。一问之下，原来是为了我们恩师才受的伤。"

袁承志想起程青竹曾说黄木道人是死于五毒教之手，暗暗点头，听洞玄又道："追风剑万大哥说道，那天他到大理城外访友，见到我们恩师受人围攻。点苍派跟仙都派素有渊源，他当即仗剑相助。岂知对方个个都是高手，两人寡不敌众，万大哥先遭毒手，昏倒在地，后来由人救回，恩师却生死不明。万大哥肩头和胁下都为钢爪所伤，爪上喂了剧毒。看这情形，必是五毒教所为。他后来千辛万苦的求到灵药，这才死里逃生。于是我们仙都三十二弟子同下云南寻师，要找五毒教报仇。可是四年来音讯全无，恩师自是凶多吉少。五毒教又隐秘异常，踏遍了云南全省，始终没半点线索，大家束手无策，才离云南。不久前北方传来消息，说五毒教教主何铁手到了顺天……"

袁承志"啊"了一声。洞玄道："袁相公识得她么？"袁承志道："我有几位朋友昨天刚给她毒手所伤。"洞玄道："令友不碍事么？"袁承志道："眼下已然无妨。"

洞玄道："嗯，那真是天幸。我们一得讯，大师兄便传下急令，仙都弟子齐集京师。我们在来京途中遇到焦姑娘，那不必说了。大师兄比我们先到，他与何铁手狭路相逢。那贱婢竟然出言讥刺，十分无礼。大师兄跟她动起手来，这贱婢手脚滑溜，大师兄一不留神，额上为她左手铁钩所伤，下盘又中了她五枚暗器。她只道铁钩喂有剧毒，大师兄一定活不了，冷笑几声便走了。好在大师兄内功精湛，又知对头周身带毒，在动手之前已先服了不少解药，身边又带了不少外用解毒膏丹，这才幸没遭难。"

水云叹道："贫道怕她知我不死，再来赶尽杀绝，不敢在寓所养伤，只得找了这样古怪的地方静养，再过三个月，毒气可以慢慢拔尽。师父多半已丧在贱婢手下，这仇非报不可。只是对头手段太辣，毒物厉害，是以贫道不敢拖累朋友。"

闵子华问道："袁相公怎么也跟五毒教结了梁子？"袁承志于是将如何在惠王府遇到五毒教、程青竹如何为老丐婆抓伤的事简略说了。水云道："袁相公既跟他们并无深仇，吃了点小亏，也就算了。你千金之体，犯不着跟这等毒如蛇蝎之人相拼。"

袁承志心想自己有父仇在身，又要辅佐闯王和义兄李岩图谋大事，这些江湖上的小怨小仇，原不能过于当真，否则纠缠起来永无了局，点头道："道长指教甚是。我有一只朱睛冰蟾，可给道长吸毒。"当下用冰蟾替他吸了一次毒，乱石岗上无酒浸出蟾中毒液，于是把冰蟾借给洞玄，教了用法，要他替水云吸尽毒气后送回。水云、闵子华、洞玄不住道谢。

袁承志和焦宛儿缓缓下岗，走到一半，宛儿忽往石上一坐，轻轻啜泣。承志轻拍她肩膀，低声问道："怎么？焦姑娘，你不舒服么？"宛儿摇摇头，拭干泪痕，若无其事的站了起来。承志心想："这一来，她金龙帮和仙都派虽化敌为友，但她杀父大仇如何得报，却更渺茫了。也难为这样一个年轻姑娘，居然这般硬朗。"

两人回进城里，天将微明，袁承志把焦宛儿送回金龙帮寓所，自回正条子胡同。他在长街一排民房屋顶上展开轻身功夫，倏然之间，已过了几条街，一时奔得兴发，使出"神行百变"绝技，真如飞燕掠波、流星横空一般，耳旁风动，足底无声，正奔得高兴，忽听身旁低喝一声："好功夫！"

袁承志陡然住足，白影微晃，一人从身旁掠过，娇声笑道："追得上我吗？"语声方毕，已窜在七八丈外。袁承志见这人身法奇快，心中一惊："这是个女子，轻身功夫竟如此了得？"他少年人既好奇，又好胜，提气疾追。那人毫不回顾，如飞奔跑。时候一长，袁承志的内力、轻功终于高出一筹,脚下加劲,片刻间追过了头,赶在那人面前数丈,回转身来。

那人格格娇笑,说道:"袁相公,今日我才当真服你啦!"只见她长袖掩口,身如花枝颤袅,正是五毒教教主何铁手。她全身白衣如雪,给足底黑瓦一衬,更是黑的愈黑,白的愈白。武林中人所穿夜行衣非黑即灰,俾得夜中不易为人发觉,敌人发射暗器不能取得准头,她竟然一身白衣,若非自恃武艺高强,决不能如此肆无忌惮。袁承志拱手说道:"何教主有何见教?"何铁手笑道:"袁相公昨日枉驾,有不少碍手碍脚之人在场,大家分了心,不能好好见个高下。小妹今日专诚前来,讨教几招。袁相公半夜三更的送一位美貌姑娘回家,好风流多情啊!"边说边笑,语音娇媚。

袁承志心想:"我送焦姑娘回家,原来给她瞧见了。此事不必多提!"便道:"教主这般身手,男子中也难得一见。兄弟十分佩服。却不必再比了。"

何铁手笑道:"昨日试拳,袁相公掌风凌厉之极。小妹力气不够,不敢接招。今日比比兵刃如何?"也不等袁承志回答,呼的一声,已将腰间一条软鞭抖了出来,微光中但见鞭上全是细刺倒钩,只要给它扫中一下,皮肉定会给扯下一大块来。何铁手娇滴滴的道:"袁相公,这叫做蝎尾鞭,刺上是有毒的,你要加意小心,好么?"袁承志听她说话,不觉打个寒战。她语气温柔,关切体贴,含意却极狠毒,两者浑不相称。

袁承志雅不欲跟她没来由的比武,抱拳说道:"失陪了!"何铁手不等他退开,手腕轻抖,蝎尾鞭势挟劲风,径扑前胸。袁承志上身后仰避开,不等蝎尾鞭次招再到,已窜出数丈。何铁手知追他不上,朗声叫道:"金蛇郎君的弟子如此脓包,败坏了师尊一世威名!"袁承志一楞停步,心想:"我几次相让,他们五毒教骄纵惯了,还道我当真怕她。"心念微动之际,白影闪处,蝎尾鞭又带着一股腥风扑到。

袁承志眉头一皱,暗想:"这等喂毒兵器纵然厉害,终究为正人君子所不取。她好好一个女子,却身在邪教,以致行事不端。"料想蝎尾鞭全鞭有毒,不能白手抢夺,索性双手拢入袖中,身随意转,的溜溜的东闪西避,使的是木桑所授的轻身功夫。何铁手鞭法虽快,哪里带得到他一片衣角?袁承志捷若飞禽,何铁手只瞧得心魂俱醉,大为颠倒,想不到世上竟有如此高明武功。

转瞬间拆了二十余招,何铁手娇喝:"你一味闪避,算什么好汉?"袁承志笑道:"你想激我夺你鞭子?又有何难。"俯身而前,双手在屋顶分别捡起一片瓦片,凝视鞭影,看得亲切,叫道:"撤鞭!"两块瓦片一上一下,已将蝎尾鞭夹在中间,顺手里夺,右足乱动,瞬息间连踢三脚。何铁手刚想运劲夺鞭,对方足尖已将及身,只得撤鞭倒退,不想踏了个空,跌下屋去。袁承志抢住鞭柄,笑问:"金蛇郎君的弟子怎么样?"

但听得何铁手柔媚的声音叫道:"很好!"她身法好快,刚一着地,又即窜上屋顶,饶是袁承志身有绝顶轻功,也不禁佩服。

何铁手右手叉在腰间,身子微晃,腰肢款摆,似乎软绵绵地站立不定,笑道:"还要领教袁相公的暗器功夫,我们五仙教有一门含沙射影……"袁承志听她娇声软语的说着话,也不见她身转手扬,突然间眼前金光闪动,大惊之下,知道不妙,百忙中"一飞冲天",跃起寻丈,只听得一阵细微的铮铮之声,数十枚暗器都打在屋瓦之上。

原来这门暗器是无数极细的镀金钢针,机括装在胸前,发射时不必先取准头,只须身子对正敌人,随手在衣内腰间一按,一股钢针就由强力弹簧激射而出。真是神不知,鬼不觉,何况钢针既细,为数又多,一枚沾身,便中剧毒。武林中任何暗器,不论是钢镖、袖箭、弹丸、铁莲子,发射时总得动臂扬手,对方如是高手,一见早有防备。但这毒针之来,事先绝无半点朕兆,教外人知者极少,等到见着,十之八九非死即伤,而伤者不久也必送命。这暗器他们称之为"含沙射影",端的武林独步,人间无双。

袁承志身子未落,三枚铜钱已向她要穴打去,怒喝:"我跟你无怨无仇,为什么下此毒手?"何铁手侧身避开两枚铜钱,右手翻转,接住了第三枚,轻叫一声:"啊哟,好大的劲儿,人家的手也给你碰痛啦。"看准袁承志落下的方位,还掷过来。

听声辨形,这枚铜钱掷来的力道也颇不弱,袁承志刚想伸手去接,突然心里一动:"这人手上有毒,别上她当。"长袖挥动,又把铜钱拂了回去。这一下劲力就没手掷的大,何铁手伸出两指,轻轻拈住,放入衣囊,笑道:"多谢!可是只给我一文钱,不太小气了些吗?"手掌伸出来时迎风一抖,十多条非金非丝的绳索向他头上罩来。

袁承志恼她适才偷放毒针手段阴毒之极,当下再不客气,扬起蝎尾鞭,往她绳上缠去。何铁手斗然收索,笑道:"蝎尾鞭是我的呀。你使我兵器,害不害臊呀?"说的是一口云南土音,又糯又脆,加了不少嗲声嗲气,手上却毫不延缓。

袁承志把蝎尾鞭远远向后掷出,叫道:"我再夺下你这几根绳索儿,你们五毒教从此不能再来纠缠,行不行?"何铁手娇笑道:"这不叫绳索儿,这是软红蛛索。你爱夺,倒试试看。"说着蛛索横扫,拦腰卷来。这蛛索细长多丝,四面八方同时打到。

袁承志侧身闪避,想抢攻对手空隙,哪知她十多根蛛索有的攻敌,有的防身,攻出去的刚收回守御,原来缩回的又反击而出,攻守连环,并无破绽。

拆了十余招后,袁承志已看出蛛索的奥妙,心想:"这蛛索功夫是从蜘蛛网中变化出来的。"乘她一招使老,进攻的索子尚未收回、而守御的索子已蓄势发出之际,身形微斜,陡然欺近她背心,伸手向她胁下点去。这招快极险极,何铁手万难避开,忽然间身子侧过。袁承志见这一下如点实了,手指非碰到她胸部不可,脸上发热,凝指不发,心想:"你这招太也无赖!"

何铁手左手钩疾向右划。袁承志急忙缩手,嗤的一声,袖口已给铁钩子划了一条缝。何铁手道:"啊哟,把袁相公袖子割破啦。请您除下长衫,我去给你补好。"

袁承志见她狡计百出,心中愈怒,乘势一拉,扯下了右臂破袖,使得呼呼风响,不数招,袖子已与蛛索缠住,用力挥出,破袖与蛛索双双脱手,都掉到地下去了。

袁承志道:"怎么样?"何铁手格格笑道:"不怎么样。你的兵刃不也脱手了么?还不是打了个平手?"反手在背上一抽,右手中多了一柄金光闪闪的钩子。

袁承志见她周身法宝,层出不穷,也不禁头痛,说道:"我说过夺下你蛛索之后,你们可不能再来纠缠。"何铁手笑道:"你说你的,我几时答允过啊?"袁承志心想果然不错,她确没答允过,但这般一件一件比下去,何时方了?哼了一声,说道:"瞧你还有多少兵器?"心想把她每件兵器都夺下来,她总要知难而退了。

何铁手道:"这叫做金蜈钩。"左手前伸,露出手上铁钩,说道:

"这是铁蜈钩,为了练这劳什子,爹爹割断了我一只手。他说兵器拿在手里,总不如干脆装在手上灵便。我学了十八年啦,还不大成。袁相公,这钩上可有毒药,你别用手来夺呀!"

只见她连笑带说,慢慢走近,袁承志外表淡然自若,内心实深戒惧,只怕她又使什么奸谋,正自严加提防,忽听远处隐隐有唿哨之声,猛然心动,暗叫:"不好!莫非此人绊住了我,却命她党羽去加害青青他们?"也不等她话说完,回身就走。

何铁手哈哈大笑,叫道:"这时再去,已经迟了!"金钩空晃,铁钩疾伸,猛向他后心递来。袁承志侧过身子,左腿横扫。何铁手纵身避过,双钩反击。这时曙光初现,只见一道黑气,一片黄光,在他身边纵横盘旋。这女子兵刃上功夫之凌厉,仅比在盛京所遇的玉真子稍逊而已。承志挂念青青等人,不欲恋战,数次欺近要夺她金钩,总是给她回钩反击,或以铁钩护住。这铁钩装在手上,运用之际的是灵动非凡,宛似活手。

袁承志拆到三十余招,兀是打她不退,探手腰间,金光闪动,拔出了金蛇宝剑。何铁手笑容立敛,喝道:"这金蛇剑是我们五仙教的啊!你怎么偷去了?"袁承志唰唰数剑,何铁手武功虽高,怎抵挡得住?当的一声,金钩给金蛇剑削去半截。袁承志喝道:"你再纠缠,把你的铁手也削断了。"她脸上微现惧色,果然不敢逼近,随即微笑,屈膝行礼,正色道:"袁相公,昨天我见到你后,一晚睡不着,今晚更加睡不着了。我……我……好想拜你为师,叫你一声师父,师……父……"

袁承志正色道:"那可不敢当!"收剑回腰,疾奔回家,刚到胡同口,见洪胜海躺在地下,颈中流血,忙抢上扶起,幸喜尚有气息。洪胜海咽喉受伤,不能说话,伸手向着宅子连指。袁承志抱他入内,只见宅中桌翻椅折,门破窗烂,显是经过一番剧战。

袁承志越看越心惊,撕下衣袖替洪胜海扎住了咽喉伤口,奔进内堂,里面也是处处破损,胡桂南与程青竹躺在地下呻吟。袁承志忙问:"怎么?"胡桂南道:"青姑娘……给……五毒教掳去啦。"袁承志大惊,问道:"沙天广他们呢?"胡桂南伸手指向屋顶。袁承志不及多问,急跃上屋,只见沙天广和哑巴躺在瓦面,都受伤中毒。虽幸喜无人丧命,但满屋同伙个个重伤,真是一败涂地,青青更不知去向。

袁承志愤怒自责："我怎般胡涂,让这女子缠住了也没警觉。"

宅中僮仆在恶斗时尽皆逃散,这时天色大明,敌人已去,才慢慢分别回来。

袁承志把哑巴和沙天广抱下地来,写了张字条,命仆人急速送去金龙帮寓所,请焦宛儿取回朱睛冰蟾,前来救人。他为沙天广、胡桂南等包扎伤口,询问敌人来袭情形。

铁罗汉上次受伤卧床未起,幸得未遭毒手,说道："三更时分,胡桂南首先发觉敌踪,把哑巴老兄扯上屋去。两人一上屋,立让十多名敌人围住了。我在窗口中看得清楚,就是全身没力,动弹不得,只有干着急的份儿。眼见哑巴老兄、沙老兄和程老夫子都伤了好几名敌人,但对方实在人多。大家边打边退,在每一间屋里都拼了好一阵,最后个个受伤,青姑娘也给他们掳了去。袁相公……我们实在对你不起……"

袁承志道："敌人好狠毒,是我胡涂,怎怪得你们? 眼下救人要紧。"

他到马厩牵了匹马,向城外驰去,将到惠王府时下了马,将马缚在树上,走到府前,大叫："何教主,请出来,我有话说。"边门开处,一阵猙猙狂吠,扑出十多头凶猛巨犬,后面跟着数十人。他想："这次可不能再对他们客气了!"左手连挥,十多枚金蛇锥激射而出,金光闪闪,每只巨獒脑门中了一枚,只只倒毙在地。他绕着众犬转了个圈子,双手将金蛇锥一一收入囊中。

五毒教人众本待乘他与巨獒缠斗,乘隙喷射毒汁,哪知他杀毙众犬竟如此神速,不由得都惊呆了,待他收回暗器,当先一人发一声喊,转身便走。余人一拥进内,待要关门,哪里还来得及? 袁承志已从各人头顶跃过,抢在头里。

他深入敌人腹地之后,反而神定气闲,叫道："何教主再不出来,莫怪我无礼了。"

只听嘘溜溜的一阵口哨,五毒教众人排成两列,中间屋里出来十多人。当先一人是何红药,后面跟着左右护法潘秀达、岑其斯,以及锦衣毒丐齐云璈等一批教中高手。

袁承志道："在下跟各位素不相识,既无宿怨,也无新仇,各位却来到舍下,将我朋友个个打得重伤,还将我兄弟掳来,那是什么缘由,要向何教主请教。"

何红药道:"你家里旁人跟我们并没冤仇,那也不错,因此手下留情,没当场要了他们性命。至于那姓夏的小子呢,哼,我们要慢慢的痛加折磨。"袁承志道:"她年纪轻轻,什么事情对你们不住了?"何红药冷笑道:"谁教他是金蛇郎君的儿子?哼,这也罢了,谁教他是那个贱货生的?"袁承志一怔,心想她跟青青的母亲又有什么仇嫌了?何红药见他沉吟不语,阴森森的道:"你来胡闹些什么?"袁承志道:"你们如跟金蛇郎君有梁子,干什么不自去找他报仇?"何红药道:"老子要杀,儿子也要杀!你既是他弟子,连你也要杀!"

袁承志不愿再与她纠缠不清,高声叫道:"何教主,你到底出不出来?放不放人?"屋中寂然无声,袁承志挂念青青,斜身疾从何红药身旁穿过,向厅门冲去。两名教徒来挡,袁承志双掌起处,将两人直掼出去。他冲入厅内,见空空荡荡的没有人影,转身直奔东厢房,踢开房门,见两名教众卧在床上,却是日前给他扭伤了关节之人,见他入来,吓得跳起身来。

袁承志东奔西窜,四下找寻,五毒教众乱成一团,处处兜截。五毒教教众所住的招贤馆宾馆是在偏屋,与惠王府正屋有厚墙隔开。过不多时,袁承志已把招贤馆偏屋的每间屋子都找遍了,不但没见到青青,连何铁手也不在屋里。他焦躁异常,把缸瓮箱笼乱翻乱踢,里面饲养着的蛇虫毒物都爬了出来。五毒教众大惊,忙分人捕捉毒物。宾馆还住有其他江湖人众,眼见局面凶险,登时逃避一空。

潘秀达叫道:"是好汉到外面来决个胜负。"袁承志知他在教中颇有地位,决意擒住他逼问青青下落,叫道:"好,我领教阁下的毒掌功夫!"施展神行百变轻身功夫,双足一顿,已跃到他面前。潘秀达见他说到便到,大吃一惊,呼呼两掌劈到。袁承志道:"别人怕你毒掌,我偏不怕!"潘秀达叫道:"好,你就试试。"袁承志右掌挺出,往他掌上抵去。

潘秀达大喜,心想:"你竟来和我毒掌相碰,这可是自寻死路,怨我不得。"双掌运力,猛向前推,眼见要和敌掌相碰,相距不到一寸,突见对方手掌急缩,脑后风声微动,这时劲力在前,待要缩身回掌,颈中一紧,身子已给提起。五毒教众齐声呐喊,奔来相救。袁承志抓起潘秀达挥了个圈子。众人怕伤了护法,不敢逼近。

袁承志喝道："你们掳来的人在哪里？快说。"潘秀达闭目不理。袁承志潜运混元功，伸指在他脊骨旁穴道戳去。潘秀达登时背心剧痛，有如一根钢条在身体内绞来搅去。袁承志松手把他摔落。潘秀达痛得死去活来，在地下滚来滚去，却不吐声息。

袁承志道："好，你不说，旁人呢？"灵机一动："我的混元功点穴法除了本门中人，天下无人能救。且都给他们点上了，谅来何铁手便不敢加害青弟。"当下身形晃动，在众人身旁穿来插去。教徒中武功高强之人还抵挡得了三招两式，其余都是还没看清敌人身法，穴道已给闭住。片刻之间，院子中躺下了二三十人。本来穴道受闭，尽管点穴手法特异，旁人难解，几个时辰后气血流转，穴道终于会慢慢自行通解。但他这次使上了混元功，真力直透经脉，穴道数日不解，此后纵然解开，也要酸痛难当，十天半月不愈，甚或终身受损。那日他在衢州静岩点倒温氏四老，使的便是这门手法。

何红药见势头不对，大声呼啸，夺门而出。余众跟着拥出，不一刻，一座大屋中空荡荡的走得干干净净，只剩下地上动弹不得的几十人，有的呻吟低呼，有的怒目而视。

袁承志大叫："青弟，青弟，你在哪里？"除了阵阵回声之外，毫无声息。他仍不死心，又到偏屋的每个房间查看一遍，终于废然退出，提起几名教众逼问，各人均闭目不答。

袁承志无法可施，只得回到正条子胡同。见宛儿已取得冰蟾，率领了金龙帮的几名大弟子来到相助，将沙天广等身上毒气吸净、伤口包好。承志见各人性命无碍，但青青落入敌手，不禁愁肠百结。宛儿软语宽慰，派出帮友四处打听消息。

过了大半个时辰，忽然蓬的一声，屋顶上掷下一个大包裹。众人吃了一惊。袁承志焦急异常，双手力扯，拉断包上绳索，还未打开，已闻到一阵血腥气，心中怦怦乱跳，双手出汗，揭开包袱，赫然是一堆给切成八块的尸首，首级面色已成乌黑，但白须白发宛然可辨，看清楚是独眼神龙单铁生。

他跃上屋顶，四下张望，只见西南角上远处有条黑影飞跑疾奔，料知必是送尸首来之人，当下提气急追，赶出里许，只见他奔入一座林子中去了。

袁承志直跟了进去。只见那人走到树林深处，数十名五毒教教众围着一堆火,正在高声谈论。一人偶然回头,突见袁承志掩来,惊叫道:"恶家伙来啦!"四散奔逃。

袁承志先追逃得最远最快的,举手踢足,将各人穴道一一点了,回过身来,近者手点肘撞,远者铜钱掷打,只听得林中呼啸奔逐,惊叫斥骂之声大作。过了一盏茶时分,林中声息俱寂,袁承志垂手走出,拍了拍身上灰尘。

这一役把岑其斯、齐云璈等五毒教中高手一鼓作气的尽数点倒,只何铁手和何红药两人不在其内。他心中稍定,寻思:"只要青弟此时还不遭毒手,他们便有天大仇恨,也不敢加害。"

回到住宅,焦心等候,傍晚时分,出去打探的人都回报说没找到线索。天交二更,袁承志吩咐吴平与罗立如,将单铁生的尸首送往顺天府衙门去,公门中人见到他的模样,自知是五毒教所下毒手。焦宛儿领着几名帮友,留在宅里看护伤者,防备敌人。

袁承志焦虑挂怀,哪里睡得着?盘膝坐在床上,筹思明日继续找寻青青之策。约莫坐了一个更次,四下无声,只听得远处深巷中有一两声犬吠,打更的竹柝由远而近,又由近而远。他思潮起伏,自恨这一次失算中计,遭到下山以来的首次大败,静寂中忽听得围墙顶上轻轻一响,心想:"如是吴罗二人回来,轻身功夫无此高明,必是来了敌人。"当下安坐床上,静以待变。只听窗外如一叶落地,接着一人格格娇笑,柔声道:"袁相公,客人来啦。"袁承志道:"有劳何教主枉驾,请进来吧!"取出火折点亮蜡烛,开门迎客。

何铁手飘然而入,见袁承志室中陈设简陋,除了一床一桌之外,四壁萧然,笑道:"袁相公好清高呀。"袁承志哼了一声。

何铁手道:"我这番来意,袁相公一定知道的了。"袁承志道:"要请何教主示下。"何铁手道:"你有求于我,我也有求于你,咱们这回合仍没输赢。"袁承志道:"我想不必再较量了。何教主有智有勇,兄弟十分佩服。"何铁手笑道:"这是第一个回合,除非你把我们五仙教一下子灭了,否则还有得让你头疼的呢。"

袁承志一凛,心想他们纠缠不休,确是不易抵挡,说道:"何教主既跟我那兄弟的尊人有仇,还是径去找他本人为是,何必跟年轻人为难?常言道得好:冤家宜解不宜结……"何铁手嫣然一笑,说道:

"倘若那人真是你的兄弟,事情倒不易办了。这般花容月貌的大姑娘,连我见了也不禁动心,袁相公只怕不能任由她落入一批心狠手辣之辈的毒手罢?客人到来,你酒也不请人喝一杯么?"

袁承志心想此人真怪,于是命僮仆端整酒菜。宛儿不放心,换上了书僮的装束,亲端酒菜,送进房来。何铁手笑道:"真是强将手下无弱兵,袁相公的书僮,生得也这般俊。"

袁承志斟了两杯酒。何铁手举杯饮干,接着又连饮两杯,笑道:"袁相公不肯赏脸喝我们的酒,小妹却生来卤莽大胆。"宛儿接口道:"我们的酒永远不会有毒。"何铁手笑道:"好,好,真是一位伶牙利齿的小管家。干杯!"

袁承志和她对饮了一杯,烛光下见她星眼流波,桃腮欲晕,含羞带笑,神态娇媚,暗忖:"所识女子之中,论相貌美丽,言动可爱,自以阿九为第一,无人可及。小慧诚恳真挚。宛儿豪迈可亲。青弟虽爱使小性子,但对我全心全意,一片真情,令人心感。哪知还有何铁手这般艳若桃李、毒如蛇蝎的人物,真是天下之大,无奇不有。"何铁手见他出神,也不言语,只淡淡而笑,过了一会,低声道:"袁相公的武功,小妹拜服之极。似乎尊师金蛇郎君也不会这点穴手段。这门功夫,袁相公是另有师承的了。"袁承志道:"不错,我是华山派门下弟子。"何铁手道:"袁相公武功集诸家所长,难怪神乎其技。小妹今晚是求师来啦。"

袁承志奇道:"这话我可不明白了。"何铁手笑道:"袁相公倘若不嫌小妹资质愚鲁,就请收归门下。"袁承志道:"何教主一教之长,武功出神入化,却来开这玩笑。"何铁手道:"你如不传我解穴之法,难道我们教中几十个人,就眼睁睁让他们送命不成?"袁承志道:"只要你把我朋友送回,再应承以后永远不来纠缠,我当然会给他们解救。"何铁手道:"这么说来,袁相公是不肯收我这个弟子了?"

袁承志道:"兄弟学艺未精,求师还来不及,哪敢教人?咱们好言善罢,既往不咎,你道怎样?"何铁手笑道:"你把我的部属治好,咱们就两家言和,化敌为友。不过,你的夏姑娘是我姑姑请去的,虽跟我不相干,我却混水摸鱼,另有用意,那是要挟,要你收我为徒,我才肯放人。像你这等明师,千载难逢,我阴魂不散,非拜你为师不可。师父!你答应了吧!"说到后来,软语相求,娇柔婉转,听来简直有些销魂蚀骨，倒似是以女色相诱一般。宛儿听到这里，走出房外。

袁承志见她娇媚百端，不敢稍假辞色，板起了脸，默不作声。

何铁手盈盈站起，笑道："啊哟，咱们的袁大盟主生气啦。"敛衽万福，笑道："好啦，好啦，我给你赔不是。"袁承志还了一揖。何铁手道："夏姑娘在我们这里，我担保决不敢有一分一毫无礼相待，我就当她是师娘一般恭恭敬敬，总要感动得你做成我师父，徒儿自然把我师娘好好送回给师父。此后也决不再骚扰你别的朋友。明儿便请你大驾光临，救治我的朋友。"

袁承志道："救你部属，一言为定。其余却免谈了。"何铁手微微躬身，转身走出。她并不上屋，径往大门走去。袁承志只得跟着送出，僮仆点烛开门。

焦宛儿跟在袁承志身后，暗想："这女子行动诡秘，别在大门外伏有徒党，诱袁相公出去袭击，我先去瞧瞧。"于是慢慢落后，身上藏好蛾眉钢刺，越墙而出，躲在墙角边向外望去，只见大门口停了一乘暖轿，四名轿夫站在轿前，此外却无别人。宛儿矮了身子，悄悄走到轿后，双手把轿子轻轻一托，知道轿内无人，这才放心，正要走回，大门开处，僮仆手执灯笼，袁承志把何铁手送了出来。

宛儿寻思："袁相公对夏姑娘钟情极深，她给敌人掳了去，袁相公耽心之极。我要查到夏姑娘的所在，好让袁相公去救人。我要拼了命报答袁相公的大恩。"她存了报恩之心，也不怕艰险，缩身钻入轿底，手脚攀住轿底木架。那暖轿四周厚呢轿障围住，又在黑夜，无人发觉。只听得何铁手一阵轻笑，踏入轿中。四名轿夫抬起轿子，快步而去。

只觉四名轿夫健步如飞，原来抬轿的人也都身有武功，她不禁害怕起来。这时正当隆冬，寒风彻骨，暖轿底下都结了冰，为她口中热气一呵，化成了冷水一滴滴的落下。宛儿只得任由冷水落在脸上，不敢拂拭，只怕身子一动，给何铁手发觉。

走了约莫半个时辰，忽听一声呼叱，轿子停住。一个男人声音喝道："姓何的贱婢，快出来领死。"焦宛儿心中奇怪："这声音好熟，那是谁啊？嗯，那是闵子华！"

只听得四周脚步声响，许多人围了上来。轿夫放下轿子，抽出兵刃。焦宛儿拉开轿障一角向外张望,见东边站着四五人,都是身穿道袍、手执长剑的道士,心想:"西、北、南三边必都有人,仙都派大举报仇来了。"只觉轿身微微一晃,何铁手已跃出轿外,娇声喝道:"水云贼道死了没有?你们胆子也真大,想干什么?"一名长须道人喝道:"我们师父黄木道长到底在哪里,快说出来,免你多受折磨。"

何铁手格格娇笑,柔声道:"你们师父难道是三岁娃娃,迷路走失了,却来问我要人?你们把师父交给我照管了?好吧,我帮你们找找吧,免得他可怜见儿的,流落在外,没人照顾。也不知是给人拐去了呢,还是给人卖到了番邦。"宛儿心道:"原来这女人说话,总是这么娇声媚气的,我先前还道她故意向袁相公发嗲。"

那长须道人怒道:"五毒教逞凶横行,今日教你知道恶有恶报!"何铁手笑道:"仙都派平时不敢来找我,现今知道我们教里多人受伤,就来闹鬼。哈哈,呵呵,嘻嘻,嘿嘿!"她笑声未毕,只听一人"啊"的一声惨叫,想是中了她毒手,一时只听得呼叱怒骂、兵刃碰撞之声大作。这次仙都派倾巢而出,来的都是高手,饶是何铁手武功高强,却始终闯不出去。斗不到一盏茶时分,四名轿夫先后中剑。

宛儿在轿下不敢动弹,眼见仙都门人剑法迅捷狠辣,果有独得之秘,心想当日袁相公一举而破两仪剑法,那是他们遇上了特强高手,才受克制,寻常剑客却决非仙都门人对手。她怕黑夜之中贸然露面,给仙都门徒误会是五毒教众,不免枉死于剑下,只得屏息不动。这时二十多柄长剑把何铁手围在垓心,青光霍霍,冷气森森,只看得她惊心动魄。

何铁手在数十名好手围攻下沉着应战。一个少年道人躁进猛攻,给她铁钩横划,划伤肩头,登时痛晕在地,由同伴救了下去。再拆数十招,何铁手力渐不支。闵子华长剑削来,疾攻项颈,她侧头避过,旁边又有双剑攻到。

只听铮的一声,一件细物滚到轿下。焦宛儿拾起一看,原来是半枚女人戴的耳环。她心中又喜又忧,喜的是何铁手这一役难逃性命,可给袁相公除了个大对头;忧的是她若丧命,青青不知落在何处,她手下教众肯否交还,实在难说;突然心中转过一个念头:"夏姑娘倘然就此永不回来,袁相公却又如何?"脸上一热,一颗心怦然而动,觉得此事不宜多想,忙侧头去瞧轿外的恶斗。

只见何铁手头发散乱,已无还手之力。长须道人一声号令,数十柄长剑忽地回收,组成一张烂银也似的剑网,围在她四周。长须道人喝道:"我师父他老人家在哪里?他是生是死,快说。"何铁手把金钩夹在胁下,慢慢伸手理好散发,忽然一阵轻笑,铁钩迅如闪电,伤了一名道人。众人大怒,长剑齐施,这一次下手再不容情,眼见何铁手形势危急万分,突然远处传来嘘溜溜一声唿哨。何铁手百忙中笑道:"我帮手来啦,你们还是快走的好,否则要吃亏的呀。"宛儿心想:"如不知他们是在拼死恶斗,听了她这几句又温柔又关切的叮嘱,还以为她是在跟情郎谈情说爱哩!"

那长须道人叫道:"料理了这贱婢再说!"各人攻得更紧。转眼间何铁手腿上连受两处剑伤,但她还是满脸笑容。一名年轻道人心中烦躁,不忍见这么一个千娇百媚、笑靥迎人的姑娘给乱剑分尸,喝道:"你别笑啦,成不成?"何铁手笑道:"你这位道长说什么?"那道人一呆,正待回答,眼前忽然金光闪动。闵子华急呼:"留神!"但哪里还来得及,波的一声,金钩已刺中他背心。

酣斗中远处哨声更急,仙都派分出八人迎上去阻拦。只听金铁交鸣,不久八人败了下来,仙都门人又分人上去增援。这边何铁手登时一松,但仙都派余人仍是力攻,她想冲过去与来援之人会合,却也不能。

双方势均力敌,高呼鏖战。又打了一盏茶时分,闵子华高叫:"好,好!太白三英,你们三个卖国贼也来啦。"一人粗声粗气的道:"怎么样!你知道爷爷厉害,快给我滚。"

焦宛儿寻思:"太白三英挑拨离间,想害我爹爹,明明已给袁相公他们擒住。爹爹后来将三人送上应天府衙门,怎地又出来了?是越狱?还是贪官卖放?"

这时何铁手的帮手来者愈多,宛儿向外张望,见四个白发老人尤其厉害。仙都派眼见抵挡不住,长须道人发出号令,众人收剑后退。仙都门人对群战习练有素,谁当先,谁断后,阵势井然。何铁手身上受伤,又见敌人虽败不乱,倒也不敢追赶,娇声笑道:"暇着再来玩儿,小妹不送啦。"

仙都派众人来得突然,去得也快,霎时之间,刀剑无声,四下里但听得朔风虎虎。

宛儿从轿障孔中悄悄张望，见场上东一堆西一堆的站了几十个人。一个老乞婆打扮的女人道："他们消息也真灵通，知道咱们今儿受伤的人多，就来掩袭。教主，你的伤不碍事吧？"何铁手道："还好。幸亏姑姑援兵来得快，否则要打跑这群杂毛，倒还不大容易呢。"一个白发老人问道："仙都派跟华山派有勾结吗？"一个嗓音嘶哑的人道："金龙帮跟那个姓袁的小子搅在一起。咱兄弟已使了借刀杀人的离间之计，料想姓袁的必会去跟仙都派为难。"那白发老人道："好吧，让他们自相残杀最好。"

宛儿在轿下听到"借刀杀人的离间之计"这几个字，耳中嗡的一响，一身冷汗，心道："说这话的，不知是太白三英中的史秉文还是史秉光？是了，害死我爹爹的，原来是这三个奸贼。"她想再听下去，却听何铁手道："大伙儿进宫去吧，轿子可不能坐啦。"众人一拥而去。

宛儿等他们走出数十步远，悄悄从轿底钻出。不觉一惊，原来当地竟是在禁城之前，眼见一伙人进宫去了。仙都派围攻何铁手，拼斗时刻不短，居然并无宫门侍卫前来查问干预。她不敢多耽，忙回正条子胡同，将适才所见细细对袁承志说了。袁承志大拇指一竖，说道："焦姑娘，好胆略，好见识！"

焦宛儿脸上微微一红，随即拜了下去。袁承志侧身避过，慨然道："令尊的血海深仇，自当着落在我身上。焦姑娘再行大礼，那可是瞧不起我了。"沉吟片刻，说道："事不宜迟，我这就进宫去找他们。"焦宛儿道："这些奸贼在皇宫中必有内应。皇宫禁卫森严，袁相公贸然进去，只怕不便。"

袁承志道："不妨，我有一件好东西。本来早就要用，哪知一到京师之后，诸般事务烦忙，竟没空去。"说着取出一封书信，便是满清睿亲王多尔衮写给宫里司礼太监曹化淳的密函，本是要洪胜海送去的。袁承志知道这信必有后用，一直留在身边。

焦宛儿喜道："那好极了，我随袁相公去，扮作你的书僮。"袁承志知她要手刃仇人，那是一片孝心，劝阻不得，点头允了。

焦宛儿在轿下躲了半夜，弄得满身泥污，忙入内洗脸换衣，装扮已毕，又是个俊俏的小书僮。袁承志笑道："可不能再叫你焦姑娘啦！"焦宛儿道："你就叫我宛儿吧，别人还当是什么杯儿碗儿呢。"心中升起一个念头："要是我真能变作一只杯儿碗儿，一生一世伴在你身边,陪伴你喝茶吃饭,那才叫好呢!"不由得红晕上颊,瞧向袁承志的眼光之中,映出了一股脉脉柔情。

正要出门,吴平与罗立如匆匆进来,说顺天府尹衙门戒备很严,等了两个多时辰,直到捕快换班,才把单铁生的尸首丢了下去。袁承志点头道:"好!"焦宛儿说起要随袁承志入宫寻奸,为父报仇。罗立如忽道:"袁相公,师妹,我跟你们一起去,好么?"

焦宛儿眼望袁承志,听他示下。袁承志心想:"这次深入禁宫,本已危机四伏,加之尚有不少高手在内,要保护焦姑娘周全已甚不易,多一人更碍手脚。"正要出口推辞,忽见吴平伸手暗扯罗立如衣角,连使眼色,说道:"罗师弟,你伤臂之后身子还没完全复原,还是让袁相公带师妹去吧。"袁承志心中一动:"他似乎有意要我跟焦姑娘单独相处。昨晚我和她去见水云道人,青年男女深夜结伴外出,只怕已引起旁人疑心。虽然大丈夫光明磊落,但还是避一下嫌疑的好。"于是对罗立如道:"罗大哥同去,我多一个帮手,那再好没有。委屈你一下,请也换上僮仆打扮。"

罗立如大喜,入内更衣。吴平跟着进去,笑道:"罗师弟,你这次做了傻事啦!"罗立如愕然道:"什么?"吴平道:"袁相公对咱们金龙帮恩德如山,师妹对他显然又倾心之至……"罗立如颤声道:"你说让师妹配……配给袁相公?"吴平道:"恩师在天有灵,必定也十分欢喜。你跟了去干什么?"罗立如道:"大师哥说得对,那我不去啦!"吴平道:"现今不去,又太着痕迹。你相机行事,最好能撮成这段姻缘。"

罗立如点头答应,心中一股说不出的滋味。他对这小师妹暗寄相思已有数年,只是她品貌既美,又不苟言笑,协助焦公礼处理帮中事务颇具威严,一番深情从不敢吐露半点;断臂后更自惭形秽,连话也不敢和她多说一句,这时听吴平一说,不禁怅惘,但随即转念:"袁相公如此英雄,和师妹正是一对。她终身有托,我自当代她欢喜。"言念及此,心情登时豁然,便即换上了仆从服色。

袁承志和公主四目交投，登时都惊得呆了。原来那公主便是曾在山东、河北道上相遇的少女阿九。她过了片刻，才想到自己衣衫不整，忙跃入床中，拉起被子遮住下身。

第十七回

青衿心上意
彩笔画中人

袁承志从铁箱中挑出不少特异贵重的珍宝，包了一大包，命罗立如负在背上。

三人一早来到宫门。袁承志将暗语一说，守门的禁军侍卫早得到曹太监嘱咐，当即分人引了进去。来到一座殿前，禁军侍卫退出，另有小太监接引入内，一路连换了三名太监。袁承志默记道路，心想这曹太监也真工于心计，生怕密谋败露，连带路人也不断掉换。最后沿着御花园右侧小路，弯弯曲曲走了一阵，来到一座小屋子前。小太监请三人入内，端上清茶点心。约莫等了一个多时辰，曹太监始终不来，三人也不说话，坐着枯候。直到午间，才进来一名三十岁左右的太监，向袁承志问了几句暗语。袁承志照着洪胜海所言答了，那太监点头而出。

又过了好一会，那太监引了一名肥肥白白的中年太监入来。袁承志见他身穿锦绣，气派极大，心想这多半是宫中除了皇帝之外、第一有权有势的司礼太监曹化淳了，果然那先前进来的太监说道："这位是曹公公。"袁承志和罗立如、焦宛儿三人跪下磕头。曹化淳笑道："别多礼啦，请坐，睿王爷安好？"袁承志道："王爷福体安好。王爷命小人问公公好。"曹化淳呵呵笑道："我这几根老骨头，却也多承王爷惦记。洪老哥远道而来，不知王爷有什么嘱咐。"袁承志道："王爷要请问公公，大事筹划得怎样了？"

曹化淳叹道："我们皇上的性子，真是固执得要命。我进言了好几次，皇上总说借兵灭寇，后患太多，只求两国议和罢兵，等大明灭了流寇，重重酬谢睿王爷。"

袁承志不知多尔衮与曹化淳有何密谋。洪胜海在多尔衮属下地位甚低，不能预闻机密，只不过是传递消息的信使而已。洪胜海不知，袁承志自然也不知了。这时听了曹化淳之言，不由得心里怦怦乱跳，耳中只是响着"借兵灭寇"四字，心想："皇帝不肯借兵，满洲人却心急要借，显是不怀好意了。"他虽镇静，但这个大消息突如其来，不免脸有异状。

曹化淳会错了意，还道他因此事不成，心下不满，忙道："兄弟，你别急，一计不成，二计又生呀！"袁承志道："是，是。曹公公足智多谋，我们王爷赞不绝口，常说有曹公公在宫中主持，何愁大事不成。"曹化淳笑而不言。

袁承志道："王爷有几件薄礼，命小人带来，请公公笑纳。"说着向罗立如一指。焦宛儿接下他背着的包裹，放在桌上，解了开来。

包裹一解开，登时珠光宝气，满室生辉。曹化淳久在大内，珍异宝物不知见过多少，寻常珠宝还真不在他眼里，但这股宝气迥然有异，走近看时，不觉惊得呆了。原来包袱中珍宝无数，单是一串一百颗大珠串成的朝珠，颗颗精圆，便已世所罕见。另有一对翡翠狮子，前脚盘弄着一个火红的红宝石圆球，这般晶莹碧绿的成块大的翡翠固然从未见过，而红宝石之瑰丽灿烂，更是难得。曹化淳看一件，赞一件，转身对袁承志道："王爷怎么赏了我这许多好东西？"

袁承志要探听他的图谋，接口道："王爷也知皇上精明，借兵灭寇之事很不好办，那务必仰仗公公的大力。"曹化淳给他这样一捧，甚是得意，笑吟吟的一挥手，对罗立如和焦宛儿道："你们到外面休息去吧。"袁承志向二人点点头，便有小太监来陪了出去。曹化淳亲自关上了门，握住袁承志的手，低声道："你可知王爷出兵，有什么条款？"

袁承志心想："那晚李岩大哥说到处事应变之道，曾说要骗出旁人的机密，须得先说些机密给他听。我信口胡诌些便了。"说道："公公是自己人，跟您老人家当然要说，不过这事机密之至，除了王爷，连小人在内，也不过两三人知道。"他向来坦率，殊乏机变，心念急转，想不出什么有关满清的邦国大事，只好随口说些自己的事。

曹化淳眼睛一亮。袁承志挨近身去说道："小人心想，王爷虽然瞧得起小人，但总是番邦外国，要是曹公公恩加栽培，使小人得以光宗耀祖……"曹化淳心中了然，知他要讨官职，呵呵笑道："洪老弟要功名富贵，那包在老夫身上。"袁承志心想："要装假就假到底。"忙跪下去磕头道谢。曹化淳笑道："事成之后，委你一个副将如何？包你派在油水丰足的地方。"袁承志满脸喜色，忙又道谢，道："公公大恩大德，小人什么事也不能再瞒公公。王爷的意思是……"左右一张，悄声道："公公可千万不能泄露，否则小人性命难保。"曹化淳道："你放心，我怎会说出去？"

袁承志心想："我不妨漫天讨价，答不答应在他。"低声道："大清兵进关之后，闯贼是一定可以荡平的。王爷的意思，是要朝廷割让北直隶和山东一带的地方相谢。两国以黄河为界，永为兄弟之邦。"

袁承志信口胡诌。曹化淳却毫不怀疑，一则有多尔衮亲函及所约定的暗号，二则有如此重礼，三来满洲人居心叵测，他又岂有不知？他微微沉吟，点头说道："眼前天下大乱，数月之前，潼关已给闯贼攻破，又已得了襄阳、西安，大清再不出兵，眼见闯贼旦夕之间就兵临城下。北京一破，什么都完蛋了，还有什么直隶、山东？"

袁承志听说闯军不久便可兵临城下，不禁大喜，他怕流露欢悦之情，忙低头眼望地下。曹化淳却已见到，只道他因自己答允条款而喜，说道："我今晚再向皇上进言，如他仍固执不化，咱们以国家社稷为重，只好……"说到这里，沉吟不语，皱起了眉头。袁承志心中怦怦乱跳，盼他便即吐露阴谋，反激一句："今上英明刚毅，公公可得一切小心。"曹化淳道："哼，刚是刚了，毅就不见得。英明两字，可差得太远。大明江山亡在他手里不打紧，难道咱们也陪着他一起送死？"

这几句话可说得上"大逆不道"，倘若泄漏出去，已是灭族的罪名，他竟毫不顾忌的说了出来，可见对袁承志已全无忌惮之意。袁承志道："不知公公有何良策，好教小人放心。"

曹化淳道："嗯，就算以黄河为界，也胜过整座江山都断送在流寇手里。皇上不肯，难道……"说到这里，突然住口，呵呵笑道："洪老弟，三日之内，必有好音回报王爷。你在这里等着吧。"双掌一击，进来几名小太监，捧起袁承志所赠的珠宝，拥着曹化淳出去了。

过不多时，四名小太监领着袁承志、焦宛儿、罗立如三人到左近一间小房歇宿。晚间开上膳食，甚是丰盛，用过饭后，天色已黑，小太监道了安，退出房去。本来禁宫之中，决不能容不相干的外人歇宿，但此刻兵荒马乱，宫禁废弛，曹化淳在皇宫中只手遮天，自也无人敢来多嘴。

袁承志低声道："那曹太监正在筹划一个大奸谋，事情非同小可，我要出去打探一下。"宛儿道："我跟你同去。"承志道："不，你跟罗大哥留在这里，说不定那曹太监不放心，又会差人来瞧。"罗立如道："我一个人留着好了，袁相公多一个帮手好些。"

承志见宛儿一副跃跃欲试的神情，不便阻她意兴，点了点头，走到邻室，双手一伸，已点了两名小太监的哑穴。另外两名太监从床上跳起，睁大了眼睛，不明所以。宛儿拔出蛾眉钢刺，指在两人胸前，低声喝道："出一句声，教你们见魏忠贤去！"说着钢刺微微前伸，刺破两人衣服，刺尖抵入了胸前肉里。承志暗笑，心想这当口她还说笑话。魏忠贤是熹宗时的奸恶太监，败坏天下，这时早已伏诛。

他把两名太监的衣服剥了下来，自己换上了。宛儿吹灭蜡烛，摸索着也换上了太监服色。承志把一名太监也点上了哑穴，左手捏住另一人的脉门，拉出门来，喝道："领我们去曹公公那里。"那太监半身酥麻，不敢多说，便即领路，在宫中转弯抹角的行了里许，来到一座大楼之前。那小太监道："曹公公……住……住在这里。"承志不等他说第二句话，手肘轻轻撞出，已闭住他胸口穴道，将他丢在花木深处。

两人伏下身子，奔到楼边。承志正要拉着宛儿跃上，忽听身后脚步声响，一人远远问道："曹公公在楼上么？"承志答道："我也刚来，是在楼上吧。"回头看时，见来者共有五人，前面一人提着一盏红纱灯，灯光掩映下见都是太监。那提灯的太监笑骂："小猴儿崽子，说话就是怕担干系。"说着慢慢走近。承志和宛儿低下了头，不让他们看清楚面貌。

五名太监进门时，灯光射上门上明晃晃的朱漆，有如镜子，照出了五人的相貌。承志吃了一惊，轻扯宛儿衣袖，等五人上了楼，低声道："是太白三英！"宛儿大惊，低声道："杀我爸爸的奸贼？他们做了太监？"

袁承志低声道："跟咱们一样，乔装改扮的，上去！"两人紧跟在太白三英之后，一路上楼，守卫的太监只道他们是一路，也不查问。到得楼上，前面两名太监领着太白三英走进一间房里去了。承志与宛儿不便再跟，候在门外，隐隐约约只听得那提灯的太监说道："请在这里……曹公公马上……"其余的话听不清楚。两名太监随即退了出来，下楼去了。

袁承志一拉宛儿的手，走进房去，只见四壁图书，原来是间书房。太白三英坐在一旁椅子，见进来两名太监，也不在意。承志和宛儿径自向前。宛儿冷笑道："史叔叔，黎叔叔，我爹爹请三位去吃饭。"太白三英斗然见到宛儿，一惊非同小可。

黎刚立即跳起，叫道："你……你爹爹不是死了么？"宛儿道："不错，他请三位叔叔去吃饭！"史秉文眉头一皱，嚓的一声，长刀出鞘。承志双手疾伸，一手一个，抓住史氏兄弟的后领提起，同时左脚飞出，踢在黎刚后心胛骨下三寸"凤尾穴"上。史秉光反手一拳，承志毫不理会，任他打在自己胸口，双手合拢回撞，史氏兄弟两头相碰，都撞晕了过去。宛儿还没看清楚怎的，太白三英都已人事不知。她拔出蛾眉钢刺，猛向史秉光胸口戳去。承志伸手拿住她的手腕，低声道："有人。"

只听楼梯上脚步声响，袁承志提起史氏兄弟，放在书架之后，再转身提了黎刚，和宛儿都躲在书架背后，刚刚藏好，几个人走进室来。

一人说道："请各位在这里等一下，曹公公马上就来。"一个娇媚的女子声音道："辛苦你啦！"承志和宛儿听出是五毒教主何铁手的声音，双手互相一捏。过了片刻，又进来几人，由惠王的总管魏涛声带进来，都是惠王招贤馆所招来的好手，听着各人称呼，有衢州静岩棋仙派的温氏四老，还有方岩的吕七先生等人，与何铁手等互道寒暄。

袁承志寻思："衢州棋仙派的温氏四老也来了。原来宛儿昨晚瞧见的四个老头子，便是他们，怪不得仙都派抵挡不住。他们来干什么？"众人客套未毕，曹化淳已走进室来。袁承志心想："温方施害死青弟的母亲，给我以混元功踹中穴道，成了废人，温氏的五行阵虽然施展不出了，但加上五毒教的高手和其他人众，我一人就抵敌不过。"

只听曹化淳道:"太白三英呢?"一名太监答道:"史爷他们已来过啦,不知到哪里去了。"曹化淳派人出去找寻,几批太监找了好久回来,都说不见三人影踪。余人悄悄议论,显然都不耐烦了。曹化淳道:"咱们不等了,他们自己弃了立功良机,也怨不得旁人。"只听众人挪动椅子之声,想是大家坐近了听他说话。

只听他悄声说起西线军情,李自成攻破潼关,兵部尚书孙传庭殉难,李自成得了西安,自立为帝,国号大顺,年号永昌。众人噫哦连声,甚是震动。曹化淳道:"咱们如不快想法子,贼兵指日迫近京师。要是皇上再不借兵灭寇,刚愎自用,大明数百年的基业,便要断送在他手里。咱们以国家朝廷为重,只得另立明君,护持社稷。"何铁手道:"那就立惠王爷了。"曹化淳道:"不错,今日要借重各位,为新君效劳。一切大事,有兄弟承当。立了大功,却是大家的。"见众人并无异议,当下分派职司。各人踊跃奉命,神情兴奋。

曹化淳道:"再过一个半时辰,温家四位老先生带领得力弟兄,在皇上寝宫外四周埋伏,阻拦旁人入内。何教主的手下伏在书房外面,由惠王爷入内进谏。"

吕七先生道:"五城兵马使周大将军统率京营兵马,他是忠于今上的吧?要不要先除了去,以免不测?"曹化淳笑道:"周大将军跟傅尚书那两个家伙,早给我略施小计除去了。何教主,你说给他听吧。"何铁手笑道:"曹公公要拥惠王登基,早知周大将军跟傅尚书忠于皇上,一个手里有兵,一个手里有钱,是两个大患,因此命小妹连日派人去户部偷盗库银。皇帝爱斤斤计较,最受不了这些小事。今日下午已下旨把周傅二人革职拿问了。"众人压低了嗓子,一阵嘻笑,都称赞曹化淳神机妙算。

袁承志这时方才明白,原来何铁手的手下人偷盗库银,不是为了钱财,实是个通敌祸国的大阴谋,可叹崇祯自以为精明,落入圈套之中兀自不觉。

曹化淳道:"各位且去休息一会,约莫一个半时辰之后,再来奉请。各位千万要沉着冷静,不可谈论大事,泄漏风声。"众人轻声答应。吕七先生与温氏四老等告辞了出去。何铁手留在最后,将到门口时,忽道:"太白三英为什么不来?莫非是去向皇帝告密?"曹化淳道:"究竟何教主心思精细。这件事索性便瞒过他们。不过太白三英是满洲九王的心腹,最近还立了大功,倒决不至于背叛九王。"何铁手道:"什么大功?"曹化淳道:"他们盗了仙都派一个姓闵的匕首,去刺杀了金龙帮帮主,这么一来,南方武林人物势必自相残杀,争斗不休。咱们将来避去金陵,就舒服得多啦。"

宛儿早有九成料定是太白三英害她父亲,这时更无怀疑。承志怕她伤痛气恼之际发出声响,何铁手耳目灵敏,一点儿细微动静都瞒她不过,忙伸手轻轻按住宛儿的嘴。宛儿秀美温柔,这时偎在他身边,手指碰到她嘴边柔嫩肌肤,承志方当年少,血气方刚,心中微觉荡漾。

只听何铁手笑道:"公公身在宫廷之内,对江湖上事情却这般清楚,也真难得。"曹化淳干笑两声,说道:"朝廷里的事我见得多了,哪一个不是贪图功名利禄,反覆无常?哪一个讲什么信用道义?为了升官发财,出卖朋友是家常便饭。还是江湖上朋友说一是一,说二是二,靠得住得多。兄弟这次图谋大事,不敢跟朝廷大臣商议,不敢动用侍卫武将,却礼聘各位拔刀相助,便是这道理……"两人说着走出了书房。

承志知事在紧急,可是该当怎么办却打不定主意,一时国难家仇,百感交集。

宛儿轻轻拨开他手掌,低声问道:"这三个奸贼怎样处置?小妹可要杀了。"承志道:"好,但别见血,以免给人发觉。"捧起史秉光的脑袋,指着他两边"太阳穴"道:"你会使'钟鼓齐鸣'这一招么?"宛儿点点头。承志道:"拇指节骨向外,这样握拳,对啦,发招!"宛儿应声出拳,噗的一声,双拳同时击在史秉光两边"太阳穴"上。史秉光一声没哼,登时气绝。她如法施为,又将史秉文和黎刚两人打死,这时大仇得报,想起父亲,不禁伏在承志肩头吞声哭泣。承志左手轻抱她温软的身子,在她耳畔低声道:"咱们快出去,瞧那何铁手到哪里去。"宛儿给他拥在怀里,不舍得就此分开,但随即觉得不妥,收泪随着承志出房。

只见曹化淳和何铁手在前面岔道上已经分路,两名太监手提纱灯,引着何铁手一行向西走去。承志和宛儿远远跟着何铁手,穿过几处庭院,望着她走进一座屋子。

两人跟着进去，一进门，便听得东厢房中有人大叫："何红药你这丑老婆，你还不放我出去？"声音清脆，却不是青青是谁？

承志一听之下，惊喜交集，再也顾不得别的，直闯进去，只见青青卧在床上，两名小太监在旁煎药添香。承志伸手点了两名太监的穴道。青青方才认出，心中大喜，颤声叫道："大哥！"承志走到床边，问道："你的伤怎样？"青青道："还好！"见宛儿站在承志后面，问道："你也来了？"宛儿道："嗯，夏姑娘原来也在这里，那真好极了。袁相公急得什么似的。"

青青哼了一声没回答，说道："那何红药就会过来啦，大哥，你给我好好打她一顿。"承志心想："他们另有奸谋，我还是暂不露面为妙。"急道："青弟，眼下暂时不能跟她动手。你引她说话，问明白她劫你到宫里来干什么？"青青奇道："什么宫里？"

袁承志心想："原来你还不知这是皇宫。"只听房外脚步声近，不及细说，提起两名太监塞入衣橱之中。拉着宛儿的手，正想觅藏身之处，门口人形一闪，一个白衫女子抢了进来，正是何铁手。

她身法好快，对承志笑道："好啊，师父，你也来了！"顺手拉住宛儿的手臂，一摔便将她摔开几步，抢到承志面前，和他相距不到一尺，几乎鼻子要碰到鼻子。承志只闻到一股浓香，知她周身是毒，给她如此欺进，委实大大不妥，忙向床边退了一步，何铁手扑上身来，左手搭上他肩头。承志右手反转，抓住了她左手手腕，正要将她身子甩出，何铁手叫道："含沙射影！"承志手上便不敢使劲，眼见她右手伸在衣内小腹处，她只须一按衣内机括，几十枚毒针便激射而出。何铁手身子前冲，向承志身上扑去，承志左掌伸出，想去抓她衣内的右手手腕，要阻止她按动暗器机括，两人几乎肌肤相接，这几十枚毒针激射出来，便有天大本事也闪避不了。何铁手左手回转，揽住承志背心，全身倒在他的怀里，腻声叫道："师……父，师……父……"承志忙道："你……你别这样！"青青瞧在眼里，大怒喝道："你两个干……干什么？"

承志心知局势危急，只盼尽快将何铁手的右手拉了出来，但在青青眼中，却只见到承志伸手到何铁手的衣衫内不住掏摸，似乎猥亵不堪，又急又怒，又是伤心，大声骂道："无耻！下流！"

何铁手腻声道："师父，你不答允，含沙射影，同归于尽……"承志无奈，只得道："好，我答允，我有吩咐！"何铁手叫道："师父啊！"承志应道："嗯。"何铁手喜道："大丈夫言而有信。"站直身子，退开了几步。承志坐倒在床边，适才生死悬于一线，不由得满头是汗，反手拉住青青的手，捏在掌中，对何铁手正色道："我有吩咐，你如听话，便收你为徒。"何铁手心花怒放，笑嘻嘻的道："请师父吩咐。"

承志道："你快去查明曹公公改立皇帝的阴谋，你带同手下，要阻止他谋朝篡位，借满洲兵来打闯王，这是眼前的大事！"何铁手点头道："徒儿遵命！"承志道："第二件，你派人把夏姑娘送回我正条子胡同，你只要伤了她一根手指，我永远不会教你一招功夫。"何铁手伸伸舌头，说道："徒儿绝不会伤她。师父，这位夏姑娘以后要做我师娘吗？"承志道："差不多！你保着她平安回去就是了。"何铁手道："什么差不多，我瞧没差什么啦。她醋劲儿好大啊！不过我们教里那个何红药姑姑跟她有深仇大恨。夏姑娘是她抓来的，她怕你来抢回去，因此关在这里，这可稳妥之极啦，不料还是给你找了来。是我姑姑抓来的人，我虽是教主，可也不能随便放人。"

承志道："到底有什么深仇大恨，为什么结怨，我一直不明白，这事须得查个清楚，我很多武功，是从金蛇郎君那里学来的。"何铁手道："好！我帮师父问个明白就是了。师命有三，第一，阻止改立皇帝、借兵灭寇的阴谋；第二，送师娘回家；第三，问明你岳父大人金蛇郎君的事迹和下落。徒儿一一遵办。"青青听她叫自己做"师娘"，叫自己爹爹是承志的"岳父大人"，心下甚喜，对何铁手便无芥蒂，抓着承志的手掌轻轻捏了几下，对于他先前伸手入何铁手衣内之事便暂不追究了。

只听得门外脚步声响，有人问道："教主，是你在这里么？"正是何红药的声音。另一个沙嗄刺耳的苍老声音说道："何教主，曹公公请您过去，该预备了。"承志认得是吕七先生的声音。何铁手应了一声："是了！"低声对承志道："师父，请你们两位躲一躲。"承志见房中更无别的藏身之所，只怕吕七先生和何红药见到自己，声张起来，曹化淳的奸谋有变，另起风波，只得拉了宛儿的手，钻入床底。

青青一怔之间，吕七先生和何红药已走进房来。吕七先生道："何教主，咱们就在这里等曹公公吧。"何铁手笑道："好啊！"左手铁钩反手一击，正中吕七先生背心。铁钩上喂有剧毒，一击之下深入肌肤,吕七先生猝不及防,仰天便倒。何铁手右手抢前抓起他长衫下摆,按在他嘴上,防他呼叫出声,惊动旁人。吕七先生抽搐了几下,荷荷几声,便躺在地下不动了。何铁手笑道:"老先生别忙,你在这里等罢。"把他尸身踢入床后。

何红药大为惊奇,问道:"教主,曹公公的事,咱们不一起干了吗?"何铁手道:"咱们五仙教独来独往,怎能让这太监头儿呼来喝去?"何红药应道:"正是!"她见教主大事临头,忽然变卦,虽十分诧异,但她急于查明青青的身世,谋朝篡位虽是天大的大事,于她却浑不在意,只当小事一桩。

青青见承志和宛儿两人手拉手的躲入床底,神情颇为亲密,不由得大怒,骂道:"你们鬼鬼祟祟的,当我不知道么?"何铁手笑道:"鬼鬼祟祟什么啊?"

青青叫道:"你们欺侮我,欺侮我这没爹没娘的苦命人!没良心的短命鬼!"

承志一怔:"她在骂谁呀?"宛儿女孩儿心思细密,早瞧出青青有疑心之意,这时听她指桑骂槐,不由得气苦,不觉身子发颤。承志随即明白了她心意,苦于无从解释,只得轻拍她肩膀,示意安慰。

何红药忽然阴森森地道:"女娃儿,你既落入我们手里,哪能再让你好好回去?你爹爹在哪里,生你出来的那个贱货在哪里?"

青青本就在大发脾气,听她侮辱自己的母亲,哪里还忍耐得住,伸手拿起床头小几上的一碗药,劈脸向她掷去。何红药侧身让开,当的一声,药碗撞在墙上,但脸上还是热辣辣的溅上了不少药汁。她怒声喝道:"贱女娃,你不要命了!"

袁承志在床底下凝神察看,见何红药双足一登,作势要跃起扑向青青,也在床底蓄势待发,只待何红药跃近施展毒手,立即先攻她下盘。忽地白影一晃,何铁手的双足已拦在何红药与卧床之间。

只听何铁手道:"姑姑,我答应了那姓袁的,要送这姑娘回去,不能失信于人。"何红药冷笑道:"为什么?"何铁手道:"咱们这许多人给点了穴,非那姓袁的施救不可。"何红药一沉吟,说道:"好,不弄死这女娃便是,但总得让她先吃点苦头。先毁了她容貌,挖了她一只眼珠!喂,姓夏的女娃,你瞧我美不美?"青青"啊"的一声,叫了出来,声中满含惊怖,想是何红药丑恶的脸上做出可怕神情,直逼到她面前。

何铁手道:"姑姑,你又何必吓她?"语音中颇有不悦之意。何红药哼了一声道:"是了,你护着她,想讨好那姓袁的,这主意大错而特错。"何铁手怒道:"你说什么话?"何红药冷笑道:"你仔细瞧瞧,你美还是她美?"青青虽穿着男装,但凤目樱口,双颊白嫩,不掩其妩媚美色。何铁手道:"这姑娘挺美,姑姑,我也不输给她吧?"何红药道:"你想嫁那姓袁的,讨好这姑娘没用,要毁了她容貌才有用。"何铁手道:"胡说八道,谁说想嫁那姓袁的了。"何红药道:"年轻姑娘的心事,当我不知道么?我自己也年轻过的。你瞧,你瞧,这是从前的我!"

只听一阵悉率之声,似是从衣袋里取出了什么东西。何铁手与青青都轻轻惊呼一声:"啊!"又是诧异,又是赞叹。何红药苦笑道:"你们很奇怪,是不是?哈哈,哈哈,从前我也美过来的呀!"用力一掷,一件东西丢在地下,原来是一幅画在粗蚕丝绢上的肖像。

袁承志从床底下望出来,见那肖像是个二十岁左右少女,双颊晕红,穿着摆夷人花花绿绿的装束,头缠白布,相貌俊美,眉目与何红药依稀有三分相似,但说这便是这丑老婆子当年的传神写照,可就当真难以相信了。

只听何红药呜咽道:"我为什么弄得这样丑八怪似的?为什么?为什么?……都是为了你那丧尽了良心的爹爹哪。"青青道:"咦,我爹爹跟你有什么干系?他是好人,决不会做对不起人的事!"何红药怒道:"你这小女娃那时还没出世,怎会知道?要是他有良心,没对我不起,我怎会弄成这个样子?怎会有你这小女娃生到世上来?"

青青道:"你越说越希奇古怪啦!你们五毒教在云南,我爹爹妈妈是在浙江结的亲,相差了十万八千里,跟你又怎拉扯得上?"

何红药大怒,挥拳向她脸上打去。何铁手伸手格开,劝道:"姑姑别发脾气,有话慢慢说。"何红药喝道:"你爹爹就是给金蛇郎君活活气死的,现在反而出力回护这女娃子,羞也不羞?"何铁手怒道:"谁回护她了?你若伤了她,便是害了咱们教里四十多人的性命。我见你是长辈,让你三分。但如你犯了教规,我可也不能容情。"

何红药见她摆出教主身分,气焰顿煞,颓然坐入椅中,两手捧头,过了良久,低声问青青道:"你妈妈呢?你妈妈定是个千娇百媚的美人儿、江南美女狐狸精,才将你爹迷住了,是不是?"她叹了口气,说道:"我做过许多许多梦,梦到你的妈妈,可是她相貌总是模模糊糊的,瞧不清楚……我真想见见她……她像不像你?"

青青叹道:"我妈死了。"何红药一惊,道:"死了?"青青道:"死了!怎么样?你好开心,是不是?"何红药声音凄厉,尖声道:"我逼问他你妈妈住在什么地方,不管怎样,他总不肯说,原来已经死了。当真是老天爷没眼,我这仇是不能报的了。这次放你回去,你这女娃子总有再落到我手里的时候……你妈妈是不是很像你呀?"青青恼她出言无礼,翻了个身,脸向里床,不再理会。

何红药道:"教主,要让那姓袁的先治好咱们的人,再放这贱人。"何铁手道:"那还用说?"何红药站起身来向门外走去。袁承志见她双足正要跨出门限,忽然迟疑了一下,回身说道:"我定要问出来,她爹爹在哪里。"何铁手道:"当然,不过……不过咱们不能失信于人啊。"何红药道:"你为什么尽护着她?哼,你定是想去勾引那姓袁的少年,我教你个乖,你要那姓袁的喜欢你,你就得让我杀了这女娃子。蜈蚣要成蛊王,先得咬死青蛇,懂不懂,傻女孩儿!"气冲冲的回转,坐在椅上,室中登时寂静无声。袁承志和宛儿更是不敢喘一口大气。

青青忽在床上猛捶一记,叫道:"你们还不出来么,干什么呀?"

宛儿大惊,便要窜出,承志忙拉住她手臂。青青听何红药劝何铁手杀了自己,好引承志来爱她,更是着恼,握拳在床板上蓬蓬乱敲,灰尘纷纷落下。承志险些打出喷嚏,努力调匀呼吸,这才忍住。

青青心想:"那何铁手和老乞婆又打你不过,何必躲着?你二人在床底下到底在干什么?"却原来承志得悉弑帝另立的奸谋,虽何铁手已承诺阻止奸谋,但邪教毒女,答应了的事未必可靠,更可能密谋生变,她应付不了,这事关涉到国家存亡,为求万无一失,须得坚忍不出,要听个明白。青青自不明其间原由,不由得恚怒难当。

何红药对何铁手道:"你是教主,教里大事自是由你执掌。教祖的金钩既传了给你,你便有生杀大权。可是我遇到的惨事,还不能教你惊心么?"何铁手道:"我是以教中大事为重,谁又对那姓袁的少年有意思了?"

何红药长叹一声,道:"你跟那姓袁少年动手之时,眉花眼笑,娇声嗲气，哪里是生死拚斗，倒似是打情骂俏、勾勾搭搭一般，可让人瞧得直生气。"何铁手道："姑姑，那金蛇郎君到底怎样对你不住，你这生恨他？"何红药道："金蛇郎君？他在哪里，我要见他。喂，小贱人，你说了出来，我立刻放你！"最后两句话是对青青说的。青青面向里床，不加理会。

何铁手道："你跟她说，金蛇郎君怎么样对你不住，夏姑娘明白是非，良心发现，就肯带你去见她爹爹了。反正她妈妈也死了，你们老情人重会，岂不甚好。"青青转过身来，叫道："你瞎说！我爹爹英俊潇洒，是大英雄大豪杰，怎会来喜欢你这丑老太婆！"

何红药幽幽的道："我在从前可不是丑老太婆呢。你爹爹现下在哪里，我要去见他，倒不是想他再来爱我这丑老太婆，我要问他，他这么害了我一生一世，心里可过意得去吗？夏姑娘，我跟你说，怎么识得你爹爹，他怎么样待我，只要我有一字半句虚言假话，教我第二次再受万蛇噬身之苦。盼你明白是非，对我这丑老太婆有三分恻隐之心。你现下命在我手，我原本不用来求你，不过我要你明白，我们五仙教虽然无恶不作，杀人不眨眼，讲到男女情爱，对待情哥哥、情妹子，决不能有半点负恩忘义，否则的话，老天爷也不容我们五仙教兴旺到今天。"

青青道："我不爱听！"伸手拉过被子蒙住了头，不想听何红药的话，可是终于禁不住好奇心起，拉开被子一角，听她述说她父亲当年的故事。

何红药全不明白何铁手想拜袁承志为师以学上乘武功的热切心情，以己度人，只道何铁手看中了袁承志，这些事情她也不放在心上，二十年来遍寻夏郎不得，终于见到他的女儿，一线的机会，全系于此，不由得心中热切异常。反正曹太监要大家再等一个多时辰，不妨对侄女述说自己身世，让青青听了，只盼能打动她心，终于肯带自己去见她父亲，便对何铁手缓缓的道："那是二十多年前的事了，那时候我还没你现今年纪大。你爹爹刚接任做教主，他派我做万妙山庄庄主，经管蛇窟。这天闲着无事，我一个人到后山去捉鸟儿玩。"何铁手插口道："姑姑，你做了庄主，还捉鸟儿玩吗？"

何红药哼了一声，道："我说过了，那时候我还年轻得很，差不多是个小孩子。我捉到两只翠鸟,心里很高兴。回来的时候,经过蛇窟旁边,忽听得树丛里飕飕声响,知道有蛇逃走了,忙遁声追过去。果见一条五花正向外游走。我很奇怪,咱们蛇窟里的蛇养得很乖,从来不逃,这条五花到外面去干什么？我也不去捉拿,一路跟着。只见那五花到了树丛后面,径向一个人游过去,我抬头一看,不觉心里一凛。那便是前生的冤孽了,他是我命里的魔头。"何铁手问道:"便是那金蛇郎君么？"

何红药道:"那时我也不知他是谁,只见他眉清目秀,是个很俊的汉人少年。手里拿着一束点着火的引蛇香艾。原来五花是闻到香气,给他引出来的。他见了我,向我笑了笑。"何铁手笑道:"姑姑那时候长得好美,他一定看了迷。"何红药呸了一声,道:"我和你说正经的,别闹着玩！我当时见他是生人,怕他给蛇咬了,忙道:'喂,这蛇有毒。你别动,我来捉！'他又笑了笑,从背上拿下一只木箱,放在地下,箱子角儿上有根细绳缚着只活蛤蟆,一跳一跳的。那五花当然想去吃蛤蟆啦,慢慢的游上了木箱,正想伸头去咬,那少年一拉绳子,箱子盖翻了下去。五花一滑,想稳住身子,那少年左手急探,两根手指已钳住了五花的头颈。我见他手法虽跟咱们不同,但手指所钳的部位不差分毫,五花服服贴贴的动弹不得,知道他是行家,就放了心。"

何铁手笑道:"啧啧啧,姑姑刚见了人家的面,就这么关心。"

青青插口道:"喂,你别打岔成不成？听她说呀。"何铁手笑道:"你说不爱听呀！"青青道:"我忽然爱听了,可不可以？"何铁手笑道:"好吧,我不打岔啦！"

何红药横了她一眼,说道:"那时我又起了疑心,这人是谁呢？怎敢这般大胆,到这里来捉我们的蛇？难道不知五仙教的威名吗？又见他右手拿出一根短短的铁棒,伸到五花口边。五花便一口咬住。我走近细看,原来铁棒中间是空的,五花口里的毒液不住流出来,都给铁管子盛住了。我这才知道,哼,原来他是偷蛇毒来着。怪不得这几天来,蛇窟里许多蛇儿不吃东西,又瘦又懒。我叫了起来:'喂,快放下！'同时取出蛇管一吹。他听得声音古怪,抬头看时,五花头颈一扭,在他手指上咬了一口。他忙把五花丢开,想打开木箱拿解药。我说:'你好大胆子！'抢上前去。哪知他武功好得出奇,只轻轻一带,就把我摔了一交……"青青插嘴道:"当然啦,你怎能是他对手?"

何红药白眼一翻,道:"可是我们的五花毒性何等厉害,他来不及取解药,便已蛇毒发作,晕了过去。我走近去看,忽然心里不忍起来,心想这般年纪轻轻的便送了性命,太可惜了,何况又是这么一身武功。"何铁手道:"何况又这么俊!于是你就将他救了回去,藏在庄子里,拿药给他解了毒,等他伤好,你就爱上他了?"

何红药叹道:"不等他伤好,我已经把心许给他了。那时教里的师兄弟们个个对我好,但不知怎的,我都没把他们瞧在眼里,对这人却神魂颠倒,不由自主。过了三天,那人身上的毒退了,吃了我给他的饮食。我问他到这里来干什么。他说我救了他性命,不能瞒我。他说他姓夏,是江南的汉人,身上负了血海深仇,对头功夫既强,又人多势众,报仇没把握,听说五仙教精研毒药,天下首屈一指,因此赶到云南来,想学五仙教的功夫……"

她说到这里,承志和青青方才明白,原来金蛇郎君和五毒教如此这般才打起交道来,而他所以要取蛇毒,自然旨在对付棋仙派温家。

只听何红药又道:"他说,他暗里窥探了许久,学到了些炼制毒药的门道,便来偷我们蛇窟里毒蛇的毒液,要炼在暗器上去对付仇人。又过了两天,他伤势慢慢好了,谢了我要走。我心里很舍不得,拿了两大瓶毒蛇的毒液给他。他就给我画了这幅肖像。我问他报仇的事还有什么为难,要不要我帮他。他笑笑,说我功夫还差得远,帮不上忙。我叫他报了仇之后再来看我,他点头答应了。我问他什么时候来。他说那就难说了,他要报大仇,还少了件利刃,听说峨嵋派有一柄镇山之宝的宝剑,须得先到四川峨嵋山去盗剑。但不知是否真有此剑,就算有,能否盗到,什么时候能成事,也说不上来。"

承志心想:"金蛇郎君做事当真不顾一切,为了报仇,什么事都干。"

何红药叹道:"那时候我迷迷糊糊的,只想要他多陪我些日子。我好似发了疯,什么事都不怕,明知是最不该的事,却忍不住要去做。我觉得为了他而去冒险,越是危险,心里越快活,就是为他死了,也是情愿的。唉,那时候我真像给鬼迷住了一样。我对他说,我知道有柄宝剑,锋利无比,什么兵器碰到了立刻就断。他欢喜得跳起来,忙问在什么地方。我说,那就是我们五仙教代代相传的金蛇剑!"

袁承志听到这里,心头一震,不由得伸手一摸贴身藏着的金蛇剑,想起何铁手曾说这金蛇剑是她五仙教的,当时跟她剧斗方酣,只道她随口乱说,原来此剑确与五仙教颇有干系。

何红药续道:"我对他说,这剑是我们教里的三宝之一,藏在云南丽江府玉龙雪山的毒龙洞里,那是我教的圣地,洞外把守得甚是严密。他求我领他去偷出来。他说只借用一下,报了大仇后一定归还。他不断的相求,我心肠软了,于是去偷了哥哥的令牌,带他到毒龙洞去。看守的人见到令牌,又见我带着他,便放我们进去。"

何铁手道:"姑姑,你难道敢穿了衣服进毒龙洞?"何红药道:"我自然不敢……"青青插口问道:"为什么不敢穿了衣服进那个……那个毒龙洞?"

何红药哼了一声不答。何铁手道:"那毒龙洞里养着成千成万条鹤顶毒蛇,进洞之人只要身上有一处蛇药不抹到,给鹤顶蛇咬上一口,如何得了?这些毒蛇异种异质,咬上了三步毙命,最是厉害不过。因此进洞之人必须脱去衣衫,全身抹上蛇药。"青青道:"哦,你们五毒教的事当真……当真……"

何红药道:"当真什么?若不是这样,又怎进得毒龙洞?于是我脱去衣服,全身抹上蛇药,叫他也搽蛇药。他背上擦不到处,我帮他搽抹。唉,两个少年男女,身上没了衣衫,在山洞中你帮我搽药,我帮你搽药,最后还有什么好事做出来?何况我早已对他倾心,就这么胡里胡涂的把身子交了给他。"

青青听得双颊如火,忽地想起床底下的二人,当即手脚在床板上乱捶乱打。何铁手忙道:"这是陈年旧事了,你别生气。"青青怒道:"我恨他们好不怕丑。"

承志只感到宛儿软软的偎倚在自己胸前,觉着她身子渐渐热了起来,心中忽想:"宛儿对我温柔体贴,从来不像青弟那样动不动就大发脾气。"为什么这时忽然生此念头,却也说不上来。宛儿却想:"我爹爹死了,没人对我怜惜照顾,世上唯一的依靠,便是身边这个胸膛。可是,可是……那不成的!"

何红药幽幽叹道："你说我不怕丑，那也不错，我们夷家女子，本来没你们汉人这许多臭规矩。唉，后来我就推开内洞石门，带了他进去。这金蛇剑和其余两宝放在石龙的口里，他飞身跃上石龙，就拿到了那把剑。哪知他存心不良，把其余两宝都拿了下来。那便是二十四枚金蛇锥和那张藏宝地图了。"她说到这里，闭目沉思往事，停了片刻，轻轻叹了口气，说道："我见他把三宝都拿了下来，就知事情不妙，定要他把金蛇锥和地图放回龙口。"

青青早知那便是建文皇帝的藏宝之图，故意问道："什么地图？我爹爹一心只想报仇，要你们五毒教的旧地图来有什么用？"

何红药道："我也不知是什么地图，这是本教从前传下来的。哼，这人就不存好心。他也不答我话，只望着我笑，忽然过来抱住了我。后来，我也就不问他什么了。他说报仇之后，一定归还三宝。他去了之后，我天天念着他，两年来竟没半点讯息。后来江湖上传言，说江南出了个怪侠，使把怪剑，善用金锥伤人，得了个绰号叫作'金蛇郎君'。我知道定然是他，心里挂念他不知报了大仇没有。过不多久，教主起了疑心，查到三宝失落，我曾带人入洞，要我自己了断，终于落成了这个样子。"

青青道："为什么是这个样子？"何红药含怒不答。

何铁手低声道："那时我爹爹当教主，虽是自己亲妹子犯了这事，可也无法回护。姑姑依着教里的规矩，服了解药，身入蛇窟，受万蛇咬啮之灾。她脸上变成这个样子，那是给蛇咬的。"青青不禁打了个寒战，心中对这个老乞婆顿感歉厌。说道："这……这可真对你不住了。我先前实在不知道……"何红药横了她一眼，哼了一声。

何铁手又道："她养好伤后，便出外求乞，依我们教规，犯了重罪之人，二十年之内必须乞讨活命，不许偷盗一文一饭，也不许收受武林同道的周济。"

青青低声对何红药道："要是我爹爹真的这般害了你，那确是他不好。"

何红药鼻中一哼，说道："我给成千成万条蛇咬成这个样子，受罚讨饭二十年，那都是我自己心甘情愿的。那日我带他去毒龙洞，这结果早就想到了，也不能说是他害我的。他对我不起，却是他对我负心薄幸。那时我还真一往情深，一路乞讨，到江南去找他，到了浙江境内，就听到他在衢州杀人报仇的事。我想跟他会面，但他神出鬼没，始终没能会着。等到在金华见到他时，他已给人抓住了。你知道抓他的人是谁？"

何铁手道："是衢州的仇家么？"何红药道："正是。就是刚才你见到的温家那四个老头子。"何铁手和青青同时"啊"的一声。何铁手想不到温氏四老竟与此事会有牵连，青青听到外公们来到北京而感惊诧。

何红药道："我几次想下毒害死敌人。但这些人早就在防他下毒，茶水饮食，什么都要他先试过，这一来我就没法下手。他们押着他一路往北，后来才知是要逼他交出那张地图。有一次，我终于找到机会，跟他说了几句话。他说身上的筋脉都给敌人挑断了，已成废人，对头武功高强，凭我一人决计抵敌不了，眼下只有一线生机，他正骗他们上华山去。"何铁手道："他到华山去干什么？"何红药道："他说天下只一人能救他，那便是华山派掌门人神剑仙猿穆人清前辈。"

袁承志在床底听着这惊心动魄的故事，心里一股说不出的滋味，对金蛇郎君的所作所为，不知是痛恨、是惋惜、还是怜悯？这时听到师父的名字，更凝神倾听。

青青听何红药提到了袁承志的师父，也更留上了神，只听她接着道："我问他穆人清是什么人，他说那是武功奇高的一位大侠。他虽从未见过，但素知这人正直仗义，要是见到他如此受人折磨，定会出手相救。他说温氏五老的五行阵法厉害，又有崆峒派道人相助，除了这姓穆的，别人也打他们不退。他叫我快上华山，向穆大侠哭诉相求。我答应了。但我上得华山，找到穆大侠的居所，他却不在家，只留着一个哑巴。我跟他打了半天手势，也不知穆大侠去了哪里，什么时候回来。"承志听到这里，心想："要从哑巴那里问我师父的讯息，可也真难得很了。"

只听何红药继续说道："我便在华山顶上闲逛空等，一天见到悬崖峭壁上有个大洞，黑黝黝的长得挺怪，我用树皮搓了根长索，缚在悬崖顶的一棵大松树上，吊下去瞧瞧。那洞里面有条山崖的裂缝，像是条过道，走进里面又有个山洞，像一间房那样，晚上我就在那里过夜。过得三天，温家五个老家伙抬着他上了山顶，还有两个崆峒派的道士，你爹爹骗他们说，那张宝藏地图藏在华山顶上，可偏不肯说到底是在哪里。温家五人不住对他上刑罚，他东拉西扯，温家五兄弟大发脾气，可是财迷心窍，怕下手太重，弄死了他，又怕惹得他拼死不说，终究得不到宝藏。我乘他们吵吵闹闹，心神不定的当儿，下了几剂补药。崆峒派的两个臭道士一补就虚火上升，补死了。温家的老三、老四也补得手足麻痹，半天行走不得……"承志心想："怎么吃补药一补就补死了，哼，她有这么好心，给敌人进补？什么补药，还不是毒药！"

只听得何红药好声好气的说道："夏姑娘，你精神还好么？我配两剂十全大补汤给你补补身子，好不好啊？"青青道："呸，你要下毒害我，快快动手好啦！不过我补死之后，你永远见不到我爹爹啦。"她料知何红药心中所企盼的，只是想见她爹爹一面，倘若杀了自己，线索便断，自己命悬其手，非吊住她胃口不可。

何红药续道："我乘着他们心慌意乱，大起忙头的当儿，想法儿把那负心鬼背了出来，躲在穆大侠的屋里，穆大侠还没回山，可是温家五老贼却也不敢进屋搜寻。他们你怪我，我怪你，五兄弟争吵一番，便下山追赶去了。我搬着那负心鬼进山洞，又从穆大侠家里偷了一批干粮食物，跟他在洞里过了几天。我心里好快活，说要背他去云南，跟着他过一世。他却唉声叹气，愁眉苦脸，说手足筋络给挑断的大仇不报，就此不想做人了。我们没了粮食，不能在山上多耽，料想温家五贼必已远离追人，我便负他下山，在华阴县耽了下来，我晚间去有钱人家盗了些金银，找了家小户人家住了。

"他身上的伤好了些，我便捉蛇取毒，他跟我学使毒进补的功夫，说要补死温氏五贼报仇。他用心的写了两本书，要我帮着将一本书浸透补药，说要让温家五贼好好的补上一补。他使钱去跟一个银匠师傅打交道，请他喝酒吃饭，结成了朋友，请那银匠做了大小两只铁盒子，其中装了机括，可以开盖射箭。他本来就会得这些门道，不过手上筋脉断了之后，使不出力，那银匠依照他的指点，将两只铁盒和暗箭做得十分考究，手工比打造银器还更精致。我问他这两只铁盒有什么用，他说要在其中放了浸有补药的武功秘笈和宝藏地图，引得温氏五贼来开铁盒，就算毒箭射他们不死，那秘笈和地图也补死了他们。他说温家五贼贪财爱武，武功又高，除此之外，没别的法子可以得报大仇。"

袁承志听到这里，这才明白，金蛇郎君所以安排这浸毒的武功秘笈以及毒箭铁盒，实是深谋远虑，用来报复温氏五老的，想不到竟落入了自己手中，而自己逃过大难，相差也只一线，实是侥幸之极。

何红药又道："他说，这两只铁盒和两本武功秘笈、两页地图，一真一假，一毒一无毒，对付了温家大仇人之后，就不必去害无辜之人了。不知道现下这铁盒、秘本，是不是还在他身边。温氏五贼现下还剩四贼，我迟早给他们吃点补药，割了他们的首级和手脚，去给你爹爹瞧瞧，也好让他高兴。"青青道："这可多谢你啦！"

何红药续道："又过得几个月，我在华阴市上见到温家五贼寻了回来，我回去跟他一说，他说良机莫失，次日便带了铁盒和浸了补药的书本，再上华山，说是要守株待兔，等候五贼上山。我们上山后便耽在那山洞里，这次我带了不少干粮，足可挨得一个月。安顿好后，我心里高兴，轻轻哼着摆夷山歌，他大概多谢我这么帮他，伸臂搂我过去。这些日子中，我知道自己脸蛋给蛇儿咬得难看之极，从来不敢亲近他。这时在黑暗之中，他跟我亲热，我便也由得他，哪知一挨近身，忽然闻到他胸口微有女人香气，伸手到他衣内一摸，掏出一件软软的东西，打亮火折一看，是一只绣得很精致的香荷包，里面放着一束女人头发，一枚小小金钗。我气得全身颤抖，问他是谁给的。他不肯说。我说要是不说，我就不去引温氏五贼。他闭嘴不理，神气很是高傲。你瞧，你瞧，这女娃子的神气，就跟他老子当年一模一样。"

她说到这里，声音忽转惨厉，一手指着青青，停了一阵，又道："我气苦之极。我为他受了这般苦楚，他却撇下了我，另外有了情人。

"我还想逼他，却听得山崖上有声，悄悄出去探听，听到温氏五贼上山来了。他们自己商量，说穆大侠也回了山，须得小心。温家几兄弟遍找不见，互相疑心，自伙儿吵了一阵，再到处在山上搜寻，这可就给穆大侠察觉了。他施展神功将他们都吓下了华山，自己跟着也下山去了。

"这天晚上，我要那负心人说出他情人姓名。他知道一经吐露，我定会去害死他心上人。他武功已失，又不能赶去保护，因此始终闭口不答。我恨极了,一连三天,每天早晨、中午、晚上,都用刺荆狠狠鞭他一顿……"

青青叫了起来:"你这恶婆娘,这般折磨我爹爹!"

何红药冷笑道:"这是他自作自受。我越打得厉害,他笑得越响。他说倒也不因为我的脸给蛇咬坏了,这才不爱我。他从来就没真心喜欢我过,毒龙洞中的事,在他不过逢场作戏,他生平不知有过多少个女人,可是真正放在心坎儿里的,只是他未婚妻一个。他说他未婚妻又美貌又温柔,又天真,比我可好上一百倍了。他说一句,我抽他一鞭;我抽一鞭,他就夸那个贱女人一句。打到后来,他全身没一块完整皮肉了,还是笑着夸个不停。"

何铁手道:"姑姑,世上男人喜新弃旧,乃是寻常之事。真正一生不二色,只守着一个女人的,那是千中挑、万中觅的珍贵男儿。所以他们汉人说:'易求无价宝,难得有情郎'啊!"

青青忍不住接口道:"男欢女爱,似我爹爹这般逢场作戏,虽属常事,却是不该。我们汉人讲究有情有爱,然而更加重要的是有恩有义,所谓'一夜夫妻百夜恩,百夜夫妻海样深',不论男女,忘恩负义,便是卑鄙,我们汉人也以为喜新弃旧是无耻恶行,并非你们摆夷人才是如此。"

袁承志本与宛儿偎倚在一起,听到这里,不禁稍缩,跟宛儿的身子离开了寸许,两人肌肤不再相接。宛儿心中一凛:"我此番出来,本是要报答袁相公的大恩,舍命助他寻回夏姑娘,跟他一起躲在床底,乃是万不得已。如果他忽然对我好了,不但我是忘恩负义,连累他也是忘恩负义,他是响当当的大丈夫,我千万不可败坏他品德。"不由得额头微出冷汗,向旁边缩开数寸,本来两人呼吸相闻,面颊相触,这一来便离得远了。只听得袁承志微微呼了口气,宛儿心道:"袁相公,对不起!我心里好爱你,但我跟你有缘无分,盼望我来生能嫁给你。"她却不知,承志此时心中所想的,既不是她宛儿,也不是头顶的青青,而是那个不知身在何处的阿九。

何红药道:"你倒通情达理,知道是你老子不对!"青青恨恨的道:"忘恩负义,负心薄幸,便是不该。"何红药道:"是啊!"

她继续讲下去,说道:"到第三天上,我们两人都饿得没力气了。我出去采果子吃,回来时他却守在洞口,说道只要我踏进洞门一步,就是一剑。他虽失了武功,但有金蛇宝剑在手,我也不敢进去。我对他说,只要他说出那女子的姓名住所,我就饶了他对我的负心薄幸,他虽是个废人,我还是会好好服侍他一生。他哈哈大笑,说他爱那女子胜过爱自己的性命。好吧,我们两人就这么耗着。我有东西吃,他却挨饿硬挺。"

何铁手黯然道:"姑姑,你就这样弄死了他?"何红药道:"哼,才没这么容易让他死呢。过了几天,他饿得全身脱力,我走进洞去,再将他狠狠鞭打一顿。"

青青惊叫一声,跳起来要打,却让何铁手伸手轻轻按住肩头,动弹不得。何铁手劝道:"别生气,听姑姑说完吧。"

何红药道:"这华山绝顶险峻异常,他手足筋断之后,必定不能下去,我就下山去打听他情人的讯息。我要抓住这贱人,把她的脸弄得比我还要丑,然后带去给他瞧瞧,看他还能不能再夸她赞她。我寻访了半年多,没得到一点讯息,耽心那姓穆的回山撞见了他,那可要糟。那天我见那姓穆的显示神功,驱逐棋仙派的人,本领真是深不可测,要是那负心贼求他相助,我再上华山,可就讨不了便宜。待得我回到华山,哪知他已不知去向。那山洞的洞口也给人封住了,密不通风,他不能还在里面。我在山顶到处找遍了,没一点踪迹,不知是那姓穆的救了他呢,还是去了别的地方。十多年来,江湖上不再听到他的信息。我走遍天南地北,也不知这没良心的坏蛋是死是活。"

袁承志听她满腔怨毒的说到这里,才恍然大悟:金蛇郎君所以自行封闭在山洞之中,定是知道冤家魔头必会重来,他武功全失,无法抵敌,想到负人不义,又耻于向人求救,于是封了洞口,入洞待死。何红药却以为他已走了,出去时封了洞口。

忽听得何红药厉声对青青道:"哼,原来他还留下了你这孽种。你爹爹在哪里?他身上的伤好了没有?他现今有没老婆,谁在服侍他?"

青青道:"没老婆,也没人服侍他,他孤苦伶仃,独自一个儿,可怜得很。"

何红药凄然道:"他在哪里?我去服侍他。"何铁手道:"姑姑,咱们有大事在身,你却总是为了私怨,到处招惹。仙都派的事,不也是你搞的么？"

何红药道："哼，那黄木贼道跟人瞎吹，说认得金蛇郎君，我听见了，当然要逼问他那人的下落。"何铁手道："你关了黄木这些年，给他上了这许多毒刑，他始终不说，多半是真的不知。难道要关死他吗？"袁承志和宛儿暗暗点头，心想仙都派跟五毒教的梁子原来由此而结，那么黄木道人并没死，只不过给扣住了。

何红药叫道："那姓袁的小子拿着咱们的金蛇剑，又用金蛇锥打咱们的狗子，那地图想必也落入了他手里。咱们定可着落在他和这姓夏的身上，取回三宝，我死了也可对得住五仙教的列祖列宗，你身为教主，更为本教立下大功。否则的话，教内人众不少要反你，这几日来纷纷议论，大家对你的行为很是不服。眼前正是天大的良机。"何铁手笑了笑，并不答话。何红药道："你出来，我还有话跟你说。"何铁手道："在这里说也一样。"何红药道："不，咱们出去。"

两人出房，步声渐远，承志和宛儿忙从床底钻出。

青青怒目望着宛儿，见她头发蓬松，脸上又沾了不少灰尘，哼了一声道："你们两人躲着干什么？"宛儿一呆，双颊飞红，说不出话来。

袁承志道："快起身。咱们快走，在这里危险得很。"青青道："危险最好，我不走。"承志急道："有什么事，回去慢慢再说不好么？怎么这时候瞎捣乱。"青青怒道："我偏要捣乱。"承志心想这人不可理喻，情势已急，稍再耽搁，不是无法脱身，便是皇帝身边发生大事，忙道："青弟，你怎么啦？"一面说，一面伸手去拉她。

青青一瞥眼间，见到宛儿忸忸怩怩的神色，想像适才她和承志在床底下躲了这么久，不知是如何亲热，又想自己不在承志身边之时，两人又不知如何卿卿我我，越想越恼，左手握住他手，右手狠狠抓了一把。承志全没提防，手背上登时给抓出四条血痕，忙挣脱了手，愕然道："你胡闹什么？"青青道："我就是要胡闹！"说着把棉被往头上一兜。承志又气又急，只是跺脚。

宛儿急道："袁相公，你守着夏姑娘，我出去一下就回来。"承志奇道："这时候你又去哪里？"宛儿不答，推窗跃了出去。

承志坐在床边，隔被轻推青青。青青翻了个身，脸孔朝里。这一来，可真把他闹得无法可施，又不敢走开，只怕她在此遭到凶险。

只得隔着棉被,轻轻拍她背脊。

忽然窗格一响,宛儿跃进房来,后面跟着罗立如。青青从被中探头出来,脸色阴沉。宛儿向承志道:"袁相公,承蒙你鼎力相助,我大仇已报,明儿一早,我就回马谷山去啦。我爹爹在日,对你十分钦佩。你又传了罗师哥独臂刀法,就如是他师父一般。我们俩有件事求你。"承志道:"那不忙,咱们先出宫去再说。"

焦宛儿道:"不。我要请你作主,将我许配给罗师哥。"她此言一出,承志和青青固然吃了一惊,罗立如更惊愕异常,结结巴巴的道:"师……师妹,你……你说什么?"宛儿道:"你不喜欢我么?"罗立如满脸胀得通红,只是说:"我……我……"

青青心花怒放,疑忌尽消,笑道:"好呀,恭喜两位啦。"承志知道宛儿是为了表明与自己清白无他,才不惜提出要下嫁这个独臂师哥,而且迫不及待,急于提出,那全是要去青青疑心、以报自己恩德之意,不禁好生感激。青青这时也已明白了她的用意,颇为内愧,拉着宛儿的手道:"妹子,我对你无礼,你别见怪。"宛儿垂泪道:"我哪里会怪姊姊?"想起刚才所受的委屈,不自禁的向承志幽幽的瞧了一眼,跟着凄然下泪。青青也陪着她哭了起来。

忽然门外脚步声又起,这次有七八个人。袁承志一打手势,罗立如过去推开窗格。袁承志挥手要三人赶快出宫。罗立如当先跃出窗去,宛儿和青青也跟着跃出。

只听得何铁手喝道:"谁都不许进去!"蓬的一声,何红药踢开房门,抢了进来。袁承志身形一晃,已窜出窗外。何红药见到袁承志的背影,叫道:"快来,快来!那女娃跑啦!"

何铁手奔进房来,只见窗户大开,床上已空,当即跟着出窗,只见一个人影窜入了前面树丛,忙跟踪过去。她想追上去护送青青出宫,以免遭到自己下属的毒手,又或是为宫中侍卫所伤,不免对承志不起,自己拜师之愿也决难得偿。何红药及其余五毒教众跟着追来。众人追得虽紧,但均默不作声,生怕禁宫之内,惊动了旁人。其时闯军迫近,京城大乱,宫中侍卫与太监已逃走了不少,余下宫监也均不事职责,皇帝六神无主,举措乖张,宫禁已远不如平时森严,众人追奔来去,一时竟无人发觉。

袁承志见何铁手等紧追不舍,心想青青等这时尚未远去,于是不即不离的引着众人追逐自己,在御花园中兜了几个圈子,算来估计青青等三人已经出宫,眼见前面有座宫殿,当下直窜入内。一踏进门,便觉阵阵花香,顺手推开了一扇门,躲在门后。

他定神瞧这屋子时,不由得耳根一热。原来房里锦帏绣被,珠帘软帐,鹅黄色的地毯上织着大朵红色玫瑰,窗边桌上放着女子用的梳妆物品,到处摆设精巧,看来是皇帝一名嫔妃的寝宫,心想在这里可不大妥当,正要退出,忽听门外脚步细碎,传来几个少女的笑语之声。寻思如这时闯出,正好遇上,声张起来,宫中大乱,曹化淳的奸谋势必延搁,不免另有花样,当下闪身隐在一座画着美人牡丹图的屏风之后。

房门开处,听声音是四名宫女引着一个女子进来。一名宫女道:"殿下是安息呢,还是再看一会书?"袁承志心道:"原来是公主的寝宫。这就快点儿睡吧,别看什么劳什子的书啦!"

那公主嗯了一声,坐在榻上,声音中透着十分娇慵。一名宫女道:"烧上些儿香吧?"公主又嗯了一声。过不多时,青烟细细,甜香幽幽,承志只觉眼饧骨倦,颇有困意。那公主道:"把我的画笔拿出来,你们都出去吧。"承志微觉讶异:"这声音好熟?似乎是阿九。唉,我老是想着她干什么?一天想她十七八遍也不止,真正胡涂透顶。"暗暗着急,心想这公主画起画来,谁知要画上多少时候。

众宫女摆好丹青画具,向公主道了晚安,行礼退出房去。

这时房中寂静无声,只香炉中偶有檀香轻轻的坼裂之音,承志更加不敢动弹。只听那公主长叹一声,低声吟道:

"青青子衿,悠悠我心。纵我不往,子宁不嗣音?

"青青子佩,悠悠我思。纵我不往,子宁不来?

"挑兮达兮,在城阙兮。一日不见,如三月兮。"

袁承志听她声音娇柔宛转,自是一个年纪极轻的少女,他虽不懂这首古诗的原意,但听到"纵我不往,子宁不来?""一日不见,如三月兮"那两句,也知是相思之词,同时越加觉得她语音熟悉,寻思半响,不觉好笑:"我是江湖草莽,生平没进过京师,又怎会见过金枝玉叶的公主?只因我心里念着阿九,便以为人人是阿九!"

不一会,那公主走近案边,只听纸声悉率,调朱研青,作起画来。

承志老大纳闷,细看房中,房门斜对公主,已经掩上,窗前珠帘低垂,除了硬闯,决计走不出去。过了良久,只听公主伸了个懒腰,低声自言自语:"我天天这般神魂颠倒的想着你,你也有一时片刻的挂念着我么?"说着站起身来,把画放在椅上,把椅子搬到床前,轻声道:"你在这里陪着我!"宽衣解带,上床安睡。

承志好奇心起,想瞧瞧公主的意中人是怎生模样,探头望去,不由得大吃一惊。

原来画中肖像竟然似足了他自己,再定神细看,只见画中人身穿沔阳青长衫,系一条小缸青腰带,凝目微笑,浓眉大眼,下巴尖削,可不是自己是谁?只不过画中人却比自己俊美了几分,自己原来的江湖草莽之气,竟给改成了玉面朱唇的俊朗风采,但容貌毕竟无异,腰间所悬的弯身蛇剑,金光灿然,剑头分叉,更是天下只此一剑,更无第二口。他万料不到公主所画之像便是自己,不由得惊诧百端,不禁轻轻"咦"了一声。

那公主听得身后有人,伸手拔下头上玉簪,也不回身,顺手往声音来处掷出。承志见玉簪射向面门,当即伸手捏住。那公主转过身来。两人一朝相,都惊得呆了。

原来公主非别,竟然便是程青竹的小徒阿九。那日袁承志虽发觉她有皇宫侍卫随从保护,料知必非常人,却哪想到竟是公主?

阿九乍见承志,霎时间脸上全无血色,身子颤动,伸手扶住椅背,似欲晕倒,随即一阵红云,罩上双颊,定了定神,道:"袁相公,你⋯⋯你⋯⋯你怎么在这里?"

袁承志行了一礼道:"小人罪该万死,闯入公主殿下寝宫。"阿九脸上又是一红,道:"请坐下说话。"忽地惊觉长衣已经脱下,忙跃入床中,拉过被子盖了下身。

门外宫女轻轻弹门,说道:"殿下叫人吗?"阿九忙道:"没⋯⋯没有,我看书呢。你们都去睡吧,不用在这里侍候!"宫女道:"是。公主请早安息吧。"

阿九向承志打个手势,嫣然一笑,见他目不转瞬的望着画像,不禁大羞,忙伸手把椅子推在一旁。一时之间,两人谁也说不出什么话来,四目交投,阿九低下头去。承志心念如沸。自那日山东道上一见,此后无日不思,阿九秀丽无伦的情影,时时刻刻在心头出现,此刻只感狂喜，全身发热，一句话也说不出来。

过了一会，承志低声问道："你知道五毒教么？"阿九点头道："曹公公说，李闯派了许多刺客来京师扰乱，因此他请了一批武林好手，进宫护驾，五毒教也在其内。"承志道："您师父程老夫子给他们打伤了，您可知道么？"阿九面色一变，道："他们为什么伤我师父？他受的伤厉害么？"承志道："大致不碍事了。"站起身来，道："夜深不便多谈，我们住在正条子胡同，明儿您能不能来瞧瞧您师父？"

阿九道："好的。"微一沉吟，脸上又是红了，说道："你冒险进宫来瞧我，我……我是很感激的……"神情腼腆，声音越说越低："你既见到我画你的肖像，我的……心事……你……你自然也明白了……"说到最后这句时，声细如蚊，已几不可闻。

承志心想："糟糕，她画我肖像，看来对我生了爱慕之意，这时更误会我入宫来是瞧她，这可得分说明白。"只听她又道："自从那日在山东道上见面，你阻挡褚红柳，令他不能伤我，我就常常念着你的恩德……你瞧这肖像画得还像么？"

承志走近床边，柔声道："殿下，我进宫来是……"阿九拦住他的话头，柔声道："你别叫我殿下，我也不叫你袁相公。你初次识得我时，我是阿九，那么我永远就是阿九。我听青姊姊叫你大哥，心里常想，哪一天我也能叫你大哥，那才好呢。"承志道："你如肯叫我大哥，我的心欢喜得要炸开了呢！"忽然之间，想起当日在秦淮河中与青青一起所听两个歌女所唱的《挂枝儿》："我若疼你是真心也，就不叫也是好！"不禁满脸通红。

阿九低下头来，低声叫道："大哥！"伸出双手，抓住了他两手。承志答应一声："嗯，阿九！"阿九道："我一生下来，钦天监正给我算命，说我要是在皇宫里娇生惯养，必定夭折，因此父皇才放我到外面乱闯。"

承志道："怪不得你跟着程老夫子学武功，又随着他在江湖上行走。"阿九道："我在外面见识多了，知道老百姓实在苦得很。我虽常把宫里的金银拿出去施舍，又哪里救得了这许多。"承志听她体念民间疾苦，说道："那你该劝劝皇上，请他多行仁政。老百姓衣暖食足，天下自然太平了。"阿九叹道："父皇肯听人家话，早就好啦。他就是给奸臣蒙蔽，还自以为是。他老是说文武百官不肯出力，流寇杀得

第十七回

青衿心上意
彩笔画中人

太少。我跟他说：流寇就是百姓，只要有饭吃，日子过得下去，流寇就变成了好百姓，否则好百姓也给逼成了流寇。我说：'父皇，你总不能把天下百姓尽数杀了！'他登时大发脾气，说：'人人都反我，连我的亲生女儿也反我！'唉！"承志道："你见得事多，见识反比皇上明白……"寻思："要不要把曹化淳的奸谋对她说？"

阿九忽问："程老夫子说过我的事么？"承志道："没有，他说曾立过重誓，不能泄漏你的身世。我当时只道牵连到江湖上的恩怨隐秘，说什么也想不到你竟是公主。"阿九道："程师父本是父皇的侍卫。我小时候贪玩，曾跟他学武。他不知怎的犯了罪，父皇叫人绑了要杀，我半夜里悄悄去放了他。后来我出宫打猎，又跟他相遇，那时他已做了青竹帮的帮主。"承志点点头，心想："那日程老夫子说他行刺皇帝遭擒，得人相救。原来是她救的。"阿九问道："不知他怎么又跟五毒教的人结仇？"

承志正想说："五毒教想害你爹爹，必是探知了程老夫子跟你的渊源，怕他坏了大事，因此要先除了他。"猛抬头见红烛短了一大截，心想时机急迫，怎地跟她说了这许多话，忙站起身来，说道："别的话，明天再说吧。"

阿九脸一红，低下头来缓缓点了一点。双手仍抓住他手，不舍得放开。

正在这时，忽然有人急速拍门，几个人同声叫道："殿下请开门。"

崇祯惨然道：『你为什么生在我家？』提起金蛇剑，蓦地向阿九头顶斫落。阿九惊叫一声，急忙闪避。袁承志大惊之下，抢过去相救，但相距远了，崇祯已一剑将阿九左臂斩落。

第十八回

朱颜罹宝剑
黑甲入名都

阿九吃了一惊,颤声问道:"什么事?"一名宫女叫道:"殿下,你没事么?"阿九道:"我睡啦,有什么事?"那宫女道:"有人见到刺客偷进了咱们寝宫。"阿九道:"胡说八道,什么刺客?"另一个女子声音说道:"殿下,让奴婢们进来瞧瞧吧!"

承志在阿九耳边低声道:"何铁手!"阿九高声道:"若有刺客,我还能这么安安稳稳的么?快走,别在这里胡闹!"门外众人听公主发了脾气,不敢再说。

承志轻轻走到窗边,揭开窗帘一角,便想窜出房去,手一动,一阵火光耀眼,窗外竟守着十多名手执火把的太监。承志心想:"我要闯出,有谁能挡?但这一来可污了公主的名声,万万使不得。"当即退回来轻声对阿九说了。

阿九秀眉一蹙,低声道:"不怕,在这里待一会儿好啦。"承志只得又坐了下来。

过不多时,又有人拍门。阿九厉声道:"干什么?"这次回答的竟是曹化淳的声音,说道:"奴婢是曹化淳。皇上听说有刺客进宫,很不放心,命奴婢来向殿下问安。"阿九道:"不敢劳动曹公公。你请回吧,我这里没事。"曹化淳道:"殿下是万金之体,还是让奴婢进来查察一下为是。"阿九知道承志进来时定然给人瞧见了,是以他们坚要查看,恨极了曹化淳多管闲事,却哪想得到他今晚竟要举事加害皇帝。曹化淳知道公主身有武功,又结识江湖人物,听何铁手报知有人逃入公主寝宫,生怕是公主约来的帮手,因此非查究明白不可。

曹化淳在宫中极有权势,公主也违抗他不得,当下微一沉吟,含羞带笑的向承志打个手势,要他上床钻入被中。承志无奈,只得除下鞋子,揣入怀中,上床卧倒,躺在阿九身旁,拉了绣被盖在身上,只觉一阵甜香,直钻入鼻端。

房外曹化淳又在不断催促。阿九道:"好啦,你们来瞧吧!"

承志和阿九共枕而卧,衣服贴着衣服,赤足碰到她脚上肌肤,只觉一阵温软柔腻,心中一阵荡漾,但知曹化淳与何铁手等已然进房,不敢动弹,只感到阿九身子微微发颤。

阿九装着睡眼惺忪,打个哈欠,说道:"曹公公,多谢你费心。"

曹化淳在房中四下打量,不见有何异状。

何铁手假作不小心,手帕落地,俯身去拾,顺眼往床底一张,先前承志与宛儿曾钻入床底,只怕旧事重演。阿九笑道:"床底下也查过了,我没藏着刺客吧?"何铁手笑道:"殿下明鉴,曹公公是怕殿下受了惊吓。"她转头见到袁承志的肖像,心中一怔,忙转过头来,两道眼光凝视着阿九秀丽明艳的容颜,目光中尽是不怀好意的嘲弄嬉笑。阿九本就满脸红晕,给她瞧得不敢抬起头来。

曹化淳道:"殿下这里平安无事,皇上就放心了。我们到别的地方查查去。"对四名宫女道:"在这里陪伴殿下,不许片刻离开。就是殿下有命,也不可偷懒出去,知道么?"四名宫女俯身道:"听公公吩咐。"曹化淳与何铁手及其余宫女行礼请安,辞出寝宫。

阿九道:"放下帐子,我要睡啦!"两名宫女过来轻轻放下纱帐,在炉中加了些檀香,剔亮红烛,互相偎依着坐在房角。

阿九又是喜悦,又是害羞,不意之间,竟与日夕相思的意中人同床合衾,不由得如痴如醉,眼见几缕檀香的青烟在纱帐外袅袅飘过,她一颗心便也如青烟般在空中飘荡不定。她身子后缩,缩入了袁承志怀里。袁承志伸过左臂,搂住她腰,寻思:"自己刚与宛儿在床底下偎倚,这时迫于无奈,又抱住了阿九公主。两人同样的温柔可爱,但以容貌而论,阿九胜宛儿十倍,那日山东道上一见之后,常自思念,不意今日竟得投身入怀。"大喜之余,暗自庆幸。阿九心中只是说:"这是真的吗?还是我又做梦了?"

过了良久,只听承志低声道:"怎么办?我得想法子出去!"

阿九嗯了一声,闻到他身上男子的气息,不觉一股喜意,直甜入心中,轻轻往他身边靠去,蓦地左臂与左腿上碰到一件冰凉之物,吃了一惊,伸手摸去,竟是一柄脱鞘的宝剑横放在两人之间,忙低声问道:"这是什么?"

承志道:"我说了你别见怪。"阿九道:"谁来怪你?"承志低声道:"我无意中闯进你的寝宫,又给逼得同衾共枕,实是为势所迫,我可不是轻薄无礼之人。"阿九道:"谁怪你了呀!把剑拿开,别割着我。"承志道:"我虽以礼自持,可是跟你这样的美貌姑娘同卧一床,只怕把持不住……"阿九低声笑道:"因此你用剑隔在中间……傻……傻大哥!"

两人生怕为帐外宫女听到,都把头钻在被中悄声说话。承志情不自禁的侧身,伸过右臂搂住她背心,阿九也伸出双臂,抱住了他头颈。承志几根手指拈起金蛇剑,放到身后。两人肌肤相贴,心魂俱醉。阿九低声道:"大哥,我要你永远这样抱着我……"承志凑过脸去,吻她嘴唇。阿九凑嘴还吻,身子发热,双手抱得他更紧了。

承志一生之中,从未跟任何女子这般亲热过,跟青青时时同处一室,最多也不过手拉手而已。只觉阿九樱唇柔嫩,吹气如兰,她几丝柔发掠在自己脸上,心中一荡,暗暗自警:"千万不可心生邪念,那可不得了。赶快得找些正经大事来说。"忙缩开嘴唇,低声问道:"惠王爷是什么人?"阿九道:"他名叫常润,还比我父皇长了一辈。是我的叔祖父。"承志道:"那就是了。他们要拥他登基,你知不知道?"

阿九惊道:"什么?谁?"袁承志道:"曹化淳跟满洲的睿亲王私通,想借清兵来打闯军。"阿九怒道:"有这等事?满洲人有什么好?还不是想夺咱们大明江山。"承志道:"是啊,皇上不答允,曹化淳他们就想拥惠王登位……"阿九道:"不错,惠叔爷贪图权位,定会答允借兵除贼。"承志道:"只怕他们今晚就要举事。"阿九吃了一惊,说道:"今晚?那可危急得很了。咱们快去禀告父皇。"

袁承志闭目不语,心下踌躇。崇祯是他杀父仇人,十多年来,无一日不在想亲手杀了,以报血海沉冤。这时皇宫忽起内变,自己不费举手之劳,便可眼见仇人毕命,本是大快心怀之事;但如曹化淳等奸谋成功,借清兵入关,闯王义举势必大受挫折。要是清兵长驱直入,闯王抵挡不住,岂非神州沉沦,黄帝子孙都陷于胡虏之手?

阿九在他肩头轻轻推了一把，说道："你想什么呀？咱们可得抢在头里，扑灭奸人逆谋。"承志仍是沉吟未决。阿九悄声道："只要你不忘了我，我……我总是……跟你在一起……咱们将来……还有这样的时候。"说着慢慢将头靠过去，吻住他嘴唇。

承志凛然一震，心想："原来她疑我贪恋温柔，不肯起来。好吧，先去瞧瞧情势再说……"悄声道："你把宫女点了穴道，用被子蒙住她们的眼，咱们好出去。"阿九道："点在哪里呀？我不会。"

承志拉住她右手，引着她摸到自己胸前第十一根肋骨之端，拿着她的手时，只觉滑腻温软，犹如无骨，说道："这是章门穴，你用指节在这部位敲击一下，她们就不能动了。可别太使劲，免得伤了性命。"

阿九挂念父皇身处危境，疾忙揭帐下床。四名宫女站了起来，说道："殿下要什么？"阿九走到锦帷之后，把宫女一个个分别叫过去，依承志所授之法，打中了各人穴道。最后一个敲击部位不准，竟呀的一声叫了出来。阿九一手蒙住她口，摸准了穴道再打下去，这才将她点晕。她从锦帷后面出来，承志已穿上鞋子下床。

阿九穿好衣服，满脸羞涩，向承志微微一笑，承志忍耐不住，双手搂住了她，在她唇上轻轻一吻。阿九满脸通红，低声问："你永远不忘记我，是不是？"承志忽然想到青青，登觉为难异常，但身当此时，只得紧紧搂住了她，说道："当然，永远不忘记你！"两人揭开窗帘，见窗外无人，一齐跃出。

阿九道："你跟我来！"拉着承志的右手，径往乾清宫。将近宫门时，遥见前面影影绰绰，约有数百人聚集。阿九惊道："逆贼已围了父皇寝宫，快去！"两人发足急奔。

跑出十余丈，一名太监迎了上来，见是长平公主，吃了一惊，但见她只带着一名随从，也不在意，躬身道："殿下还不安息么？"

袁承志和阿九见乾清宫前后站满了太监侍卫，个个手执兵刃，知道事已危急。阿九喝道："让开！"伸手推开那名太监，直闯过去。守在宫门外的几名侍卫待要阻拦，都给承志推开。众监卫不敢动武，急忙报知曹化淳。

曹化淳策划拥立惠王，自己却不敢出面，只偷偷在外指挥，听说长平公主进了乾清宫，心想谅她一个少女也碍不了大事，传令众侍卫加紧防守。

阿九带着承志,径奔崇祯平时批阅奏章的书房。

来到房外,只见房门口围着十多名太监侍卫,满地鲜血,躺着七八具尸首,想是忠于皇帝的侍卫给叛党格杀而死。众人见到公主,一呆之下,阿九已拉着承志的手奔入书房。一名侍卫喝道:"停步!"举刀向承志砍去。承志侧身略避,挥掌拍在他胸口,那侍卫直跌出去,承志已带上书房房门。

只见室中烛光明亮,十多人站着。阿九叫了一声:"父皇!"向一个身穿黄袍、头戴黑缎软帽的人奔去。承志打量这人,见他约莫三十五六岁年纪,面目清秀,脸上神色惊怒交集,心道:"这便是我的杀父仇人崇祯皇帝了。"

阿九尚未奔近皇帝身边,已有两名锦衣卫卫士挥刀拦住。

崇祯忽见女儿到来,说道:"你来干什么?快出去。"

一个高高瘦瘦、脸色苍白的华服中年人说道:"贼兵已到宁武关,指日就到京师。你到这时候还是不肯借兵灭寇,是何居心?你定要将我大明天下双手奉送给闯贼,是不是?"袁承志识得他是惠王,他的总管魏涛声手执单刀,站在他身旁。承志不欲与他们相见,缩身在一名叛党之后,转过头察看书房中情势。

阿九怒道:"惠叔爷,你胆敢对皇上无礼!"

只听那中年人笑道:"无礼?他要断送太祖皇帝传下来的江山,咱们姓朱的个个容他不得。"嚓的一声,将佩剑抽出一半,怒目挺眉,厉声喝道:"到底怎样?一言而决!"

崇祯叹了口气道:"朕无德无能,致使天下大乱。贼兵来京固然社稷倾覆,借兵胡虏,也势必危害国家。朕一死以谢国人,原不足惜,只是祖宗的江山基业,就此拱手让人了……"

惠王拔剑出鞘,逼近一步,喝道:"那么你立刻下诏,禅位让贤罢!"崇祯身子发颤,喝道:"你要弑君篡位么?"

惠王一使眼色,一名锦衣卫卫士拔出长刀,叫道:"昏君无道,人人得而诛之!"

袁承志听了他口音,心中一凛,烛下看得明白,这人正是安大娘的丈夫安剑清。

阿九怒叱一声,抢起椅子,挡在父皇身前,接连架过安剑清砍来

第十八回 朱颜罹名都 黑甲入宝剑

的三刀。惠王带来的众侍卫纷纷拥上。承志见阿九支持不住,抢入人圈,左臂起处,将两名侍卫震出丈余,右手将金蛇剑递给阿九,自己站在崇祯身旁保护。十多名锦衣卫抢上来要杀皇帝,都给他挥拳踢足,打得筋折骨断。阿九宝剑在手,精神大振,数招间已削断安剑清的长刀。

惠王眼见大事已成,不料长平公主忽然到来,还带来一个如此武艺高强之人护驾,但见此人身穿太监服色,紧急中也认他不出,只放声大叫:"外面的人,快来!"

何铁手、何红药及温氏四老应声而入,突然见到袁承志,无不大惊失色。温方达眼中如要喷火,高声叫道:"先料理这小子!"四兄弟围了上去。

阿九退到父亲身边,仗着宝剑犀利,敌刃当者立断,惠王手下人众一时倒也不敢攻近。但她见敌人愈来愈多,袁承志给对方五六名好手绊住,缓不出手来相助,情势甚是危急,正心慌间,忽见一个面容丑恶、乞婆装束的老妇目露凶光,举起双手,露出尖利的十爪,喝道:"把金蛇剑还来!"

袁承志这时已打定主意,事有轻重缓急,眼前无论如何要先救皇帝,使得勾引清兵入关的阴谋不能得逞,待闯王进京之后,再来手刃崇祯以报父仇,这是先国后家、先公后私的大义。但温氏四老武功高强,虽未组成五行阵,也难轻易应付,百忙中见阿九头发散乱,宝剑狂舞,渐渐抵挡不住何红药的狠攻,突然窜到何铁手跟前,说道:"去杀了曹化淳那些造反篡位之人!"

惠王命魏涛声邀请五毒教入招贤馆,先送了二十万两银子,再答允任由五毒教盗取户部大库的库银,不限其数,又说要图谋一件大事,事成之后,将云南、贵州两省定为五仙教布法行道的地盘,敕建教观,任由五仙教打醮做法,收取民间布施。对五毒教而言,自是无穷无尽的生财大道,此后独霸云贵,当真可以无法无天。何铁手心想最多所谋不成,也没什么损失,便即答允了。

她学得一身高明武功,生平未逢敌手,但跟袁承志一交手,忽然见到了武学中一片新天地,这少年相公不但出手厉害,而招数变化之繁,内劲之强,直是匪夷所思,连作梦也想像不到。她五岁那年,父亲便即去世,因此教中的祖传武功,并未得到真正亲传,她的授业师父虽是教中高手，但位份不高，许多秘传未窥堂奥。她从师父口中得知，本教不少高招是从小金蛇的身法而悟得。她平日常命齐云璈放出小金蛇，钻研其动静身法，虽有不少领会，毕竟有限。这次跟袁承志数度交手，见到他所学的金蛇武功玄妙变幻，远在小金蛇之上，本已钦服。再见到他的华山派武功与木桑所传的铁剑门功夫，更觉自己僻处云贵，真如井底之蛙，不知天地之大。犹如贪财之人眼见一个大宝藏便在身侧，触手可及，眼红心热，非伸手摸一摸不可。她说跟袁承志交手当晚，无法入睡，确非虚语。这几天六神无主，念兹在兹，只是想如何拜袁承志为师，企求之殷切，比之少女初想情郎的相思尤有过之。

这日胡缠瞎搞，得蒙袁承志答允收己为徒，一直喜不自胜，心想既已拜得这位明师，什么五仙教教主之位，百万两、千万两的金银，全是毫不足道，此后只要不违师命便是。"师命有三，目前他说的是第一师命。"回身转臂，左手铁钩猛向温方悟划去。

温方悟怎料得到她会陡然倒戈，大惊之下，皮鞭倒卷，来挡她铁钩。但何铁手出招何等狠辣，又是攻其无备，只一钩，已在温方悟左臂上划了一道口子。钩上喂有剧毒，片刻之间，温方悟脸色惨白，左臂麻痹，身子摇摇欲坠，右手不住揉搓双眼，大叫："我瞧不见啦……我……我中了毒！"温氏三老手足关心，不暇攻敌，疾忙抢上去扶持。

袁承志登时缓出手来，回身出掌，拍在惠王所带来的总管魏涛声背上，魏涛声立即昏晕。承志一转头见阿九气喘连连，拼命抵挡何红药和安剑清的夹攻，眼见难支，当下斜飞而前，抓住何红药的背心，将她直掼了出去。安剑清一呆，阿九金剑挺出，刺中他左腿，安剑清跌倒在地。

这时温方悟毒发，已昏了过去。温氏三老不由得心惊肉跳，一声暗号，温方义抱起五弟，温方达、温方山一个开路，一个断后，冲出书房。何铁手追了出去，从怀里取出一包东西，叫道："这是解药，接着。"温方山转身接住。何铁手一笑回入。

这一来攻守登时异势。承志和阿九把二十来名锦衣卫打得七零八落，四散奔逃。

殿门开处，曹化淳突然领了一批京营亲兵冲了进来。承志见敌人势众，叫道："阿九、何教主，咱们保护皇帝冲出去。"阿九与何铁手答应了。三人往崇祯身周一站，正待向前夺路，曹化淳忽然叫道："大胆奸贼，竟敢惊动御驾，快给我杀！"众亲兵即与锦衣卫交起手来。惠王惊得呆了，叫道："曹公公……你……你不是和我……"一言未毕，曹化淳举脚向他踢去，惠王惊愕之余，立即奔逃出殿。此后逃到广州，最后为清兵擒获处死。这一来不但众锦衣卫大惊失色，袁承志、何铁手、阿九三人更是奇怪，只有崇祯在心中暗赞曹化淳忠义。

原来曹化淳在外探听消息，知道大势已去，弑君奸谋不成，情急智生，便去率领京营的守备亲兵，进乾清宫来救驾。锦衣卫见曹化淳变计，都抛下了兵器。曹化淳连叫："拿下去，拿下去！"众亲兵将锦衣卫拿下。一出殿门，曹化淳叫道："砍了！"霎时之间，参与逆谋的人都给杀得干干净净，魏涛声也难逃一刀之厄，尽是曹化淳杀人灭口的毒计。

何铁手见局势已定，笑道："师父，明日我在宣武门外大树下等你！"说着携了何红药的手，转身而出。

崇祯叫道："你……你……"他想酬庸护驾之功，何铁手哪里理会，径自出宫去了。

崇祯回过头来，见女儿身上溅满了鲜血，却笑吟吟的望着承志，这时惊魂略定，坐回椅中，问阿九道："他是谁？功劳不小，朕……朕必有重赏。"他料想袁承志必定会跪下磕头，哪知袁承志昂然不理。阿九扯扯他的衣裾，低声道："快谢恩！"

袁承志望着崇祯，想起父亲舍命卫国，立下大功，却给这皇帝凌迟处死，心中悲愤痛恨之极，细看这杀父仇人时，只见他两边脸颊都凹陷进去，鬓边已有不少白发，眼中满是红丝，神色甚是憔悴。此时夺位的奸谋已然平定，首恶已除，但崇祯脸上只显得烦躁不安，殊无欢愉之色。承志心想："他做皇帝便只受罪，一点也不快活！"

崇祯却哪知袁承志心中这许多念头，温言道："你叫什么名字？在哪里当差？"他见承志穿着太监服色，还道他是一名小监。

袁承志定了定神，凛然道："我姓袁，是故兵部尚书、蓟辽督师袁崇焕之子！"崇祯一呆，似乎没听清楚他的话，问道："什么？"袁承志道："先父袁崇焕有大功于国，冤为皇上处死。"崇祯默然半晌，叹道："现今我也颇为后悔了。"隔了片刻道："你要什么赏赐？"

阿九大喜，轻轻扯一扯承志的衣裾，示意要他乘机向皇上求为驸马。

袁承志愤然道："我是为了国家而救你，要什么赏赐？嗯，是了，皇上既已后悔，求皇上下诏，洗雪先父的大冤。"

崇祯性子刚愎，要他公然认错，可比什么都难，听了这话，沉吟不语。

这时曹化淳又进来恭请圣安，奏称所有叛逆已全部处斩，已派人去捉拿逆首惠王的家属。崇祯点点头道："好，究竟是你忠心。"曹化淳见了袁承志，心中大疑："这人明明是满清九王的使者，怎地反来坏我大事？"

袁承志待要揭穿曹化淳的逆谋，转念又想，闯王义军日内就到京师，任由这奸恶小人在宫中当权，对义军正是大吉大利，当下也不理会皇帝，向阿九道："这剑还给我吧。我要去了！"

阿九大急，顾不得父皇与曹化淳都在身边，冲口而出道："你几时再来瞧我？"承志道："殿下保重。"伸出手要去拿剑。阿九手一缩，道："这剑暂且放在我这里，下次见面再还你。"说着凝视着承志的脸，眼光中的含意甚是明显："你要早些来，我日日夜夜在盼望着。"

袁承志见崇祯与曹化淳都脸露诧异之色，不便多说，点了点头，转身出去。

阿九追到殿门之外，低声道："你放心，我永永远远，决不负你。"袁承志心想眼下不是解释之时，也非细谈之地，说道："天下将有大变，身居深宫，不如远涉江湖，你要记得我这句话。"他知闯王即将进京，兵荒马乱之际，皇宫实是最危险的地方，是以要她出宫避祸。

哪知阿九深情款款，会错了他的意思，低下了头，柔声道："不错，我宁愿随你在江湖上四处为家，远胜在宫里享福。你下次来时，咱们……咱们仔细商量吧！"

袁承志轻叹一声，想起青青，中心栗六，浑没了主意，挥手道别，越墙出外。阿九见他就此分手，没半句温柔的情话，甚为失望。袁承志来到宫外，只见到处火把照耀，号令传呼，正在大捕逆党从属。

他挂念青青，奔回到正条子胡同，见青青、焦宛儿、罗立如三人已安然回来，这才放心。他一晚劳顿，回房倒头便睡。这时在他心中，阿九与青青一个有情，一个有义，委实难分轩轾，既不知如何是

<small>第十八回　朱颜罹名都　黑甲入宝剑</small>

好,只得闭眼入睡,将两个美女置之脑后。

醒来时已是巳牌时分,出得厅来,见水云、闵子华率领着十六名仙都弟子在厅上相候。原来他们得悉袁承志府上遭五毒教偷袭,忙赶来相助。袁承志道了劳,告知黄木道人多半尚在人间,有法子相救。仙都众人大喜。

袁承志请他们守护伤者,径出宣武门来,行不多时,远远望见何铁手站在一株大树下。

她笑盈盈的迎上来,说道:"师父,我昨晚玉成你的美事,我这个徒儿好不好?"承志道:"昨晚形势极是危急,幸得你仗义相助,这才没闹成大乱子。"

何铁手笑道:"师父真艳福不浅,有这么一位花容月貌的公主垂青相爱,将来封了驸马爷,我做徒弟的封什么官?"承志正色道:"别开玩笑。"何铁手笑道:"啊哟,还赖哩!她这样含情脉脉的望着你,谁瞧不出来呢?再说,你要是不爱她,怎会把金蛇剑给她?又这么拼命的去救她父皇?"承志道:"那是为了国家大义。"

何铁手抿嘴笑道:"是啊,跟人家同床合被,你怜我爱,那也是为了国家大义。嘻嘻!"承志登时满脸通红,手足失措,道:"什……什么?你怎么……"何铁手笑道:"公主被子里明明藏着一人,我们这些江湖上混的人,难道会瞎了眼么?嘻嘻,我正想抖了出来,幸好眼睛一晃,见到师父的肖像。这个交情,岂可不放?"承志心想原来是那幅肖像没收好,以致给她瞧了出来;转念之间,又暗叫惭愧,若不是那幅肖像,何铁手揭开被来,那可更加糟糕了。

何铁手见他脸上一直红到了耳根子里,知他面嫩,换过话题,问道:"夏姑娘已平安回去了吧?"袁承志点了点头,道:"这就去给你朋友们解穴吧。"

何铁手在前领路,继续向西,一路上称赞阿九美丽绝伦,生平从所未见,又说瞧不出一位金枝玉叶的妙龄公主,竟然一身武功,那定然是袁承志亲手教的了,明师手下出高徒,当然如此,何况这位明师对高徒又是加意的另眼相看。现今公主是师姊,将来则是师娘。但不知和夏姑娘两个,谁大谁小,一个先入山门,一个身份尊贵,可有点摆不平了,不过公主美貌得多,师父多半要偏心。袁承志任她嘻嘻哈哈的啰唆不休，听她师父前、师父后的叫个不休，昨晚一言既出，也不能言而无信，如何推搪，实无善策，何况危急之际求人，事后反悔，亦不合道义。只有苦笑，置之不理。行了五里多路，来到一座古刹华严寺前。

寺外有五毒教的教众守卫，见到袁承志时都怒目而视。袁承志也不理会，进寺后见大雄宝殿上铺了草席，为他打伤的教徒一排排的躺着。袁承志逐一给各人解开穴道，朗声说道："兄弟与各位本无冤仇，由于小小误会，以致得罪。这里向各位赔罪了。"说着团团作了一揖。众人掉头不理，既不还礼，亦不答话。

袁承志心想礼数已到，也不多说，转身出来，一回头，忽见一双毒眼恶狠狠的凝视着何铁手。这人隐身殿隅暗处，身形一时瞧不清楚，只见到双眼碧油油的放光。袁承志一惊，心想这眼光中充满了怨毒愤激，此人是谁？凝目再瞧，那人已闪身入内，身形一动，立即认出原来是老乞婆何红药。

何铁手相送出寺。袁承志见她脸色有异，与适才言笑晏晏的神情大不相同，颇为疑惑。两人在寺门外行礼而别。

袁承志从来路回去，走出里许，越想疑心越甚，寻思莫非他们另有奸计？只怕各人穴道解开之后，死心不息，再来骚扰，不如先探到对方图谋，以便先有防备。当下折向南行，远远走到华严寺之后，四望无人，从后墙跃了进去，忽听得嘘溜溜哨声大作。

他知道这是五毒教聚众集会的讯号，于是在一株大树后隐匿片刻，估量教众都已会集，然后悄悄掩到大雄宝殿之后，只听得殿里传出一阵激烈的争辩之声。

他贴耳在门缝上倾听，何红药声音尖锐，齐云璈嗓门粗大，两人你唱我和，数说何铁手的罪愆。一个说她迷恋袁承志，忘了教中深仇，反拜仇人之徒为师；另一个说她与敌联手，坏了拥立新君、乘机光大本教的大事。

何铁手微微冷笑，听二人说了一会，说道："你们要待怎样？"众人登时默不作声。隔了好一会，何红药忽然冷冷的道："另立教主！"

何铁手凛然道："咱们数百年来教规，只有老教主过世之后，才能另立新教主。那么你是要我死了？"众人沉默不语。何铁手道："谁想当新教主？"她连问三声，教众无人回答。何铁手冷笑道："哪一个自量胜得了我的,出来抢教主罢!"

袁承志右目贴到门缝上往里张望,见何铁手一人坐在椅上,数十名教众都站得远远地,显是对她颇为忌惮。袁承志心想:"五毒教这些人,我每个都交过手,没一人及得上她一半本事。但单凭武力压人,只怕这教主也做不长久。"眼见五毒教内哄,并非图谋向他与青青寻仇,也就不必理会,但既已收她为徒,而她对自己又颇为依恋,难以不理她死活,正踌躇间,忽见寒光一闪,何红药越众而出,手中拿了一件奇怪兵刃。袁承志见这兵刃似是一柄极大的弯刀,非但前所未见,也从没听师父说过,不知如何用法,倒起了好奇之心,当下俯身又看。

只听何红药冷然道:"我并不想做教主,也明知不是你对手。可是咱们五仙教当年三祖七子,费了四十年之功,才创立教门,那是何等辛苦?本教百余年来横行天南,这基业得来不易,决不能毁在你这贱婢手里!"

何铁手道:"侮慢教主,该当何罪?"何红药道:"我早已不当你是教主啦,来吧!"双手前伸,呼的一声,挥动兵刃,弯刀的头上又钻出一个小尖。

何铁手微微冷笑,坐在椅中不动。何红药纵身上前,吞吞两声,弯刀已连削两下。她忌惮何铁手武功厉害,一击不中,立即跃开。何铁手端坐椅中,只在何红药攻上来时略加闪避,却不还击。袁承志正感奇怪,目光一斜,见数十名教众各执兵刃,渐渐逼拢,才知何铁手守紧门户,防范众人围攻。他因门缝狭窄,只见得到殿中的一条地方,想来教众已在四面八方围住了她。

众人僵持片刻,谁也不敢躁进。何红药叫道:"没用的东西,怕什么?大伙儿上呀!"她弯刀一挥,众人呐喊上前。何铁手倏地跃起,只听得乒乒声响,坐椅已给数件兵刃同时击得粉碎。两名教众接连惨叫,中钩受伤。大殿上尘土飞扬,何铁手一个白影在人群中纵横来去,登时斗得猛恶已极。

袁承志察看殿中众人相斗情状,教中好手除何红药之外都曾为他点中穴道,委顿多时,这时穴道甫解,个个经脉未畅,行动窒滞。何铁手若要脱身而出,该当并不为难,然而她竟不冲出,似想以武力压服教众,惩治叛首。

再拆数十招,忽见人群中一人行动诡异。这人虽也随众攻打,但脚步迟缓,手中捧着一个金色圆筒,慢慢向何铁手逼近。袁承志仔细看时,此人正是锦衣毒丐齐云璈。蓦地里只听他大叫一声,双手送前,一缕黄光向何铁手掷去。

何铁手侧身闪开,哪知这件暗器古怪之极,竟能在空中转弯追逐。其时数件兵刃又同时攻到,何铁手大声尖叫,已为暗器所中。这时袁承志也已看得清楚,这件活暗器便是那条小金蛇。何铁手身子晃动,疾忙伸手扯脱咬住肩头的金蛇,摔在地下,狠狠两钩,杀了两名教众。何红药大叫:"这贱婢给金蛇咬中啦。大伙儿绊住她,毒性就要发作啦!"

何铁手跌跌撞撞,冲向后殿。她虽中毒,威势犹在,教众一时都不敢冒险阻拦。何红药纵身上前,弯刀如风,径往她脑后削去。何铁手低头避过,还了一钩。潘秀达与岑其斯已拦住她去路。何铁手右肘在腰旁轻按,"含沙射影"的毒针激射而出。潘秀达闪避不遑,未及叫喊,已然毙命。何铁手肩上毒发,神智昏迷,铁钩乱舞,使出来已不成家数。

袁承志眼见她转瞬之间,便要死于这批阴狠毒辣的教众之手,心想昨晚在宫中答允了收她为徒,虽说事急行权,毕竟大丈夫一言既出,驷马难追,不能于危急中欺骗一个年轻女子,她眼下所以众叛亲离,实因拜己为师而起,此时眼见她命在顷刻,岂可袖手不理?忽地跃出,大叫:"大家住手!"

教众见他突然出现,无不大惊,一齐退开。

何铁手这时已更加胡涂,挥钩向袁承志迎面划来。袁承志侧身避过,左手伸出,反拿她手腕。哪知她武功深湛,进退趋避之际已成自然,虽然眼前金星乱舞,但手腕一碰到袁承志的手指,左臂立沉,铁钩倒竖,向上疾刺,仍是既狠且准。袁承志一拿不中,叫道:"我来救你!"何铁手恍若不闻,双钩如狂风骤雨般攻来。袁承志解拆数招,右脚在她小腿轻勾,何铁手扑地倒下,突然睁眼,惊叫道:"师父,我死了么?"袁承志道:"咱们出去!"拉住她手臂提了起来。

诸教众本在旁观两人相斗,见袁承志扶着她急奔而出,齐声发喊,纷纷拥上。

袁承志转身叫道:"谁敢上来!"教众个个是惊弓之鸟,不知谁先

第十八回 朱颜罹宝剑 黑甲入名都

发喊,忽地一窝蜂的转身逃入殿内,砰的一声,关上了殿门。

袁承志见他们对自己怕成这个样子,不觉好笑,俯身看何铁手时,见她左肩高肿,雪白的面颊上已罩上了一层黑气,知她中毒已深,但想她日夕与毒物为伍,抗力甚强,总还能支持一会,于是抱起她奔回寓所。

众人见他忽然擒了何铁手而来,都感惊奇。青青嗔道:"你抱着她干么?还不放手。"袁承志道:"快拿冰蟾来救她。"焦宛儿扶着何铁手走进内室施救。水云等却甚是气恼,亦觉不解。袁承志把前因后果说了,并道:"令师黄木道人的事,等她醒转后,自当查问明白。"仙都弟子一齐拜谢。

过了一顿饭时分,焦宛儿出来说道:"她身上毒气已吸出来了,不过仍昏迷不醒。"袁承志道:"你给她服些解毒药,让她睡一忽儿吧。"

焦宛儿应了,正要进去,罗立如从外面匆匆奔进,叫道:"袁相公,大喜大喜!"青青笑道:"你才大喜呀!"罗立如道:"闯王大军打下了宁武关。"众人齐声欢呼。

袁承志问道:"讯息是否确实?"罗立如道:"帮里的张兄弟本来奉命去追寻……寻这位闵二爷的,恰好遇上闯军攻关,见到攻守双方打得甚是惨烈,走不过去。后来他眼见明军大败,守城的总兵官周遇吉也给杀了。"袁承志道:"那好极啦,义军不日就来京师,咱们给他来个里应外合。"

此后数日之中,袁承志自朝至晚,甚是忙碌,以闯军"金蛇营"营主身份,会见京中各路豪杰,分派部署,只待义军兵临城下,举事响应。

这天出外议事回来,焦宛儿道:"袁相公,那何教主仍昏迷不醒。"袁承志吃了一惊,道:"已有许多天啦,怎么还不好?"忙随着焦宛儿入内探望,只见何铁手面色憔悴,脸无血色,已然奄奄一息。

袁承志沉思片刻,忽地叫道:"啊哟!"焦宛儿道:"怎么?"袁承志道:"常人中毒之后,毒气退尽,自然慢慢康复。但她从小玩弄毒物,平时多半又服用什么古怪药料,寻常毒物伤她不得,然一旦中毒,却厉害不过。我连日忙碌,竟没想到这层。"焦宛儿道:"那怎么办?"袁承志踌躇道:"除非把那冰蟾给她服了,或许还可有救……不过我们靠此至宝解毒,要是再受五毒教的伤害,只有束手待毙了。"焦宛儿也感好生为难。

袁承志一拍大腿,说道:"我已答允收此人作徒弟,虽说当时是被迫答允,但总是答允过了,不能眼睁睁的见她送命,便给她服了再说。"焦宛儿觉得此事甚险,颇为不安,但袁承志既如此吩咐,自当遵从,于是研碎冰蟾,用酒调了,给她服下去。过不到一顿饭时分,何铁手脸色由青转白,呼吸平复,坐起身来,叫了声:"师父!"

袁承志知道她这条命是救回来了,退了出去。洪胜海进来禀报,说仙都派掌门人水云道人来拜会。何铁手道:"我去会他们!"由宛儿扶着走向大厅。

水云道人向袁承志见了礼,向何铁手打个问讯,说道:"何教主,我们师父的事,请您瞧在袁相公份上,明白赐告。"此言一出,随他而来的仙都众弟子都站起身来。

何铁手冷笑道:"师父于我有恩,跟你们仙都派可没干系。我身子还没复原,你们是不是要乘人之危?我何铁手也不在乎。"她如此横蛮无礼,可大出众人意料之外。

袁承志向水云等一使眼色,说道:"何教主身子不适,咱们慢慢再谈。"何铁手哼了一声,扶着焦宛儿进房去了。仙都诸弟子声势汹汹,七张八嘴的议论。袁承志道:"这事交在兄弟身上。黄木道长由我负责相救脱险便是。"仙都诸人这才平息。

这数日中,闯军捷报犹如流水价报来:明军总兵姜瓖投降,闯军克大同;总兵王承胤、监军太监杜勋投降,闯军克宣府;总兵唐通、监军太监杜之秩投降,闯军克居庸。

大同、宣府、居庸,都是京师外围要塞,向来驻有重兵防守。每一名总兵均统带精兵数万。崇祯不信武将,每军都派有亲信太监监军,权力在总兵之上,多所牵制。闯军一到,监军太监力主投降,总兵官往往跟从。重镇要地,闯军不费一兵一卒而下。

数日之间,明军土崩瓦解,北京城中,乱成一团。

这一日讯息传来,闯军已克昌平,北京城外京营三大营一齐溃散,眼见闯军已可唾手而取北京。

又过数日,洪胜海进内禀报,门外有个赤了上身的乞丐模样之人,跪在地下不住叩头，说要请何教主饶恕，瞧模样是五毒教中的人。

承志陪同何铁手出去，青青等也都跟了出去。只见隆冬严寒之际，那人赤裸上身，下身只穿了条烂裤，承志认得是锦衣毒丐齐云璈，便是放出小金蛇咬伤何铁手那人。

何铁手冷冷的道："你瞧瞧，我不是好好的吗？"齐云璈脸现喜色，不住叩头。何铁手道："你来干什么？你若不是走投无路，也不会来见我。"齐云璈道："小人罪该万死，伤了教主贵体。多蒙三祖七子保佑，教主无恙，真不胜之喜。"何铁手喝道："你只道用金蛇伤了我，按本教规矩，你便是教主了？"

齐云璈道："小人敌不过那老乞婆，仔细思量，还是来归顺教主。小人该受千蛇噬身大刑，只求教主开恩宽赦。"说着双手高举，捧着一个金色圆筒，膝行数步上前。袁承志知道筒中装的便是那条剧毒小金蛇，他将此利器呈给何铁手，便是彻底投降归顺，再也不敢起异心了。

何铁手嘻嘻一笑，道："你既诚心悔过，便饶了你这遭，死罪可免，活罪难饶……"伸手正要去拿圆筒，身上剧毒初清，突然间双足发软，身子一下摇晃。

焦宛儿站在她身旁，正要相扶，突然路旁一声厉叫，一人蓦地窜将出来，纵到齐云璈身后，一弯腰，又纵了开去。只听齐云璈狂喊一声，俯伏在地，只见他背后插了一柄尺来长的利刀，深入背心，直没至刀柄。这一下犹如晴空霹雳，正所谓迅雷不及掩耳。

众人齐声惊呼，看那突施毒手的人，正是老乞婆何红药。却见她啊啊怪叫，左手挥舞，双足乱跳，却总是摔不开咬在她手背上的一条小金蛇。原来齐云璈陡受袭击，顺手将小金蛇放了出来。齐云璈抬头叫道："好，好！"身子一阵扭动，垂首而死。众人瞧着何红药，见她脸上尽是怖惧之色，一张本就满是伤疤的脸，更加似鬼似魔。她右手几番伸出，想去拉扯金蛇，刚要碰到时又即缩回，似乎一碰金蛇便有大祸临头一般。但见她白眼一翻，忽地从怀里摸出一柄利刃，刀光一闪，嚓的一声，已把自己左手砍下，急速撕下衣襟包住伤口，狂奔而去。

众人见到这惊心动魄的一幕，都呆住了说不出话来。

何铁手弯下腰去，在齐云璈身上摸出那个金色圆筒，罩在金蛇身上，左手铁钩在何红药的断手上一划，切下金蛇咬住的手背肉，连肉和蛇倒在筒里，盖上塞子。

众人回进屋内。袁承志对何铁手道："你教里跟你作对的人死的死，伤的伤，已没人敢作反了，你回去好好收拾一下吧！"何铁手摇头道："我不回去啦，以后我只跟着你。"

袁承志神色尴尬，道："你怎么跟着我？"何铁手道："你是我师父，我跟着师父，才好学你功夫啊！"忽地在承志面前跪下，连连磕头。袁承志大惊，忙作揖还礼，说道："快别这样。"何铁手道："你已答允了收我做徒弟，现下我磕头拜师。"

袁承志道："我已答允教你武功，并不反悔，但不必有师徒的名份。要收你入门，还须得我师父允准。"何铁手直挺挺的跪着，只不肯起身。袁承志伸手相扶。何铁手手肘一缩，笑道："我手上有毒！"乌光一闪，铁钩往他手掌上钩去。

袁承志双手并不退避，反而前伸，在间不容发之际，已抢在头里，在她手肘上一托，何铁手身不由主的腾空而起。但她武功也真了得，在空中含胸缩腰，斗然间身子向后退开两尺，落下地来，仍是跪着。旁观众人见两人各自露了一手上乘武功，不自禁齐声喝采。

袁承志道："何教主休息一会儿吧，我要去更衣会客。"说着转身便要入内。何铁手大急，叫道："你当真不肯收我为徒？"袁承志道："兄弟不敢当。"何铁手道："好！夏姑娘，我讲个故事给你听，有人半夜里把图画放在床边。"

青青愕然不解。袁承志却已满脸通红，心想这何铁手无法无天，什么话都敢说，自己虽与阿九并未做甚过份之事，但青年男女深夜同床，给她传扬开来，不但青青生气，也败坏了自己和阿九的名声，不由得心中大急，连连搓手。

何铁手笑道："师父，还是答允了的好。"袁承志无奈，支吾道："唔，唔。"何铁手大喜，说道："好呀，你答允了。"双膝一挺，身子轻轻落在他面前，盈盈拜倒，行起大礼来。袁承志为势所迫，只得作个揖，还了半礼。众人纷纷过来道贺。

青青满腹疑窦，问何铁手道："你讲什么故事？"何铁手笑道："我们教里有门邪法，只要画了一个人的肖像放在床边，向着肖像磕头，行起法来，那人就会心痛头痛，一连三个月不会好。先前师父不肯收我,我就吓他要行此法。"青青觉此话难信,却也无可相驳。

袁承志听何铁手撒谎,这才放心,心想:"天下拜师也没这般要胁的。如她心术不改,决不传她武艺。"当下正色道:"其实我并无本领收徒传艺,既然你一番诚意,咱们暂且挂了这个名,等我禀明师父,他老人家允准之后,我才能传你华山派本门武功。"何铁手眉花眼笑,没口子的答应。

青青道:"何教主……"何铁手道:"你不能再叫我作教主啦。师父,请您给我改个名儿。"袁承志想了一下,说道:"我读书不多,想不出什么好名字。你本来叫铁手,女孩儿家,用这名字太凶狠了些,就叫'惕守'如何?惕是警惕着别做坏事,守是严守规矩、正正派派的意思。"何铁手喜道:"好好,不过'惕守'两字太规矩了。师父,我学了你武功之后,我好比多添了一只手,我自己就叫'添手'。夏师叔,你就叫我添守吧。"青青笑道:"添一只手,变成了三只手,那是咱们的圣手神偷胡大哥。你年纪比我大,本领又比我高,怎么叫我师叔?"何惕守在她耳边悄声道:"现下叫你师叔,过些日子叫你师娘呢!"

青青双颊晕红,芳心窃喜,正要啐她,忽见水云与闵子华两人来到厅上。袁承志道:"黄木道长的下落,你对两位说了吧。"何惕守微微一笑,道:"他是在云南丽……"

一句话没说完,猛听得轰天价一声巨响,只震得门窗齐动。众人只觉脚下地面也都摇动,无不惊讶,但听得响声接连不断,却又不是焦雷霹雳。程青竹道:"那是炮声。"

洪胜海从大门口直冲进来,叫道:"闯王大军到啦!"只听炮声不绝,遥望城外火光烛天,杀声大震,闯王义军已攻到了北京城外。

袁承志对水云道:"道长,她已拜我为师。尊师的事,咱们慢一步再说……"何惕守道:"黄木道长给我姑姑关在云南丽江府玉龙雪山毒龙洞里。你们拿这个去放他出来吧。"说着拿出一个乌黑的蛇形铁哨来。水云与闵子华听说师父无恙,大喜过望,连忙谢过,接了哨子。何惕守道:"这是我的令符。你们马上赶去,只要抢在头里,云南路远迢迢,讯息不灵,教众还不知我已叛教,见了这个令符,自会放尊师出来。"水云与闵子华匆匆去了。

两人走了不久，北京城里各路豪杰齐来听袁承志号令。他既是七省英豪的盟主，又是闯军"金蛇营"的首领金蛇王。袁承志事先早有布置，谁放火，谁接应，已分派得井井有条。闯军如何攻城，明军如何守御，各处探子不住报来。过得一会，一名汉子送了一封信来，是李岩命人混进城来递送的，原来他统军已到城外。袁承志大喜，当即派人四出行事。

　　黄昏间，各人已将歌谣到处传播，只听西城众闲人与小儿们唱了起来："朝求升，暮求合，近来贫汉难存活，早早开门拜闯王，管教大小都欢悦！"又听东城的闲汉们唱道："吃他娘，着他娘，吃着不尽奉闯王，不当差，不纳粮！"城中官兵早已大乱，各自打算如何逃命，又有谁去理会？听着这些歌谣，更是人心惶惶。

　　次日是三月十八，袁承志与青青、何惕守、程青竹、沙天广等化装明兵，齐到城头眺望，只见城外义军都穿黑衣黑甲，十数万人犹如乌云蔽野，不见尽处。炮火羽箭，不住往城上射来。守军阵势早乱，哪里抵敌得住？

　　忽然间大风陡起，黄沙蔽天，日色昏暗，雷声震动，大雨夹着冰雹倾盆而下。城上城下，众兵将衣履尽湿。

　　青青等见到这般天地大变的情状，不禁心中均感栗栗。

　　袁承志等回下城来，指挥人众，在城中四下里放火，截杀官兵。各处街巷中的流氓棍徒便乘机劫掠，哭声叫声，此起彼落。

　　群雄正自大呼酣斗，忽见一队官兵拥着一个锦衣太监，呼喝而来。袁承志于火光中远远望见正是曹化淳，心头一喜，叫道："跟我来，拿下这奸贼。"铁罗汉与何惕守当先开路，直冲过去，官兵哪里阻拦得住？曹化淳见势头不对，拨转马头想逃。袁承志一跃而前，扯住他提下马来，喝道："到哪里去？"曹化淳道："皇……皇上……命小人督……督战彰义门。"袁承志道："好，到彰义门去。"

　　群雄拥着曹化淳直上城头，遥遥望见城外一面大旗迎风飘扬，旗下一人头戴毡笠，跨着乌驳马往来驰骋指挥，威风凛凛，正是闯王李自成。

　　袁承志叫道："快开城门，迎接闯王！"说着手上一用劲，曹化淳痛得险些晕了过去。他命悬人手，哪敢违抗？何况眼见大势已去，反想迎接新主，重图富贵，当即传下令来，彰义门大开。城外闯军欢声雷动,直冲进来。成千成万身披黑甲的兵将涌入城门。袁承志站在城头向下望去,见闯军便如一条大黑龙蜿蜒而进北京,威不可当。

袁承志率领众人,随着败兵退进了内城。内城守兵尚众,加上从外城溃退进来的败兵,重重叠叠,挤满了城头。这时天色已晚,外城闯军鸣金休息。袁承志等在乱军中也退回居所。城边钲鼓声、呐喊声乱成一片。统兵的将官有的逃跑,有的在城头督战,谁也顾不到他们这一伙人。消息报来,闯军革里眼、横天王、改世王等已分别统兵入城。胡桂南等也打起"金蛇营"旗号,率领众好汉乘势立功。

群雄退回正条子胡同,换下身上血衣,饱餐已毕,站在屋顶瞭望,只见城内处处火光。

袁承志喜道:"内城明日清晨必破。闯王治国,大公无私,从此天下百姓,可以过吃饱着暖的太平日子。今晚是我手刃仇人的时候了。"

众人知他要去刺杀崇祯为父报仇,都愿随同入宫。袁承志挂念阿九,要单独前去相会,不愿旁人伴同,说道:"各位辛苦了一日,今晚好好休息,明晨尚有许多大事要办。兵荒马乱之际,皇宫戒备必疏,刺杀昏君只一举手之劳,还是兄弟一个去办罢。"各人心想他身负绝世武功,现下皇帝的侍卫只怕都已逃光,要去刺杀这个孤家寡人,实不费吹灰之力,见他坚持,俱都遵从。

袁承志要青青点起香烛,写了"先君故兵部尚书蓟辽督师袁"的灵牌,安排了灵位,只待割了崇祯的头来祭了父亲,然后把首级拿到城头,登高一呼,内城守军自然溃败。他带了一个革囊,以备盛放崇祯的首级,腰间藏了一柄尺来长的尖刀,径向皇宫奔去。

一路火光烛天,溃兵败将,到处在乘乱抢掠。袁承志正行之间,只见七八名官兵拖了几名大哭大叫的妇女走过,想起阿九孤身一个少女,不知如何自处,又想到她对自己情意诚挚深切,令人心感,虽然自己与青青早订鸳盟,此生对阿九实难报答,但无论如何,总也是舍不得阿九,突然间心头一阵狂喜:"一个是我深爱,一个是我所不能负心相弃之人,那么两个都不相负好了。唉!不成的,不成的!"内心涌起一阵惆怅,一阵酸楚。他直入宫门,守门的卫兵宫监早逃得不知去向。眼见宫中冷清清一片,不觉一惊:"崇祯要是藏匿起来,不知去向,那可功亏一篑了。"当下直奔乾清宫。

来到门外，只听得一个女人声音哭泣甚哀。袁承志闪在门边，往里张望，心头大喜，原来崇祯正坐在椅上。一个穿皇后装束的女人站着，一面哭，一面说道："十六年来，陛下不肯听臣妾一句话。今日到此田地，得与陛下同死社稷，亦无所憾。"崇祯俯首垂泪。皇后哭了一阵，掩面奔出。

　　袁承志正要抢进去动手，忽然殿旁人影闪动，一个少女提剑跃到崇祯面前，叫道："父皇，时势紧迫，赶快出宫吧。"正是长平公主阿九。她转头对一名太监道："王公公，你好好服侍陛下。"那太监名叫王承恩，垂泪道："是，公主殿下一起走吧。"阿九道："不，我还要在宫里耽一忽儿。"王承恩道："内城转眼就破，殿下留在宫里很危险。"阿九道："我要等一个人。"

　　崇祯变色道："你要等袁崇焕的儿子？"阿九脸上一红，低声道："是，儿臣今日和陛下告别了。"崇祯道："你等他干什么？"阿九道："他应承过我，一定要来会我的。"崇祯道："把剑给我。"接过阿九手中那柄金蛇宝剑，长叹一声，说道："孩儿，你为什么生在我家里……"忽地手起剑落，乌光一闪，宝剑向她头顶直劈下去。

　　阿九惊叫一声，身子一晃。崇祯不会武功，阿九若要闪避，这一剑本可轻易让过，但时当生离死别，心情激动之际，万万料不到一向钟爱自己的父皇竟会忽下毒手，惊诧之下，忘了闪让，一剑斩中左臂。

　　袁承志大吃一惊，万想不到崇祯竟会对亲生女儿忽施杀手。他与两人隔得尚远，陡见形势危急，忙飞身扑上相救，跃到半路，阿九已经跌倒。

　　崇祯提剑正待再砍，袁承志已然抢到，左手探出，在他右腕上力拍，崇祯哪里还握得住剑，金蛇剑直飞上去。袁承志左手翻转，已抓住崇祯手腕，右手接住落下来的宝剑，回头看阿九时，只见她昏倒在血泊之中，左臂已给砍落。

　　袁承志大怒，喝道："你这狠心毒辣的昏君，竟什么人都杀，既害我父亲，又杀你自己女儿。我今日取你性命！"

　　崇祯见到是他，叹道："你动手吧！"说罢闭目待死。两名内监抢上来想救，袁承志一脚一个，踢得直飞出去。袁承志举起剑来，正要往崇祯头上砍落。阿九恰好睁开眼睛，当即奋力跃起，挡到崇祯身前,叫道:"别杀我父皇,求你……"脸上满是哀恳的脸色,望着袁承志,一语未毕,又已晕去。

袁承志见她断臂处血如泉涌,心中剧怜大痛,左手推开,崇祯仰天一交直跌出去。他俯身扶起阿九,点了她左肩和背心各处通血脉的穴道,血流稍缓,从怀里掏出金创药敷在伤口,撕下衣裙扎住。阿九慢慢醒转,承志抱住她柔声安慰。

王承恩等数名太监扶起崇祯,下殿趋出。袁承志喝道:"哪里走!"放下阿九,要待追赶。阿九右手搂住他脖子,哭叫:"大哥……别伤我父皇!"

袁承志转念一想,城破在即,料来崇祯也逃不了性命,虽非亲自手刃,父仇总是报了,也免得伤阿九之心,当下点头道:"好!"阿九心中一宽,又晕了过去。

袁承志见各处大乱,心想她身受重伤,无人照料,势必丧命,只有将她救回自己住处再说。抱起了她,出宫时已交三更,只见火光照得半天通红,到处是哭声喊声。

到得正条子胡同,众人正坐着等候。青青见他又抱了一个女子回来,先已不悦,走近一看,竟是阿九,板起脸问道:"皇帝的首级呢?"袁承志道:"我没杀他。焦姑娘,请你费心照料她。"焦宛儿答应了,把阿九抱进内室。袁承志眼光顺着阿九直送她进房,满脸柔情,又深有忧色。

青青又问:"干么不杀?"袁承志略一迟疑,向内一指,道:"她求我不杀!"青青怒道:"她,她是谁?你干么这样听她话?"袁承志尚未回答,何惕守道:"唉,可惜,可惜!这位美公主怎会断了条手臂?师父,她画的那幅肖像呢?有没带出来?"袁承志连使眼色,何惕守还想说下去,见袁承志与青青两人脸色都很严重,便即住口。

青青问道:"什么公主?什么肖像?"何惕守笑道:"这位公主会画画,我见过她画的自己一幅小照,画得真好。"青青横了她一眼道:"是么?"转身入内去了。何惕守对袁承志道:"师父,我帮你救公主师娘去。你放心好啦!"说着奔了进去。

注:

曹化淳欲立惠王为帝,并非史实,纯系小说作者之杜撰穿插。

其他与崇祯、李自成有关之叙述,则大致根据史书所载。长平公主与袁承志相恋之事,史书上无记。袁承志为小说虚构人物。

惠王朱常润系神宗庶出之第六子,乃光宗常洛、福王常洵之弟,乃天启由检、崇祯由校之叔,封于荆州,立国不久,天下大乱,豫鄂川不稳,惠王潜归北京,崇祯末年逃赴广州,于满清平定广东后遭擒获处死。

第十八回

朱颜罹宝剑
黑甲入名都

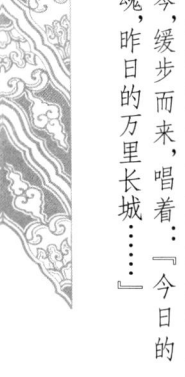

李岩和袁承志并肩而行,只听得小胡同中响起歌声,一个盲眼卖唱人拉着胡琴,缓步而来,唱着:『今日的一缕英魂,昨日的万里长城……』

第十九回

嗟乎兴圣主
亦复苦生民

袁承志半夜里悄悄到阿九房外张望，见罗帐低垂，不明动静，又见何惕守和焦宛儿都坐在她床沿，不敢声张，回房假寐片刻。

天尚未明，又去看视，见何惕守和宛儿仍坐在床前。何惕守低声道："师父，她醒了一会，老是问你，这时又睡着了。她正在梦里跟你相会呢！"袁承志向阿九瞧去，见她双目轻闭，只见到长长的睫毛，脸色雪白，全无血色。他怕青青寻来吵闹，不敢多耽，知何惕守能干，必能妥为照料，便即回房。

天将明时，洪胜海匆匆走进房来，叫道："相公，沙寨主拿住了太监王相尧，已率人打开了宣武门！"袁承志从床上弹起身来，问道："义军进城了么？"洪胜海道："刘宗敏将军已带队进来了。"袁承志道："好极了，咱们快去迎接。"

两人走到厅上。程青竹、沙天广与铁罗汉出外未归，袁承志带领哑巴、胡桂南、洪胜海，四人往大明门来。

只见阴云四合，白雪微飘，街上明军的溃兵败卒四散奔逃。有人大呼而过："金蛇王攻破正阳门，横天王带队进城。"又有人叫道："齐化门开了，左金王的兵进来了。老回回攻破了东直门！"走了一阵，败兵渐少。闯军一队队沿大街开来，军容严整。众百姓在各自大门上贴了"永昌元年大顺王万万岁"的黄纸，门口摆了香案，有的还在门口放了酒浆劳军。袁承志对胡桂南道："人心如此，闯王哪得不成大事？"

又走一阵,前面号角齐鸣,数百人快步过来,当先正是沙天广与铁罗汉。两人率领北京城内的豪杰截杀明兵,见了袁承志都大声欢呼:"金蛇王,金蛇王,咱们破城啦!"铁罗汉叫道:"闯王就要来啦!"一言方毕,前面数骑急奔而至。一名大汉举着一面大旗,上面写着"大顺制将军李"六个大字。李岩身穿青衫,纵马驰来。袁承志大喜,叫道:"大哥!"跃到马前。

李岩一怔,当即翻身下马,喜道:"兄弟,你金蛇营破城之功,甚是不小!"袁承志道:"闯王大军到处,明兵望风而降,小弟并无功劳。"两人执手说了几句话,以前在圣峰嶂见过的田见秀、刘芳亮等人一时俱到,此外又有闯军将领谷大成、横天王、革里眼等人,众人执手言欢。

突然号角声响,众军大呼:"大王到啦,大王到啦!"

袁承志等闪在一旁,只见精骑百余前导,李自成毡笠缥衣,乘乌驳马疾驰而来。

李岩过去低语几句。李自成笑道:"好极了!'金蛇王'袁兄弟过来。"李岩招招手,袁承志走到两人马前。李自成笑道:"袁兄弟,你立了大功!你没马么?"说着跃下马鞍,把坐骑的马缰交给了他。袁承志连忙拜谢。

李自成走上城头,眼望城外,但见成千成万部将士卒正从各处城门入城,当此之时,不由得志得意满。闯军见到大王,四下里欢声雷动。

李自成从箭袋里取出三枝箭来,扳下了箭簇,弯弓搭箭,将三箭射下城去,大声说道:"众将官兵士听着,入城之后,有人妄自杀伤百姓、奸淫掳掠的,一概斩首,决不宽容!"城下十余万兵将齐声大呼:"遵奉大王号令! 大王万岁、万岁、万万岁!"

袁承志仰望李自成神威凛凛的模样,心下钦佩之极,忍不住也高声大叫:"大王万岁、万岁、万万岁!"

李自成下得城头,换了一匹马,在众人拥卫下走向承天门。他转头对袁承志笑道:"你是承父之志,此后要助我抗御满洲鞑子入侵。我是承天!"弯弓搭箭,飕的一声,羽箭飞出,正中"天"字之下。他膂力强劲,这一箭直插入城墙,众人又大声欢呼。

来到德胜门时,太监王德化率领了三百余名内监伏地迎接。李自成投鞭大笑,对袁承志道:"你去年在陕西见到我时,可想到会有今日?"袁承志道:"大王克成大业,天下百姓早都知道了。只是万想不到会如此之快。"李自成抚掌大笑。

　　忽有一人疾奔而来,向李自成报道:"大王,有个太监说,见到崇祯逃到煤山那边去了。"李自成转头对袁承志道:"金蛇王兄弟,你快带人去拿来!"袁承志道:"是!"手一摆,率领了胡桂南等人驰向煤山。

　　那煤山只是个小丘,众人上得山来,只见大树下吊着两人,随风摇晃。一人披发遮面,身穿白夹短蓝衣,玄色镶边,白棉绸背心,白绸裤,左脚赤裸,右脚着了绫袜与红色方头鞋。袁承志披开他头发一看,竟然便是崇祯皇帝。他衣袋中藏着一张白纸,朱笔写着几行字道:

　　"朕登极十七年,致敌入内地四次,逆贼直逼京师,虽朕薄德匪躬,上干天咎,然皆诸臣之误朕也。朕死,无面目见祖宗于地下,去朕冠冕,以发覆面,任贼分裂朕尸,勿伤百姓一人。崇祯御笔。"纸上血迹斑斑。

　　袁承志拿了这张血诏,颇感怅惘,二十年来大仇今日得报,本是喜事,但见仇人如此凄惨下场,不禁恻然久之,心想:"你话倒说得漂亮,什么勿伤百姓一人。要是你早知爱惜百姓,不是逼得天下饥民无路可走,又怎会到今日这步田地。"

　　洪胜海道:"袁相公,那边吊死的是个太监。"袁承志道:"这皇帝死时只有一个太监相陪,真叫做众叛亲离了。把尸首抬了去,别让人侵侮。"洪胜海应了。袁承志驰回禀报。

　　这时李自成已进皇宫。守门的闯军认得袁承志,引他进宫。只见李自成坐在龙椅之上,身旁站着十几名部将从官,一个衣冠不整的少年站在殿下。

　　李自成见袁承志进来,叫道:"好!皇帝呢,带他上来吧。"袁承志道:"崇祯自缢死了。在煤山一棵大树上吊死了。"李自成一呆,接过崇祯的遗诏观看。

　　旁立的少年忽然伏地大哭,几乎昏厥了过去。李自成道:"那是太子!"承志扶了他起来。李自成问道:"你家为什么会失天下,你知道么?"太子哭道:"只因误用奸臣温体仁、周延儒等人。"李自成笑道:"原来小小孩童,倒也明白。"正色道:"我跟你说,你父皇又胡涂又忍心,害得天下百姓好苦。你父皇今日吊死,固然很惨,但他在位十七年,天下百姓给逼得吊死的又不知有几千几万人,那可更惨得多了。"太子俯首不语,过了一会道:"那你快杀我吧。"承志见他倔强,不禁为他耽心。

李自成道:"你还是孩子,并没犯罪,我哪会乱杀人。"太子道:"那么我求你几件事。"李自成道:"你说来听听。"太子道:"求你不要惊动我祖宗陵墓,好好葬我父皇母后。"李自成道:"当然,那何必要你求我?"太子道:"还求你别杀百姓。"李自成呵呵大笑,道:"孩子不懂事。我就是老百姓!是我们百姓攻破你的京城,你懂了么?"

太子道:"那么你是不杀百姓的了?"李自成倏地解开自己上身衣服,只见他胸前肩头斑斑驳驳,都是鞭笞的伤痕,众人不禁骇然。李自成道:"我本是好好的百姓,给贪官污吏这一顿打,才忍无可忍,起来造反。哼,你父子俩假仁假义,说什么爱惜百姓。我军中上上下下,哪一个不吃过你们的苦头?"太子默然低头。李自成穿回衣服,道:"你下去吧。念你是先皇的太子,我封你一个王,让你知道我们老百姓不念旧恶。封你什么王?嗯,你父亲把江山送在我手里,就封你为宋王吧。"

太监曹化淳站在一旁,说道:"快向陛下磕头谢恩。"太子怒目而视,忽地回手一掌,啪的一声,曹化淳面颊上登时起了五个手指印。

李自成哈哈大笑,道:"好,这等不忠不义的奸贼,打得好。来呀,带下去砍了!"曹化淳吓得脸如土色,咕咚一声,跪在地下连磕响头,额角上血都碰了出来。李自成一脚把他踢了个筋斗,喝道:"滚出去,以后你再敢见我的面,把你剐了!"

太子随后昂首走出。李自成对袁承志道:"这小子倒倔强。我喜欢有骨气的孩子。"袁承志应道:"是。"丞相牛金星道:"主上大事已定。明朝人心尽失,但死灰复燃,却也不可不防。这孩子十分倔强,决不肯归顺圣朝,只怕有人会借用他的名头作乱。不如除了,以免后患。"李自成踌躇道:"这也说得是。这件事你去办了吧。"转头对身后的矮子军师宋献策道:"听说皇帝还有个公主,却不知在哪里。"

袁承志接口道:"皇帝把她砍去了一条臂膀,是我接了公主在家里养伤。待她伤愈,再带她来叩见大王。"李自成笑道:"好好!你功劳不小,我正想不出该赏你什么,这公主就赏了你吧。"袁承志窘道:"不,不,那……倒是那个太子,还求大王饶了他性命。"牛金星笑道:"袁兄弟,害什么臊?究竟是英雄出在少年。刘将军他们功劳虽大,大王也只赏他们几名宫娥呢。你驸马爷还没做,倒爱惜起小舅子来啦。"

袁承志听他话中有刺,颇为不快,心想:"太子这小小孩童,何必杀他?"

李自成道:"袁兄弟,我部下武官,分为九品。刘宗敏与田见秀都是一品权将军,你义兄李岩是二品制将军。我封你为三品果毅将军吧。"袁承志躬身道:"多谢大王。袁承志誓死为大王效力,不愿为官。"

牛金星微笑道:"袁兄弟是七省武林盟主,是不是嫌这三品将军职位太低了呢?大王一统天下,率土之民,莫非王臣。什么七省盟主、八省盟主这些私相授受的名号,自今而后,都是要严加禁止的了。"

李自成听他言语太重,拍拍袁承志肩头,微笑道:"你还年轻得很,功劳虽然很大,终究随我时日还短,以后升迁,还怕没时候吗?"袁承志道:"属下决非为了职位高低,实因草莽匹夫,做不来官。"李自成呵呵大笑,朗声道:"我难道不是草莽匹夫?连皇帝都要做呢。"袁承志不便再说,辞了出去。

当下回正条子胡同来,一进胡同,就听得兵刃相交、呼喝斥骂之声,随见数十名闯军手执兵刃,急奔出来。承志心想:"这许多闯军在这里干什么?"加快脚步,走到门口,只见何惕守正挥钩乱杀,把十多名困在屋里逃不出来的闯军打得东奔西窜。承志叫道:"住手,住手!都是自己人!"何惕守叫了声:"师父。"闪在一旁。

众闯军忽见有路可逃,蜂拥而出。一名军官奔到袁承志跟前,一呆之下,说道:"你……你是'金蛇王',不也是我们大王手下的吗?"袁承志道:"正是。大家误会,老兄莫怪。"那军官愤愤的道:"误会!哼,你瞧,你手下人杀了我们这许多弟兄。"说着一指地下的七八具尸首。

铁罗汉奔了出来，骂道："入你娘的！你们一进屋来，伸手就抢东西，又说不交金银，就放火烧屋子。见到何姑娘美貌，登时动手动脚，说她是奸细，要带了走。混帐王八蛋，你们跟明朝的官兵有什么分别了？"说着大拳挥出，砰的一声，把那军官打得直飞出去。

袁承志走进厅中。程青竹、胡桂南等人都气愤愤的述说市上所见，说道闯军入城之后，占住民房，奸淫掳掠，无所不为。承志心下吃惊，说道："如此做法，民心大失。我亲眼见到大王在城头射了三箭，严禁杀人掳掠，定是大王尚不知情。我这就去禀报，请他下令禁止。"程青竹劝道："盟主，闯王部下有许多本是盗贼出身，来到这帝王之都，花花世界，哪有不放肆一番的？且过得几天，再向大王进言吧。"承志道："不成，过得几天，北京城里老百姓都给他们害苦了。救民如救火，怎能等得？"

正说话间，忽然外面喊声大震。袁承志等吃了一惊，奔到门外，只见无数人马拥在正条子胡同出口。先前给铁罗汉打走的那军官骑在马上，手执大刀，叫道："袁承志，权将军叫你去说话。"袁承志问道："当真是权将军吩咐吗？"另一名军官取出一枝令箭，道："有权将军的令箭在此。"

袁承志心想："我若不去，伤了兄弟间的和气。见到权将军，正可劝他约束部属。"便点头道："好！我同你去便是。"那军官喝道："绑了！"便有七八名士兵拥上前来，取出绳索要绑。袁承志微微一笑，也不抵拒，反手在背后，任由绑缚。铁罗汉、沙天广等齐声呼喝："谁敢动手！"冲上去便要打人。承志叫道："大家不可动粗，我见了权将军自有分辩。"

那军官指着何惕守道："这人是崇祯皇帝的公主，断了一只手的。权将军指明要这人，把她带了去。"众军士便向何惕守奔来。何惕守金钩一划，阻住众军士近前，笑问："权将军要我去干什么？"那军官道："打破北京，权将军功劳第一。崇祯的公主，自然归权将军所有。快乖乖的来吧，以后一生富贵，包你享用不尽。"何惕守笑道："那倒妙得很。要是我不肯跟你去呢？"那军官喝道："哪有这么多啰唆的，带了去！"何惕守叫道："师父，那个权将军要抢我去做小老婆呢。你说我去是不去？"

袁承志不知如何回答。但见几名士卒拥上去向何惕守便拉。

何惕守只格格娇笑,并不动手,突然之间,拉她的士卒仰天便倒,稍一扭动,便均毙命。原来何惕守衣衫之上,尽是剧毒。那军官大惊之下,叫道:"反了,反了。前明余孽,抗拒义军,杀啊!"刀枪纷举,向铁罗汉等人头上砍落。群雄到此地步,岂有束手待毙之理?抢过刀枪,反杀过去,一阵格斗,闯军官兵乱成一团,拥在胡同中进退不得。

袁承志叫道:"你们去回报权将军,大家同到大王跟前,分辩是非。"运劲双臂一振,绑在他手腕上的绳索登时断了,纵身而起,双手抓住两名军官,扯下马来,叫道:"当官的留着,士兵都回营去。"众兵见长官被擒,不敢再斗,推推拥拥的走了。

袁承志长叹一声,摇了摇头,命胡桂南和洪胜海押了两名军官,去见李自成。

进得宫来,只见大殿皇极殿上设了盛宴,李自成正在大宴诸将,丝竹盈耳,酒肉流水价送将上来。李自成已喝得微醺,见到袁承志,喜道:"好,袁承志,你也过来喝一杯!"袁承志躬身道:"是!"走近去接过李自成手中酒杯,一饮而尽。

坐在李自成左侧的一名将军霍地站起身来,喝道:"袁承志,你好大的胆子,仗了谁的势力,敢杀我部属?"袁承志见这人满脸浓髯,神态粗豪,想来便是权将军刘宗敏了,说道:"这位是权将军么?"那人道:"正是。大王不过封了你个小小果毅将军,你就不把我权将军瞧在眼里了,竟敢杀我部下!"说着伸手抓住刀柄,将刀拔出一半,啪的一声,又送刀入鞘。霎时之间,殿上数百人寂静无声。

袁承志道:"大王入城之时曾有号令,有谁杀伤百姓,奸淫掳掠,一概斩首。在下见到本军兄弟正在虐杀百姓,这才出手阻止,实非有意得罪,还请权将军见谅。"

刘宗敏冷笑道:"这天下是大王的天下,是我们老兄弟出死入生、从刀山枪林里打出来的天下。我们会打江山,难道不会坐江山么?你来讨好百姓,收罗人心,到底是什么居心?"袁承志道:"大王刚才说过,他自己也就是百姓。"刘宗敏哈哈大笑,说道:"大王打江山的时候是百姓。今日得了天下,坐了龙廷,便是真命天子了,难道还是老百姓吗?你这小子胡说八道!"袁承志默然不语。

李自成笑道:"好啦,好啦!大家自己兄弟,别为这些小事伤了

第十九回 嗟乎兴圣主 亦复苦生民

和气。来来来,你们两个干一杯。宗敏,我知你只因袁承志得了公主,为此喝醋。皇宫里美女要多少有多少,待会你自己去挑选便是。"刘宗敏道:"大王,崇祯的公主却只有一个。"李自成向袁承志笑道:"他定要你的公主,你就瞧在我面上,让了给他罢。你们一殿为臣,和气要紧。"

袁承志不由得愕然,想起了阿九,登时茫然若失,手一松,酒杯掉落,跌成碎片。李自成怒道:"你就算不肯,也不用向我发脾气。"袁承志忙躬身道:"属下不敢。"

忽听得丝竹声响,几名军官拥着一个女子走上殿来。那女子向李自成盈盈拜倒,拜毕站起,烛光映到她脸上,众人都不约而同的"哦"了一声。

那女子目光流转,从众人脸上掠过,每个人和她眼波一触,都如全身浸在暖洋洋的温水中一般,说不出的舒服受用。只听她莺莺呖呖的说道:"贱妾陈圆圆拜见大王,愿大王万岁、万岁、万万岁。"

李自成哈哈大笑,说道:"好美貌的娘儿!"刘宗敏道:"大王,那崇祯的公主,小将也不要了。你把这娘儿给了我罢。"牛金星道:"刘将军,这陈圆圆是镇守山海关总兵官吴三桂的爱妾,号称天下第一美人。大王特地召来的,怎能给你?"刘宗敏听得李自成自己要,不敢再说,目不转瞬的瞪视着陈圆圆,骨都一声,吞了一大口馋涎。

皇极殿上一时寂静无声,忽然间当啷一声,有人手中酒杯落地,接着又是当啷、当啷两响,又有人酒杯落地。适才袁承志的酒杯掉在地下,李自成甚是恼怒,此刻人人瞧着陈圆圆的丽容媚态,竟然谁也没留神到别的。

忽然间坐在下首的一名小将口中发出嘀嘀低声,爬在地下,爬过去抱陈圆圆的腿。陈圆圆一声尖叫,避了开去。那边一名将军叫道:"好热,好热!"嗤的一声,撕开了自己衣衫。又有一名将官叫道:"美人儿,你喝了我手里这杯酒,我就死也甘心!"举着酒杯,凑到陈圆圆唇边。

一时人心浮动,满殿身经百战的悍将都为陈圆圆的美色所迷。

袁承志只看得暗暗摇头,便欲出殿,忽听得李岩大声喝道:"大王驾前,众兄弟不得无礼。"一名将军哈哈大笑,说道:"我伸一个小指头儿,摸一摸美人儿的雪白脸蛋,那也不打紧吧!"说着伸出手指,一步一步的向陈圆圆走去。李自成喝道:"把美人儿送到后宫去。宋献策,你带兵看守。"宋献策答应了,领着陈圆圆入内。

数十名军官一齐蜂拥过去,争着要多看一眼,直到陈圆圆的后影也瞧不见了,才恋恋不舍的慢慢归座。一人举鼻狂嗅,说道:"美人儿的香气,闻一闻也是前世修来的。"一人说道:"这不是人,是狐狸精变的,大王不可收用。"另一人道:"就算是吃人妖魔,我只要抱她一抱,立刻给她吃了,那也快活得很。"

李自成一口一口喝酒,脸上神色显是乐不可支,眼光从袁承志脸上瞧到李岩脸上,又转眼瞧到刘宗敏,说道:"咱们虽然得了天下,却不可虐待百姓,宗敏,你传下令去,北京城内,不得劫掠财物,强占妇女。"刘宗敏应道:"是!"又道:"大王,北京城里有的是贪官污吏,富豪财主,没一个好人,他们家里财物妇女,都是从百姓家里抢来的。弟兄们夺他们回来,也不算理亏吧!"李自成默然不语。

李岩走上几步,说道:"大王,吴三桂拥兵山海关,有精兵四万,又有辽民八万,都是精悍善战。大王已派人招降,他也已归顺,他的小妾,还是放还他府中,以安其心为是。"刘宗敏冷笑道:"吴三桂四万兵马,有个屁用?北京城里崇祯十多万官兵,遇上了咱们,还不是希哩花啦的一古脑儿都垮了。"李自成点头道:"吴三桂小事一桩,不用放在心上。他如投降,那是识好歹的,否则的话,还不是手到擒来?吴三桂难道比孙传庭、周遇吉还厉害么?"

李岩道:"大王虽已得了北京,但江南未定……"李自成挥手道:"大家喝酒,大家喝酒!此刻不是说国家大事的时候。"李岩只得道:"是。"退了下去,坐在袁承志身边,低声道:"一切小心,须防权将军对你不利。"袁承志点点头。

李自成喝了几杯酒,大声道:"大伙儿散了罢,哈哈,哈哈!"飞脚踢翻桌子,转身而入。众将一哄而散。许多人不住口称赞陈圆圆美丽,宫门前后尽是污言秽语。

袁承志随着李岩出殿,在宫门外遇到胡桂南和洪胜海,吩咐将两名军官放了。

四人刚转过一条街,见数十名闯军正在一所大宅中掳掠,拖了两名年轻妇女出来。两名女子只是哭叫,挣扎着不肯走。李岩大怒,喝令部属上前拿问。众闯军见是制将军到来,发一声喊,抛下妇女财物便逃走了。

一路行去,只听得到处都是军士呼喝嘻笑、百姓哭喊哀呼之声。大街小巷,闯军士卒奔驰来去,有的背负财物,有的抱了妇女公然而行。李岩见禁不胜禁,拿不胜拿,只有浩叹。袁承志本来一心想望李自成得了天下之后,从此喜见升平,百姓安居乐业,但眼见今日李自成和刘宗敏、牛金星等人的言行,又见到满城士卒大肆掳掠的惨况,比之崇祯在位,只有更加凌厉残酷。满腔热望,登时化为乌有。

再走得几步,只见地下躺着几具尸首,两具女尸全身赤裸。众尸身上伤口中兀自流血未止。袁承志这时再也忍耐不住,握住李岩的手,说道:"大哥,你说闯王为民伸冤,为……为百姓出气,就是这样么?"说着突然坐倒在地,放声大哭。

李岩也是悲愤不已,说道:"我这就去求见大王,请他立即下令禁止奸淫掳掠。"拉起袁承志,回到皇宫,向卫士说有急事求见闯王。

卫士禀报进去,过了一会,出来说道:"制将军,大王已经睡了,谁也不敢惊动。请将军明天来吧。"李岩道:"我跟随大王多年,有事求见,大王深更半夜也必接见。你再去禀报。"那卫士又进去半晌,出来时满脸惊惶,颤声道:"大王大发脾气,说小人再去啰唣,立刻砍了我脑袋。"李岩道:"好,我便在这里等着,等大王醒了之后再见。"对承志道:"兄弟,你先回去休息吧。"承志道:"我在这里陪伴大哥。"要胡桂南、洪胜海二人先回,以免青青等挂念。两人坐在宫门前阶上。

两人等到天色大明,才见一名卫士从内宫出来,说道:"大王召见。"两人跟着他来到一间房中,那卫士便出去了。直等了两个多时辰,眼见将近午时,李自成始终不出来。两人你瞧着我,我瞧着你,都觉甚焦急。

又过得大半个时辰,一名卫士匆匆出来,对李岩与袁承志道:"制将军、果毅将军,皇上请两位去金銮殿会商大事。"

李岩与袁承志跟着他走过两个庭园,通过一条长长的走廊,只见到处有手执刀枪的军士守卫。众军士认得李岩,也不查问,有的还躬身行礼。两人走进一座小殿之中,只听得隔壁传来李自成忿怒的声音：

"把明朝做大官的人捉来拷打，要他们交出金银，那当然是应该的。豪富人家欺压穷人多狠，要逼他们把钱财吐出来，不过是报一报从前的怨仇，杀人抵命，欠债还钱，血债血偿，有什么不该了？"说到后来，几乎已是吼叫，还听得啪啪之声不断，当是他以手掌击桌。

李岩与袁承志走进殿去，只见好大一座大殿，殿大阴暗，四周巨烛点得明晃晃地。李自成坐在中间一张披了黄色椅套的大椅中，满脸怒色，伸拳击打面前桌子。

一个身材魁梧的大汉躬身说道："启禀大王，你说得很是，弟兄们打宁武关，死伤很大，大家前仆后继，毫不退缩，终于打垮了周遇吉，宁武关只是个关口，没什么油水的，弟兄们只盼打进北京城，能好好享一下福。我部下的好兄弟咬着牙齿，一个个的倒了下来，伤口中鲜血直喷，没一人有半点退缩。属下见到这许多好兄弟一个个的送命，心里疼得好生难受，只有挥刀拼命。皇上大王，咱们过去攻下一座城池，总得休兵三天或是五天，让众兄弟找些乐子，寻那些狗官财主报仇，那些狗官、财主们敲榨我们难道少了？抢了我们的老婆、女儿去，难道少了？大王，我们是报仇！你先前下了军令，不准弟兄们在北京城里找乐子，说什么奸淫掳掠者杀。大王，属下没用得很，倘若真是这样，属下带兵是带不来了，没一个弟兄肯服我，我要是也说奸淫掳掠者杀，我部下个个操我的娘，个个要破口大骂我高必正：'我操高必正的十八代祖宗！'"

李自成哈哈大笑，说道："高表弟，你要跟我说的，就是这几句话吗？只怕我还没下这道命令，你心里早就在操我李自成的奶奶了！"高必正道："属下万万不敢！您是我长亲，我怎敢无礼？大王的奶奶，就是我的奶奶！我听皇上大王的话，火里火里去，水里水里去，有什么话，只会对皇上大王直说！"

一个文官模样的人踏上一步，朗声道："高将军，皇上既已坐了龙廷，咱们今后就只称皇上，要不然是称陛下，不用叫什么皇上大王！"李自成笑道："喻上猷是做过官的人，懂得规矩，大家以后就这样叫罢。"

殿上四五十人齐声说道："是，皇上！"李岩和袁承志也跟着叫了一声。

李自成微笑道:"袁承志,这个喻上猷,在崇祯手下做御史的官,跟你爹爹曾一殿为臣,他识得天命,向我投诚。明朝的官儿中,他是个知道好歹的,我封了他做兵政府尚书,算是个大官了,咱们大顺朝以后该封什么官,该办什么事,他会好好说的。"袁承志应道:"是!皇上应天顺人,普天下万民拥戴。"

李自成大声道:"刚才高必正制将军说的话也有些道理,咱们倒不是怕弟兄们操咱们的娘,就怕他们灰了心,打仗不肯拼命。现今大半个江山还没打下来,关外的满洲兵,也还得好好对付。"

一个高高瘦瘦、穿着青色短衣裤的人踏上一步,嘶声道:"大王,弟兄们打仗出不出力,那倒不打紧。咱们不是要弟兄们拼了自己性命来为咱们打天下、坐龙廷。弟兄们大家实在苦不过,不起来杀官造反,个个就没了性命。咱们不是为了贪图金银财宝、为了要抢花姑娘,咱们是给贪官财主逼得活不下去了,这才拼命。各位兄弟,对不对啊!"

十几名将领纷纷说道:"乱世王,你说得好,咱们都是豁出去了,不得不干!"

李自成道:"很好,蔺兄弟,你很会说话。依你说,该当怎样?"那个高瘦汉子名叫蔺养成,混号"乱世王",是"左革五营"的主帅之一,投入李自成属下未久,不算是李自成的老兄弟,但他领有数万名部属,勇悍善战,李自成不得不对他另眼相看。蔺养成道:"大王,属下只会奉你号令,带领了兄弟们打官军,天下大事是不懂的。"

李自成道:"你们'左革五营'的五位主帅,个个有智有勇,见识不凡。好像老回回哪、左金王哪、革里眼哪、争世王哪、你蔺兄弟哪,既会带兵,又会安民。牛金星哪,那叫什么?这叫做出将入相,都是宰相之才,是不是?"牛金星躬身道:"五位主帅的确都是出将入相之才,他们归附皇上,既是皇上的福份,也是五王的福份,这叫做明主功臣,相得益彰啊。"

那喻上猷道:"启奏皇上,五王的称呼,是草莽英雄杀官造反时号召之用,今后似乎须得改一改。倘若要封王,请皇上另外封个有点气派的王号,况且老回回马将军、革里眼贺将军两位就没王号。横天王王将军、改世王许将军两位的王号,也得改一改。"牛金星附和道:"是啊!从前咱们要变天改世,所以叫做改世王、争世王、横天王。现下天下是皇上的天下,皇上的世界万万年,再叫什么'改世'、'争世'、'乱世',就不妥当了。再说,金蛇是条小金龙,'金蛇王'的称号,也得改一改才是。"

李自成皱眉道:"这些名号,将来总是要改的,有功之人,封王、封公、封侯,封大将军、副将军,一个也不会落空。"众将轰然称谢。

制将军高必正朗声道:"启奏皇上:昨夜晚营里有兄弟大声叫嚷:'皇帝就让你做,大家都是拼了命来的,普天下的金钱财物、花花姑娘,难道你就要一人独吞,总该让兄弟们也分一些吧!'一个人叫,几百人和,弹压不下来,军心不稳得很。"

蔺养成怒道:"什么军心不稳?都是你这种人在纵容部下。他们抢了财物姑娘,还不是将最好的分给你?"

高必正呼的一声,纵出身来,喝道:"蔺将军,你跟随大王,还不过年把半年,就来对我们老兄弟呼呼喝喝,还不是想把大王的老兄弟们赶的赶,杀的杀,让大王孤零零的真正成为孤家寡人,你们左革五营、十三家的老朋友,就想自己来坐天下、坐龙廷!"蔺养成大怒,喝道:"放你的狗屁!"高必正猛力一拳,正中蔺养成右眼,登时鲜血四溅。他待要再打,身后一名满脸花白胡子的大汉抢将上来,在高必正背心上重重一推,将他推开数尺。

十几名将领大声叫嚷:"老回回,你打我们老兄弟,想造反吗?"众人拥将上来,向老回回、蔺养成二人打去。李自成只是大叫:"自己兄弟,不可动粗!"但他叫声柔和无力,众人竟不理会,反打得更加狠了。眼见老回回、蔺养成二人势弱,顷刻间落于下风。

袁承志听了众人争执,蔺养成说得比较有理,顾全大局,眼见众将群殴,蔺养成与老回回势孤,给二十多人围住了,已给打得头破血流,李自成却不着力制止,左金王、革里眼、争世王刘希尧三人走过去想劝,却给老兄弟们拦住了不得近前。

袁承志当即跃身上前,将出手殴打蔺养成与老回回最凶的四五人后领抓住,提在一旁,顺手点了轻微穴道,让他们一时不能再上前打人。这般几次提开,蔺老二人身边便无殴击他们之人。两人神情狼狈,满脸是血。李自成只说:"自己兄弟,不可动粗!"袁承志大声喝道:"皇上有旨,不可动手打人,大家该当遵旨!"

众人慢慢安静下来,仍不停口议论。权将军刘宗敏叫道:"李

第十九回 嗟乎兴圣主 赤子复苦生民

岩、袁承志,你们殴打大王的老兄弟,打老本,吃老本,拉拢左革五营,拉拢曹操的旧属,是存心造反吗?"袁承志道:"我是遵奉皇上的旨意,制止众兄弟动武,几时打过人了?曹操、刘备、关公、诸葛亮,他们死了几千年啦,还有什么旧属?我去拉拢他干么?刘将军,你说话有点胡里胡涂!"刘宗敏怒道:"什么胡里胡涂?老回回马守应,难道你不是曹操罗汝才的好朋友?老回回,你自己倒说说看,你殴打大王的老兄弟,是不是想为曹操报仇,要为他翻案啊!"

老回回脸上鲜血一滴滴的往衣襟上流,他指着自己的脸,说道:"刘将军,你瞧瞧,是我打了大王的老兄弟,还是大王的老兄弟打了我。咱们同在大王麾下杀官造反,该当齐心合力,同生共死,你怎么又分什么老兄弟、新兄弟,岂不让大家寒心?刚才若不是这袁兄弟拉开打我的人,我早给你们老兄弟打死了。"

他转头向着李自成道:"大王,你倒说说这个理看。我向来是曹操的老朋友,可是我做人有什么含糊了?曹操当年投降熊文灿,操他娘的不要脸,老子跟他绝交,碰上他的队伍,老子就拼命的打,可有半点手软?后来他转而跟了张献忠,老子才跟他重行套交情。前年他转投大王,还不是我拉拢的?大王封他为'代天辅民威德大将军',那好得很啊,他为大王出了不少力气,队伍也大了,攻下不少城池。刘将军你就喝醋,曹操的位子高过了你,你就说他的坏话,造他的谣,大王听信了那个姓陈王八蛋的谣言,说曹操要向朝廷投诚,要杀大王,那全是假的。大王先下手为强杀了他,后来大王说后悔得很。这都是你们强要分老兄弟、新兄弟闯的祸,大家拿起了刀子跟官军拼命,个个是好兄弟,有什么老的新的好分?你瞧着我们新兄弟不顺眼,那么你们老兄弟就把我们新兄弟杀个干干净净好了。刘将军,你想杀尽我们新兄弟,只怕也没这么容易呢!"他边说边伸袖子拭血,眉毛、胡子上全沾满了鲜血,神情可怖。

李自成挥挥手道:"马兄弟,旧事不必提了。曹操人也死了,他的部下都去投了张献忠,还有什么说的?"他提到曹操,似乎有点心灰意懒,也似有些内疚于心。

李岩等知道李自成袭杀绰号曹操的罗汝才,是中了黄州姓陈书生的反间之计,不但自伤大将,而且两军自相残杀,逼得罗汝才一支精锐之师投向张献忠。众大将人人心寒,均觉罗汝才功高战勇,部属了得,只因大王疑心他想篡夺己位,便即加害。这一件大冤案,对李自成的大业打击沉重。李岩当年曾竭力劝阻,李自成却信了刘宗敏等人之言,酿成大错。其后李自成也深为懊悔,但他并不认错,此刻老回回忍不住抖了出来,李岩等料想以李自成生性之忌刻,老回回今后不免要遭报复。

李自成向众兄弟一个个瞧过去,寻思:"毕竟是宗敏他们老兄弟靠得住,他们决计不会反我。老回回、乱世王、争世王、左金王、革里眼这些人,他们自己义气深重,跟我有什么义气?一遇到好机会,只怕还会杀了我为曹操报仇呢!"向侄儿李双喜、老兄弟刘宗敏、表弟高必正等瞧了一眼,想到了四年前在鱼腹山给官军围困的事:

……那时官军四面八方围住了,几次突围不得,我无可奈何,便想上吊,以免落入官军手中。双喜极力劝阻,说道拼死一战,就算给官兵杀了,也要多拼几个。我部下将官好多人出去投降了。我走进一座庙宇,身边只宗敏跟随着,我向居中而坐的关帝爷爷作了三个揖,对宗敏道:"宗敏,咱们深入绝地,已经走投无路了。"

我抽出身边宝刀交给宗敏,说道:"我要请关老爷指点,我把杯珓掷下去,如果是阳珓,吉利的,咱们拼命再干! 要是阴珓,那是菩萨教我们不必多伤人命了。三次都是阴珓,你就一刀砍了我的头,提了我首级出去投诚。叫众兄弟都不必打了,保住自己性命和家人的性命要紧。大明天子气运还在,咱们干他不过。天意是这样,没什么好说的。"宗敏把刀接过去,往地下一抛,说道:"大哥! 我决不能杀你头,倘若菩萨教咱们不干了,我换上你的衣服,冒充是你,你砍了我头出去假投降好了。留得青山在,不怕没柴烧。"我摇了摇头,说道:"兄弟,不行,他们认得我的。你砍我的头好了!"

我跪下来向关帝磕头,说道:"关老爷,小人李自成受官府欺压,给财主拷打,受逼不过,起来造反,只盼能让天下苦人兄弟有口饭吃,活得下去。算命的、看相的都说我有天子之分,命中是要做皇帝的,也不知是真是假。今日小人身在绝路,命在顷刻,请关老爷指点明路,到底小人今生今世是不是有做天子的命,倘若没有,小人一个人死了也就是了,不必累得千万兄弟们都送了性命!"

我拿起神案上的杯珓,站起身来,双手过顶,祝告说:"关老爷保

第十九回 嗟乎兴圣主 赤手复生民

佑,请你指点明路。"恭恭敬敬的向上抛起,劈啪一声,杯珓落下地来,我闭了眼睛不敢去看,如是凶兆,就由宗敏一刀将我脑袋砍了下来,也不用担惊受怕,受这没了没完的煎熬。只听得宗敏欢声大叫:"阳珓,阳珓,大哥,大吉大利!"我睁开眼来,只见面前一对杯珓都是背脊向上,是大吉大利的阳珓。我还不信,又向关老爷祝告,再掷一次,仍是阳珓。我再向关老爷祝告,第三次把杯珓丢得好高,眼睁睁的盯着,见一对杯珓落了下来,在地下一阴一阳,忽然间那阴珓翻了个身,变了阳珓。

三卜三吉,我更无怀疑,两个人精神大振,出去跟众兄弟说了,大家都叫:"李大王命中要做天子,大伙儿干下去,个个有好日子过!大王坐龙廷,大伙儿也决计差不了!"就这样,好多兄弟烧了行李辎重,杀了自己妻子、儿子,免得碍手碍脚,轻骑急奔,从郧阳、均县杀入河南。官兵再也围不住,正好碰到河南大旱,数万灾民都跟从了我,从南阳攻宜阳,杀了知县唐启泰,攻入永宁,杀了知县武大烈,这样一来,官兵再也阻我不住了。我们打一仗,胜一仗,一直攻进了北京城……

李自成回想到那日在关帝庙中投掷杯珓的情景,身子一颤,不由得出了一阵冷汗,心想:"那日伴着我的,如果不是老兄弟刘宗敏,而是老回回、左金王、革里眼这些新兄弟,倘若我掷出来的不是大吉大利的阳珓,而是不吉不利的阴珓,他们必定会砍了我的头出去投降,既保自己性命,又有功名富贵,为什么不干?"

只听刘宗敏道:"启奏皇上,那一年在鱼腹山中被围,你三卜三吉,关老爷说得清楚不过,你命中要做天子。就算新兄弟们不来归附,你还是要坐龙廷的。那日老兄弟们烧了行李财物,杀了大老婆、小老婆,就是决心跟随你杀官兵、打天下。皇上啊,人心是肉做的,就算他们一个个都不骂我,不操我刘宗敏的老娘,天地良心,他们今日要抢回当年烧了的行李财物,抢回一个大老婆、小老婆,我刘宗敏也决计不忍心杀了他们!"说到这里,忍不住放声哭了出来。

李自成举起左袖,自己拭了拭眼泪,心想:"这江山,总是依靠老兄弟们打的,要是让老兄弟寒了心,大家不肯为我出死力,明朝虽已推倒,还有满清大军呢,张献忠的兵力就不比我差。老回回他们的

‘左革五营’看来也挺靠不住。牛金星先前还说,百姓说什么‘十八子,主神器’,这‘十八子’不是说我李自成,而是李岩,下面还有一句‘山下石,坐龙椅’,连起来就是说:‘十八子,主神器,山下石,坐龙椅。’操你奶奶的,还挺押韵呢。山下石,可不是个‘岩’字吗?那金蛇王袁承志,是李岩的义弟,手下的兵将骁勇善战,可轻视不得呢!"情不自禁的横眼向李岩瞧去,见他一脸平静无事的模样,伸出双手,似乎向人恳求,说道:"各位兄弟,大家静一静,听皇上的吩咐。咱们自己好兄弟,只能一致对外,可决不能自己人打自己人,自己人杀自己人。"

李自成登时怒气勃发,心想:"你说决不能自己人杀自己人,明着是骂我杀曹操是杀错了。他对我无礼,暗中计算想杀我,你又不是不知道,老子倘若不是先下手为强,给曹操先下了手,你李岩难道会给我报仇么?你满肚皮鬼计,不错,你会给我报仇的,你统率众兄弟,去杀了曹操,那可不就是'山下石,坐龙椅'么?哼,哼!"当即大声叫道:"袁承志,你出去!你新来乍到,不能打老兄弟,听到了吗?"

袁承志想辩:"我没打老兄弟。"但见李岩向自己使个眼色,下颏向外一摆,当即会意,应道:"是!属下告退!"转身出殿,李岩也躬身道:"属下告退!"

老回回、革里眼、左金王、乱世王、争世王等均想,倘若争斗再起,只有给老兄弟们鱼肉的份儿,正要辞出,只见一个中等身材的大将走上两步,躬身道:"请皇上下旨,到底咱们对弟兄们怎么说才是?"李自成道:"谷兄弟,你说该当怎么说?"那将军叫做谷大成,说道:"属下只懂得听皇上吩咐拼了命打仗,皇上怎么说,大伙儿就怎么干。"争世王刘希尧心想:"这谷大成倒机伶得紧,我也凑上几句。"说道:"谷大哥说得对,大伙儿不可争吵,人人听皇上的圣旨便是。"

众人身后一个声音轻声道:"陈圆圆不能送还给吴三桂,咱们抢了的花姑娘,可也不能送还了。"刘宗敏大声道:"有什么话,站到前面来说,躲在后面做缩头乌龟,偏要放屁!"后面那人自然不敢再开口,一时之间,大厅上寂静无声。

李自成心想:"我还要依靠老兄弟,可不能管得他们太紧了。张献忠只要说一句:'大伙儿来跟我,金银财宝花姑娘,谁抢到就是谁的,老子决计不管。'哄的一下,只消半天功夫,我手下几十万人全都投了他去,我一个光杆儿还做什么狗屁皇帝。"明知纵容部下奸淫掳掠,大大不对,但骑上了虎背,实逼处此,要把如花如玉的陈圆圆从后宫中拉出来送还给吴三桂,可万万舍不得,何况送不到半路,多半就会给刘宗敏、谷大成、老回回他们抢了去,大家还不是一场空!不由得长叹一声,说道:"大伙儿这就散了罢,辛苦了这么久,也该过几天好日子了。能劝得弟兄们收一收手,那是最好!要是当真不听话,要找些儿乐子,大家是过命的好兄弟,个个是我心头的肉,还真能把他们一个个都杀了剐了吗?"说着摇了摇头。

老回回朗声道:"大王,兄弟们抢掠财物妇女的事,你既说这么办,大家就这么办!乘着众位将军、大臣都在这里,曹操罗汝才大哥的冤枉,可得平反。"

李自成脸色一变,沉声道:"怎么平反?要杀了我为他抵命么?"

左金王贺锦说道:"那当然不是。皇上所以要杀罗大哥,是错听了那坏鬼书生陈黄中的谗言。他说罗大哥军中的马,屁股上都烙了个'左'字,是要投向左良玉。其实,罗大哥是中了陈黄中的诡计,把马军五千匹马屁股上全都烙了字,马军分为前后左中右五队,也就分烙了前、后、左、中、右五个字,以免混乱。那陈黄中叫人牵了来给大王瞧的,全是左队马军的马,自然都烙了个'左'字,大王信了他,就派兵偷袭罗大哥,把他杀了,罗大哥可死得不明不白啊。大王要是不信,咱们再去牵四千匹马来,有的烙了'前'字,有的烙了'后'字,有的烙了'右'字,有的烙了'中'字。罗大哥忠心耿耿,他可真死得冤啊!"他转头叫道:"牵进来!"

只听得马蹄声响,五名兵士牵了五匹马进来,每匹马的臀上,果然分别烙了"前、后、左、中、右"五个字,五字一般大小,笔划相似,显是同时烙的。那五名兵士手中还持着五块烙铁。众将久在军中,都知是在马身上烙字之用,那五块烙铁中凹凸的字形,也确是"前后左中右"五字。

李自成脸色发紫,哑声道:"快把那陈黄中这畜生拿来,把他千刀万剐!"

一位英气勃勃的将军朗声道:"启奏大王,左金王查知了罗大哥的冤枉,军中愤愤不平之人甚多,小将昨天来不及启禀皇上,怕弟兄们闹事,已将陈黄中这畜生杀了,陈尸在午门之外,众兄弟每人一刀,已将他斩成了肉酱。小将擅自行事,请皇上治罪。"这人是田见秀,也是职居权将军,势力与刘宗敏相埒。

李自成点头道:"杀得好,杀得好,你有功无罪。牛金星,你去支一万两银子,跟左金王一同去送给曹操的家属。"革里眼贺一龙叫道:"多谢大王!不过曹操还有什么家属?他给大王一处死,刘将军就把他妻子儿女,一个个杀得干干净净了!"

李自成哼了一声,转身走入后殿。殿上众将一哄而散,有的欢声呼啸,快步奔出,想来又是率领部属去抢先掳掠了。

次日上午,袁承志正在宅中和众人谈论昨日在殿中所见,洪胜海匆匆进来禀报:"制将军来拜访袁相公。"袁承志急忙迎出,见李岩神色严重,怕有大事发生,忙迎入书房。

李岩道:"兄弟,大事不妙。大王命刘将军他们杀了乱世王、革里眼两位兄弟,老回回见情势不对,已带了自己的队伍,以及乱、革两营人马,一共三营,反出顺天,投西南而去。"袁承志惊道:"大王为什么要杀自己兄弟?乱世王和革里眼要反大王吗?"李岩摇头道:"乱、革二人忠心耿耿,怎么会反大王?定是昨日议论罗汝才罗大哥冤枉被害,说话中得罪了大王,加上牛金星、刘宗敏他们从中挑拨,大王忍不住气,就此杀了二人。"两人长声叹息。袁承志留李岩用了午饭,继续商量时局。

说到申酉之交,天色向晚,李岩正要告辞,忽然宋献策来访。他说先曾到李岩府上,得知他在果毅将军处,便寻着过来。

宋献策说道:"今日上午,大王点兵追赶老回回不及,大发脾气,召集诸将集议。"李岩道:"左革五营誓共生死,老回回既去,蔺、革二人又死了,须得保护刘贺二人,又得防他们作乱。"宋献策道:"大家商量的就是这件事。不过牛金星那厮却不断说你的坏话,也说我的坏话。"李岩怒道:"你我二人行得正,坐得正,有什么坏话好说?"

宋献策道:"大王在河南之时,人心不附,那时我想了个计议出来,造了一句谶语,说是'十八子,主神器',叫人到处传播。十八子,拼起来是个'李'字,便是说大王应有天下。老百姓们听到了,以为大王天命攸归,大家都来归附,咱们的声势登时大了起来。李将军可还记得么？"李岩道："怎不记得？我作儿歌，你作谶语，动摇明朝的人心，可也有些功劳啊。"宋献策摇头道："牛金星对大王进谗，说那句'十八子，主神器'，不是指大王，而是指你李将军！下面又加上一句话，说什么'山下石，坐龙椅'。"

李岩心头大震，他知自古以来帝皇最忌之事，莫过于有人觊觎他的宝座。历朝开国英主所以屠戮功臣，如汉高祖、明太祖等把手下大将杀得七零八落，便是怕他们谋朝篡位，李自成要是信了这句话，那可糟了，不由得颤声道："这……这……这……"

宋献策道："大王英明，未必就信了，制将军也不用耽心。不过今日诸将大会，会中刘将军、李将军、高将军他们，众口一辞的都说制将军自鸣清高，瞧不起友军，说他们部属借住民房，跟老百姓借几两银子，跟大娘闺女们说几句话，制将军的部下就去呼喝干涉。牛金星却道，制将军这不是自鸣清高，而是收罗人心，胸怀大志。李双喜将军是大王的嫡亲侄儿，高必正将军是大王的表弟，咱们疏不间亲，很难说得上话。"

李岩气得说不出话来，脸色发白，腾的一声，重重坐落椅中。

宋献策道："我为制将军分辩得几句，大家就大骂我宋矮子三分不像人，七分倒像鬼，最会胡说八道。我气不过，就出来了。"

李岩拱手道："多承宋军师见爱，兄弟感激不尽。"

宋献策叹道："田将军、刘芳亮将军、谷大成将军他们几位，倒说了公道话。咱们虽然打下了北京，可是江南未平，吴三桂虽降，其心尚不可测，满洲鞑子虎视眈眈，更是一大隐忧。大王大业未成，却先自诛杀异己，众军虐待百姓，闹得人心不附。"三人相对叹息，宋献策起身告辞，李袁二人送出大门。

袁承志听了宋献策一番话，见他虽然身高不满三尺，形若猕猴，容貌丑陋，说话却极有见识，说道："大哥，这位宋军师实是个人才。"李岩道："他足智多谋，很了不起。只是大王爱听牛金星的话，不肯重用宋军师。其实大王许多攻城掠地的方略，都是出于宋军师的主意。"

李岩随即告辞，袁承志道："我送大哥几步。"他怕李自成手下有人会暗害李岩，送一段路是保护之意。

两人默默无言的携手同行，走了数百步。

李岩道:"大王虽已有疑我之意,但为臣尽忠,为友尽义,我和大王共历患难,创建大业,终不能眼见大王大业败坏,闭口不言。你却不用在朝中受气了。"

袁承志道:"正是。兄弟是做不来官的。大哥当日曾说,大功告成之后,你我隐居山林,饮酒长谈为乐。何不就此辞官告退,也免得成了旁人眼中之钉?"李岩道:"大王眼前尚有许多大事要办,总须一统天下之后,我才能归隐。大王昔年待我甚厚,他虽打下北京,但军纪败坏,属下众将四分五裂,自相残杀,眼见他前途危难重重,艰险万分,那正是我尽心竭力、以死相报之时。大王以国士待我,我当以国士相报。小人流言,我也不放在心上。"

两人又携手走了一阵,只见西北角上火光冲天而起,料是闯军又在焚烧民居。李岩与袁承志这几天来见得多了,相对摇头叹息。暮霭苍茫之中,忽听得前面小巷中有人咿咿呀呀的拉着胡琴,一个苍老嘶哑的声音唱了起来,听他唱道:

"无官方是一身轻,伴君伴虎自古云。归家便是三生幸,鸟尽弓藏走狗烹……"

只见巷子中走出一个年老盲者,缓步而行,自拉自唱,接着唱道:

"子胥功高吴王忌,文种灭吴身首分。可惜了淮阴命,空留下武穆名。大功谁及徐将军?神机妙算刘伯温,算不到:大明天子坐龙廷,文武功臣命归阴。因此上,急回头死里逃生;因此上,急回头死里逃生……"

李岩听到这里,大有感触,寻思:"明朝开国功臣,李善长、刘基、傅友德、朱亮祖、冯胜、李文忠、蓝玉等等大功臣尽为太祖处死。这瞎子也知已经改朝换代,否则怎敢唱这曲子?"瞧这盲人衣衫褴褛,是个卖唱的,但当此人人难以自保之际,哪一个有心绪来出钱听曲?只听他接着唱道:

"君王下旨拿功臣,剑拥兵围,绳缠索绑,肉颤心惊。恨不能,得便处投河跳井;悔不及,起初时诈死埋名。今日的一缕英魂,昨日的万里长城。……"

他一面唱,一面漫步走过李岩与袁承志身边,转入了另一条小巷之中,歌声渐渐远去,说不尽的凄惶苍凉。"今日的一缕英魂,昨日的万里长城……"曲调声在空中荡漾,余音袅袅不绝。

袁承志心情郁郁,回到住处,只见大厅中坐着一人。那人一见袁承志,便奔到厅口,叫道:"小师叔,你回来啦。"那人粗衣草履,背插长刀,正是崔秋山之侄崔希敏。袁承志喜道:"你也来了。有什么事?"崔希敏从身边取出一封信来,双手呈上。

袁承志见封皮上写着"字谕诸弟子"字样,认得是师父笔迹,先作了一揖,然后恭恭敬敬的接过来,抽出信纸,见信上写道:

"吾华山派历来门规,不得在朝居官任职。今闻王大业克就,吾派弟子功成身退,其于四月月圆之夕,齐集华山之巅。"下面签着个"清"字。

袁承志道:"啊,会期就将临近,咱们该得动身了。"崔希敏道:"正是,我叔叔他们也都要去呢。"

袁承志入内对众人说了,却不见青青,问焦宛儿道:"夏姑娘呢?"宛儿道:"好一会没见她啦,我去瞧瞧!"袁承志道:"我去叫她。"走到青青房外,在门上用手指弹了几下,说道:"青弟,是我。"房内并无声息,候了片刻,又轻轻拍门,仍无回音。

袁承志把门一推,房门并未上闩,往里张望,只见房内空无所有,进得房去,不禁一呆,原来她衣囊、长剑等物都已不见,连她母亲的骨灰罐也带走了,看来似已远行。袁承志大急,在各处翻寻,在她枕下找到一张字条,上面写道:

"既有金枝玉叶,当然抛了我平民百姓。"

袁承志望着字条呆呆的出了一会神,心中千头万绪,不知如何是好,自思:"我待她一片真心诚意,她总是小心眼儿,处处疑我。男子汉大丈夫做事光明磊落,但求心之所安。我们每日在刀山枪林中出死入生,又怎能顾得到种种嫌疑?青弟,青弟,你实在太不知我的心了。"想到这里,不禁一阵心酸,又想:"她上次负气出走,险些儿失闪在洋兵手里,这时候兵荒马乱,却又不知到了哪里?"想起那晚与阿九同衾相拥,也并非全不动心,此后也一直颇起见异思迁之念,不禁自愧,心想:"我的确是变了心。青弟如此责我,倒也非全然无因,未必真是她错怪了我!"

他呆呆坐在床上,茫然失措。焦宛儿轻轻走进房来,见他犹如失魂落魄一般，不觉吃惊。众人得知讯息后，都涌进房来，七张八嘴，有的劝慰，有的各出主意。

焦宛儿年纪虽小，对事情却最把持得定，当下说道："袁相公，你急也无用。夏姑娘一身武艺，有谁敢欺侮她？这样罢，你会期已近，还是和哑巴叔叔、何姊姊等一起上华山去。程伯伯和我留在这里看护阿九妹子。沙叔叔、铁老师、胡叔叔和我们金龙帮的，大伙儿出去找夏姑娘，再传出江湖令牌，命七省豪杰帮同寻访。找到之后，立即陪她上华山来相会。你放心，阿九妹子的安危，唯我是问。"说着一拍胸口，大有豪气。

袁承志连连点头，道："焦姑娘的主意很高，就这么办。程老夫子和焦姑娘最好陪同公主出京远避，留在京中可不大稳便。权将军为人不端，定要侵害公主。惕守，你武功强，帮着照看保护。惕守还没正式入我门中，待我禀明师父之后再说。这一次不必同上华山了。"何惕守眼睛一溜，正想求恳，忽想青青也曾有疑忌之意，和袁承志同行只怕不甚妥当，当下微微一笑，也就不言语了，寻思："你不让我去华山，我偏偏自己来。"她做惯了邪教教主，近来虽大为收敛，毕竟野性未除，也不理会袁承志的吩咐，只管筹划如何自行上华山拜见祖师。又想："师父一心只放在公主身上，我只有保护得公主平平安安，才讨得师父的欢心。"

袁承志安排已毕，次日向闯王与义兄李岩辞别。李自成见了穆人清的谕字，知他奉有师命，眼见留他不住，便赏赐了许多大内珍宝。袁承志要待推辞，李岩连使眼色，袁承志只得谢过受了。

李岩送出宫门，叹道："兄弟，你功成身退，那是最好不过……"说着神色黯然。

袁承志道："大哥你多多保重，千万小心。田见秀、谷大成、刘芳亮他们几位，顾全大局，明白事理，缓急之际，可跟他们商量。请你劝告大王，要约束众兄弟不可欺侮百姓，也不要对付刘希尧、贺锦这些自家兄弟。大哥如有危难，小弟虽在万里之外，一得讯息，也必星夜赶来。"两人洒泪而别。

当日下午，袁承志与哑巴、崔希敏、洪胜海等取道向西，往华山进发。各人乘坐的都是骏马，脚程甚快，不多时已到了宛平。

众人进饭店打尖,用完饭正要上马,洪胜海瞥眼间忽见墙角里有一只蝎子、一条蜈蚣,都用铁钉钉在墙脚。他微觉奇怪,轻扯袁承志的衣服。袁承志凝眼看去,点了点头,心想这必与五毒教有关,可惜何惕守没同来,不知这两个记号是什么意思。

洪胜海借故与店小二攀谈了几句,淡淡的道:"那墙脚下的两件毒物,倒有些古怪。"店小二笑道:"要不是我收了银子,真要把这两样鬼东西丢了。烦死人!"他一面说一面扳手指,笑道:"两天不到,问起这劳什子的,连你达官爷不知是第十几位了。"洪胜海忙问:"是谁钉的?"店小二道:"便是那个老乞婆啊!"洪胜海向袁承志望了一眼,问道:"是哪些人问过呢?"说着拿了块碎银子塞在店小二手里。

店小二口中推辞,伸手接了银子,笑道:"不是叫化头儿,就是光棍混混儿,哪知道你达官爷也问这个……嘿嘿,可叫你老人家破费啦。"

袁承志插口道:"那老乞婆钉毒物之时,还有谁在一旁吗?"店小二道:"那天的事也真透着希奇,先是一个青年标致相公独个儿来喝酒……"袁承志急问:"多大年纪?怎生打扮?"店小二道:"瞧模样儿比你相公还小着几岁,生得这么俊,我还道是唱小旦的戏子儿呢,后来见他腰里带着把宝剑,那可就不知是什么路数了。他好似家里死了人似的,愁眉苦脸,喝喝酒,眼圈儿就红了,真叫人瞧着心里直疼……"众人知道这必是青青无疑。崔希敏怒道:"你别口里不干不净的。"店小二吓了一跳,抹了抹桌子,道:"爷们要上道么?"袁承志问:"后来怎样?"店小二望了崔希敏一眼,说道:"过了一会儿,忽然楼梯上脚步响,上来一位老爷子,别瞧他头发胡子白得银子一般,可真透着精神,手里提着根龙头拐杖,腾的一声,往地下一登,桌上的碗儿盏儿便都跳了起来。"洪胜海又塞了块碎银给他,要他详细说来。

袁承志心中大急:"温方山那老儿和她遇上了,青弟怎能逃出他毒手?"

店小二又道:"那老爷子坐了下来,要了酒菜。他刚坐定,又上来一位老爷子。那真叫古怪,前前后后一共来了四个,都是白头发、白胡子、红脸孔,倒像是一个模子里浇出来的一般,要找这四个一模一样的老爷子,那可真不容易得紧了。这四人有的拿着一对短戟,有的拿着一根皮鞭。他们谁也不望谁,各自开了一张桌子,四个老儿把那位年轻相公围在中间。"袁承志听到这里,心想:"那晚温方悟在宫中为惕守所伤,中了她铁钩,但惕守又给了他解药,想来解了毒,因此仍有四人。"只听那店小二续道:"我越瞧越透着邪门,再过一会儿,那老乞婆就来啦。掌柜的要赶她出去,哪知当的一声,嘿,你道什么?"崔希敏忙问:"什么?"店小二道:"这叫做财神爷爷着烂衫,人不可以貌相。当的一声,她抛了一大锭银子在柜上,向着那四个老头和那相公一指,叫道:'这几位吃的,都算在我帐上!'你老,你可见过这般阔绰的叫化婆么?"洪胜海逗他说话,接口道:"那倒没见过。"

袁承志越听越急,心想:"温氏四老已经难敌,再遇上何红药,可如何得了?"

店小二越说兴致越好,口沫横飞的道:"哪知他们理也不理,自顾自的饮酒。那老乞婆恼了,叫了一声,一张手,一道白光,直往那拿拐杖的老儿射去。"崔希敏道:"你别瞎扯啦,难道她还真会放飞剑不成?"店小二急道:"我干么瞎扯?虽然不是飞剑,可也是几成儿不离。只见那老儿伸出筷子,叮叮当当一阵响,筷子上套了明晃晃的一串。我偷偷蹩过去一张,嘿,你道是什么?"崔希敏道:"什么?"店小二道:"原来是一串指甲套子,都教那老儿用筷子套住啦。我刚喝得一声采,只听得波的一声,你道是什么?"崔希敏道:"什么?"店小二拉着他走到一张桌子旁,道:"你瞧。"

只见那桌面有个小孔,店小二拿起一根筷子插入小孔,刚刚合式,说道:"那老儿提起筷子,就插进了桌面。这手功夫可不含糊吧?我是不会,可不知你老人家会不会?"崔希敏道:"我不会。"店小二道:"原来你老人家也不会,那也不打紧。老乞婆知道敌他不过,一声不吭,怪眼一翻,就奔了出去。后来那青年相公跟着四个老头子一起走了。原来他们是一路,摆好了阵势对付那叫化婆的。"

袁承志问道:"他们向哪里去的?"店小二道:"向西南,去良乡。五个人走了不多会儿,叫化婆又回转来,在墙边钉了这两件怪东西,给了我一块银子,叫我好好侍候这两只毒虫,别让人动了。这几日四下大乱,我们掌柜的说要收铺几日,别做生意。老板娘一定不肯,这才开市,倒让我赚了一笔外快……"他还在唠唠叨叨的说下去,袁承志已抢出门去,跃上马背,叫道:"快追!"

青青自见袁承志把阿九抱回家里,越想越不对,阿九容貌美丽,清秀可爱,己所不及,何况她是公主,自己却是个来历不明的私生女,爷爷与父亲都是江湖上匪类邪人,跟她天差地远,袁承志非移情别爱不可。若不是爱上了她,怎会紧紧的抱住了她,轻怜密爱,含情脉脉?回到了家里,在众人之前兀自舍不得放手,难道又是假的?后来又听人说道,李自成将阿九赐了给袁承志,权将军刘宗敏喝醋,两个人险些儿便在金殿上争风打架,说到动武打架,又有谁打得过他?自然是他争赢了。崇祯是他的杀父大仇,他念念不忘的要报仇,可是阿九只说得一句要他别杀她爹爹,他立刻就乖乖的听话。"我的言语,他几时这么听从了?只有他来骂我,那才是常事。"思前想后,终于硬起心肠离京,心里伤痛异常,决意把母亲骨灰带到华山之巅与父亲骸骨合葬,然后在父母尸骨之旁图个自尽,想到孑然一身,个郎薄幸,落得如此下场,不禁自伤自怜。

这日在宛平打尖,竟不意与温氏四老及何红药相遇。温方山露了一手内功,何红药自知不敌,径自退开。青青已抱必死之心,倒也并不惊惧,怕的是四老当场把她处死,那么母亲的遗志就不能奉行了,转念之间,计谋已生,走到温方达跟前,施了一礼,叫声:"大爷爷!"然后逐一向其余三老见礼。温氏四老见她坦然不惧,倒也颇出意外。

青青笑问:"四位爷爷去哪里?"温方达道:"你去哪里?"青青道:"我跟那姓袁的朋友约好了,在这里会面,哪知等到他这时候还没来。"

四老听得袁承志要来,人人心头大震,哪敢再有片刻停留?温方义喝道:"跟我们去。"青青假意道:"我要等人呢。"温方义手一伸,已隔衣扣住她手腕,拉出店门,两人共乘一骑。四老尽往荒僻无人之处驰去,眼见离城已远,这才跳下马来。

温方义把青青一摔,推在地下,骂道:"无耻小贱人,今日教你撞在我们手里。"

青青哭道:"四位爷爷,我做错了什么?你们饶了我,我以后都听你们话。"温方义骂道:"你还想活命?"嚓的一声,拔出一柄匕首。

青青哭道:"二爷爷,你要杀我么?"温方悟道:"你这叫做该死!"青青道:"三爷爷,我妈是你亲生女儿,我求你一件事。"温方山铁青着脸,说道:"要活命那是休想!"青青哭道:"我死之后,求你送个信给我那姓袁的朋友,叫他独个儿去找宝贝吧,别等我了。"

四老听到"找宝贝"三字,心中齐震,同声问道:"什么?"青青哭道:"我反正是死,秘密是不能说的。我只求你们送这封信去。"说着从湖色衫子上撕下一块绢片,又从怀里针线包内取出一根针来,刺破手指,点了鲜血,在绢片上写起来。四老不住问她找什么宝贝,她只是不理,写好之后,交给温方山道:"三爷爷,你也不用见他,托人捎去宛平城里刚才咱们相会的那处酒楼,这就得啦!"她虽是做作,但想起袁承志无良,当真流下泪来。

四老见了她伤心欲绝的神情,确非作伪,一齐围观,只见绢片上写道:"今生不能再见,我父重宝,均赠予你,请自往挖取,不必等我。青妹泣白。"

温方义喝道:"什么宝贝?难道你真知道藏宝的所在?"青青哭道:"我什么都不知道,反正我说也是死,不说也是死。"温方悟道:"呸,压根儿就没什么宝贝。你那死鬼父亲骗了我们一场,现在你又想来搞鬼。"

青青垂头不语,暗暗伸手入怀,解开了一对翡翠鸳鸯的丝绦。这本是铁箱中之物,当整理珍宝金银之时,她见这对翡翠鸳鸯玉质晶莹,碧绿通透,雕刻精致灵动,就取来系在身上,那是纪念她与袁承志共同得宝之意,十箱珍宝不计其数,也不少了这对小小鸳鸯。她突然站起,叫道:"这信送不送也由你们了,这就杀了我吧!"只听叮叮两声清脆之音,一对鸳鸯落在地下。青青俯身要拾,温方悟已抢先捡起。四老数十年为盗,岂有不识宝货之理?见翡翠鸳鸯如此珍异,眼都红了。四人心中突突乱跳,齐声喝道:"这是哪里来的?"

青青含泪不语。温方山道:"你好好说出来,或者就饶了你一条小命。"

青青道:"就是那批珍宝里的。我和袁大哥照着爹爹留下来的那张地图,挖到了十只铁箱,里面都是珍奇宝物。东西实在太多,带不了,我只拣了这对鸳鸯来玩。我们说好,这次要去全都挖了出来,哪知你们……"说着又哭了起来。

四老走到一旁，低声商议。温方达道："看来宝藏之事倒也不假。"温方义道："逼她领路去取。"三老都点了点头。温方山道："先骗她说饶命不杀，等找到了宝贝，再来好好整治这小贱人。"温方悟道："我有个主意：咱们掘出了珍宝，就把这小贱人埋在宝窟之中，等那姓袁的小畜生来掘宝，一掘掘到这个死宝贝，岂不是好？"三老同声大笑，都说："五弟这主意最高。"

　　四人商议已毕，兴高采烈的回来威逼青青。青青起先假意不肯，后来装作实在受逼不过，只得说出藏宝之地是在华山之巅。她是要四老带她去华山，找到父亲埋骨的所在，乘他们在荒山中乱挖乱掘之时，自己便可把母亲骨灰和父亲的骸骨合葬一起，然后横剑自刎。不料她这句谎话一说，四老却更深信不疑。当年温氏五老擒住金蛇郎君，他也是将他们带上华山。宝藏没找到，还死了崆峒派的两个同伙，金蛇郎君又突然失踪，在他们脑海之中，却已深印了宝物必在华山的念头。当日张春九和那汪秃头所以上华山来搜索，便也因此。

　　当下四老带了青青，连日马不停蹄的赶路，就只怕袁承志追到。

　　这日来到山西界内，五人奔驰了一日，已颇为疲累，在一家客店中歇了。温方义人最粗壮，食量最大，连声急叫："炒菜、斟酒、煮面条儿！"等店伴端了饭菜上来，他就和往常一般，抢先稀里呼噜的吃了起来。三老和青青正要跟着动筷，温方义忽从面汤中挑起一物，惊叫一声，登时直僵僵的不动了。四人大惊，看他所挑起的，赫然是一只极大的黑色蜘蛛。温方达一摸兄弟的手，已无脉搏，脸色发黑，鼻孔里也没气了。

　　温方悟惊怒交集，抓起店小二往地下猛力摔落，喀喇两声，店小二腿骨立断，晕死了过去。温方山抢出去，一把抓住掌柜的胸口，用筷子挟起蜘蛛，喝道："好大的胆子，竟敢谋财害命，这是什么？"那掌柜吓得魂飞天外，连声道："小店……小店是七十多年的老店，厨房最干净不过，怎……怎么有这……这东西……"温方山左手在他面颊上一捏，那掌柜下颔跌下，再也合不拢口。温方山筷夹蜘蛛，塞入他口里，片刻之间，那掌柜便即毙命。这时店中已经大乱，温方达右手拿住青青手腕，防她逃走，左手抱起兄弟尸身。方山、方悟两人乒乒乓乓一阵乱打，不分青红皂白，将住客和店伴打死了七八个，随即在客店中放起火来。旁人见他们逞凶，四散逃命。

三老将温方义的尸身带到野外葬了，又悲痛，又忿怒，猜不透一只蜘蛛怎会如此剧毒。青青见过五毒教的伎俩，寻思："原来那老乞婆暗中蹑上我们啦。"

次日四人在客店吃饭，逼着店伴先尝几口，等他无事，这才放胆吃喝。

行了数日，一晚客店中忽然人声嘈杂，有人大呼偷马。温方悟起身查看，将到马厩时，黑暗中忽然嗤的一声，一股水箭迎面射来。他急缩身闪避，已然不及，登时喷得满脸都是，只觉奇腥刺鼻，知道不妙。他眼睛已经睁不开来，听声辨形，长鞭挥出，把偷施暗袭之人打得背脊折断。另一人喝道："老儿还要逞凶！"举斧劈来。温方悟长鞭倒转，将那人连人带斧卷起，用力挥出，那人一头撞到墙上，脑浆迸裂。

温方达、温方山以为区区几个毛贼，兄弟必可料理得了，待得听见温方悟吼叫连连，忙抢出去看时，只见他双手在自己脸上乱抓乱挖，才知不妙。温方达将他抱住。温方山纵身出外查看敌踪，一无所见，回进店房时，见兄长抱住了五弟的身体大哭，原来温方悟已然气绝而亡，须眉脸颊，俱已中毒溃烂。

温方达泣道："二十年前，那金蛇恶贼从我们手里逃了出去，那时他筋脉已断，成为废人，身边毒药也早给我们搜出，可是崆峒派的两位道兄却身中剧毒而亡，莫非当时就是五毒教救了他……"温方山道："不错，原来五毒教暗中在跟咱们作对。这次大家同受曹化淳之聘，图谋大事，眼见已然成功，那五毒教教主何铁手突然反脸，以致功败垂成。直到现在，我仍不知是什么缘故。"温方达沉思片刻，忽地跳了起来，叫道："金蛇恶贼所用毒药如此厉害，看来他就是五毒教的？"温方山恍然大悟，说道："必是如此。"

两人想到当年金蛇郎君来静岩报仇的狠毒，不觉栗栗危惧，当下把温方悟的尸身埋葬了，商量了半天，决心先上华山，掘到宝藏之后，再找五毒教报仇，只是害怕他们暗中加害，不但饮食特别小心，晚上连客店也不敢住了。

这日两兄弟带了青青，宿在一座古庙的破殿之中。温方达年纪虽老，仍具神力，搬了两只大石臼，一只撑住前门，一只撑住后门，这才安心睡觉。睡到中夜,佛像之后忽然悉悉数声,两人登时醒觉,只当是老鼠,也不以为意。

温方山蒙眬间正要再睡,忽然鼻管中钻入一缕异香,顿觉身心舒泰,快美异常,全身飘飘荡荡的似乎神游太虚,置身极乐。他心神甫荡,立即醒悟,大叫一声,跳了起来。温方达虽事起仓卒,但究是数十年的老江湖,见机极快,拉住青青的手,提着她跃上供桌。星光熹微下,只见温方山手舞钢杖,使得呼呼风响,蓦地里震天价一声巨响,佛像为钢杖打去了半截。佛像后面跃出两名黄衣汉子,一人使刀向温方山攻去,另一人手执喷筒,又要喷射毒雾。温方达右手连扬,波波两声,两枝袖箭登时把两名汉子穿胸钉死。温方山并不住手,仍在乱舞乱打。

温方达叫道:"三弟,没敌人啦!"温方山竟充耳不闻,他神智已为毒雾所迷,钢杖越使越急。温方达瞧出不对,抢上去要夺他兵刃。温方山把钢杖舞成一团银光,急切间哪里抢得入去?突然间温方山大叫一声,杖柄倒转,杖顶龙头撞在自己胸前,鲜血直喷,双脚一挺,眼见不活了。

青青见三位爷爷数日之内都为五毒教害死,温方山是她亲外公,向来待她比别的四个爷爷亲厚些,这时不禁洒了几点眼泪。温方达默不作声,把温方山的尸身抱出去葬了,在坟前拜了几拜,对青青道:"走吧!"青青在外公坟前叩拜了,只得随着大爷爷连夜赶路。

温方达一路防备更加周密。入陕西境后,有一名红衣少年挨近他身边,给他手起掌落,震破了天灵盖。青青见他铁青了脸,越来越乖戾,连话也不敢跟他多说一句。

这日快到华山脚下,两人赶了半天路,颇为口渴,在一座凉亭中歇足饮水,让马匹凉一凉汗。一名乡农走进亭来,打着陕西土腔问道:"这位是温老爷子吧?"温方达喝道:"你要干什么?"那乡农道:"刚才有人给了我两吊钱,叫我送信来给你。"温方达道:"那人呢?"乡农道:"他已骑马走了。"

温方达怕有诡计,命青青取信拆开,见无异状,才接信笺,见共有三页,第一页上写道:"温老大:你三个兄弟因何而死,欲知详情,可看下页。"温方达骂道:"他奶奶的!"忙展第二页观看,几页信纸急切间揭不开来。他伸手入嘴,沾了些唾液,翻开第二页来,见笺上写道:"你死期也已到了,如果不信,再看第三页。"温方达愈怒,随手又在嘴中一湿,揭开第三页,只见笺上画了一条大蜈蚣,一个骷髅头,再无字迹。气恼中将纸笺往地下掷落,忽觉右手食指与舌头上似乎微微麻木,定神一想,不觉冷汗直冒。

原来三张纸笺上均浸了剧毒汁液,纸笺稍稍黏住,笺上写了激人愤怒的言辞,使人狂怒之际不加提防,以手指沾湿唾液,剧毒就此入口。这是五毒教下毒的三十六大法之一。金蛇郎君当年从何红药处学得,用在假秘笈之上,张春九即因此而中毒毙命。

温方达惊惶中抬起头来,见那乡农已奔出数十步。他恼怒已极,赶出亭来,只觉头晕脑眩,情知不妙,待要镇慑心神,更觉头痛欲裂,当下奋起神威,飞戟直往那乡农后心掷去。那人正是五毒教的教徒,只道已然得手,哪知短戟掷来,如风似电,大声狂叫,铁戟穿胸而过,身子竟给钉在地下。温方达惨笑数声,往后便倒。

青青叫道:"大爷爷,你怎么啦!"俯身去看。温方达左手疾伸,忽地挺戟往她胸口刺到。青青万想不到他临死时还要下此毒手,只觉眼前银光闪耀,戟尖已戳到胸口,退避已然不及,只有闭目待死。忽听当的一声,脚背上一阵剧痛,睁眼看时,短戟已给人打落在地,戟柄撞中了自己脚背。

她转身要看是谁出手相救,突觉背心已给人牢牢揪住,动弹不得。那人取出皮索,将她双手反背缚住,这才转到她面前,正是五毒教的老乞婆何红药。

青青一股凉气从丹田中直冒上来,心想落入这恶人手里,死得不知将如何惨酷,倒是给大爷爷一戟戳死痛快得多了。

何红药阴恻恻的笑道:"你要我一刀杀了你呢,还是喜欢给一千条无毒小蛇来咬你七七四十九天,把脸孔弄得跟我一般模样?"青青闭目不答。何红药道:"你带我去找你那负心的父亲,就不让你零碎受苦。"青青心想:"反正我是要去找爹爹的埋骨之地,就让她带我去好了。"说道:"我也正要去寻爹爹,你跟我一同去吧。"

何红药见她答应得爽快,不禁起了疑心,但想金蛇郎君已成废人,武功全失,也不怕他怎的,冷笑道:"好,你带路。"青青道:"放开我,让我先葬了大爷爷。"

何红药道："放开你？哼！"拾起温方达的短戟，在路旁掘了个大坑，将温方达和那名五毒教徒两人的尸身都投入坑里，盖上泥土，掩埋时不住喃喃咒骂："你父亲虽是坏蛋，可是我不许别人折磨他。这四个老头儿弄得他死不死、活不活的，我早就要找他们的晦气了。直到今日，方泄了心头之恨。怎么你又叫他们做爷爷？"

青青心想："我如说了，你又要骂我妈妈。"便道："他们年纪老，我便叫爷爷！总不成他们来叫我奶奶！"

这天两人走了四五十里，在半山腰里歇了。何红药晚上用皮索把青青双足牢牢缚住，防她逃走。次日一早，天刚微明，何红药解开青青脚上皮索，两人又再上山。山路愈来愈陡，到后来须得手足并用，攀藤附葛，方能上去。何红药左手已失，无法拉扯青青，于是解去她手上皮索，让她走在前头，自己在后监视。青青从未来过华山，反须何红药指点路径。

当晚两人在一棵大树下歇宿。青青身处荒山，命悬敌手，眼见明月在天，耳听猿啼于谷，想起父母和袁承志，思潮起伏，又悲又怕，哪里还睡得着？

次晨又行，直至第三天傍晚，才上华山绝顶。青青听袁承志详细说过父亲埋骨之所四周的景物，这时抬头望见峭壁，见石壁旁孤松怪石，流泉飞瀑，正和袁承志所说的一模一样，不禁一阵心酸，流下泪来。

何红药厉声道："他躲在哪里？"青青向峭壁一指道："那石壁上有一个洞，爹爹就住在这里面。"何红药侧头回想，记得当年金蛇郎君藏身之处确在此左近，咬牙切齿的说道："好，咱们上去见他。"青青见她神色可怖，虽然自己死志已决，却也不禁打了个寒噤。

两人绕道盘向峭壁顶上，走出数十步，忽听得转角处传来笑语之声。

何红药拉着青青往草丛里缩身藏起，右手五根带着钢套的指甲抵住她咽喉，低声喝道："不许作声！"从草丛中望出去，只见一个老道和一个中年人谈笑而来。

青青认得是木桑道人和袁承志的大师兄铜笔铁算盘黄真，这两人武功都远胜何红药，但自己只要一动，五枚毒指甲不免立时嵌入喉头，只听黄真笑道："师父他老人家这几天就快上山啦。小师弟日内总也便到。道长不愁没下棋的对手。"木桑笑道："要不是贪下棋，你们华山派聚会，我老道巴巴的赶来干么呀？凑热闹么？"两人不住说笑，逐渐远去。

何红药深知华山派的厉害，听说他们要在此聚会，心想险地不可多耽，当下伏低身子，慢慢爬到峭壁之侧，从背囊里取出绳索，一端缚住一棵老树，另一端缚着自己和青青，缓缓缒下，那是她昔年曾做过多次之事。当年那负心郎手执金蛇剑，恶狠狠地守在峭壁山洞口的情景，蓦地出现在脑海，景物如昨，不知这人此刻是否便在洞里。青青见到峭壁上的洞穴痕迹，叫道："是这里了！"

何红药心中突突乱跳，数十年来，长日凝思，深宵梦回，无一刻不是想到与这负心郎重行会面的情景，或许，要狠狠折磨他一番，再将他打死，又或许，竟会硬不起心肠而饶了他，内心深处，实盼他能回心转意，又和自己重圆旧梦，即使他要狠狠的鞭打自己一顿出气，甚至杀了自己，那也由得他，这时相见在即，只觉身子发颤，手心里都是冷汗。

当日哑巴取了金蛇剑后，出洞后仍用石块封住洞口，怕人闯入。何红药见洞口只剩一个小孔，右手乱挖乱撬，把洞穴周围的石块青草拨开。何红药命青青先进洞去，掌心中扣了剧毒钢套，谨防金蛇郎君突袭。

青青进洞之后，早已泪如雨下，越向内走，越加哭得抽抽噎噎。进不数步，洞内已是一团漆黑。何红药打亮火折，点燃绳索，命青青拿在手里照路。青青一呆，心想："烧了绳索，怎生回上去？我反正是死在这里陪爹爹妈妈的了，难道她也不回去？"

何红药愈向内走，愈觉山洞不是有人居住的模样，疑心大盛，突然一把叉住青青的脖子，喝道："你跟老娘捣鬼，要教你不得好死！"

蓦地里寒风飒然袭体，火光颤动，来到了空廓之处，有如一间石室。何红药心中大震，举起火绳四下照看，见四壁刻着无数武功图形，一行字写道："重宝秘术，付与有缘，入我门来，遇祸莫怨。"金蛇郎君和她虽然相处时日无多，但给她绘过肖像，题过字，他的笔迹早已深印心里，然文字在壁，人却已不见，不觉心痛如绞，高声叫道："雪宜，你出来！你想不想见我啊？"这声叫喊，只震得泥尘四下扑疏疏的乱落。

她回头厉声问青青道:"他哪里去了?"青青哭着往地下一指,道:"他在这里!"何红药眼前一黑,伸手抓住青青手腕,险些儿晕倒,嘶哑了嗓子问道:"什么?"

青青道:"爹爹葬在这里。"何红药道:"哦……原来……他……他已经死了。"这时再也支持不住,腾的一声,跌坐在金蛇郎君平昔打坐的那块岩石上,右手抚住了头,泪如雨下,悲苦之极,数十年蕴积的怨毒一时尽解,旧时的柔情密意斗然间又回到了心头,低声道:"你出去吧,我饶了你啦!"

青青见她如此悲苦,不觉怜惜之情油然而生,想起爹爹对她不起,袁承志也是这般负心,两人实是同病相怜,忽然扑过去抱住了她,放声痛哭。

何红药道:"快出去,绳子再烧一阵,你永远回不上去了。"青青道:"你呢?"何红药道:"我在这里陪你爹爹!"青青道:"我也不上去了。"何红药陷入沉思,对青青不再理会,忽然伸手在地下如痴如狂般挖掘。

青青惊道:"你干什么?"何红药凄然道:"我想了他二十年,人见不到,见见他的骨头也好。"青青见她神色大变,又惊又怕。洞内土石质地松软,何红药右掌犹如一把铁锹,不住在泥石中掏挖,挖了好一阵,坑中露出一堆骨殖,正是袁承志当年所葬的金蛇郎君骸骨。青青扑在父亲的遗骨上,纵声痛哭。

何红药再挖一阵,倏地在土坑中捧起一个骷髅头,抱在怀里,又哭又亲,叫道:"夏郎,夏郎,我来瞧你啦!"一会又低低的唱歌,唱的是摆夷小曲,青青一句不懂。

何红药闹了一阵,把骷髅凑到嘴边狂吻;突然惊呼,只觉面颊上给尖利之物刺了一下。她把骷髅往外一挪,在火光下细看时,见骷髅的牙齿中牢牢咬着一根小小金钗。金钗极短,初时竟没瞧见。何红药伸指插到骷髅口中扳动,骷髅牙齿脱落,金钗跌落。她捡了起来,拭去尘土,脸色大变,厉声问道:"你妈妈名叫'温仪'?"青青点了点头。

何红药悲怒交集,咬牙切齿的道:"好,好,你临死还是记着那贱婢,把她的钗子咬在口里!"望着金钗上刻着的"温仪"两字,眼中如要喷出火来,突然把钗子放入口里,乱咬乱嚼,只刺得满口都是鲜血。

　　青青见她如疯似狂，神智已乱，心知两人毕命之期便在眼前，从背囊中取出母亲的骨灰坛，解开坛上缚着的牛皮，倒转坛子，将骨灰缓缓倾入坑中。何红药一呆之下，喝问："你干什么？"青青不答，倒完骨灰后，把泥土扒着掩上，心中默默祷祝："爹娘在天之灵有知，女儿已完成了你们合葬的心愿。"

　　何红药夺过骨灰坛一瞧，恍然而悟，叫道："这是你母亲的骨灰？"青青缓缓点头。何红药反掌击出，青青身子后缩，没能避开，这掌正打在她肩上，一个踉跄，险些跌倒。何红药狂叫："不许你们合葬，不许你们合葬！"用手乱扒，但骨灰已与泥土混和，再也分拆不开。她妒念如炽，把一根根骸骨从坑中捡出，叫道："我要把你烧成飞灰，撒在华山脚下，教你四散飞扬，四散飞扬！永不能跟那贱婢相聚！"

　　青青大急，抢上争夺，拆不数招，便给打倒在地。何红药脱下外衣铺在地下，把骸骨堆在衣上，用火点燃衣服。她左肘抵住青青，不让她动弹，右掌拨火使旺，片刻之间，骸骨已经燃着，石洞中浓烟弥漫。

　　这石洞封闭已久，内洞充塞秽毒之气，外洞中的秽气当二人入洞时给山风吹散了大半，何红药和青青两人初时入洞还不觉得，何红药一烧衣服，热气一吸，内洞的秽气涌将出来，两人登时头昏目眩，胸口烦恶。青青向外奔出数丈，神智迷糊，便即摔倒。

　　袁承志在饭店中见到何红药钉在墙角的记号，知她召集教众，大举追击，同时青青又落入温氏四老手里，不论哪一边得胜，青青都是无幸，焦急万分，立即纵骑疾驰，沿路寻访。不久查知温氏四老中已有三人中毒而死，这一来更加挂虑，日里食不甘味，晚间睡不安枕，幸喜这一批人的踪迹是向华山而去，倒不致因追踪而误了会期。一行人途中又会合了崔秋山、安大娘、安小慧三人，他们虽不是华山派门人，但素来交好，亲如家人，同到山上聚会，亦无妨碍。

　　赶到华山脚下时，洪胜海在凉亭边见到一片泥土颇有异状，用兵刃撬土，挖出来的赫然是温方达和另一人的尸首。

　　袁承志道："青弟必已落入五毒教手里，咱们快上山。"安大娘安慰他道:"这时正是华山派的会期,穆老师父就算还没到,只要黄师兄、归师兄哪一位到了,定会出手相救。"袁承志道:"五毒教胆敢闯上华山,必是有备而来,可别让师侄们遭了毒手。"崔希敏道:"连祖师爷也到了,怕他们怎的?大家快上山啊!"

众人把马匹寄存在乡人家里,急赶上山。快到山顶时,忽听得嗤嗤嗤一阵响,数粒暗器飞上天空,隔了片刻,才一齐落下。袁承志喜道:"木桑道长在上面,他在招呼咱们了。"当即从衣囊里摸出三枚铜钱,向天力掷,只见三颗黄点消失在云气之中,悠然而逝,隔了好一阵方才落下。崔希敏赞道:"小师叔,这一下劲道好足!"

袁承志正要跃出去接还铜钱,突然山腰中掷出一个黑黝黝的算盘,飞将上去兜住了三枚铜钱,这才落下。一人从树后窜出,接住算盘,嘁嚓嘁嚓的摇晃,大笑而来,正是铜笔铁算盘黄真,笑道:"师弟,你好阔气,铜钱银子也随手乱掷,这可不是挥金如土吗?我们生意人瞧着可着实肉痛。做生意的钱一入手,可不能还你了。"

崔希敏大叫:"师父,你老人家先到啦!"抢上去咚咚咚的磕了三个响头。他也不理会是什么地方,心中高兴,这几个头磕得加倍用力,站起来时,额角已给岩石撞肿了高高一块。安小慧又怜惜,又气恼,不住低声埋怨。崔希敏只管傻笑。

袁承志等也都上去见了礼。接着木桑道人过来相会,各人上前拜见,互道别来情事。承志悬念青青,正想询问大师哥有没见到她踪迹,忽然树丛里扑出两头巨猿,一齐搂住了袁承志。崔希敏大吃一惊,伸拳便打。承志笑道:"大威、小乖,你们好!"伸手轻轻格开崔希敏打来的一拳。两头巨猿突然吱吱乱叫,放开了承志,猛往山壁上窜去。崔希敏道:"是小师叔养的吗?糟糕,猩猩生气了!"眼见两头巨猿越爬越高。

袁承志心道:"大威、小乖定是藏着什么好东西,见我回来,要取出来给我。"望了一阵,忽见峭壁上冒出阵阵烟雾,那处所正是埋葬金蛇郎君的洞穴,不觉一惊,又见两头巨猿在高处指手划脚,大打手势,似在招呼自己过去。

安小慧也看了出来,说道:"承志大哥,两头猩猩在叫你呢!"袁承志道:"不错!"向哑巴打了几下手势,哑巴点头会意,奔向石屋取了火把长索,与众人绕道上了峭壁之顶。

袁承志道:"洞里的路径只有我熟,我一个人进去吧。"在衣上撕下两片小布,塞住鼻孔,点燃火把,缒绳下去。两头巨猿在峭壁上乱叫乱跳,搔头挖耳,似乎十分焦急。

袁承志刚到洞口,便见一阵烟雾冒出,当下屏住呼吸,直冲进去,奔至狭道,只见一人横卧在地,凑近看时,竟是青青。这一下惊喜交集,忙摸她口鼻,呼吸已甚微弱。眼见内洞微有火光,尚有一人躺在那里,正是何红药,还想入去相救,突然间胸口作恶,便欲昏倒,忙弯身抱起青青,奔出洞来,抓住绳子。

哑巴和洪胜海一齐用力,吊起两人。承志见四周已无毒烟,深深吸了两口气,突然忍耐不住,在半空中大吐起来。

众人在峭壁上甚是担忧,只怕他中了秽气毒雾,一个失手,两人都跌入深谷之中。哑巴和洪胜海战战兢兢的缓缓提拉,崔秋山、崔希敏叔侄在旁护持。

袁承志只因吸入洞中秽气多了,脚一着地,头脑晕眩,立足不稳,登时软倒。木桑忙给两人推宫过气。过了一会,袁承志悠然醒来,调匀呼吸,只觉倦乏万分。又过一阵,青青也醒来了,见了袁承志,哇的一声,哭了出来。众人见两人醒转,这才放心。青青神智渐复,断断续续的把洞中情由说了。

承志黯然点头,道:"青弟的母亲遗命要和丈夫合葬,现今两人虽尸骨化灰,但终于合葬在一起了。"青青道:"那恶婆娘虽然凶恶,但她对我爹爹一往情深,我爹爹对她负心,甚是不该。"向承志道:"大哥,我们该当救她性命。"承志点头道:"甚是!"崔希敏自告奋勇,入洞救人。承志嘱咐洞内秽气有毒,救了人立刻出来。

崔希敏进洞后不久即出回上,说道:"山风厉害,洞里秽气已大半吹散。那婆娘已经断气了。我怕洞里不能久耽,只把她尸体胡乱埋在坑里。"青青点头道:"她跟我爹爹、妈妈同葬一穴,她如死后有知,心中也必欢喜。但盼他们三人不要吵架才好。"承志道:"你放心,你爹爹一定帮你妈妈。"青青怒道:"我妈比她美貌,所以我爹爹一定帮我妈妈。将来你也这样,是不是?"承志奇道:"什么将来我也这样?"青青反掌打去,承志和她乍见重逢,正自大喜,见她反掌打来,便不闪避,啪的一声,重重打中脸颊。青青哭道:"将来你只帮阿九不帮我,我还是死了的好!"

安小慧要岔开话头,抚摸着两头巨猿头顶,说道:"幸好大威和小乖发现得早,要是迟得些时候,只怕青姊姊和承志大哥在洞里中秽气之毒更深。"众人都说的确好险,幸亏畜生的知觉灵敏,远远的就察觉有异。众人一路谈论适才的险事,一路上山。安大娘和安小慧扶青青走进石屋,给她洗脸换衣,扶上床去休息。

青青内功不及承志,吸的秽气又多,次日仍不痊可,有时神智胡涂起来,又哭又闹,昏迷中只骂承志负心无义,喜新弃旧。

众人见承志一副尴尬模样,又是好笑,又是耽心,怕他为难,都悄悄退了出去。承志柔声安慰,坚称矢志靡他。青青脸上一阵红一阵黑,不住呕吐黑水。承志到了这个地步,也是束手无策,只有在卧榻旁垂泪的份儿。山洞或井底久不通风,秽气不泄,贸然入内,往往中毒,以致丧命,行走江湖之人见过不少。如非当场殒命,获救之后通常渐渐苏醒,但青青脸色有异,呕吐黑水,似乎除密洞秽气外,另中了何红药或金蛇郎君身上所染奇异毒药。袁承志只盼何惕守便在近旁,她或能知救治之法,更携得有解药。

众人在外纷纷议论,都说青青这样一个好姑娘,虽然爱使小性子,心地却好,倘若就此不治,可真教人难过,承志更不免伤心一世。众人唉声叹气,愀然不乐。

将到黄昏,两头巨猿先叫了起来,外面一阵人声喧扰,原来是归辛树夫妇领着梅剑和、刘培生、孙仲君等六名弟子到了。归二娘抱着儿子归钟,小孩儿笑得傻里傻气的,身子可大好了。归二娘得知青青中毒,忙把儿子未服完的茯苓首乌丸拿出来给她服下一颗。青青安静了一阵,沉沉睡去。

天黑后,黄真的大弟子领着八名师弟、两个儿子到了山上。他先向木桑道人行礼,然后叩见师父、二师叔、二师娘。他见袁承志年纪甚轻,自己大儿子还大过他,要跪下向他磕头,实在有点不愿,叫了一声"师叔!"不禁有点迟疑。

袁承志见这师侄四十多岁年纪,虎背熊腰,筋骨似铁,站着几乎高过自己一个头,先暗暗喝了声采,心想大师哥英雄了得,确要这般威风的人物才能做他掌门弟子,崔希敏人既莽撞,武功又差,跟这个师侄可差得远了,见他作势要跪,忙伸手拦住,向黄真其余八名弟子摆了摆手,说道:"大家别多礼啦!"崔希敏在一旁介绍,说道:"我这位大师兄姓冯名难敌,江湖上人称八面威风。"袁承志道:"冯兄定是得着大师哥真传了。"

黄真眼见冯难敌不对小师叔下跪,心想他已是江湖上的成名人物,也就不加勉强。他向来滑稽玩世,于这些礼数也并不考究,当下笑道:"师父算盘精,教出来的徒儿也就爱占便宜,向小师叔磕几个头,又未必有见面钱,可就太吃亏了。"

冯难敌给师父说得不好意思,便要向袁承志跪倒。袁承志急忙拦住。冯难敌当下命大儿子冯不破、二儿子冯不摧向木桑道人与归、袁两位师叔祖以及梅剑和等师叔依次拜见了。袁承志没见面钱给不破、不摧兄弟,微觉尴尬。

冯不破今年二十三岁,冯不摧二十一岁,两人在甘凉一带仗着父亲的名头,武林中个个让他哥儿三分。他二人手下也确有点真功夫,这时候见袁承志不过二十岁左右,居然长着自己两辈,心中好不服气,又见他红肿了双眼,出来见客时泪痕未干,心想此人不知什么事吃了亏,这般哭哭啼啼的,脓包之极,英雄好汉打落了牙齿和血吞,哪有受了人欺侮便哭的?对他更加不瞧在眼里。他二人和归辛树门下的弟子个个交好,知道就中孙仲君最是心傲好胜,武功也强。当晚哥儿俩偷偷商议,要挑拨孙师姑去跟这小师叔祖比试一场,让他出个丑,万一给父亲或师祖知道了,也怪不到兄弟俩头上。

第二天两兄弟一早起来,溜到外面去找孙仲君,迎面撞见八师叔石骏。他也是个年少好事之人,武功和冯氏兄弟在伯仲之间,喝道:"喂,你们哥儿俩探头探脑的找什么?"冯不摧笑道:"我们在找孙师姑呢,听说她在山东干掉了不少渤海派的人,要请她说来听听。"石骏喜道:"好啊,刚才我见她在山那边,正跟梅师哥练武呢。"

三人兴冲冲的赶往山后。冯氏兄弟心中盘算,用什么话来挑动孙仲君去找那袁小师叔祖比武。冯不摧悄声道:"要是孙师姑还在练剑,咱们就说是那姓袁的说的,这一路、那一路都使得不对。"冯不破笑着点头。

刚转到山后,忽听得孙仲君正在厉声叫骂,这一下大出三人意外,忙拔足赶去,只见孙仲君挺着单钩,正在追逐一人。

第十九回 嗟乎兴圣主 亦复苦生民

注：

李自成攻破北京事迹，当时文士笔录见闻而流传后世者甚多。诸书作者以立场对立，对李自成无不极为仇视，文中自多夸张及诬蔑，未可尽信。但闯军初时纪律严明，进北京后便即腐败，当属事实。以下所录为《明季北略》一书中若干记载：（文中所谓"贼"指闯军而言，可见作者极有偏见。）

◎昧爽，阴云四合，城外烟焰障天，微雨不绝，雾迷，俄微雪，城陷。或谓先有人伏内，通太监曹化淳弟曹二公内应开门；一云：太监王相尧率内兵千人出迎贼。贼将刘宗敏整军入，军中甚肃。……太监曹化淳同兵部尚书张缙彦开彰义门迎贼。……大抵京城之陷，多由奸人内应耳。……已而贼大呼开门者不杀，于是士民各执香立门，贼过，伏迎，门上俱粘"顺民"，大书"永昌元年顺天王万万岁"。

◎贼尽放马兵入城，乱入人家。诸将军望高门大第，即入据之。刘宗敏据田宏第，李年据周奎第。

◎掌书宫人杜氏、陈氏、窦氏为自成所取，而窦氏尤宠，号窦妃。又有张氏，亦嬖之。自成集宫女分赐随来诸贼，每贼各三十人。牛金星、宋献策等亦各数人。

◎四月初一日，宋献策云："天象惨列，日色无光，亟宜停刑。"初七日，自成过宗敏第，见庭院夹三百多人，哀号半绝。自成云："天象示警，宋军师言当省刑，宜酌放之。"此中缙绅十一，余皆杂流武弁及效劳办事人。释千余人，然死者过半矣。

◎贼初入城，不甚杀戮。数日后大肆杀戮……贼兵满路，手携麻索，见面稍魁肥，即疑有财，系颈征贿。有中途借贷而释者，亦有押至其家，任其拣择而后释者。若缚至刘宗敏伪府便无生理。

◎贼初入城时，先假张杀戮之禁，如有淫掠民间者，立行凌迟。假将犯罪之寇杀死四人，分为五段，据称以淫杀之故也。民间误信，遂安心开张店市，嘻嘻自若……四五日后恣行杀掠。先令十家一保，如有一家逃亡者，十家同斩。十家之内有富户者，闯贼自行点取籍没，其中下之家，听各贼分掠。又民间马骡铜器，俱责令输营，于是满城百姓，家家倾竭。

◎贼兵初入人家，曰借锅爨。少焉，曰借床眠。顷之，曰借汝妻女姊妹作伴。藏匿者，押男子遍搜，不得不止。爱则搂置马上。有一贼挟三四人者,又有身搂一人而余马挟带二三人者。不从则死,从而不当意者亦死。一人而不堪众蹂者亦死。安福胡同一夜妇女死者三百七十余人。降官妻妾,俱不能免。……贼将各踞巨室。籍没子女为乐,而士兵充塞巷陌,以搜马搜铜为名,沿门淫掠。稍违者,兵加其颈。门卫甚严,即欲脱免,不可得也。不顾青天白日,恣行淫戏。

◎贼无他伎俩,到处先用贼党扮作往来客商,四处传布,说贼"不杀人,不爱财。不奸淫,不抢掠,平买平卖,蠲免钱粮,且将富家银钱分赈穷民,颇爱斯文秀才,迎者先赏银币,嗣即考校,一等作府,二等作县。"……于是不通秀才皆望做官;无知穷民皆望得钱;拖欠钱粮者皆望蠲免。真保间民谣有"开了大门迎闯王,闯王来时不纳粮"等语,因此贼计得售。

◎贼兵入城者四十余万,各肆掳掠。自成或禁止,辄哗曰:"皇帝让汝做,金银妇女不让我辈耶?"

按:《明季北略》一书作者计六奇,书成于清初,内容甚详,于李自成在北京之行动,逐日记载,但作者主观上极度反对农民义军,所记未必客观真实。

中国历代农民起义军,未必皆纪律甚佳,当起事之初,声言吊民伐罪,伸张正义,但一旦声势既成,迫于形势,烧杀掳掠,往往在所不免。赤眉、黄巢、李自成、张献忠、太平天国之失败,皆与军纪不良有关。《水浒传》中梁山泊众英雄劫法场或攻城掠地之时,如李逵"不问军官百姓,杀得尸横遍地,血流成渠"(第三十九回),如镇三山大闹青州道,青州城外"原来旧有数百人家,却都被火烧做白地,一片片瓦砾场上,横七竖八,杀死的男子妇人不计其数。"(第三十三回)当代研究历史者片面肯定农民起义军,认为李自成不好酒色,军纪极佳,言李军在北京残害百姓者并非事实,有人擅自(按照著作权法:评注须得原作者同意授权。)评注《碧血剑》,大肆攻击书中写李自成纪律不佳为诬蔑,此种看法恐无史实根据。郭沫若个人行为或有可议处,但其历史研究、考古成就功力不浅,不能抹杀,其所作《甲申三百年祭》一文,在一九四九年前后影响甚大,该文并不否定李自成军有奸淫掳掠之举,不过及不上官兵厉害而已,文中说,"流寇都是铤而走险的饥民,这些没有受过训练的乌合之众,在初,当然抵不过官兵,就在奸淫掳掠焚烧残杀一点上比起当时的官兵来更是大有愧色的。"其中引述史书,说刘宗敏"拷挟降官、搜刮赃款、严刑杀人……杀人无虚日,大抵兵丁抢掠民财者也……而且把吴三桂的父亲吴襄绑了来,追求三桂的爱姬陈沅,不得,拷掠酷甚。"也说到"李岩上书谏李自成爱护百姓,应下令'一切军兵不宜借住民房,恐失民望。'自成见疏,不甚喜,既批疏曰'知道了',并不行。"

中共中央领导人对这篇文章十分注意,在军队进入大城市之前,三令五申,不得骚扰民居。有记载说,当年毛泽东在率领高级文武官员进入北京之时,曾笑称:"我们进北京去要应一场大考。"意谓当严守纪律,通过不受繁华腐败生活之引诱的考验,不可蹈李自成之覆辙。陈毅于部队进入上海之前,严格下令不准进入民居,即使伤者病人,天下大雨,也不得进入民居、商铺,其部属果然遵行,共军夜入上海,次晨中外人士见马路上睡满官兵。

清初民间流传通俗白话小说《铁冠图》,叙崇祯宫中宫女费宫娥佯从李自成部将罗某,将其刺死事迹。我以为小说中对李自成部队的奸淫掳掠过份夸张,似不可取。

中共领导人对于李自成军纪的评论:

◎毛泽东:1.毛泽东在延安高级干部会议上讲话,指出:"近日我们印了郭沫若论李自成的文章,也是叫同志们引为鉴戒,不要重犯胜利时骄傲的错误。"(一九四四·四·一二·毛选第三卷《学习与时局》)(《郭沫若年谱》上册:该文曾送经董必武审阅,于三月十九日至廿二日在重庆《新华日报》发表,其中指李自成失败的三大原因:一、骄傲自满,二、失却原来的优良作风和纪律,三、屠戮功臣,使领导核心解体。)2.毛泽东写信给郭沫若:"你的《甲申三百年祭》,我们把它当作整风文件看待。小胜即骄傲,大胜更骄傲,一次又一次吃亏,如何避免这种毛病,实在值得注意。倘能经过大手笔写一篇太平军经验,会是很有益的,但不敢作正式提议,恐怕太累你。""你的史论、史剧有大益于中国人民,只嫌其少,不嫌其多,精神决不会白费的,希望继续努力。"(一九四五·一一·二〇·《毛泽东书信选集》,页241-242)

◎陈毅:一九四七·一二·二,陈毅去阜平县城南庄访聂荣臻,两人会谈,陈毅说:"李自成攻克北京,骄傲自满,飘飘然,昏昏然,最

后失败。"(《九大元帅珍闻轶事》,页 377-378)

◎徐向前:一九四八·二·二三,徐向前在晋察鲁豫军区前方指挥所山西翼城高干会议上讲话:"李自成进北京后,便昏昏然。他的许多文臣武将,只图做官、享福、贪污、腐化、搞女人、抢东西,军队无纪律,把北京城搞得一团糟。结果前功尽弃,李自成最后也在九宫山被杀,真是亡国、亡党、亡头。"(《在徐帅指挥下》,页 13)

◎薄一波、叶剑英:一九四九年元旦后,中共中央在西柏坡开政治局会议,会议期间,叶剑英、薄一波等根据毛泽东出的题目,讨论进城后的问题,"……进城以后,要始终保持政治上的清醒,经得起胜利的考验,千万不能做李自成。李自成进了北京,他和部下就是吃了陶醉于胜利的大亏,很快就腐化起来,结果只做了四十天'大顺皇帝'就失败了。"(薄一波:《领袖、元帅、战友》,页 164-165)

◎刘伯承:一九四八年四五月间,刘伯承看了华东野战军文工团演出的话剧"李闯王",剧情说李自成的起义军打到北京后,将领中有些人在胜利中只顾个人享乐,大肆抢掠财物,纪律败坏,内部发生分裂,因而丧失了斗志……最后终于失败。刘伯承说这个戏演得好,对军队有教育意义。(《二十八年间——从师政委到总书记》三编,页 206)

◎罗荣桓:一九四九·一·二九,东北野战军总部开会后,请军以上干部吃烤羊肉,有人要求喝酒,罗荣桓说可以,但不得喝醉,并给大家讲了李闯王进北京的故事,他说:"闯王李自成进北京后,骄傲自满,以为大功告成……他的一些骄兵悍将,沉湎酒色,争功诿过,弄得内讧迭起,结果……轰轰烈烈的农民革命运动失败了……"(《罗荣桓在东北解放战争中》,页 235)

关于李自成杀害同伴及功臣:

《明史·卷三〇九》《李自成传》:"……先是有马守应,称老狨狢(按:马守应为回族人,起义后称老回回,当时朝廷歧视造反民军,在"回"字旁加"犬"旁,侮辱他是畜牲);贺一龙称革里眼;贺锦称左金王;刘希尧称争世王;蔺养成称乱世王者,皆附于自成,时号'革左五营'。……自成善攻,汝才善战,两人相须,若左右手。自成下宛叶,克梁宋,兵强士附,有专制心,顾独忌汝才,乃召汝才所善贺一龙,宴缚之,晨以二十骑斩汝才于帐中,悉兼其众。……自成既杀汝才、一龙,又袭杀养成,夺守应兵,击杀袁时中于杞县。……李岩者,故劝自成以不杀收人心者也,及陷京师……又独于士大夫无所拷掠,金星等大忌之。定州之败,河南州县多反正,自成召诸将议,岩请率兵往。金星阴告自成曰:'岩雄武有大略,非能久下人者。河南,岩故乡,假以大兵,必不可制,十八子之谶,得非岩乎?'因谮其欲反,自成令金星与岩饮,杀之。贼众俱解体。"

李岩携着妻子和袁承志的手,叫两人分坐两侧,说道:『老天爷毕竟待我不薄。』在杯中斟满了酒,一饮而尽,右手拍击木案,大声唱起歌来。

第二十回

空负安邦志
遂吟去国行

她追赶的那人是个三十余岁的男子,神色愤激,一面"贼婆娘,恶贱人"的破口乱骂,一面持刀狠斗。这人武功不及孙仲君,打一阵,逃一阵,可是并不奔逃下山,只要稍见空隙,又回身拼命猛砍狠杀。冯不摧道:"咱们上去截住这小子,别让他跑了!"石骏道:"孙师姊不爱别人帮手,这小子她对付得了。"

只听那人狂叫:"你杀了我妻子和三个儿女,那也罢了,怎么连我七十多岁的老娘也都害了?"孙仲君厉声喝道:"你这种无耻狂徒,家里人再多些,也一起杀了!"两人愈斗愈烈。

冯不破忽道:"孙师姑怎么不用剑? 这单钩使来挺不顺手。"石骏也见到她兵刃甚不合手,倒转自己长剑,柄前刃内,叫道:"孙师姊,接剑!"长剑向孙仲君掷去。忽地一人从旁边树丛中跃出,伸手在半路上将剑接了过去。三人吃了一惊,见那人轻身功夫迅速美妙,站定身子后,看清楚原来是归氏门下的没影子梅剑和。石骏叫了声:"梅师哥!"梅剑和点了点头,将剑掷还给他,说道:"孙师妹另练兵刃,她不用剑!"石骏"哦"了一声,他不知孙仲君因滥伤无辜,已为穆师祖禁止使剑。

石骏再看相斗的两人时,那男子虽情急拼命,毕竟武功差逊,渐渐刀法散乱。斗到酣处,孙仲君飞起左足,踢中他右手手腕,他手中单刀直飞起来。孙仲君钩尖已抵在他胸前,待要向前刺出,梅剑和急叫:"住手!"孙仲君一怔,那人急向旁闪,向山下逃去。梅剑和笑道:"饶了他吧,好让师祖夸奖你。"孙仲君微微一笑。

不料那人逃出数十步,指着孙仲君又是"贼婆娘,臭贱人"的毒骂。这一来,连梅剑和、石骏等人也都动了怒。孙仲君怒火大炽,叫道:"非杀了这畜生不可,宁可再给师祖削掉根指头!"挺钩又追。梅剑和怕她又再杀人受责,心想先抓住那家伙饱打一顿,让师妹出了这口恶气,也就是了,当下斜刺里兜截出去。他轻身功夫远胜诸人,片刻间已抄在那人头里。

那人见势头不对,忽地折向左边岔路。石骏与冯氏兄弟暗器纷纷出手。冯不破一枚飞蝗石向他后心掷去。那人听风辨器,往右避让,但嗖的一声,后胯上终于中了石骏的袖箭,一个踉跄,跌倒在地。

梅剑和抢上前去,伸手按落,突然身旁风声微响,那人忽地腾身飞出。梅剑和一惊,忙缩身避开,这才看明白,原来那人是为人用数十条绳索缠住,扯了过去。

这时孙仲君等人也已赶到,见出手的竟是个美貌女子。但见她一身雪白衣衫,长发垂肩,赤着双足,手腕上足踝上都戴了黄金镯子,打扮非汉非夷,笑吟吟的站着,右手皎白如雪,握着一束非丝非革的数十条绳索。身后站着个妙龄少女,全身裹在一袭白狐裘之中,头上也戴了白狐皮帽子。虽眉目如画,清丽绝伦,但容色甚是憔悴。

这两人正是何惕守和阿九。

袁承志等离京次日,胡桂南便即查访到宛平路旁饭铺中温氏四老和何红药、青青等人之事,回来向大家说起。何惕守知道在墙角钉以毒物,是五毒教召集人众应援的讯号,只怕青青遭了毒手,须得立即赶去相救,何况袁承志曾嘱咐要携同阿九离京避难,和阿九一商量,阿九暗想此去或能见到袁承志,当即点头,愿随她前去救人。当晚两人留了封信,悄然出京。阿九将金蛇剑带在身边。

何惕守想雇辆骡车给阿九乘坐,但兵荒马乱之际,再也没车夫做这生意。何惕守见到有人乘车出京,不管三七二十一,把乘客赶下车来,强迫车夫驾车西行。阿九虽然身受重伤,但何惕守是江湖大行家,讲文,有金银毒药,讲武,有拳脚刀剑,出得门来处处都占便宜,一路上却也不受风霜之苦。何惕守颇识医药,更当她是小妹子兼未来小师母般呵护服侍,阿九的臂伤在途中逐渐痊可。健骡轻车,到了华山脚下。何惕守将阿九负在背上,展开轻功,走得又快又稳。上得山来,正逢洪胜海给暗器打倒,将遭擒拿,何惕守便挥出软红蛛索相救。

梅剑和与孙仲君等不知洪胜海已跟随袁承志,更不知何惕守是何等样人,眼见她赤了双脚,怪模怪样,显是妖邪一流,忽上华山来放肆捣乱,都甚恼怒。孙仲君喝问:"你们是什么路道?都是渤海派的么?"何惕守笑道:"姊姊高姓大名?不知这位朋友什么地方得罪了姊姊,小妹给两位说和成么?"孙仲君听她说话娇声嗲气,装模作样,显非端人,骂道:"你是什么邪教妖人?可知道这是什么地方?"何惕守笑笑不答。

洪胜海道:"何姑娘,这贼婆娘最是狠毒,叫做飞天魔女。我老婆和三个儿女,还有七十多岁的老娘,都给她下毒手杀死了!"说时咬牙切齿,眼中如要喷出火来。

梅剑和自那次在袁承志手下受了一次教训之后,傲慢之性已大为收敛,且知师祖今日必到,不愿多惹事端,朗声道:"你们快下山去吧,别在这里啰唆。"冯不摧叫道:"我师叔的话你们听见了么?快走,快走!"抢到阿九身旁,作势赶人。

阿九右手拄着青竹杖,向他森然斜睨。她出身帝皇之家,自幼儿颐指气使惯了的,神色间自然而然有股尊贵气度。冯不摧不禁一凛,随即大怒,喝道:"你们来作死!"伸手便向阿九推去。阿九受程青竹的点拨教导,武功已颇有根柢,当即青竹杖左划右勾。冯不摧全没防备,哪想到这个看来弱不禁风的小姑娘出手如此之快,脚踝给竹杖击中,立足不稳,扑地倒了。他武功本也不弱于阿九,只是出其不意,才着了道儿,背脊刚一着地,立即挺身跳起,少年人最是要强好胜,这一下脸上如何挂得住?铁鞭高举,扑上去就要厮拼。

何惕守笑道:"各位是华山派的吧?咱们都是自己人呀!"冯不破喝道:"谁跟你这妖女是自己人了?"

梅剑和在江湖上阅历久了,见多识广,见何惕守刚才挥索相救洪胜海,手法高明,决非没来历之人,当下向冯氏兄弟使个眼色,问何惕守道:"尊师是哪一位?"

何惕守笑道:"我师父姓袁,名叫袁承志,好像是华山派门下。也不知是真的,还是冒充的。"梅剑和与孙仲君对望一眼,将信将疑。

石骏笑道："袁师叔自己还是个小孩子，本门功夫不知已学会了三套没有，怎么会收徒弟？"

何惕守道："是么？那可真的有点儿希奇古怪了，也说不定我那小师父是个冒牌货，嘻嘻！对啦！我瞧你这位小兄弟的武功，只怕就比我那小师父强些了。"

孙仲君在袁承志手里吃过大亏，后来给师祖责罚，削去手指，推本溯源，可说都因他而起，一想到这个小师叔就恨得牙痒痒地，只一来他本领高强，辈份又尊，二来他救过师父爱子的性命，师父师母提到他时总是感激万分，自己只得心里恼恨而已，这时听何惕守自称是袁承志的徒弟，不觉怒火直冒上来，叫道："你如是华山派弟子，怎么跟这等无耻狂徒在一起？"何惕守微笑道："他是我师父的长随，不见得有什么无耻啊。胜海，你怎么对这位姑娘无耻了？当真无耻得很么？唉，我可不知道你这么不怕难为情。"说着抿嘴而笑。孙仲君更是大怒，一时气得说不出话来。

他们几人在山后争斗口角，声音传了出去，不久冯难敌、刘培生等诸弟子都陆续赶到。冯不摧向阿九怒目瞪视，但越看越觉她美丽异常，不禁低下了头，怒气变成了倾慕。

冯不破道："爹，这个女人说她是姓袁的小……小师叔祖的弟子。"冯难敌哼了一声，问道："他们在吵什么？"冯不摧抢着把刚才的事说了。华山派第三代弟子之中，冯难敌年纪最大，入门最早，江湖上威名又盛，隐然是诸弟子的领袖，听了儿子的话后，转头问孙仲君道："孙师妹，这人怎么得罪你了？"

孙仲君脸上微微一红。梅剑和道："这狂徒有个把兄，也不照照镜子，却老了脸皮来向孙师妹求亲，给孙师妹骂回去了……"洪胜海插口道："不答应就是了，怎么把我义兄两只耳朵削了去……"冯难敌瞪眼喝道："谁问你了？"

梅剑和指着洪胜海道："哪知这狂徒约了许多帮手，乘孙师妹落了单，竟把她绑架了去，幸好我师娘连夜赶到，才救了她出来。"冯难敌眸子一翻，精光四射，喝道："好大的胆子，你还想纠缠不清？"

洪胜海凛然不惧，说道："她杀了我义兄，还不够么？"

何惕守道："掳人逼亲，确是他们不好。不过这位孙姊姊既已将他义兄杀死，也已出了气，何况又没拜堂成亲，没短了什么啊。再说,人家瞧中你孙姊姊,苦苦相思,是说你美得像天仙一般,怎么人家偏又瞧不中我呢?孙姊姊以怨报德,找上他家里去,杀了他一家五口,这不是辣手了点儿吗?杀人虽然好玩,总得拣有武功的人来杀。他的七十岁老母好像没什么武功,也没犯什么罪,最多不过是生了个儿子有点儿无耻。他的妻子和三个小儿女,更不知是犯了什么弥天大罪?杀这些人,不知是不是华山派的规矩?华山派大戒第三条,是叫人滥杀无辜吗?小女子倒不记得了。"

众人一听,均觉孙仲君滥伤无辜,犯了本派大戒,都不禁皱起了眉头。冯难敌对洪胜海恶狠狠的道:"起因总是你自己不好!现今人已杀了,又待怎样?"

何惕守道:"我本来也挺爱滥杀好人的,自从拜了袁承志这个小师父之后,他说了一大堆啰里啰唆的华山派门规,说什么千万不可滥杀无辜。可是我瞧孙姊姊胡乱杀人,不也半点没事么?我这可有点胡涂了。待我见过小孩子师父,再请他指点吧。"

刘培生道:"袁师叔他们正忙着,怕没空。"梅剑和道:"师父呢?"刘培生道:"师父、师娘、师伯、师叔四位,还有木桑老道长,正在商量救治那个姑娘。"冯难敌道:"嗯,先把这人捆起来,待会儿再向师父、师叔请示。"冯不破、冯不摧齐声答应,上前就要拿人。

何惕守见这一干人毫不将自己放在眼里,她是独霸一方、做惯了教主的,这如何忍得?笑吟吟道:"要缚人吗?我这里有绳子!"提起一束软红蛛索,伸出手去。冯不摧横她一眼道:"谁要你的!"径自走向洪胜海身边。

两兄弟刚要动手,忽听身旁噗哧一笑,脚上同时一紧,身子突然临空而起,犹如腾云驾雾般直飞出去。两人头脑中一团混乱,身在半空,恍惚听得何惕守娇媚的声音笑道:"啊哟,对不住啦!快使'鲤鱼翻身'!"冯不破依言一招"鲤鱼翻身",双脚落地,怔怔的站着。冯不摧年幼倔强,偏不依言,想使一招"飞瀑流泉",斜刺里跃出去站住,露个姿势美妙的身段,哪知下堕之势快捷异常,腰间刚使出力道,已然腾的一声,坐落在地,不由得又羞又疼,一张脸直红到了脖子里去。

冯难敌见爱子受欺,大怒喝道:"你自称是本门弟子,我们先前还信了你三分。可是你这手下贱功夫,怎会是本门中的?你过来!"

第二十回 遂空吟去安邦国行志

他不暇解开衣扣,左手在衣襟上一拉,噗噗噗数声,一排衣扣登时扯断,长衣甩落,露出青布紧身衣裤,神态威壮,犹如一座铁塔。

何惕守笑道:"您这位师兄要跟小妹过几招,是不是?那好呀,同门师兄妹比划比划,倒也不错,且看我那小孩子师父教的玩艺儿成不成。咱们打什么赌啊?"

冯难敌虽见她刚才出手迅捷,但自恃深得师门绝艺真传,威镇西凉,哪把这女郎放在心上,但见她一副娇怯怯的模样,怒气渐息,善念顿生,朗声道:"我们这些人还好说话,待会归婶娘出来,她嫉恶如仇,见了你这等妖人一定放不过。还是快快走吧!"何惕守笑道:"你又不是我的小孩子师父,凭什么叫我走?"

冯不摧刚才胡里胡涂连摔两交,羞恨难当,和哥哥一使眼色,叫道:"咱们来真的,别使诡计弄鬼!"两兄弟各举铁鞭,又扑上来。何惕守笑道:"好,我就站着不动,也不还手,怎么样?"把软红蛛索往腰间一缠,双手拢在袖里。

冯氏兄弟双鞭齐下,见她不闪不避,铁鞭将及她顶门时,不约而同的倏地收回。两人幼受庭训,虽然年少卤莽,却从来不敢无故伤人。冯不摧道:"快取兵刃出来!"

何惕守道:"我比你哥儿俩好像长了一辈,跟你们怎能动兵刃?你们要伸量于我,这就上罢!只要我有一只脚挪动半步,或者我的手伸出了袖子,都算我输了,好不好呢?"冯不破道:"我兄弟失手伤你,那可怨怪不得!"何惕守笑道:"进招吧,小伙子啰里啰唆的不爽快。"冯不破脸上一红,一鞭"敬德卸甲",斜砸下来,何惕守身子微侧,铁鞭砸空。冯不摧恨她摔了自己一交,更是使足全力,铁鞭向她肩头扫去,鞭梢刚到,对手早已避过。何惕守双足牢钉在地,身子东侧西避,在铁鞭影里犹如花枝乱颤。冯氏兄弟双鞭使动渐急,何惕守嘻笑自若,双鞭始终碰不到她衣襟一角。

华山派众人面面相觑,不知这个女子是何路道,她自称是本门弟子,但身法武功,哪有半点华山派的影子,武功却又如此精强。

三人再拆数十招,冯氏兄弟一声唿哨,双鞭着地扫去,均想你脚步如真不移,那又如何抵挡?何惕守笑道:"小心啦!"身子俯前,左肘在冯不破身上一推,右肘在冯不摧背上一撞。两兄弟只感全身一阵酸麻,双鞭落地,踉踉跄跄的跌了开去。

冯难敌低声道："梅师弟，这女人古怪，我先上去试试！"梅剑和点点头。冯难敌纵身跃出，叫道："我来领教。"

何惕守见他脚步凝重，知他武功造诣甚深，脸上仍然笑眯眯的露出一个酒涡，心中却严加戒备，笑道："我接不住时，你可别笑话。"冯难敌道："好说，赐招吧！"身子微弓，右拳左掌，合着一揖，拳风凌厉，正是"破玉拳"的起手式。何惕守襝衽万福，侧身还礼，轻轻把这一招挡了回去。

冯难敌见她还礼卸招，心中暗叫："好本事！"正要跟着进招，忽听得山腰里传来呼喝叫喊之声，有人争斗追逐，便向何惕守望了一眼。何惕守笑道："你疑心我带了帮手么？咱们先瞧清楚再比划，你说好么？"

冯难敌听呼喝声渐近，中间夹着一个女子的急怒叫骂，点头道："也好。"

众人奔到崖边，向下看时，只见一个身穿红衣的女子正在向山上急奔，四条大汉手执兵刃在后追赶。那女子见山顶有人，精神一振，急速奔上，远远望见冯难敌魁伟的身躯，叫道："八面威风，快救我！"冯难敌吃了一惊，道："啊，是红娘子！"奔上相迎。

红娘子脸上全是鲜血，这时再也支持不住，晕倒在地。跟着四人赶上山来，也不理会众人，恶狠狠的就要抢上擒拿。冯难敌左臂伸出，挥掌往为首一人推去，喝道："朋友，放明白些！这是什么地方？"那人伸掌相抵，双掌相交，啪的一声，各自震开数步，那人的武功倒也颇为了得。两人互相打量一眼，均有惊疑之意。那人喝道："奉大顺皇帝座下权将军号令，捉拿叛逆李岩之妻，你何敢阻拦？"

何惕守知道李岩是师父的义兄，这红衣女子既是李岩之妻，我如何不救，挺身而出，笑道："李岩将军英雄豪杰，天下谁不知闻？各位别难为这位娘子吧！"

那人神色倨傲，自恃武艺高强，在刘宗敏手下颇有权势，哪去理会何惕守一个小小女子，不屑答话，左手一摆，命三名助手上来捆人。

何惕守笑道："好，你们不要命啦！"右手在腰间机括上一按，"含沙射影"的毒针激射而出。那三人武功虽非寻常，却怎能躲闪这门神不知鬼不觉的暗器，当先一人登时脸上给七八枚毒针打了进去，

第二十回 逐空吟去负安邦国志行

叫也不叫一声，立时毙命。其余三人脸色惨变，齐声喝问："你是谁？"何惕守左手铁钩本来缩在长袖之内，与冯氏兄弟动手时一直隐藏不露，这时长袖轻挥，露出铁钩，为首那人吓得脸白如纸，颤声道："你……你……是五……五……何……何……"何惕守微微一笑，右手金钩又是一晃。三人魂不附体，转身就逃。为首那人过于害怕，在崖边一个失足，骨碌碌的直滚下去。

冯难敌等都甚惊奇，心想这三条大汉怎会对她怕得这等厉害，她适才眨眼间便杀了那人，又不知使的是什么古怪法门，但总之是友非敌，当可断定。

冯难敌扶起红娘子，正要询问，突见山崖边转出一个身材高瘦的道人，高声喝道："华山派的人，都在这里么？"这一喝声音清朗，内力深厚，只震得山谷鸣响。

众人见这道人身上道袍葛中夹丝，灿烂华贵，道冠上镶着一块晶莹白玉，光华四射，背负长剑，左手中持着一柄拂尘，随意挥洒，飘飘然有出尘之概，约莫四五十岁年纪，气度俊雅，一身清气，显是位得道高人。

冯难敌上前抱拳行礼，说道："请教道长法号，可是敝派祖师的朋友么？"

那道人并不还礼，右手拂尘轻挥，向众人打量了几眼，问道："是华山派的？"冯难敌道："正是。道长有何见教？"那道人道："嗯，穆人清来了么？"冯难敌听他随口呼叫祖师名讳，似是极熟的朋友，更加不敢怠慢，说道："祖师还未驾临。"

那道人微微一笑，拂尘向孙仲君、何惕守、阿九三人一指，说道："穆老猴儿倒收了不少美貌女徒，艳福不浅。喂，你们三人过来给我瞧瞧！"说着将拂尘插入了腰带。众人听他出言不逊，都吃了一惊。

孙仲君怒道："你是什么人？"那道人笑道："好吧，你跟道爷回去，我慢慢说给你知道。"孙仲君见他神态轻薄，登时大怒，走上一步，喝道："什么东西，敢在这里撒野！"那道人笑嘻嘻的在她脸上摸了一把，拿回来在鼻端上嗅了一下，笑道："好香！"他左手这么一伸一缩，似乎并不如何迅速，孙仲君竟没能避开。她心中怒极，顺手挺钩刺去。那道人左手轻挡，反过手抓住她手腕。

孙仲君脉门给他扣住，登觉全身酸软，使不出半点力气。那道人收臂将她搂在怀里，又伸嘴过去在她脸颊上亲了一下，赞道："这女娃子不坏！"

冯难敌、梅剑和、刘培生等个个惊怒失色，同时冲上。

那道人拔起身子，斗然退开数步。众人见他左手仍搂住孙仲君不放，但忽跃忽落，比寻常单独一人还要灵便潇洒，不由得尽皆骇然，但见孙仲君让他抱住了动弹不得，挣扎不脱，明知不敌，也不能袖手不理，各人拔出兵刃，扑了上去。

那道人微微一笑，右手翻向肩头，突然间青光耀眼，背上的长剑已拔在手里。

梅剑和对孙仲君最为关心，首先仗剑疾攻。他见了那道人长剑一碧如水的模样，知是柄锋锐之极的利器，不敢正面相碰，唰唰唰连刺三剑，寻瑕抵隙而攻。去年他在南京和袁承志比剑，一连几柄剑尽被震断，才知本门武功精奥异常，自己只学得一点皮毛而已，不由得狂傲之气顿减，再向师父讨教剑法，半年中足不出户，苦心研习，果然剑法大进，适才这三剑是他新学绝招，迅捷悍狠，已得华山派剑法的精要。

那道人赞道："不坏！"语声未毕，当的一声，已将梅剑和的长剑削为两截。

梅剑和一惊，依照惯例，立即要将断剑向敌人掷去，以防对方乘势猛攻，然后避开，再图御敌，但他怕误伤师妹，不敢掷剑，剑断即退，饶是他轻身功夫了得，敌剑到处，嗤的一声，头顶束发的布带已给割断。这数招只一刹那之间，梅剑和心惊胆战之际，冯难敌、刘培生、石骏、冯不破、冯不摧，以及黄真的四弟子、五弟子一齐攻上，刀枪剑戟，同时并举，只刘培生是空手使拳。

那道人长剑使了开来，只听得叮叮当当一阵乱响，有的兵刃截断，有的连人带刀给他踢飞，只剩下冯难敌与刘培生两个武功最高的勉力支撑。梅剑和从地下捡起一柄剑抢上夹攻。那道人左手仍是搂着孙仲君，右手长剑敌住二人，笑嘻嘻地浑不在意，抽空还在孙仲君脸颊一吻，只把孙仲君气得几欲晕去。

拆了数招，那道人忽地将长剑抛向空中。刘培生一怔，不知他使甚奇特招数。梅剑和急叫："小心！"只听蓬的一声，刘培生胸口已中了一拳,退出数步,坐倒在地。那道人笑道:"你自以为拳法了得,我用兵器伤你,谅你不服!"接住空中落下来的宝剑,当啷一响,又将梅剑和的剑削断,弯过手臂右肘推出,撞在冯难敌的左肋之上。冯难敌只觉奇痛入骨,眼前金星乱冒,腾腾腾连退数步。

那道人将华山众弟子打得一败涂地,无人敢再上来,昂然四顾,哈哈大笑,说道:"老穆自夸拳剑天下无双,教出来的弟子却这般不成器!你们师祖问起,就说玉真子来拜访过了,见他徒弟教得不好,带了三个女徒儿去代他教导。三年之后,我教厌了,自会送还!"顺手向后一挥,眼珠也没转上一转,便已将长剑插入了背上的剑鞘。他仍是搂着孙仲君,走向何惕守,笑道:"你也跟我去!"

何惕守自知抵敌不过,对洪胜海道:"快去请师父。"等洪胜海转身走开,那道人也已走到跟前。何惕守笑道:"道长,你功夫真俊。您道号是什么呀?"

那道人见她笑吟吟的毫不畏惧,倒大出意料之外,见她容貌娇媚,双足如雪,言笑之间尤其动人心魄,不由得骨头也酥了,又走上一步,笑道:"我叫玉真子,你这孩子叫什么名字?你说我功夫好,那么跟我回去,我慢慢教你好不好?"何惕守笑道:"你不骗人?咱们说过了的话,可不许不算。"玉真子笑道:"谁来骗你,走吧!"伸手便来拉她手。

何惕守退了一步,笑道:"慢着,等我师父来了,先问问他行不行。"玉真子道:"哼,跟着你师父,就算学得本领跟他一样,又有什么用?哈哈!"何惕守道:"我师父本领大得很呢,要是知道我跟你走了,他要不依的。"

冯难敌等见孙仲君给那道人搂在怀里动弹不得,那妖女却跟他眉花眼笑的打情骂俏,个个气得怒火填膺。梅剑和叫道:"好贼道,跟你拼了。"提剑又上。

玉真子头也不回,对何惕守道:"我再露一手功夫给你瞧瞧。看是你师父高明呢,还是我厉害。"一面慢吞吞的说着,一面闪避梅剑和的来剑,说道:"像他这般的剑法,在你们华山派里总也算是少有的高手了,然而碰到了我,哼哼!你数着,从一数到十,我一只空手就把他剑夺下来。"梅剑和见他如此轻视自己,更是气恼,一柄剑越加使得凌厉迅捷。

何惕守笑道："从一数到十么？好，一，二，三，四，五……"突然一口气不停，快速异常的数下去。玉真子笑道："小妮子真坏，瞧真了！"梅剑和挺剑刺出，突见敌人身子略侧，长臂直伸，双指直指及自己两眼，相距不过数寸，不由得大惊，左手疾忙上格。玉真子手臂早已缩回，手肘顺势在他腕上一撞。梅剑和手指立麻，长剑脱手，已让玉真子快如闪电般夺了过去，那时何惕守还只数到"九"字。

玉真子哈哈大笑，左手持剑，右手食中两指夹住剑尖，向下一扳，喀的一声，剑尖登时拗了下来。只听得喀喀喀响声不绝，一柄长剑已给拗成一寸寸的废铁。

玉真子把剩下的数寸剑柄往地下掷落，纵声长啸，伸手来又拉何惕守的手腕。何惕守自知非这道人之敌，一直以缓兵之计跟他拖延，但袁承志始终没到，这时无可再拖，左手轻抬，让他握住。玉真子满拟抓到一只温香软玉的纤纤柔荑，突觉握到的是件坚硬冰冷之物，吃了一惊，疾忙放手，总算放手得快，并未沾毒，眼前金光闪动，金钩的钩尖已划向眉心。

何惕守这一下发难又快又准，玉真子纵然武功卓绝，也险些中钩，危急中脑袋向后疾挺，钩尖从鼻端擦过，一股腥气直冲鼻孔，原来钩上喂了剧毒。他做梦也想不到这个娇滴滴的姑娘出手竟如此毒辣，而华山派门人兵器上又竟会喂毒，不禁吓得出一身冷汗，一怔之际，对方铁钩又到，瞬息之间，铁钩连进四招。

玉真子手中没兵器，左臂又抱着人，一时给她攻得手忙脚乱，使劲把孙仲君向旁推开，纵开三步，拔出长剑，哈哈笑道："瞧你不出，居然还有两下子。好好好，咱们再来。"何惕守适才出敌不意，攻其无备，才占了上风，要讲真打，自知不是他对手，但势逼处此，不得不挺身相斗，笑道："你可不能跟我当真的，咱们闹着玩儿。"

玉真子已知这女子外貌娇媚，言语可喜，出手却毫不容情，自恃武功天下无敌，也不在意，说道："你输了可得跟我回去。"何惕守笑道："你输了呢？我可不要你跟着。"双钩霍霍，疾攻而上。玉真子不敢大意，见招拆招，当即斗在一起。

梅剑和抢上去扶起孙仲君。众人先前见何惕守打倒冯氏兄弟，还道两个少年学艺未精，这时见她力敌恶道，身法轻灵，招法怪异，双钩化成了一道黄光，一条黑气，奋力抵住玉真子的长剑，都不禁暗暗咋舌。各人本该上前相助,但见二人斗得如此激烈,进退趋避,兵刃劈风,迅捷无伦,每一招皆高妙之极,连看也看不大懂,更不用说拆招对敌了,白忖武艺远远不及,都不敢插手。

两人斗到酣处,招术越来越快,突然间叮的一声,金钩给玉真子宝剑削去了一截。何惕守袖子挥动,袖口中飞出一枚暗器,波的一响,在玉真子面前散开,化成一团粉红色的烟雾。这时晨曦初上,照射之下,更显得美艳无比。

玉真子斜刺里跃开,厉声喝道:"你是五毒邪教的么?怎地混在这里?"一阵风来,石骏和冯不摧两人站在下风,顿觉头脑晕眩,昏倒在地。

何惕守笑道:"我现今改邪归正啦,入了华山派的门墙。你也改邪归正,拜我为师,好不好呢?我说小道士啊,你快磕头罢!"玉真子运掌成风,呼呼两声,掌风推开面前绛雾,跟着一掌排山倒海般打了过来。何惕守见他剑法精妙,岂知掌力同样厉害,手腕疾翻,已将蝎尾鞭拿在手中,侧身避开掌力,鞭梢往他手腕上卷去。

玉真子心想,今日上得山来,原是要以孤身单剑挑了华山派,哪知正主儿未见,便让这女孩子接了这许多招去,这次再不容她拆上三招之外,看准鞭梢来势,倏地伸出左手,食中两指已将蝎尾鞭牢牢钳住。他指上戴有钢套,不怕鞭上毒刺。

何惕守一带没带动,对方长剑已递了过来,疾忙撤鞭,笑道:"我输了,这就拜你为师罢!"说着盈盈拜倒。玉真子呵呵大笑,把蝎尾鞭掷落,突然眼前青光闪耀,心知不妙,袍袖急拂,倏地跃起,一阵细微的钢针,嗤嗤嗤的都打进了草里。

何惕守拜倒时潜发"含沙射影"暗器,变起俄顷,事先没半点朕兆,本来非中不可,不料玉真子在间不容发之际竟能避开,只是道袍下摆中了数针,生死也只相差一线。他惊怒交集,身在半空,便即前扑,如苍鹰般向何惕守扑击下来。

阿九在旁观战,时时刻刻提心吊胆,为何惕守耽心,苦于自己臂伤未愈,武功又太差,不能出手相助,眼见玉真子来势猛恶,当即扬手,两枝青竹镖向他激射过去。玉真子先前一瞥之间,已见到阿九清丽绝俗,从所未见,这时见她出手,不忍辣手相伤,有意容让,不激竹镖反射原主,长袖拂动,反带竹镖射向何惕守。

何惕守挥钩砸开竹镖,转瞬间又跟敌人交上了手,眼见敌人太强,己所不及,当下守紧门户,身形滑溜,只求拖延时刻。玉真子久斗不下,心中焦躁,当即左手拔出拂尘助攻,这一来兵刃中有刚有柔,威势大振。

众人见形势危急,不约而同的都抢上相助。只听拂尘唰的一声,刘培生肩头剧痛入骨。原来他拂尘丝中夹有金线,再加上浑厚内力,要是换了武功稍差之人,这一下当场就得给他扫倒。梅剑和向孙仲君道:"快去请师父、师娘、师伯、师叔来。"他见玉真子武功之高,生平罕见,只怕要数名高手合力,才制得他住。

孙仲君应声转身,忽然大喜叫道:"道长,快来,快来。"

众人斗得正紧,不暇回头,只听一个苍老的声音说道:"好呀,是你来啦!"

玉真子唰唰数剑,将众人逼开,冷然道:"师哥,您好呀。"

众人这才回过身来,只见木桑道人手持棋盘,两囊棋子,站在后面。

众弟子知道木桑道人是师祖的好友,武功与师祖在伯仲之间,有他出手,多厉害的对头也讨不了好去,但听玉真子竟叫他做师哥,又都十分惊奇。

木桑铁青了脸,森然问道:"你到这里来干什么?"玉真子笑道:"我来找人,要跟华山派一个姓衰的少年算一笔帐,乘便还要收三个女徒弟。"

木桑皱了眉头道:"十多年来,脾气竟一点也没改么?快快下山去吧。"玉真子哼了一声道:"当年师父也不管我,倒要师哥费起心来啦!"木桑道:"你自己想想,这些年来做了多少伤天害理之事。我早就想到西藏来找你……"玉真子笑道:"那好呀,咱哥儿俩很久没见面了。"木桑道:"今日我最后劝你一次,你再怙恶不悛,可莫怪做师兄的无情。"

玉真子冷笑道:"我一人一剑横行天下,从来没人对我有半句无礼之言。"木桑道:"华山派跟你河水不犯井水,你欺侮穆师兄门下弟子,穆师兄回来,教我如何交代?"玉真子嘿嘿一阵冷笑,说道:"这些年来,谁不知我跟你早已情断义绝。穆人清浪得虚名,我玉真子既有胆子上得华山,就没把这神剑鬼剑的老猴儿放在心上。谁说华山派跟我河水不犯井水了？我又没得罪穆老猴儿,他干么派人到盛京去跟我捣蛋？"

木桑不知袁承志跟他在沈阳曾交过一番手,当下也不多问,叹了一口气,提起棋盘,说道："咱两人终于又要动手,这一次你可别指望我再饶你了。上吧！"

玉真子微微一笑,道："你要跟我动手,哼,这是什么？"伸手入怀,摸出一柄小小铁剑,高举过头。他手掌伸前,铁剑横放掌中,露出白木剑柄。木桑见了剑柄上所写的两行黑字,凝视半晌,登时变色,颤声道："好好,不枉你在西藏这些年,果然得到了。"玉真子厉声喝道："木桑道人,见了师门铁剑还不下跪？"

木桑放下棋盘棋子,恭恭敬敬的向玉真子拜倒磕头。

众弟子本拟木桑到来之后收伏恶道,哪知反而向他磕头礼拜,个个惊讶失望。

玉真子冷笑道："你数次折辱于我。先前我还当你是师兄,每次让你。如今却又如何？"木桑俯首不答。玉真子左掌提起,呼的一声,带着一股劲风直劈下来。木桑既不还手,亦不闪避,运气于背,拼力抵拒,蓬的一声,只打得衣衫破裂,片片飞舞。他身子晃动,仍然跪着。玉真子铁青了脸,又是一掌,打在木桑肩头,这一掌却无半点声息,衣衫也未破裂,岂知这一掌内劲奇大,更不好受。木桑向前俯冲,一大口鲜血喷射在山石之上。玉真子全然无动于中,提起手掌,径向他头顶拍落。

众人暗叫不好,这一掌下去,木桑必然丧命,各人暗器纷纷出手,齐往玉真子打去。玉真子手掌犹如一把铁扇,连连挥动,将暗器逐一拨落,随即又提起掌来。

阿九和木桑站得最近,见他须发如银,却如此受欺,激动了侠义心肠,和身纵上,以自己身子护住他顶门。

玉真子一呆,说道："天下竟有这般美丽的女孩子！我可从来没见过。须得带回山去。"凝掌不落,突然身后一声咳嗽,转出一个儒装打扮的老人来。

何惕守见这人神不知鬼不觉的忽在阿九身旁出现,身法之快,从所罕见,只道敌人又来了高手,生怕阿九受害,跃起身子,右掌往那老人打去,喝道："滚开！"

那老人左臂回振，何惕守只觉一股巨大之极的力道涌到，再也立足不定，接连退出四步，这才凝力站定，惊惧交集之际，待要发射暗器，却见华山派弟子个个拜倒行礼，齐叫："师祖！"原来竟是神剑仙猿穆人清到了。何惕守又惊又羞，暗叫"糟糕"，这一下对师祖如此无礼，只怕再也入不了华山派之门，一时不知是否也该跪倒。

这时木桑已站起退开，左手扶在阿九肩头，努力调匀呼吸，仍不住喷血。

穆人清向玉真子道："这位定是玉真道长了，对自己师兄也能下如此毒手。好好好，我这几根老骨头来陪道长过招吧！"玉真子笑道："这些年人家常问我：'玉真道长，穆人清自称天下拳剑无双，跟你比，到底谁高谁低？'我总是说：'不知道，几时得跟穆人清比划比划。'自今而后，到底谁高明些，就分出来了。"

众弟子见师祖亲自要和恶道动手，个个又惊又喜，他们大都从未见过师祖的武功，心想这真是生平难遇的良机。

刘培生却想师祖年迈，武学修为虽高，只怕精神气力不如这正当盛年的恶道，忙奔回去请师父师娘。一进石屋，只见袁承志泪痕满面，站在床前，师伯、师父、师娘，以及洪胜海、哑巴等都是脸色惨然，师娘更不断的在流泪。刘培生吃了一惊，走近看时，见青青双目深陷，脸色黝黑，出气多进气少，眼见是不成的了。外面闹得天翻地覆，他们却始终留在屋内，原来是青青病危，不能分出身来察看。青青上气不接下气的哭道："你答应了我妈……要……要一生……一世照应我的……你骗了我……又……又……骗我妈……"袁承志拉着她手，说道："我不骗你，我自然一生一世照应你！"

刘培生低声道："师父，那恶道厉害得紧，师祖亲自下场了。"归辛树见刘培生神态严重，知道对手大是劲敌，心中悬念师父，当即奔出。黄真对归二娘和袁承志道："咱们都去。"袁承志俯身抱起青青，和众人一齐快步出来。

众人来到后山，只见穆人清手持长剑，玉真子右手宝剑，左手拂尘，远远的相向而立，正要交手。袁承志一见此人，正是去年秋天在盛京两度交手的玉真子，第一次因有众布库缠住自己手脚，给他点中了三指，第二次胡桂南盗了他衣裤，自己打了他一拳一掌，踢了他一脚，两次较量均属情景特异，不能说分了胜败，当即大叫："师父，弟子来对付他！"

穆人清和玉真子都知对方是武林大高手，这一战只要稍有疏虞，一世英名固然付于流水，连性命怕也难保，这时都全神贯注，对袁承志的喊声竟如未闻。

袁承志把青青往何惕守手里一放，刚说得一声："你瞧着她。"只见玉真子拂尘摆动，倏地往穆人清左肩挥来。他知道这两位大高手一交上了手，就绝难拆解得开，师父年迈，岂可让他亲自对敌？双足力登，如巨鹜般向玉真子扑去。黄真和归辛树也是一般心思，三人不约而同，齐向玉真子攻到。

玉真子拂尘收转，倒退两步，风声飒然，有人从头顶跃过。他头颈急缩，突感顶心生凉，头顶道冠竟让人抓了去。他心中一怒，长剑一招"龙卷暴伸"，疾向敌人左臂削去。这一招毒极险极，袁承志在空中闪避不及，手臂急缩，嗤的一声，袖口已给剑锋割下，衣袖是柔软之物，在空中不易受力，但竟为剑割断，可见他这柄剑不但利到极处，而且内劲功力也着实惊人。袁承志落地挺立，师兄弟三人并列在师父身前。

众人见两人刚才交了这一招，当时迅速之极，兔起鹘落，一闪已过，待得回想，无不捏了把冷汗。玉真子只要避得慢了一瞬，头盖已为袁承志掌力震破，而袁承志的手臂如不是退缩如电，也已为利刃切断。

玉真子仗着师传绝艺，在西藏又得异遇，近年来武功大进，自信天下无人能敌，纵然师兄木桑道人，也已不及自己。虽然素知穆人清威名，但想他年迈力衰，只要守紧门户，跟他久战对耗，时刻一长，必可占他上风，何况新获宝剑无坚不摧，兵刃上大占便宜，胜算已占了八成。哪知突然间竟遇高手偷袭，定神瞧时，见对手正是去年在盛京将自己打得重伤的袁承志，那日害得自己一丝不挂、仰天翻倒在皇太极与数百名布库武士之前，出丑之甚，无逾于此，当晚皇太极"无疾而终"，九王爷竟说是自己怪模怪样，惊得皇上崩驾，还要拿他治罪。当时重伤之下无力抵抗，只得径自逃走，这时仇人相见，不由得怒气不可抑制，大叫："袁承志，我今日正来找你，快过来纳命。"袁承志笑道："你此刻倒已穿上了衣衫，咱们好好的来打一架。"玉真子见他手中并无兵刃，将宝剑往地下一掷，说道："今日仍要在拳脚上取你性命，叫你死而无怨。"

自袁承志出场，阿九一双妙目就一直凝望着他，眼见他便要与玉真子放对，她刚才见到玉真子武功高明之极，知道这一战存亡决于俄顷，说不定就此生死永别，斜身走上几步，说道："大哥，我好好的在这里，手臂上的伤也好了。"她知袁承志对己钟情甚深，怕他心中还记挂着自己，以致与大敌对决时未能专注。

袁承志陡然间见到了她，转头向躺在何惕守怀里的青青望了一眼，一声长叹，说道："你一定要好好保重……"对何惕守道："惕守，请你照顾她平安。"何惕守眼光中闪烁着狡狯的神色，问道："师父，你要我照顾谁啊？"她心中想："师父三心两意，好像钟情夏家青青，又对朱家阿九含情脉脉。他如叫我照顾阿九，那是说他自己会照顾青青。他如叫我照顾的是青青，那么他自己会照顾阿九妹子了。"神色之间，颇有妩媚俏态。

玉真子瞧在眼里，不禁叫道："师父徒弟，打情骂俏，成什么样子！"呼的一拳，向袁承志迎面击来。袁承志伸左臂格开，心下暗惊，觉得自去年在盛京交手以来，这恶道的拳法内劲，均已大进，当下全心专注，运起师传破玉拳还击。

这时浓雾初散，红日满山。众人团团围了个大圈子。穆人清在一旁给木桑推拿治伤。黄真和归辛树全神贯注，站在内圈掠阵。

玉真子咬牙切齿的问道："那个小偷儿呢？教他一块出来领死。"袁承志笑道："他偷人的衣衫去啦！"

十余招一过，袁承志已知对方虽强，自己这些日子中武功也已不知不觉间有了长进，纵然难胜对方，但也不致轻易落败，心中既宽，气势便旺，顷刻斗了个旗鼓相当，又想："就算我打他不过，二师哥接上，也能势均力敌，我师父、木桑道长、惕守他们三个源源而上，若再不胜，我和二师哥再上，每人斗一个时辰，车轮大战下来，非累死这恶道不可。我方有胜无败，打他个三日三夜，那又如何？"这些日子中他参与闯王兵阵，多研兵法，深究胜败之机，已明大胜大负，并非决于朝夕。他想明了此节，拳脚招式登时收敛了不少，不求有功，但求无过，神气内敛，门户守得严密之极，玉真子不断变招猛攻，袁承志挥洒拆解，心有成算，脸上不自禁的露出微笑。

青青见到他笑，问何惕守道："他……他为什么笑？有什么好笑?"何惕守也不明白,只得道:"他知道你在他身边,心里就挺开心。"青青白了她一眼,道:"假的!"

玉真子武功既强,识见也自高明,见袁承志出招奇稳,知他是求先立于不败之地,以求敌之可胜,当下不愿多耗气力,也渐求"后发制人"之道。旁观众人中武功较浅的,见两人双目互视,身法呆滞,出招似乎松懈,岂知胜负决于瞬息,性命悬于一发,比之先前狂呼酣战,实又凶险得多。

孙仲君恨极玉真子刚才戏侮自己,在众目睽睽下连吻自己,只能任其为所欲为,自己全无抗御之力,委实气愤难当,见两人凝神相斗,挺起单钩,要抢上去刺这恶道一钩。梅剑和见她举钩上前,吓了一跳,忙伸手拉住,低声道:"你要怎么?干什么?"孙仲君怒道:"别管我。我跟贼道拼了。"梅剑和道:"贼道已知小师叔的厉害,正用最上乘功夫护住了全身,你上去是白送性命。"孙仲君用力甩脱他手,叫道:"我不管,我去帮师叔。"她以前恼恨袁承志,从来不提"师叔"两字,这时见他与恶道为敌,竟然于顷刻间宿怨尽消。梅剑和道:"那你发一件暗器试试!"孙仲君取出钢镖,运劲往玉真子背后掷去。玉真子全神凝视袁承志的拳脚,钢镖飞来,犹如未觉。孙仲君正喜得手,突听呼的一声,梅剑和失声大叫:"不好!"抱住她身子往下便倒。

孙仲君刚扑下地,只见刚才发出的钢镖镖尖已射向自己胸前,不知那恶道如何会把镖激打回来,其时已不及闪避抵挡,只有睁目待死,突然白影晃动,一只纤纤素手忽地伸来,双指夹住镖后红布,拉住了钢镖。梅剑和与孙仲君心中卜卜乱跳,跳起身来,才知救她性命的原来是何惕守,不禁感激惭愧,同时点头示谢。

这时袁承志和玉真子拳法忽变,两人都是以快打快,全力抢攻。但见袁承志所使拳脚使将开来,八成是华山正宗拳法,偶尔夹着一两下金蛇郎君的诡异招式,于堂堂之阵中奇兵突出,连穆人清竟然也觉眼界大开,只看得不住点头。木桑脸露微笑,喃喃道:"好棋,好棋,妙着横生!"黄真、归辛树、归二娘、冯难敌心下钦佩。其余华山派弟子无不眼花缭乱,咋舌不下。

斗到分际,两人都使出"神行百变"功夫来。玉真子曾在盛京见袁承志会这门轻功,料想必是木桑的传人,他虽是华山门下,但自也算是铁剑门门人,此番来到华山,原是恃铁剑而取他性命,以雪去年的奇耻大辱。两人环绕转折,斗了数十合,玉真子忽地跳开,取出小铁剑一扬,喝道:"你既是铁剑门弟子,见了铁剑还不下跪?"

袁承志道:"我是华山派门下。"玉真子喝道:"你如不是木桑的弟子,怎会懂得神行百变功夫?你是他弟子,自然是铁剑门中人了。铁剑在我手中,快跪下听由处分。"袁承志笑道:"你快跪下,听我处分!"玉真子转头问木桑道:"他的神行百变轻功,难道不是你传授的么?"木桑摇了摇头,说道:"不是我亲授的。"玉真子知道师兄从来不打诳语,心中大奇,微一沉吟,进身出招,与袁承志又斗在一起。

袁承志攻守进拒,心中琢磨他刚才的几句话,忽然想起:"木桑道长从前传我技艺,只当是在围棋上输了而给的彩头,决不许我叫他师父。后来这神行百变轻功又命青弟转授。原来其中另有深意,倒并非全是滑稽古怪。"

他想到青青,情切关心,不由得转头向她望去,只见她倚在一块大石之旁,口中含了一块朱红色的药饼,何惕守正在割破她手腕放血解毒。这一下当真是喜从天降,心想:"她中了洞中秽气,只怕尚混有五毒教的毒物,惕守自然知道解法,这一来可有救了。"

青青见到袁承志目光转向自己,也转头相视。玉真子见敌手心不专注,忽出一掌,自意想不到的方位打来,袁承志吃了一惊,忙挥掌格开。青青叫道:"大哥,小心!"承志应道:"嗯!"侧身卸去对方掌力,只见阿九颤巍巍的踏上半步,似欲插手相助,忙道:"阿九,别下场。我输不了!"玉真子叫道:"大家瞧着,他当真输不了?"拳脚加紧。袁承志一路"破玉拳"早已使完,"混元掌"也已绝招尽出,兀自占不到丝毫上风,脚下转圈,使出变幻多端的"金蛇拳法"来。

玉真子骂道:"旁门左道,没见过这等混帐拳脚。"

这套"金蛇拳法",是金蛇郎君在华山之巅苦思情人温仪时所创,其中有些招式是拟想温仪的心情,全然与克敌制胜的武学无关,不少招式旁敲侧击,不依常规,似乎全无用处,连穆人清、木桑等武学大宗师也从所未见,尽皆讶异。袁承志使这路拳脚,旨在消磨敌手力气,再待己方师长胜他,原不盼便以此自行取胜,好在自己年轻,危急之际使些古怪功夫,也不损华山派威名。但这路拳脚他平素甚少习练,出手生疏,其中精要处更未掌握,待使到一招"意假情真",右手连转几圈,全是虚招,突然间猛拳直出,左右上下,全无成法,连自己也不知要击向何处。

袁承志一瞥眼间见到青青,又见到阿九,心念忽动:"这两个姑娘对我都是一片真情,并非假意。到底我心中对谁更加好些?我识得青弟在先,曾说过要终生对她爱护,原不该移情别恋,可是一见阿九之后,我这颗心就转到这小妹妹身上了。整日价总是想着她多,想着青弟少。我内心盼望的,其实是想跟阿九一生一世的在一起,永不离开。到底如何是好?"

日光斜照,从树枝间映向阿九脸颊,袁承志凝望她的玉容丽色,一时竟然痴了,脚步渐渐向她靠近,猛地惊觉:"什么叫做'意假情真'?我爱了这人,全是真情,自然心意也是真的。唉!当年金蛇郎君对待何红药,最初当是真情真意,后来跟青弟的妈妈相处久了,竟然情与意都变了。袁承志啊袁承志,你也是个无情无义的家伙!"可是眼光要从阿九脸上转向青青,竟自不能,气血上涌,只想扑到阿九身上,紧紧抱住了她,就让玉真子将两人一剑同时斩死,就此解此死结。

但高手比武,哪容得心有旁骛?他心神不属,左肩侧动微慢,玉真子好容易盼到这个空隙,右拳迭出,犹似雷轰电掣,砰的一响,正中袁承志左胸。袁承志不敢运气硬挡,只怕伤势更重,向后微仰,要卸去他的拳势。不料玉真子一拳击出,更有后着,又是重重的掌力推将过来。袁承志立足不定,向后翻倒,摔在阿九的面前。玉真子得理不让人,快似电闪,从地下抢起先前掷下的利剑,向袁承志左肩斩落。

两人先前激斗中移步换位,袁承志情不自禁的靠近阿九,玉真子跟着向西,归辛树和黄真一直站在东首,眼见师弟遇险,均欲抢上救援,却相距远了,纵跃不及,归辛树神拳飞出,猛击玉真子背心。玉真子左手护身,不理来拳,右手剑锋抢先斩向袁承志。袁承志跌落之处正在阿九身前,阿九豁出性命,扑在袁承志身上,要为他代挡这剑。

玉真子挥剑向袁承志斩落,阿九自然而然的右臂伸出一挡,当的一声,玉真子利剑碰到一件兵刃,反弹上来。原来阿九左臂已失,将金蛇剑藏在右袖之中,剑柄向下,握在手中,只待袁承志要使,立即垂手落剑，让他取用。此刻紧急之际，想也不想，便伸臂挡剑，玉真子这一剑正好斩在金蛇剑上。阿九貂裘的衣袖虽破，金蛇剑却挡住了利剑。金蛇剑锋利不亚于玉真子的宝剑，两刃相斫，皆无损伤。

阿九惊惶之中，右臂下垂，松开手指，金蛇剑从衣袖中滑落。袁承志眼明手快，当即抢住剑柄，右膝跪地，一撑之下便即站起，心中又是感激，又是怜惜，左臂将阿九搂住，忙问："没受伤吗？"阿九心情激荡，右臂翻上，搂住承志的头颈，低声道："吓死我啦！你没伤到么？"适才的变故犹似晴空霹雳，人人都是一颗心突突乱跳。

玉真子喝道："卿卿我我，够了吗？"袁承志金蛇剑突然转个圈子，圆转斩出，玉真子举剑欲挡，不料袁承志那一招"意假情真"拳法尚未使完，心情激荡下随手挥剑，使的仍是下半招"意假情真"。金蛇郎君当年创这招时，正自苦念温仪，这一招中蕴蓄了男女间相思缱绻之时两情真真假假、变幻百端、患得患失、缠绵断肠的诸般心意，其中忽真忽假，似实似虚，到底拳势击向何处，连自己也是瞬息生变，心意不定，旁人又如何得知？袁承志拳法上正使到这一招，此时心烦意乱，六神无主，不假思索的顺手挥剑，玉真子自然更加难知这一招的真假虚实，当然挡了个空，右肩一凉，一条手臂已遭斩落，跌在地下，五指兀自紧紧抓住利剑。

袁承志左拳随出，附有混元功内劲的一招破玉拳"五丁开山"，结结实实的打在他胸口。玉真子向后飞身跌出，大叫："什么剑招？"狂喷鲜血，便即气绝。

阿九心神激荡，又羞又喜，乘着袁承志左拳击敌，搂着自己的左臂松开，忙飘身避到何惕守身后。

众弟子见袁承志打败劲敌，无不钦佩万分。冯难敌上前拜倒，说道："袁师叔，请恕弟子昨日无礼。"袁承志已累得全身大汗淋漓，急忙扶起，却将汗水滴了冯难敌满头。孙仲君拾起几块大石，砸在玉真子尸身之上，转头说道："多谢袁师叔给我出气。"

木桑连连叹息，命哑巴将玉真子收殓安葬，手抚铁剑，说出一段往事。

原来玉真子和他当年同门学艺，他们这一派称为铁剑门，开山祖师所用的铁剑代代相传，白木柄上有祖师亲笔所书遗训，"见剑如见祖师亲临"。有一年他们师父在西藏逝世,铁剑从此不知下落。

玉真子初时勤于学武,为人正派,不料师父一死,没人管束,结交损友,竟如完全变了一个人。他自幼出家,不近女色,这时却奸盗滥杀,无恶不作。他武艺又高,竟没人奈何得了他。木桑和他闹了一场,斗了两次,师兄师弟划地绝交。

玉真子斗不过师兄,远去西藏,一面勤练武功,一面寻访铁剑,后来不但找到铁剑,还得到一柄削铁如泥的宝剑。按照他们门中规矩,见铁剑如见祖师,执掌铁剑的就是本门掌门人,只要是本门中人,谁都得听他号令处分。木桑在南京与袁承志相见之时,已得讯息,说玉真子已在西藏找到了铁剑,知道此事为祸不小,决意赶去,设法暗中夺取。哪知他西行不久,便在黄山遇上一个围棋好手,一弈之下,木桑全军尽没。他越输越不服,缠上了连弈数月,那棋高之人无可奈何,只得假意输了两局,木桑才放他脱身。这么一来,便将这件大事给耽搁了。

穆人清听了这番话,不禁喟然而叹,转头问红娘子道:"他们干么追你啊?"

红娘子扑地跪倒,哭道:"请穆老爷子救我丈夫性命。"

袁承志听了这话,大吃一惊,忙伸手扶起,说道:"嫂子请起。大哥怎么了?"

红娘子道:"闯王带兵跟吴三桂吴贼在山海关外一片石大战,未分胜败,不料吴贼暗中勾结满洲鞑子,辫子兵突然从旁杀出,我军出乎不意,就此溃败,闯王此后接战不利,带队退出北京,现今是在西安,又登基做了皇帝。不料丞相牛金星和权将军刘宗敏对闯王挑拨是非,诬陷你大哥反叛闯王,闯王要逮拿你大哥治罪。我逃出来求救,刘宗敏一路派人追我……"

众人听说清兵进关,北京失陷,都如突然间晴天打了个霹雳。

袁承志大急,叫道:"咱们快去救,迟一步只怕来不及了!"但转念一想,这次师父召集门人聚会华山,必有要事相商,这如何是好?望着师父,不由得心乱如麻。他年纪轻,阅历少,原无多大应变之能,乍逢难事,一时间彷徨失措。

穆人清道:"各人已经到齐,咱们便尽快把事情办了罢!"说着请出风师祖遗容,摆了香案,点上香烛。众弟子一一跪下。何惕守缩在一角，偷眼望着袁承志。

穆人清微微一笑，向着她说道："你坚要入我门中，其实以你武功，早已够得纵横江湖了。他们禀告我，亏得你跟玉真子相斗，缠住了他，若不是你，我这些徒孙个个非倒大霉不可。华山派中，你算是有功之人。你叫我滚蛋，哈哈，我偏偏不滚！我这一推手，你只跌出四步，便即站稳。我门中除了三个亲传弟子，还没第四人有这功力呢。好好好，你也跪下吧！"何惕守大喜，先拜师祖，再跟在袁承志之后，向风师祖遗容磕头，心想："这位祖师爷说话有趣，人倒很慈和。"

行礼已毕，穆人清站在正中，朗声说道："我年事已高，不能再理世事俗务。华山派门户事宜，从今日起由大弟子黄真执掌。"

黄真一惊，忙道："弟子武功不及二师弟、三师弟……"穆人清道："掌管门户，又不是要跟同门打架比武，但求督责诸弟子严守戒律，行侠仗义。你好好做吧！"黄真不敢再辞，重行磕拜祖师和师父，受了掌门的符印。本门弟子参见掌门。

袁承志见大事已了，悬念义兄，便欲要下山，对青青道："青弟，你在这里休养，我救义兄后即来瞧你。"

青青不答，只是瞧着阿九，心中气愤，眼圈一红，流下泪来，突然问袁承志道："刚才你跌倒，为什么跌在她面前，却不跌在我面前？要是你摔在我面前，我也会不顾自己性命，扑在你身上救你。"承志辩道："我是给那恶道打倒的，又不是自己想摔一交！"青青顿足道："你这么含情脉脉的瞧着人家，心不在焉，自然给人打倒了。"哇的一声，哭了出来，突然转身，拔足飞奔，冲向崖边。

袁承志叫道："青弟，青弟，你干什么？"青青叫道："不许过来！"承志见她已冲到悬崖之上，不敢再近。青青大声道："以后你心中就只有她，我宁可死了！"纵身一跃，向崖下跳了下去。下面全是坚岩，这一跃下，非死不可，人人尽皆大惊。木桑轻功卓绝，展开千变万劫神功，抢过去拉扯，只拉到了青青右手衣袖，嗤的一声，撕下了半截长袖，虽将她拉近了几尺，却阻她不住，青青还是跳下了悬崖。

袁承志大叫一声，冲向悬崖，见青青已摔在十余丈下的树丛之中，身悬树上，不知死活，大急之下，忙缘着岩崖山石，向下连滑带纵，跳向一株大树的树枝之上，伸手抱起，只见她双腿软折，似乎已经摔断，好在尚有气息。不久崔希敏、何惕守、冯不破、不摧兄弟、洪胜海等人陆续攀下，见青青不死，都松了一口气。黄真指挥哑巴，从悬崖垂下长索，由承志抱着青青，吊了上崖，入屋接骨治伤。

阿九站在一旁，回思适才自己不顾死活，扑在袁承志身上救护，其后又情不自禁，在众人之前搂住他脖子，而他又伸臂将自己搂在怀里，虽只一霎之间，只因是在生死悬于一线之际，却已如天长地久，比之在皇宫中同床共衾、肌肤相亲，更加亲密，想起来不由得一阵羞涩，一阵甜蜜。待听得青青怪责承志不该跌在自己面前，又说"你这么含情脉脉的瞧着人家，心不在焉"，觉得承志当时确是含情脉脉的瞧着自己，只怕当真心不在焉，以致给人打倒，也是有的。又见青青愤而跳崖，承志奋不顾身的跳下相救，抱她入屋，全神贯注的救护，想起自己对承志这番相思，只怕难有美满后果，思前想后，不由得柔肠百转，只想不如自己也从悬崖跳了下去，一死了之。却不知他会不会也这般奋不顾身的来相救自己？最好是死在他的怀里，一了百了。

木桑虽不明其间种种过节，但两女共恋一男之情，却也昭然。见阿九泪眼盈盈，神情可怜，想起她刚才扑在自己身上救命之德，心想这种事情非空言安慰几句可以化解，必须大费心机，方能开解她心中郁积，不妨收她入门，教她武功，如能教得她与老道天天下棋，那更加妙了。走近身去，说道："姑娘，老道以师门多故，心有顾忌，因此一生未收门人。现下我门户已清，姑娘适才救我性命，老道无以为报，如不嫌弃，传你几手功夫如何？"阿九正自彷徨失措，茫无所归，当即盈盈拜倒。

穆人清、黄真、归辛树等都向木桑和阿九道贺。木桑道："阿九，咱们这就要去藏边，静下心来，好好的学学功夫，将来可不能比不上华山派穆师伯的徒子徒孙才行。"穆人清道："这个自然！"

袁承志替青青接骨，敷了药出来，得知阿九拜了木桑为师，也感欣喜，向两人道了贺后，阿九拉拉他衣袖，走在一边。

承志跟着过去，阿九凄然道："承志哥哥，我要跟师父到藏边去学功夫，千里迢迢，不大容易相见了。我等你……等你……三年。你三年不来，就不必来了。我就落发做了尼姑……心里永远……永远记着你……不，我等你十年……"承志道："我一定会来见你，阿九妹子，不到一年，我就来啦！我见不到你，我会死的。"阿九轻轻摇头,眼泪扑簌簌的落下。

傍晚时分,木桑和阿九用过点心,便即告辞下山。袁承志向木桑详细问明他在藏边的居处,只待青青伤愈,便去探访。

何惕守待得众人走开,对袁承志轻声道:"师父,咱们已问明了阿九的住所,等夏姑娘伤好,你就可偷偷去瞧她,我给你瞒得紧紧的,担保夏姑娘不会知道。就算你不敢走开,只要你肯好好教我功夫,我代你去偷偷找阿九,什么传话递言,传书递简,决不能让夏姑娘有半点疑心。你徒儿这手功夫,说得上天下无双。"袁承志啐了一口,不去理她,决意自己去找阿九,不用这个徒儿代劳。

青青双腿折断,伤势着实不轻,长期养伤之后,当能痊愈,但只怕一足不免微跛,难以尽复旧观。袁承志在榻畔柔声安抚,宽慰其心。青青又哭又闹,只是追究袁承志在激斗玉真子之时,全心放在阿九身上。

袁承志待她吵得倦了后闭目睡去,抢到崖边,远远向群山千峰望去,只见云封雾涌,阿九与木桑道人早已不见影踪,叹息良久,肠痛心酸,支持不住,坐倒在地。忽听得身旁一个柔媚的声音说道:"师父,你只要不娶夏姑娘,她做不成我师娘,这一生就不能管你,她再跳崖投海,都不跟你相干。阿九姑娘永永远远在等你。待得夏姑娘伤好了,你尽管去找阿九好了。你找她不到,我帮你找。你又没对不起夏姑娘,不用伤心难受……"

袁承志叹道:"我如去找阿九,对不起我自己良心。我爹爹当年并没反叛皇帝,明知写信叫祖大寿带兵回京,皇帝不怕清兵了,便非杀我爹爹不可,他还是要写这封信。唉,做人要问心无愧,千刀万剐,那又如何? 青青曾说:'忘恩负义,负心薄幸,便是卑鄙无耻!'"说着流泪不止。

何惕守摸出一块手帕,递了给他,柔声劝道:"师父,你再哭下去,可不像师父了。人生在世,小小一点儿卑鄙无耻,在所不免,一生一世伤心难受,人要死的。"承志道:"倘若不伤心难受,人就不死吗? 卑鄙无耻,半点儿也不可以!"

次日清晨,袁承志向师父和掌门大师兄禀告要去相救李岩。穆人清沉吟道:"李将军为奸人中伤,致闯王有相疑之意,这事倘若处理不善,不但得罪了闯王,伤了咱们多年相交的义气,而且引起闯军内部不和,有误大业。吴三桂引满清兵入关,闯王正处逆境。你和李岩将军虽然交情极好,诸事须当以大局为重。"

黄真道:"师弟万事保重。咱们做生意……"说到这里,突然住口,想起自己已做了掌门人,不能随口再说笑话,一时颇觉不惯。

袁承志躬身应命,于是陪同红娘子,率领哑巴、洪胜海等告辞。崔秋山、崔希敏叔侄,安大娘、安小慧母女也求偕行。

袁承志一行人离了华山,疾趋西安。青青腿伤未愈,本应留山养伤,但她怕承志偷偷去见阿九,定要同行,承志只得随顺其意。青青腿上有伤,洪胜海找了辆骡车给她乘坐,一行人便行得慢了。

这一日将到渭南,忽听得吆喝喧哗,千余名闯军赶了一大队民伕,正向西行。民伕个个挑了重担,走得气喘吁吁。众军士手持皮鞭,不住喝骂催赶,便如赶牲口相似。一名年老民伕脚步蹒跚,扑地倒了,担子散开,滚出许多金银器皿、妇女饰物。一名小军官大怒,狠狠一脚,踢得那民伕口喷鲜血。众人看得气愤,都道:"这么欺侮老百姓,还算是义军?"何惕守道:"这些金银财宝,还不是从百姓家里抢来的。"她说得声音较响,几名闯军听见了,恶狠狠的回头喝骂。一名军士叫道:"这些人是奸细,都拿下了。"十余名军士大声欢呼,便来拉扯何惕守、安大娘、安小慧、红娘子四个女子。

红娘子正满腔悲愤,拔刀便砍翻了两名军士。袁承志叫道:"大伙儿快走罢!"在马上俯身提起众军士乱掷,带领众人走了。闯军不肯舍了金银来追,只不住在后高声叫骂。

红娘子气忿忿的道:"咱们的军队一进了北京,军纪大坏,只顾得掳劫财物,强抢民女。比之明朝,又好得了什么?"崔秋山摇头道:"闯王怎不管管,也真奇怪。"红娘子冷笑道:"他自己便抢了吴三桂的爱妾陈圆圆,上梁不正下梁歪,又怎管得了部下?吴三桂本来已经投降,大事已定,听得爱妾给闯王抢了去,这才一怒而勾引鞑子兵入关。吴三桂带兵打进来,闯王带兵出去交锋,两军在一片石大战,一时胜败不分。突然鞑子辫子兵杀到,我军的将军小兵,大家记挂着抢来的财物妇女,不肯拼命,这一仗若是不输,那真是老天爷不生眼睛了。"

行不多时,只见路旁有个老妇人正放声痛哭,身旁有四具尸首,一男一女，还有两个小孩，身上伤口中兀自流血不止，显是被杀不久。只听那老妇哭叫："李公子，你这大骗子，你说什么'早早开门拜闯王，管教大小都欢悦'，我们一家开门拜闯王，闯王手下的土匪贼强盗，却来强奸我媳妇，杀了我儿子孙儿！我一家大小都在这里，李公子，你来瞧瞧，是不是大小都欢悦啊！我拜了六十年菩萨。观音菩萨，你保佑我老太婆好得很啊！观音菩萨，你不肯保佑好人，你跟闯王的土匪贼强盗是一伙！"袁承志等不忍多听，料想前面大路上惨事尚多，当下绕小道而行。

过了两条小路，又通到大路上来，只见路畔三四座小屋正烧得浓烟上冲，烈火飞扬，屋前几具尸首，男的身首分离，女的全身赤裸，显是给人先奸后杀。洪胜海上前向跪在尸首旁的一名老者问道："老公公，是谁在这里干了坏事，是官兵吗？"那老者须发皆白，颤巍巍的指向北方，拍手骂道："是官兵！崇祯皇帝手下的官兵早打了败仗逃走了，现今奸淫掳掠、杀人放火的是大顺皇帝手下的官兵，不管是什么官兵，都是恶贼狗强盗，就会害苦我们老百姓。客官，你瞧瞧，我穿得这样破烂，已两天没饭吃了，还不是穷到底了。老天爷尽欺侮我们穷人，这天怎么还不塌啊？"

袁承志等不忍再听再看，上了大路，在路边一些断烂树干上坐下休息，忽听得屋后有十数名农民放声大哭，跟着有两个高亢的声音唱道：

"老天爷，你年纪大，耳又聋来眼又花，你看不见人，听不见话。杀人放火的享着荣华，吃素念经的活活饿杀。老天爷，你不会做天，你塌了吧！老天爷，你不会做天，你塌了吧！"

唱到最后这两句时，众男女农民都和了起来，大声叫道："老天爷，你不会做天，你塌了吧！"声音嘶哑，充满了无奈绝望。袁承志只觉这些人就算立时死了，到了阴世也是苦楚万分，尽是呼号呻吟的饿鬼。只听得红娘子也跟着叫嚷："老天爷，你不会做天，你塌了吧！"

袁承志悲从中来，一生听从师父、应松等长辈之教，要全心全意为国为民，献身为人，救民于水火之中，只想闯王得了天下，穷人不再受官府和财主欺压，有一口安乐饭吃，哪知浑不是这么一回事，望出去只觉满眼乌云，如果此刻身在悬崖之上，便欲如青青一般，纵身一跃，就此全无知觉，突然间忍不住放声大哭。

安小慧劝道："承志哥哥，天下事都是这样的，咱们走吧！"崔希敏扶起袁承志，又再上马赶路。

赶了一会路，眼见离渭南已经不远，忽听得兵刃撞击，有人交锋。众人拍马上前，只见二十余名闯军围住了三人砍杀。三人中只有一人会武，左支右绌，甚是狼狈。

众闯军大叫："杀奸细啊，奸细身上金银甚多，哪一个先立功的，多分一份。"崔希敏怒道："什么多分一份？这不是强盗恶贼么？"疾冲而前，拔刀向闯军砍去。哑巴、洪胜海、崔秋山三人跟着上前，将二十余名闯军都赶开了。

只见三人都已带伤，那会武的投刀于地，躬身拜谢，突然向崔秋山凝视片刻，说道："尊驾可是姓崔么？"崔秋山道："正是。尊兄高姓，不知如何识得在下？"那人道："小人杨鹏举，这位是张朝唐张公子。十多年前，我们三人曾在广东圣峰嶂祭奠袁督师，曾见崔大侠大献身手，擒获奸细。虽然事隔多年，但崔大侠的拳法掌法，小人看了之后，牢牢不忘。"崔秋山喜道："原来是'山宗'的朋友，你们快来见过袁公子吧。"

张朝唐和杨鹏举上前拜见袁承志，说起自己并非袁督师的旧部，只是曾随孙仲寿、应松等人上过圣峰嶂。袁承志道："啊，是了。那日张公子为先父写过一篇祭文。'黄龙未捣，武穆蒙冤；汉祚待复，诸葛星殒'，这十六字赞语，先父九泉之下，也感光宠。"张朝唐想不到自己当日情急之下所写的这十六个字，袁承志居然还记在心中，也自欢喜。

袁承志问起为闯军围攻的情由。张朝唐道："小人远在海外浡泥国，一个多月前，听得海客说起，闯王李自成义军声势大振，所到之处，势如破竹，指日攻克北京，中华从此太平。小人不胜雀跃，禀明家父，随同这位杨兄，携了一名从仆，启程重来故国，要见见太平盛世的风光。唉，哪知来到北直隶境内，却听说闯王得了北京之后，登位称帝，又给满清兵打了出来，逃到了西安，满清兵一路追来。我们三人也只得西上避难。哪想到今日在这里遇见闯军，竟说我们是奸细，要搜查行李。我们也任由搜查，这些军士见到我们携带的路费，便即眼红，不由分说，举刀便砍。若不是众位相救，我们三人早已成为刀下之鬼了。唉,太平盛世,太平盛世!"说着苦笑摇头。

袁承志心下不安,说道:"此去一路之上,只怕仍然不大太平。三位且随我们同往西安,再定行止如何?"张朝唐和杨鹏举齐声称谢。那僮儿张康此刻已然成人,负起了包裹,说道:"十多年前,我们第一次回到中国,官兵说我们是强盗,要谋财害命。这一次再来中国,义军说我们是奸细,仍是要谋财害命。我说公子爷,下一次我们可别再来了罢。"张朝唐道:"中国还是好人多,咱们可又不是逢凶化吉了吗?"

次日众人纵马疾驰,赶到西安城东的灞桥。只见一队队闯军在高地上排好了阵势,与对面大队兵马对峙,对面的旗号也是闯军,双方弯弓搭箭,战事一触即发。袁承志大惊,心想:"怎么自己人打了起来?"

只听得一名军官大声叫道:"万岁爷有旨,只拿叛逆李岩一人,余人无干,快快散去,倘若违抗圣旨,一概格杀不论。"

袁承志心中一喜:"大哥未遭毒手。咱们可没来迟了。"忙挥手命众人转身,绕过两军,从侧翼远远兜了两个圈子,走向高地上李岩所属的部队。统带前哨的军官见到李夫人到来,忙引导众人去中军大帐。大帐是在一座小山峰之顶。

来到帐外,只听得一阵阵丝竹声传了出来,众人都感奇怪。红娘子与袁承志并肩进帐,却见帐中大张筵席,数百名军官席地而坐,李岩独自坐在居中一席,正自举杯饮酒。

他忽见妻子和袁承志到来,又惊又喜,抢步上前,左手拉住妻子,右手携了袁承志的手,笑道:"你们来得正好,老天毕竟待我不薄。"让二人分坐左右,又命部属另开一席,接待青青、崔秋山、安大娘、哑巴、崔希敏、安小慧等人就坐。

袁承志见李岩好整以暇,不由得大为放心,数日来的担忧,登时一扫而空,向红娘子望了一眼,微微而笑,心道:"你可吓得我好厉害!"

李岩站起身来,朗声说道:"各位都是我的好兄弟,好朋友。这些年来咱们出死入生,甘苦与共,只盼从今而后,大业告成,天下太平。哪知道万岁爷听信了奸人的谗言,说什么'十八子,主神器'那句话,是我李某人要做皇帝。刚才万岁爷下了旨意,赐李某人的死,哈哈,这件事真不知从何说起?"

众将站起身来,纷纷道:"这是奸人假传圣旨,万岁爷素来信任将军,将军不必理会。咱们齐去西安城里,面见万岁爷分辩是非便了。"各人神色愤慨,有的说李将军立下大功,对皇上忠心耿耿,哪有造反之理;有的说本军纪律严明,爱民如子,引起了友军的嫉忌;更有的说万岁爷倘若不听分辩,大伙儿带队去自己干自己的,反正现下闯军胡作非为,大失民心,跟着万岁爷也没什么好结果了。

李岩取出一张黄纸来,微笑道:"这是万岁爷的亲笔,写着:'制将军李岩造反,要自立为帝,大逆不道。着即正法,速速不误。'下面署着万岁爷新改的名字'李自晟',这不是旁人假传圣旨,就算见了万岁爷,也分辩不出的。"众将奋臂大呼:"愿随将军,决一死战!"一名将官大声道:"万岁爷已派了左营、前营、后营,把咱们三面围住了,那不是要杀李将军一人,是要杀咱们全军。"众将叫道:"万岁逼咱们造反,那就真的反了罢!"

李岩叫道:"大家坐下,我自有主张,万岁爷待我不薄,'造反'二字,万万不可提起。"当即传下将令,分派部队守住各处要点,命各路精锐居高临下,射住阵脚,只守不攻。众将素知他足智多谋,见他如此镇定,料想必有奇策应变,于是逐一接令,自行出帐带队守御。

李岩斟了一杯酒,笑道:"人生数十年,宛如春梦一场。"将酒一干而尽,左手拍桌,忽然大声唱起歌来:"早早开门拜闯王,管教大小都欢悦,管教大小都……"那正是他当年所作的歌谣,流传天下,大助李自成取得民心归顺。袁承志提高声音,接口唱道:"老天爷,你不会做天,你塌了吧!"李岩当即住口,顺着他的调子唱了下去。袁承志心情愤激,运起混元功,将歌声远远送了出去,峰上坡下,全军皆闻。李岩制军部众正自悲愤,听到歌声,人人都唱了起来。

奉命前来收捕李岩的闯军多知李岩蒙冤,又不该残杀友军,内心有愧,并无攻山之意。众军本来都是流民、饥民、驿卒,跟着李自成造反,起初只是为了活命,后来连得大胜,军纪败坏,随着上官奸淫掳掠,原是出于人人求财得利、饱食以逞色欲的天性,长官非但不禁,而且带头作恶,眼见伙伴人人皆然,财物妇女便在眼前,常人又怎忍耐得住?这些兵将本来也不是坏人,只是事势使然,千百年来便皆如此。有时胡作非为之后，自知不该，但下次遇上，又不禁抹杀良心再干。"老天爷，你塌了吧！"这悲愤无告的谣曲，闯军自己在遭受官兵欺压之时曾经唱过，后来自己做官兵而去欺侮旁人之后，又听众苦人唱过，这时听到远远传来，不由得大声应和，两军对峙，而齐声呼唱，一时歌声传将出去，似乎一条长长的渭水也在呜咽而和。

李岩和袁承志听到峰下两军齐歌，都是感慨万分。袁承志道："大王本来十分英明，不好酒色，一心一意要救百姓于水火之中，为什么一进了京，登基做了皇帝，忽然就变了。我是真正不懂了。"

李岩道："我不怪闯王疑我。闯王是好人，他信任我，重用我，就算到了今日，他心中对我还是好的。"袁承志道："那么他为什么要下圣旨杀你？"李岩道："只有皇帝能下圣旨，他做了皇帝，那就身不由主了。"袁承志摇头道："我只听说'人在江湖，身不由主'，做了皇帝，他要干什么就是什么，怎么会身不由主？"李岩道："做了皇帝，要干什么就是什么，谁也不能违抗。天下就只一个皇帝，他自己做了，怕别人来抢他的，只好把能抢他宝座的人都杀了。唐太宗李世民是个大大的好皇帝，他为了做皇帝，把亲哥哥、亲弟弟都杀了。"袁承志道："是啊，他如不杀哥哥、弟弟，他的哥哥、弟弟就会杀了他，这叫做无可奈何。"李岩点头道："那就是身不由主了。"

他斟了两杯酒，和袁承志对饮一杯，说道："汉高祖杀了大功臣韩信、彭越，人人知道冤枉。他也明明知道韩信、彭越没造反。别的朝代不说了，就说本朝吧，徐达大将军、刘伯温军师、李文忠大将军都是太祖皇帝下毒害死的。本朝开国，论到功劳，以宰相李善长为第一，还不是给杀了。此外功臣大将，给太祖皇帝处死的，诸如冯胜、傅友德、陆仲亨、周德兴、耿炳文、费聚、赵庸、朱亮祖、胡美、黄彬、蓝玉，个个是封王、封公、封侯的立有大大汗马功劳之人。再如你爹爹呢，他功劳还不大吗？下场又如何呢？"

袁承志道："皇帝中了皇太极的反间计，以为我爹爹通敌卖国。"李岩摇头道："不是的。崇祯好像是中了反间计，以为你爹爹通敌卖国。其实崇祯所以要杀你爹爹，是为了你爹爹杀了大将毛文龙。皇帝怕人夺他的权柄，你爹爹杀毛文龙，皇帝对你爹爹就猜忌了，怕他将来兵权在手，抢他的宝座。"

袁承志惕然心惊，登觉人心之可怕，简直无法想像，问道："闯王带领天下饿饭的穷人流民起兵,本来要革除前朝弊政,哪知自己做了皇帝,又来干欺压百姓的老一套,大哥,我们都错了么?"

李岩摇头道:"闯王也是身不由己,有苦难言。他打天下,是靠了权将军刘宗敏、高必正等等大将军打的,得了天下之后,刘宗敏他们要抢财宝妇女,闯王心中是想禁止的,但他们对闯王说:'皇帝就让你来做,金子银子和女人,总该分一些给我们吧!'只要一个将军一松,其他全都松了,那也怪不得闯王。其实,自古以来,世上的事都是这样的。说是为百姓出头,自己得了天下,又转头来欺压百姓了。楚霸王说秦始皇虐待百姓,起兵亡秦,但他攻破咸阳之后,大抢大掠,将全城烧得干干净净。汉光武、赵匡胤是好皇帝,他们杀的百姓、屠的城那还少了?"袁承志长叹一声,道:"那么这是无可奈何的事了?"

李岩道:"孟子说要王天下,只有不杀人者能一之。我瞧那是空口说白话,是他老人家的空想罢了。"(作者按:在中国所有封建专制时期,转姓换朝,都是"亡,百姓苦;兴,百姓苦!"所谓"吊民伐罪",最后都变成了"虐民霸财"。那是历史条件使然,所有农民起义,结果都变得与旧王朝并无多大分别。现代有人将李自成写得具有新时代的革命头脑,认为大顺皇朝军纪严肃,秋毫无犯,有无产阶级革命者之风,纯为一厢情愿的幻想,即使其后二百年的太平天国,已受西方开明思想的影响,也做不到此节。武侠小说虽虚构成文,历史背景之大关节却不能任意歪曲。马克思生于一八一八年,死于一八八三年,李自成打进北京是一六四四年,比马克思早了几二百年。那时候李自成不可能有马克思思想。如果李自成真像中国某些"历史家"或小说家所想像的那样,具有马克思思想,那么后来马克思反而是从李自成那里学到马克思思想了。)

袁承志黯然道:"大哥,要是你做了皇帝,你就要杀我?"

李岩道:"决计不会!世上之人,名利权位、金银美女,人人都想要,但孟子所谓人之异于禽兽者几希,所不同的就是人懂得'情'与'义'。我跟你有情有义,做皇帝可享有普天下的财宝美女,我岂能为了做皇帝,舍了我们兄弟的情义。就算有一百个美如天仙的陈圆圆、陈方方,我岂能舍了对你大嫂的情义。"伸出右手,握住红娘子的手腕,突然之间,俯伏在桌上,酒杯倒翻,酒水泼在他身上,李岩却不动弹。

红娘子和袁承志吃了一惊,忙去相扶,却见李岩已然气绝。原来他左手暗藏匕首,已一刀刺在自己心窝之中。

红娘子笑道:"好,好!"拔出腰刀,自刎而死。

袁承志近在身旁,若要阻拦,原可救得,只是他悲痛交集,一时自己也想一死了之,竟无相救之意。霎时之间,耳边似乎响起了当日在北京城中与李岩一同听到的那老盲人的歌声:"今日的一缕英魂,昨日的万里长城……"

众将见主帅夫妇齐死,营中登时大乱,须臾之间,数万官兵散得干干净净。好在"制军"平时军纪严整,众军官领兵退散,部伍肃然,奉命来攻的闯军顾念同袍义气,也不追杀,抬了李岩夫妇的尸首回去覆命。

袁承志见义兄义嫂惨死,大哭之余,率领众人退入山中,商议行止。众人都说,李自成如此忌刻凉薄,今后也不必跟随他了,山东马谷山中,尚有"金蛇营"的数千兄弟,须得好好料理,免得给李自成、刘宗敏、高必正等下手扑灭。袁承志心想不错,请崔秋山急乘快马,连夜去山东报讯,请孙仲寿妥为防备,以防李自成派兵偷袭,就如罗汝才、乱世王、革里眼、李岩等自家兄弟,遭了毒手。承志又派洪胜海回去北京,通知程青竹、沙天广、铁罗汉、胡桂南等留京伙伴,南下马谷山归队。崔秋山、洪胜海分别奉命,疾驰而去。

张朝唐劝袁承志等到浡泥去散心,承志说尚有大事待理,不能离去。张朝唐等三人道谢了回国。次日,袁承志带同青青、何惕守等人,东向山东。青青腿伤渐愈,已不必拄了拐杖行走。

袁承志身虽东行,一颗心却日日向西,只盼到藏边去会阿九。心想只要不跟青青成亲结为夫妻,去了藏边不再回来便不算相负。与阿九分别多日,思念殊殷,每日里只想到了藏边见到她后,便跟木桑道长整整下一个月棋,他过足了棋瘾,便会有几天不来缠住自己,那时就偷偷带了阿九,深入西藏荒无人迹的高山野岭,从此不回中原,此后师门旧友,一个不见,每日里只和阿九过神仙一般日子,直到老死。在西藏打猎也好,采药也好,总饿不死人。自忖思念阿九,倒不是为了她美貌,只是跟她相处之时,纵然只有一时片刻,心中总是自然而然说不出的欢喜,阿九微微一笑,轻轻一语,自己便回味无穷,高兴上半天,倘能有十天半月的相聚,真想不出日子会过得如何快活,更不用说终身相依,永不分离了。

一路上神游太虚,尽自做白日好梦。这一日青青忽问:"喂!你笑咪咪的在想什么?这么开心,在想阿九吗?"承志一惊,答道:"不是!我在想那晚在盛京跟玉真子打架,胡桂南偷了他衣裤,他赤身裸体的跟我过招,好不狼狈!"青青噗哧一笑,便不问了。

袁承志蓦地里心惊:"我极少说谎,却何以要骗她?只因她如知道我在想念阿九,必定会伤心。我若去会阿九,永不回来,她岂不更加伤心?说不定又再跳崖自尽,那可如何是好?李岩大哥说,是人不是禽兽,就是人懂得'情'和'义'。他宁可自杀,不肯负了闯王,便是为了情义。青弟对我有情有义,我如待她无情无义,我还算是人吗?今后就算能跟阿九在一起,想到青弟之时,我还会真的快活吗?我能当真忘了青弟,只瞧着阿九她一人吗?"言念及此,不自禁的摇了摇头。

青青笑问:"为什么又摇头了?"承志苦笑,说道:"不成,决计不成!"又想起李岩临终时的说话:"就算有一百个美如天仙的陈圆圆、陈方方,我岂能舍了对你大嫂的情义。"当下心意已决,硬生生的忍住,不去思念阿九。但不禁又想:"阿九说,我如三年不去瞧她,她便落发做尼姑。她又说等我十年,我十年不去,她还是做尼姑。她每天敲木鱼念佛,心中却苦苦的想着我,岂不是苦得很,我岂不是对她不起,岂不是对她无情无义?那我又成为禽兽了?"

这天在河南道上,各人打尖过后,何惕守对承志道:"师父,混元功的起手功夫,请问怎么练法?"承志道:"这是我华山派的基本功,要禀明你师祖,得他老人家允准之后,方可传你。"何惕守道:"那日你跟那玉真子拼斗,你向左边一溜,忽然转到了右边,机灵之极,那又怎样?"承志道:"这是金蛇郎君的身法,倒可教你。"任由青青、崔希敏等先行,在树林中一块空地之上,传她金蛇掌的身法、掌法。

何惕守学得高招,只喜得眉开眼笑,乐不可支,说道:"师父,多谢!真不知怎生报答你才好。师父,你老人家这些日子来老闷闷不乐,为了想念阿九吗?"承志避开话题,说道:"我是为李岩大哥去世而悲伤。"何惕守道:"那我就没法子了。要是为了阿九,徒儿倒有不少妙法。"承志道:"倒要请教。"

何惕守道:"师父,我们教里有种药物,叫做出窍丹,服了之后可以令人昏迷五日五夜。当时全身僵硬冰冷,心不跳,气不呼,就如死了一模一样。到四个时辰之后,才微微呼吸、微微心跳,过后复醒,却全无妨碍。咱们在道上见到有什么希奇果子,你去大呼小叫的采来吃了,却不让夏师姑和别人吃,我随即给你服那出窍丹,你到半夜里就假死了。我把你钉入个凿孔透气的棺材,安葬入土,等夏师姑他们走了之后,我立刻把你掘出来,送入客店安息。过得几天,你就鲜龙活跳的起身,咱们快马加鞭,赶去藏边,见到阿九小师娘,你拉了她白白嫩嫩的小手就走。夏师姑见你死了,只道是你命薄,痛哭一场,也就算了,决不会怪你薄幸无情,也不会一辈子恨你。你的师父、师哥、各路朋友,都只惋惜这样一位大英雄平白无端吃了毒果死了,老天爷真没眼睛,不会背后骂你负人不义。要是你还不放心,咱们让崔希敏也吃果子、服出窍丹,一起假死假活,夏师姑再也不会生疑。"

袁承志道:"不行,不行。你瞧,我李岩大哥死了,他夫人自尽殉夫,要是青青见我死了也就自杀,岂不是害了她性命?"何惕守道:"夏师姑没跟你成亲,不算是你夫人,她不会自杀的。"

袁承志道:"倘若我们此刻快马加鞭,径向西行,青青也未必能追得到我们。我不去藏边,是为了良心不安,不肯对她无情无义。否则凭她武功,随时我要走,她也抓不牢我。"何惕守道:"是啊,你一施展'神行百变'轻功,天下没一人抓得你住,只怕师祖他老人家和木桑道长也抓不住。只有阿九小师娘先抓住了你的心,这才抓得住你的人。"承志正色道:"你烦得很,别尽叫阿九小师娘了。她这时给你叫得眉毛动、眼睛跳了。"

何惕守道:"师父啊,这世上男子汉三妻四妾,事属寻常,就算七妻八妾,那又如何?咱们沙天广沙寨主,众所周知,除了恶虎沟里的凶恶雌老虎押寨夫人之外,还有五个小老婆,分置山东五府,青州一个,莱州一个,密州又一个,听说沂水、胶州,也各有一个。他大老婆无可奈何,明知而不故问。师父,你是沙寨主的上司,他干得,你为啥干不得?你先娶了夏师姑做我大师娘,再去娶阿九做我二师娘。我瞧那焦宛儿焦姑娘哪,对你也是含情脉脉、藕断丝连的,她可没把她那罗师哥有半点放在心上,徒儿旁观者清,你就娶了她做我三师娘……"承志脸一沉,鼻中哼了一声,斜眼而睇。

何惕守笑道:"师父你这可想错了,你以为我要劝你再娶我自己做我的四师娘吗?错了,错了!如果世上没阿九二师娘,我倒真挺想嫁你的,那时候要是你传我武功不尽心,我就扯住你耳朵,罚你跪下。世上既有了阿九这美丽可爱的小姑娘,我就一心一意只做你徒弟了。你全心全意的疼着她,向着她,宠着她,人家做你的小老婆还有什么好?"她说到这里,神色坚决,摇了摇头,说道:"不做,不做,说什么也不做!"

袁承志笑道:"你不做什么?不做五毒教教主了是不是?你给我再找一个姑娘做五师娘,你们五个人就结成了五毒教啦!"何惕守摇头道:"六毒教也罢,七毒教也罢,总而言之,我不做你的小老婆。"承志微笑道:"多谢你。为什么要说得这么斩钉截铁?"何惕守道:"我说了出来,你会对我不好的。"承志道:"那你不说罢。"

何惕守道:"不说又不痛快。好,就跟你说。第一,阿九这小妹妹娇娇滴滴,美丽无比,教人一见就爱,我舍不得毒死她;第二,就算我当真硬起心肠,一个不小心失手毒死了她,你一定悲伤无比,整天愁眉苦脸,对她念念不忘,她本来只一百分可爱,你心里把她放成了一千分、一万分,月里嫦娥,天仙化人,你怎么还会把第二个女子放在心上。因此我决不做你小老婆!男人如不把我爱得要死要活,发疯发癫,嫁了他有什么味道?不管做大老婆、小老婆都一样。"

承志哈哈一笑,说道:"这话倒也是!以后你专心学功夫,我尽心教你就是了。"何惕守恭恭敬敬的道:"多谢师父。"承志道:"二师娘是不娶的,三师娘、四师娘都不娶!"何惕守道:"那你连大师娘也别娶,免得将来后悔莫及!悔之晚矣!"

此后一路之上,何惕守计谋横生,尽是奸诈邪道,要帮袁承志设法去寻阿九,最后自告奋勇,要去藏边代传情愫,通个消息,袁承志皆不允准。

不一日到了马谷山,来到"金蛇营"中,营中兄弟大宴相迎,欢乐三日。孙仲寿等在山东练兵养锐,得到崔秋山传讯后,各处要紧所在更加守御得铁桶相似。李自成从西安传来圣旨将令,要取消"金蛇营"、"金蛇王"的番号称谓,孙仲寿一一奉命遵办,差人送上奏章,庆贺李自成登基为帝。李自成甚喜,颁下令旨,升袁承志为制将军,封孙仲寿为果毅将军。孙仲寿不断派遣使者与李自成联络,并打探军情讯息。

　　李自成退出顺天府北京的情况,红娘子曾说了一些,但不明实况,有点儿语焉不详。孙仲寿曾派人去北京详加打探,这时向袁承志禀告,据探得军情:满清大军由摄政王多尔衮统领,命英王阿济格、豫王多铎各将万骑进军,与吴三桂联兵,在山海关外一片石大战,李军内部不和,实力大损,接战不利而退,谷大成部殿后,谷将军力战阵亡。李自成退出北京,与刘宗敏、牛金星、宋献策、李过、李牟、李岩、田见秀等退向西安。

　　孙仲寿将探子找来的一些满清文告拿给袁承志看,一篇是多尔衮与满清入关诸将的誓约,其中有一段说:"今入关西征,勿杀无辜,勿掠财物,勿焚庐舍,不如约者罪之。"另有一篇是多尔衮入宫后的严令:"诸将乘城,勿入民舍,百姓安堵,秋毫无犯。"又有"大清国摄政王令旨":"前朝弊政,莫如加派,辽饷外又有剿饷、练饷,数倍正供,远者二十年,近者十余载,天下嗷嗷,朝不及夕,更有召买加料诸名目,巧取殃民。今与民约:额赋外一切加派,尽为删除,各官吏仍混征暗派,察实治罪。"

　　孙仲寿叹道:"老百姓最苦不堪言的,确是加派。完了钱粮之后,州县一声'加派',名目繁多,都是数倍于正额钱粮,老百姓饭也吃不上,怎么缴得起种种'加派'?逼得人全家老少上吊投河,就是这加派了。"袁承志问道:"清兵进京之后,可当真不入民舍,秋毫无犯吗?"孙仲寿叹道:"清兵虽是蛮夷外族,进京之后倒确是不入民舍,不掠财物,不掳妇女。"

　　袁承志想起在盛京崇政殿屋顶上听到皇太极与范文程、鲍承先、宁完我各人的对答,料想多尔衮是遵照先君的遗训,收罗民心,以图占我大汉天下。

　　孙仲寿又禀报:闯王败走山西后,满清肃亲王豪格奉命来侵山东,不久攻入济南,东破青州,斩明守将赵应元,又平济宁满家洞。闯军"金蛇营"僻在鲁东,清军倒未来攻。这时南京明朝的大臣立了福王由崧作监国,其后即位称帝。由崧是崇祯皇帝的堂弟,他父亲常洵是前光宗皇帝的兄弟。福王虽与帝系较近,但为人昏淫,凤阳总督马士英力主立他,以便控制。南朝兵部尚书史可法以潞王较为贤明,则主张立潞王。但马士英掌握兵权,又与驻兵江北的四大总兵高杰、刘泽清、刘良佐、黄得功联络,派兵迎来了福王。史可法无可奈何,只得同意。四大总兵中高杰部队驻在江北泗水,史可法要他去和"金蛇营"连络,共抗清兵进犯。

高杰原是李自成麾下大将,在军中与李自成的妻子邢氏私通。高杰怕风声泄漏,李自成杀他,带了邢氏逃走,还带走了一批部队,他去投降朝廷,做到了总兵,与闯军为敌。他知金蛇营是闯军的精锐之师,驻地离他不远,他心怀鬼胎,不敢去和金蛇营连络,却去和河南总兵许定国勾结。不料许定国暗中已经降清,假意设宴,杀了高杰。

袁承志问起南京朝中情形,孙仲寿道:"南京城里,马士英大权独揽,重用魏忠贤的余孽阮大铖,事事非钱不行,腐败不堪,所有官职都可出卖。南京人有顺口溜道:'中书随地有,总督满街走。纪监多如羊,职方贱如狗。荫起千年尘,拔贡一呈首,扫尽江南钱,填塞马家口。'把江南人的钱都搜括起来,填到马士英一家人的口袋里。"袁承志对青青道:"那个马士英,他的侄子就是你在南京杀的。"青青笑道:"原来小妹倒有三分先见之明,没杀错了良民。"

孙仲寿道:"江北各总兵跋扈,不奉朝廷命令。只史可法阁部在扬州,忠心耿耿,左支右绌,那也难得很了,史阁部曾派人送礼来,要我们归顺南明,共抗清兵。我回答说:'小将做不得主,待我们主帅袁将军回营,小将禀明史阁部的好意,再行奉覆。但本营以抗清护民为职志,必与阁部同一条心。'"

袁承志道:"抗御清兵,本是先公遗志。史阁部是位好汉子,跟他联手,倒也使得。但南京朝廷如此腌臜,投降朝廷,似乎不必了。孙叔叔、朱叔叔、罗叔叔、倪叔叔,你们各位以为如何?"孙仲寿等都道:"主帅高见,我们也都这么想。"

罗大千道:"最近南京又有监禁太子的事,令人好生气愤。"袁承志询问详情。

罗大千道:"北京南来的一个官员,带了个少年同来,说是崇祯皇帝的太子……"袁承志心道:"这是阿九的弟弟,我倒见过。"罗大千道:"朝廷知道了,派人去查明,这些人有的在北京做过讲官,教过太子的书,太子一见便认了他们出来,先叫他们名字。这些官员受过福王宏光皇帝和马士英的指点,说倘若真是太子,宏光皇帝就得让位,自然都回报说不认得。朝廷不问情由,就将这少年下在狱中,到底是不是太子,原也难说。这件事传了开来,在长江上游带兵的将军中有个左良玉,官封宁南伯,驻兵武昌。他跟马士英不合,说监禁太子,乃大大不忠,于是发兵东下,要清君侧,兵到九江,左良玉突然急病身亡,部兵由他儿子左梦庚统带。南京调黄得功沿江堵截,左梦庚不会打仗,兵败降清。"

朱安国道:"咱们该当回覆史阁部才是。"袁承志道:"便请朱叔叔辛苦一趟,送几件礼物去扬州,说我们愿以客军身份,跟史阁部联手抗清。清兵如犯淮泗,我军便扰清兵后方牵制,共同打仗,但我们不奉朝廷号令。"朱安国奉命而去。

不久,洪胜海、程青竹、沙天广、胡桂南、铁罗汉等留京伙伴齐到山东,来归"金蛇营"。袁承志与孙仲寿、罗大千、倪浩、沙天广、程青竹等整顿部属,准拟抗清援史,将三营兵马,操练得进退如意。

四月间消息传来,清兵都统准塔败明兵于沛县,攻陷徐州,此后又败刘泽清于淮安,通州、如皋等城皆陷,刘泽清降清。多铎大军由归德趋泗州,乘夜渡淮,将金蛇营和史可法部隔成两截。金蛇营兵少,难以正面大攻清军,派了一千兵到扬州助战,另在清军背后不住骚扰,以作牵制。不久便听到扬州城破、史阁部殉难的噩耗。其后朱安国满身血污的回报,说当日史阁部见到金蛇营派兵助战,大为赞叹感谢,多多拜上袁将军,并对袁督师当年冤死一事大表不平,有一短简致袁承志,写了十六个字:"共抗清虏,督师有子,并肩御敌,洗冤报国。"

袁承志甚为感慨,问起史阁部战况,朱安国不禁流泪,说清兵于四月十五日攻扬州城,史阁部五次拒降,奋力应战,朱安国也在他身边助战,到二十五日城陷,史阁部就义。金蛇营派去助战的一千名兵将大部殉难。城破后清兵大肆烧杀,十日之间杀了八十余万人,后来称为"扬州十日",惨酷无比。朱安国于城陷后带了少数部兵逃出。

袁承志与孙仲寿等筹商今后大计。南明朝廷中君臣腐败,互相争夺权位,南京看来也是指日可破。闯王败至陕西,军纪未见大改,百姓不附,诸将解体,引兵至湖北时连战败绩,据说在通城九宫山中为村民所击毙,唯事无佐证,不知真假。刘宗敏等大将多数为清军擒斩。牛金星降清,连他儿子刘铨,都在清朝做了小官。

众人都说眼下国步艰难,继承袁督师遗志,惟有抗虏到底,虽清兵势大,又复精强悍勇,看来取胜无望,但大丈夫捐躯报国,有死而已。当下沙天广、程青竹分别去北直隶、山东布政使司自己原来所辖各盗寨,招揽旧属兄弟;吴平、罗立如、焦宛儿等去南京应天府招揽金龙帮旧人及其他帮会同道;罗大千、倪浩等前往关辽一带,招揽袁崇焕在宁锦山海关一带所遗的旧部。再加上盖孟尝等七省会盟的盟友,人众大集。"金蛇营"成立后,招揽的豪杰本已不少,但要抗清却大大不够,于是又竖起义旗,广募兵将,马谷山山前山后起造山寨,一时间好生兴旺。

"金蛇营"的名称既已取消,"山宗营"之名外人多不明其义,袁承志与各人会商,决定重振"大明崇字营"的新名,这名称本来和"金蛇营"、"山宗营"二名并用,此后则专用此名,树起旗帜,联络胶东各州县百姓。前明官员中有的忠于前朝,问起"崇"字的由来,招兵者不说是来自袁崇焕的"崇"字,而是来自"崇祯"的"崇"字,便有不少前明的散官、败兵溃卒投顺。承志与孙仲寿将众兄弟分成五营,称为"崇字一营"、"二营"等名号,日日操练兵马,为筹粮饷,占据了附近盐山、东陵、阳信、海丰等州县。

这日袁承志带同罗大千、崔希敏二人巡视辖地,来到富平镇郊区,只见百余名"崇字三营"的兵丁在抢掠百姓,还有人将十余名年轻妇女捆缚了掳去。承志大怒,上前干预,一剑便将带队的把总杀了。副把总大叫:"冤枉,冤枉!"承志问起原由,原来这一营归洪胜海统带,军中无粮,兵士已挨了几天饿,把总禀明了洪胜海,带队出来征粮。袁承志召集洪胜海以及崇字三营的其余各队把总,询问详情。

却原来崇字各营人数大增,已扩至十营,这时已达二万余人,而钱财管理不善,袁承志先前所得宝藏、所劫粮饷已花用殆尽,各营数月来粮饷不继,不但对兵卒欠饷,且日常伙食亦供应不足。各营兵将相互皆是素识，起初大家都凭着这"义气"两字，缺饷无粮，也都知道国势艰危，咬着牙关忍了下来，但时日一久，有许多士兵忍耐不住了，先是向附近百姓家盗牛牵羊、偷鸡摸狗，到后来更提刀抢劫。崇字营加盟的兄弟，一大伙本来便是盗伙，于这"奸淫掳掠"四字乃是家常营生，上官见大伙熬得辛苦，有时便也眼开眼闭，不加禁止。袁承志严查之下，察觉有几名把总竟尔率领下属，杀了百姓，将他们的妻子女儿都占了过来，径自入居其屋，不住营房。

袁承志心中气苦，亲自提剑把这几名最残虐不法的把总杀了，将崇字三营的统带官洪胜海叫来，狠狠训斥，提起血淋淋的金蛇剑，便要向他颈中砍落。

洪胜海双膝跪地，叫道："袁相公，是我错了，请你杀了我之后，饶了其余的兄弟。是小人带不来队，准许他们乱搞的。"袁承志见到他哀恳的眼色，想起他平时对己服侍辛劳，忠心耿耿，他是海盗出身，向来做惯了坏事，并不觉得抢掠百姓是如何不该，心想："'崇字营'建立未久，缺粮欠饷，大家日子过得好惨。平时咱们只讲究操练阵法，教导如何杀敌取胜，确是甚少讲究军纪，教导弟兄们须得'爱民如子'。我这一剑砍下去，虽不是'滥杀无辜'，只怕是'不教而诛'了！杀他是该的，但我自己，难道就没罪吗？就不该杀吗？"

袁承志血剑悬在半空，心下沉吟，这一剑该不该劈下去？猛听得号角呜呜声响，前哨吹号示警，有敌军来攻。袁承志收剑插腰，喝道："有敌军来攻，分布队伍抗敌！"

洪胜海大声应道："是！"跃起身来，呼喝号令："第一队守住东北方海岬高地，第二队守住第一队左边的小山头。第三队跟着我中间冲锋，第四、第五队在我左边的高粱地里埋伏，先不要动，也不可放箭，待敌兵冲近，这才射箭。第六、第七、第八队上马，上前杀啊！"他号令一出，各队把总率领兵卒冲锋上前，有的依令奔上高地、山头把守，有的钻入高粱地青纱帐埋伏，余人纷纷上马直驰向前。

洪胜海向袁承志道："主帅请在此督战，小人领头冲锋！"袁承志道："好！"跃上战马，罗大千与崔希敏也均上马。

袁承志站立马鞍，向前望去，见远处东西两方旗帜招展，崇字营各营都依平时操练排了开来。承志大声叫道："崇字三营的弟兄们狠狠砍杀鞑子，我去瞧瞧别的弟兄！"众兵将大声回应："主帅放心，大伙儿必定死战！主帅保重！"

袁承志与罗大千、崔希敏纵马向西北方驰去，上了一座小山峰，向前遥望，只见大队清兵蜂拥冲来，数十名骑兵高举白旗，挥举疾冲，后随数千名骑兵，手中长刀映日，甚是威武。罗大千皱眉道："这是鞑子正白旗精兵，是豫亲王多铎的部队，多铎是多尔衮的亲弟弟，所带的鞑子兵最称精锐。"袁承志曾亲眼见到多尔衮刺杀皇太极，知道此人阴狠辣手，说道："好，咱们跟他狠狠打一仗！"

片刻之间，崇字一营的马队上前交战。清军骑兵弯弓搭箭，羽箭来如飞蝗，崇字军纷纷落马，有的崇字营马军回箭射去，箭出无力，清兵举轻盾一挡，箭枝便即滑落在地。承志见局面不利，拔出金蛇剑，大呼冲入敌阵。这是千军万马的两阵交锋，袁承志武功虽强，出手虽快，也不过砍杀了十余名清兵而已，又怎挡得住大队敌军？对阵数千乘骑兵呼啸而至，有若怒涛，崇字军虽奋勇抵御，却挡不住这排山倒海般的兵势。

不到一个时辰，崇字一营的二千余兵将或中箭落马，或为刀砍枪刺，惨呼毙命，清兵后军跟着又有数千名杀到，大队清兵冲过承志身旁，杀向他身后的崇字二营。承志心下暗暗叫苦，急忙回马，去和崇字二营的弟兄们并肩抗敌。他从清兵手中抢过一柄长枪，横挑直刺，又杀了十余名清兵。这些清兵前额剃了光头，脑后拖了一条小小辫子，右肩袒露，肌凸肤粗，神情凶悍异常。承志一枪戳入一名清兵腹中，那清兵大声咒骂，跳起来要扑向他拼命，承志横过枪杆，将他打落。

战不多时，崇字二营也见败象。袁承志拍马而前，见三名清将正围攻一人，那人全身是血，正是朱安国。袁承志上前杀了两名清将，余下清将冲过朱安国身侧，冲入敌阵而去。朱安国受伤，摇摇晃晃，说道："承志，多谢你来救我，咱们打不过了……"袁承志上前抱他过来，坐在自己马前，说道："朱叔叔，咱们去止血治伤……"朱安国说："不，鞑子兵好厉害，咱们还得打，弟兄们危险！"

天色渐黑，清军鸣金收兵，大队骑兵退了下去。袁承志与罗大千、倪浩指挥崇字营残兵，分别驻守山头。清军骑兵凶猛，平地上抵挡不住，只得倚山为势，令敌军冲杀不上。孙仲寿率人下去点验伤残。这一役崇字十营损失了几达半数，每一营都死伤不少。沙天广与程青竹、朱安国三人身受重伤，崔秋山、洪胜海、焦宛儿、青青、罗立如、崔希敏等各受轻伤。金龙帮大弟子吴平不幸中箭殒命。

袁承志与孙仲寿检点残兵，重伤行伍，分别派驻山头，守住进入马谷山本寨要地的险隘。各人先为伤者止血治伤，垂头丧气的吃了战饭。

孙仲寿道："鞑子兵骑射功夫了得，咱们是斗不过的，自从宋朝以来，便是如此。当年岳飞岳爷爷所以能打赢金兵，便是自己先练好了岳家军的武功，朱仙镇一战，才能打得金兵落荒而逃。"罗大千道："是啊！所以从前袁督师不断要跟皇太极讲和，要有时候来练袁家军的武功，可是昏君反冤枉督师与敌人讲和是'通敌'。咱们眼下仓促成军，要练武功是来不及了。虽然已不是乌合之众，但人数远远不及清兵。"

孙仲寿道："袁督师当年宁锦大捷，主要还是仗着城坚炮利。至于平地骑射，步兵斫杀，咱们是敌不过辫子兵的。何况汉兵现今投降满清的多，现下变成了敌众我寡。承志，咱们大伙儿战死沙场，尽忠报国，尽忠以报督师便了。"

袁承志一拍胸膛，说道："那也只好这样。"见洪胜海站在旁边，他额头给清兵砍了一刀，伤势甚重，心中不忍，说道："胜海，你今日杀敌受伤，将功折罪，你不守军纪的大罪，我就免了。不过你若留在军中，弟兄们还道我纵容自己人，处事不公，不免败坏军纪。你还是回你自己的渤海派去罢。"

洪胜海当即跪倒，说道："袁相公，小人知错了，多谢你开恩饶了我这遭，小人今后无论如何不敢再犯。小人不配再去带兵，请你开恩留我在你身边，仍像从前一样，做个服侍你的长随。"袁承志挥手道："你还是去罢，不守军纪的事，我自己也有不是，我不怪你了。你跟着我，也不过跟着我一起死。"

洪胜海忽然想起一事，向承志磕了个头，说道："小人遵奉将令，这就告别，相公和各位千万保重。鞑子势大，当真打不过，那也罢了。依小人之见，不如落草，占山为王，便似沙寨主从前一样，总之不降鞑子，不投朝廷，不跟闯王，不害良民！"

袁承志呵呵一笑，说道："你最后这十六字说得好，你是大大的长进了。将来是不是占山落草，我真还不知道，不过你说'不降鞑子，不投朝廷,不跟闯王,不害良民'这十六个字,我说什么是要做到的!好,大家打得倦了,明天只怕鞑子兵还会来攻,这就早些休息吧。"

洪胜海道:"是,相公,明天我再跟随你打一仗,倘若留得性命,这才跟你辞别。"

次晨清军又再来攻,崇字营守住险要高地,清军骑兵无所用武,攻了一天,不能得逞,就此退兵了。

清军退兵后,袁承志、孙仲寿等整顿部属,分守要隘,承志以财源支绌,兵员不能扩充。其时南明扬州虽破,总兵黄得功手下尚统兵四万人,在淮泗一带驻扎,作为牵制。清军以崇字营兵少,不以为意,暂不来攻。

后来清军豫亲王多铎派了英亲王阿济格率领正白旗与镶白旗两旗的精兵来攻,袁承志奋起抗御,寡不敌众,大败一仗,崇字营又再损折,只剩下一千多兵将。袁承志率领残兵,上了一个山头驻守。傍晚时分埋锅造饭,晚饭后与孙仲寿、罗大千等派遣兵将,分守山头各处要道。

当晚各人正自露天安睡,忽听得山下马蹄声响,同时隐隐有兵器撞击之声。袁承志从梦中惊醒,跳起身来,跃上一株大树向山下瞭望,只见南边三条长长的火把如火龙一般,蜿蜒而来,当是敌军分三道来攻。日间与清兵正白旗及镶白旗军对战,两路敌军都来自西方,此刻南方又有敌军,而且声势颇大,别要陷入了包围,当即吹起哨子,纵声高呼,分兵五百,守在南边山口。

布防刚毕,南方敌军已攻到山口,火光照耀下,见清兵队伍中几面蓝色大旗挥动,乘马的将领纵马上山。罗大千道:"主帅,是蓝旗鞑子,都统准塔带兵来攻!"

袁承志肩头挂了两张硬弓,腰间箭袋中装满了羽箭,对准当先上山的一名清军将领,弯弓搭箭,瞄准了他胸口,右手一松,箭去如流星,噗的一声,正中那将军胸前。他身披护胸铁甲,箭不入身,但承志劲大箭狠,那将军仍然胸口吃痛,身子一晃,摔跌下马,两军大声呼喊。清军只道将军中箭阵亡,攻势稍缓。但那将军随即站起,手挥长刀,叫道:"弟兄们,我没事,大伙冲上山去!"清军兵将跟着蜂拥上山。

袁承志叫道:"你没事吗?"向下跃出,几个起落,已到了那将军身前,手挥金蛇剑,向那将军斩落。那将军举刀挡格,喀的一声,长刀给金蛇剑斩为两截。那将军一怔之际,袁承志利剑乘势挥出,将他一颗脑袋砍了下来。清军十余人围攻,刀枪并施。袁承志叫道:"好极!正好大杀一阵!"舞动金蛇剑,冲入敌阵。

只听得山上号角吹响,却是西方有警。袁承志要照顾全局,顺手杀了三名清兵,急奔回山。只见孙仲寿与罗大千、罗立如、焦宛儿等正自大声发令,指挥部属守住山口。山下羽箭如飞蝗般射来。承志拾起地下一块盾牌,急跃上前,挡在宛儿身前。秃的一声,一枝长箭射上盾牌,弹了开去,若不是他这即时一挡,宛儿非死即伤。宛儿已吓得脸无血色,叫道:"袁相公,多谢了!"承志将盾牌交了给她,说道:"小心挡箭!"向山下瞧去,但见白旗与镶白旗招展,这两旗清军与蓝旗分自西方南方,三旗夹攻。

袁承志站到一匹马的背上,观看敌我情势,指挥守山。这时罗大千、倪浩、青青、何惕守等都已冲入敌阵,但见清兵从崇字营的空隙处缓缓逼上。崇字营兵少,激战良久,损兵折将,人数更少。承志望见罗大千给十余名清军围住了,肩头背上都中了羽箭,更有清兵箭手向他放箭,眼见便将殒命,长声呼叫:"罗叔叔,咱们为国抗敌,同生共死。"冲入敌阵,从一名清兵手里夹手抢过一块盾牌,扑到罗大千身后,替他挡开了一枝劲箭。罗大千已杀得神智迷糊,叫道:"承志,咱们到阴世你爹爹去,督师一定赞你,也会赞我!"

承志只应得一声:"是!"背心和右腿突然剧痛,不提防中两枝冷箭,眼见箭来如雨,忙举盾牌护住罗大千,噗的一声,又一枝长箭插入了他左边肩头。他奋力站起,舞动金蛇剑,砍死两名挺枪刺来的清兵,再挥剑斩开射向他后心的一枝羽箭,见一名身披金甲的清将跃马挺枪,来刺摔在地下的罗大千,承志双足力登,纵身跃起,从半空中挥剑向那将军斩落。那将军甚是勇悍,钢枪横扫,与金蛇剑一格,枪剑齐震,双双脱手。承志仍然扑向那将军,双手扠在他颈中。两人力扭,都摔下马来,滚在马下,众清兵大声惊呼。承志只觉左肩背心剧烈疼痛,接着便即晕去,人事不知了。

也不知过了多少时候,只听得青青叫道:"大哥,大哥,你醒了,那真好……"突然哭出声来。袁承志尚未睁眼,迷迷糊糊的道:"青弟,别哭,咱们都死了吗?"青青抽抽噎噎的道:"还没死呢。你好些了吗？谢天谢地！"袁承志坐起身来，叫道："杀鞑子兵，快，快，冲呀！"他挺身跃起，但全身无力，跳起数尺，便又摔落，只撞得背心剧痛，忍耐不住，又晕了过去。

清军白、蓝、镶白旗三旗精兵由英亲王阿济格亲自指挥，乘夜来肃清崇字营残兵，攻山一战，仗着骑射凌厉，大获全胜，崇字营兵将几全遭歼灭，只青青、哑巴、焦宛儿、崔秋山、安大娘、安小慧、崔希敏等少数武功较高之人，幸得何惕守找到一个隐僻的山洞，躲了起来，而宛儿、崔希敏等人也已不少受伤。英亲王阿济格给袁承志扠住头颈，扭下马来，其时袁承志已身中数箭，劲力全失，阿济格才幸保性命，但也已吓得魂飞魄散，斗志全失。副指挥准塔都统得知英王爷险些阵亡而自己无伤，忙抢过刀来，在自己脸上腿上砍了两刀，显得自己亦受重伤，既已大获全胜，忙即收兵，不及清理战场，便赶去侍候阿济格。

崇字营这一役全军覆没，孙仲寿、罗大千、朱安国、倪浩等首脑尽数阵亡，而不见了主帅袁承志，大家更是焦急，见清军退军，青青等便忙往两军阵亡的尸首堆中去找寻。青青与何惕守终于在一堆清军尸首之下，见到袁承志背中数箭，俯伏在地。

青青一见，只道承志阵亡，悲痛之下，放声大哭，拔剑便往自己颈中刎去。何惕守夹手夺过她长剑，叫道："师父，你还没死啊！"青青一听，急忙奔过去将承志抱起，觉他身子尚有温热，叫道："是啊，大哥还没死！"何惕守道："那你干么要自尽？"青青白了她一眼，道："我死了，你好嫁给你师父啊。"何惕守道："我师父说过的，除了你之外，他谁也不娶。"青青道："假的！大哥，大哥，你快醒来。"何惕守道："师父说，他只娶你一个，不娶阿九，不娶宛儿，更加不娶我这个周身是毒的姑娘。"青青心花怒放，说道："好，那我就不死了，咱们快救醒他。"

两人将袁承志抬入山洞，拔出羽箭，在他十几个伤口上敷上金创药，青青目不交睫的照护，何惕守睡得远些，却也是提心吊胆，数日不得安睡。直到四天之后，袁承志才稍有知觉。青青与何惕守两人尽心竭力的服侍，承志只须稍一转侧，触动肩背上伤处，脸上现出痛楚神色，青青便柔声安慰。何惕守默不作声的守在一旁，脸上神色自也是关怀之极。

焦宛儿在山下远处另行找到一个隐僻的山洞，移了袁承志过去养伤，以防清兵来清理战场时发现。如此过了月余，承志的创伤终于大好了，勉力可出洞行走。他内力根柢本极深厚，自己既可行功，伤势好得更快。

这一日崔希敏与安小慧在海边闲逛，撞到两名渤海派的弟子，一谈之下，知是他们首领洪胜海派人前来打探崇字营的讯息。双方约定次日再在原地相会。安小慧回去禀告承志。次日洪胜海带同十余名部属，前来参见，说起同袍伤亡众多，各人均感伤痛。

洪胜海慰问承志创伤，甚是关怀。袁承志道："胜海，敌众我寡，我们打一仗败一仗，这次更加全军覆没，只好照你当日所言，上山落草，聚了兵后，再来跟鞑子拼命。唉！再拼命，也只不过再送命罢了！"洪胜海道："相公，上山落草原是善策，但这一带并无高山峻岭，须得到鲁东一带占山，远水救不得近火，小人带得有数十艘大沙船在海边，咱们暂且落海避他一避。君子报仇，十年未晚。"

袁承志与何惕守等正感给逼得局处海隅，更无退避之处，听得洪胜海带同渤海派大批船只，正可解燃眉之急，大喜之下，都拍手赞好，便率同众兵将上船入海。

众人上得海船，有酒有肉，饱餐了一顿，一时精神为之一振。洪胜海知晓南明局势，说起淮泗四将的近况，高杰为河南总兵许定国所杀，刘良佐及刘泽清降清，黄得功阵前自杀，清军由多铎统领，攻入南京，明总兵田雄拥福王宏光皇帝降清；马士英逃到杭州，其后逃到福建，为清兵所俘杀死。

袁承志环顾四方，心灰意懒，眼见各地拥兵将领纷纷降清，明军败兵大都编入了清兵汉军旗，清兵更加势大。自己决不降清，但兵财俱缺，无力单独抗清，又不能去川陕依附张献忠。他空有一身惊世骇俗的武功，却无处分邦国大事的权谋韬略，最后势必死难殉国，就和爹爹及史阁部那样，当此国难蒸深之际，也无别的命运。但看到青青、何惕守、焦宛儿、安小慧等玉貌红颜，如花盛放，岂难道要这些巾帼女儿，也都为国捐躯？转念又想："男儿殉国，女儿也同时殉难，分什么彼此？"心中忽然转过一个念头："幸好阿九远在藏边，她有时会想到我么？"其实他自该料到，阿九朝思暮想，便在等待他袁承志到来,岂仅"有时想到"而已。

他彷徨无计,意兴萧索。想起张朝唐曾说起浡泥国民风淳朴,安静太平,曾道:"中原大乱,公子心绪不佳,何不到浡泥国去散散心?"袁承志心想就算上山落草,此后数十年中,终究不能忘了阿九,年年月月的三心两意,总有一天会管不住自己,突然间远走藏边去寻阿九,自己受伤时青青如此相待,如何可以负她;但若远赴海外,从此不归,既远离了国难家仇,亦免得负人不义,终生良心不安,但事不两全,不负青青,却不免辜负阿九了。只不过寄人篱下,也无意趣,何况国破家亡之余,避难海外,懦怯偷生,畏首畏尾,实非男子汉大丈夫的行径,也对不起成千成万与自己出生入死、间关百战的战友袍泽,但算来算去,要守着"不降鞑子,不投朝廷,不跟闯王,不害良民"十六字,除了远适异国,委实走投无路;忽然想起那西洋军官所赠的一张海岛图,于是取了出来,询问此是何地。洪胜海道:"那是在浡泥国左近大海中的一座岛屿,眼下为红毛国海盗盘踞,骚扰海客。"

袁承志一听之下,神游海外,壮志顿兴,拍案长啸,说道:"咱们就去将红毛海盗驱走,暂且到这海岛上去做化外之民罢。"

于是命众海船开向南岸大清河口,在铁门关海外停泊等候,他创伤全愈,便回上华山,告别师父,禀明掌门大师兄要到海外暂居,待局势有变,再来献身报国。沙天广、程青竹、崔秋山等豪杰不愿去国远离,便分别觅地占山落草,各人宣誓遵守"不降鞑子,不投朝廷,不跟闯王,不害良民"的十六字诀,与承志等洒泪而别。

袁承志遥望藏边,心悬阿九,无可奈何下,只得率同青青、何惕守、哑巴、罗立如、焦宛儿、安小慧、安大娘、崔希敏等人,及孟伯飞父子、胡桂南、铁罗汉等豪杰,以及少数愿意随他出海冒险的崇字营残余人众,上船扬帆出海,得了洪胜海的渤海派众海盗之助,远征异域,终于在海外开辟了一个新天地。正是:

万里霜烟回绿鬓

十年兵甲误苍生

(全书完)

(归辛树、何惕守、阿九等少数人之事迹,在《鹿鼎记》书中续有叙述。)

袁崇焕评传

每一节文末的注释只是表示：文中的事实全部都有根据，并不是虚构的小说。对历史研究没有兴趣的读者们大可略过注释不读。

在距离香港不到一百五十公里的地区之中,过去三百多年内出了两位与中国历史有重大关系的人物。最重要的当然是出生于广东中山县(原名香山)的孙中山先生。另一位是出生于广东东莞县的袁崇焕。①

我在阅读袁崇焕所写的奏章、所作的诗句,以及与他有关的史料之时,时时觉得似乎是在读古希腊剧作家攸里比第斯、沙福克里斯等人的悲剧。袁崇焕真像是一位古希腊的悲剧英雄,他有巨大的勇气,和敌人作战的勇气,道德上的勇气。他冲天的干劲,执拗的蛮劲,刚烈的狠劲,在当时猥琐委靡的明末朝廷中,加倍的显得突出。

袁崇焕,字元素,号自如。"焕",是火光,是明亮显赫、光采辉煌;"素"是直率的质朴,是自然的本性;"自如",是不受羁绊,任意所之。他大火熊熊般的一生,我行我素的性格,挥洒自如的作风,的确是人如其名。这样的性格,和他所生长的那不幸的时代构成了强烈的矛盾冲突。古希腊英雄拼命挣扎奋斗,终于敌不过命运的力量而垮了下来。打击袁崇焕的不是命运,而是时势。虽然,时势也就是命运的一个重要组成部分。像希腊史诗与悲剧中那些英雄们一样,他轰轰烈烈的战斗了,但每一场战斗,都是在一步步走向不可避免的悲剧结局。

希腊史诗《伊里亚特》记述赫克托和亚契力斯绕城大战这一段中,描写众天神拿了天平来秤这两个英雄的命运,小时候我读到赫克托这一端不及对方的份量,天神们决定他必须战败而死,感到非常难过,"那不公平!那不公平!"过了许多岁月,当我读到满清的皇太极怎样设反间计、崇祯和他的大臣们怎样商量要不要杀死袁崇焕,同样有剧烈的凄怆之感。

历史家评论袁崇焕,着眼点在于他的功业、他对当时及后世的影响、他在明清两个朝代覆亡与兴起之际所起的作用。近十多年来,我几乎每天都写一段小说,又写一段报上的社评,因此对历史、政治与小说是同样的感到兴趣,然而在研究袁崇焕的一生之时,他强烈的性格比之他的功业更加吸引我的注意。

整体说来,清朝比明朝好得多。从清太祖算起的清朝十二个君主,他们的总平均分数和明朝十六个皇帝相比,我觉得在数学上简直不能比,因为前者的是相当高的正数,后者是相当高的负数。对于满族人入主中国一事,近代的评价与前人也颇有改变。所以袁崇焕的功业,不免随着时代的进展而渐渐失却光采。但他英雄气概的风华却永远不会泯灭。正如当年春秋战国时七国纷争的是非成败,在今天已没有多大意义了,但孔子、介子推、蔺相如、廉颇、屈原、信陵君、荆轲等等这些人物的生命,却超越了历史与政治。

《碧血剑》中的袁承志,在性格上只是个平凡人物。他没有抗拒艰难时世的勇气和大才,奋战一场而受了挫折后逃避海外,就像我们大多数在海外的人一样。

袁崇焕却是真正的英雄,大才豪气,笼盖当世,即使他的缺点,也是英雄式的惊世骇俗。他比小说中虚构的英雄人物,有更多的英雄气概。

他的性格像是一柄锋锐绝伦、精刚无俦的宝剑。当清和升平的时日,悬在壁上,不免会中夜自啸,跃出剑匣。在天昏地暗的乱世,则屠龙杀虎之后,终于寸寸断折。

在明末那段不幸的日子中,任何人都是不幸的。每一个君主在临死之时,都深深感到了失败的屈辱:崇祯、清太祖努尔哈赤、清太宗皇太极(如果他不是被人谋杀的,那么是惟一的例外)、蒙古人的首领林丹汗、朝鲜国王李倧、始终是死路一条的将军和大臣(奋勇抗敌的将军与降敌做汉奸的将军,忠鲠正直的大臣与奸佞无耻的大臣,命运没太大分别,但在一个比较温和的时代,奸臣却常常能得善终,例如秦桧)、愤怒不平的知识份子,领不到粮饷的兵卒,生命朝不保夕的"流寇",饥饿流离的百姓,以及有巨大才能与勇气的英雄人物:杨涟、熊廷弼、孙承宗、李自成、史可法、袁崇焕。

在那个时代中,人人都遭到了在太平年月中所无法想像的苦难。在山东的大饥荒中,丈夫吃了妻子的尸体,母亲吃了儿子的尸体。那是小人物的悲剧,他们心中的悲痛,一点也不会比英雄们轻。不过小人物只是默默的忍受,英雄们却勇敢地奋战了一场,在历史上留下了痕迹。英雄的尊严与伟烈,经过了无数时日之后,仍在后人心中激起波澜。

① 袁崇焕的籍贯,像中国许多名人一样,后人有很多争论,好像湖北襄阳与河南南阳要争诸葛亮是他们那地方的人。

据杨宝霖先生根据多种资料考证,以及阎崇年先生亲身前往广东、广西两地调查研究,比较可靠的结论是:袁崇焕原籍广东东莞水南村,他也自称是东莞人。他的祖父袁西堂是商人,于明嘉靖初年自东莞来到广西梧州府藤县四十三都白马乡,见当地山水清佳,便定居于该地,妻子何氏,生子袁子朋(或作子鹏)。子朋生三子,长子崇焕、次子崇灿(另说崇灿是长兄,崇焕为次子)、三子崇煜,有六名孙子,都是"兆"字辈,十一世孙才是"承"字辈,有袁承芳、承杨、承枢、承柏、承洪、承济等人。据阎崇年先生考据,袁崇焕生于万历十二年(一五八四)四月廿八日(阳历六月六日)。他家所在地白马乡(原名莲塘村)邻近平南县,所以广西平南县志也有说他是平南人的。他是广西藤县人还是平南人仍有争执,因文献记载中两种说法都有。他于万历四十七年(一六一九)考中进士,"万历己未科进士题名记:第三甲第四十名,袁崇焕,广西藤县。"考进士时报的籍贯是广西藤县。(以上资料见阎崇年、俞三东编《袁崇焕资料集录》,广西民族出版社)

一

这个不幸的时代,是数十年腐败达于极点的政治措施所累积而成的。

我书架上有一部英国历史家吉朋的《罗马帝国衰亡史》,是三卷注释本。① 书脊上绘着罗马式建筑的两根大理石柱子,第一卷的柱子,柱头上有些残缺破损,第二卷的柱子残损更多,第三卷的柱子完全垮了。这象征一个帝国的衰败和灭亡,如何一步步的发展。

明朝的衰亡也是这样。

明朝的覆灭,开始于神宗。②

神宗年号万历,是明朝诸帝中在位最久的,一共做了四十八年皇帝。只因为他做皇帝的时候实在太久,所以对国家人民所造成的祸害也特别大。他死时五十八岁,本来并不算老,他的祖宗明太祖活到七十一岁,成祖六十五岁,世宗六十岁。可是神宗未老先衰,后来大概更抽上了鸦片。鸦片没有缩短他的寿命,却毒害了他的精神。他的贪婪大概是天生的本性,但匪夷所思的懒惰,一定是出于鸦片的影响。

然而万历初年,却是中国历史上最光彩辉煌的时期之一。近代中西学者研究瓷器及其他手工艺品,有这样一个共通的意见:在中国国力最兴盛的时期,所制作的瓷器最精采。万历年间的瓷器和珐琅器灿烂华美,精巧雅致,洵为罕见的杰作。因为万历最初十年,张居正当国,他是中国历史上难得一见的精明能干的大政治家。

神宗接位时只有十岁,一切听母亲的话。两宫太后很信任张居正,政治上权力极大的司礼太监冯保又给张居正笼络得很好,这些有利的条件加在一起,张居正便能放手办事。明朝自明太祖晚年起就不再有宰相,张居正是大学士,名义是首辅,实际权力等于是宰相。

从万历元年到十年,张居正的政绩灿然可观。他重用名将李成梁、戚继光、王崇古,使得主要是蒙古人的北方异族每次入侵都大败而归,只得安份守己而和明朝进行和平贸易。南方少数民族的武装暴动,也都一一给他派人平定。沿海长期侵骚的倭寇给戚继光等名将打退,江南平靖富庶。国家富强,储备的粮食可用十年,库存的盈余超过了全国一年的岁出。交通邮传办得井井有条。清丈全国田亩面积,使得税收公平,不致像以前那样由穷人负担过份的钱粮而官僚豪强却不交赋税。他全力支持工部尚书潘季驯,将泛滥成灾的黄河与淮河治好,将水退后的荒地分给灾民开垦,免税三年。官僚的升降制度执行得很严格,严厉惩办贪污。

在那时候,中国是全世界最先进、最富强的大国。那时欧洲的文人学士在提到中国的时候,无不欣慕向往。他们佩服中国的文治教化、中国的考试与文官制度,佩服中国的道路四通八达,[3]佩服中国的老百姓生活得比欧洲贫民好得多。万历十年是公元一五八二年。要在六年之后,英国才打败西班牙的无敌舰队;再过三十八年,英国的清教徒才乘"五月花号"到达美洲;再过六十一年,五岁的路易十四才登上法国的王座。那时莎士比亚只有十六岁,还在英国的树林里偷人家的鹿。八十三年后,伦敦由于太污秽、太不卫生,爆发了恐怖的大瘟疫。在万历初年,北京、南京、扬州、杭州、苏州这些就像万历彩瓷那样华美的大城市,在外国人心目中真像是天堂一样。

中国的经济也在迅速发展,手工业和技术非常先进。在十五世纪时,中国是世界上最重要的产棉区之一。由于在正德年间开始采用了越南的优良稻种,农田加辟,米产大增,尤其是广东一带。因为推广种植水稻,水田中大量养鱼,疟蚊大减,④岭南向来称为瘴疠的疟疾已不像过去那样可怕,所以两广的经济文化也开始迅速发展。

可是君主集权的绝对专制制度,再加上连续四个昏庸腐败的皇帝,将这富于文化教养而勤劳聪明的一亿人民、这举世无双的富强大国推入了痛苦的深渊。专制政治制度对国家、人民、社会的大害,在明朝末年表现得最明显。

张居正于万历十年逝世,二十岁的青年皇帝自己来执政了。皇帝追夺张居正的官爵,将他家产充公,家属充军,将他长子逼得自杀。

神宗是相当聪明的,而且喜欢读书。中国历史上的昏君大都有些小聪明,隋炀帝、宋徽宗、李后主,都是文采斐然。明神宗的聪明之上,所附加的不是文采,而是不可思议的懒惰,不可思议的贪婪。皇帝懒惰本来并不是太严重的毛病,他只须任用一两个能干的大臣,什么事情都交给他们去办就是了,多半政治只有更加上轨道些,中国历史上不乏"主昏于上,政清于下"的先例。然而神宗懒惰之外还加上要抓权,几十年中自己不办事,也绝对不让大臣办事。这在世界历史上固然空前,相信也必绝后。

做了皇帝,要什么有什么,神宗不喜爱女色,不任用外戚,不迷信宗教,不妄求长生;并不多所猜忌而残忍好杀;也不穷兵黩武,好大喜功;他并不异想天开,荒唐胡闹;并不大兴土木,构筑宫室,奢侈浪费;并不信用宦官,任由弄权。中国历代许多昏君的重大缺点,他倒没有。他所追求的只是对他最无用处的金钱。如果他不是皇帝,一定是个成功的商人,他性格中有一股不可抑制的贪性。他那些祖宗皇帝们有的阴狠毒辣,有的胡闹荒唐,但没一个是这样难以形容的贪婪。因此近代有一位历史学者推想,他这性格是出于母系的遗传。他母亲是个小农的女儿。⑤

皇帝贪钱,最方便有效的法子当然是加税。神宗所加的税不收入国库,而是收入自己的私人库房,称为"内库"。他加紧征收商税,那是本来有的,除了书籍与农具免税之外,一切商品交易都收税百分之三。他另外又发明了一种"矿税"。

大批没有受过教育、因残废而心理上多多少少不正常的太监,作为皇帝的私人征税代表,四面八方的出去收矿税。只要"矿税使"认为什么地方可以开矿,就要地产的所有人交矿税。这些太监无恶不作,随带大批流氓恶棍,到处敲诈勒索,乱指人家的祖宗坟墓、住宅、商店、作坊、田地,说地下有矿藏,要交矿税。⑥结果天下骚动,激起了数不尽的民变。这些御用征税的太监权力既大,自然就强横不法,往往擅杀和拷打文武官吏。有一个太监高淮奉旨去辽东征矿税、商税,搜括了士民的财物数十万两,逮捕了不肯缴税的秀才数十人,打死指挥,诬陷总兵官犯法。神宗很懒,什么奏章都不理会,但只要是和矿税有关的,御用税监呈报上来,他立刻批准。

搜括的规模之大实是骇人听闻。在万历初年张居正当国之时,全年岁入是白银四百万两左右,⑦皇宫的费用每年有定额一百二十万两,称为"金花银",已几占岁入的三分之一。可是单在万历二十七年的五天之内,就搜括了矿税商税二百万两。这还是缴入皇帝内库的数目,太监和随从吞没的钱财,又比这数字大得多。据当时吏部尚书李戴的估计,缴入内库的只十分之一、太监克扣十分之二、随从瓜分十分之三、流氓棍徒乘机向良民勒索的是十分之四。

可和神宗的贪婪并驾齐驱的是他的懒惰。

鸦片烟这种麻醉品,对中国最大的危害,自明神宗开始。鸦片之毒破坏人的神经中枢与意志力,它首先破坏的,正是中国的神经中枢——皇帝的神经中枢。

在神宗二十八岁那年,大学士王家屏就上奏章说:一年之间,臣只见到天颜两次,偶然提出一些建议,也和别的官员的奏章一样,皇上完全不理。

这种情形越来越恶化,到万历四十二年,首辅叶向高奏称:六部尚书中,现在只剩下一部有尚书了,全国的巡抚、巡按御史、各府州县的知事已缺了一半以上。他的奏章写得十分激昂,说现在已经中外离心,京城里怨声载道,大祸已在眼前,皇上还自以为不见臣子是神明妙用,恐怕自古以来的圣帝明王都没有这样妙法吧。⑧神宗抽饱了鸦片,已经火气全无。这样的奏章,如果落在开国的太祖、成祖、末代的思宗手里,叶向高非杀头不可。但神宗只要有钱可括,给大臣讥讽几句、甚至骂上一顿,都无所谓。

万历年间的众大臣说得上是知无不言,言无不尽。有人上奏,说皇上这样搞法,势必民穷财尽,天下大乱;⑨有人说陛下是放了笼中的虎豹豺狼去吞食百姓;⑩有人说一旦百姓造反,陛下就算满屋子都是金银珠宝,又有谁来给你看守?⑪的指责说,皇上欺骗百姓,不免类似桀纣昏君;⑫有的直指他任用肆无忌惮之人,去干没有天理王法之事;⑬有的责备他说话毫无信用。⑭臣子居然胆敢这样公然上奏痛骂皇帝,不是一两个不怕死的忠臣骂,而是大家都骂,那也是空前绝后、令人难以想像的事。然而言者谆谆,听者藐藐,神宗对这些批评全不理睬。正史上的记载,往往说"疏入,上怒,留中不报"。留中,就是不批覆。或许他懒得连罚人也不想罚了,因为罚人也总得下一道圣旨才行。但直到他死,拼命搜括的作风丝毫不改。同时为了对满清用兵,又一再增加田赋。皇帝搜括所得都存于私人库房(内库),政府的公家库房(外库)却总是不够钱,结果是内库太实,外库太虚。⑮

在这样穷凶极恶的压榨下,百姓的生活当然是痛苦达于极点。

神宗除了专心搜括之外,对其他政务始终是绝对的置之度外。万历四十三年十一月,御史翟凤翀的奏章中说:皇上不见廷臣,已有二十五年了。

① Edward Gibbon: *The Decline and Fall of the Roman Empire*, The Heritage Press, New York.

② 这是后世论者的共同意见。《明史·神宗本纪》:"故论者谓:明之亡实亡于神宗。"赵翼《廿二史札记·万历中矿税之害》:"论者谓明之亡,不亡于崇祯而亡于万历云。"清高宗题明长陵神功圣德碑:"明之亡非亡于流寇,而亡于神宗之荒唐,及天启时阉宦之专横,大臣志在禄位金钱,百官专务钻营阿谀。及思宗即位,逆阉虽诛,而天下之势,已如河决不可复塞,鱼烂不可复收矣。而又苛察太甚,人怀自免之心。小民疾苦而无告,故相聚为盗,闯贼乘之,而明社遂

屋。呜呼！有天下者,可不知所戒惧哉?"

③ 十六世纪后期来到中国游历的欧洲人,如 G. Pereira, G. da Gruz, M. de Rada 等人著书盛赞中国。他们拿中国的道路、城市、土地、卫生、贫民生活等和欧洲比较,认为中国好得多。见 A. P. Newtor, ed. , *Travel and Travellers of the Middle Ages*; C. R. Boxer, *South China in the 16th Century* 等书。直到一七九八年,马尔塞斯在《人口论·第一篇》中还说中国是全世界最富庶的国家。万历年间来到中国的天主教教士利马窦等人更盛赞中国的文治制度,认为举世无出其右。参阅 L. J. Gallagher, S. J. tr. , *China in the Sixteenth Century*.

④ Wolfram Eberhard: A *History of China*, p. 249.

⑤ 朱东润《张居正大传》:"从明太祖到神宗这一个血脉里,充满偏执和高傲……到了神宗,又在这高傲的血液里,增加新的成分。他底母亲是山西一个小农底女儿。小农有那一股贪利务得的气息,在一升麦种下土以后,他长日巴巴地在那里计算要长成一斛、一石、又硬、又好的小麦。成日的精神,集中在这一点上面。……明朝底皇帝,只有神宗嗜利,出于天性,也许只可这样地解释。"(三一七页)但说小农嗜利,似乎不大妥当。小农种麦而盼望收成,既是自然而合理的期待,又是生活的唯一资料,不能说是嗜利。一般来说,富农大概比小农更嗜利,否则做不成富农。神宗之母李太后的父亲武清伯李伟,本来做泥水匠。

⑥ 矿税的税率是胡乱指定的,在 L. Carrington Goodrich, *A Short History of the Chinese People* 中,说万历时的矿税是矿产价值的百分之四十,即使矿场已经停闭,矿主每年仍须按旧税率缴税。p. 199.

⑦ 据张居正奏疏《看详户部进呈揭帖疏》:万历五年,岁入四百三十五万九千四百余两,岁出三百四十九万四千二百余两。

⑧ 叶向高奏:"中外离心,辇毂肘腋间怨声愤盈,祸机不测,而陛下务与臣下隔绝。帷幄不得关其忠,六曹不得举其职。举天下无一可信之人,而自以为神明之妙用。臣恐自古圣

帝明王,无此法也。"

⑨ 二十七年,吏部侍郎冯琦奏:"自矿税使出,民苦更甚。加以水旱蝗灾,流离载道,畿辅近地,盗贼公行,此非细故也。中使衔命,所随奸徒千百……遂令狡猾之徒,操生死之柄……五日之内,搜括公私银已二百万。奸内生奸,例外创例,不至民困财殚,激成大乱不止。伏望急图修弭,无令赤子结怨,青史贻讥。"

⑩ 工科给事中王德完奏:"令出柙中之虎兕以吞噬群黎,逸圈内之豺狼以搏噬百姓,怨愤无处得伸,郁结无时可解。"

⑪ 凤阳巡抚李三才奏:"陛下爱珠玉,民亦慕温饱,陛下爱子孙,民亦恋妻孥。奈何崇聚财贿,而使小民无朝夕之安?"又言:"近日奏章,凡及矿税,悉置不省。此宗社存亡所关,一旦众叛土崩,小民皆为敌国,陛下即黄金盈箱,明珠填屋,谁为守之?"

⑫ 给事中田大益奏:"内臣务为劫夺以应上求,矿不必穴而税不必商,民间邱陇阡陌皆矿也,官吏农工皆入税之人也,公私骚然,脂膏殚竭,向所谓军国正供,反致缺损。……四海之人方反唇切齿,而冀以智计甘言掩天下耳目,其可得乎?陛下矜奋自贤,沉迷不返,以豪珰奸弁为腹心,以金钱珠玉为命脉……即令逢干剖心,皋夔进谏,亦安能解其惑哉?"又言:"陛下驱率狼虎,飞而食人……夫天下至贵而金玉珠宝至贱也。积金玉珠宝若泰山,不可市天下尺寸地,而失天下,又何用金玉珠宝哉?"

⑬ 吏部尚书李戴奏:"今三辅嗷嗷,民不聊生;草木既尽,剥及树皮;夜窃成群,兼以昼劫;道殣相望,村空无烟。……使百姓坐而待死,更何忍言?使百姓不肯坐而待死,又何忍言?……此时赋税之役,比二十年前不啻倍矣……指其屋而挟之曰'彼有矿',则家立破矣;'彼漏税',则橐立倾矣。以无可查稽之数,用无所顾畏之人,行无天理王法之事。"

⑭ 户部尚书赵世卿上疏言:"天子之令,信如四时。三载前尝曰:'朕心仁爱,自有停止之时。'今年复一年,更待何日?天子有戏言,王命委草芥。"

⑮ 万历四十四年,给事中熊明遇疏:"内库太实,外库太虚。"
（以上⑧至⑮各奏疏中的文字散见《明史》或《明通鉴》。）

二

就在这时候,满清开始崛起。万历四十五年,努尔哈赤以七大恨告天,发兵攻明,次年攻占辽东重镇抚顺。明兵大败,总兵官张承荫战死,万余兵将全军覆没。

四十七年,辽东经略杨镐率明军十八万,叶赫（满清的世仇）兵二万,朝鲜（中国的属国）兵二万,兵分四路,大举攻清。清兵八旗兵约六万人,集中兵力,专攻西路一军。西路军的总兵官杜松是明军的勇将,平时最喜欢做的事,就是脱去衣衫,将满身的累累刀枪瘢痕向人夸示。出兵之时,他脱去上身衣衫,在城中游街,百姓鼓掌喝采。

西路这一仗,称为"萨尔浒之役",明军有火器钢炮,军火锐利得多。但杜松有勇无谋,他是统兵六万的兵团司令,却打了赤膊,露出全身伤疤,一马当先的冲锋。大概他是《三国演义》的读者,很羡慕"虎痴"许褚的勇猛。在《许褚裸衣斗马超》这回书中,描写许褚"卸了盔甲,浑身筋突,赤体提刀,翻身上马,来与马超决战。"果然威风得紧。但不知他记不记得许褚这场狠斗,结果是"操兵大乱,许褚背中两箭"？有趣的是,小说的评注者评道:"谁叫汝赤膊?"

明清两军列阵交锋之时,突然天昏地暗,数尺之外就什么也瞧不见了。杜松又犯了一个大错误,下令众军点起火把。这一来,明军在光而清军在暗,明军照亮了自身,成为清兵的箭靶子。努尔哈赤统兵六旗作主力猛攻,他儿子代善和皇太极各统一旗在右翼侧攻。结果杜松的遭遇比许褚惨得多,身中十八箭而死,当真是"谁叫汝赤膊?"总兵官阵亡,明军大乱,六万兵全军覆没。

努尔哈赤采取了"集中主力,各个击破"的正确战略,一个战役、一个战役的分开来打。明军北路总兵官马林、东路总兵官刘綎二人大败阵亡,朝鲜都元帅率众降清。

刘綎是当时明朝第一大骁将,打过缅甸、倭寇,曾率兵援助朝鲜对抗日本入侵,大小数百战,威名震海内。他所用的镔铁刀重一百二十斤,马上轮转如飞,天下称为"刘大刀"。他的大刀比关羽的八十一斤青龙偃月刀还重了三十九斤。据说他能单手举起一张摆满了酒菜碗筷的柏木八仙桌,在大厅中绕行三圈。连杜松、刘綎这样的骁将都被清兵打死,明军将士心理上受到的打击自然沉重之极,提到满清"辫子兵"时不免谈虎色变。

这场大战是明清两朝兴亡的大关键,而胜败的关键在于:第一、明方的主帅杨镐是文官,完全不懂军事。第二、明朝政事腐败已达极点,军事的组织与制度也废弛不堪,军队久无训练,军械破败残缺,完全没有必要的军事准备。①

杨镐全军覆没,朝廷派熊廷弼去守辽东。

万历四十六年七月,熊廷弼刚出山海关,铁岭已经失陷,沈阳及附近诸城堡的军民纷纷逃窜。熊廷弼兼程进入辽阳。经过神宗数十年来的百事不理,军队纪律荡然,士无斗志,骑兵故意将马匹弄死,以避免出战,只要听到敌军来攻,满营兵卒就一哄而散。熊廷弼面临的局面实在困难已极。②军饷本已十分微薄,但皇帝还是拼命拖欠,不肯发饷。③

神宗见边关上追饷越迫越急,知道挨不下去了,可是始终不肯掏自己腰包,结果想出了一个对策:再加田赋百分之二。连同以前两次,已共加百分之九,然而向百姓多征的田赋,未必就拿来发军饷,皇帝的基本兴趣是将银子藏之于内库。

边界上的警报不断传来,群臣日日请求皇帝临朝,会商战守方略。皇帝总是派太监出来传谕:"皇上有病。"吏部尚书赵焕实在忍不住了,上奏章说:"将来敌人铁骑来到北京城外,陛下也能在深宫中推说有病、就此令敌人退兵吗?"④神宗看了这道讽刺辛辣、实已近乎谩骂的奏章,只是心中怀恨,却说什么也不肯召开一次国防会议。

神宗搜括的银锭堆积在内库,年深月久,大起氧化作用,有的黑得像漆,有的脆腐如泥土,⑤就是不肯拿出来用。但他终于死了,千千万万的银两,一两也带不去。⑥

神宗,神宗,真是"神"得很,神经得很!

① 崇祯时任大学士的徐光启在《庖言》中说:满洲人旧都北门,居住的大都是铁匠,延袤数里。在当时那便是一个规

模庞大的兵工厂组合了。因此满洲兵的盔甲精良,头盔、面具、护臂、护手,都是精铁所制,马匹的要害处也有精铁护具。但明兵盔甲却十分简陋,除了胸背有甲之外,其余部份全无保护。满洲兵冲到近处,专射明兵的脸及胁,中箭必死。又据当时明人程令名说,努尔哈赤所居的都城"北门外则铁匠居之,专治铠甲;南门外则弓人、箭人居之,专造弧矢。"

② 熊廷弼于八月廿九日上书朝廷,陈述辽东明军情况:"残兵……身无片甲,手无寸械,随营糜饷,装死扮活,不肯出战……点册有名,及派工役而忽去其半;领饷有名,及闻警告而又去其半……将领皆屡次征战存剩及新败久废之人,一闻警报,无不心惊胆丧者……见在马一万余匹,多半瘦损,率由军士故意断绝草料,设法致死,备充步兵,以免出战,甚有无故用刀刺死者。……坚甲利刃,长枪火器,丧失俱尽。今军士所持弓皆断背断弦,所持箭皆无羽无镞,刀皆缺钝,枪皆顽秃。甚有全无一物而借他人以应点者。又皆空头赤体,无一盔甲遮蔽。……闻风而逃,望阵而逃,惧战而逃。顷闻北关信息,各营逃者日以千百计。如逃止一二营或数十百人,臣犹可以重法绳之。今五六万人,人人要逃。虽有孙吴军令,亦难禁止。"

③ 万历四十八年三月,熊廷弼上奏:"四十七年十二(疑为"一"字)月赴户部,领饷二十万两,十二月领饷十万两,四十八年正月领饷十五万两,俱无发给……岂军到今日尚不饿、马到今日尚不瘦不死、而边事到今日尚不急耶?军兵无粮,如何不卖袄裤杂物?如何不夺民间粮窖?如何不夺马料养自己性命,马匹如何不瘦不死?而户部犹漠然不一动念。"他说户部犹漠然不一动念,是客气的说法,漠然不动一念的,当然是皇帝自己。

④ "他日蓟门蹂躏,铁骑临郊,陛下能高拱深宫,称疾却之乎?"

⑤ 户科给事中官应震言:"内库十万两内五万九千两,或黑如漆,或脆如土,盖为不用朽蠹之象。"

⑥ 中共发掘帝皇坟墓,偏偏拣中了神宗的"定陵",改建为博物馆,称为"地下宫殿"。

三

神宗死后,儿子光宗常洛只做了一个月皇帝就因误服药物而死。光宗的儿子朱由校接位,历史上称为熹宗,年号天启。

光宗做皇帝的时间极短,留下的麻烦却极大,明末三大案梃击、红丸、移宫,都和他的皇位及生死有关。众大臣分成两派,纷争不已。纷争牵涉到其他一切事情上,只要是对方一派之人所做的事,不论是对是错,总是拿来激烈攻击一番。

熹宗接位时虚岁十六岁,其实不满十五岁,还是个小孩子,他对乳母客氏很依恋。这个客氏很喜欢弄权,在宫里和太监魏忠贤有点古怪的性关系。宫里太监和宫女很多,为了寂寞而互相安慰,大家私下恋爱,然而太监是阉割了性机能的阴阳人,所以这既不是异性恋爱,又不是同性恋,当时称为"对食",意思说不能同床,只不过相对吃饭,互慰孤寂而已。魏忠贤做了客氏的对食,渐渐掌握了大权。

熹宗是个天生的木匠,最喜欢做的事,莫过于锯木、刨木、油漆而做木工,手艺高明得很。他做过一座宫殿的小模型,唯妙唯肖,精巧异常。魏忠贤总是乘他做木工做得全神贯注之时,拿重要奏章去请他批阅。熹宗怎肯放下心爱的木工不理?把手一挥,说道:"别来打扰,你瞧着办去吧。"于是魏忠贤就去瞧着办了,越来越无法无天。

朝里自有一批谄谀无耻之徒去奉承他,到后来,魏忠贤成了实际上的皇帝。熹宗是"万岁",有些官员见了魏忠贤叫"九千岁",表示他只比皇帝差了一点儿。到后来,个人崇拜更大张旗鼓,搞得如火如荼,全国各地为魏忠贤建生祠。本来,人死了才入祠堂,可是他"九千岁"老人家活着的时候就起祠堂,祠中的神像用真金装身,派武官守祠,百官进祠要对他神像跪拜,那是货真价实的个人崇拜。

魏忠贤本来是个无赖流氓,年轻时和人赌钱,大输特输,欠了赌帐还不出,给人侮辱追讨,实在吃不消了,愤而自己阉割,进宫做了太监。他不识字,但记心很好,是个完全没有受过教育的赌棍。当世第一大国的军政大权却落在这样的人手里。

熊廷弼在辽东练兵守城,招抚难民,整肃军纪,修治器械,把局面稳定下来。他所接手的那个烂摊子,给他整顿得有些像样了。满清见对方有了准备,就不敢贸然来攻。但朝里敌对一派的大臣却来跟他过不去,不断上奏章攻击,说他胆小,不敢出战;说他无能,不能尽复失地。于是朝廷革了熊廷弼的职,听候查办,改用袁应泰做统帅。

袁应泰是第一流的水利工程人才,一生修堤治水,救济灾民,大有功劳。他性格宽仁,办事勤勉,打仗却完全不会。满清努尔哈赤得知熊廷弼去职,大喜过望,便领兵来攻。袁应泰率军应战,七万兵大溃。清兵占领沈阳,又击破了明军的两路援军,再攻辽阳。明兵又大败,满兵取得军事要塞辽阳。

军事局势糟糕之极,朝廷束手无策,只好再去请熊廷弼出来,惩罚了一批上次攻击他的官员,算是给他平气。可是兵部尚书张鹤鸣和熊廷弼意见不合,只喜欢马屁大王巡抚王化贞,嘱咐王化贞不必服从熊廷弼指挥。

王化贞向朝廷吹牛,只须六万兵就可将满清一举荡平。朝廷居然信了他的。熊廷弼极力认为准备不足,不可进攻。兵部尚书却一味袒护王化贞。于是王化贞领兵十四万出战,一交锋全军溃没。清兵攻占坚城广宁。总算熊廷弼领了五千兵殿后,保护难民和败兵数十万退入山海关。朝廷不分青红皂白,将王化贞和熊廷弼一起逮捕。张鹤鸣免职。

到这时为止,明清交锋,已打了三场大仗。每一仗明军都是大败。

明兵的战斗力固然不及清兵,但也不是不能打,不肯打。每一个大战役,总兵官都阵亡,副将、参将也大都阵亡。明兵人数都超过清兵数倍,武器更先进得多,有火器。三个大战役的失败,主因都是在于军队没有准备、缺乏训练、军纪不良,以及主帅战略不当,指挥错误。军务废弛,士气低落,当然也是由于统帅失责。

以中国之大,为什么经常缺乏有才能的统帅?根本症结是在明朝一个绝对荒谬的制度:由文官指挥战役。

这个制度的根源,在于皇帝不信任武官。明朝皇帝不信任武将,怕他们手里有了武力,就会抢夺皇帝的宝座,先是派文官去军中监视,后来索性叫文官做总指挥,到后来连文官也不信任了,于是再加派太监作监军。太监既是皇帝的心腹亲信,另有一样好处,太监没有儿子,篡位的可能性就很小。做了皇帝而不能传于子孙,做皇帝的兴趣就大打折扣了。

明朝御史的权力很大,有权监察各行政部门。大学士代皇帝拟的圣旨、六部尚书所下的决定,御史都可放言批评,而且批评经常发生效力。皇帝派去监察武将的"总督"、"巡抚",本来都是属于"都察院"的监察官,并不是行政官。因为监察官权大,后来就变成了总司令、总指挥。好比部队的政委或政治主任兼任司令员。

但要做到御史,通常非中进士不可。要中进士,必须读熟四书五经,书法漂亮,会做合乎应制规范的八股文。明朝读书人如何废寝忘食的学八股文、考进士,读一下《儒林外史》就很清楚了。明朝派去带兵、指挥大军,和清军猛将锐卒对抗的,却都是这批熟读诗云子曰、书法漂亮、八股文做得很好的进士。

明末抗清有三位名将,功勋卓著:熊廷弼是万历二十五年的解元(全省考举人第一名),万历二十六年的进士。孙承宗是万历三十二年的进士第二名(榜眼)。袁崇焕是万历四十七年进士。他们三个是文官,幸亏碰巧有用兵的才能。本来明末皇帝的运气不坏,做八股文考中进士的文人之中居然出现了三个第一流的军事家。然而文官会带兵,那就是危险人物。明朝皇帝罢斥了其中一个(孙承宗),杀死了另外两个。

别的奉命统兵抗清的八股文专家们可就没有军事才能了。杨镐,万历八年进士,指挥大军,全军覆没。袁应泰,万历二十三年进士,指挥大军,全军覆没。王化贞,万历四十一年进士,指挥大军,全军覆没。

袁崇焕是在这样的政治、经济、军事背景之下,去应付辽东艰巨的局面。当然,更艰巨的,是应付北京朝廷中的局面。

背后是昏愦胡涂的皇帝、屈杀忠良的权奸、嫉功妒能的言官;手下是一批饥饿羸弱的兵卒和马匹,将官不全,兵器残缺,领不到粮、领不到饷,所面对的敌人,却是自成吉思汗以来,四百多年中全世界从未出现过的军事大天才努尔哈赤。这个用兵如神的统帅,创制了严密的军事制度和纪律,使他手下那批战士,此后两百年间在全世界所向无敌。铁骑奔驰于北陲大漠、南疆高原,扩土万里,的的确确是威行绝域,震慑四邻。

努尔哈赤以祖宗遗下的十三副甲胄起家,带领了数百名族人东征西讨,建立了中国历史上疆域最大的大帝国(元朝的蒙古帝国横跨欧亚,不能说中华帝国的领土竟有这么大。蒙古大帝国的中国部份,远比清朝的疆域为小)。清朝的疆域比汉朝、唐朝全盛时代都大得多,宋明两朝更不能与之相比。今日中国领土中的西藏、新疆、黑龙江、台湾、青海、内蒙古等等大片土地,都是满洲人得来的。当时外蒙古、朝鲜、越南、琉球、今日俄罗斯东部的大片土地都是中国的领土或属地。清朝全盛时期的领土,比现在的中国大得多了。

满洲战士后来打败了俄罗斯帝国的骑兵,打败了尼泊尔的喀兵,打败了蒙古兵,打败了朝鲜兵,打败了越南兵,间接打败荷兰兵(郑成功先打败荷兰兵,攻占台湾,满洲兵再打败郑成功的孙子),在十七世纪、十八世纪的两百年中,无敌于天下。

满洲当时和明帝国交战,已接连三次杀得明军全军覆没,每一个战役都是以少胜多。努尔哈赤兴兵以来,迄此时为止,百战百胜,从未吃过一个败仗。

满洲兵所以军力强盛,几乎战无不胜,一来因女真人生于苦寒之地,环境恶劣,自幼即经受苛严之锻炼。成军之后,纪律极严,战阵中若首领被杀而部属不死者,全队齐斩,又若部属战死而队首不死者,队长处斩。军令强迫全队官兵共存亡,长官死则全队俱死,部队死则长官亦死,若不死于战阵,事后追究亦必斩首。崇德三年八月,皇太极命多尔衮、岳托统兵伐明,宣示军律曰:"尔等临阵,若七旗败走,一旗拒战者,七旗所属之人员,俱给拒战之一旗;一旗败走而七旗拒战者,以败走一旗人员,分给七旗。如一旗内拒战者半,败走者半,即以败走者所属人员给本旗拒战者。"满洲人采用八旗制的部族经济制度时,以所俘虏的汉人为奴隶,是主要的生产工具和财产,是原始共产主义社会的性质。战争制度颇为野蛮,打仗时如一旗败走而七旗拒战,该旗的奴隶、财产等等,全归拒战不退的七旗平分,败走的一旗就无以为生。因此一到战斗之时,每个战士以身家性命作拼斗,宁死不肯败走。

努尔哈赤幼时在明朝大将李成梁家中为奴,识得汉语汉文,喜读《三国演义》与《水浒传》。他的智略一部份是天生,一部份当是从这两部小说中得来的。

努尔哈赤自己固然智勇双全,他还有一大批精明骁勇的子侄,① 剽悍凶猛的将领,部勒严整的战士。

当时明朝有一句谚语说:"女真不满万,满万不可敌。"因为女真人熟习弓马,强悍善战,汉人向来不是他们的敌手。这时女真精兵八旗,每旗七千五百人,已有六万之众了。

袁崇焕所面对的是这样了不起的大敌,而他却是个书生。他会做诗,虽然诗才不敏捷,字写得很好,文章有气势,② 既然中了进士,八股文当然也做得不错,诗云子曰背得很熟。相信他不会射箭,宁远第二次大战时,他自称只是在城头大声呐喊。③

努尔哈赤与袁崇焕正面交锋之时,满清的兵势正处于巅峰状态,而明朝的政治与军事也正处于腐败绝顶的谷底。

以这样一个文弱书生,在这样不利的局面之下,而去和一个纵横无敌的大英雄对抗,居然打三场大战,胜了三场,袁崇焕的英雄气概,在整个人类历史中都是十分罕有的。

① 努尔哈赤有十六个儿子,个个是有名的勇将。两个侄儿阿敏与济尔哈朗也十分厉害。
② 康有为《袁督师遗集·序》盛称其文字雄奇:"夫袁督师之雄才大略,忠烈武棱,古今寡比。其遗文虽寥落,而奋扬蹈厉,鹤立虹布,犹想见鲁阳挥戈、崆峒倚剑之神采焉。"
③ 《明史》说熊廷弼左右手都会射箭,但没有提到袁崇焕会武。

四

袁崇焕,原籍广东东莞,是水南乡人,祖父移居广西梧州藤县白马乡。生于万历十二年(公元一五八四年),他在藤县考中秀才和举人。

他为人慷慨,富于胆略,喜欢和人谈论军事,遇到年老退伍的军官士卒,总是向他们请问边疆上的军事情况,在年轻时候就有志于去办理边疆事务。①

他少年时便以"豪士"自许,②喜欢旅行。他中了举人后再考进士,大概三次落第,③每次上北京应试,总是乘机游历,几乎踏遍了半个中国。④最喜欢和好朋友通宵不睡的谈天说地,谈话的内容往往涉及兵戈战阵之事。⑤

明朝制度,每三年考一次进士,会试在二月初九开始,十五结束。三月初一廷试。袁崇焕于万历四十七年在北京参加廷试而中进士,其时三十五岁。杨镐于该年二月誓师辽阳,三月间四路丧师。新中进士和大战溃败这两件事在同一个时候发生,袁崇焕这个向来关心边防的新进士一喜一忧,心情一定很复杂。他那时在京城,当然听到不少辽东战事的消息。

他中进士后,被分派到福建邵武去做知县。⑥

天启二年,他到北京来报告职务。他平日是很喜欢高谈阔论的,大概在北京和友人谈话时,发表了一些对辽东军事的见解,很是中肯,引起了御史侯恂(才子侯方域的父亲)的注意,便向朝廷保荐他有军事才能,于是获升为兵部职方司主事(自正七品的知县升为正六品的主事)。不做地方官了,被派到中央政府的国防部去办事。

明朝官制,兵部(国防部)尚书(部长)一人,左右侍郎(副部长)各一人,下面分设四个司:武选(武官人事)、职方(军政、军令)、车驾(警备、通讯、马匹)、武库(后勤、训练)。职方司约略类似于现代的作战司,职方司有郎中一人、员外郎一人、主事二人。主事大概相当于作战司的文职中校处长。

袁崇焕任兵部主事不久,王化贞大军在广宁覆没,满朝惊惶失措。

清兵势如破竹,锐不可当,自万历四十六年到那时,四年多的时间内,覆没了明军数十万大军,攻占抚顺、开原、铁岭、沈阳、辽阳,直逼山海关。明军打一仗,败一仗,山海关是不是守得住,谁都不敢说。山海关一失,清兵就长驱而到北京了。

于是北京宣布戒严,进入紧急状态。

可是关外的局势到底怎样,传到北京的说法多得很,局势越不利,谣言越多,这是人类社会的通例。谣言满天飞,谁也无法辨别真假。就在这京师中人心惶惶的时候,袁崇焕骑了一匹马,孤身一人出关去考察。兵部中忽然不见了袁主事,大家十分惊讶,家人也不知他到了哪里。不久他回到北京,向上司详细报告关上形势,宣称:"只要给我兵马粮饷,我一人足可守得住山海关。"

这件事充分表现了他行事任性,很有胆识,敢作敢为而脚踏实地,但狂气也是十足。若在平时,他上司多半要斥责他擅离职守,罢他的官,但这时朝廷正在忧急彷徨之际,听他说得头头是道,便升他为兵备佥事,那是都察院的官,大概相当于现代文职的参谋部上校政治主任之类,派他去助守山海关。袁崇焕终于得到了他梦想已久的机会,雄心勃勃的到国防前线去效力。

他的豪语一定使朝中大官们印象十分深刻,所以得到朝廷的支持,从他家乡招募了一批兵员去。⑦当时守山海关的主要是新到的浙江兵。另有三千名广东水兵,在袁崇焕之后到达。袁崇焕认为广东步兵勇捷善战,推荐他叔父袁玉佩负责招募三千名,其中包括袁崇焕平生所结纳的亲信和死士韩润昌、谢尚政、洪安澜等人。他又认为广西狼兵雄于天下,冲锋陷阵,恬不畏死,申请于田州、泗城州、龙英州各调二千名,由慷慨知名且善武艺的林翔凤带领,林是他的至戚。朝廷一一批准。⑧

他到山海关后,作为辽东经略(东北军区总司令)王在晋的下属,初时在关内办事。王在晋见他任事干练,很是倚重,派他出关到前屯卫去收抚流离失所的难民。袁崇焕奉命之后,当夜出发,在荆棘虎豹之中夜行,四更天时到达。前屯城中将士无不佩服。袁崇焕本是书生,这一来,兵将都服了他了。

王在晋奏请正式任他为宁前兵备佥事。袁崇焕本来是没有专责的散官,现在有了驻地,相当于宁远、前屯卫二城的城防司令部政治主任,身当山海关外抗御清兵的第一道防线。宁远在最前线,前屯卫稍后。不过他虽负责防守宁远、前屯卫,第一线的宁远却没有城墙,没有防御工事,根本无城可守。他只得驻守在前屯卫。

至于明军一切守御设施,都集中在山海关。山海关是"天下第一关",防守京师的第一大要塞,然而它没有外围阵地。清兵倘若来攻,立刻就冲到关门之前。

稍有军事常识的人都立刻会看出来,单是守御山海关,未免太过危险,没有丝毫退步的余地。只要一仗打败,这个大要塞就失守,敌军便攻到北京。所以在战略形势上,必须将防线向北移,越是推向北方,山海关越安全,北京也越安全。

袁崇焕一再向上司提出这个关键问题。王在晋是万历二十年进士、江苏太仓人的文弱书生(苏州的白面书生),根本不懂军事,眼光短浅,胆子又小,听袁崇焕说要在关外守关,想想道理倒也是对的,便主张在山海关外八里的八里铺筑城守御。他一定想,离山海关太远,逃不回来,那怎么得了?袁崇焕认为只守八里的土地没有用,外围阵地太窄,起不了屏障山海关的作用,和王在晋争论,王不采纳他的意见。于是袁崇焕去向首辅叶向高申请,叶也不理。

袁崇焕的主张虽然正确,然而和顶头上司争论了一场之后,意见不蒙采纳,竟径自去向最高行政首长投诉。越级呈报是官场大忌,他做官的方式却大大不对了。这又是他蛮劲的表现之一。

这时宁远之北的十三山有败卒难民十余万人,给清兵困住了不能出来。朝廷叫大学士孙承宗设法解救。袁崇焕申请由自己带兵五千进驻宁远作声援。另派骁将到十三山去救回溃散了的部队和难民。王在晋觉得这个军事行动太冒险,不加采纳。结果十余万败卒难民都被清兵俘虏,只有六千人逃回。

满清这时在经济上实行奴隶制度,女真人当兵打仗,以抢劫财物为主要工作,认为男子汉耕田种地是耻辱,所以俘虏了汉人和朝鲜人来耕种。汉人、朝鲜人的奴隶是可以买卖的,当时价格是每个精壮汉人约为十八两银子,或换耕牛一头。⑨十三山的十多万汉人被俘虏了去,都成为奴隶,当然受苦不堪,同时更大大增加了满清的经济力量。

那时袁崇焕仍极力主张筑城宁远。朝廷中的大臣都反对,认为宁远太远,守不住。大学士孙承宗是个有见识之人,亲自出关巡视,了解具体情况,接受了袁崇焕的看法。

不久孙承宗代王在晋作辽东主帅。天启二年九月,孙承宗派袁崇焕与副将满桂带兵驻守宁远,这是袁崇焕领军的开始。

满桂是蒙古人,骁勇善战。从那时起,他和袁崇焕的命运就永远结合在一起,再也分不开了。一个蒙古武将,一个广东统帅,都是十分刚硬、十分倔强的脾气。两人一起经历了多次生死患难,也有过不知多少次激烈的争吵。一直到死,两人仍是在争吵。但在两人的内心,却又一定互相钦佩。那既是英雄重英雄的心情,又知在抗拒清兵大敌之时,非仰仗对方的力量不可。高明的组织才能和正确的战略决策是必要的,亲临前敌、殊死决战的刚勇也是必要的。

宁远在山海关外二百余里,只守八里和守到二百多里以外,战略形势当然大有区别。

宁远现在叫作兴城,有铁路经过,是锦州与山海关之间的中间站。地滨连山湾,与葫芦岛相距甚近。我真盼望将来总有一日能到兴城去住几天,好好的看看这个地方。

天启三年九月,袁崇焕到达宁远。

本来,孙承宗已派游击祖大寿在宁远筑城,但祖大寿料想明军一定守不住,只筑了十分之一,敷衍了事。

袁崇焕到后,当即大张旗鼓、雷厉风行的进行筑城,立了规格:城墙高三丈二尺,城雉再高六尺,城墙墙址广三丈,派祖大寿等督工。袁崇焕与将士同甘共苦,善待百姓,当他们是家人父兄一般,所以筑城时人人尽力。次年完工,城高墙厚,成为关外的重镇。这座城墙是袁崇焕一生功业的基础。这座城墙把满清重兵挡在山海关外达二十一年之久,如果不是吴三桂把清兵引进关来,不知道还要阻挡多少年。

关外终于有了一个安全的地方。这些年来,辽东辽西的汉人流离失所,如给满洲人掳去,便成了奴隶,于是关外的汉人纷纷踊到,远近认为乐土,人口大增。宁远城一筑成,明朝的国防前线向北推移了二百余里。

袁崇焕同时开始整饬军纪,他发现一名校官虚报兵额,吞没粮饷,蛮子脾气发作,当即将他斩了。但按照规定,他是无权擅自处斩军官的。孙承宗大怒,骂他越权。袁崇焕叩头谢罪。孙承宗也就算了。他后来擅杀毛文龙,在这时可说已伏下了因子。

孙承宗也是个积极进取型的人物,这时向朝廷请饷二十四万两,准备对清军发动进攻。孙承宗是教天启皇帝读书的老师,天启对老师很不错,立刻就批准了。但兵部尚书与工部尚书互相商议说:"军饷一足,此人就要轻举妄动了。"所以决定不让他"饷足",采取公文旅行的拖延办法,使孙承宗的战略无法进行。孙承宗于是进行屯田政策,由军士自耕自食,也得到很大的成效。

天启四年,袁崇焕与大将马世龙、王世钦等率领一万二千名骑兵步兵东巡广宁。广宁即今北镇县,在锦州之北,与满清重镇沈阳已慢慢接近了。袁崇焕还没有和清兵交过手,这次已含有主动挑战的意味。但清兵没有应战。袁崇焕一军通过大凌河的出口十三山,从海道还宁远。这时清兵已退出十三山。

袁崇焕这次陆海出巡,写了一首诗,题目是"偕诸将游海岛",不说"率诸将"而说"偕诸将",不说"巡海岛"而说"游海岛",颇有儒将的雅量高致。诗中很清楚的抒写了他的心情:是战是守的方略苦受朝廷牵制,不能自由,见到大好河山,更加深了忧愁。对荣华富贵我早已看得极淡,满腔忠愤,却只怕别人要说是杞人忧天。外敌的侵犯最后总是能平定的,但朝廷中争权夺利的斗争却实是大患,不知几时方能停止?看到天上浮云,冷清清的月亮,又想到我父亲逝世,伤心得肠也要断了。⑩

短短三四年之间,从京师戒严到东巡广宁,军事从守势转为攻势,这主要是孙承宗主持之功,而袁崇焕也贡献了很多方略。

孙承宗很赏识他,尽力加以提拔。袁崇焕因功升为兵备副使,再升右参政。孙承宗对他言听计从,委任甚专。

天启五年夏,一切准备就绪,孙承宗根据袁崇焕的策划,派遣诸将分屯锦州、松山、杏山、右屯、大凌河、小凌河诸要塞,又向北推进了二百里,几乎完全收复了辽河以西的旧地,这时宁远又变成内地了。

清兵见敌人稳扎稳打,步步为营的推进,四年之中也不敢来犯。然而进攻的准备工作却做得十分积极,努尔哈赤将京城从太子河右岸的东京城移到了沈阳,以便于南下攻明、西取蒙古,保持充分的出击姿态。

孙承宗有才识,有担当,有气魄,袁崇焕对他既钦佩,又有知遇的感激,这样的上司是极难遇到的。眼见他和孙承宗的共同计划正在一步步的实现,按部就班的收复失地,这几年袁崇焕一定过得十分快乐。他和手下将领满桂、左辅、朱梅、祖大寿、何可纲、赵率教、孙祖寿等人的战斗友谊,也在这些日子中不断加深。⑪

可是好景不常,时局渐渐变坏。天启皇帝熹宗越来越喜欢做木工。魏忠贤的权力越来越大,尽量发挥他地痞流氓性格中的无赖、无知、无耻以及无法无天。

天启五年,魏忠贤大举屠戮朝廷里的正人君子,将弹劾他二十四条大罪的杨涟下狱。同时下狱的有左光斗、魏大中、袁化中等大臣,所诬陷的罪名是贪污。百姓大愤,数万士民在北京街道上呼叫大哭。魏忠贤不敢正式审讯,命狱卒在监狱中打死了这些大臣。杨涟死得最惨,土囊压身,铁钉贯耳。

不久,魏忠贤又杀熊廷弼。

熊廷弼在辽东立有大功,蒙冤入狱,百姓都很同情他。民间流传一部绣像演义小说《辽东传》,描写熊廷弼守辽东的英勇事迹。魏忠贤的徒党中有一个名叫冯铨的,他父亲当年在辽东作布政的官,清兵未到,先就鼠窜南逃。《辽东传》第四十八回有"冯布政父子奔逃"一节,描写冯铨父子弃职而逃的狼狈丑态,可说是当时的"新闻体小说"。

冯铨对这事深为怀恨,又要讨好魏忠贤,于是买了一部《辽东传》放在衣袖里,见到熹宗后,把小说拿出来,诬告说:"这部演义小说是熊廷弼作的,他吹嘘自己的功劳,想要免罪。"熹宗信以为真,登时大怒。大概他看到小说中的绣像将熊廷弼画得威风凛凛,而文字中或许对皇帝还颇有讽刺,于是即刻下旨将熊廷弼斩首,还将他的首级送到各处边界上去给守军观看,那就叫做"传首九边",说他犯了不战的大罪。然而真正应当负责的王化贞反而不杀。

文字狱也开始发展。江苏太仓的两个文人作诗哀悼熊廷弼,都被加以"诽谤"罪名而处斩。⑫

魏忠贤喜欢文官武将送他贿赂,越多越好。孙承宗带兵十多万,粮饷很多,应当大量克扣下来转奉给他"九千岁"才是。孙承宗不肯这样办,魏忠贤自然不喜欢,于是派了个吹牛拍马的小人高第去代孙承宗作辽东经略。高第一到任,立刻就说关外之地不可守,要撤去关外各城的守御,将部队全部撤入山海关。

这战略之胡涂,真是不可理喻。那时清兵又没有来攻,完全没有撤兵逃命的必要。大概他是怕一旦来攻,非败不可,还是先行撤兵比较安全。

袁崇焕当然极力反对,对高第说:"兵法有进无退。诸城既已收复,怎可随便撤退?锦州、右屯卫一动摇,宁前就震惊,山海关也失了保障。这些外卫城池只要派良将守御,一定不会有危险的。"高第不听,下令宁远、前屯卫也撤兵。

袁崇焕倔强得很,抗命不听,说道:"我做的是宁前道的官,守土有责,与城共存亡,决计不撤。"

高第是胆小的书生,袁崇焕虽是他部属,但见他蛮劲发作,声色俱厉的不服从命令,也就不敢对他怎样,只是下令将锦州、右屯、大小凌河、松山、杏山的守兵都撤去了,放弃了粮食十余万石。撤退毫无秩序,军民死亡载道,哭声震野,百姓和将士都气愤难当。

袁崇焕的父亲早一年死了,按照规矩,儿子必须回家守丧。当时朝廷以军事紧急,下旨不许他回家,命他在职守制,称为"夺情"。这时袁崇焕大怒,上奏章要回家守制。朝廷不准,为了慰抚他,升他为按察使。但这样一来,数年辛辛苦苦的经营毁于一朝。虽然升官,也决不会开心。

可以想像得到,袁崇焕在这段时期中,"×他妈"的广东三字经不知骂了几千百句。他是广东人,虽自幼居于广西,平时大概说广东话。他是进士,然而以他的性格而遇上这种事情,不骂三字经何以泄心中之愤?或许高第不敢见他的面,否则被他饱以老拳、殴打上司的事都可能发生。

高第,字登之,万历十七年进士。他考试果然"高第登之",但做大军统帅,却是"要地弃之"。

军事上这样荒谬的决策,大概只有当代南越阮文绍主动放弃顺化、岘港,弃军四十万,因而引致南越全面溃败一事,可以与之"媲美"。

① 关于袁崇焕的事迹,如未注明出处,主要系依据《明史·袁崇焕传》所载。

② 袁崇焕考举人时,有《秋闱赏月》诗,有句:"竹叶喜添豪士

志,桂花香插少年头。"

③ 袁崇焕于万历三十四年(一六〇六)中举,时年二十二岁。他中举之前,居于广西平南,最初在平南考秀才,平南人说他冒籍,于是他改到藤县去考,他有诗题为《游雁洲》,唐时新进士在长安慈恩寺雁塔题名,所以"雁塔题名"表示考中,平南县衙前河中常有雁,当地人士以雁只多少来预卜中举人中秀才的人数,袁诗云:"烟水家何在?风云影未闲,登科闻有兆,愧我独缘悭。"当是落第之后所作,诗附有注:"予居平南,初应童子试,被人讦,今改籍藤县,故云。"中举之后,到原籍东莞去扫墓,有诗《登贤书后回东莞县谒墓》:"少小辞乡园,飘零二十年。敢云名在榜,深愧祭无田,邱陇棠梨在,衣冠手泽传。夕阳回首处,林树郁苍烟。"这是他原籍东莞、籍隶藤县、幼居平南的证据。

④ 袁崇焕《募修罗浮诸名胜疏》:"余生平有山水之癖,即一邱一壑,俱低徊不忍去。故十四公车,强半在外,足迹几徧宇内。"《下第》诗有云:"遇主人宁易,逢时我独难。八千怜客路,三十尚儒冠。"从东莞或藤县到北京,约言之曰八千里。

⑤ 他到浙江嵊县游览时,与好友秦六郎中宵长谈,有《话别秦六郎》诗:"海鳄波鲸夜不啾,故人谈剑剡溪头。言深夜半犹疑昼,酒冷凉生始觉秋。水国芙蓉低睡月,江湄杨柳软维舟。自怜作赋非王粲,戛玉鸣金有少游。"

⑥ 他被派到福建做知县,首先要去谒见总督、巡抚等大官,官样文章,耗时甚多,有诗《至闽谒大府》:"侵晨持手版,逐队入军门。衙鼓三声急,官仪一面尊。人情今未熟,政事昔曾论。私谓吾何敢,归来夜未昏。"又有诗《初至邵武》:"为政原非易,亲民慎厥初。山川今若此,风俗更如何。讼少容调鹤,身闲即读书,催科与抚字,二者我安居。"当时做地方官的小官,目标是移风易俗、讼少刑轻,主要工作是征收赋税、安抚亲民。袁崇焕觉得工作不难,希望清闲一点,可以多读些书。

⑦ 袁崇焕在《天启二年擢佥事监军奏方略疏》中提出招募兵员的要求,宣称:"他日战之不力,即斩臣于行军之前,以为

轻事者戒。"最后说:"如听臣之言,行臣之忠,臣必效力以舒人神之愤。不但巩固山海,即已失之封疆,行将复之。谋定而战,臣有微长也。"他上任后的第一道奏章,便提出了"谋定而战"的四字要诀,同时也自豪而自信的说:"臣有微长也。"

⑧ 招募和调集三千名广东兵、六千名广西兵,一共大约花二十万两银子。据袁崇焕所申请的预算,广东兵要安家、行粮、衣甲、器械等费,每人二十余两。广西狼兵本来就是兵,所以不发安家、兵甲费用,只需从广西到关外的行粮每人六两银子。

⑨ 详见王钟翰《满族在努尔哈齐时代的社会经济形态》、《皇太极时代满族向封建制的过渡》。

⑩ 原诗是:"战守逶迤不自由,偏因胜地重深愁。荣华我已知庄梦,忠愤人将谓杞忧。边衅久开终是定,室戈方操几时休? 片云孤月应肠断,桩树凋零又一秋。"

⑪ 孙承宗是袁崇焕的上司,对他很是赏识,两人书信往来,孙承宗待他犹似平等的朋友,孙承宗的诗文集《高阳集》中有不少与袁来往的书信,两人讨论到朝中奸佞,孙的信中说:"吾辈做天下事,只论人不论天,然天道安可诬也。此一流人,非天去之,又搅多时。吾辈安得不善承天意,亟为勉图。"孙认为奸臣佞臣,将来天必去之,目前我们只好自行努力。又有信云:"此何地,敢爱其身? 此何地,敢不爱其身? 得手教乃快,此惓切也。当瘵呿时,愿惟少加静息。自爱,正以爱此耳。"劝他保重身体。袁崇焕于崇祯二年被捕,孙承宗有诗感叹,有云:"一缕痴肠看赐剑,几行血泪洒征衣。"又云:"东江千古英雄才,泪洒黄卷半不平。"两人是英雄重英雄。

⑫ 袁崇焕作了两首诗痛悼熊廷弼,大概没有公开,所以幸未贾祸,诗中公然说熊功高遭忌,不送贿赂致死。这两首诗慷慨悲愤,日后用来吊他自己,也很恰当。《哭熊经略二首》,其一:"记得相逢一笑迎,亲承指授夜谈兵。才兼文武无余子,功到雄奇即罪名。慷慨裂眦须欲动,模糊热血面

如生(熊被斩首后传首九边,袁崇焕见到熊的首级,面目如生)。背人痛极为私祭,洒泪深宵哭失声。"其二:"太息弓藏狗又烹,狐悲兔死最关情。家贫罄尽身难赎,赂贿公行杀有名。脱愤愤深檀道济,爱书冤及魏元成。图遭惨毒缘何事,想为登坛善将兵。"

五

满清看出了明朝的虚实,知道高经略无用,袁崇焕无人支持,于天启六年(一六二六)正月大举渡辽河攻宁远,兵十三万(在这几年中,清军的实力已扩充了一倍),号称二十万。二十三日攻抵宁远。

大敌终于攻来了。

朝廷荒唐,主帅荒谬,援军是一定不会有的。那怎么办?弃城而退是服从主帅命令;守城罢,宁远一城孤军,怎能挡满清的倾国之师?

在这紧急关头,袁崇焕奋发了英雄之气,决意抗敌。

他和大将满桂,副将左辅、朱梅,参将祖大寿、何可纲等,集将士誓死守城。袁崇焕刺出自己鲜血,写成文告,让将士传阅,更向士卒下拜,激以忠义。全军上下在他的激励下人人热血沸腾,决心死战。

他又下令前屯守将赵率教、山海关守将杨麒,凡是宁远有兵将逃回来,一概抓住斩首。山海关有他的上司辽东经略高第镇守,袁崇焕的职权本来只能管到宁远和前屯,山海关总兵杨麒他是管不着的。但这时还管他什么上司不上司,职权不职权,"×他妈,顶硬上,几大就几大!"(淞沪之战时,十九路军广东兵守上海,抗御日军侵略,当时"×他妈,顶硬上"的广东三字经,在江南一带赢得了人民的热烈崇敬。因为大家都说:广东兵一骂"×他妈!"就挺枪冲锋,向日军杀去了。)

他母亲和妻子这时也在辽西,大概住在山海关或前屯卫后方。他将母亲和妻子都搬到宁远城中来住。全家和宁远共存亡的决心,表现得再清楚也没有了。①

廿四日,清兵杀到城下。袁崇焕初次见到"辫子兵"的威猛。

清兵都有辫子,在那时,汉人只要听到"辫子兵"三字,不由自主的就胆战心惊,直到十余年后仍是如此。李自成部下的闯军都是身经百战的悍将健卒,席卷而东,攻破北京,在山海关前的一片石和吴三桂部大战时,丝毫不落下风。但清兵突然出现,闯军中响起"辫子兵来了!辫子兵来了!"的惊呼,数万精兵就此全军大溃,一败涂地。李自成逃出北京,向西急窜,"大顺"朝终于覆灭。在那时候,"辫子兵"就是"无敌雄师"的代名词。

袁崇焕并不比李自成更会打仗,他部下兵将也并不更为勇猛。但他更加镇定坚决,他没有个人的自私欲望,不像李自成那样想做皇帝。他的部属也不像闯军那样,抢饱了财物美女,不想打仗。真所谓"无欲则刚",所以他比李自成更刚强。

他是"×他妈,顶硬上"的英雄。

但他部下的兵将不是广东人,主要是辽河两岸的关外健儿,其他各省的都有。只因为主帅有"顶硬上"的英锐之气,部属也都跟着他"顶硬上"了。

这时宁远守兵约一万,而清兵有十三万。向来明清交战,总是明兵多而清兵少,这次却众寡易势,大军都在经略高第手中。高第全军据守山海关,果然并不派兵来救。

努尔哈赤先分遣部队绕过宁远,在城南五里处切断了通向山海关的大路,然后放几名俘虏来的汉人去宁远向袁崇焕传话:"我这次带了二十万大军来攻,宁远非破不可。守城官如投降,我一定大加优待,封为大官。"袁崇焕回答说:"你突然领兵来攻,那是什么道理?锦州与宁远两城,你本来已经占领,又再放弃。我修筑好了来住,自然要死守,怎肯投降?你说有二十万兵,未免夸大。你真正的兵力大约是十三万,我倒也不以为来兵太少了。"②

努尔哈赤于是大举攻城。

当时朝鲜使者带同翻译官韩瑗去北京朝见皇帝,刚到达宁远。袁崇焕很高兴的招待使节及其随从。朝鲜使节见守军甚是镇定,暗暗感到奇怪。袁崇焕和三数幕僚闲谈,及报清兵攻到,袁崇焕乘轿至战楼,又与韩瑗等谈古论文,泰然自若,全无忧色。过了不久,忽听得一声大炮,声动天地。韩瑗大惊,只吓得低下了头抬不起来。袁崇焕笑道:"贼兵来了!"打开城头敌楼的窗子,向外望去,只见清兵蔽野而来。城中却声息全无。

成千成万的辫子兵冲到了城边,突然之间,城头举起千千万万火把,矢石如雨般投下城去。战事越来越激烈,明军忽然从城头的每一个石堞间推出一个又长又大的木柜,这些大木柜一半在堞内,一半探出城外,大柜中伏有甲士,俯身射箭投石,投完了便将大木柜拉进来,再装矢石出去投掷。跟着地雷爆发,土石飞扬,无数清兵和马匹被震上半空。③

攻城清兵的先锋部队是铁甲军,每人身上都披两层铁甲,称为"铁头子"。清兵以坚车攻城,车顶以生牛皮蒙住,矢石不能伤。城内架起西洋大炮十一门,在城头轮流轰击,每一炮打出去,破坏杀伤及于数里。④

清兵奋勇迫近,推了铁裹车猛撞城墙,声音轰隆轰隆,势道惊人,撞击了很久,城墙撞破的地方很多。清兵再用像云梯那样的裹铁高车来撞击城墙高处。随后又把裹铁车推到城墙边,上面用木板遮住,以挡城头投下的矢石,车里藏了兵士,用铁锹挖掘城墙墙脚。清兵攻进了城墙下的死角,大炮已打他们不到。在这危急之时,守军想到了计策,抬了屋子前的长条大阶石从城上投下去。阶石十分沉重,铁车上的木板挡不住,压死了不少清兵。

攻城历时很久,城基给清兵挖成了一个个凹龛,清兵躲在城墙洞内向里挖掘,城上再投大石下去,就打不到了。这时宁远四周十余里的城墙墙脚已被挖得千孔百疮,眼看城破在即,满城百姓惊惶得很,都抱怨说:"袁爷为了他自己一人,害死了我们满城百姓。"后来北京百姓怨怪袁崇焕,大概也出于这种懦怯卑劣的心理。

大家正在彷徨无策之时,通判金启倧(浙江人)临时想出了几件新式武器,将火药撒在芦花褥子和被单上,纷纷投到城下去。他将这件新式武器取名为"万人敌"。当时是正月,气候酷寒,攻城清兵见到被褥,就都来抢夺,城上将火箭、硝磺等引火物投下去,"万人敌"立即燃烧,烧死了无数清兵。另有一种"万人敌"是将火药放在空心的大泥团中,外面围以木框,点燃了药引投下城去,泥团不断旋转喷火,烧死敌兵。那位金通判后来在赶制"万人敌"之时,火药碰到火星,不幸被烧死了。⑤

这时城墙被撞垮了一丈多,袁崇焕不能再泰然自若了,亲自搬石来堵塞缺口,连受了两次伤。部将劝他保重。他厉声道:"宁远虽只区区一城,但与中国的存亡有关。宁远要是不守,数年之后,咱们的父母兄弟都成为鞑子的奴隶了。我若胆小怕死,就算侥幸保得一命,又有什么乐趣?"撕下战袍来裹了左臂的伤口又战。将士在他的榜样之下,人人奋勇,终于堵上了缺口。⑥

廿五日清兵又猛攻,袁崇焕督将士死战。清太祖努尔哈赤也受了伤。血战三日,清兵损失惨重,终于不得不下令退兵。

此役杀死了清军中着锦衣的军官十余人,即满洲人称为"牛录额真"的,每一"牛录额真"统兵三百人(约相当于营长)。清兵退去后,守军将五十名敢死队用长绳缒到城下,拾到了十余万枝箭。城墙上给清兵挖出的洞穴有七十余个。这时点查火药库,火药也用尽了,局面真是危险得很。

敌军解围而去之后,百姓感到安全了,满城大哭,纷纷去拜谢袁崇焕与满桂的救命之恩。为什么要"满城大哭"?想来是既感激又惭愧,又是说不出的欣喜罢。

第二天早晨,清兵大队人马拥聚在城外大平原一边。袁崇焕派遣一名使者,备了礼物去送给努尔哈赤,对他说:"老将横行天下为时已久,今日败于小子之手,只怕是天意了。"努尔哈赤已受了伤,于是回送礼物及名马,约期再战。

所谓"约期再战",只是掩饰面子的话。努尔哈赤不敢再攻宁远,转而去攻觉华岛泄愤。

袁崇焕招募来的两广子弟兵,在宁远之战中似乎并未发生如何重大的作用。据我猜想,极可能是袁崇焕派了广东水师守觉华岛。觉华岛现在叫菊花岛,在葫芦岛之南,在宁远之东海外,离岸十八里。当时是关外屯聚粮草的重地,因为关外军粮靠海运接济,在觉华岛起卸最方便。寒冬之际,海面结了厚冰,变成了陆地,广东兵所擅长的水战完全用不上,只得把车辆排起来当防御工事,在冰上和清兵打陆战,结果全军覆没,岛上十余万石粮食尽被焚毁。这几千名广东海军,大概多数在这一役中牺牲了。⑦

努尔哈赤对诸贝勒说:"我自二十五岁以来,战无不胜,攻无不克。为什么单是宁远一城就打不下来?"十分恼怒。七月间到清河温泉疗养,派人去召大福晋(正妃)来,同回沈阳,因心情郁郁而发背疽(癌),在离沈阳四十里处的瑷鸡堡逝世,年六十八岁。

努尔哈赤一生只打了这一个大败仗。清人从此对袁崇焕十分敬畏。⑧

袁崇焕指挥这个战役很有儒将风度,坐轿子在城头敌楼中督战,打了胜仗之后,派使者送礼物给努尔哈赤,颇有《三国演义》中诸葛亮与周瑜羽扇纶巾、谈笑用兵的气派;也似南朝梁朝大将韦睿临阵时轻袍缓带,乘舆坐椅,手持竹如意指挥军队。韦睿身子瘦弱,但战无不胜,敌军畏之如虎,称为"韦虎"。不过到了当真危急之时,袁崇焕也不能再扮儒将了,只得以"蛮子"姿态来死拼。

① 见李光涛《清入关前之真象》。但此节不见于其他记载,不知李先生有何根据。
② 《清太祖实录》卷十。
③ 据日人稻叶君山《清朝全史》中所引述朝鲜使者当时在宁远城头的目睹记。
④ 据《颂天胪笔》。
⑤ 据计六奇《明季北略》中引宁远围城时在鼓楼前开店的一名花椒商人所述。
⑥ 据梁启超《袁崇焕传》。该传中叙述清兵败退后,"崇焕复开垒袭击,追北三十余里,清军大乱,死者逾万人。"与其他资料不符,今不取。
⑦ 袁崇焕《祭觉华岛阵亡兵将文》:"慨自战守乖方,屡失疆土,天子赫然震怒,调南北水陆舟师,谓尔乘船如马,遂调之来为进取也。据尔等间关远至,岂不欲灭此朝食,一航而金瓯复归,再航而黄龙扫哉?奈未尽其用而敌即来。亘寒之月,冰结舟胶,窘尔之所长,乌得不及于难?说者谓谋之不臧。不臧固不臧矣,然排山倒海之势,以十八万而临数千之水卒,即臧可奈何?而尔等计无复之,愤然以死,略无芥蒂,视当年之弃曳倒奔者,加一等也。人之罪至死而免,人之品至死而定。今将略尔罪而嘉乃忠,请命于天子,谅为之恤,所以不没汝等者,良有在也。吁嗟,巨浪茫茫,空山寂寂,皆汝等忠灵之所栖荡也,望故乡以何日?即转劫而无期,苒苒游魂,何不相结为厉,歼仇泄愤?在生之志,藉死以伸,则虽死之日,犹生之年也,尔其勉之。不腆

之奠,涕与俱之。尚飨。"

⑧ 清人所修的《明史·袁崇焕传》中说:"我大清举兵所向,无不摧破。诸将罔敢议战守。议战守自崇焕始。"

六

当朝中得到清兵大举来攻的讯息时,百官惊惶之极。兵部尚书王之光与廷臣商议,人人束手无策,以为这一次宁远一定要失了,不知山海关是否能保得住。山海关若失,清兵便到北京。后来得到捷报,朝野自然喜出望外,谢天谢地。

高第因不援宁远而免职,以王之臣代。袁崇焕升为右佥都御史。那是正四品的官。

三月,复设辽东巡抚,由袁崇焕升任。魏忠贤见他地位重要了起来,开始对他提防,派了两名亲信太监刘应坤与纪用去宁远监军。皇帝派特务监视部队长官,是历代政治腐败时常常出现的情形。特务干预军事,后果一定极差,所以袁崇焕上疏反对,但抗议无效,特务太监非来不可。朝廷为了安抚他,加他一个兵部右侍郎(正三品,相当于国防部第二副部长)的头衔,并赏银币,子孙世袭锦衣千户。

在这时候,袁崇焕与大将满桂之间,发生了激烈冲突,冲突的原因在于另一个大将赵率教。

满桂和赵率教都是第一流的将领,但性格很不同。①满桂是蒙古人,非常戆直,简直有些傻里傻气。赵率教却十分的机伶精乖,相信他一定会讨好上司,所以每一个辽东统帅自袁应泰、王在晋、孙承宗、高第以至袁崇焕,个个都很喜欢他(在《碧血剑》小说里,在袁承志周岁时送金项圈的就是他)。

满桂和他本来是非常要好的朋友。当清兵大举来攻宁远时,赵率教在前屯卫镇守,派了一名都司、四名守备带兵来援。当时大敌压境,赵率教自己不来和上司及好朋友共赴患难,所派的援兵又到得很迟,满桂大大不高兴,不许援兵进城,后来因袁崇焕的命令才放他们进来。等到宁远解围,赵率教想分功,满桂不许,又骂他为什么自己不来救援,太没有义气。两人为此大吵。大概满桂的态度十分粗鲁,蒙古三字经骂之不已,说不定还想出拳打人,袁崇焕便袒护赵率教。

冲突转移到了袁、满二人之间,或许满桂对上司不够尊敬,于是袁崇焕要求将满桂调走。②

朝廷群臣都知道满桂打仗的本事,但将帅不和总是不对,便依从了。可是经略王之臣极力认为满桂决不可去。朝廷召还满桂的命令已颁下了,于是听了王之臣的主张,再命满桂镇守山海关。袁崇焕坚决不接受。朝廷无法,只得将满桂调回北京,保留左都督原官,派在国防机构办事。

这件事情显然是袁崇焕的蛮子脾气发作,冲动起来,作出了违反理智的决定。由于王之臣袒护满桂,袁崇焕又去和王之臣吵闹。朝廷怕王之臣与袁崇焕不断冲突,坏了大事,于是将指挥权划分为二:关内的部队由辽东经略王之臣指挥,关外部队则由辽东巡抚袁崇焕指挥。经略的官比巡抚大,但这时袁崇焕已不属辽东经略管了。

袁崇焕毕竟是个光明磊落的大丈夫,冷静下来之后,知道是自己的不对,于是上奏请再用满桂。朝廷当然批准,派满桂兼统关内外兵马,赐尚方剑。王之臣和袁崇焕是文官,等于现在的政委;满桂是武将,是部队司令。武将受文官指挥。

幸亏袁崇焕不坚持错误,否则二次宁远大战,就不能得到满桂这样的大将来主持城防。满桂回任后,大概袁崇焕和他修好,表示了歉意。

在这时候,袁崇焕上了一道奏章,提出守辽的基本战略,这道奏章有很大的重要性。其中主张:一、用辽人守辽土;二、屯田,以辽土养军队;三、以守为主,等待机会再出击。他最耽心的事,是立了功劳之后,敌人必定要使反间计,散播谣言,而本国必定有人妒忌毁谤。③

他深知明军的战斗力不如清军,野战不利,只有用己之长,所以提出了战术的基本原则:"兵不利野战,只有凭坚城、用大炮一策。"

所统带的部队无力打野战,作为主帅,自然深感棘手。但训练一支善打野战的劲旅,非一朝一夕之功,那是无可奈何的;而对于势所必至的朝臣忌功中伤,更是无可奈何,只有盼望皇帝和大臣们能加以照顾了。

袁崇焕也不是一味的蛮干，有时也有他机伶的一面。他对魏忠贤派去监视他的两名特务太监敷衍得很好。当年冬天，他带同赵率教以及两名特务太监刘应坤、纪用，兴办防御工事及屯田，渐渐又再收复了高第所放弃的土地。

他在奏章中将这两名太监的功劳吹嘘了一番，所以魏忠贤和刘应坤、纪用三人都得到了封赏。刘、纪二人似乎也不是坏太监，并没有对袁崇焕掣肘阻挠，后来宁锦大战，刘应坤在宁远城上督战，纪用在锦州城上督战，都勇敢得很。大概二人为袁崇焕的忠勇所感召，也变得忠勇起来。可见也不是所有的太监都是坏人，主要还在领导者如何领导。

① 《明史·满桂传》："桂椎鲁甚，然忠勇绝伦，不好声色，与士卒同甘苦。"《明史·赵率教传》："率教为将廉勇，待士有恩，勤身奉公，劳而不懈，与满桂并称良将。二人既殁，益无能办东事者。"
② 袁崇焕奏章中说满桂"意气骄矜，谩骂僚属，恐坏封疆大计，乞移之别镇，以关外事权归率教。"
③ 《明史·袁崇焕传》引述他的奏章："陛下以关内外分责二臣。用辽人守辽土，且守且战，且筑且屯。屯种所入，可渐减海运。大要坚壁清野以为体，乘间击瑕以为用。战虽不足，守则有余。守既有余，战无不足。顾勇猛图敌，敌必仇，奋迅立功，众必忌。任劳则必召怨，蒙罪始可有功。怨不深则劳不著，罪不大则功不成。谤书盈箧，毁言日至，自古已然，惟圣明与廷臣始终之。"

七

努尔哈赤死后，第八子皇太极接位。

皇太极的智谋武略，实是中国历代帝皇中不可多见的人物，才干见识不在刘邦、刘秀、李世民、赵匡胤、忽必烈、朱元璋之下。中国史家大概因他是满清皇帝，由于种族偏见，向来没有给他以应得的极高评价。其实以他的知人善任、豁达大度、明断果决、多谋善战，除刘秀、唐太宗、成吉思汗外,中国历朝帝皇没几个能及得上。①

努尔哈赤是罕有的军事天才,这个老将终于死了,继承人是一个同样厉害的人物。皇太极的军事天才虽不及父祖,政治才能却犹有过之。袁崇焕所受到的压力一点也没有减轻。

皇太极接位之时,满洲正遭逢极大的困难。努尔哈赤新死,满洲内部人心动荡。努尔哈赤遗命是四大贝勒同时执政,行的是集体领导制,皇太极的权位很不巩固。在经济上,因为与明朝开战,人参、貂皮等特产失去了传统市场。满洲当时在经济上是奴隶制,掳掠了大批汉人来农耕,生产力相当低。但军队大加扩充,这时已达十五万人,军需补给发生很大问题,偏偏又遇上严重天灾,辽东发生饥荒。②如向中国侵略,却又打不破袁崇焕这一关。

在这时候,皇太极定下了正确的战略:侵略朝鲜。

朝鲜物产丰富而兵力薄弱,正是理想的掠夺对象。在外交上,朝鲜采取的是"事大(对明)交邻(对日本、满洲)"政策。明清交战时,朝鲜出兵助明,又供给明军皮岛总兵官毛文龙的粮食,成为满清后方的一个牵制。皇太极进攻朝鲜,可以解决经济上、战略上的双重困难,同时在必定可以得到的军事胜利之中树立威望,巩固权位。

中国方面的困难也相当不小。

训练一支既能守、又能战、再能进一步收复失地的精锐野战军,需要相当时间。

袁崇焕任宁前道佥事时,山海关外四城,纵深约二百里,广约四十里,屯兵六万余人,粮饷全靠关内支给。后来在孙承宗、袁崇焕主持下,恢复锦州、中屯、大凌河诸城,国防前线向北推展,屯田数千顷,兵士足食。高第代孙承宗为经略,尽弃锦州诸城,宁远没有了外卫,也没有了粮源。靠朝廷接济是很靠不住的,朝廷对于拖欠粮饷向来兴趣浓厚。袁崇焕做辽东巡抚,首要目标是修复锦州、大凌河等城堡的守备,然后屯田耕种。但筑城工程费时甚久,又不能受到敌人干扰,在和满清处于战争状态之时无法进行。

所以明清双方,都期望有一段休战时期,以便进行自己的计划。明方是练兵、筑城、屯田;清方是进攻朝鲜,巩固统治。在这样的局势下,具备了议和的条件。

明方的议和是攻势的,最后目标是消灭满清,收复全部辽东失地。清方的议和主要是守势,目的在巩固已得的土地,要明方承认双方的现有疆界,双方和平共处,进行贸易,皇太极则可巩固权位。努尔哈赤去世时,满清大权交由四大贝勒共掌,四大贝勒的权力相同,那是二子代善、五子莽古尔泰、八子皇太极、侄儿兼养子阿敏,皇太极因得代善支持而继位为满清大汗。

因为明清双方的国力实在太过悬殊。中国那时的人口,官方的记录是六千多万,实际上远不止此数,当时男丁要被政府征去义务劳动,不参加的要缴钱代替,所以百姓尽可能的瞒报人口。外国学者们的估计相互差距很大,最高的估计认为那时中国人口是一亿五千万人。我相信当不会少于一亿人。③女真人大概不到五十万人。④人口的对比是二百比一甚至三百比一。满清所占的土地,只是今日吉林、辽宁、黑龙江的一部份,与中国相比也相差极远。中国火器犀利,葡萄牙大炮尤其非清兵所能抵挡。

清方的长处,主要只是"明朝本身的腐败",以及清军战斗力强劲和统帅部高明的军事才能。只要袁崇焕镇守宁远,清方的长处就受到了限制。持久的缠斗下去,满清势必难以支持。

袁崇焕宁远大捷,在军事上并无十分重要的意义,因为并没有摧毁清军的主力,甚至没有削弱清军的战斗力。然而在政治上,对士气与民心却有非常巨大的振奋作用,这使中国军民知道清军也不是不会打败仗的。经此一役之后,本来投降了满清的许多汉人官吏和士卒又逃回来了。宁远城头的大炮,轰碎了"女真满万不可敌"的神话。⑤

清方从来没有期望真能征服中国。努尔哈赤和皇太极的祖宗,长期来做明朝所封的边疆小官。努尔哈赤幼时住在明朝大将李成梁家里,类似童仆奴隶。所以他们对于明朝有先天性的敬畏,自卑感很深。宁远之战,使他们下意识中隐伏着的自卑感又开始抬头。

明朝是自己覆灭的,并非给满清所打垮。

满清与明军交战,始终强调"七大恨",满清认为明朝有七件大事欺侮女真人,逼得他们忍无可忍,才起兵反抗。⑥满清一直没有自居能与明朝处于平等地位。"七大恨"的基本思想,是抱怨明朝作为最高统治者,却在努尔哈赤与敌对部族发生争执时袒护对方,没有公平处理,那是下级对上级的申诉。例如第五大恨的"老女事件",叶赫部的一个王公本来答应把他十四岁的妹妹送给努尔哈赤为妾,但廿二年后,这个三十六岁的"老女"改嫁给蒙古王子,努尔哈赤认定是出于明朝的授意,身为上级而不秉公断事。

差不多在每个战役之后,清方总是建议谈和。因为他们对于目前的成就早就喜出望外,本来是做梦也想不到的,只求明方正式承认他们所占的土地,让他们能永久保有,就已心满意足了。但明朝从来置之不理,认为对方根本没有谈和的资格。明朝的态度是这样:"你们是朝廷的部属,只能服从命令,怎么能要求谈判和平?"这种死要面子的不现实态度,使得明朝始终没有能争取到一段喘息的时间来整顿军备、巩固防御。

袁崇焕充分了解到争取暂时和平的必要。努尔哈赤的逝世正是一个好机会。这时刚好有一个五台山的喇嘛李喇嘛来到宁远。满洲人信佛教,尊崇喇嘛,袁崇焕就请李喇嘛作居间的使者,派了两名都司和随从等三十三人,于天启六年十月去沈阳吊祭努尔哈赤之丧,作初步的和平试探。但他知道朝廷绝不喜欢提"议和"两字,所以报告朝廷时,只说是派人去窥探虚实,以决定对之征讨呢,还是招安。⑦这种夸大的说法,目的自在满足皇帝和大臣的虚荣心。

明清双方统帅都熟知《三国演义》中的故事,袁崇焕这出"柴桑口卧龙吊丧",皇太极如何会不省得?他将计就计,于十一月派了两名使者,与李喇嘛一起来到宁远,致书袁崇焕,表示了和平的意向。其中说:"你停息干戈,派李喇嘛来吊丧,并贺新君登位。你既以礼来,我也当以礼往,所以派官来道谢。至于和议一事,我父亲上次来宁远时,曾有文书给明朝朝廷,请你转呈,但迄今没有答覆。你的君主如果答应前书,愿意和平,应当以诚信为先。"

书信中将金国(当时满清的正式国号是"金",后来才改为"大清"。⑧)与中国平头并列。袁崇焕深刻了解朝廷自高自大,对于文书的体例十分看重,如将来信转呈,必定要碰大钉子,同时见到信中语气也不大客气,便告知使者说,此信格式不合,碍难入奏,将原信交给使者退回。皇太极改写了信封上的格式,袁崇焕认为仍然不对,又再退回。皇太极第三次改写,自处于较低地位,袁崇焕才收了信。

但明朝仍是一贯的不答。

第二年正月(在金国是天聪元年),皇太极再遣前使,致书袁崇焕求和,信中说:"两国所以构兵,在于以前明朝派到辽东的官员认为中国皇帝是在天上,自高自大,欺压弱小部族,我们忍无可忍,才起兵反抗。"下面照例列举七大恨,然后提议讲和。讲和要送礼,要求最初缔结和约时中国送给金国金十万两、银百万两、缎百万匹、布千万匹。缔约后两国每年交换礼物,金国送礼:东珠十颗、貂皮千张、人参千斤。中国送礼:金一万两、银十万两、缎十万匹、布三十万匹。两国缔结和约后,就对天发誓,永远信守。

所提的要求是经济性的,可见当时满清深感财政困难,对布匹的需要尤其殷切。

大概袁崇焕要奏报朝廷,等候批覆,所以隔了两个月金国使者才回去,随同明方使者,带去袁崇焕及李喇嘛的书信各一;猜想朝廷对金方的要求全部拒绝,所以袁崇焕无法作出任何让步,他的回信内容雄辩,文采焕发,说道:过去的纠纷,都是因双方边境小民口舌争竞而起,这些人都已受到了应得的惩罚,再要追究是非,也已无法到阴世地府去细查,只盼双方都忘记了吧。你十年苦战,既然为的只是这七件事,现在你的仇敌叶赫等等都早给你灭了。为了你们用兵,辽河两岸死者岂止十人?奅离改嫁的哪里只有老女一人?辽沈界内人民的性命都不能自保,还说什么财物?你的仇怨早都雪了,早已志得意满。只不过这些极惨极痛之事,我们明朝难以忍受罢了。今后若要修好,那么请问:你如何退出已占去的城池地方?如何送还俘虏去的男女百姓?只有盼你仁明慈惠、敬天爱人而作出决定了。你所要求的财物,以中国物资的丰富,本来不会小气,只是过去没有成例,多取也不合天意,还是请你重行斟酌罢。和谈正在进行,你为什么又对朝鲜用兵?我们文武官属不免怀疑你言不由衷了。希望你撤兵,以证明你的盛德。

李喇嘛的信中说:袁巡抚是活佛出世,对于是非道理,心下十分分明,这样的好人是不容易遇到的,愿汗与各王子一切都放开了吧,佛说:"苦海无边,回头是岸"。

皇太极回信给袁崇焕说:过去的怨仇,当然是算了,否则又何必议和修好?你们的土地人民归我之后,都已安定,这是天意,如果重行归还,那既违反天意,又对不起人民。金国所以要出兵朝鲜,完全是由于朝鲜不对,现在已讲和了。说到"言不由衷",为什么你一面说要修好,一面却又派哨卒来我方侦察,收纳我方逃亡,部队逼近我边界,修筑城堡?其实是你才"言不由衷",我国将帅对你也大有怀疑。至于所要求的"初和之礼",金银等可以减半,缎布只要原来要求的半成。我方也以东珠、人参、狐皮、貂皮等物还赠,表示双方完全公平。既和之后,双方互赠仍如前议。如果同意,希望办得越快越好。

关于来往书信的格式,皇太极提议:"天"字最高,明朝皇帝低"天"一字,金国汗低明朝皇帝一字,明朝诸臣低金国汗一字。

他答覆李喇嘛的信中,抱怨明朝皇帝对他的书信从来不加理睬;又说:你劝我"苦海无边,回头是岸",这话很对,但为什么只劝我而不去劝明朝皇帝?如果双方都回头修好,岂不甚善?

后来皇太极又致书袁崇焕,抗议他修筑塔山、大凌河、锦州等城的防御工事,认为是缺乏和平诚意,并提议划定疆界。

平心而论,明朝朝廷瞧不起金国,于对方来信一概不答,只由地方官和对方通信,金国也难免气愤。金国的经济要求,虽说是双方互赠,实质上当然是金方大占便宜。金方答应赠送的东珠、人参、貂皮等物,大概最多只能抵过绸缎布匹的价值,明方付出的每年一万两黄金、十万两银子,等于是无偿赠与。那时一两黄金约等于十两银子(明初等于四两,后来金贵银贱),明朝每年以二十万两银子买得一年和平,代价低廉之至。万历末年,熊廷弼守辽之时,单是他一军每个月的饷银就需十多万两银子。万历晚年征收矿税,数天之内就搜刮二百余万两,可见每年二十万两的"和平费"并不是很大的负担。如果有了十年和平,大加整编军队,再出兵挑战,主动与被动的形势就转过来了。

为了避免战争,向敌人付出若干金银财物,如果目的是争取休整的机会,只要不是丧失主权和屈辱,并不一定是外交上的失败。北宋真宗时寇准主持澶渊之盟,对契丹增加"岁币"(每年支付的和平费),达成相当长期的和平,避免了两线作战,得以集中力量去对付另一大敌西夏。当时以及后世史家并不认为是错误决策,但寇准后来还是被政敌进谗,说他利用了皇帝。在西洋史上,第八世纪时,来自丹麦的维金人侵入英国,烧杀劫掠,十分残暴,英国国王阿尔佛莱德组织抗战,颇有成效,但维金人始终不退,占领了英国整个北方,后来的英国国王无奈,与维金人达成协议,每年付以一大笔岁币,称为"丹麦金"(Danegeld),国王向人民征税,用来付给敌人以购买和平,税项就叫做"丹麦金"。英国人民虽感到屈辱,但免了战争和被劫掠之苦,还是乐于交税,直到后来诺曼人入侵,将丹麦侵略者逐出英国为止,交付"丹麦金"的时期几长达二百年。不过两国对峙,一方付出和平费后,必须好好利用这段买来的和平时期来准备日后的抗战,但如苟安偷生,不自振作,好像南宋一样,结果便是灭亡。

皇太极对于缎布的要求一下子就减少了百分之九十五,而且又建议以适当礼物还报,希望和议尽快办理,可见对于缔结和平的确具有极大诚意。他自知人口与兵力有限,经不起长期的消耗战。⑨此后每发生一次战争,便提一次和平要求。

明朝当时和满清议和的障碍,主要是在明朝的文官。

明朝的大臣熟悉史事,一提到与金人议和,立刻想到的就是南宋和金国的和议,人人都怕做秦桧。大家抱着同样的心理:"只要赞成和金人议和,那就是大汉奸秦桧。"这是当时读书人的"条件反射"。袁崇焕从实际情况出发主张议和,朝臣都不附和。辽东经略王之臣更为此一再弹劾袁崇焕,说这种主张就像宋人和金人议和那样愚蠢自误。

其实,明朝当时与宋朝的情况大不相同。

在南宋时,金兵已占领了中国北方的全部,边界要直到淮河,与扬州、南京已相距不远。议和等于是放弃收复失地。但在明朝天启年间,金人只占领了辽东,辽西的南部在明人手中,暂时议和,影响不是极大。

南宋之时,岳飞、韩世忠、刘锜、张俊、吴璘、吴玠等大将,都是兵精能战,金人后方不稳,黄河长江以北的义民纷纷反金,形势上利于北伐,议和是失却了恢复的良机。明末军队的战斗力远不及金兵,惟一可以依赖的只西洋大炮。但当时的大炮十分笨重,不易搬动,只能用于守城,不能用于运动战,而且并无可以爆炸的炮弹,威力比较有限。

对于明朝最重要的是,宋金议和,宋方绝对屈辱,每年片面进贡金帛,并非双方互赠。宋朝皇帝对金称臣。⑩然而皇太极却甘愿低于明朝皇帝一级,只要求比明朝的诸臣高一级。皇太极一再表示,金国不敢与中国并列,只希望地位比察哈尔蒙古人高一点就满足了。⑪他和袁崇焕书信来往,态度上是很明显的谦恭。⑫

可见宋金议和与明金议和两事,根本不能相提并论。皇太极明白明人的想法,所以后来索性改了国号,不称金国,而称"大清",以免引起汉人心理上敌对性的连锁反应。⑬

袁崇焕和皇太极信使往来,但因朝中大臣视和议如洪水猛兽,谈判全无结果。

当时主张和金人议和,非但冒举国之大不韪,而且是冒历史上之大不韪。中国过去受到外族的军事压力而议和,通常总是屈辱性的,汉人对这件事具有先天性的反感,非常方便的就将"议和"、"投降"、"汉奸"三件事联系在一起。后来袁崇焕被杀,"主张和议"是主要罪名之一。

当军事上准备没有充分之时,暂时与外敌议和以争取时间,中国历史上两个最出名的英主都曾做过。汉高祖刘邦曾与匈奴议和,争取时间来培养国力,到汉武帝时才大举反击。唐太宗李世民曾与突厥议和(那时是他父亲李渊做皇帝,但和议实际上是李世民所决定),等到整顿好军队后才派李靖北伐,大破突厥。不过这不是中国历史上传统观念的主流。主流思想是:"与侵略本国的外敌议和是投降,是汉奸。"

其实,同是议和,却有性质上的不同,决不能一概而论。基本关键在于:议和是永久性的投降?还是暂时妥协、积极准备而终于大举反攻、得到最后胜利?单是在现代史上,后者的例子就多得很。共产党人尤其善于运用,如列宁在第一次大战时与德国议和,抗战胜利后中国共产党和国民党订停战协定,北越、南越越共与美国、西贡政府签订巴黎停战协定等都是。议和停战只是策略,决不等于投降。策略或对或错,投降通常是错。然而明末当国的君臣都是庸才,对于敌我双方力量的对比、大局发展的前途都茫无所知,既无决战的刚勇,也无等待的韧力。那时为了对满清及民军用兵,赋税大增,人民生活困苦之极,国库入不敷出,左支右绌,百废不举,对军队欠粮欠饷,裁撤驿站(既破坏了必要的交通及通讯设备,大量失业的驿卒更成为造反民军的骨干,李自成即为被裁的驿卒),如能有十年八年的休战言和,对朝廷和人民都是极大好事。袁崇焕精明正确的战略见解,朝廷中君臣下意识的认为是"汉奸思想"。

袁崇焕当然知道如此力排众议,对自身非常不利,然而他已将自身安危全然置之度外,只是以大局为重。⑭以他如此刚烈之人,对声名自然非常爱惜,给人骂作"汉奸",那是最痛苦的事。比较起来,死守宁远、抗拒大敌,在他并不算是难事,最多打不过,一死殉国便是,那是心安理得的。但要负担成为"历史罪人、民族罪人、名教罪人"的责任,可艰巨得多了。越是不自私的人,越是刚强的人,越是不重视性命而不肯忍受耻辱。越是儒家的书读得多,心中历史感极其深厚的人,越是宝贵自己的名节。文天祥《正气歌》中所举那些慷慨激烈的事迹,如张巡睢阳死守,颜杲卿常山骂贼,袁崇焕做起来并不困难。对于性格柔和的人,当然是委曲求全易而慷慨就义难,在袁崇焕这样的伟烈之士,却是守宁远易而主和议难。主张议和,他必须违反历史传统、违反举国舆论、违反朝廷决策、更违反自己的性格。上下古今,一切都反,连自己都反。

他是个冲动的热情的豪杰,是"宁为直折剑、犹胜曲全钩"的刚士,是行事不顾一切、"几大就几大"的蛮子,可是他终于决定:"忍辱负重"。

在他那个时代,绝无现代西方民主社会中尊重少数人意见的习惯与风度。连袁崇焕自己在内,都相信"国人皆曰可杀"多半便是"可杀"。那是一个非此即彼、决不容忍异见的时代,是正人君子纷纷牺牲生命而提出正义见解的时代。卑鄙的奸党越是在朝中作威作福,士林中对风骨和节操越是看重。东汉和明末,是中国历史上读书人道德价值最受重视的两个时期。岁寒坚节,冰雪清操,在当时的道德观念中,与"忠"、"孝"具有相同的第一等地位。他很爱交朋友,知交中有不少是清流派的人。如果他终于因主和而为天下士论所不齿,对他将是多么严重的事。当魏忠贤灼手可热之时,他手下一般趋炎附势之徒将反对派都称为"东林党",名之曰"奸党"。袁崇焕与清流派关系密切,但因手统雄兵,为关外重镇,所以没有名列"东林党人榜",袁崇焕反以此为愧,耽心不得流芳千秋。⑮

他对金人的和谈并不是公开进行的,因此并没有受到普遍的抨击,但他当然预料到将来终于要公开,清议和知友的谴责不可避免的会落到他头上。

在袁崇焕死后十三年的崇祯十五年,明朝局势已糜烂不可收拾。洪承畴于所统大军全军覆没后投降满清。松山、锦州失守。崇祯便想和满清议和,以便专心对付李自成、张献忠等民军。兵部尚书陈新甲更明白无力两线作战,暗中与皇帝筹划对满清讲和。崇祯和陈新甲不断商议,朝中其他大臣听到了风声,便纷纷上奏,反对和议。崇祯矢口不认,说根本没有议和的事,你们反对什么?崇祯每次亲笔写手诏给陈新甲,总是郑重警诫:这是天大机密,千万不可泄漏而让群臣知道了。

该年八月,崇祯派亲信又送一道亲笔诏书去给陈新甲,催他尽快设法和满清议和。陈新甲出外办事去了,不在家,那人便将皇帝的密诏留在他书房中的几上而去。陈新甲的家僮误以为是普通的"塘报"(各省派员在京所抄录的一般性上谕与奏章,称为"塘报"),拿出去交给各省驻京办事处传抄。这样一来,皇帝暗中在主持和议的事就公开了出来,群臣拿到了证据,登时哗然,立刻纷纷上奏章反对。

皇帝再也无法抵赖,恼怒之极,下诏要陈新甲解释,责问他为什么主张议和,罪大恶极之至。陈新甲的声辩书中引述了不少皇帝手诏中的句子,证明这是出于皇上的圣意。崇祯更失面子,老羞成怒,下旨:陈新甲着即斩决。理由是流寇破城,害死皇帝的亲藩(李自成破开封,烹杀福王),兵部尚书应负全责。

那时距明朝之亡已不过一年半,局面的恶劣可想而知,但群臣还是坚决反对议和,连皇帝也不得不偷偷和国防部长暗中商量,表面上坚决不肯承认,最后消息泄漏,便杀了国防部长以卸自己责任。从这件事中,可以见到当时对"议和"是如何的忌讳,舆论压力是如何沉重。连崇祯这样狠辣的皇帝,也不敢对群臣承认有议和之意。

袁崇焕却胆敢进行议和。那正是出于曾子所说"只要深信自己的道理对,虽有千万人反对,我还是干了"那种浩然之气。⑯

诸葛亮出师北伐,天下皆称其忠。岳飞苦战抗敌,天下皆知其勇。袁崇焕的功业或许比不上诸葛亮和岳飞,虽然,那也是很难真正比较的,然而他身处嫌疑之地而行举世嫌疑之事,这种精神上的痛苦负担,诸葛亮和岳飞却幸而不必经受。

袁崇焕有一句诗:"心苦后人知"。当真是英雄寂寞,壮士悲歌。他明知不能得到当时的谅解,只盼望自己这番苦心孤诣能为后人所知。当我写到这一段文字时,想到他的耿耿之怀,悠悠之心,忍不住又感到了剧烈的心酸,感到了他英雄性格中巨大的悲壮美,深刻的凄怆意。

正确的战略决策无法执行,朝政越来越腐败,在魏忠贤笼罩一切的邪恶势力下做官,天天都可以送掉了性命。关外酷寒的天气,生长于亚热带的广东人实在感到很难抵受。在这期间,袁崇焕从广东招募来的人员中有人要回故乡去了,临别时问他:你留在这里继续担当艰危呢,还是回乡以求平安?他写了一首诗回答:我和你曾同生共死,我的内心你还不明白吗?又何必问安危去留?我在这里奋不顾身,本来不是为了富贵。故乡的亲友们如果问起,请你转告:边界还没有平靖,我只有感到惭愧,当然要继续干下去。⑰

袁崇焕是三兄弟中的老大。二弟崇灿(一说是他哥哥)当他在关外时在故乡逝世。三弟崇煜随着他在军中办事,后来也告辞回乡。袁崇焕从宁远送他到山海关而分手,写了两首诗给他,说:边疆需要人守御,升平还没有得到,我早已决心报国,安危去留的问题不必提了。⑱

① 皇太极在西方人的书中写作Abahai,法国学者格奥赛(René Grousset)在《中华帝国的兴起与辉煌》一书中有《一六四四年的大变》一章,其中说:"皇太极是蛮人中的一个天才,他把本族人民的军事才能,和对文明生活的天生理解相结合起来。"

② 清《太宗实录》卷三:天聪元年,"时国中大饥,斗米价银八两,人有相食者。国中银两虽多,无外贸易,是以银贱而诸物腾贵。良马,银三百两。牛一,银百两。蟒缎一,银百五十两。布匹一,银九两。盗贼繁兴,偷窃牛马,或行劫杀。于是诸臣入奏曰:盗贼若不按律严惩,恐不能止息。上恻然,谕曰:今岁国中因年饥乏食,致民不得已而为盗耳。缉获者,鞭而释之可也。遂下令,是岁谳狱,姑从宽典。仍大

发帑金,散赈饥民。"皇太极宽待因饥饿而为盗的百姓,与崇祯督促部将"限期破贼、杀贼立功"的政策恰正相反。

③ 何柄棣:*The Ladder of Success in Imperial China*, *Aspects of Social Mobility*, 1368-1911 一书中,认为明初人口六千五百万,到明末时已涨了一倍以上。

④ 王钟翰:《满族在努尔哈齐时代的社会经济形态》一文中,根据朝鲜《兴京二道河子旧老城》的资料,认为一六二一年时,努尔哈赤的兵数二十万,再加上妇女老少,"全人数约在四五十万左右。"

⑤ 《天聪实录稿》元年三月初二日,"秀才岳起鸾曰:我国宜与明朝讲和。若不讲和,则我国人民死散殆尽。"《明清史料》甲编,天聪二年八月《事局未定》奏疏:"南朝虽师老财匮,然以天下之全力,毕注于一隅之间,盖犹裕如也。"《东华录》载天聪三年八月戊辰,"大臣同谋倡逃"。《明清史料》乙编载,崇祯二年二月廿一,袁崇焕塘报:"一日之内,降者竟前后接踵而至。"

⑥ "七大恨":一、明朝杀害金人的二祖;二、袒护金人的仇敌哈达;三、越界出兵,助金人的世仇叶赫抗金;四、明人越界,金人根据誓约杀了,明朝勒索金方交出十人来杀死,以资报复;五、明朝造成老女改嫁;六、移置界碑,抢夺金国的人参、貂皮;七、听信叶赫,写信来辱骂侮慢。

⑦ "观其向背离合之意,以定征讨抚定之计。"见《两朝从信录》。

⑧ 当时满清的正式国号是"金",史书上称为"后金",以与宋朝时的"金"有所分别。到天聪十年(明崇祯九年)才改为"大清"。所以本文中的满清,其实都应称"金"。"满洲"的名称,也要到改了"大清"的国号之后才出现,以前称"建州"或"女真"、"女直"("真"字避契丹主宗真讳,改称"直")。多数学者认为,"满洲"是文殊菩萨的"文殊、曼殊"音转。为便于读者,本文不将"金、清""建州、满洲""满族"等称呼根据历史年代而作分别。

⑨ 《太宗实录稿》:天聪七年十月,皇太极责骂主张出兵南攻

之人:"天予我有数之兵,若稍亏损,何以前图?"

⑩ 宋高宗绍兴十一年十二月杀岳飞。十二年正月,宋金和议达成,高宗赵构向金国上表称臣,表中说:"臣构言:既蒙恩造,许备藩方,世世子孙,谨守臣节。每年皇帝生日并正旦,遣使称贺不绝。岁贡银二十五万两,绢二十五万匹。"

⑪ 《太宗实录》卷十二,天聪六年六月,皇太极致书大同守将求和,信中说:"和事既成,自当逊尔大国,尔等亦视我居察哈尔之上可也。"

⑫ 皇太极来信的开头是(根据原信):"汗致书袁老先生大人"。(后来乾隆时修订《太宗实录》觉得语气太卑,才改为"皇帝致书袁巡抚",但当时皇太极未称帝,决不可能有"皇帝"的称呼。)袁崇焕书信的开头是:"辽东提督部院,致书于汗帐下:再辱书教,知汗渐欲恭顺天朝,息兵戈以休养部落,即此一念好生,天自鉴之,将来所以佑汗而昌大之者,尚无量也。"

⑬ 后来皇太极在写给祖大寿的信中(那时袁崇焕已死),曾说:"尔国君臣,惟以宋朝故事为鉴,亦无一言复我。然尔明主非宋之苗裔,朕亦非金之子孙。彼一时,此一时,天时人心,各有不同。尔大国岂无智慧之时流,何不能因时制宜乎?"其实努尔哈赤、皇太极等一直自认是金的子孙,他为了求和,连祖宗也不认了。

⑭ 他后来在写给崇祯的奏章中说:"诸有利于封疆者,皆不利于此身者也。"所以他的知己程本直说:"举世皆巧人,而袁公一大痴汉也。唯其痴,故举世最爱者钱,袁公不知爱也。唯其痴,故举世最惜者死,袁公不知怕也。于是乎举世所不敢任之劳怨,袁公直任之而弗辞也。于是乎举世所不得不避之嫌疑,袁公直不避之而独行也。"所谓"举世所不得不避之嫌疑",就是与金人议和。

⑮ 袁崇焕诗:《东林党人榜中无姓名,书此志感》:"忍将一网尽清流,不绝根株总不休,巧造祸胎偏点将,欲凭毒手取封侯(金庸按:魏忠贤奸党造东林党榜,并列出点将录,列举东林党领袖与梁山泊一百零八将相配,企图一网打尽,自

己可借此谋取富贵),曾知道学宜常讲,早识机关动隐忧。愧我榜中无姓氏,流芳不得共千秋。"

⑯ 《孟子·公孙丑》:"昔者曾子谓子襄曰:'……自反而缩,虽千万人,吾往矣。'"

⑰ 袁崇焕《边中送别》:"五载离家别路悠,送君寒浸宝刀头。欲知肺腑同生死,何用安危问去留?策杖只因图雪耻,横戈原不为封侯。故园亲侣如相问,愧我边尘尚未收。"

⑱ 袁崇焕《山海关送季弟南还》:"公车犹记昔年情,万里从我塞上征。牧圉此时犹捍御,驰驱何日慰升平?由来友爱钟吾辈,肯把须眉负此生?去住安危俱莫问,燕然曾勒古人名。""弟兄于汝倍关情,此日临歧感慨生。磊落丈夫谁好剑?牢骚男子尔能兵。才堪逐电三驱捷,身上飞鹏一羽轻。行矣乡邦重努力,莫耽疏懒堕时名。"其中"磊落丈夫谁好剑?牢骚男子尔能兵"两句,写出了他两兄弟豪迈的性格,就诗而论,也是豪迈的好诗。

八

在这段时期中,皇太极进攻朝鲜,打了几个胜仗后,朝鲜投降,订立了对满清十分有利的和约,每年从朝鲜得到粮食、金钱和物品的供应。皇太极本来提出三个条件:割地、擒毛文龙、派兵一万助攻中国。朝鲜对这三个条件无法接纳,但在经济上尽量满足满清的要求。同时在此后的明清战争中,朝鲜改守中立,使满清去了后顾之忧。

在皇太极对朝鲜用兵之时,袁崇焕加紧修筑锦州、中左、大凌河三城的防御工事,派水师去支援皮岛的毛文龙,另派赵率教、朱梅等九员将领率兵九千,进兵三岔河,牵制清军,作朝鲜的声援。但朝鲜不久就和满清订了城下之盟,赵率教等领兵而回,并未和清军接触。

皇太极无法和明朝达成和议,却见袁崇焕修筑城堡的工作进行得十分积极,时间越久,今后进攻会更加困难,于是决定"以战求和",对宁远发动攻击。

天启七年(一六二七年)五月,皇太极亲率两黄旗、两白旗精兵,进攻辽西诸城堡,攻陷明方大凌河、小凌河两个要塞,随即进攻宁远的外围要塞锦州。

五月十一,皇太极所率大军攻抵锦州,四面合围。这时守锦州的是赵率教,他和监军太监纪用守城,派人去与皇太极议和,那自是缓兵之计,以待救兵。皇太极不中计,攻城愈急。

袁崇焕派遣祖大寿和尤世禄带了四千精兵,绕到清军后路去包抄,又派水师去攻东路作为牵制。这时天热,海上不结冰,水师用得着了。但驻在清军后方皮岛的明军统帅毛文龙不肯出兵牵制。

赵率教是陕西人,这人的人品本来是相当不高的。努尔哈赤攻辽阳时,赵率教是主帅袁应泰的中军(参谋长)。袁应泰是不懂军事的文官,赵率教却没有尽他做参谋长的责任,这个战役指挥得一塌胡涂。清军攻破辽阳,袁应泰殉难,赵率教却偷偷逃走了,论法当斩,不知如何得以幸免,想来是贿赂了上官。后来王化贞大败,关外各城都成为无人管的地方,赵率教申请戴罪立功,带领了家丁前去接收前屯卫,但到达时发觉已被蒙古人占住,他便不敢再进。努尔哈赤攻宁远,赵率教在前屯卫,距离很近,自己不亲去赴援,后来宁远大捷,他却想分功,以致给满桂痛骂,酿成了很大风波。

和满桂冲突时,袁崇焕相当支持他。赵率教感恩图报,又得袁崇焕时时勉以忠义,到锦州大战时,他突然之间似乎变了一个人。他和前锋总兵左辅、副总兵朱梅等率兵奋勇死战,和皇太极部下的精兵大战三场,胜了三场,小战二十五场,也是每战都胜。从五月十一打到六月初四,二十四天之中,无日不战,战况的激烈,不下于当年宁远大战。六月初四那天,皇太极增兵猛攻。锦州城中放西洋大炮,又放火炮、火弹和矢石,清兵受创极重。攻到天明时,皇太极见支持不住了,只得退兵,退到小凌河扎营,等候各路兵马集中整编。

赵率教转怯为勇,自见敌潜逃到拼死守城,自畏缩不前到激战二十四日,到后来更在保卫北京之役中血战阵亡,终于在历史上与满桂齐名,成为当时的两大良将。他这个重大转变,非常突出的证明了袁崇焕的领导才能。

皇太极整理好了部队,转而去攻宁远。

清军上次在宁远吃过败仗,兵将心中对袁崇焕都是很忌惮的。

大贝勒代善见城中有备,就勒兵不攻。皇太极对诸将说:"先汗攻宁远不克,这次我攻锦州又不克,若再攻不下宁远,我可要声名扫地了。"于是下令总攻,击破城下明军骑兵,直薄城壁。

比之第一次宁远之战,袁崇焕部的战斗力已有增强,敢于到城外决战了。上次要清军退后,才派五十名敢死队缒到城下拾箭枝,可见不敢开城门。

这次满桂率领明军在城南二里列阵,城墙下环列枪炮。皇太极佯败,想引明军来攻,然后伏兵齐起。但明军没上当,守垒不追。皇太极于是回军再战。

袁崇焕亲上城头督战,大声呼叫。满桂战于城外。祖大寿、尤世禄回师攻击清兵后路。双方死伤均重,满桂身中数箭。明军野战终于打不过清军,于是退入城中据守。这场大战打得十分惨烈,城壕中填满了两军兵将的死尸。

守军又以葡萄牙大炮轰击,击碎清方大营帐一座及皇太极的白龙旗,杀伤清兵不少。明方的报告说,皇太极长子召力兔贝勒胸口中箭,另一子浪荡宁古贝勒在阵上被明军射杀,又杀固山(领七千五百人,相当于团长)四人、牛录(领三百人,相当于营长)三十余名。这报告失之夸大,事实上并无皇太极的儿子在此役中阵亡。但清方纪录中也说:济尔哈朗贝勒、萨哈廉贝勒、大将瓦克达、阿格等均受伤。

皇太极见部队损失重大,只得退兵,再攻锦州南面,亦不能拔,将士又遭到不少伤亡,将领觉多拜山、巴希等阵亡。七月,清兵败回沈阳。

这一役明朝称为"宁锦大捷",是明军对清军第二次血战胜利。

袁崇焕在报功的奏章中,力称功劳最大的是满桂。①他和满桂向来颇有意见冲突,但在奏章中力称宁远大捷以满桂之功居多,可见光明磊落,大公无私。

第一次宁远大捷是天启六年正月,第二次宁锦大捷是七年五月,相隔一年零四个月。在这短短的十六个月之间,袁崇焕加强了明军的战斗力,抢筑了锦州的防御工事,固守在清军的后路,使皇太极有后顾之忧,不敢久攻宁远。同时清军先攻锦州不克,再攻宁远,气势已挫。可见袁崇焕这十六个月中的准备工作收到了很大成效。

如果能多一些和平时期,局面当然更有改进。

这一仗大捷,葡萄牙的红衣大炮是有功劳的。明朝这时本来已驱逐了葡萄牙人的天主教传教士。传教士波尔、米克耳两人见到明清交兵,有机可乘,便发动澳门的葡人,向明朝提供军费和炮手。明朝于是召还已驱逐了的教士。本来秘密传教变成了公开,大批葡萄牙教士和炮手进入中国。② 后来中国在外国教士和技师指导之下自行铸炮。所铸成的大炮也封了官,称为"安国全军平辽靖虏将军",还派官祭炮,请将军发威破敌。满人要直到数年之后,才因投降的明人之助而开始铸造大炮。

袁崇焕在政治上属于魏忠贤的敌对派系。他中进士的主考官韩爌、保荐他的御史侯恂等都是东林党的巨头。袁崇焕当然不肯克扣军饷去孝敬魏忠贤。但为了大目标是守御锦州、宁远,他也相当的委曲求全。各省督抚都为魏忠贤建生祠,袁崇焕如果不附和,立刻就会罢官,守御国土的大志无法得伸,因此当时也只得在蓟辽为魏忠贤建生祠。这座生祠,圣旨题名曰"懋德"。

但魏忠贤仍是不满意。所以虽有宁锦大捷,袁崇焕却得不到什么重赏,只升官一级。奉承魏忠贤的官员却有数百人因此大捷而升官,理由是在朝中策划有功,连魏忠贤一个尚在襁褓中的婴儿从孙,也因此而封了伯爵。魏忠贤是太监,没有儿子,只好大封他侄儿,封他侄儿的儿子。

魏忠贤这时更叫一名御史弹劾袁崇焕主张和议,"设策太奇",攻击他没有去救锦州。袁崇焕在这样的压力之下,只得自称有病,请求辞职。魏忠贤立刻批准,派兵部尚书王之臣去接替。③

皇太极听到这个消息,当然是大喜若狂,而听到加给袁崇焕的罪名与评语竟是"暮气"两字,恐怕大喜之余,却也不免愕然良久吧?袁崇焕这样的人竟算"暮气沉沉",却不知谁才是"朝气蓬勃"?

袁崇焕离开宁远时,心中感慨万千,可想而知。那时他还只四十三岁,方当壮盛的英年,正是要大展抱负的时候。立了大功反而被迫退休,他的部属将士既感诧异,更是忿忿不平。他写了一首诗给一个部将,诗中说:我们慷慨同仇,间关百战,功劳不小,皇上的恩遇也重。但我的苦心,却只有后人知道了。建功立业固然很好,回家休养也算不错。对于我的去留,大家不必感到不平罢。这首诗显得很有气度。④

不过他对于天启皇帝,还是十分感激的。他本来是一个七品知县,自天启二年到七年夏天,短短的五年半之间,几乎年年升官,中间还跳级,直升到"巡抚辽东、兵部右侍郎、兼都察院右佥都御史",实在算是飞黄腾达。他自觉升官太快,曾上疏辞谢。他说在同中进士的诸同年中,官职最高之人和他也差着好几级,为了要做部属武将的榜样,请皇帝收回升赏的成命。皇帝批覆说:你接连三次谦辞,品德很好,但你功劳大,升官是应该的。⑤

他在回广东故乡途中,经过大庾岭时写了一首诗,感念天启对他的知遇之恩。⑥他心中明白,天启是个昏君,可是对待自己实在很好。

袁崇焕留下来的诗篇,大多数是忧国忧民、悲愤沉郁之作,也有一些感慨伤逝、怀念亲友的,有几首表示家贫俸薄,愧对母妻。思念他一生,真是生于忧患,长于忧患,只有两三首小诗,稍显他幽默的一面。

《博浪城》

一椎如许大,误中亦由天。
此事同儿戏,留侯尚少年。

他评张良偕力士在博浪沙以铁椎行刺秦始皇,误中副车,还算幸运,事先无周密计划,本来成功机会不大,张良那时还是个少年,行动有些儿戏,那也难怪了。

《上蔡县》

富贵为丞相,临危不必言。
若能甘逐客,牵犬出东门。

李斯为秦丞相,给秦二世、赵高杀害,临刑时对儿子叹息说:"从前做平民时,同你牵了黄犬出东门游玩,何等逍遥自在。现在已不可得了。"袁崇焕说:当年秦始皇要驱逐外国客卿,你上什么《谏逐客书》,劝阻了秦皇,留下来做丞相,要是当日你心甘宁愿的走路,今日岂不可以逍遥自在的带了儿子、牵了黄犬出东门游玩吗?(这首诗已含有急流勇退之意,也表示:既要做大官,不免难逃给皇帝杀头的命运。)

《邵武暑中闲坐》

闲坐了无事,安排去作诗。

最嫌吟未稳,鹦鹉已先知。

袁崇焕虽是进士,大概诗才不敏捷,不能出口成诗,而须"安排去作诗",作诗而要安排,有点自嘲。那时是他在福建邵武县当知县,没有公事要办,闲坐无聊,不如安排了去作几首诗罢,于是磨墨铺纸,提笔作诗。几句诗吟来吟去,总觉得不满意,最恼人的是,好句子想不出来,那几句不住诵读、不断推敲的庸句,却给架上鹦鹉听得熟了,抢着念了出来。鹦鹉要学会一句句子,须得听人上百遍的重复,可见袁崇焕把他这些平庸句子已翻来覆去的念了不少遍。其实这未必是事实,可能他为了自嘲而夸张。其他的好诗没作出来,我觉得这首自嘲诗才迟拙之诗倒是佳作。

他到了广州,去光孝寺游览,踏足佛地,不禁想到生平杀人甚多,和环境大不调和,⑦然而那也只是感到不调和而已。英雄豪杰,一往无悔,却也无须对菩萨低头,不必对杀了该杀之人有什么遗憾。

① 袁崇焕的奏章中说:"十年来,尽天下之兵,未尝敢与奴合马交锋,即臣去年,亦自城上而下攻。自今始一刀一枪,下而拼命,不顾夷之凶狠剽悍。臣复凭堞大呼,分路进追。诸军忿恨,誓一战以挫此贼。此皆将军满桂之功居多。"

② 马耳丁的《鞑靼战记》中大吹葡萄牙传教的功劳,又说:"上帝对于信仰基督教的皇帝必予福佑,所以中国皇帝对鞑靼人(指满清)作战大胜。"其实天启皇帝信仰的是鲁班先师,并没有信仰基督教的上帝。

据冯承钧译、沙不列撰《明末奉使罗马教廷耶稣会士卜弥格传》:崇祯三年,澳门葡人队长率士卒四百、大炮十尊入境效力。广州巨商恐失垄断中西贸易之利,厚赂朝臣,加以阻挠。后葡军队长公沙的西劳阵亡于登莱。《碧血剑》小说略取其意。

③ 《明熹宗实录》卷八六、天启七年七月丙寅,河南道御史李应荐攻击袁崇焕"假吊修款,设策太奇"、"不急援锦州"为过失,魏忠贤以皇帝的名义批示:"得旨:近日宁锦危急,赖厂臣(按:厂臣指特务机关东厂的领导,即魏忠贤自己,魏以宁锦大捷为己功。)调度,以奏奇功,说得是。袁崇焕暮

气难鼓,物议滋至,已准其引疾求去……宁远督师,朕业特简枢臣,俾星驰赴料理。"

④ 袁崇焕《南还别陈翼所总戎》:"慷慨同仇日,间关百战时,功高明主眷,心苦后人知。麋鹿还山便,麒麟绘阁宜。去留都莫讶,秋草正离离。"其中"功高明主眷"这一句,不免含有苦涩的意味。天启绝不是明主,天下皆知,自己功高如此,结果却得了这样的"眷",这位"明主",真是"明"得很了。"翼所"是明抗辽名将陈策的字,但据杨宝霖先生考据,陈策于天启元年在援沈阳之战中阵亡,所以此诗中的陈翼所当非陈策,而另有其人。

⑤ 袁崇焕《天启六年六月初十日谢陞荫疏》中说:"且武人奔竞,少竖立便欲厚迁,稍不合辄思激去,要挟朝廷,开衅同类,令边疆始终不得一人之用,臣最疾之。臣今日不自处于恬,何以消诸将之竞?况臣原无富贵之心,又皇上所鉴也。"对这个辞赏的奏章,朝廷的批答是:"奉圣旨:袁崇焕存城功高,加恩示酬,原不为过;乃三疏控辞,愈征克让。还着遵旨祗承。该部知道。"

⑥ 袁崇焕《归庚岭》:"功名劳十载,心迹渐依违。忍说还山是?难言出塞非。主恩天地重,臣遇古今稀。数卷封章外,浑然旧日归。"

⑦ 袁崇焕《过诃林寺口占》:"四十年来过半身,望中祇树隔红尘。如今着足空王地,多了从前学杀人。""空王"是指释迦牟尼。

九

天启皇帝熹宗捉了几年迷藏(他初做皇帝时,爱和小太监捉迷藏),做了几年木工(不是做皇帝),天启七年八月,在二十三岁上死了。

天启的儿子都已夭折,有些后妃怀了孕,也都被客氏和魏忠贤设法弄得流产,所以没有儿子。由他亲弟弟信王由检接位,年号崇祯。

朱由检当时虚岁是十八岁。他生于万历三十八年十二月,其实只十六岁另八个月。这个十七岁的少年皇帝不动声色的对付魏忠贤,先将他的党羽慢慢收拾,然后逼得他自杀。这场权力斗争处理得十分精采。

魏忠贤死后,附和他的无耻大臣被称为"逆党",或杀头,或充军,或免职,人心大快,在"宁锦大捷"中冒功的人也都被清除了。

被魏忠贤逆党排挤罢官的大臣又再起用,他们都主张召回袁崇焕。天启七年十一月,升袁崇焕为右都御史、视兵部添注左侍郎事。崇祯元年四月,再升他为兵部尚书、兼右副都御史、督师蓟辽、兼督登莱天津军务。兵部尚书是正二品的大官,所辖的军区,名义上也扩大到北直隶(河北)北部和山东北部沿海,成为抗清总司令。不过蓟州、天津、登莱各地另有巡抚专责,所以袁崇焕所管的实际还是山海关及关外锦宁的防务。

明末军制,在外带兵的文臣,头衔最高的是督师,通常以大学士兼任,宰相出外带兵,才称督师;其次是总督或经略,由兵部尚书或侍郎兼任;更其次是巡抚;巡抚之下才是武将中最高的总兵官。袁崇焕不是大学士,却有了大学士方能得到的军事最高官衔。以前辽东历任军事长官都只是经略或巡抚。那时距他做知县之时还只六年。

袁崇焕在广东家居这几个月中,与一般文人诗酒唱和,其中最著名的朋友是陈子壮。

陈子壮是广东南海人,和袁同科中进士,陈是探花。他在作浙江主考官时出题目讽刺魏忠贤,因而被罢官。袁陈两人同乡同年,又志同道合,交情自然非同寻常。陈子壮在崇祯时起复,做到礼部侍郎,后来在广东九江起兵抗清,战败被俘,不降而死,也是广东著名的民族英雄。当时与袁时常在一起聚会的,还有几个会做诗的和尚。

袁崇焕应崇祯的征召上北京时,他在广东的朋友们替他饯行。画家赵焞夫画了一幅画,图中一帆远行,岸上有妇女二人、小孩一人相送。陈子壮在图上题了四个大字:"肤公雅奏","肤公"即"肤功",祝贺他"克奏肤功"的意思。图后有许多人的题诗,第一个题的就是陈子壮。这幅画本来有上款,后来袁崇焕被处死,上款给收藏者挖去了,多次易手流转,到光绪年间才由王鹏运考明真相。一群广东文人后来将图与诗影印成一本册子,承一位朋友送了我一本。原图目前是在香港。

"肤公雅奏图"上的题诗,大都是称誉袁崇焕的抗清功绩,预料此去定可扫平胡尘、燕然勒石、麟阁题名等等。好几人诗句中都提到袁崇焕的"谈锋"、"高谈"、"笑谈"。①喜与朋友们高谈阔论,一定是他个性中很显著的特点。

在这幅画上题诗的共有十九人,其中有和尚三人,另有几个是袁的幕僚。值得注意的是,有八个人在十处地方提到了黄石公、赤松子、圯上的典故,这决不会是偶然现象。这典故是说张良立了大功之后,随即退隐,才避免给猜忌残忍的刘邦所杀。在这次饯别宴中,袁崇焕的朋友们一定强调必须"功成身退",大家对于皇帝的狠毒手段都深具戒心,所以在诗中一再警戒。②

七月,袁崇焕到达北京,崇祯③召见于平台,那是在明宫左安门。④

崇祯见到袁崇焕后,先大加慰劳,然后说道:"建部跳梁,已有十年了,国土沦陷,辽民涂炭。卿万里赴召,忠勇可嘉,所有平辽方略,可具实奏来!"

袁崇焕奏道:"所有方略,都已写在奏章里。臣今受皇上特达之知,请给我放手去干的权力,预计五年而建部可平,全辽可以恢复。"

崇祯道:"五年复辽,便是方略,朕不吝封侯之赏。卿其努力以解天下倒悬之苦!卿子孙亦受其福。"袁崇焕谢恩归班。崇祯暂退少憩。

给事许誉卿就去问袁崇焕,用什么方略可以在五年之内平辽。袁崇焕道:"我这样说,是想要宽慰皇上。"许誉卿已服侍崇祯将近一年,明白皇帝的个性,袁崇焕却是第一次见到皇帝。许誉卿于是提醒他:"皇上是英明得很的,岂可随便奏对?到五年期满,那时你还没有平辽,那怎么得了?"袁崇焕一听之下,爽然自失,知道刚才的话说得有些夸张了。

他答应崇祯五年之内可以平定满清、恢复全辽,实在是一时冲动的口不择言,事实上那几乎是不可能的。袁崇焕和崇祯第一次见面,就犯了一个大错误。大概他见这位十七岁半的少年皇帝很着急,就随口安慰。

过了一会,皇帝又出来。袁崇焕于是又奏道:"建州已处心积虑的准备了四十年,这局面原是很不易处理的。但皇上注意边疆事务,日夜忧心,臣又怎敢说难?这五年之中,必须事事应手,首先是钱粮。"崇祯立即谕知代理户部尚书的右侍郎王家桢,必须着力措办,不可令得关辽军中钱粮不足。

袁崇焕又请器械,说:"建州准备充分,器械犀利,马匹壮健,久经训练。今后解到边疆去的弓甲等项,也须精利。"崇祯即谕代理工部尚书的左侍郎张维枢:"今后解去关辽的器械,必须铸明监造司官和工匠的姓名,如有脆薄不堪使用的,就可追究查办。"

袁崇焕又奏:"五年之中,变化很大。必须吏部与兵部与臣充分合作。应当选用的人员便即任命,不应当任用的,不可随便派下来。"崇祯即召吏部尚书王永光、兵部尚书王在晋,将袁崇焕的要求谕知。

袁崇焕又奏:"以臣的力量,制全辽是有余的,但要平息众人的纷纷议论,那就不足了。臣一出京城,与皇上就隔得很远,忌功妒能的人一定会有的。这些人即使敬惧皇上的法度,不敢乱用权力来捣乱臣的事务,但不免会大发议论,扰乱臣的方略。"崇祯站起身来,倾听他的说话,听了很久,说道:"你提出的方略井井有条,不必谦逊,朕自有主持。"

大学士刘鸿训等都奏,请给袁崇焕大权,赐给他尚方宝剑,至于王之臣与满桂的尚方剑则应撤回,以统一事权。崇祯认为对极,应予照办。谈完大事后,赐袁崇焕酒馔。

袁崇焕辞出之后,上了一道奏章,提出了关辽军务基本战略的三个原则:⑤

"以辽人守辽土,以辽土养辽人"——明代兵制,一方有事,从各方调兵前往。因此守辽的部队来自四面八方,四川、湖广、浙江均有。这些士卒首先对守御关辽不大关心,战斗力既不强,又怕冷,在关外驻守一段短时期,便遣回家乡,另调新兵前来。袁崇焕认为必须用辽兵,他们为了保护家乡,抗敌勇敢,又习于寒冷气候。训练一支精兵,必须兵将相习,非长期薰陶不为功,不能今天调来,明天又另调一批新兵来替换。他主张在关外筑城屯田,逐步扩大防守地域,既省粮饷,又可不断的收复失地。

"守为正着,战为奇着,和为旁着"——明兵打野战的战斗力不及习于骑射的清兵,这是先天的限制,不易短期内扭转过来,但大炮的威力却非清兵所及。所以要舍己之短,用己所长,守坚城而用大炮,立于不败之地。只有在需要奇兵突出、攻敌不意之时,才和清兵打野战。为了争取时间来训练军队、加强城防,有时还须在适当时机中与敌方议和,这是辅助性的战略。

"法在渐不在骤,在实不在虚"——执行上述方策之时,不可求急功近利,必须稳扎稳打,脚踏实地,慢慢的推进。绝对不可冒险轻进,以致给敌人以可乘之机。

这三个基本战略,是他总结了明清之间数次大战役而得出来的结论。明军三次大败,都败于野战,以致全军覆没;宁远两次大捷,都在于守坚城、用大炮。

这基本战略持久的推行下去,就可逐步扭转形势,转守为攻。但他耽心两件事。一是皇帝和朝中大臣对他不信任,二是敌人挑拨离间,散布谣言。因此在上任之初,对此特别强调。他声明在先,军队中希奇古怪之事多得很,不可能事事都查究明白。他又自知有一股蛮劲,干事不依常规,要他一切都做得四平八稳,面面俱圆,那做不到。总而言之:"我不顾自己性命,给皇上办成大事就是了,小事情请皇上不必理会罢。"

崇祯接到这道奏章,再加奖勉,赐他蟒袍、玉带与银币。袁崇焕领了银币,但以未立功勋,不敢受蟒袍玉带之赐,上疏辞谢了。

崇祯这次召见袁崇焕,对他言听计从,信任之专,恩遇之隆,实是罕见。但不幸得很,袁崇焕这奏章中所说的话,一句句无不料中,终于被处极刑。这使我想起文徵明的一首词来。他见到宋高宗亲笔写给岳飞的敕书,书中言辞亲切无比,有感而作了一首《满江红》,其中有一句:"慨当初倚飞何重?后来何酷?"崇祯对待袁崇焕,实也令人慨当初倚之何重,后来何酷。

其间的分别是,岳飞当时对自己后来的命运完全料想不到,袁崇焕却是早已料到了的。明知将来难免要受到皇帝猜疑,要中敌人的离间之计,却还是要去担任艰危,这番舍身赴难的心情,更令后人深深叹息。

① 陈子壮:"曾闻缓带高谈日,黄石兵筹在握奇。"梁国栋:"笑倚戎车克壮猷,关前氛祲仗谁收?忻看化日回春日,再上邢州护锦州。"傅于亮:"天山自昔凭三箭,辽左而今仗一夫。秉钺纷纷论制胜,笑谈尊俎似君无?"邓桢:"冠加荐角峨应甚,赐有龙文许自专(指尚方剑)。借箸独当天下计,折冲随运掌中权。"邝瑞露:"行矣莫忘黄石语,麒麟回首即江湖。""供帐夜悬南海月,谈锋春落大江潮。""衣布尚怜天下士,高歌谁是眼中人?"邝瑞露即邝湛若,广东名士,南海人,后助守广州,清兵破城时不屈而死。

② 近人叶恭绰题袁崇焕墓有句云:"游仙黄石空余愿"。自注:"袁再起督师,诸友饯别诗多以黄石、赤松为言,疑有所讽,惜袁不悟。"其实不是袁崇焕不悟;张良是功成身退而从赤松子游,袁崇焕根本没有机会"功成",自然谈不上"身退"。不过以他的热血热肠,即使是功成了,多半还是不肯身退的,势必是鞠躬尽瘁,死而后已。袁崇焕不是明哲保身的"智士",而是奋不顾身的"烈士"。

③ 对崇祯本应称朱由检、思宗、庄烈帝、怀宗、毅宗,或崇祯皇帝。本文以他年号称呼,是习惯上的通俗方式,有如称清圣祖为康熙、清高宗为乾隆。

④ 崇祯召见袁崇焕的情形与对话,主要根据李逊之所著《三朝野记》与文秉所著《烈皇小识》两书,其后周延儒对袁崇焕的中伤,也根据这两书所载。李逊之的父亲李应昇是反对魏忠贤而被害死的著名忠臣李忠毅公。文秉是文徵明的玄孙,他父亲文震孟在崇祯时任大学士。文震孟最出名的事,是在天启年间上奏,直指皇帝诸事不理,犹如"傀儡登场",朝政全由魏忠贤摆布。魏忠贤于是叫了一班傀儡戏,到宫中演给熹宗看,熹宗看得大乐。魏忠贤便说:"文震孟说皇上是傀儡登场,那就是这样子了。"熹宗当然大怒,将文震孟在朝廷上打了八十棍。李逊之和文秉二人是

名父之子，重视名声与节操，他们记载朝中大事，应该相当可靠。此外并参考《崇祯实录》及《崇祯长编》之崇祯元年记事。

⑤《明史·袁崇焕传》中引述他的奏章："恢复之计，不外臣昔年'以辽人守辽土，以辽土养辽人；守为正着，战为奇着，和为旁着'之说。法在渐不在骤，在实不在虚。此臣与诸边臣所能为。至用人之人，与为人用之人，皆至尊司其钥。何以任而勿贰，信而勿疑？盖驭边臣与廷臣异。军中可惊可疑者殊多，但当论成败之大局，不必摘一言一行之微瑕。事任既重，为怨实多，诸有利于封疆者，皆不利于此身者也。况图敌之急，敌亦从而间之，是以为边臣甚难。陛下爱臣知臣，臣何必过疑惧？但中有所危，不敢不告。"

十

袁崇焕还没有到任，宁远已发生了兵变。

兵变是因欠饷四个月而起，起事的是四川兵与湖南、湖北的湖广兵。兵卒把巡抚毕自肃、总兵官朱梅等缚在谯楼上。兵备副使把官衙库房中所有的二万两银子都拿出来发饷，相差还是很多，又向宁远商民借了五万两，兵士才不吵了。毕自肃自觉治军不严有罪，上吊自杀。兵士的粮饷本就很少，拖欠四个月，叫他们如何过日子？这本来是中央政府财政部的事。连宁远这样的国防第一要地，欠饷都达四个月之久，可见当时政治与财政的腐败。毕自肃在二次宁远大战时是兵备副使，守城有功，因兵变而自杀，实在是死得很冤枉的。朱梅是军中勇将，几大战役中血战有名。

袁崇焕于八月初到达，惩罚了几名军官，其中之一是后来大大有名的左良玉，当时是都司；又杀了知道兵变预谋而不报的中军，将兵变平定了。

但京里的饷银仍然不发来，锦州与蓟镇的兵士又哗变。如果这时清军来攻，宁远与锦州怎么守得住？局势实在危险之至。袁崇焕有什么法子？只有不断的上奏章，向北京请饷。

崇祯的性格之中，也有他祖父神宗的遗传。他一方面接受财政部长的提议,增加赋税,另一方面对于伸手来要钱之人大大的不满。

袁崇焕屡次上疏请饷。崇祯对诸臣说:"袁崇焕在朕前,以五年复辽、及清慎为己任,这缺饷事,须讲求长策。"又说:"关兵动辄鼓噪,各边效尤,如何得了?"

礼部右侍郎周延儒奏道:"军士要挟,不单单是为了少饷,一定另有隐情。古人虽罗雀掘鼠,而军心不变。现在各处兵卒为什么动辄鼓噪,其中必有原故。"崇祯道:"正如此说。古人尚有罗雀掘鼠的。今虽缺饷,哪里又会到这地步呢?"

"罗雀掘鼠"这四字崇祯听得十分入耳。周延儒由于这四个字,向着首辅的位子迈进了一步。周延儒是江苏宜兴人,相貌十分漂亮,二十岁连中会元状元,《明史·周延儒传》:"年甫二十余,美丽自喜。"这个江南才子小白脸,真是小说与戏剧中的标准小生,可惜人品太差,在《明史》中被列入"奸臣传"。本来这人也不算真的十分奸恶,他后来做首辅,也做了些好事的,只不过他事事迎合崇祯的心意。周延儒之奸,主要是崇祯性格的反映。但"逢君之恶"当然也就是奸。这个人和袁崇焕恰是两个极端。袁崇焕考进士考了许多次落第,到三十五岁才中了三甲第四十名进士,相貌相当不漂亮,①性格则是十分的鲠直刚强。

"罗雀掘鼠"是唐张巡的典故。张巡在睢阳被安禄山围困,苦守日久,军中无食,只得张网捉雀、掘穴捕鼠来充饥,但仍死守不屈。罗雀掘鼠是不得已时的苦法子,受到敌人包围,只得苦挨,但怎能期望兵士在平时也都有这种精神?

周延儒乘机中伤,崇祯在这时已开始对袁崇焕信心动摇。他提到袁崇焕以"清慎为己任",似乎对他的"清"也有了怀疑。崇祯心中似乎这样想:"他自称是清官,为什么却不断的向我要钱?"

袁崇焕又到锦州去安抚兵变,连疏请饷。十月初二,崇祯在文华殿集群臣商议,说道:"崇焕先前说道'安抚锦州,兵变可弭',现在却说'军欲鼓噪,求发内帑',为什么与前疏这样矛盾?卿等奏来。"

"内帑"是皇帝私家库房的钱。因为户部答覆袁崇焕说,国库里实在没有钱,所以袁崇焕请皇帝掏私人腰包来发欠饷。再加上说兵士鼓噪而提出要求,似乎隐含威胁,崇祯自然更加生气。

哪知百官众口一辞,都请皇上发内帑。新任的户部尚书极言户部无钱,只有陆续筹措发给。崇祯说:"将兵者果能待部属如家人父子,兵卒自不敢叛,不忍叛;不敢叛者畏其威,不忍叛者怀其德,如何有鼓噪之事?"

"罗雀掘鼠"和"家人父子"这两句话,充分表现了崇祯完全不顾旁人死活的自私性格。兵士连续四个月领不到粮饷,吵了起来。崇祯不怪自己不发饷,却怪带兵的将帅对待士兵的态度不如家人父子。他似乎认为,主帅若能待士兵如家人父子,没有粮饷,士兵饿死也是不会吵的。俗语都说:"皇帝不差饿兵。"崇祯却认为饿兵可以自己捉麻雀、捉老鼠吃。

周延儒揣摩到了崇祯心意,又乘机中伤,说道:"臣不敢阻止皇上发内帑。现在安危在呼吸之间,急则治标,只好发给他。然而决非长策,还请皇上与廷臣定一经久的方策。"崇祯大为赞成:"此说良是。若是动不动就来请发内帑,各处边防军都学样,这内帑岂有不干涸的?"崇祯越说越怒,又忧形于色,所有大臣个个吓得战战兢兢,谁也不敢说话。②

军饷应当由户部(财政部)支付,那是公帑,崇祯年间,除了每年应收的钱粮赋税之外,还加派"辽饷"(指定用于对付满清的军费)、"练饷"(指定用于练兵),两项军费的加派在崇祯末年每年超过二千余万两。在崇祯初年,当会少一些,但也不至于对锦州、宁远的国防部队欠饷达四个月之久。锦宁前线是当时最重要吃紧的国防要地,别的地方可以欠饷,锦宁前线万万不能欠。公家库房没有钱,皇帝的私房钱(内帑)却多得很,紧急关头,向皇帝暂借私房钱,也是合情合理之事。但崇祯立刻不舍得而勃然大怒。据《明季北略·卷五》载,当李自成在山海关外打了败仗而匆匆逃离北京之时,发现皇家内库"旧有镇库金积年不用者三千七百万锭,锭皆五百两,镌有永乐字。"这样大笔银两,借出来发清欠饷,何乐而不为?士气大振之余,还可进而克复辽东,同时赈济灾民,减弱"流寇"的力量。把几千万、几万万银两积在内库之中,不知又有什么好处?宁远兵变索饷,后来以七万两银子解决,可见发清欠饷,并不需要一笔很大的款项。三千七百万锭银子,每锭五百两恐怕太多了些,就算每锭只有十两,一共也有接近四亿两的巨款。

袁崇焕请发内帑,其实正是他不爱惜自己、不怕开罪皇帝、而待士兵如家人父子。本来,他只须申请发饷,至于钱从何处来,根本不是他的责任。国库无钱,自有别的大臣会提出请发内帑,崇祯憎恨的对象就会是那个请发内帑之人。以袁崇焕的才智,决不会不明白其中的关键,但他爱惜兵士,得罪皇帝也不管了。他会考虑:说不定朝中大臣人人不敢得罪皇帝,饷银就始终发不下来,那么就由我开口好了。

当袁崇焕罢官家居之时,皇太极见劲敌既去,立刻肆无忌惮,不再称汗而改称皇帝。

袁崇焕回任之后,宁远、锦州、蓟州都因欠饷而发生兵变,当时自然不能与清兵开仗,于是与皇太极又开始了和谈,用以拖延时间。皇太极对和谈向来极有兴趣,立即作出积极的反应。袁崇焕提出的先决条件,是要他先除去帝号,恢复称"汗"。皇太极居然答允,但要求明朝皇帝赐一颗印给他,表示正式承认他"汗"的地位。这是自居为明朝藩属,原是对明朝极有利的。但明朝朝廷不估计形势,不研究双方力量的对比,坚持非消灭满清不可,当即拒绝了这个要求。③

皇太极一直千方百计的在求和,不但自己不停的写信给明朝边界上的官员,又托朝鲜居间斡旋,要蒙古王公上书明朝提出劝告。每一个战役的基本目标,都是"以战求和"。④他清楚的认识到,满清决不是中国的敌手,中国政治只要稍上轨道,满清就非亡国灭种不可。满族的经济力量很薄弱,不产棉花,不会纺织,衣料不能自给,主要的收入是靠抢劫。⑤皇太极写给崇祯的信,其实谦卑到了极点。⑥

然而崇祯的狂妄自大比他哥哥天启更厉害得多,对满清始终坚持"不承认政策",不承认它有独立自主的资格,决不与它打任何交道。⑦天启是昏庸胡涂,崇祯却是昏庸傲狠。

为了与满清作战,万历末年已加重了对民间的搜括,天启时再加,到崇祯手里更大加而特加,到末年时加派辽饷九百万两,练饷七百三十余万两,一年之中单是军费就达到二千万两(万历初年全国岁出不过四百万两左右),国家财政和全国经济在这压力下都已濒于崩溃。明末民变四起,主要原因便在百姓负担不起这沉重的军费开支。⑧

敌人提出和平建议,是不是可以接受,不能一概而论。我以为应当根据这样的原则来加以考虑：

敌人的和议是不是一种阴谋手段，目的在整个灭亡我们？还是敌人因经济、政治、军事或社会的原因而确有和平诚意？

必须假定缔结和约只是暂时休战，双方随时可以破坏和平而重启战端。目前一直打下去对我方比较有利？还是休战一段时期再打比较有利？

缔结和约或进行和平谈判，会削弱本国的士气民心、造成社会混乱、损害作战努力、破坏与军事同盟者的联盟关系、影响政府声誉？还是并无重大不良后果？

和约条款是片面对敌人有利？还是双方平等，或利害参半，甚至对我方有利？

如果是前者，当然应当断然拒绝；若是后者，就可考虑接受，必要时甚至还须努力争取。在当时的局势下，成立和议显然于明朝有重大利益。不论从政略、战略、财政、经济、人民生活哪一方面来考虑，都应与满清议和。

拒绝和满清缔和，是崇祯一生最大的愚蠢。他初即位时清除魏忠贤逆党，处理得十分精明，于是臣下大捧他为"英主"。他从此就飘飘然了，真的以"英主"自居，认为"英主"决不能和叛逆的"建州卫"妥协。在明朝君臣的观念中，"建州卫"始终是中国皇帝属下一个小官的领地，皇帝决不能跟小官谈和。至于使得全国亿万人民活不下去，那是另一回事，皇帝的尊严不能有丝毫损害。

他可以和察哈尔蒙古人谈和，付给金银以换取和平。因为明朝的江山是从蒙古人手里夺来的，明朝承认蒙古是地位平等的敌国。

坚持政治原则，本来不错。然而政治原则是要以正确的策略来贯彻的。完全忽视具体的现实情况，把国家与人民的生死存亡置之不顾，和"英明"两字可相差十万八千里了，更准确的形容词是"昏愦"。

袁崇焕和皇太极一番交涉，使得皇太极自动除去了帝号，本来是外交上的重大胜利。但崇祯却认为是和"叛徒"私自议和，有辱国体，心中极不满意，当时对袁崇焕倚赖很重，隐忍不发，后来却终于成为杀他的主要罪状。

① 《明史·钱龙锡传》："龙锡奏辩，言：'崇焕陛见时，臣见其貌寝，退谓同官：此人恐不胜任。'"钱龙锡是宰相，他这话也是胡说八道，怎能见人家相貌难看，便说他不能担当大事？

② 《烈皇小识》："时天威震迅，忧形于色。大小臣工皆战惧不能仰对，而延儒由此荷圣眷矣。"

③ 关于这场交涉，因皇太极称帝之后再自动除去，又向明朝要求发印而不得，在满清方面是受到重大屈辱，所以清方官文书中都无记载，或有记载而后来都删去了。但清内阁档案中还留存皇太极天聪四年向中国人民颁示的一道木刊谕文，其中公开承认这件事："逮至朕躬，实欲罢兵戈，享太平，故屡屡差人讲说。无奈天启、崇祯二帝渺我益甚，逼令退地，且教削去帝（号），及禁用国宝。朕以为天与土地，何敢轻与？其帝号国宝，一一遵依，易汗请印，委曲至此，仍复不允。"

④ 《明清史料》丙篇，皇太极谕诸将士："尔诸将士临阵，各自奋勇前往，何必争取衣物？纵得些破坏衣物，尚不能资一年之用。尔将士如果奋勇直前，敌人力不能支，非与我国讲和，必是败于我们。那时穿吃自然长远，早早解盔卸甲，共享太平，岂不美哉？"

⑤ 《天聪实录稿》，七年九月十四日，清太宗致朝鲜国王信："贵国断市，不过以我国无衣，因欲困我。我与贵国未市之前，岂曾赤身裸体耶？即飞禽走兽，亦自各有羽毛……满洲、蒙古固以抢掠为生，贵国固以自守为素。"

⑥ 《天聪实录稿》，六年六月，清太宗致崇祯皇帝信："满洲国汗谨奏大明国皇帝：小国起兵，原非自不知足，希图大位，而起此念也。只因边官作践太甚，小国恼恨，又不得上达……今欲将恼恨备悉上闻，又恐以为小国不解旧怨，因而生疑，所以不敢详陈也。小国下情，皇上若欲垂听，差一好人来，俾小国尽为申奏。若谓业已讲和，何必又提恼恨，惟任皇帝之命而已。夫小国之人，和好告成时，得些财物，打猎放鹰，便是快乐处。谨奏。"最后这两句话甚是质朴动人。

⑦ 崇祯五年，宣府巡抚沈棨和清军立约互不侵犯，崇祯便把

兵部尚书熊明遇革职查办，沈棨下狱。此后他更下旨给守边的官员，任何人不得与满清有片纸只字的交通。

⑧ 《明史·食货志》："自古有一年而括二千万以输京师，又括京师二千万以输边乎？"

十一

崇祯对袁崇焕的猜忌，从"请发内帑事件"开始。带兵的统帅追讨欠饷，本是理所当然的事情，但债户对于债主追讨欠款，不论债主的理由如何充足，债户自然而然的会对他十分恼恨，如果债主威名震于天下而又握有武力，十几岁的少年债户除了痛恨之外还会恐惧。崇祯又不敢惩罚袁崇焕与皇太极谈和。这"不敢"两字之中，自然隐伏了"将来和你算帐"的心理因素。

该年闰四月，加袁崇焕太子太保的头衔，那是从一品，比兵部尚书又高了一级。到了下个月，便发生了杀毛文龙事件，这又增加了崇祯内心对他的不满和恐惧。

毛文龙是浙江杭州人。袁崇焕杀毛文龙是在崇祯二年（公元一六二九），那是己巳年。再早一百八十年（一四四九），同样是己巳年，我另一位同乡杭州人于谦为明朝立了安邦定国的大功。那一年发生土木堡之变，皇帝为蒙古人掳去，于谦击退外敌，安定了国家。于谦和袁崇焕都是兵部尚书，于做总督，袁做督师，地位相等。①两人后来都为皇帝处死，都是明朝出名的大忠臣。

杭州人在江南虽然有"杭铁头"之称，然而那是与性格柔和的苏州人"苏空头"相对而言，很少去当兵打仗的。明末浙江兵赫赫有名，但戚继光率领来平定倭寇、守御北边，后来在戚死后又去抗日援朝的浙江兵，都是浙东义乌一带的人。宋朝名将宗泽也是义乌人。杭州是在浙西，一般人比较文弱。

毛文龙所以投军，主要由于他有个舅舅在兵部做官。毛文龙喜欢下围棋，常通宵下棋，爱说："杀得北斗归南。"捧他场的人，说他的棋友中有一个道人，从围棋中传授了他兵法。如果真有这样的事，毛文龙的棋力一定相当低，因为他的兵法实在并不高明。又有一个传说:他上京去投靠舅舅的前夕,睡在于庙(于谦的庙,在杭州与岳庙并称)里祈梦,梦到于谦写了十六个字给他:"欲效淮阴,老了一半。好个田横,无人作伴。"这十六个字后来果然"应验"了:韩信二十七岁为大将,毛文龙为大将时五十二岁;田横在岛上自杀时,有五百士自刎而殉,毛文龙在岛上被杀,死的只他一人。这当然是好事之徒事后捏造出来的。于谦见识何等超卓,又怎会将他这个无聊同乡去和韩信、田横相比?

毛文龙到北京后,得他舅舅推荐,到辽东去投效总兵李成梁,后来在袁应泰、王化贞两人手下,升到了大约相当于团长的职位。他的功绩主要是造火药超额完成任务和练兵,可见此人是能干的后勤人员和训练主任,传统上,杭州人并不善于打仗,办事能力是很强的。辽东失陷后,他带了一批部队,在沿海各岛和辽东、朝鲜边区混来混去,打打游击。他的根据地是在朝鲜,招纳辽东溃散下来的中国败兵和难民,势力渐渐扩充,终于找到了一个机会,带领了九十八人,渡鸭绿江袭击镇江城,②俘虏了清军守将。这是明军打败清兵的罕有事件,王化贞大为高兴,极力推荐,升他的官,驻在镇江城。不久清兵大军反攻,镇江城就失去了。毛文龙将根据地迁到朝鲜的皮岛,自己仍在辽东朝鲜边区打游击。

皮岛在鸭绿江口之东,与朝鲜本土只一水之隔,水面距离只不过相当于过一条长江而已,北岸便是朝鲜的宣川、铁山。③当时朝鲜的义州、安州、铁山一带,因为邻近中国,从辽东逃出来的汉人难民和败兵纷纷涌至,喧宾夺主,汉人占了居民十分之七,朝鲜人只十分之三。皮岛横约八十里,逃到岛上的汉人为数不少。毛文龙作为根据地后,再招纳汉人,声势渐盛。明朝特别为他设立一个军区,叫作东江镇,升毛文龙为总兵。

那时袁崇焕刚出山海关,还未建功。明朝唯一能与清兵打一下的,只有毛文龙一军,所以他名气相当大。当时董其昌曾上奏说:国家只要有两个毛文龙,努尔哈赤可擒,辽地可复。他这道奏章,当然只有书法上的价值,但由此也可见到一般朝臣对毛文龙的观感。毛文龙不断升官,升到左都督,挂将军印,赐尚方剑。天启皇帝提到他时称为"毛帅",不叫名字。

天启四年五月,毛文龙遣将沿鸭绿江、越长白山,攻入满清东部,为守将击败,全军覆没;五年六月及六年五月,曾两次派兵袭击满清城寨,两次都丧师败归。毛文龙打仗是不行的,可是连年袭击满清腹地,不失为有牵制作用。那时候明军一见清兵就望风而遁,毛文龙胆敢主动出击,应当说勇气可嘉。

天启七年正月,清兵征朝鲜,因为毛文龙不断在后方骚扰,于是分兵去攻他所驻守的铁山。毛文龙大败,逃上了皮岛。

他在中朝边区打游击时,虽然屡战屡败,却也能屡败屡战。上了皮岛之后,有了大海的阻隔,而清军没有水师,毛的安全感大增,加之又上了年纪,很快就腐化起来。④

他开始发挥后勤才能,在皮岛大做生意,征收商船通行税,那便是海上买路钱,派人去辽东和朝鲜挖人参。一方面向朝廷要粮要饷,又向朝鲜要粮食,理由是帮朝鲜抵抗清兵,要收保护费。朝鲜也只得时时运粮给他。他升官发财之后,对打仗更加没有兴趣了。当时皮岛驻军有二万八千,战马三千余匹,皮岛之东的身弥岛驻兵千余,作为皮岛的外围,宁锦大战之时,毛文龙手拥重兵在旁,竟不发一兵一卒去支援,也不攻击清兵后方作牵制。袁崇焕当然极不满意,但因管他不着,无可奈何。

天启年间,毛文龙不断以大量贿赂送给魏忠贤和其他太监、大臣,对朝中当权派的公共关系做得极好。天启五年,御史夏之令弹劾毛文龙,认为他无用,辽东军务不能依靠他。魏忠贤极力袒毛,说夏之令是熊廷弼的同党,将他杀了。这样一来,所有反对魏忠贤的东林党清流派都恨上了毛文龙。

崇祯接位后,毛文龙作风不改。朝廷觉得皮岛耗费粮饷太多(因毛文龙要的是十万名官兵的粮饷),要派人去核数查帐。毛文龙多方推托,总之是不欢迎御用会计师驾临。

袁崇焕的新任命,理论上是有权管到皮岛东江镇的。朝中于是有人建议皮岛的粮饷经由宁远转运,意思是交由袁崇焕控制。甚至有人主张撤退皮岛守军,全部调去宁远。这些主张,都遭到毛文龙的抗拒,而兵部又对毛相当支持。

袁崇焕写信给首辅钱龙锡商量,要杀毛文龙。钱回信劝他一切慎重。袁在北京时,也曾和钱龙锡商议过杀毛的事,当时袁对钱龙锡说,要恢复辽东,必须从整肃东江镇的军纪开始。

袁崇焕决心要解决这件事。崇祯二年五月廿二日,袁崇焕离宁远,去和毛文龙会谈,约定了在旅顺附近的一个小岛上相会,这小岛叫做岛山。⑤从宁远经渤海到旅顺,和从皮岛经黄海到旅顺,海程大致相等,所以旅顺是一个中间地点,也可说是中立地带。那时毛文龙对袁崇焕已心存疑忌,如邀他到宁远相会,他是不肯来的。袁崇焕如去皮岛,却又是身入险地。

袁崇焕除座船外,带船三十八艘,出发前先试放西洋大炮,射程远的五六里,近的三四里。廿六日到双岛,登州的军官带了兵船四十八艘来会。廿七日到岛山停泊,旅顺的军官前来参见。袁崇焕带众将上山,到龙王庙去拜龙王,对众将训话:"本朝开国,中山王徐达、开平王常遇春诸将起初在鄱阳湖、采石矶大战,后来一直打到漠北,水战固然胜,马步战也胜,才能驱逐胡元,统一中国。现在你们的水师只能以红船在水上自守,满清鞑子不下海,难道能赶他们入海打水战么?所以水师必须也能陆战。"他的抱负是要将水师训练成为海军陆战队。

六月初一,毛文龙率领部属到达岛山,与袁互相交拜。毛文龙呈上礼帖三封和三桌筵席。在船中吃过,袁崇焕和他谈话,说道:"辽东海外,只有我和贵镇二人,务必同心共济,方能成功。我历险来此,旨在商议进取。军国大事,在此一举。我有一个良方,只不知生病的人肯不肯服这一帖药。"当晚两人直谈到二更。初二袁崇焕上岛,犒赏毛的部属,和毛又密谈到三更。初三日又再谈,袁崇焕要求皮岛设文官监军,粮饷由宁远转发,改编部队,连谈三日三夜,毛文龙始终不同意,到这时谈判终于破裂。袁崇焕给他最后一个机会,劝他辞职回乡,享受西湖风物。毛文龙说:"辞职回乡这件事,我一直是在盼望的。只不过我对辽东事务很熟悉,解决了满洲之后,可顺势袭取朝鲜了。"袁崇焕听他大言不惭,更是不满。⑥酒散后,袁传副将汪翥上船密议,五更方毕。通宵部署,要杀毛文龙了。

初四日,袁崇焕犒赏毛部兵将共三千五百七十五名,军官每名银子三五两不等,兵每名数钱,又将带来的饷银十万两交卸。同时和毛划分职权,此后旅顺以东由毛指挥,旅顺以西由袁指挥。毛文龙收到大笔银子,对指挥权的区划又十分满意,减少了提防警惕。

初五日,袁崇焕邀毛文龙一起检阅将士比赛射箭。相见后,袁崇焕说:"我明天要回宁远了。贵镇身当国家海外重寄,请受我一拜。"说着下拜,毛文龙跪下还礼。大家上山后,袁的亲信参将谢尚政指挥各营士兵布成一个大围。毛文龙和随从官员百余名在围内,将毛部兵丁都隔在围外。

袁崇焕问起毛文龙手下将官的姓名,居然大多数姓毛。袁崇焕觉得奇怪。毛文龙说:"他们都是我的义孙。"⑦

袁崇焕笑了起来,跟着对毛部众将说道:"你们在海外辛苦,兵士每个月只有五斗米的粮,甚至家中几口人都分食此粮,想起来令人痛心。请大家受我一拜,感谢你们为国家尽力,以后大家不必耽心没有粮饷。"当即下拜。众将磕头答礼,甚是感动。

袁崇焕随即提出几件事来责问毛文龙,毛文龙抗辩。袁崇焕不客气了,斥责道:"本部院披肝沥胆,与你说了三日,只道你回头是岸,也还不迟。哪晓得你狼子野心,总是一片欺诳到底。你目中没有本部院,那也罢了。方今圣天子英武天纵,国法岂容得你?"命人除下他衣冠,绑了起来。毛文龙的态度仍十分倔强,自称无罪有功。

袁崇焕厉声道:"你道本部院是个书生,瞧我不起。本部院却是能管将官之人。你说没有罪么?你犯了十二大罪,我数给你听:

"一、明朝的制度,大将在外,必由文臣监督,你专制一方,军马钱粮不肯受核。二、杀戮降人难民,谎报冒功,说杀的是清兵。三、宣称如果南下,取登州和南京犹如反掌。公然说要造反。四、每岁饷银数十万,但发给兵士的粮饷每月只有三斗半,侵盗军粮。五、在皮岛开马市,擅自与外国贸易。六、部将数千名都冒称姓毛,擅自封官。七、败退时剽掠商船。八、你自己强抢良家妇女,部下效尤。九、驱策难民到辽东去偷挖人参,不肯去的就不发粮食,让他们大批在岛上饿死。十、将大量金银送去京师贿赂,拜魏忠贤为义父,在岛上替魏忠贤塑像。十一、铁山一仗,大败丧师,却报称有功。十二、设立军区已达八年,不能恢复寸土,观望养敌。"

这十二条罪状数了出来,毛文龙魂不附体,只有叩头求饶。

袁崇焕问毛的部将:"毛文龙该斩么?"诸将都吓得不敢作声。有人说毛文龙这些年来虽无功劳,但也辛苦出力。袁崇焕叱道:"毛文龙本来只不过是个寻常百姓,现今官居极品,满门封荫,已足够酬答他的辛劳了,为什么他还这样悖逆?"

于是向着北京叩头,宣称:"臣今天诛毛文龙以整肃军纪,诸将中若有行为如毛文龙的,也一概处决。臣如不能成功,请皇上也像诛毛文龙一样的处决臣!"请出尚方剑来,命旗牌官将毛文龙在帐前斩决,向毛文龙部属谕示:"只诛毛文龙一人,其余各人一概无罪。"毛文龙麾下将士无一敢动。袁崇焕命人收殓毛文龙,次日开吊拜奠,说:"昨日斩你,是为了朝廷大法。今日祭你,是为了僚友私情。"

随即将毛部分为四队,派毛文龙的儿子毛承禄、副将陈继盛(陈的女儿是毛文龙之妾)等四人分领,犒赏军士,尽除皮岛毛文龙的虐政。回宁远后上奏禀报,最后说:毛文龙是大将,不是臣有权可以擅自诛杀的。臣犯了死罪,谨候皇上惩处。⑧

崇祯得讯,大吃一惊,非常不以为然。但想毛文龙已经死了,目前又正倚赖袁崇焕尽力,只得下旨嘉奖他一番,又下旨公布毛文龙的罪状,逮捕毛文龙的驻京办事处主任,以安袁崇焕之心。⑨

袁崇焕耽心毛文龙的部下生变,奏请增加饷银。但查核部队实数,兵员比毛文龙虚报时少得多了。崇祯见兵员少了,饷银反增,颇为怀疑,但都一一批准。以崇祯这样刚强的性格,这时迫于形势而不敢得罪袁崇焕,实已深深伏下了杀机。

毛文龙在皮岛,俨然是独立为王的模样,不接受朝廷派文官监察核数、滥杀难民冒功、侵吞军粮、军纪不肃,的确有罪。但袁崇焕以尚方剑斩他的方式,却也未免太戏剧化了些。明朝赐尚方剑给主帅,用意是给主帅以绝对权威,部将如不听指挥,立即可以诛杀。然而毛文龙的罪行都非紧急,也不是反叛作乱。何况毛文龙也是受赐尚方剑的。

毛文龙在皮岛,毕竟曾屡次出兵,骚扰满清后方,是当时海上惟一的一支机动游击队,满清对他也一直颇为重视忌惮。

这十二条罪状中,有几条平心而论并不能成立。毛文龙说取登州、南京如反掌,只不过一时夸口,并非真的要造反,不过皇权专制时代,说这种话确是大逆不道;向外国买马,当是军中需要;擅自封官是得到朝廷授权的,部将喜欢姓毛,旨在拍主帅的马屁,也没有什么大不了;不能恢复寸土,只能说他无能,却非有罪,要打败清兵,恢复失地,谈何容易?在岛上为魏忠贤塑像,更难以加他罪名。天启年间，魏忠贤权势熏天，各省督抚都为魏忠贤建生祠、塑像而向他跪拜。当时袁崇焕在宁远也建了魏忠贤的生祠。时势所然，人人难免。

毛文龙真正的重大过失，是不受节制，在他所控制的军区中独立行事，不听上级指挥。在大战之时，大将独立自主，不奉命令，当然是违反军纪的重大事件。

毛文龙死后，部将心中不服，颇有逐渐叛去的，其中重要的叛将有孔有德（后降清封定南王，镇广西）、耿仲明（降清封靖南王，镇福建）、尚可喜（降清封平南王，镇广东）。这三人投降满清，为清朝出了很大力气，甚至把西洋火器带了过去。清初四大降王，除吴三桂外，其余孔、耿、尚三人都是毛文龙的旧部。不过这也不能说是袁崇焕的过失。⑩

对于"杀毛事件"，当时舆论大都同情毛。一般朝臣认为，毛文龙即使有罪，他是一个大军区司令，也只能由皇帝下旨诛杀。皇帝的统治手段，主要只是赏与罚。袁崇焕擅杀大将，是严重的侵犯了君权。

当时小说盛行，有人做了小说来称誉毛文龙。一部是四十回的《辽海丹忠录》，是杭州人陆云龙所作，大捧同乡毛帅。另一部是作者不署名的《铁冠图》（不是讲李自成事迹的那一部），以毛文龙为主角。

当时大名士陈眉公对"杀毛事件"抨击甚烈。另一个大名士钱谦益是毛文龙的朋友，对朝野舆论当然也有影响。《明季北略》甚至说：袁崇焕捏造十二条罪名来害死了毛文龙，与秦桧以十二道金牌来害死了岳飞完全一样。却又是过份的批评了。

推测袁崇焕所以用这样的断然手段杀毛，首先是出于他刚强果决的性格。其次，文人带兵，一定熟读孙子兵法，对于孙武杀吴王爱姬二人、因而使得宫中美女尽皆凛遵军法的故事，对于"将在军，君命有所不受"的军法观念，一定印象十分深刻。那时候宁远、锦州、蓟州各处军事要地都曾发生兵变，如不整饬军纪，根本不能打仗。袁崇焕明知这样做不对，还是忍不住要杀毛，推想起来，也有自恃崇祯奈何他不得的成份。最后，毛文龙接近魏忠贤，袁崇焕接近东林清流，其中也难免有一些党派成见。

袁崇焕杀毛文龙一事，论者多认为大招崇祯之忌，是袁崇焕被杀的主要原因之一。到底袁杀毛一事，真是合理而必要，还是犯了错误?这在袁崇焕的一生,是一个重要问题。

第一:袁崇焕有没有杀毛之权?袁崇焕于崇祯元年受任为兵部尚书、兼右副都御史、督师蓟辽、兼督登莱天津军务。明朝兵部尚书相当于现代的国防部长兼总参谋长,有军令权,可指挥陆军、海军,御史略等于现代的政治委员,是皇帝的代表,在部队中监督统帅。"督师"是带兵的最高级文官,袁当时官职相当于国务院副总理、国防部长兼野战军总司令兼政委,又兼陆海军前敌总司令。毛文龙的皮岛军区归他管辖。临敌之时,麾下大将如果不听指挥,主帅将之斩首,中国历史上事所常有。例如诸葛亮斩马谡,临终时遗命斩魏延。尚方剑是"皇帝诛杀臣下之权力的象征"。袁崇焕受赐尚方剑,即是崇祯赐给他专杀之权,他用尚方剑杀毛文龙,是代表皇帝杀的。⑪

第二:毛文龙是否真的有罪?毛文龙先前抗清有功,在皮岛起了一些牵制作用,但他立功升官之后,自大起来,皮岛军区只二万多名官兵,他却要领十万名官兵的粮饷,不接受中央审核,并自行设立市场做生意,派官兵去邻国朝鲜挖人参,取貂皮。还收取海上过境税,强迫朝鲜缴纳粮米(侵犯中央的外交权)。后勤部建议皮岛的粮饷由宁远(袁的总司令部)转发,以资核实,毛坚不接受。宁远大战时,局势紧急,毛文龙部队在清军后方,却不出兵应援或配合牵制。中央要求皮岛饷银由宁远转发,毛文龙不肯,双方交涉得紧了,毛文龙威胁说:"我带兵南下,攻打登州、莱州,取南京犹如反掌。"登州、莱州是袁崇焕直辖的军区,南京是明朝的南都,明太祖的龙兴之地。中央无奈,只好暂不坚持。袁崇焕受任之前,曾与首辅大学士(约相当于宰相)钱龙锡商量,要杀毛文龙以确立军纪。钱龙锡不表反对,但劝他慎重。

第三:毛虽有罪,是否应杀?当时军纪废弛,兵士为了索取欠饷,常常哗变,杀害上官。军纪不肃,无法打仗。袁崇焕曾向崇祯夸口,要五年复辽。如无一支纪律如铁的精兵,怎能抗清复辽?要树立军纪,必须先整肃不守纪律、不服从命令的大将。毛文龙的军阶是总兵(还带都督衔,约略相当于军长、军区司令),和祖大寿、满桂等相同,统兵号称十万(实际约二万八千名)。当时袁崇焕所指挥的部队,全部约六万名,如将毛部近三万兵收过来统一指挥,对军务有极大好处。袁与毛在岛山见面,长谈三日三夜,毛始终不听指挥。

袁劝他退休回去西湖享福。毛文龙夸称熟悉朝鲜情形，灭清之后可顺手取得朝鲜。在此情形下，不杀毛文龙无法抗清。打个比方，如果当年林彪统带第四野战军，在东北要独立自主，不服从中央命令，宣称打垮国民党部队后要乘机攻取南北朝鲜（事实上林彪没有这样做，也未宣称）。中共中央不杀林彪，这场仗就打不下去了。

第四：当时有人说，袁崇焕不应该当场杀了毛文龙，应将他逮捕，送到北京去请崇祯处理，或者先请皇帝批准而再杀他。当时大学者黄梨洲评论说："文龙官至都督，挂平辽将军印，索饷岁百二十万缗（两），不应则跋扈，恐吓曰：'臣当解剑归朝鲜矣。'则其内怀异志非一日也。"梨洲又云："参貂之赂贵近者，使者相望于道……崇焕朝请，文龙夕知。"朝廷中的大官收受毛文龙贿赂甚多，袁崇焕一提出申请，毛文龙即刻知道，有了防备，极可能激得他起兵造反。如将他逮捕送去北京，他部下官兵很多是他义子义孙，有可能动武抢夺，引起内战。就像《三国演义》中写魏大将邓艾在蜀被朝廷下令擒入囚车，邓的部属武力抢夺囚车。

第五：也有人说，袁崇焕去宁远当统帅之前，决心整肃军纪，要杀毛文龙，和首辅钱龙锡商议。其实他直接请示皇帝更好，因为崇祯先得到杀毛的讯息之后，袁再杀毛，崇祯就不会惊愕恐惧，害怕袁崇焕权太大。然而崇祯更信任宦官厂卫，而这些宦官厂卫都收受毛文龙的贿赂，袁崇焕对皇帝一说，毛文龙很快就知道了。

春秋时，《孙子兵法》的作者孙武向吴王表演治军之法，要杀吴王的两名爱姬，因二姬不奉军令，嬉笑不绝。吴王大惊，派人去向孙子说："寡人已知将军用兵矣。寡人非此二姬，食不甘味，宜勿斩之。"孙子曰："臣既已受命为将。将法在军，君虽有令，臣不受之。"还是斩了两个爱姬，部队肃然，奉命惟谨。吴王不悦，说："我知道你善用兵了，将军请下去休息罢，我不想再看了。"吴王虽然心痛爱姬之死，还是接受伍子胥的劝告，重用孙子带兵，破楚、灭越、威齐，吴国霸于天下。

崇祯的度量，比之吴王阖闾是差得多了。见识也差得多了。

崇祯因袁崇焕杀毛文龙而杀袁，等于三国时蜀汉的刘禅因诸葛亮斩了马谡，把诸葛亮杀了。

① 督师本来比总督略高，但在于谦的时候还没有设督师，当时总督是地位最高的带兵文官。见吴晗：《明代的军兵》。
② 即今辽宁省丹东市之北的九连城，与朝鲜的义州隔鸭绿江相对。
③ 皮岛在朝鲜写作椵岛。这个"椵"字，汉文音"驾"，但朝鲜人读作 pi 音，所以中国人就简称为皮岛。有一本相当流行的讲清史的通俗著作说皮岛即海洋岛，地理弄错了。海洋岛在皮岛和大连之间，离皮岛约一百海里。皮岛是朝鲜地方，海洋岛是中国地方。皮岛在黄海中，身弥岛之西，大和岛之北。面积不大。
④ 据朝鲜派去皮岛的使者记载：毛文龙每天吃五餐，其中三餐有菜肴五六十品，宠妾八九人，珠翠满身，侍女甚多。
⑤ 一般书籍（包括《明史》）上记载，都说袁毛的会晤地是在双岛。《荆驼逸史》中辑有《袁督师计斩毛文龙始末记》一文，采用的是日记体，从五月廿二日袁崇焕出发到六月十一日回宁远，逐日记录海程、所经岛屿、风势、船只、兵员、官员姓名等等，十分详尽，作者显然是袁崇焕随行的幕僚或部属。他写作态度异常忠实，对于袁毛密谈三日三夜，因他没有参与或听到密谈，所以只记两人"二更后方散"、"密语三更方散"，记录两人密谈后的神色，却不记密语内容，全无凭空推测的言辞，合于现代要求最严格的报导体。该书记载袁毛相会的地点是在岛山，离旅顺陆路十八里，水路四十里，距双岛有半日水程，中间隔了松木岛、猪岛、蛇岛、虾蟆岛等许多岛屿。我比较各种资料，觉得岛山的说法似较可信。
⑥ 《始末记》记载当时情形说："酒叙至终，（袁）方有傲状，毛帅有不悦意态。"
⑦ 后来大大有名的孔有德、耿精忠、尚可喜都是毛文龙的义孙，那时叫做毛有德、毛精忠、毛可喜。
⑧ 袁崇焕奏本："……臣于是悉其狼子野心终不可制，欲擒之还朝，待皇上处分。然一擒则其下必哄然，事将不测。惟有迅雷不及掩耳之法，诛之顷刻，则众无得为。文龙死，诸

冀恶者念便断矣……但文龙大帅,非臣所得擅诛。便宜专杀,臣不觉身蹈之。然苟利封疆,臣死不避,实万不得已也。谨据实奏闻,席藁待诛,惟皇上斧钺之,天下是非之,臣临奏,不胜战惧惶悚之至。"

⑨ 崇祯二年六月十八日,奉圣旨:"毛文龙悬踞海上,糜饷冒功,朝命频违,节制不受。近复提兵进登,索饷要挟,跋扈叵测。且通夷有迹,掎角无资,掣肘兼碍。卿能周虑猝图,声罪正法,事关封疆安全,阃外原不中制,不必引罪。一切处置事宜,遵照敕谕行,仍听相机行事。"(《明清史料》第八编)

⑩ 梁启超在《袁崇焕传》中说:"吾以为此亦存乎其人耳。毛文龙不死,安知其不执梃为诸降王长?"意思说,毛文龙如果不死,说不定他反而是投降清朝的第一大降王呢。然而这也是揣测之辞了。

⑪ 陈玉树《后乐堂集》〈袁崇焕杀毛文龙论〉:"崇焕以兵部尚书督师蓟辽,兼登、莱、天津军务,赐尚方剑,便宜从事。明制:督师赐尚方者,得斩总兵以下。是崇焕本有专杀之权者也。"

十二

这时候朝廷又欠饷不发了。袁崇焕再上奏章,深深忧虑又会发生兵变,更忧虑兵卒哗变后不再接受安抚,从此变为"大盗"。他说一定要发生一次兵变,才发一次欠饷,而发了欠饷之后,又一定将负责官员捉去杀了一批,这样下去,永远是"欠饷——兵变——发饷——杀官——欠饷"的恶性循环。①这道奏章,当然只有再度加深崇祯对他的憎恨。

崇祯二年春,袁崇焕上奏,说山海关一带防务巩固,已不足虑,但蓟门单弱,须防敌人从西路进攻。这时蓟辽总督是刘策,懦弱而不懂军事。袁崇焕看到了防务弱点的所在,第一道奏章上去,朝廷没有多加理会,他再上第二道、第三道。崇祯下旨交由部科商议办理,但始终迁延不行。拖到十月,清兵果然大举从西路入犯,正在袁崇焕料中。首当其冲的,正是刚刚发生过索饷兵变的遵化。

明朝初年为了防备蒙古人,对北方边防是全力注意的,好好修筑了长城,设立辽东、蓟州、宣府、大同、太原(统偏头、宁武、雁门三关)、陕西、延绥、宁夏、甘肃九大边防军区,那便是所谓"九边"。东起鸭绿江,西至酒泉,绵延数千里中,一堡一寨都分兵驻守。但后来注意力集中于辽东,其他八镇的防务就废弛了。

明太祖本来建都南京,成祖因为在北京起家,将都城迁了过去。在中国整个地形上,北京偏于东北,和财赋来源的东南相距甚远。最不利的是,北京离开国防第一线的长城只一百多里,敌军一攻破长城,快马奔驰半天,就兵临北京城下。金元两朝以北京为首都,因为它们是来自北方的游牧民族,不敢深入中原,一旦有变,可以立刻转身逃回本土。明朝的情况却根本不同。成祖对蒙古采取攻势,建都北京便于进攻,后来兵力衰弱,北京地势上的弱点立刻暴露无遗。②本来,两个互相敌对的社会是不可能长期对峙的,僵持一段时期之后,终究是非进则退。③明朝既坚决不肯和满清议和,形势上又无力进攻,再将京城暴露在敌人大兵团朝发夕至的极近距离之内,根本战略完全错误。以汉人为主的中华民族所以伟大,主要是在文治教化和农工商经济,征战本非所长,④如果基本战略一错,局势就难以收拾了。

满清这次进军,皇太极亲自带兵,集兵十余万,知道袁崇焕守在东路,攻打不进,于是由蒙古兵作先导,绕道西路进攻。出发前对王公大臣说:"明朝倘若肯和,我们采参开矿,与他们交易,换来布匹,大家共享太平,岂不极好?但我几次三番的求和,明朝总是不允,这次非狠狠打一仗不可。"十月初五,抵达喀喇沁的青城。这条路很远,行军不便,诸将见到了前途的艰难,不少人便主张退兵,其中以代善及莽古尔泰两大贝勒主张最力,认为:深入敌境,劳师袭远,如果粮匮马疲,又怎么回得去?纵使攻进了长城,明人势必聚集各路兵马围攻,我们便寡不敌众,要是后路遭到堵截,恐无归路。金人的根本是在辽宁、吉林一带。从山海关进攻北京,那是安全的进军路线,如果打不胜,退回去就是了。现在远远的绕道蒙古,当时运输工具简陋,粮草很容易接济不上。那时代善四十九岁,是皇太极的二哥,莽古尔泰四十三岁,是皇太极的五哥,两人都在四大贝勒之列,权势颇大,比较老成持重。

少壮派大将岳托与济尔哈朗等人则支持皇太极(当时三十八岁,排行第八)的进军主张。岳托是代善的儿子,当时年龄不详,相信最多三十岁,济尔哈朗是皇太极的堂弟,三十四岁,都是勇气十足。那日开军事会议密商,直开到深夜,在皇太极的坚持下决定继续进攻。但皇太极也知道此行极险,第二日早晨重申军令,不准吃明人的熟食,以防中毒,不准酗酒,采取柴草时必须众人同行,不可落单,充分显露了战战兢兢的心情。皇太极爱读《三国演义》,这次出师,很有邓艾伐蜀、深入险地的意味。⑤

自青城行了四天,到老河,兵分三路,皇太极命岳托、济尔哈朗率右翼四旗和右翼诸部蒙古兵攻大安口;七哥阿巴泰、十二弟阿济格率左翼四旗及左翼诸部蒙古兵攻龙井关;他自己亲率中军攻洪山口。三路先后攻克,进入长城,进迫遵化。

袁崇焕于十月廿八日得讯,立即兵分两路,北路派镇守山海关的赵率教带骑兵四千西上堵截。他自己率同祖大寿、何可纲等大将从南路西去保卫北京。沿途所经抚宁、永平、迁安、丰润、玉田诸地,都留兵布防,准备截断清兵的归路。

崇祯正在惶急万状之际,听得袁崇焕来援,自然是喜从天降,大大嘉奖,发内帑劳军(这次是心甘情愿了),发表袁崇焕作各路援军总司令。⑥

袁崇焕部十一月初赶到蓟州,十一、十二、十三,三天中与清兵在马昇桥等要隘接仗,每一仗都胜。清军半夜里退兵。

但北路援军却遭到了重大挫败。赵率教急驰西援,到达三屯营时,总兵朱国彦竟紧闭城门,不让他部队进城。赵率教无奈,只得领兵向西迎敌,在遵化城外大战,疲兵被清军阿济格所部的左路军包围歼灭,赵率教中箭阵亡。遵化陷落,巡抚王元雅自杀。

清军越三河,略顺义,至通州,渡河,进军牧马厂,兵势如风,攻向北京。大同总兵满桂、宣府总兵侯世禄中途堵截,都被击溃。满、侯两部兵马退保北京。

袁崇焕得到赵率教阵亡、遵化陷落的消息,既伤心爱将之死,又知局面严重,于是两日两夜急行军三百余里,比清军早到了二天,驻军于北京广渠门外。

袁崇焕一到,崇祯立即召见,大加慰劳,要他奏明对付清兵的方略,赐御馔和貂裘。同时召见的还有满桂。他解去衣服,将全身累累伤疤给皇帝看,崇祯大为赞叹。袁崇焕以士马疲劳,要求入城休息。但崇祯心中颇有疑忌,不许他部队入城。袁崇焕要求屯兵外城,崇祯也不准,一定要他们在城外野战。对强大而唯一的援军不加支持,反而处处疑忌为难,不给部队以休息机会,崇祯采取的是自杀政策。

清兵东攻,一路上势如破竹,在高密店侦知袁军已到,大惊失色,万万想不到袁崇焕会来得这样快。

二十日,两军在广渠门外大战。袁崇焕这时候不能再轻袍缓带、谈笑用兵了,他穿了甲胄,亲自上阵督战。从上午八时打到下午四时,恶斗八小时,胜负不决。

满桂率兵五千守德胜门。当时北京军民在城头观战,但见清兵冲突而西,从城上望下来,如黑云万朵,挟迅风而驰,须臾已过。一场激战,满桂受伤,血染征袍,五千兵只剩下了三千人。清兵威猛如此,北京人自然看得心惊胆裂。北京城头守军放大炮支援满桂,但炮术奇差,炮弹打入满桂军中,杀伤了不少士卒。

主战场是在广渠门。清兵是八旗兵中的精锐,领军的是莽古尔泰、多尔衮、阿巴泰、多铎、豪格,清军最厉害的大将都在这一翼,除镶蓝旗、镶白旗、正白旗三旗精兵外,还有二千蒙古兵。袁崇焕、祖大寿率部和清兵打到傍晚(幸好城头守军没有放炮支援袁军),清兵终于不支败退,退了十余里。袁军直追杀到运河边上。这场血战,清军劲旅阿巴泰、阿济格、思格尔三部都被击溃。袁崇焕也中箭受伤。⑦

这一役之后,清兵众贝勒开会检讨。皇太极的七哥阿巴泰按军律要削爵。皇太极说:"阿巴泰在战阵和他两个儿子相失,为了救儿子,才没有按照预定的计划作战,然而并不是胆怯。我怎么可以定我亲哥哥的罪?"便宽宥了他。⑧可见这一仗清军败得很狼狈。

皇太极与诸贝勒都说:"十五年来,从未遇到过袁崇焕这样的劲敌。"于是不敢再逼近北京,驻兵在海子、采囿之间。

袁崇焕来援北京时,因十万火急,只带了马军五千作先头部队,其后又到了骑兵四千,广渠门这场大战,是以九千兵当十余万大军,其实是胜得十分侥幸的。当时一来袁军一鼓作气,奋勇抗敌,二来清军突然遇到袁军,心中先已怯了,斗志不坚。

袁崇焕知道这一仗侥幸获胜,在军事上并不可取,尤其在京城外打仗,更不能贪图侥幸。他对部属说:"按照兵法,侥幸得胜,比打败仗还要不好。"因为碰运气而打胜,也可因运气不好而败,一败就不可收拾。但如谋定而后战,事先筹划好第二个步骤,即使败了一仗,也无大患。可是崇祯见清兵没有远退,不断的催促袁崇焕出战。袁崇焕说,估计关宁步兵全军于十二月初三、初四可到。一等大军到达,就可和清兵决战。

这时清军中的大将见到袁崇焕兵少,主张立刻攻城。皇太极终是忌惮袁崇焕,不肯攻城,推托说是怕损失良将。

其实即使在袁崇焕步军大队开到之后,还是不应和清兵决战。明军的战斗力远不如清兵,双方人数如约略相等,明军胜少败多。在京城外决战,在明方是太过冒险,万一(其实不是万一,而是极有可能)袁军溃败,甚至全军覆没,北京立刻失陷,崇祯就得提前十五年上吊了。决不能拿京师和皇帝来孤注一掷,作为赌注。但多过得一天,明军从四面八方赶来的勤王之师便多到一批。任何平庸的将才也看得到:应当大军在城外坚守不战,派游军去截断清兵的粮道,焚烧清兵粮草,再派兵去占领长城各处要隘,使清兵完全没有退路,然后与清兵持久对抗。简单说来,就是"坚壁清野"。

在任何地方打仗,都须设法立于不败之地。在京城抗敌,更是绝对要立于不败之地。除非先将皇帝与统帅部先行撤出京城。

时间一久,清军身在险地,军心必然动摇,困在北京郊外,进是进不得,退又退不了,变成了瓮中之鳖。这时袁崇焕兵权统一,只待援军云集,就可对清军四面重重围困。两军交战,胜败之分全在乎一股气势。明军战斗力虽然不行,但眼见必胜,兵将都想立功,自然不会一触即溃。三个月、四个月的打下来,清兵非覆没不可。

在这其间,明军应当再派兵进攻辽阳、沈阳。清兵倾巢而出,本部全然空虚。明军要攻占辽沈决非难事。取得辽沈后,将一些清军的家属送去清军营中,清兵哪里还有斗志?

事实上当然不能这样顺利。皇太极和众贝勒善于用兵,立刻就会全军急退,冲出长城,如果退得早,退得快,明军尚未合围,相信袁崇焕拦他们不住。但西路沿途追击,东路另出大军去攻辽沈而作牵制,清兵大军虽能退回本部,却非输得一败涂地不可。

皇太极这次偷袭实在十分冒险。孙子兵法的重要原则是:设法引敌人进入于我有利的阵地;让敌人辛辛苦苦的远道来攻,我以逸待劳;敌人初来时兵势锋锐,应当持重不战,待得敌人困顿怠懈而想退兵之时,便乘机进击。⑨这些求之不得的各种良机,突然之间全部出现了。袁崇焕熟读孙子兵法,以他的大才,当然能善于利用,就算不能一举而灭了满清,至少也可以令清兵十余年不敢再来进犯。

二次世界大战时德军猛攻斯大林格勒。苏军一面扼守坚城,一面另遣大军抄德军后路,终于聚歼德军三十三万人。经此役后,德军就此一蹶不振。苏军元帅朱可夫的战略,基本原则也不过是"守坚城,抄后路,聚歼之"九字而已。

然而崇祯是个十分急躁、毫无韧力的青年,那时还没满十九岁,一见袁崇焕按兵不动,登时便不耐烦起来,不住的催他出战。袁崇焕一再说,要等步兵全军到达才可进攻,现在只有九千骑兵,和敌兵十余万决战,全无胜算。料想崇祯就怀疑起来了:"你不肯出战,到底是什么居心? 想篡位么? 想胁迫我答应议和么? 你从前不断和皇太极书信往来,到底有什么密谋? 你为什么一早就料到金兵要从西路来攻北京?"他的性格本来就十分多疑,敌军兵临城下,又惊又怕之际,想像力定然十分丰富。

这时又有尤世威一路援兵到达,另有侯世禄部一军,两路部队人数不多,战斗力也不强,如派去和清兵交锋,一战即溃,反而沮乱全军军心,影响京师城防。袁崇焕派尤世威部去守昌平,那是明成祖以来历代皇帝的陵寝所在,如果给清兵攻占,掘了皇帝祖宗的坟墓,此事非同小可。他派侯世禄部去守三河,以作蓟州的后应,目的是牵制清军,乘机可截断清兵归路。北京的卫戍部队本来有所谓"京营",在明太祖时是全国诸军之冠,精锐之极,可是这时久未训练,早已无用,⑩所以袁崇焕派满桂和自己所带的九千骑兵守北京。

崇祯见他并不将所有援兵都调来守北京,更加忧虑重重。总之,他见清兵来攻,已吓得魂飞魄散,只盼望所有援兵的一兵一卒,都在北京城外保卫他皇上万岁一个人。他完全不明白打仗的道理。一支部队如果派出去攻击敌军后路,所发生的作用,通常比守在北京城外要大得多。

清兵于十一月廿七日退到南海子,溃败之后,心中不忿,便在北京郊外大举烧杀出气。北京城里居民的心理和皇帝是一样的,顾到的只是自己身家性命,大家听信了谣言,说袁崇焕不肯出战,别有用心。许多人说清兵是他引来的,目的在"胁和",使皇帝不得不接受他一向所主张的和议。于是有人在城头向城下的袁部骑兵抛掷石头,骂他们是"汉奸兵"。石头砸死了几名兵士。

这种盲目的群众心理,实在是很可怕的,近代的群众心理学书籍中常有提到。第一次宁远大战,清兵猛攻,眼见城破在即,百姓就大骂袁崇焕害人,清兵退后,便即大哭拜谢。据动物学家的调查报告,合群的动物(如老鼠)在遇到危难时,往往会撕杀同类,或许是出于同一心理。

就在这时候,清兵捉到了两名明宫派在城外负责养马的太监,一个叫杨春,一个叫王成德。皇太极心生一计,派了副将高鸿中、参将鲍承先、宁完我,巴克什达海等人监守。俘虏了两名小小太监,何必要派四名将领来监守?其中当然有计。高、鲍、宁三人是投降满清的汉人。到得晚上,鲍承先与宁完我二人依照皇太极所授的密计,大声"耳语",互相说道:"这次撤兵,并不是我们打了败仗,那是皇上的妙计。你不见么?皇上单独骑了马逼近敌人,敌人军中有两名军官过来,参见皇上,商量了好久,那两名军官就回去了。皇上和袁督师已有密约,大事不久就可成功。"

这两名太监睡在旁边,将两人的话都听得清清楚楚。十一月三十日,皇太极命守者假意疏忽,让杨春逃回北京。杨春将听到的话一五一十的禀报了崇祯。⑪

第二天,十二月初一,崇祯召袁崇焕和祖大寿进宫,见面后不问军情,却责问袁崇焕为何擅杀毛文龙,问不了几句,就喝令将袁崇焕逮捕,囚入御牢。其实在六月十六日的圣旨中,崇祯早已说毛文龙罪大,杀他"杀得好!""不必引罪。"此时却忽然"秋后算帐",真是莫名其妙。

祖大寿眼见之下,吓得手足无措,出北京城后等了三天,见袁崇焕始终没有获释。崇祯派太监向城外袁部宣读圣旨,说袁崇焕谋叛,只罪一人,与众将士无涉。众兵将在城下大哭。祖大寿与何可纲惊怒交集,立即带了部队回锦州去了。⑫正在兼程南下赴援的袁部主力部队,在途中得悉主帅无罪被捕,北京城中皇帝和百姓都说他们是"汉奸兵",当然也就掉头而回。

中国历史上什么千奇百怪的事都有,但敌军兵临城下而将城防总司令下狱,却是第一次发生。

崇祯见祖大寿带领精兵走了,不理北京的防务,这一下可急起来了,忙派了内阁全体大学士与九卿到狱中,要袁崇焕写信招祖大寿回来。袁崇焕心中不服,不肯写,说道:"皇上如有诏书,要我写信,我当然奉旨。再说,我本来是督师,祖大寿听我命令。现今我是监狱里的犯人,就算写了信,祖大寿也不会重视。"但崇祯不肯低头,不肯正式下旨命他写信,只是不断派太监出来催促。后来兵部职方司郎中余大成劝袁崇焕说:"你的忠心和大功,天下皆知。君要臣死,不得不死,终须以国家为重。"袁崇焕想到了"以国家为重"五字,于是克制了自己的倔强脾气,写了一封极诚恳的信,要祖大寿回兵防守北京。

这时候祖大寿已冲出山海关北去,崇祯派人飞骑追去送信。追到军前,祖大寿军中喝令放箭,这时袁部将士怒不可遏,已把崇祯当敌人了。送信的人大叫:"我奉袁督师之命,送信来给祖总兵,不是朝廷的追兵。"祖大寿骑在马上,等他过来。使者递过信去。祖大寿读了信后,下马捧信大哭,一军都大哭。祖大寿对母亲很孝顺,他母亲又很勇敢,儿子行军打仗,八十多岁的老太太常常跟着部队。这时她劝儿子说:"本来以为督师已经死了,咱们才反出来的,谢天谢地,原来督师并没有死。你打几个胜仗,再去求皇上赦免督师,皇上就会答允。现今这样反了出去,只有加重督师的罪名。"

祖大寿觉得母亲的话很对,当即回师入关,和清兵接战,收复了永平、遵化一带。也即是切断了清兵的两条重要退路。⑬

祖大寿的母亲,这位八十多岁老太太很勇敢,有传统的忠心,说得好,她是忠勇兼全,但失于"以君子之心度小人之腹",说得不好,是老胡涂了,以妇人之见,误了大事,只求儿子不失忠孝之名,却未考虑到袁崇焕的安危和国家大事。在当时处境下,崇祯唯一害怕的是清兵攻入北京,唯一可以依赖的只有关辽部队。祖大寿接到信

后,对母亲的话必须当作耳边风,回奏皇帝:

"启奏皇上:臣所统带兵将得知督师袁崇焕入狱未释,听臣宣读督师信函后,均言以督师此时处境,只须一狱吏以拷打、火烙等酷刑,即可迫使督师书写此信,众人不信此为督师真意,决不奉命。若督师亲临军中指挥,则不仅臣所率数万兵马立即回师,而督师属下未曾南下之数万大军,亦即星夜赶来京师,共报皇恩,出死力保社稷于万全,为皇上粉身碎骨。否则众军心寒,旦夕间一哄而散,关辽锦宁京津宣遵,防守俱溃,臣祖大寿纵自刎军前,以死报君,亦无济于事矣,至袁崇焕罪行轻重,尽可于退敌之后再行查究,请圣意卓裁"云云。

以此要挟,或有可能迫使崇祯及众大臣释放袁崇焕,由他率兵抗敌。崇祯及朝中众大臣是卑鄙而胆怯之小人,便须以对付小人之道对付之。等到敌兵既去,威胁解除,只有真正君子才会感恩而释放袁崇焕。但须知崇祯决非君子!

乘对方心有所惧、有求于我之时提出条件,对方迫于形势才有可能接受。好比绑架了对方亲人,对方怕撕票,就有可能付赎金;好比骑劫飞机,当局怕杀害人质、炸毁飞机,才有可能接受劫机者的要求。祖老太太的主张,等于是绑架者先放归绑架之人,再请求对方看在我们善待你亲人的份上,如数支付赎金;又如劫机者先尽释机上人质,再离开飞机,然后要求当局看在劫机者并未杀害人质、并未炸毁飞机的份上,答允各种条件。祖老太太固然蠢,祖大寿也同样蠢,无怪他后来不降又降,举棋不定,优柔寡断。

如果这时崇祯立刻悔悟,放袁崇焕出来重行带兵,仍然大有击破清兵的机会。但崇祯只是一味急躁求战,下旨分设文武两经略。这又是事权不统一的大错误,大概他以为文武分权,总不能两个经略一起造反。文经略是兵部尚书梁廷栋,武经略是满桂。

清兵于十二月初一攻克良乡,得到袁崇焕下狱的消息,皇太极大喜,立即自良乡回军,至芦沟桥,击破明副总兵申甫的车营,迫近北京永定门。

申甫的所谓"车营",是崇祯在惶急中所做的许多可笑事情之一。申甫本来是个和尚,异想天开的"发明"了许多新式武器,包括独轮火车、兽车、木制西式枪炮等等,自吹效力宏大。崇祯信以为真,立即升他为副总兵,发钱给他在北京城里招募了数千名市井流氓,成立新式武器的战车部队。大学士成基命去检阅新军,认为决不可用,崇祯不听。皇太极回师攻来时,这个战车部队出城交锋,一触即溃,木制大炮自行爆炸,和尚发明家阵亡。

满桂身经百战,深知应当持重,不可冒险求战,但皇帝催得急迫之至,若不出战,势必与袁崇焕一样,无可奈何之下,只得与总兵孙祖寿、麻登云、黑云龙等集骑兵、步兵四万列阵。皇太极令部属冒穿明兵服装,拿了明军旗帜,黎明时分突然攻近。明军不分友敌,登时大乱,满桂、孙祖寿都战死,黑云龙、麻登云被擒。京师大震。

这时祖大寿、何可纲等得到袁崇焕狱中手书,又还兵来救。皇太极对袁部终是忌惮,感到后路所受到的威胁严重,于是并不进攻北京,写了两封议和的信,放在安定门和德胜门城门口,取道冷口而还辽东。

皇太极匆忙退兵时,给明朝另一名将孙承宗抄后路,克复了清军退路上的永平、迁安、滦州、遵化四城,马世龙、祖大寿等率兵攻来,清四大贝勒之一的阿敏兵败。皇太极既惊且怒,乘机追究阿敏的败阵,革了他的贝勒头衔,监禁至死,除了一个重要政敌。皇太极觉得崇祯既杀袁崇焕,又有了议和的机会,于是致书崇祯:

"迩者师旅频兴,互相诛戮,生民罹祸实甚。上天好生之德,我两国当共体之。即我两国之主,以战争之故,不遑暇逸,亦非所以自安也。言念及此,欲盟诸天地,共结和好,永息干戈,使一国子孙臣庶,奕世获享太平。不然,战争何时止息?两国何由得臻治安耶?故遣使致书议和,惟熟计而明示之。"

又致锦州的守军统帅:

"……今我两国之事,惟和与战,别无他计。和则尔国速受其福,战则尔国被祸,何时可已?尔锦州官员,其传语众官,共相商榷,启迪尔主,急定和议可也。"

清军攻至北京城下,无功而返,皇太极知道这次全军而退,实在侥幸,久战不利,又谋议和,崇祯仍是一贯的傲慢自大,置之不理。

当清兵围城时,崇祯的张皇失措,不单表现在将袁崇焕下狱一事上,此外倒霉的大臣还有不少。他认为兵部尚书王洽处事不善,下狱。王洽相貌堂堂,魁梧威猛,当时是很出名的。崇祯用他做兵部尚书,就是看中了他的相貌,说他像个"门神",以为门神负责守门,一定安全。当时北京人私下说,贴在大门上的门神一年一换,这个王门神的兵部尚书一定做不长久。果然不到过年,门神就除下来了。围城时一切混乱,监狱中的囚犯乘机大举越狱,于是刑部尚书和侍郎下狱。崇祯又"发觉"北京的城墙不大坚固,似乎挡不住清兵猛攻,其实,那时城墙就算坚固之极,他也会觉得还不够坚固,于是将工部尚书和工部几名郎中一起在朝廷上各打八十棍再下狱。三个郎中两个年老、一个体弱,都在殿上当场活活打死了。至于那个蓟辽总督刘策,他负责的长城防线为清兵攻破,崇祯将他处死,更不在话下。

当时各地来北京勤王的部队着实不少,本来由袁崇焕统一指挥,大可发挥威力。袁崇焕一下狱,各路兵马军心大乱,再加上欠饷和指挥混乱,山西和陕西的两路援军都溃散回乡,成为"流寇"的骨干。"流寇"本来都是饥民,只会抢粮,没受过打仗的训练,这些溃军官兵一加入,有了军事上的领导,情形完全不同了。"流寇"真正成为明朝的威胁,就从那时开始。

① 《明清史料》甲编,崇祯二年五月,袁崇焕奏:"今各边兵饷,历过未给二百余万。凡请饷之疏,俱未蒙温谕,而索饷兵哗,则重处任事之臣。一番兵哗,一番发给,一番逮治。哗则得饷,不哗则不得饷。去年之宁远,今年之遵化,谓哗不由饷乎?近各镇多以哗矣。哗不胜哗,诛不胜诛,外防虏讧,内防兵溃。如秦之大盗,哗兵为倡,可鉴也。"

② 黄宗羲《明夷待访录·建都》:"北都之亡忽焉,其故何也?曰:亡之道不一,而建都失算,所以不可救也……有明都燕不过二百年,而英宗狩于土木,武宗困于阳和,景泰初京城受围,嘉靖二十八年受围,四十三年边人阑入。崇祯间京城岁岁戒严,上下精神毙于寇至,日以失天下为事,而礼乐政教犹足观乎?"

C. P. Fitzgerald: *China, A Short Cultural History*(中国文化简史):"首都的地位,是明朝主要的弱点之一,是它覆亡的主要原因。"该书对明朝建都北京的不利有详细分析,见

pp. 463-464。

③ Arnold Toynbee: *A Study of History*（历史研究）的引论中说："一个比较文明的社会与一个比较落后的社会之间的疆界，如果不再推移，疆界不会就此平衡稳定，时间过去，发展会倾向于对比较落后的社会有利。"

④ Bertrand Russrll: *The Problem of China*（中国问题）："中华帝国所以能够一直持续到今日，并非由于任何军事技术；相反的，以它的疆域和资源来说，在大多数时间中，它在战争中的表现都是衰弱无能的。"

⑤ 皇太极在回军的谕示中说，此行是"渡陈仓、阴平之道，（定）破釜沉舟之计。"

⑥ 《崇祯长编》，十一月十五日兵部有疏云："畿东州县，风鹤相惊，人无固志。自督师提兵入援，分派驻防，遂屹然无恙。"得旨："谕兵部：袁崇焕入关赴援，驻师丰润，与蓟军东西犄角，朕甚嘉慰。即传谕崇焕，多方筹划，计出万全，速建奇功，以膺懋赏。"又谕："各路援兵，全听督师袁崇焕调度。"崇祯这道上谕中，"计出万全"与"速建奇功"两件事根本是大大矛盾的。

⑦ 朝鲜对明清战事密切注意，所以朝鲜方面的记载也很有参考价值。据朝鲜《仁祖实录》卷廿二："（袁）军门领诸将及一万四千兵……由间路驰进北京，与贼对阵于皇城齐化门。贼直到沙窝门。袁军门、祖总兵等，自午至酉，鏖战十数合，至于中箭，幸而得捷，贼退兵三十里。贼之得不攻陷京城者，盖因两将力战之功也。"

⑧ 《清史稿·阿巴泰传》。

⑨ 《孙子》："故善战者，致人而不致于人。""以近待远，以佚待劳。""故善用兵者，避其锐气，击其惰归。"

⑩ 《崇祯长编》，二年十一月十七日，兵科给事中陶崇道疏言："昨工部尚书张凤翔亲至城头，与臣同阅火器，见城楼所积者，有其具而不知其名，有其名而不知其用，询之将领，皆各茫然，问之士卒，百无一识。有其器而不能用，与无器同；无其器以乘城，与无城同。臣等能不为之心寒乎？"明

军守城,主要是靠火器,守城将士连火器都不会使用,由放大炮反而杀伤满桂部队可知。如果没有袁崇焕来援,北京非给清兵攻陷不可。

⑪ 据王先谦《东华录》天聪三年所载。又据《崇祯长编》二年十二月甲子:"大清兵驻南海子,提督大坝马房太监杨春、王成德为大清兵所获,口称:'我是万岁爷养马的官儿。'大清兵将春等带至德胜门鲍姓等人看守。"关于设反间计一事,据《东华录》载,此计出于皇太极,副将高鸿中、参将鲍承先、宁完我承皇太极的密计,与所俘太监假意密语,故意让杨太监听到。但据黄宗羲为钱龙锡所写的墓碑铭《大学士机山钱公神道碑铭》中,说此反间计是范文程所献策,而为皇太极所采。又,张宸《范文程传》中有一句说:"章京范文程亦进密策,令纵反间去崇焕。"(《东莞县志·袁崇焕传》引用)据杨宝霖先生的考证:黄梨洲的学生万斯同曾赞助王鸿绪修《明史》,所以万斯同有机会见到清政府的机密档案;《东莞县志》的主修人陈伯陶在光绪年间曾为史馆总纂,所以能见到张宸所作的《范文程传》。我在《碧血剑》中写皇太极接见范文程、鲍承先、宁完我,隐含此事。

⑫ 崇祯二年十二月甲戌,祖大寿疏言:"比因袁崇焕被拿,宣读圣谕,三军放声大哭,臣用好言慰止,且令奋勇图功以赎督师之罪,此捧旨内臣及城上人所共闻共见者,奈讹言日炽,兵心已伤。初三日,夜哨见海子外营火,发兵夜击,本欲拼命一战,期建奇功,以释内外之疑,不料兵忽东奔……"祖大寿此疏当然有卸免自己责任的用意,但当时士卒愤慨万分,自动东奔的情形也有极大可能。

⑬ 袁崇焕狱中写信、祖大寿接信后回师等情状见余大成《剖肝录》。永平即今卢龙县,当时为府治。

十三

袁崇焕蒙冤下狱,朝中群臣大都知他冤枉。内阁大学士周延儒和成基命、吏部尚书王来光都上疏解救。总兵祖大寿上书,愿削职为民,为皇帝死战尽力,以官阶赠荫请赎袁崇焕之"罪"。袁崇焕的部属何之壁率同全家四十余口,到宫外申请,愿意全家入狱,代替袁崇焕出来。崇祯一概不准。

崇祯一定很清楚的知道,单凭杨太监从清军那里听来的几句话,就此判定袁崇焕有罪,那是不能令人信服的,何况这"群英会蒋干中计"的故事,人人皆知。皇帝而成了大白脸曹操,太也可羞。这时发生了一件奇怪的事:

御史曹永祚忽然捉到了奸细刘文瑞等七人,自称奉袁崇焕之命通敌,送信去给清军。这七名奸细交给锦衣卫押管。崇祯命诸大臣会审,不料到第二天辰刻,诸大臣会齐审讯,锦衣卫报称:七名奸细都逃走了。众大臣相顾愕然,心中自然雪亮,皇上决心要杀袁崇焕。锦衣卫是皇帝的御用警察,放走这七名"奸细",自然是出于皇帝的密旨。猜想起来,那御史曹永祚本来想附和皇帝,安排了七名假奸细来诬陷袁崇焕,但不知如何,部署无法周密,预料众大臣会审一定会露出马脚。崇祯就吩咐锦衣卫将七名奸细放了,更可能是悄悄杀了灭口。

对于这件事,负责监察查核军务的御史兵科给事中钱家修向皇帝指出了严重责疑。崇祯难以辩驳,只得敷衍他说,待将袁崇焕审问明白后,便即派去边疆办事立功,还准备升他的官。崇祯这个答覆,其实已等于承认袁崇焕无罪。[①]

兵部职方司主管军令、军政,对军务内情知道得最清楚。职方司郎中(司长)余大成极力为袁崇焕辩白,与兵部尚书梁廷栋几乎日日为此事争执。当时朝廷加在袁崇焕头上的罪名有两条,一是"叛逆",二是"擅主和议"。所谓叛逆,惟一的证据是擅杀毛文龙,去敌所忌。袁崇焕擅杀毛文龙,手续上未必完全正确,可是毛死之后,崇祯明令公布毛文龙的罪状,又公开嘉奖袁崇焕杀得对,杀得好,就算当真杀错,责任也是在皇帝了,已不能作为袁崇焕的罪名。[②]

嘉靖年间,曾有过一个类似的有名例子:在徐阶的主持下,终于扳倒了大奸臣严嵩、严世蕃父子。他父子入狱后,严世蕃十分工于心计,在狱中设法放出空气,说别的事情我都不怕,但如说我害死沈炼、杨继盛,我父子就难逃一死。三法司听到了,果然中计,便以此定为他的主要罪名。徐阶看了审案的定稿之后,说道:"这道奏章一上去,严公子就无罪释放了。"三法司忙问原因。徐阶解释理由:杀沈杨二人,是嘉靖皇帝下的特旨,你们说沈杨二人杀错了,那就是指责皇上的不是。皇上怎肯认错?结果当然释放严世蕃,以证明皇帝永远正确。三法司这才恍然大悟,于是胡乱加了一个"私通倭寇"的罪名,就此杀了严世蕃。

但崇祯对于这样性质相同的简单推论,竟完全不顾。

至于"擅主和议",也不过是进行和平试探而已,并非"擅缔和约"。袁崇焕提出缔和建议而给朝廷否决,崇祯如果认为他"擅主和议"是过失,当时就应加以惩处,但反而加他太子太保的官衔,自二品官升为从一品,又赐给他蟒袍、玉带和银币。又升又赏,"擅主和议"这件事当然就不算罪行了。

这时关外的将吏士民不断到总督孙承宗的衙门去号哭,为袁崇焕呼冤,愿以身代。孙承宗深信袁崇焕是无罪的,极力安抚祖大寿,劝他立功,同时上书崇祯,盼望以祖大寿之功来赎袁崇焕之"过"。崇祯不予理睬。

有一个没有任何功名职位的布衣程本直,在这时候显示了罕有的侠义精神。这样的事,纵然在轻生重义的战国时代,也足以轰传天下。

程本直与袁崇焕素无渊源,曾三次求见都见不着,到后来终于见到了,他对袁钦佩已极,便投在袁部下办事,拜袁为老师。袁被捕后,程本直上书皇帝,列举种种事实,为袁崇焕辩白,请求释放,让他带兵卫国。这道白冤疏写得怨气冲天,最后申请为袁崇焕而死。③崇祯大怒,将他下狱,后来终于将他杀了,完成他的志愿。

大学士韩爌是袁崇焕考中进士的主考官,是袁名义上的老师,因此而被迫辞职。御史罗万爵申辩袁崇焕并非叛逆,因而削职下狱。御史毛羽健曾和袁崇焕详细讨论过五年平辽的可能性,因此而罢官充军。

当时朝臣之中,大约七成同情袁崇焕,其余三成则附和皇帝的意思,其中主张杀袁崇焕最力的是首辅温体仁和兵部尚书梁廷栋。

温体仁是浙江乌程(湖州)人,在《明史》中列于"奸臣传"。他和毛文龙是大同乡,一心要为毛报仇。梁廷栋和袁崇焕是同年,同是万历四十七年的进士,又曾在辽东共事。当时袁崇焕是他上司,得罪过他。他心中记恨,既想报仇,又妒忌同年袁崇焕升官太快,又要讨好皇帝。

崇祯身边掌权的太监,大都在北京城郊有庄园店铺私产,清兵攻到,焚烧劫掠,众太监损失很大,大家都说袁崇焕引敌兵进来。毛文龙在皮岛当东江镇总兵之时,每年饷金数十万,其中一大部份根本不运出北京,便在京城中分给了皇帝身边的用事太监和当朝有权官员。毛文龙一死,众太监与权臣这些大收入都断绝了。

此外还有几名御史高捷、袁弘勋、史范等人,也主张杀袁崇焕,他们却另有私心。当袁崇焕下狱之时,首辅是钱龙锡,他虽曾批评袁崇焕相貌不佳,但一向对袁很支持。高捷等人在天启朝附和魏忠贤。惩办魏忠贤一伙奸党的案子叫做"逆案",高捷、史范等案中有名,只不过罪名不重,还是有官做。钱龙锡是办理"逆案"的主要人物之一。高捷一伙想把袁崇焕这案子搞成一个"新逆案",把钱龙锡攀进在内。因为袁崇焕曾与钱龙锡商量过杀毛文龙的事,钱并不反对,只劝他慎重处理。"新逆案"一成,把许多大官诬攀在内,老逆案的臭气就可冲淡了。结果新逆案没有搞成,但钱龙锡也丢官下狱,定了死罪,后来减为充军。

满桂部队最初败退到北京时,军纪不佳,在城外扰民(因为城头开炮,不知是故意还是技术不佳,打死了不少满桂的官兵),北京百姓不分青红皂白,把罪名都加在袁崇焕头上。

个人的私怨、妒忌、党派冲突、谣言,织成了一张诬陷的罗网,最令人感到痛心的,是袁崇焕亲信谢尚政的叛卖。谢尚政是广东东莞人,武举,袁崇焕第一次到山海关、第一次上奏章就保荐他,说是自己平生所结的"死士",可见是袁崇焕年轻时就结交的好朋友。他在袁的提拔下升到参将。袁杀毛文龙,就是这个谢参将带兵把毛部士卒隔在围外。兵部尚书梁廷栋总觉要杀袁没什么充分理由,便授意谢尚政诬告,答允他构成袁的罪名之后可以升他为福建总兵。谢尚政利欲熏心,居然就出头诬告这个平生待他恩义最深的主帅。

以袁崇焕知人之明,毕竟还是看错了谢尚政。要了解一个人,那是多么的困难!袁崇焕对崇祯的胡涂与奸臣的诬陷,或许并不痛恨,因为崇祯与众奸臣本来就是那样的人,但对于谢尚政的忘恩负义,一定是耿耿于怀吧?或许,他也曾想到了,就算是岳飞,也曾给部下大将王贵所诬告,因而构成了风波亭之狱。只是王贵诬告,是由于秦桧、张俊的威迫,谢尚政却是受了利诱,比较起来,谢尚政又卑鄙些。可是谢尚政枉作小人,他的总兵梦并没有做成,不久梁廷栋以贪污罪垮台,查出谢尚政是贿赂者之一,送了纹银二千两,谢也因此革职。

袁崇焕的罪名终于确定了,是说不清楚的所谓"谋叛"。崇祯始终没有叫杨太监出来作证。擅杀毛文龙和擅主和议两件事理由太不充分,崇祯无论如何难以自圆其说,终于也不提了。本来定的处刑是"夷三族",要将袁崇焕全家、母亲的全家、妻子的全家都满门抄斩。余大成去威吓主理这个案子的兵部尚书梁廷栋:"袁崇焕并非真的有罪,只不过清兵围城,皇上震怒。我在兵部做郎中,已换了六位尚书,亲眼见到没一个尚书有好下场。你做兵部尚书,怎能保得定今后清兵不再来犯?今日诛灭袁崇焕三族,造成了先例,清兵下次再来,梁尚书,你顾一下自己的三族罢。"

梁廷栋给这番话吓怕了,于是和温体仁商议设法减轻处刑,改为袁崇焕凌迟,七十几岁的母亲、弟弟、妻子、几岁的小女儿充军三千里。母家、妻家的人就不牵累了。正史上说袁崇焕无子孙,袁氏家谱记载说袁有三个儿子。"肤公雅奏图"绘袁乘船北上,有妇女二人、儿童一人相送,或为其妻妾及子。有说袁妻在袁死后投江自杀,袁钰有吊袁督师诗十六首,其中云:"弱弟问天天已醉,寡妻赴水水无声。"④

"凌迟"规定要割一千刀,要到第一千刀上才能将人杀死,否则刽子手有罪,那就是所谓"千刀万剐"。所以骂人"杀千刀"是最恶毒的咒骂。

崇祯三年八月十六日,中秋刚过,袁崇焕被绑上刑场,刽子手还没有动手,北京的众百姓就扑上去抢着咬他的肉,直咬到了内脏。刽子手依照规定,一刀刀的将他身上肌肉割下来。众百姓围在旁边,纷纷叫骂,出钱买他的肉,一钱银子只能买到一片,买到后咬一口,骂一声:"汉奸!"⑤

因为北京城的百姓认定,去年清兵围城是他故意引来的。很难说这样的谣言从何而来,是痛恨袁崇焕的大臣与太监们散播出去的?还是一般群众天生的喜欢听信谣言?又或许,受到了重大惊恐和损失的北京百姓需要一个发泄的对象?

从长远来说,人民的眼睛确是雪亮的,然而当他们受到欺蒙之时,盲目而冲动的群众,可以和暴君一样的胡涂,一样的残酷。但隔得远了一些,自己的生命财产并不受到直接的影响时,人们就可以冷静地思考了,所以除了北京城里一批受了欺骗的百姓,天下都知道袁崇焕是冤枉的,连朝鲜的君臣百姓也知道他的冤枉,为他的被害感到不平。⑥

袁崇焕死后,骸骨弃在地下,无人敢去收葬。他有一个姓佘的仆人,广东顺德马江人,半夜里去偷了骸骨,收葬在广渠门内的广东义园。隔一道城墙,广渠门外的一片广场之上、城壕之中,便是九个半月之前袁崇焕率领将士大呼酣战的地方。他拼了性命击退来犯的十倍敌军,保卫了皇帝和北京城中百姓的性命。皇帝和北京城的百姓则将他割成了碎块。

那姓佘的义仆终身守墓不去,死后就葬在袁墓之旁。令人惊佩的是,佘君的子孙世世代代都在袁崇焕墓旁看守。直到民国五年,看守袁墓的仍是佘君的子孙,他们说是为了遵守祖宗的遗训。⑦直到公元二〇〇一年,北京袁崇焕墓的看守者仍是佘君的子孙,不过已不是男丁,而是女性。

北京袁崇焕墓一直由佘姓后人看守,至今已历十七代,共三百七十二年,经历了明、清、北洋军阀、民国、日本军占领、民国、新中国几个不同政权,但佘家始终忠心耿耿,子子孙孙,守墓不去。袁墓现在是在崇文门区东花市斜街北京市第五十九中学之内。现在为了迎接二〇〇八年奥运会,崇文区政府要刷新市容,决定"复建袁墓,拆迁袁祠",通知居住在袁祠中守墓的佘家后人搬迁。佘家守墓人目前是六十三岁的佘幼芝女士以及她丈夫焦立江先生、儿子焦平。佘幼芝夫妇当去年香港"致群剧社"演出话剧"袁崇焕之死"时曾来香港,曾约我会晤。我很愿相见,对他们长期坚持的忠义表示敬意,但我那时在杭州浙江大学教书,没有见到,很感遗憾。"袁崇焕之死"的编剧是白耀灿先生,剧本编得很好,导演与各位演员都很尽职,听说演出成功,座无虚席,观众感动而欢迎。今年三月重演,可惜我仍因不在香港,未得欣赏。

在现在委靡不振的时代中,居然还能见到十七代守墓三百七十二年的忠义人物，委实使人人心振奋，对佘家不由得大起敬仰之心。最近北京中央电视台举行"感动中国"二〇〇二年度人物评选，我特别推选佘幼芝夫妇，表扬中国社会中重视是非与正义的人格力量，并在全国性的广播中作了宣扬。据说看了这话剧的观众中，有人说这种行动是"愚忠"。香港竟然有这样心态之人，不能欣赏崇高的品格，反说是"愚忠"云云，这种人的心理状态处于什么水准，也就可想而知。这种人一定说我这篇文字无聊，那很好，如果他们赞赏，我反而觉得难堪了。大概这种人会认为谢尚政"识事务"，是"明智"。这种人决不欣赏武侠小说，因为他们的性格"拒绝侠义"，只接纳"对我有什么好处？"文革培养了大量这种人才，而这种人才之众多也使文革成为可能。这种人未必是文革培养出来的，那么是殖民地教育造成的。

程本直、佘仆的行为表现了人性中高贵的一面。谢尚政的行为表现了人性中卑劣的一面。袁崇焕的死法，却又显示了群众在受到宣传的愚弄、失却了理性之后，会变得如何狂暴可怖。袁崇焕是一团火一样的人，在他周围，燃烧的是高贵的火焰、邪恶的火焰、狂暴的火焰。这些火焰就像他本人灵魂中的火焰那样，都是猛烈地闪亮的。

袁崇焕死后，旧部祖大寿、何可纲率军驻守锦州、宁远、大凌河要塞，清军始终不能越雷池一步。崇祯四年八月，皇太极以倾国之师，在大凌河将祖大寿紧紧包围，十月间祖大寿不支投降。副将何可纲不降，被杀。祖大寿骗皇太极说可为满清去取锦州，但一到锦州，立即就守城，此后皇太极派大将几次进攻都打不下来。皇太极两次御驾亲征，攻锦州、攻宁远，都无功而退。直到崇祯十四年三月，清兵大军再围锦州，整整围攻一年，到第二年三月，先击溃了洪承畴十四万大军，祖大寿粮尽援绝，又再投降。祖大寿到顺治十三年才死，始终不曾为满清打过一仗，大概是学了《三国演义》中"身在曹营心在汉"的宗旨，满清也没有封他什么官。比之满桂、赵率教、何可纲、孙祖寿等人阵亡捐躯，祖大寿有所不如，但比之其余的降清大将却又远胜了。

吴三桂是祖大寿的外甥。吴的父亲吴襄曾做宁远总兵，和祖大寿是关辽军中同袍，都是袁崇焕的部属。当明清之际，汉人的统兵大将十之七八是关辽一系的部队。吴三桂、孔有德、耿仲明、尚可喜、左良玉、曹文诏、曹变蛟、黄得功、刘泽清等都是。这些人有的投降满清，有的为明朝战死，都是极有将才之人，麾下都是悍卒健士。袁崇焕若是不死而统率这一批精兵猛将，军事局面当然完全不同了。吴三桂如是袁崇焕的部将，最多不过是"抱头痛哭为红颜"而已，根本没有机会让他"冲冠一怒"、为了陈圆圆而引清兵入关。

袁崇焕无罪被杀，对于明朝整个军队士气打击非常沉重。从那时开始，明朝才有整个部队向满清投降的事。更有人带了西洋大炮过去，满清开始自行铸炮。辽东将士都说："袁督师这样忠勇，还不能免，我们在这里又干什么？"⑧降清的将士写信给明将，总是指责明朝昏君奸臣陷害忠良。⑨

袁崇焕不是高瞻百世的哲人，不是精明能干的政治家，甚至以严格的军事观点来看，他也不是韩信、岳飞、徐达那样善于用兵的大军事家。他行事操切，性格中有重大缺点，然而他凭着永不衰竭的热诚、一往无前的豪情，激励了所有的将士，将他的英雄气概带到了每一个部属身上。他是一团熊熊烈火，把部属身上的血都烧热了，将一群委靡不振的残兵败将，烧炼成了一支死战不屈的精锐之师。他的知己程本直称他是"痴心人"，是"泼胆汉"，全国惟一肯担当责任的好汉。⑩袁崇焕却自称是大明国里的一个亡命徒。⑪亡命徒是没有家庭幸福的，日日夜夜不得平安。官居一品，过的却是亡命徒生涯，只因这十年之中，他生命之火在不断的猛烈燃烧。

司马迁在《留侯世家》中说，本来以为张良的相貌一定魁梧奇伟，但见到他的图形，容貌却如美女一般。我们看到袁崇焕的遗像时，恐怕也会有这样的感觉。图像中的袁崇焕虽不怎样俊美，但洵洵儒雅，很难想像这样的一个人竟会如此刚强侠烈。

① 钱家修《白冤疏》："嗟嗟！锦衣何地？奸细何人？竟袖手而七人竟走耶？抑七人俱有翼而能上飞耶？总欲杀一崇焕，故不惜互为陷阱。"其中又说："方天启年间，诸阳失卫，山海孤寒。当此时谁能生死忘心，身家不顾？独崇焕以八闽小吏，报效而东，履历风霜，备尝险阻，上无父母，下乏妻孥，夜静胡笳，征人泪落。焕独何心，亦堪此哉？毋亦君父

之难,有不得不然者耳。"崇祯批答:"批览卿奏,具见忠爱。袁崇焕鞫问明白,即着前去边塞立功,另议擢用。"

② 袁崇焕下狱后,毛文龙的朋友乘机要求为毛翻案,请求赐谥抚恤。崇祯不准,说毛之死是"罪有应得",不准以袁崇焕为借口而翻案。见程本直《漩声》。

③ 程本直《白冤疏》中说:"总之,崇焕恃恩太过,任事太烦,而抱心太热,平日任劳任怨,既所不辞,今日来谤来疑,宜其自取。独念崇焕就执,将士惊惶,彻夜号啼,莫知所处,而城头炮石,乱打多兵,骂詈之言,骇人听闻,遂以万余精锐,一溃而散。"最后说:"臣于崇焕,门生也。生平意气豪杰相许。崇焕冤死,义不独生。伏乞皇上骈收臣于狱,俾与崇焕骈斩于市。崇焕为封疆社稷臣,不失忠。臣为义气纲常士,不失义。臣与崇焕虽蒙冤地下,含笑有余荣矣。"

④ 朝廷抄袁崇焕的家,家里穷得很,没有丝毫多余的财产。他在辽西的家属充军到浙江,后来改充军到贵州,在广东东莞的充军到福建。《明史》说袁崇焕没有子孙。近人叶恭绰则说:"袁后裔不知以何缘入黑龙江汉军旗籍。"按民国《东莞县志》卷九七:"袁督师无子,相传下狱定罪后,其妾生一子,匿都城民间,大兵入关,为满洲某所得,隶籍于旗。"袁崇焕的冤狱,到清朝乾隆年间方才得以真相大白。《明史》完成于乾隆四年七月,其中《袁崇焕传》中,根据清方的档案纪录,直言皇太极如何用反间计的经过。乾隆皇帝隔了几十年,才读到《明史》中关于袁崇焕的记载,对袁的遭遇很是同情,下旨查察袁崇焕有无子孙,结果查到只有旁系的远房子孙,乾隆便封了他们一些小官,那已是乾隆四十八年的事了。到底有无袁承志其人,史无明文。或有其人而史籍隐之。《碧血剑》中故事,皆小说家言也。袁骥永家藏《袁氏家谱》:"……长伯崇焕,字元素,号自如……终于崇祯三年被奸臣朦毙,生三子……子思(私)走广东东莞县……"袁骥绍家藏《袁氏家谱》:"三世伯崇焕……荣拔于万历甲戌科,赐进士出身。后官至三边总督,辽东等督师,太子太保……终于崇祯三年被奸臣毙命,

生三子,被奸臣奏准,将袁氏抄家,三子思(私)走广东东莞。"这家谱是崇焕二弟崇灿一系子孙所传下来的。

⑤ 见《明季北略》。

⑥ 清人所修的《明史·袁崇焕传》说:"遂磔崇焕于市……天下冤之。"朝鲜《仁祖实录》八年二月丁丑载:朝鲜的使者朴兰英到沈阳,满清的王公当着他面互相"耳语",说袁经略果然和我们同心,只可惜事情败露而被逮捕。这样的国家机密,怎会当着外国使臣的面而互相耳语,故意让他听到?朴兰英明白他们的用意,只不过想借他而传言到明朝去,以便尽快杀了袁崇焕,所以他在给朝鲜国王的奏章中说:"此必行间之言也。"直到一百年之后,朝鲜的君臣们在讨论明朝覆亡的原因时,还说主要原因是杀袁崇焕(见朝鲜《英宗实录》六年十一月辛未,即雍正八年,公元一七三〇年)。

⑦ 民国五年,东莞人张伯桢的儿子死了,张佩服袁崇焕,将儿子葬在袁墓的旁边。当时看守袁墓的仍是佘氏子孙,叫做佘淇。张伯桢为袁崇焕的义仆也立了碑。

⑧ 杨士聪《五堂荟记》卷二:"袁既被执,辽东兵溃数多,皆言:'以督师之忠,尚不能自免,我辈在此何为?'……封疆之事,自此不可问矣。"《明史·袁崇焕传》:"自崇焕死,边事益无人,明亡征决矣。"

⑨ 《明清史料》丙编,辽将自称"在此立功何用",故"北去胡"而投降满清,其中有人致书旅顺明将:"南朝主昏臣奸,陷害忠良。"

⑩ 程本直《漩声》:"掀翻两直隶,踏遍一十三省,求其浑身担荷、彻里承当如袁公者,正恐不可再得也。此所以袁公值得程本直一死也。"

⑪ 程本直《漩声》中引袁崇焕的话说:"予何人哉?十年以来,父母不得以为子,妻孥不得以为夫,手足不得以为兄弟,交游不得以为朋友,予何人哉?直谓之曰:'大明国里一亡命之徒也'可也。"

十四

袁崇焕死后,他的冤枉渐渐为世人所知,赵翼《廿二史札记》认为,当时传布通敌谣言的,主要是崇祯身边有权有势的太监。直至清朝修《明史》,根据《太宗实录》中的记载,才在《袁崇焕传》中照实记载皇太极设计使间。此后悼念和凭吊袁督师的诗文甚多,尤其是广东人,如康有为、梁启超等等。一九五二年,叶恭绰(广东番禺人)和柳亚子、李济深、章士钊等四人联名致书毛泽东主席,要求保全并修葺北京城内的袁崇焕墓。毛氏于一九五二年五月二十五日覆书叶恭绰,其中说:"……近日又接先生等四人来信,说明末爱国领袖人物袁崇焕先生祠庙事,已告彭真市长,如无大碍,应予保存。此事嗣后请与彭真市长接洽为荷。"(《毛泽东书信选集》第四三三—四三四页)可见新时代的中国当局对他仍有正面评价。参加重修袁墓袁祠的,除上述四人外,还有蒋光鼐、蔡廷锴等广东籍的著名军人。

袁崇焕的内心世界,只能从他的诗作中约略可以见到。他妻子姓黄,袁的遗诗中有《寄内》一首,是写来寄给妻子的:"离多会少为功名,患难思量悔恨生。室有菜妻呼负负,家无担石累卿卿。当时自矢风云志,今日方深儿女情。作妇更加供子职,死难塞责莫轻生。"他自己在外抗敌作战,奉养老母的责任只好请妻子负起了。何寿谦《乡先正袁崇焕督师事略》记,袁被磔死后,"妻黄氏投江死,尸流至赤水峡,乡人哀而葬之。《镡津考古录》为立烈妇传。"兄弟妻子充军三千里,恰好充军到袁崇焕做过知县的福建省邵武县,袁为官清廉,邑人纪念他的功绩,善待他的遗属,袁钰有一首诗说这件事:"家徒四壁久萧然,骨肉流离旧治迁。身后尚收廉吏报,邑中共说大夫贤。曾为上将惟知死,本是文官不爱钱。白发高堂年八十,留居破屋割三椽。"袁崇焕曾有《忆母》诗一首:"梦绕高堂最可哀,牵衣曾嘱早归来。母年已老家何有,国法难容子不才。负米当时原可乐,读书今日反为灾。思亲想及黄泉见,泪血纷纷洒不开。"

袁崇焕中进士的主考官韩爌,是东林党的有名人物,袁崇焕在天启年间被魏忠贤逼迫而落职,韩爌很伤心,因而流泪。袁崇焕大为感动,赋诗一首,《闻韩夫子因焕落职泣赋》:"整顿朝端志未灰,门墙累及寸心摧。科名到手同危事,师弟传衣作祸胎。得附青云能不朽,翻令白眼漫想猜。此身早晚知为醢,莫覆中庭哭过哀。""醢"是斩为肉酱,汉高祖杀大功臣,往往将其醢为肉酱,赐给其他功臣以威吓。袁崇焕自料个性鲠直,迟早会给皇帝醢了,劝老师韩爌将来不要把我的肉酱倒在中庭而伤心。不料此诗竟然成谶。他也常常想到"功成身死"的问题,认为只要存心清白,不必学张良那样明哲保身,功成身退,从赤松子游。袁崇焕认为韩信不听蒯通的劝告,不起兵造反是对的,虽给吕雉(高祖后吕后)用计杀了,但一死成名,是正确的下场。遗诗《韩淮阴侯庙》:"一饭君知报,高风振俗耳。如何解报恩,祸为受恩始。丈夫亦何为?功成身可死。陵谷有变易,遑向赤松子。所贵清白心,背面早熟揣。若听蒯通言,身名已为累。一死成君名,不必怨吕雉。"

古时,一位了不起的大人物逝世,往往有神话传说附在他的身上。《东莞县志》记载了一则传说:东莞水南修三界庙,袁崇焕曾为撰碑文,县志中说:"相传袁崇焕为三界神托生,儿时患背疮久不愈,会修庙,神像背为漏痕滴破,葺补之,疮遂痊。及死柴市时,其夜司祝闻神言,谓:'辛苦数十年,乃今得休息矣!'怪之,后得崇焕死信,众咸惊异,当时祀于三界庙后。"

袁崇焕枉死,天下冤之,千百首悼诗,我以为都不及那位三界神所说"辛苦数十年,乃今得休息矣!"一语感人之深。想像袁崇焕数十年中边关拼命,抛妻别母,生死以之,自期"功成身可死",直到真的给皇帝杀了,才得休息,真不禁热泪盈眶矣。

十五

崇祯所以杀袁崇焕,并不只是中了皇太极的反间计那么简单。如果是出于一时误信,可说他只是愚蠢。《三国演义》写曹操误中周瑜反间计,听信蒋干的密报,立刻就杀了水军都督蔡瑁、张允,等到两人的首级献到帐下,曹操登时就省悟了,自言自语:"我中计了!"那只是片刻之间的事。然而崇祯于十二月初一将袁崇焕下狱,到明年八月十六才处死,中间有八个半月时间深思熟虑。他曾几次想放了袁崇焕,要他再去守辽,因此有"守辽非蛮子不可"的话,从宫中传到外朝来。① 既然有这样的话,当然已充分明白皇太极的反间计。他称袁崇焕为"蛮子",那是既讨厌他的倔强,却又不禁佩服他的干劲和才能。

然而为什么终于杀了他?显然,崇祯不肯认错,不肯承认当时误中反间计的愚蠢。杀袁崇焕,并不是心中真的怀疑他叛逆,只不过要隐瞒自己的愚蠢。以永远的卑鄙来掩饰一时的愚蠢!

为什么隔了这么久才杀他?因为清兵一直占领着冀东永平等要地,威胁北京,直到六月间才全部退出长城,在此以前,崇祯不敢得罪关辽部队。要等到京师的安全绝对没有了问题才动手。在此以前,他不是不忍杀,而是不敢杀。他对袁崇焕又佩服、又害怕,内心有极强的自卑感。杀袁崇焕,是自卑感作祟。

当满清大军兵临北京城下,辫子兵烧杀掳掠的消息不断传入耳中,崇祯心中充满了惊恐,就像吓坏了的困鼠撕杀同类一样,只听到一个毫不足信的谣言,便下令将袁崇焕投入狱中。他怕这个人的英悍之气,怕他的蛮劲和战斗精神,怕他在手握兵权之际抢了自己的皇位,南宋时高宗赵构杀岳飞,这种心理也有作用;他的祖宗朱元璋杀大将李文忠、冯胜、傅友德、朱亮祖、蓝玉,是怕自己死后这些大将抢儿孙的皇位。只不过比之朱元璋与赵构,崇祯更加年轻,更加缺乏才能、智慧、经验、知识,更加暴躁多疑。他如果放了袁崇焕出狱,命他带兵抗清守城,只证明自己的愚蠢和懦怯。越是愚蠢懦怯的人,越是不肯承认。认错改过,需要智慧,需要勇气,他所没有的,正是这些品德。

崇祯在位十七年,换了五十个大学士(相当于宰相或副宰相),十四个兵部尚书(那是指正式的兵部尚书,像袁崇焕这样加兵部尚书衔的不算)。他杀死或逼得自杀的督师或总督,除袁崇焕外还有十人,杀死巡抚十一人、逼死一人。十四个兵部尚书中,王洽下狱死,张凤翼、梁廷栋服毒死,杨嗣昌自缢死,陈新甲斩首,傅宗龙、张国维革职下狱,王在晋、熊明遇革职查办。可见处死大臣,在他原不当是一件大事。这些兵部尚书中,有些昏愦胡涂,有些却也忠耿干练,例如傅宗龙,只因为向崇祯奏禀天下民穷财尽的惨状,崇祯就大为生气,责备他道:"你是兵部尚书,只须管军事好了,这些陈腔滥调,说它干什么?"后来便将他关入狱中,关了两年。

崇祯传下来的笔迹，我只见到一个用在敕书上的花押，以及"九思"两个大字。"九思"出于《论语》。孔子说：君子有九种考虑：看的时候，考虑看明白了没有；听的时候，考虑听清楚了没有；考虑自己的表情温和么？态度庄重么？说话诚恳老实么？工作严肃认真么？遇到疑难，考虑怎样去向人家请教；要发怒了，考虑有没有后患；在可以得到利益的时候，考虑是不是该得。这就是所谓"九思"。②此人大书"九思"，但自己显然一思也不思。倒是在死后，得了个"思宗"的谥法，总算有了一思。

崇祯既大书"九思"，《论语》《孟子》这种儒家典籍当然是熟悉的。袁崇焕考中进士，四书五经非熟读不可。当袁崇焕从锦宁前线率师回援北京之时，我真希望他的幕僚或朋友能抄一段孟子的话给他看。《孟子·离娄》："孟子告齐宣王曰：君之视臣如手足，则臣视君如腹心；君之视臣如犬马，则臣视君如国人；君之视臣如土芥，则臣视君如寇雠。"袁崇焕援军抵达北京城下，崇祯不体恤兵将远来劳苦，反而对之疑忌，不准进城休息，早已"视臣如土芥"了，袁部即使不视他为寇雠，也大可不必再为保卫他而拼命血战。

我九岁那一年的旧历五月二十，在故乡海宁看龙王戏。看到一个戏子悲怆凄凉的演出，他披头散发的上吊而死，临死时把靴子甩脱了，直甩到了戏台竹棚的顶上。我从木牌子上写的戏名中，知道这出戏叫作"明末遗恨"。哥哥对我说，他是明朝的末代皇帝崇祯。当时我只觉得这皇帝有些可怜。

一九五〇年春天，我到北京，香港《大公报》的前辈同事李纯青先生曾带我去崇祯吊死的煤山观光怀旧，望到皇宫金黄色的琉璃瓦，在北京春日的艳阳下映出璀璨光彩，想到崇祯在吊死之前的一刹那曾站在这个地方，一定也向皇宫的屋顶凝视过了，尽管这人卑鄙狠毒，却也不免对他有一些悲悯之情。

他孤独得很，身边没有一个人可以商量，因为他任何人都不相信。崇祯十七年三月十七日，北京在李自成猛攻下眼见守不住了，他召集文武百官商议，君臣相对而泣，束手无策。他用手指在案上写了"文臣个个可杀"六个字，给身边的近侍太监看了，当即抹去。他在自杀之前，用血写了一道诏书，留在宫中，对李自成说，这一切都是群臣误我的，你可以碎裂我的尸体，可以将我的文武百官尽数杀死。③可见他始终以为一切过失都是在文武百官,痛恨所有为他办事的人。

他哥哥天启从做木工中得到极大乐趣,依恋乳娘,相信魏忠贤一切都是对的,精神上倒很平安。崇祯却只是烦躁、忧虑、疑惑、彷徨,做十七年皇帝,过了十七年痛苦的日子。拼命想办好国家大事,却完全不知道怎么办才是。

皇帝是不能辞职的!

他没有一个真正亲信的人,他连魏忠贤都没有。他没有精神上的信仰,一度听了徐光启的劝告而信奉天主教,但他的爱子悼灵王生病,天主没有救活孩子的性命,他便对天主失却了信心。他没有真正的爱好。他不好女色,连陈圆圆这样的美女送进宫去,他都不感兴趣而遣出宫来。

在中国几千年历史中,君主被敌人俘虏或杀死的很多,在政变中被杀的更多,但临危自杀的却只有崇祯一人。由于他的自杀,后人对他的评价便比他实际应得的好得多。只因他不好酒色,勤于政事,后人就以为他本身是个好皇帝。甚至李自成的檄文中也说他并不真的十分胡涂,只不过受到欺蒙,一切坏事都是群臣干的。④只因他遗诏中要求李自成不要杀死一个百姓,后人便以为他真的爱百姓(难道他十七年中所杀的百姓还少了?)。只因他说过"朕非亡国之君,诸臣皆亡国之臣",后人便以为明朝所以亡,责任是在群臣身上。其实他说这样的话,就表明他是合理的亡国之君。他拥有绝对的权力,却将中兴之臣、治国平天下之臣杀的杀、罢的罢,将一批亡国之臣走马灯般换来换去,那便构成了亡国之君的条件。

明朝是中国历史上最专制、最腐败、统治者最残暴的朝代,到明末更成为中国数千年中最黑暗的时期之一。明朝当然应该亡,对于中国人民,清朝比明朝好得多。

然而袁崇焕抗拒满清入侵,却不能说是错了。当时满清对中国而言是异族,是外国,清兵将汉人数十万、数十万的俘虏去,都是作为奴隶或农奴。清兵占领了中国的土地城市,总是烧杀劫掠、极残酷的虐待汉人。不能由于后代满清统治胜过了明朝,现在满族又成为中华民族中一个不可分离的部份,就抹煞了袁崇焕当时抗御外族入侵的重大意义。正如将来世界大同之后,也不能否定目前各国保持独立和领土主权完整的主张。清朝比明朝好,只不过中国人运气好,碰到了几个中国历史上最好的皇帝。然而袁崇焕当时是不会知道的。

只要专制独裁的制度存在一天,大家就只好碰运气。袁崇焕和亿万中国人民运气不好,遇上了崇祯。崇祯运气不好,做上了皇帝。他仓皇出宫那一晚,提起剑来向女儿长平公主斩落时,凄然说道:"你为什么生在我家?"正是说出了自己的心意。他的性格、才能、年龄,都不配做掌握全国军政大权的皇帝。归根结底,是专制独裁制度害了他,也害了千千万万中国人民。

在合理的政治制度与社会制度下,万历可以成为一个精明的商人,最后被送入戒毒所。天启是一个精巧的木匠。崇祯做什么好呢?他残忍嗜杀,暴躁多疑,智力不够,自卑感极强,性格中有强烈的犯罪倾向,在现代社会中极可能成为一个犯罪的不良青年,但如加以适当的教育与训练,可以在屠宰场中做屠夫(我当然并不是说屠夫有犯罪倾向),那也是对社会有贡献的。他不能做猎人,因为完全缺乏耐心。

后世的评论者大都认为,袁崇焕如果不死,满清不能征服中国。⑤我以为这种说法是不对的。只要崇祯是皇帝,袁崇焕便有天大的本事也改变不了基本局面,除非他赶走崇祯而自己来做皇帝,这当然不符合他的性格。在君主专制独裁的制度之下,权力是在皇帝手里。

袁崇焕死后二百三十六年,那时清朝也已腐烂得不可收拾了,在离开袁崇焕家乡不远的地方,诞生了孙中山先生。他向中国人指明:必须由见识高明、才能卓越、品格高尚的人来管理国家大事。一旦有才干的人因身居高位而受了权力的腐化,变成专横独断、欺压人民时,人民立刻就须撤换他。

袁崇焕和崇祯的悲剧,明末中国亿万人民的悲剧,不会发生于一个具有真正民主制度的国家中。把决定千千万万人民生死祸福的大权交在一个人手里,是中国数千年历史中一切灾难的基本根源。过去我们不知道如何避免这种灾难,只盼望上天生下一位圣主贤君,这愿望经常落空。那是历史条件的限制,是中国人的不幸。孙中山先生不但说明了这个道理,更毕生为了铲除这个灾祸根源而努力。

在袁崇焕的时代,高贵勇敢的人去抗敌入侵,保卫人民;在孙中山先生的时代,高贵勇敢的人去反抗专制,为人民争取民主自由。在每一个时代中,我们总见到一些高贵的勇敢的人,为了人群而献出自己的一生,他们的功业有大有小,孙中山先生的功业极大,袁崇焕当然小得多,然而他们都是奋不顾身,尽力而为。时代不断在变迁,道德观念、历史观点、功过的评价也不断改变,然而从高贵的人性中闪耀出来的瑰丽光采,那些大大小小的火花,即使在最黑暗的时期之中,也照亮了人类历史的道路。

鲁迅先生曾写道:"我们自古以来,就有埋头苦干的人,有拼命硬干的人,有为民请命的人,有舍身求法的人……虽是等于为帝王将相作家谱的所谓'正史',也往往掩不住他们的光耀,这就是中国的脊梁。"(《中国人失掉自信力了吗?》)袁崇焕,正是鲁迅先生所称的"中国的脊梁",使我们不会失掉自信力。

历史上有许多人为人群立了大功业,令我们感谢;有许多人建立了大帝国和长久的皇朝,令我们惊叹。然而袁崇焕"亡命徒"式的努力和苦心,他极度悲惨的遭遇,这个生死以之的"痴心人",这个无法无天的"泼胆汉",却更加强烈的激荡了我们的心。

崇祯和袁崇焕两人的性格,使得这悲剧不可能有别的结局。两人第一次平台相见,袁崇焕提出"五年平辽"的诺言,杀机就已经伏下了。以后他请内帑、主和议、杀毛文龙,悲剧一步步的展开,杀机一层层的加深,到清军兵临北京城下而到达高潮。在这悲剧的高潮中,崇祯不许袁部入城是第一个波浪;袁部苦战得胜,崇祯催逼他去追击十倍兵力的清军,是第二个波浪;北京城里毁谤袁崇焕的谣诼纷传是第三个波浪;终于,皇太极使反间计而崇祯中计。至于后来的凌迟,已是戏剧结构上的荡漾余波⑥了。

即使没有皇太极的反间计,崇祯终于还是会因别的事件、用别的借口来杀了他的。

我们想像崇祯二年腊月中国北方的情形:

在永平、滦州、迁安、遵化一带的城内和郊外,清兵的长刀正在砍向每一个汉人身上,满城都是鲜血,满地都是尸首⑦……

在通向长城关口的大道上,数十万汉人男女哭哭啼啼的行走,骑在马上的清兵挥舞鞭子在驱赶。清兵不断的欢呼大叫,这些汉人是他们俘虏来的奴隶,男的押去辽东为他们做苦工,女的分给兵将淫乐⑧……

在陕西,灾荒正在大流行。树皮草根都吃完了,饥饿的父母养不活儿女,只好将他们抛在城角的空场上,这些孩子有的在哭号,呼叫:"爸爸,妈妈!"有的拾起了粪便在吃。到第二天,这些孩子都死了。但又有父母抱了孩子来抛弃。做母亲的看着满地死儿,舍得把手里的孩子抛下来吗?但如带回家去,难道眼看他活活的饿死⑨……

流离在道路上的饥民不知道怪谁才好,只有怪天。他们向来对老天爷又敬又怕,这时反正要死了,就算在地狱中上刀山、下油锅也不管了,他们破口大骂老天爷,有气无力的咒骂,终于倒在地下,再也不起来了⑩……

在北京城的深宫里,十八岁的少年皇帝在拍着桌子发脾气。他又是焦急,又是害怕,不断的问太监:"袁蛮子写了信没有?怎么还不写好?这家伙跟我过不去,非将他千刀万剐不可。你们再去催,叫他快写信给祖大寿!"他憔悴苍白的脸上泛起了潮红,眼中布满了红丝,不断的说:"杀了他!杀了他!"……

在阴森寒冷的御牢里,袁崇焕提笔在写信给祖大寿,砚台里会结冰吧?他的手会冻得僵硬吗?会因愤怒而颤抖吗?他的信里写的是些什么句子?泪水一定滴上了信笺罢?

皇帝的信使快马驰出山海关外,将这封信交在祖大寿的手里。祖大寿读信之后,伏地大哭。讯息传了开去:"督师有信来!"

辽河大平原上白茫茫的一片冰雪。数万名间关百战、满身累累枪伤箭疤的关东大汉,伏在地下向着北京号啕痛哭,因为他们的督师快要被皇帝杀死了。战马悲嘶,朔风呼啸,绵延数里的雪地里尽是伏着愤怒伤心的豪士,白雪不断的落在他们的铁盔上、铁甲上……

① 见余大成《剖肝录》。

② 《论语·季氏》:"孔子曰:'君子有九思:视思明,听思聪,色思温,貌思恭,言思忠,事思敬,疑思问,忿思难,见得

思义。'"

　　崇祯死后,因为没有确定的接班人,也就没有确定的谥法,有毅宗、庄烈帝、怀帝、愍帝、思宗等谥。思宗的"思"字,不是美谥,《逸周书》的谥法解中说:"道德纯一曰思,大省(即"眚",意为灾害)兆民曰思(意思是"对亿万百姓造成重大灾祸"),追悔前过曰思,外内思索曰思。"汉朝的王逸作过一篇楚辞,叫作《九思》,是哀悼屈原的,共有九章:逢尤、怨上、疾世、悯上、遭厄、悼乱、伤时、哀岁、守志。所说的悼乱伤时,疾世哀岁,逢尤遭厄,和袁崇焕的心境和遭遇倒也差不多。但崇祯写这"九思"二字时,所想到的当然不会是王逸的"九思"。

③ 崇祯遗诏:"朕自登极十七年,上邀天罪,致虏陷地三次,逆贼直逼京师,皆诸臣误朕也。任尔分裂朕尸,可将文武尽皆杀死,勿坏陵寝,勿伤我百姓一人。"这道遗诏,和相传留在他身上的遗书文字稍有不同。

④ "君非甚暗,孤立而炀蔽恒多;臣尽行私,比党而公忠绝少。"

⑤ 梁启超在《袁崇焕传》的题目上,加了"明季第一重要人物"的形容词,传中说:广东崎岖岭表,数千年来与中原的关系很浅薄,历史上影响到全中国的人物极少,只有唐朝六祖慧能光大了禅宗,明朝陈白沙在哲学上昌明唯心论,成为王阳明的先驱,而"以一身之言动、进退、生死,关系国家之安危、民族之隆替者",只有袁崇焕一人。(其实,他即使不提到康有为与孙中山先生,也应当提洪秀全。)又说:"故袁督师一日不去,则满洲万不能得志于中国。"康有为在《袁督师遗集·序》中说:"若吾粤袁督师之丧于谗间也,天下震动,鬼神号泣,明社遂屋,余祸烈烈,波荡至今。呜呼,天下才臣名将多矣,谗死亦至夥,而恻恻于人心,震惕于敌国,非止以一身之生死系一姓之存亡,实以一身之生命关中国之全局,则岂惟杜邮、钟室、凉风、金牌之凄感也。……假若间不行而能尽其才,明或不亡。"他认为白起、韩信、斛律光、岳飞四人被谗而死,虽令人感叹,但不及

袁崇焕事件影响深远。

李济深《重修明督师袁崇焕祠墓碑》："论明清间事者,佥以为督师不死,满清不能入主中原。"叶恭绰谒袁崇焕墓诗："史笔只今重论定,好申正气息群纷。"注云："近日史学家钩稽事实,证明袁如不死,满洲不能坐大,即未必克入主中原,故袁死所关之重,有同岳飞于宋。文天祥辈尚非其比也。"

⑥ 戏剧结构上高潮过后的余波(anti-climax),通常译作"反高潮",似不甚贴切。

⑦ 《清史列传》卷三："岳托(满清大将,代善之子,皇太极的侄儿)曰:辽东以久不降,故诛之。杀永平人,乃贝勒阿敏所为……六年正月,(岳托)奏言:前克辽东、广宁,汉人拒命者诛之,复屠永平、滦州汉人。"

⑧ 满清每次出兵,都俘虏大量汉人去做生产工具。这次进攻北京之役俘虏的实数无记录,但知阿巴泰攻掠山东之役(《碧血剑》中提到的那一次)"俘获人民三十六万九千名口。"相信崇祯二年一役中俘虏汉人也必达数十万,《太宗实录》卷六："上因问达海(奉命监守明宫太监而使反间计的五将之一)等:'是役俘获视前二次如何?'对曰:'此行俘获人口,较前甚多!'上曰:'金银币帛,虽多得不足喜,惟多得人口为可喜耳!'"

⑨ 《陕西通志》,崇祯二年马懋才《备陈灾变疏》："殆年终而树皮尽矣,则又掘山中石块而食……安塞城西,有粪场一处,每晨必弃二三婴儿于其中,有涕泣者,有叫号者,有呼其父母者,有食其粪者。"

⑩ 萧一山《清代通史》卷上："崇祯间有民谣曰:'老天爷,你年纪大,耳又聋来眼又花。为非作歹的享尽荣华,持斋行善的活活饿煞。老天爷,你年纪大。你不会作天,你塌了罢!'此种时日曷丧之心理,非人民痛苦至极者,宁忍出此?"

后　记

《碧血剑》是我的第二部小说,作于一九五六年。书末所附的《袁崇焕评传》,写作时间稍迟。

《碧血剑》以前曾作过两次颇大修改,增加了四分之一左右的篇幅,这一次修订,改动及增删的地方仍很多。修订的心力,在这部书上付出最多。初版与目前的三版,简直是面目全非。

小说中写李自成于大胜后杀曹操罗汝才、李岩,排挤张献忠、"左革五营"及其他同伴,正史中有载,亦有参考野史、杂书者。王春瑜先生关于李自成的作风,有文多作指教,我的看法虽颇不同,对他的评论仍表感谢。对复旦章培恒教授及北大严家炎教授两位的指教与鼓励,特别心有铭感。

第三次改写,除了设法改动原来小说中若干过分不自然的处所(如五毒教、玉真子的部分)外,还加重了袁承志对阿九的矛盾心理,这是人生中一个永恒的常见主题:"爱情可能因其中一方变心而受到损害。"中国的传统小说一般多写爱情的坚贞,除唐人传奇(如崔莺莺、霍小玉)、明人小说(如杜十娘、珍珠衫)外,少写"爱情中的变心"。这次试写了"伦理道德"与"无可奈何的变心"之间的矛盾这个人生题目,企图在《碧血剑》全书强烈的政治气氛中加入一些平常人的生命与感情。

内地有一篇评论《碧血剑》的文章十分强调的说,《碧血剑》受了英国女小说家杜·玛丽安(Du Maurier)小说《蝴蝶梦》(*Rebecca*)的重大影响。文学作品受到过去中外文学名著的影响,那是不可避免的。但《蝴蝶梦》这部小说并没有太大价值,我并不觉得很好,只因希治阁据此拍过一部好看的奇情电影,因电影在中国流行而为许多中国观众所知(单以杜·玛丽安的小说而论,我更喜欢她的另一部小说 *My Cousin Rachel*,但此书未拍电影,无中文译本,故较少人知)。文学评论如不以改编后的流行电影为依据(正如根据电影"罗生门"而评《雪山飞狐》一样),而根据原作,则格调较高。杜·玛丽安作为一位作家,《蝴蝶梦》作为一部小说,在英国文学中都没有什么极重要地位。如想谈论英国女小说家在作品中以次要人物述说一个露面极少的人物作为报仇主角而展开惊心动魄的故事,不如引述爱米莱·勃朗黛(Emily Bronte)的《咆哮山庄》(*Wuthering Heights*),这才是英国女小说家中的第一流人物,小说也是第一流的优秀作品,只有谈论这部小说,研究英国文学者方人人皆知,不去引述只流行一时的惊险电影。(虽然,《咆哮山庄》也拍成了一部很好的电影,但在中国较少为人知。)

《袁崇焕评传》是我一个新的尝试,目标是在正文中不直接引述别人的话而写历史,文字风格比较统一,希望较易阅读,同时自己并不完全站在冷眼旁观的地位。这篇《评传》的主要创见,是认为崇祯所以杀袁崇焕,根本原因并不是由于中了反间计,而是在于这两个人性格的冲突,以及崇祯的不正常心理。这一点前人从未指出过(对人物的性格和心理,是小说作者通常的重视点,历史家则更重视时代背景、物质因素、制度、文化等等)。另一原因,是专制独裁制度的祸害。

这篇文字并无多大学术上的价值,所参考的书籍都是我手头所有的,客居香港,数量十分有限。出自《太宗实录》、《崇祯长编》等书的若干资料都是间接引述,未能核对原来的出处,或许会有谬误。这篇文字如果有什么意义,或许是在于它的"可读性"。我以相当重大的努力,避免了一般历史文字中的艰深晦涩。现在的面目,比之在《明报》上所发表的初稿《广东英雄袁蛮子》,文字上要顺畅了些。此文可说是我正式修习历史的起点与习作。

《袁崇焕评传》一文发表后,得史家指教甚多,甚感,大史家向达先生曾来函赐以教言,颇引以为荣,已据以改正。现第三版再作修订,以往错误处多加校正,其中参考杨宝霖先生《袁崇焕杂考》一文及《袁崇焕资料集录》(阎崇年、俞三东两先生编,广西民族出版社出版)一书甚多,颇得教益,谨志以表谢意。作者历史素养不足,文中谬误仍恐难免,盼大雅正之。

二〇〇二·七

飛雪連天射白鹿
笑書神俠倚碧鴛

金庸